KB248796

남녀 애정결연서사 연구

김종군

도서
출판 박이정

책머리에

　고소설에 대한 연구는 고전으로서 지위를 가지는 우수한 개별 작품에 대한 연구가 주를 이루었으며, 그를 통합하는 방편으로 방대한 작품들을 유형화 하는 방식으로 진행되었다. 그 가운데 여러 선학들은 작품에 관류하는 주제나 특징적인 서사구조, 발생 계통을 기준으로 삼아 다양한 유형들을 제시하였다. 애정소설이나 윤리소설, 영웅소설, 전기소설, 몽환소설, 판소리계소설 등이 그것들이다. 그러나 이러한 연구는 학자들에 따라 다양한 시각과 접근 방식으로 이루어져서 하나의 작품이 여러 유형으로 소속되기도 하고, 반대의 경우로 각 유형의 변경에 위치하는 작품들은 그 소속을 갖지 못해 논의에서 소외되는 경우도 있다.

　필자는 이러한 견해 차이와 누락을 해결하는 방편으로 고소설 각 작품에 설정된 남녀결연서사에 주목한다. 남녀결연서사는 한국 서사문학의 전반에 걸쳐 개재되어 있으며, 일대기 구조를 가진 고소설에서는 필수적인 서사 단락이다. 아울러 우리의 실제 삶과 가장 깊게 연관되는 이야기이므로 시대를 관통하여 독자들의 관심을 불러일으키기에 충분하다고 판단한다.

　이를 위해 기존 유형을 초월하여 남녀결연서사가 비중 있게 다루어진 고소설 작품 가운데서 남녀결연 이야기를 단위담으로 추출하여 논의의 대상으로 삼았다. 그리고 이들 단위담의 서사구조를 우리 삶의 모습들과 연관지어 도출한 순차, 대립구조에 대입하여 유형화를 시도하였다. 그래서 서사유형의 특징적인 요소에 주목하여 신붓감찾기형, 신랑감고르기형, 자유연애형, 애욕추구형, 남편출세돕기형, 여성대외활동형의 여섯 가지로 분류하였다.

　그리고 이들 여섯 결연서사구조의 표준형을 제시하고, 위로 고소설 이전 서사물에서 원형을 찾아보고, 아래로 고소설 내부에서의 변이 양상을 고찰하였다. 그 결과 각 유형의 순차구조와 대립구조에서 특징적으로 작용하는 장면이나 서사구조가 특화화소로 삽입되었음을 밝혔다. 신붓감을 찾기 위해서는 남주인공이 속임을 통해 선을 보는 화소가, 신랑감을 고르기 위해 늑혼 화소가 개입한다. 자유연애에서는 남녀가 낭만적인 분위기 속에서 시를 통해 구애하는 화소가 개입하며, 애욕추구형에서는 첫 만남에서 동침을 시도하는 사건이 특화화소로 자리한다. 남성출세돕기형에서는 지인지감을 가진 여성이 남성을 내조하는 서사구조가 특징적으로 보이며, 여성대외활동형에서는 여성남장화소가 확연히 눈에 띈다. 이러한 특화화소의 변이양상을 통해 남녀결연서사의 변형을 살필 수 있었고, 결론적으로 우리 민족의 결연관의 변화도 감지할 수 있었다.

아울러 고소설 속의 이러한 결연서사가 현대의 가장 대중적 서사물인 드라마에 수용되는 양상을 예시적으로 비교 분석하여, 시나리오 등의 현대 서사물의 콘텐츠로서 활용가능성을 타진해 보았다. 결론적으로 현대의 우리 삶에서의 남녀결연 양상도 고소설의 유형에서 크게 벗어나지 않으며 사회 변화에서 기인한 다소의 변화만 예측될 뿐이므로, 한국의 서사문학을 논의하는 구조로 가장 보편적이며 효과적임을 확인할 수 있었다.

그러나 애초 의도와는 달리 연구를 진행하는 과정에서 방대한 고소설 작품을 모두 섭렵하기에는 아직 역량이 부족하였고, 논의의 전개가 정치하지 못하고 성글기 짝이 없음을 발견한다. 여러 선생님들의 질정과 비판을 달게 받음으로써 미력한 학문적 자질의 발판을 삼고자 한다.

이 책이 나오기까지 은혜 입은 분들이 많다. 이 자리에서 빙상의 일각이지만 고마움을 전해야겠다. 학문 연구와 삶의 방향을 자상하게 깨우쳐 주신 해천 김현룡 선생님께 불초함을 고백하고 머리 조아려 감사드린다. 학문 연구의 다양한 방법론을 섭렵하게 하고 고민하게 하신 정운채 선생님과 체계적이고 논리적으로 학문에 접근하도록 지도해주신 신동흔 선생님의 은혜를 잊을 수 없다. 학문의 기초를 다질 수 있도록 학부과정에서 큰 가르침 주신 여러 선생님들께도 감사의 말씀을 올린다. 아울러 부족한 연구를 꼼꼼하게 되짚어 주신 김병국 선생님, 김석회 선생님께 이 자리를 빌어 감사를 드린다.

겉으로 성과를 보이는 자리에서는 항상 천붕의 아픔을 일찍이 깨닫게 하고 떠나신 아버지가 그립다. 고향 화개에서 노심초사 자식을 그리는 어머니께 이 책을 바친다. 부족한 사람을 항상 사랑으로 대해주시는 장인·장모님께도 고맙다는 말씀을 올린다. 그리고 항상 따뜻한 눈으로 지켜보는 여러 가족들에게 고마움을 전한다. 마지막으로 부덕한 남편을 이해하고 사랑으로 내조하는 아내 강신아에게 미안한 마음과 함께 고마움을 표한다. 아울러 부족한 원고를 기꺼이 맡아주신 박이정출판사 박찬익 사장님과 여러 직원분들께도 감사드린다.

2005년 1월 5일

김 종 군

차 례

제 1 장 남녀결연서사의 위상과 연구 방법

제 1 절 남녀결연서사의 위상과 연구 방법

이 책에서는 한국 서사문학 속에 나타난 남녀결연 사건이 작품 전체를 관류하든지, 혹은 부분적인 사건으로 개입하든지 모두 통괄하여 '남녀결연서사'라는 용어로 설정해 연구의 대상으로 삼고자 한다. 여기서 남녀결연서사는 '남녀 사이에서 일방이나 혹은 쌍방이 욕망을 느껴서 자의에 의하든 타의에 의하든 서로 인연을 맺는 이야기'로 정의할 수 있다.

기존의 논의에서는 남녀 간의 애정을 다룬 작품을 애정소설[1]로 칭하여 논의한 경우가 많은데, 이 경우는 남녀 간의 애정문제가 작품 전체를 관류하는 주제임을 염두에 둔 명칭이라 할 수 있다. 또 하나는 혼사장애[2] 구조라는 개념에 주목하여 논의했는데, 남녀 간의 결합에서 많은 경우에 혼사장애가 주요한 사건으로 정된 것에 주목한 시각이다.

이 두 경우는 대체로 작품 전체를 조망하면서 그 주제나 구조에 입각하여 도출

---

[1] 고소설의 유형을 주제별로 분류하여 사용한 명칭으로, 염정소설이라는 용어로도 사용된다. 염정소설은 김태준이 ≪조선소설사≫에서 처음 사용한 후, 조윤제의 ≪국문학개설≫ 등에서도 두루 사용되었다. 그 후 여러 학자들이 애정소설을 명칭으로 사용하기도 하여 지금은 두 명칭 모두 사용되고 있다.

[2] 이상택은 혼사장애의 개념을, '주인공의 혼사가 어떤 장애요인으로 말미암아 일단 보류되거나 일시적인 파국을 초래하고, 갖은 시련과 고난을 겪은 후 이를 극복함으로써 궁극적인 완성에 도달하는 것'으로 파악하였다.(≪한국고전소설의 탐구≫(중앙출판, 1981), 298-328면)

해낸 개념이라 하겠다. 그런데 남녀결연서사는 애정소설의 기저가 되고 혼사장애 구조를 포괄하고 있어서 서사 전반을 고찰하는데 효과적인 구조라고 할 수 있다.

여기에서 한 가지 분명히 해두어야 할 것은, 유형으로서의 애정소설이란 용어는 이미 군담소설, 가정소설, 가문소설 등과 대등한 위치에 있으므로, 특별히 애정소설 그 자체를 기저 개념으로 설정하기에는 논쟁의 여지가 없지 않다는 점이다. 그래서 이 책에서는 애정소설이라는 유형 개념보다는 '남녀결연서사'란 용어를 기본 단위로 설정하여, 학계에서 논의되고 있는 고소설의 각 유형 중에서 이와 관련이 있는 작품들을 모두 대상으로 하여 분석 고찰하기로 한다.

이러한 남녀결연서사는 애정소설에서처럼 단일한 결연담이 작품 전체를 구성하는 경우도 있지만, 일부다처의 결연을 다룬 군담이나 가정소설의 경우에서는 다수의 결연담이 얽혀 있다. 이런 다수의 결연담을 기존의 논의에서는 주인공 결연담의 부차적인 사건으로 다루거나 주인공의 결연담에 장애 사건으로 설정되었다고 본 시각이 강하였다. 그러나 <구운몽>과 같은 몇몇 작품들은 내용 전체가 남녀결연서사의 병렬적 나열로 구성되어 있다. 즉 <구운몽>의 주인공은 양소유와 정경패가 아니라 양소유와 여덟 여인으로 보아야 마땅하며, 그 각각의 경우는 독특한 결연 사건으로 설정되어 나름대로 의미를 지니고 있다. 이처럼 하나의 작품에 남녀결연서사가 하나만 등장하는 경우도 있지만 여러 가지 결연담이 조합된 경우가 있으므로, 이 책에서는 작품에서의 각각 독특한 결연담을 단위담으로 추출하여 논의 대상으로 삼고자 하는 것이다.

즉, 애정소설의 경우는 작품 전체가 남녀결연서사로 구성되거나 부부가 되고 난 후 재상봉담으로 구성되어 있으므로, 작품 전체 또는 대부분을 단위담으로 설정해야 한다. 그리고 일대일의 애정관계로 사건이 진행되므로 한 작품에 하나의 단위담이 도출될 수 있다.

하지만 가정소설이나 군담소설, 이상소설의 경우는 한 작품 속에 여러 유형의 남녀결연서사가 존재하므로, 작품 속에서 각각의 단위담을 따로 도출해 내어야만 한다. 그리고 결연구조 중간에 삽입된 무용담이나 쟁총담은 결연과 무관한 경우는 배제하고, 다만 전체 서사 맥락의 파악을 위해서만 참고하기로 한다.

이렇게 추출된 단위담들은 동일한 구조와 의미를 가지지는 않는다. 따라서 다양한 단위담들의 구조를 분석하여 유형화하는 작업이 필요하다. 남녀결연서사의 구조는 인간의 삶과 긴밀하게 연관되어 있으므로 허구의 작품 속에서만 갇혀있는 이야기가 아니라, 현실과 연계되어 살아 움직이는 이야기로 보아야 한다. 따라서 실생활과 연계하여 남녀결연서사의 기본 구조인 '순차구조'를 설정하고, 각 단계에서 다시 특화된 '대립항'을 설정해 분석하여, 그 단위담의 대립구조 선택에 주목하면서 결연담 유형을 추출해 보고자 하는 것이다.

남녀결연서사의 유형은 순차구조의 각 단계에서 대립구조의 선택과 아울러 세부 구현 요소의 다양한 설정으로 복잡해 보일 수도 있다. 그러나 이런 취사선택적 상황을 분석하면 남녀결연서사의 서사모형을 찾을 수 있을 것이며, 나아가 이렇게 찾아낸 각 서사모형에서 대립구조의 결합 양상을 통해 유형별 서사원리도 함께 구명될 수 있을 것으로 믿는다.

여기서는 이와 같이 도출해낸 서사모형에 고소설의 남녀결연 단위담을 최대한 모두 적용시켜 그 의미를 찾아보려는 것을 1차 목적으로 삼는다. 그리고 또한 이 단위담들이 시대를 초월해 적용될 수 있는 가능성을 타진해 보며, 한편으로는 객관적이고 보편적인 서사 원리로서 현대의 남녀결연서사에까지 적용될 수 있는지를 밝혀보려는 것이 최종 연구 목적이다.

한편, 이와 같은 서사모형과 서사 결합 원리에 대한 연구는 오늘날 많은 주목을 받고 있는 이른바 '문화콘텐츠'로 활용될 수 있지 않을까 하고, 조심스럽게 연관을 지어 보고자 한다. 남녀결연서사라는 큰 스토리라인과 결연의 각 과정에서의 특화된 화소들, 남녀인물에 대한 묘사, 장면에 대한 묘사 등을 콘텐츠로 제공했을 경우, 각각의 요소들은 독립성을 띠고 있으므로, 그 요소들을 끌어들여 남녀결연서사의 재창조나 풍부한 화소를 지닌 새로운 이야기로 만들어질 가능성이 충분하다고 본다. 이 같은 방법은 고전문학의 현대화라는 시대적 요구와 맞물려, 문화콘텐츠로써 활용할 수 있는 하나의 방안이 될 수 있으리라 믿는다.

남녀결연구조는 서사문학에서 가장 주목되는 흥미 요소이고 거의 모든 서사물에 등장하는 포괄적인 영역이다. 이들 구조의 계통을 체계적으로 세워 보고, 그 계통 속에서 변이되는 양상을 살핌으로써, 문학에 투영된 작자나 독자의 의식 전반을 이해하는 데에 기여하는 바가 클 것으로 예상된다. 반복적으로 사용되는 남녀결연 상황을 통해 한국인 독자들이 선호하는 성향(性向)을 그려 볼 수 있을 것이며, 이를 통해 한국인의 내면 의식에 존재하는 소망 의지를 밝힐 수도 있을 것이다.

흔히 남녀결연에서 상치되는 두 개념은 인간 본연의 욕망과 사회를 규제하는 윤리의 측면이다. 피상적으로 보기에 우리 민족은 윤리적 인간이며 도덕을 숭상하는 민족으로 언급하는 것이 일반적이다. 그러나 동일한 유교문화권 속에서도 중국 민족과 우리 민족의 의식구조는 근본적으로 다를 수 있다. 시대적인 상황에 따라 또 다른 가치체계를 확립하고 살아왔다고 볼 수도 있다. 이러한 인간 내면의 문제들을 인생의 단면이라 할 수 있는 남녀결연서사의 변이 양상을 통해 해명할 수 있으리라 믿는다. 즉 문학 작품을 통해 한국인의 성정(性情)을 파악하는데 기여할 수가 있을 것으로 본다.

남녀결연구조에 대한 국문학계의 연구는 종합적으로 이루어지지 않았다. 기존의 연구는 남녀 간의 애정, 혹은 권력에 의한 혼사장애에 주로 논의의 초점[3]을 두고 이루어졌다. 그래서 애정 관계를 다룬 개별 작품론이 주류를 이루었거나 애정을 주제로 한 유형 연구가 활성화된 상태이다. 개별 작품을 심도 있게 분석하는 가운데 구조주의적인 방법론을 취하여 작품을 분석하고 그 화소들을 분류하여 원천을 탐색하는 방법을 취하고 있다. 이는 단일 작품을 세밀하게 분석하는 작업으로서, 연구의 깊이는 인정할 수 있으나 통시적인 소설사에서는 자리매김이 원활하게 이루어지지 않는 단점이 있다고 할 수 있다.

---

3) 우리 설화나 소설에서 혼사장애 구조에 주목한 논의는 김열규, ≪한국민속과 문학연구≫(일조각, 1971), 서대석, ≪한국무가의 연구≫(문학사상사, 1980), 이상택, ≪한국고전소설의 탐구≫(중앙출판, 1981), 송성욱, '혼사장애형 대하소설의 서사문법 연구' (서울대 박사논문, 1997) 등이 있다.

이를 극복한 보다 광범위한 연구 성과들은 고소설을 유형별로 분류하고 그 유형의 시작에서부터 마지막까지를 통시적으로 고찰하는 작업들이었다. 애정소설이나 가정소설[4], 군담소설[5], 영웅소설[6], 몽환소설(夢幻小說)[7], 가문소설, 판소리계소설 등 개별 작품들에서 구현되는 주제나 구조, 형성 배경을 중심으로 일정한 유형을 정하여 작품들을 분류한 토대 위에서 각각의 유형들에 대해 논의를 진행한 결과들이다.

그 외에 여러 가지 독자적인 유형을 설정하여 소설사의 한 획을 그을 만한 연구들이 학계에 보고 된 상황이다. 그러나 주제나 구조에 의한 이러한 유형분류에 대해서는 논쟁이 매우 치열하였다. 특히 영웅소설 유형은 영웅적 행위에 대한 정의가 다단하여 군담소설과는 경계가 불분명[8]하며, 애정소설로 볼 수 있는 작품들 중 미약하게나마 무용담이 포함된 경우는 영웅소설로 분류한 경우도 있다. 작품 분량의 절반 이상이 남녀 간 결연과 그에 따른 갈등을 그린 작품들에 단지 무용담이나 처첩의 갈등이 다소 포함되었다고 하여 영웅소설, 가정소설로 유형화 한 경우는 작품의 본질에 대한 잘못된 이해를 초래할 수 있다.

남녀 간의 애정을 다룬 애정소설에 대한 본격적 연구는 작품에 대한 선호도가 높은 만큼 활발하게 이루어진 상태이다. 거시적인 시각으로 애정소설 전반을 일정한 준거에 의해 통시적으로 연구한 성과로는 정종대와 박일용, 임갑랑 등의 업적을 들 수 있다.

정종대[9]는 염정소설의 유형적 독자성을 밝히기 위해 33종의 염정소설을 대상으로 순차구조와 병렬구조로 작품을 분석하여, 염정소설이 고소설의 대표적 유형의 하나이며, 구조적으로 변모와 발전을 거듭하면서 조선의 시대상을 반영하였고 염

---

4) 우쾌제, '조선시대 가정소설의 형성요인 연구' (고려대 박사논문, 1989).
5) 서대석, ≪군담소설의 구조와 배경≫(이화여대출판부, 1985).
6) 조동일, '영웅소설 작품구조의 시대적 성격', ≪한국소설의 이론≫(지식산업사, 1977), 271-454면.
   박일용, ≪영웅소설의 소설사적 변주≫(도서출판 월인, 2003).
7) 신재홍, '몽유양식의 소설사적 전개에 관한 연구' (서울대 박사논문, 1992).
8) 영웅소설과 군담소설 유형에 대한 논의는 서대석, 앞의 책, 11-14면에 구체적으로 드러남.
9) 정종대, ≪염정소설구조연구≫(계명문화사, 1990).

정설화의 구조와 이기철학과도 일정한 관련이 있다고 밝혔다.

박일용[10]은 조선시대 소설의 서술시각 유형으로, '사실적 서술시각'과 '낭만적 서술시각', '관념적 서술시각', '풍자적 서술시각'을 설정하여, 이러한 서술시각에 의해 남녀문제를 다룬 소설을 발생기의 낭만적인 전기적 소설, 17세기 비판적 지식인의 사실적 소설, 조선후기 민중층의 사실적 경향의 소설, 비판적 지식인과 민중층을 아우르는 풍자적 세태소설로 분류하였다. 그리고 이러한 소설사적 경향성이 이동되면서 나타나는 소설의 형상화 형태, 사회적 성격, 소설 생산의 토대를 추적하여 조선시대 소설사의 흐름을 기술하였다.

임갑랑[11]은 애정소설이 대거 출현하고 유형성이 강하게 드러나는 시기를 조선후기로 보고 이 시기 작품들을 대상으로 하여, 그 가운데 뚜렷이 대별되는 몇 개의 작품군을 '적강연인형', '신진관료형', '절행가인형', '정절기녀형'으로 유형화하여 그 특성을 밝히고, 각 작품 군들의 갈등 양상과 구조를 분석하였다.

한편 남녀결연이나 갈등을 다룬 소설들을 특정한 구조로 파악하여 하위 유형화한 논의도 주목할 만하다.

여세주[12]는 위선적인 남성을 여성 주인공이 들어서 훼절시켜 그 허위를 폭로하는 일군의 소설들을 변이 양상에 주안점을 두고 논의하였다. 이정원[13]은 조선조 애정전기소설의 역사적 전개 양상을 구명하기 위해, 나말여초의 전기(傳奇)가 15세기 ≪금오신화≫에서 애정전기소설로 정립되고, 17세기 전후에 장르적 전환을 거쳐 18,9세기를 거치면서 장르적으로 해체된 양상을 사적으로 조망하고 있다. 조광국[14]은 기녀담 기녀등장 소설을 연구 대상으로 삼아, 기녀 제도 및 기녀 풍속의 위상과 흐름을 고찰하고 작품에서 기녀 자의식의 구현 양상을 살펴 시대적 의의를 규명하였다. 송성욱[15]은 혼사장애형 대하소설을 연구대상으로 삼아 각 작품에서

---

10) 박일용, ≪조선시대의 애정소설≫(집문당, 1993).
11) 임갑랑, '조선후기 애정소설 연구' (계명대 박사논문, 1992).
12) 여세주, '조선조 남성 훼절형 소설의 형성과 변이 양상 연구' (계명대 박사논문, 1990).
13) 이정원, '조선조 애정 전기소설의 소설시학 연구' (서강대 박사논문, 2003).
14) 조광국, ≪기녀담 기녀등장소설 연구≫(월인, 2000).
15) 송성욱, '혼사장애형 대하소설의 서사문법 연구' (서울대 박사논문, 1997).

단위담을 추출하고, 혼사장애 동인에 따라 애욕추구담, 부부 성대결담, 탕자개입담, 쟁총담, 처가 및 시가 구성원에 의한 박대담, 옹서대립담 등 여섯 가지 유형으로 분류하였다. 그리고 이러한 단위담의 배열과 서술 및 문체의 측면에서 독특한 서사 문법을 가지고 결합하고 있음에 주목하여 그 의미를 밝히고 있다.

이러한 연구 결과는 주제에 의해 유형화 된 애정소설이라는 상위 유형과, 특성화된 구조를 다시 준거로 삼아 하위 유형을 설정하여 통시적으로 깊이 있게 논의하여 고소설의 발전 및 변이 양상과 그 의미를 밝히는데 주목할 성과를 보냈다. 그러나 남녀결연이나 갈등을 다룬 작품들 중에 그 준거에서 벗어난 작품들은 연구대상에서 배제되어 소속을 갖지 못하는 결과를 초래하였다. 즉 기존의 논의 자체가 유형화를 통해 이루어졌으므로 기존 유형화 논의에서 누락되었거나 잘못 소속된 작품들은 이후의 연구에서도 그 대상으로 자리매김하지 못하고 있다.

이러한 문제점을 다소 해결할 수 있는 연구 방법이 소재 연구방법론이라고 하겠다. 작품속의 특이 소재를 뽑아서 연구[16]하는 방법으로, 유형의 연구가 세로축을 형성하여 전개되는 가운데 이 방법은 가로축이 되어 유형의 틀에 얽매이지 않고 연구에서 배제된 작품들을 논의 대상으로 삼을 수 있다.

본 연구와 직접적으로 관련된 남녀결연이나 결혼 양상을 논의한 연구는 제한적이라고 하겠다. 조정숙[17]은 국내를 배경으로 한 국문본 애정소설 8편을 대상으로 결혼관을 고찰하였다. 여기에서 배우자 선정 범위와 배우자 수에 주목하여 결혼관을 세 가지 유형으로 분류하여, 동일계급혼이면서 일부다처혼인 경우를 보수형으로, 비동일계급혼이면서 일부다처혼인 경우를 진보형으로, 비동일계급혼이면서 일부일처혼인 경우를 혁신형으로 구분하였다. 그래서 보수형의 작품으로 <숙영낭자전>과 <윤지경전>을 들었고, 진보형 작품으로 <옥단춘전> <이진사전>을, 혁신형으로 <춘향전> <청년회심곡> <부용상사곡> <채봉감별곡>을 들었다.

---

16) 강경화, '고소설에 나타난 도술 소재 연구' (건국대 박사논문, 1996).
　　김경남, '고소설에 나타난 전쟁 소재 연구' (건국대 박사논문, 2002).
17) 조정숙, '고전소설에 나타난 결혼관', ≪동악어문논집≫제21집 (동악어문학회, 1986).

그리하여 그 각 결혼관의 시대적 의미를 분석하고자 하였다.

김일렬[18]은 애정을 제재로 하는 서사문학을 대상으로 에로티시즘의 전개상을 시대적, 사회적 관계 속에서 고찰하였다. 작품의 사건 진행 구조를, A. 이성에의 접근성, B. 양성의 결합, C. 방해상황과의 대립 충돌, D. 감정 정서의 발생, E. 상황의 극복 등으로 설정하였다.

그리고 제 1 작품군(A→B)으로 이성간의 성적 결합을 사건의 핵으로 한 일련의 설화들, 즉 <도화녀비형랑> <수삽석남> <최치원전> <호원> <심화요탑> 등을 들었고, 제 2 작품군(A→B→C→D)은 특히 D단계에 중점을 두고 있는 작품으로, <만복사저포기> <이생규장전> <운영전> 등을 설정하였다. 제 3 작품군(A→B→C→D→E)은 C단계에 중점을 두고 있는 작품으로, <숙향전> <숙영낭자전> <권용선전> <백학선전> 등을 들었으며, 제 4 작품군(A→B→C→D→E)은 D가 크게 거세되고 C, E가 강조되는 작품으로, <춘향전> <옥단춘전> <채봉감별곡> 등을 설정하였다.

그리고 이들 네 작품군에 흐르는 에로티시즘의 특성을, '감각-감정-관념-생활'로 규정하고, 역사적으로 이동해 왔음을 논했다. 그리고 서사문학에서 쾌락적인 성과 윤리적이고 관념적인 성의 개념을 도입하여 그 분열상과 양극화의 경향이 네 작품군에서 일어나고 있다[19]고 설파하였는데, 결론적으로 네 작품군의 전개에 따른 애정관, 인간상, 세계관의 변모 양상을 드러내려 했다.

이 논의는 설화와 소설을 아울러 논의 대상으로 삼아, 일목요연하게 애정 제재 서사문학의 흐름을 파악하고 있어서, 필자의 논의에 시사하는 바가 크다고 본다. 서사문학에서의 애정을 통시적으로 고찰하면서 사회, 사상과의 상호 관련성을 논

---

18) 김일렬, '敍事文學에 나타난 Eroticism의 展開相', ≪어문학≫28집 (한국어문학회, 1973).
19) 제1군에서는 생식의 성과 쾌락의 성이 분리되지 않고 애정도 순수히 인간적인 것과 도덕적인 것 사이에 심각한 분열이 없었다고 하고, 제2군 이후엔 성은 폐쇄된 채 긍정되는 생식의 성과 부정되는 쾌락의 성으로, 애정은 부정되는 순수한 인간적인 애정과 긍정되는 도덕적, 관념적 애정으로 각각 분열되고 사상과 윤리 등도 그들과 내적으로 분리된다고 보았다. 제4군에 오면 분열은 다소 완화되고 관념적 애정은 개인적, 현실적 생활적으로 변질되고 그 가치가 어느 정도 인식된다고 하였다. (위의 논문, 26면)

의하여, 결론적으로 문학에 드러난 애정관과 인생관, 세계관의 변모양상을 구명한 의미 있는 논의로 생각된다.

그러나 서사의 구조를 설정하고 네 개의 작품군을 설정하여 분석하는데 문제가 있어 보인다. 통시적 연구에서 범하기 쉬운 오류로, 1작품군은 단순한 구조이고 4작품군은 복잡한 구조라는 시각, 1작품군은 고대사회의 산물이므로 사회적, 사상적 관념에 저해 받지 않았고, 2,3,4작품군은 조선의 유교문화에 철저히 통제받았다는 시각 등이 그것이다. 물론 소설시대 이전의 설화에서 소설로의 이행이 문학 양태와 내용적인 면에서 변모하고 발전한 것은 인정할 수 있지만, 각 작품의 의미를 지나치게 도식화된 구조 속에 끼어 맞추려는 의도 때문에 1군의 설화나 2군의 초기 소설에 대한 의미 분석이 축소되고 왜곡된 측면이 없지 않다.

그리고 애정관을 논하는 장에서 고대 설화에 등장하는 인물들은 윤리라는 측면에 별로 구애받지 않았고, 조선에 와서 유교문화의 통제 속에 윤리에 민감하게 반응하여 죄의식을 가졌다는 식의 논의는 문제점으로 지적된다. 진지왕이 도화녀와 결합할 때도 엄연히 열불경이부(烈不更二夫)가 문제 되었고, 남편 사후 귀신으로 와서 동침을 요구할 때도 부모에게 허락을 구하고 응하는 장면이 크게 그려지고 있다. 통시적 논의를 위해 작품에 대한 평가를 지나치게 축소하고 있다는 평을 면하기 어렵다.

송효섭[20]은 ≪삼국유사≫에 실린 남녀결연서사 10편[21]을 대상으로, 기호학적인 방법을 적용하여 서사모형과 변이유형에 대해 논의하였다. 이 논의에서는 남녀결연 자체가 이야기 가치가 되는 경우와 남녀결연이 이야기 가치에 다다르기 위한 중재적 역할을 하는 경우로 나누어, 전자를 남녀결연 과업, 후자를 남녀결연이 아닌 과업으로 남녀결연서사의 모형을 이분하였다.

전자의 시퀀스를 분리에서 결연으로, 후자의 시퀀스를 과업에서 과업수행 과정

---

20) 송효섭, '남녀결연서사의 서사모형과 변이유형' -삼국유사에 실린 열편의 이야기를 대상으로 한 시론, ≪이정 정연찬선생 회갑기념논총≫(탑출판사, 1989).
21) 환웅과 웅녀, 해모수와 유화, 탈해와 장공주, 진지왕과 도화녀, 김춘추와 문희, 거타지와 용녀, 서동과 선화공주, 紫衣男과 견훤모, 원효와 요석공주, 김현과 虎女 등이다.

의 진행으로 보았다. 그래서 ① 과업수행이 결연을 포괄하는 유형으로, <환웅과 웅녀> <탈해와 장공주> <원효와 요석공주>의 결연담을 꼽고, 남녀의 애정과 관련된 욕구보다는 집단적 가치에 대한 욕구가 큰 신화 혹은 종교적 전설의 성격을 띤 이야기로 보았다. ② 결연이 과업수행을 포괄하는 유형은 《삼국유사》의 남녀결연서사에는 나타나지 않지만, 가장 원초적인 인간의 욕구를 주된 가치로 삼는 민담이나 환상적인 동화 등에서 실현될 수 있는 이야기로 보았다. ③ 결연이 원인이 되어 과업수행이 이루어지는 경우는, <해모수와 유화>, <진지왕과 도화녀>, <서동과 선화공주>, <자의낭과 견훤모>, <김현과 호녀>의 결연담을 꼽고, 인간의 욕망이 긍정되되 그 욕망의 충족에 있어서는 그 사회가 갖고 있는 가치체계와 갈등을 빚지 않을 수 없음을 보인다고 보고, 국가적 이념과 관련된 전설, 혹은 선악이라는 도덕적 이념이 바탕을 이루는 민담의 성격을 띤 이야기로 보았다. ④ 과업수행이 원인이 되어 결연이 이루어지는 경우는 <거타지와 용녀>의 결연담으로, 과업수행에 대한 보상으로 결연이 이루어지는 인간의 세속적 욕망이 반영된 민담으로 보았다. ⑤ 과업수행과 결연이 병렬의 형태를 이루는 이야기는 <김춘추와 문희>의 결연담으로, 과업수행이 문면에 드러나지 않고 순수한 남녀결연에 이야기의 초점이 맞춰져, 전체 이야기의 테두리에서 보면 유기적 구성이 결여되었다는 점에서, 역사 혹은 역사전설의 성격을 띤 이야기로 보았다.

이 논의는 기호학이라는 방법론을 가지고 남녀결연서사가 가지는 기능인 결연과 과업의 두 축의 관계를 일목요연하게 정리하고 설화의 유형을 대입시킨 명쾌한 논의로 보인다. 그러나 부제에서 시론이라고 명시하여, 개개의 작품에 대한 구체적인 논의는 아직 이루어지지 않았다. 그리고 《삼국유사》 소재 남녀결연서사에 한정하고 있어서 고소설로 확대시켰을 때의 의미에 대해서는 언급하지 않고 있다.

이상의 남녀결연서사나 남녀결혼관, 애정요소의 전개에 대한 연구 역시 작품 전체를 대상으로 하지 않았을 뿐이지 결국은 각 단위담(시퀀스)에서의 구조를 파악하여 고찰하는 방법론을 취하고 있다. 남녀결연서사가 작품 속에서 어떠한 기능을 하는지, 사회상과 어떤 관련을 가지는지, 역사적으로 어떻게 발전되었는지를 구명하는데 주안점을 두었고, 남녀결연 상황의 특화된 화소에 대해서는 주목하지 못하였다. 즉 지금까지의 연구에서 남녀결연서사의 각 상황별 화소에 주목한 논의는 미약한 편이라 할 수 있다.

지금까지의 연구사에 관한 논급을 정리해보면, 남녀문제를 다룬 고소설을 애정소설로 유형화한 기존 연구는, 작품 전체를 관류하는 주제에 초점이 주어져서 주목할 만한 소재나 화소에 대해서는 간과했다는 단점을 들 수 있다. 즉 남녀결연서사는 애정의 문제를 다룬다고 하여 반드시 애정소설에 국한되는 서사가 아니다. 애정소설, 가정소설, 군담소설 등에 주요 화소로 작용하는 광범위하고 공통적으로 개입되는 서사이다. 이러한 관점에서의 소재 연구는 유형의 틀을 벗어나서 포괄적으로, 또 다른 시각으로 고소설사를 관망할 수 있게 될 것이다. 그리고 서사구조의 계통을 통하여 서사문학사 내부에서 보다 광범위하게 연계성을 확보할 수 있다.

고소설, 특히 애정소설과 가정소설, 군담소설 속에 개입되어 있는 남녀결연서사의 특화된 화소에 대한 계통과 그 변이 양상을 고찰하는 연구는, 기존의 유형연구에서 배제된 작품들까지도 포괄할 수 있는 종합적인 고소설 연구가 될 것이다. 단편적 고찰이 될 수 있다는 부담감을 안고 있기는 하지만, 이러한 문제점은 자료의 세밀한 분석과 정밀한 도출을 통해 극복될 수 있다. 주제별 유형화 작업에서 누락된 작품까지도 고소설사에서 자리매김 시킬 수가 있어서, 우리 고소설사의 영역을 보다 확대하고 심화시킬 수 있을 것으로 믿는다.

제 2 절 연구 방법 및 대상

여기서 연구 대상으로 삼는 남녀결연서사는 한편의 고소설 작품에서도 여러 편의 단위담을 추출해낼 수가 있으므로, 연구 대상으로 하는 고소설 작품 수보다는 더 많은 수량의 남녀결연 단위담이 연구 대상이 된다. 그러므로 개개의 결연담을 모두 끌어내어 개별적으로 논의한다는 것은 무리가 따른다. 그래서 분석고찰의 선행조건으로 무엇보다도 먼저 특징적인 구조를 중심으로 한 유형화 작업이 이루어져야 한다.

그래서 유형화 작업을 위해 모든 남녀결연의 단위담에 적용할 수 있는 보편적인 순차구조를 설정하여 그것을 기본 축으로 삼게 될 것이다. 그리고 이어 순차구조의 각 단계에서 선택될 수 있는 대립구조들을 설정하여 또 다른 한 축으로 삼아서 순차구조와 종횡 관계를 이루게 할 것이다. 그 다음에 각 단위담을 여기에 대입하여 순차와 대립의 구조가 유사하게 추출되는 결과를 가지고 고소설에서의 남녀결연서사 모형들을 유형화해 내려고 한다.

여기에서 단위담은 통합적인 이야기가 될 수 있으며, 순차구조의 각 단계는 서사 단락으로 간주될 수 있다. 그리고 선택의 상황으로 개입하는 대립구조의 실현 요소나 그 세부 구현 요소가 모티프[話素]가 될 수 있다.

기존의 논의는 대체로 이야기, 서사 단락까지를 대상으로 삼아 구조를 분석하고 유형화한 실정이다. 여기서는 각 서사 단락에서의 선택적 화소에까지 주목하여 그 의미를 확대하여 밝혀보려고 하는 것이다. 이를 위해 이야기의 단계에서 장면에 관한 주목은 필수적이라 할 수 있다.

소설의 서술에서 묘사와 서사는 양 축에 해당한다. 서사 단락으로 구조화 하는 작업은 주로 서사에 초점이 맞추어졌다면, 화소에 주목하는 시각은 서사뿐만 아니라 문면에서의 장면 묘사에 더욱 관심을 두게 되는 것이다. 이런 선택된 장면[話素]을 분석하여 그 의미를 밝혀내면, 고소설의 남녀결연서사에 관한 서사 문법을 밝히는데 유효하리라고 본다.

이제 각 유형에 대한 분석 방법에 대해 논급하고자 한다. 유형화 한 남녀결연서사의 구조적 계통성을 찾는 것을 1차 작업으로 시도하고, 고소설 자체 내에서 상호 수용되는 계보를 확정하여 그 원류를 고증해 내는 작업을 선행해야 하는 것이다. 곧 이 작업은 일정한 원형을 찾아내는 작업이 될 것이다. 이 책이 고소설을 대상으로 이루어지기 때문에 고소설의 화소를 기준으로 삼아 그 이전의 서사 기록물에서 원형을 찾아보아야 하고, 그 이후 고소설에서의 변모 양상을 밝힌 다음, 나아가 신소설과 현대소설, 드라마를 포함한 현대의 문화콘텐츠까지로 확대시킬 수 있는 가능성을 타진해 보는 것이다.

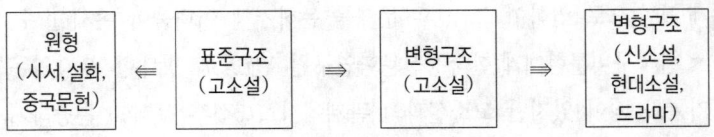

남녀결연서사는 유사 이래로 역사나 문학에서 지속적으로 등장한다. 그러므로 그 원형을 찾는 작업은 소설의 전 단계의 서사물이 되어야 한다. 그래서 그 원천적 텍스트는 우리나라 역사서와 설화(구비, 기록 포함), 중국의 서사물이 될 수 있다.

먼저 우리나라 역사서를 검토하여야 한다. ≪삼국사기(三國史記)≫에서는 본기(本紀)와 열전(列傳)을 중심으로 남녀결연 화소를 검출하고, ≪삼국유사(三國遺事)≫의 여러 설화적 요소들을 대상으로 삼아 남녀결연서사를 선정해야 한다. 위 두 사서에 수록된 남녀결연서사는 기록문학이 부족한 고대 서사문학의 근간이 될 수 있기 때문이다. 조선시대의 식자층(識者層)은 역사서를 필수적으로 탐독한 것으로 예상되므로, 거기에 수록된 남녀결연서사는 이후의 창작에 자료로써 기여했을 것으로 예상된다. 특히 ≪삼국사기≫에 수록된 <호동왕자와 낙랑공주>나 <온달과 평강공주> 등은 우리나라 남녀결연서사의 원형으로 작용할 수 있을 정도로 회자되었을 것이다.

그리고 열전에 수록된 <도미> <설씨녀> <김유신> <강수> 등에 삽입된 결연담은 사실에 기반하고 있다지만 설화로서의 가능성을 내재하고 있으므로 충분히 수용되었을 가능성이 많다. ≪삼국유사≫의 이야기는 대체로 낭만적인 설화형식을 갖추고 있으므로 또 다른 큰 의미로 고소설의 결연담에 영향을 끼쳤을 가능성이 크다. <도화녀와 진지왕>이나 <서동과 선화공주> <처용> <조신> 등도 그 구조적인 측면에서 변형된 상태로라도 고소설에 영향을 끼쳤을 것이다. 그리고 고려시대의 결연담은 ≪고려사(高麗史)≫의 본기와 열전에서 찾아보고 원형으로서의 가능성을 타진해 본다.

고소설 이전의 서사문학의 주류라 할 수 있는 설화에서 수용된 부분은, 연원의 문제에서는 가장 큰 비중을 차지한다. 그런데 구비설화의 경우는 구비 전승의 존재 방식으로 인하여 그 선후 문제를 논하기에 어려움이 존재할 수 있다. 현재 ≪한국구비문학대계(한국정신문화연구원 편)≫에 방대한 분량의 구비설화가 기록화 되어 있지만 고소설과의 관계에서 그 선후 문제를 논증하기가 결코 쉽지 않아, 구비설화에서 소설로의 이행이 이루어졌다는 확증을 얻기가 어려운 실정이다.

오히려 반대의 경우로 한문소설이나 국문소설이 구비설화로 수용되었을 가능성[22]이 많다고 본다. 그러므로 반드시 구비설화에서 소설로의 이행을 논증하기 어렵다고 보아, 이 책에서는 극히 일부를 제외한 여타 구비설화는 논의의 대상에서 제외하였다.

다만, 구비설화 가운데에서 남녀결연서사의 가장 대표적인 <내복에 산다>형 이야기와 <구렁덩덩신선비>형 이야기, 민간신화로 간주할 수 있는 <세경본풀이>에 나타나는 남녀결연구조는 한국의 남녀결연서사 원형으로서 그 지위를 충분히 확보하고 있다고 보아 논의의 대상으로 삼았다.

민간에서 떠돌던 설화가 조선 중기 이후 기록되어 문헌설화가 된 경우는 왕왕

---

22) ≪한국구전설화(韓國口傳說話)≫(임석재 편)에 수록된 '꿩이야기'는 <장끼전>을 그대로 구비 설화화 한 것임을 알 수 있다.

있었던 것으로 믿어져, 이렇게 한 단계를 거쳐 고소설에 수용되었을 가능성이 있다. 당대 민간에 떠돌던 설화였든지, 아니면 창작 설화였든지 간에 일단 한문으로 기록된 문헌설화(文獻說話)에서 보이는 남녀결연서사는 소설에 수용되었을 가능성이 확실히 높은 것으로 생각된다. ≪수이전(殊異傳)≫일문(逸文) 중의 <수삽석남(首揷石枏)> <김현감호(金現感虎)> <최치원(崔致遠)> 등은 이미 설화의 단계를 넘어서 초기 소설로서의 가능성이 심도 깊게 논의23)된 바 있다. 이들 이야기 속의 남녀결연서사는 그 자체로 하나의 표준구조가 되기에 모자람이 없다. 조선시대에 왕성하게 편찬된 문헌설화에서도 고소설에 수용된 남녀결연서사를 쉽게 찾을 수 있다. 문헌설화의 이야기들은 순수 창작물이 있는 반면에, 인구에 회자되던 이야기들이 다소 부연되어 설화화 된 경우이므로, 허구를 경계하여 창작에 조심성을 보였던 조선시대 고소설 작자층에게는 가장 용이한 소재원(素材原)이었을 가능성이 크다.

그 다음으로 원형을 탐색할 영역은 중국의 문헌이다. 근래에 들어서 고전문학 연구에서 거의 눈을 감는 연구 영역이 국문학과 중국문학과의 비교 연구 부분이라 생각된다. 앞선 세대 연구자24) 일부가 관심을 가졌던 영역이고, 지금에 와서는 국문학 분야에선 거의 손을 대지 않는 영역으로 보인다. 오히려 중문학 연구자들이 그 역할을 담당하고 있는 실정이다. 그러나 국문학을 논의하면서 중국문학의 영향이나 수용을 부인할 수는 없을 것이다.

특히 문헌설화나 고소설에서는 그 수용 흔적을 쉽게 찾을 수 있는 작품들도 많다. 중국의 이야기 문학 총서라고 할 수 있는 ≪태평광기(太平廣記)≫가 이미 고려 중엽 이후에 우리나라에 전래된 사실을 경기체가 중 <한림별곡>에서 확인할 수 있다. 특히 조선 초기 식자층에서는 거의 필독서로 자리했음, 당시 전적을

---

23) 박희병, ≪한국전기소설의 미학≫(돌베개, 1997)과 정출헌, ≪고전소설사의 구도와 시각≫(소명출판, 1999)에서 체계적으로 논의하고 있다.
24) 김현룡, ≪한중소설설화 비교연구≫(일지사, 1976).
   이상익, ≪한중소설의 비교문학적 연구≫(삼영사, 1983).
   정규복, ≪한중문학비교의 연구≫(고려대출판부, 1987).

통해 입증되고 있다. 조선 초기에 그 축약본인 ≪태평광기상절≫이 간행되었고, 또 조선 중기를 넘어서면서 그 언해가 나왔던 사실을 통해서도 감지할 수가 있다. 이러한 중국의 이야기는 특히 전기적(傳奇的)인 내용들이 고소설에 수용되었을 가능성이 매우 높았던 것으로 믿어진다. 조선시대 식자층은 ≪태평광기≫ 소재(所載) 개별 작품의 등장인물 이름25)까지도 일반화 하여 인용하고 있다. 그러므로 이 책에서는 ≪태평광기≫나 중국 고유 설화 등에서 유입된 남녀결연서사와 고소설의 그것을 비교 검토해 볼 것이다.

다음으로 문제 삼아할 부분은 고소설 자체 내에서의 수용 양상이다. ≪금오신화≫를 필두로 본격적으로 창작된 우리 고소설은 <주생전> <위경천전> <최척전> <운영전> 등 애정소설을 대거 양산하였고, <구운몽>에서는 여덟 가지의 남녀결연서사가 작품을 구성하고 있다. 이러한 소설들은 19세기 이후 창작된 수많은 고소설의 전형(典型)으로서 작용하였을 가능성이 매우 높다. 특히 소설 독자층이 확대된 가운데 상업적으로 소설이 양산되는 조선후기사회에서 앞선 시대의 인기 있던 소설들이 후대 창작에 크게 영향을 미쳤을 것은 당연한 일로 여겨진다.

이상 논급을 정리하면, ① 남녀결연서사의 서사모형을 순차구조와 대립구조 속에서 도출하여, ② 고소설의 남녀결연 단위담들을 대입하여 유형화 한다. ③ 고소설의 여러 단위담 가운데 각 유형의 표준형을 설정하고, ④ 그 이전 단계의 원형을 찾아보고, ⑤ 19세기 이후 대거 출현한 고소설에서의 변이 양상을 살피는 것으로 연구가 진행될 것이다.

상위 유형의 계통과 변이에 대한 고찰은 지나치게 추상적이고 범박할 수 있다. 그러므로 보다 세밀한 접근 방법으로 하위 유형의 설정을 통한 분석이 필요하다.

---

25) <운영전>에는 운영이 ≪태평광기≫를 펼쳐놓고 읽고 있었다는 내용이 나타나 있고, <영영전>에서는 영영을 한 번 본 김진사가 상사병을 앓자 노복 막동이가 영영의 이모댁을 빌려 전객연을 베풀라고 조언하는 대목에 '磨勒之計'라는 단어가 나온다. 마륵은 ≪태평광기≫ 소재 <崑崙奴>에 등장하는 종의 이름이다.(김종군, '문헌설화에 나타난 이인노 연구'-당전기 <崑崙奴>의 수용·변모양상을 중심으로-, ≪건국어문학≫ 23·24합집, (건국어문학회, 1999))

그래서 하위 유형의 개념으로 각 단계별 특화화소에 주목할 필요가 있다. 이는 반복적으로 비중 있게 사용되는 화소들을 끌어오면 될 것으로 생각된다. 동일한 유형의 남녀결연서사라 하더라도 그 구조에 특화된 무엇이 있다면 독자들의 흥미는 가중될 것이고, 작자는 자연스럽게 독자들에게 인기가 있는 구조를 선택했을 것으로 생각된다. 즉 유형 반복과 변이를 논할 때의 관건은 특화된 화소일 수 있다. 그래서 하위 유형의 개념으로 특화된 화소에 주목하고자 한다.

그리고 각 단계의 화소들이 결합하는 방식을 고찰하여 그 의미를 밝혀 보고, 남녀결연서사의 유형과의 연관성을 도출하면 이 책의 목적에 어느 정도 다가갈 것으로 기대한다. 서사 단락에 의해 분류된 남녀결연서사의 모형이 특화화소까지를 포괄하는 구체적이고 생동하는 모형으로 거듭날 수 있을 것으로 믿는다.

남녀결연서사는, 애정소설은 물론이고 여타 유형의 고소설의 기본 축으로 볼 수 있다. 이 개념은 유형을 초월하는 것이고, 통시적으로 보았을 때 전 시대를 관류하는 서사의 기본축이라고 할 수 있다.

일대기 구조의 고소설은 남녀 주인공이 출생하여 결연을 맺고 가정을 이루어 국가나 조직을 위한 영웅적인 업적[26]을 남기거나 가정 내 갈등을 겪다가 만년에 지락(至樂)을 누리고 일생을 마감하는 구조를 가지고 있다. 이 가운데 남녀결연서사는 거의 모든 작품에서 한 가지 이상의 사건으로 설정되어 있으므로 그 비중을 무시할 수 없다. 결연 후의 상황은 영웅적인 업적을 수행하는 사건과 가정 내의 갈등을 드러내는 사건이 대부분인데, 전자를 영웅소설 혹은 군담소설로, 후자를 가정소설로 유형화 하여 부르고 있다. 즉, 남녀결연서사는 반드시 유형화 된 애정소설에만 국한되는 것은 아니다. 애정소설에서는 두 남녀 주인공의 애틋한 사랑 감정이 주류를 이루었지만, 가정소설이나 군담소설에서도 남녀 간의 결연 상황은 작품 안에서 중요한 위치를 차지한다. <구운몽>은 비록 애정소설로 분류되지 않지만 여

---

26) 고소설 주인공의 영웅적인 업적은 난신적자의 반역을 진압하든가 오랑캐의 본토 진입을 토벌하는 무용담이 대부분이다. <동선기>를 비롯한 몇 작품에서 전투 장면이 소거되고 회유하여 항복을 받아 공을 세우는 경우도 있으나 대부분의 경우는 전쟁을 통한 무공이 영웅적 업적으로 그려진다. 그래서 이러한 유형을 영웅소설이 아닌 군담소설로 보는 시각도 많다.

덮 경우의 남녀결연 상황이 작품을 꿰뚫고 있으며, 처첩의 갈등이 주류를 이루는 <정을선전>이나 <정진사전> 등의 가정소설에서도 남녀결연 상황은 작품의 흐름에 매우 중요한 요인으로 작용한다.

그러므로 기존 유형의 틀을 벗어나서, 남녀결연서사가 중요한 서사 축으로 설정된 작품들이 이 책의 연구 대상이 되고 있다. 따라서 애정소설은 물론, 가정소설, 군담소설, 이상소설로 분류된 작품들을 연구대상으로 삼아 논의를 진행하게 된다. 다만, 가문소설에도 남녀결연서사가 많이 포함되어 있지만, 여기에서는 다양한 유형의 남녀결연서사가 복합 배열된 경우27)라고 할 수 있다. 따라서 이 연구에서는 연구영역의 한계도 있고, 번잡을 피하기 위하여 가문소설을 연구 대상에서 제외했는데, 연구 대상으로 한 작품에 나타난 결연담 유형을 통해 미루어 그 양상을 파악할 수 있을 것으로 생각한다.

이 책에서 대상으로 하는 고소설 작품을 명시하면 아래와 같다.28)

만복사저포기	이생규장전	하생기우전	주생전	최고운전
위경천전	최척전	운영전	영영전	숙향전
숙영낭자전	동선기	백학선전	옥단춘전	청년회심곡
이진사전	열녀춘향수절가	양산백전	월하선전	채봉감별곡
부용상사곡	유록전	구운몽	옥루몽	임호은전
조웅전	김희경전	음양삼태성	이학사전	김진옥전
정수정전	신유복전	윤지경전	권용선전	유문성전
홍계월전	정을선전	조생원전	정진사전	

---

27) 송성욱, '혼사장애형 대하소설의 서사문법 연구' (서울대 박사논문, 1997), 125-135면.

28) 이 책에서 고소설의 내용을 인용할 경우, 판본이나 구활자본을 참고하되, 원전에 충실하게 현대 표기화 한 ≪한국고전문학 100≫(김기동 전규태 편, 서문당, 1984)에 의거해 인용하기로 한다. 따라서 인용문에 注로 표시된 페이지는 위 전집에 들어 있는 해당 고소설 작품의 페이지를 나타낸다. 그리고 이 전집에 포함되지 않은 작품인 <월하선전> <부용상사곡> <유록전> <신유복전> <정을선전> <조생원전>은 활자본고소설전집(아세아문화사 간행)을 저본으로 삼았으며, <하생기우전> <위경천전> <숙향전> <윤지경전>은 현대어로 출판된 주석본을 저본으로 삼았다. 그 서지사항은 각주로 대신함을 밝힌다.

제2장 남녀결연서사의 구조와 유형

제1절 구조 설정에 대한 검토

남자와 여자는 태어나서 성장해 감에 따라 일정한 시기에 이르면 특별히 교육하지 않아도 자연스럽게 이성에 대한 감정을 품게 된다. 그런데 이러한 과정을 흔히 생명체의 생식 본능과 관련하여 해석하려 하지만, 생물 중에서 인간만은 생식 본능과 결부하여 논의할 수 없는 어떤 특이한 점이 있다. 이는 말을 하여 상대방을 감동시킬 수 있고 표정과 미묘한 감정을 가지고 이성 간에 인연을 맺을 수 있음을 의미하는데, 이 결연과정은 복잡하면서도 하나의 틀을 가지고 있다.

그래서 남녀결연서사를 연구하는 데 있어서, 먼저 어떤 상황으로 결연이 이루어지느냐 하는 결연구조를 생각해 보지 않을 수 없다.

1. 순차구조 설정

남녀가 결연하는 과정은 동서고금을 막론하고 대체로 유사한 구조를 가진다고 할 수 있다. 남녀의 결연은 인간의 삶에서 비롯되는 한 양태이므로 객관적이고 보편적인 어떤 순서에 의한다고 볼 수 있다. 고소설에 결구(結構)되어 있는 남녀결연의 실례를 보아도 결코 예외가 아니다. 이 연구를 진행하기 위해서는 먼저 연구

대상으로 삼은 고소설 작품에 나타나 있는 남녀결연 과정을 모두 종합해 표본적인 하나의 구조를 설정해야 한다. 그래서 그 설정한 표본구조를 '순차구조'라고 이름하고 제시해보면 다음과 같이 된다.

A. 인식(認識) : 남성 또는 여성이, 혹은 쌍방이 상대에게 호감을 가져 이끌린다.

B. 구애(求愛) : 상대를 탐색하며 접근을 시도하여 자신의 욕망을 알리고자 한다.

C. 결연(結緣) : 상대를 만나 교감하여 육체적 혹은 정신적으로 관계를 맺는다.

D. 기약(期約) : 집안이나 사회의 공인을 위해 훗날 결합을 약속하고 기다린다.

E. 장애(障碍) : 결합이 내적, 외적 요인에 의해 방해받는다.

F. 극복(克服) : 결합의 장애를 극복한다.

G. 결합(結合) : 서로 상봉하여 집안이나 사회의 공인을 받고 완전한 결합을 이룬다.

이와 같은 단계는 우리의 일상 삶에서도 그대로 관찰될 수 있는 순서에 해당하므로 보편성을 확보한 구조 설정이라는 점을 누구나 인정하리라고 믿는다. 그런데 우리들의 실생활에서도 보는 바와 같이 남녀결연서사가 반드시 이 순차구조에 완전하게 꼭 맞춰지는 것은 아니다. 어느 단계는 생략되기도 하고 어떤 단계는 중첩되기도 하는 것이다. 결연과정이 생략되거나 중첩되는 경우는 결연서사 구조 내부에서 조절되는 현상이라고 할 수 있다. 즉 유기적인 구조 속에서 굳이 필요하지 않다면 소거되기도 하고 부각시킬 필요가 있을 경우는 중첩하여 부각시키기도 한다.

A단계의 인식과정은 결연 주체들이 서로를 인식하는 단계로, 결연담의 전반적인 성격을 드러낸다고 볼 수 있다. 남녀결연은 남남인 남녀가 어느 일방 또는 쌍방 간에 호감을 보이는 것에서부터 시작된다. 남성이 판단하는 여성의 매력, 여자가

판단하는 남자의 매력은 분명 차이가 있다. 즉 남성의 욕망을 자극하는 요소와 여성의 욕망을 자극하는 요소가 다른 것으로 판단되기 때문이다.

상대에게 호감을 갖게 하는 요소는 크게 당사자 개인의 자질과 그를 둘러싼 배경에서 비롯된다. 곧 개인 자질로는 우리 고소설이 형성된 시기에서 보면, 여성의 경우 요조숙녀(窈窕淑女)로 대변되는 아름다움과 정숙함, 현명함 등을 들 수 있을 것이고, 남성의 경우는 군자(君子)의 덕목이라고 할 수 있는 육예(六藝 : 禮樂射御書數)의 갖춤 같은 것을 들 수 있다. 그리고 인물을 둘러싼 배경의 경우는 대체로 문벌이나 재물이 유혹의 중요 요소가 될 것으로 생각되는데, 그 우선순위를 어디에다 두느냐 하는 것은 개인 각자의 가치관에 따라 크게 다를 수 있다.

B단계의 구애과정은 남녀결연서사에서 가장 흥미로운 단계라고 할 수 있다. 상대를 탐색하고 자신을 알리는 과정으로, 여러 가지 매개체를 사용하여 상대에게 접근을 시도할 수 있다. 적극적인 방법으로는 자신이 직접 맞선을 보기 위해 계략을 사용하기도 하고, 소극적인 방법으로는 매파를 내세워 자신의 마음을 시나 편지 등을 통해 전하는 경우도 있을 수 있다. 또한 자신의 장기(長技)를 십분 발휘하여 상대에게 구애하는 상황은 남녀결연서사에서 비중 있는 과정이 될 수 있다.

C단계의 결연과정은 남녀결연 구조에서 최고 정점에 해당한다. 서로가 직접 대면하게 되고 속마음을 드러내어 교감을 꾀하는 단계이다. 교감의 상황은 두 가지로 나누어질 수 있는데, 정신적인 교감만 이루어져 장래를 약속하는 경우와 정신적, 육체적 교감이 동시에 이루어져 부모 몰래 인연을 맺는 경우가 그것이다. 부모나 사회적 비난을 염려하면서도 통정을 하는 과감함은 자유연애의 극단이라고 할 수 있다. 그래서 단계적으로 상승하던 욕망이 이 단계에서 1차 해소된다고 볼 수 있는 것이다. 그런데 부모가 주선하는 중매에 의한 결연담에서는 자연히 이 단계가 생략될 수밖에 없다.

D단계의 기약과정은 결연을 맺은 두 사람이 집안이나 사회의 공인을 받기 위해 장래를 약속하고 기다리는 단계이다. 부모에 의해 허혼이 이루어지든지 당사자들이 임의로 혼약을 맺든지 하는 경우에 있을 수 있는 과정이다. 이 과정에서는 장래

에 대한 믿음으로 신물(信物)을 교환하는 화소가 설정되는 경우가 많다.

E단계의 장애과정은 남녀결연서사에서 위기의 상황으로 주요하게 다루어진다. 흔히 남녀결연서사를 혼사장애담으로 달리 부르는 작품에서는 이 단계가 핵심적인 것이라고 할 수 있다. 결연을 맺고 장래를 기약한 두 사람 사이에, 흔치 않지만 내적으로 심경의 변화가 오는 경우가 있고, 외적으로 권력을 가진 사람들이 혼사를 방해하는 경우도 있을 수 있다. 비범한 인간에게 욕심을 내는 상황은 고금을 통해 빈번하게 일어날 수 있는 현실 상황이므로, 고소설에서도 이와 같은 혼사장애는 흔히 등장하고 있다.

F단계의 극복과정은 전 단계와 맞물려 남녀결연의 진지함을 드러내는 단계이다. 혼사장애 요소를 당사자가 감내하면서 극복하거나 주변인물의 도움으로 이겨내는 경우가 있을 수 있다. 주인공 인물이 고난을 극복하기 위해 노력하는 가운데 절정의 순간에 배우자에 의해 구출되는 경우가 가장 극적으로 그려지게 된다. 이 극복의 결과에 따라 다음 단계에서 희비가 엇갈리게 나타난다고 할 수 있다.

G단계의 결합과정은 남녀결연서사의 대단원으로서, 두 사람의 결연이 사회적으로 공인을 받아 안정된 부부관계를 유지하는 단계이다. 일부일처나 일부다처의 형태를 가질 수 있으며 결합을 통해 신분이 상승되는 경우도 있다.

우리 고소설에서는 결합을 통해 행복한 대단원을 이루는 경우가 대부분이지만, 불행히 결연이 공인을 얻지 못하고 결합이 무산되어 슬픔으로 종결되는 경우도 있다. 우리 고소설에서의 한 특징으로 지적되어온 이 대단원 구성은 민족적 심성의 특질이 반영된 것이라고 보아도 합당할 것이다. 이것은 중국의 작품에서 영향을 입은 우리 작품이 결미에서 중국작품과는 달리 비극 구성을 피하여 행복단원으로 바꾸어놓은 예가 상당히 발견됨을 통하여 설득력을 얻는다.[1]

이상에서 설명한 순차구조의 진행과정을 그림으로 그려서 나타내보면 다음과 같이 두 개의 정점이 형성됨을 보게 된다.

---

1) 우리의 <首揷石枏> 설화는 ≪太平廣記≫권324 소재 <崔茂伯女> 설화와 내용이 일치하는데 결미에 있어서 우리 설화는 죽은 시체가 다시 살아나게 구성하고 있다.

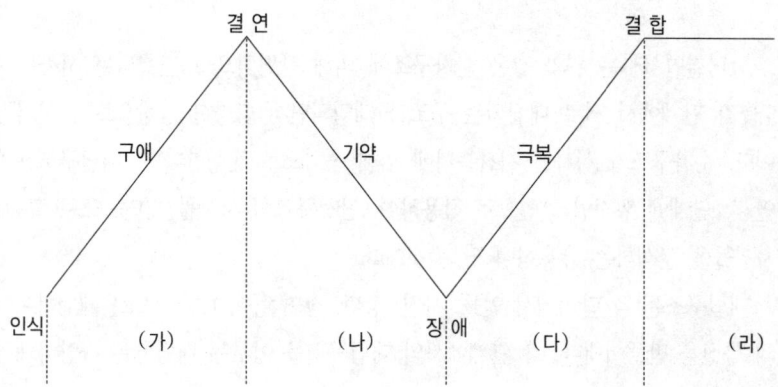

처음 인식에서 결연이 이루어지는 (가) 과정은 욕망이 강하게 발현되는 단계이다. 감정적으로 최고조를 형성하는 과정으로, 욕망의 원리에 의해 서사가 진행되므로 감각적인 장면이 많이 설정될 수 있고, 사회적 안목이나 윤리 등이 문제점으로 부각되지 않는다.

결연의 정점을 지난 (나) 과정은 앞날을 기약한 기다림의 시간이다. 격정의 시간 뒤에 오는 침잠하고 인고하는 과정이라고 할 수 있다. 감각적 욕망이 주가 된 경박한 성격의 만남이 기다림을 통해 깊이를 더해가는 과정이다. 이 과정에 결합을 장애하는 요소가 닥치게 되면 기다림은 결국 고통으로 변하고 이를 극복하는 과정 (다)에서 욕망은 진정한 애정으로 변모하게 된다. 이 과정에서 남녀의 사랑은 심화되고 아름답게 승화된다고 볼 수 있다. 장애와 극복의 상황이 보다 극적으로 전개될 때 주인공의 영웅성은 더욱 부각되고 그 사랑은 숭고해진다. 그리고 그에 대한 보상으로 마지막 결합 과정 (라)에서 대등한 결합이 이루어지든지 신분상승이라는 행복 결말을 볼 수 있다.

2. 대립구조 설정

남녀결연서사는 위와 같은 순차구조에 의해 단편적으로 진행되는 서사는 아니다. 각 단계에서 서로 대립되는 구조가 개입되면서 다양한 양상으로 분석되는 것이다. 순차구조가 서사를 시간순서에 의해 종적으로 진행한다면, 대립구조는 종적인 각 단계에 횡적인 요인으로 작용하여, 단선구조의 서사를 평면구조로 확대시켜 사건들을 분석하는 유용성이 있는 것이다.

대립구조는 각 단계에서 인물, 사건, 상황, 장면 등이 대립적으로 개입하여 서사의 특징을 만들어낸다. 각 단계에서의 대립구조를 이루는 대립항은 다양하게 설정될 수 있다. 이런 대립항들을 구체적으로 설정하면 서사 분석은 세밀해질 수 있다. 그러나 지나치게 사소한 대립항을 설정하게 되면 개개의 서사를 통합할 수 있는 여지가 없어져서 통합적 분석이 어려워질 수 있다. 그러므로 각 단계에서의 대립항 설정은 통합적 분석을 저해하지 않는 한도에서 최대한 세밀하게 설정하는 것이 바람직하다. 고소설 작가들은 이 점에 많은 주의를 기울이고 있음을 볼 수 있다.

인식단계에는 다음과 같은 대립항이 설정될 수 있다.

A. 인식(認識)
A1. 전조(前兆) : A1㉠ 설정 / A1㉡ 제외
　　　　　　　　ⓐ 몽조 ⓑ 예언 ⓒ 정혼
A2. 주도자 : A2㉠ 남성 / A2㉡ 여성
A3. 인식요인 : A3㉠ 자질 / A3㉡ 배경
　　　　　　　　ⓐ 미모 ⓑ 시재 ⓒ 음률 / ⓐ 전망 ⓑ 부귀 ⓒ 해원
A4. 신분 : A4㉠ 대등 / A4㉡ 차등

A.인식단계는 결연담의 성격을 판가름하는 중요한 단계이므로 대립항이 다른 단계에 비해 많이 설정될 필요가 있다. A1.전조는 남녀의 결연이 숙명적인지 여부를 드러내는 항목이다. 남녀의 결연이 천정(天定)에 의해 이루어졌다는 숙명론에서 비롯한다면 결연은 필연성을 띠게 되는데, 결연서사에서 현실감이 결여된 우연

적이고 낭만적 화소의 개입을 허용할 가능성이 많다. 여기에는 전기적(傳奇的)인 화소라고 하여 사건 해결이 현실과 너무 거리가 멀다는 비판 여지가 있을 수 있으나, 숙명론을 의식한 남녀주인공이 흔들림 없이 상대를 찾아서 결연을 성취한다는 극적인 상황을 연출할 수도 있다.

그 세부선택항목으로는 첫째 ⓐ몽조(夢兆)로, 태몽을 꾸거나 조상의 현몽(現夢)이 있고, ⓑ예언으로는, 도승이나 신선 등의 신이한 존재에 의한 예언 등이 있는데, 이 항목이 제외된 작품도 있다. 설정된 것과 제외된 것이 대립적이냐 하는 의문이 있을 수 있으나 서로 상반된다는 점에서 대립으로 본 것이다.

A2.주도자 항목은 결연 서사의 성격에 가장 지대한 영향을 미친다고 볼 수 있다. 결연의 주도를 남성이 하느냐 혹은 여성이 하느냐, 아니면 쌍방 간에 이루어지느냐 하는 것에 대한 대립항이다. 남녀결연이 다양한 성격의 욕망에 의해서 시발된다고 할 때, 욕망 발현의 주체가 누구인가에 따라 결연서사의 성격은 결정된다.

남성이 주도하는 경우는 서사가 남성의 다양한 욕망에 의해 사회적으로 확대될 가능성이 많고, 여성이 주도할 경우는 결연당사자들의 문제로 한정될 가능성이 짙다. 한편 쌍방이 주도자로 설정되는 경우에는 자유연애서사로 전개되어 사회적 윤리나 부모의 반대와 같은 갈등이 예견되는 것이다.

A3.인식요인 역시 결연 서사의 성격을 규정하는 중요한 항목이다. 순수한 성정에서 비롯한 결연인지, 이해타산이 개입된 목적성을 가진 결연인지를 구별하는 대립항이다. 순수한 성정으로 인식하는 경우는 상대에 대한 자질에 대한 호감으로 보고, 이해타산을 염두에 둔 목적으로 인식하는 경우는 상대를 둘러싼 배경요인에 호감을 두는 경우로 설정할 수 있을 것이다. 상대를 인식하는 요인이 명확하게 하나로 귀결되지는 않더라도 주된 인식요인을 찾아 결연서사의 순수성과 목적성에 대해 판단을 해야 한다. 욕망의 실체가 무엇이냐에 따라 서사 진행에서 갈등 요소와 해결 양상이 다르게 설정될 것이다. 상대 자질에 호감을 보이는 경우 그 세부선택항목으로는, ⓐ외모가 가장 비중이 있을 것이다. 시각적인 호감이 상대에 대한 첫인상으로 강한 효력을 가지는 것은 당연하다. ⓑ시재의 경우는 학문이나 덕성과

관련된 지적 이미지 요인이며, ⓒ음률의 경우는 예술적 소양으로, 풍류를 통해 탈속적인 고매한 이미지를 충족하는 요인이라고 하겠다.

상대의 배경에 관련된 세부선택항목으로는 ⓐ전망을 설정할 수 있는데, 장래의 출세와 발전가능성을 말한다. 여성이 남성의 배경을 볼 때 최우선의 요인은 장래의 발전가능성이라고 할 수 있을 것이다. ⓑ부귀는 상대방 집안의 권력적, 경제적 배경을 말하는데, 보통의 경우 남성이 여성의 배경을 염두에 두고 접근할 경우는 처가의 권세나 부유함이 중요한 인식요인이 될 수 있다. ⓒ해원(解冤)은 주도자나 주도자 집안에서 해결할 수 없는 원한을 상대를 통해 해결하려는 요인이라 할 수 있다. 이러한 각 세부선택 항목은 욕망에 따라서, 또는 가치관에 따라서 다양하게 설정될 수 있다.

A4.신분은 결연의 주체들의 신분이 대등한지 차이가 나는지를 따져보는 항목이다. 여기서 신분이란 용어는 반드시 사회 계급만을 의미하는 것은 아니다. 계급을 포함한 결연 당시 처한 처지까지도 염두에 둔 대립항임을 의미하는 것이다. 남녀 결연에서 신분차이는 중요한 갈등요인이 될 수 있다. 신분차이가 있는 당사자들이 욕망에 이끌려 당사자 간 결연을 이룬 후, 공인을 통한 최종적 결합 과정에서 대등한 관계로 자리매김하는 경우는 지난한 갈등을 극복해야 하는데, 이러한 신분 대립항이 결연서사를 더욱 풍부하게 할 가능성이 많다.

그리고 구애과정에 대한 대립항은 다음과 같이 설정할 수 있다.

B. 구애(求愛)
B1. 탐색방식 : B1㉠ 직접탐색 / B1㉡ 간접탐색
B2. 매개체 : B2㉠ 설정 / B2㉡ 제외
ⓐ 시 ⓑ 편지 ⓒ 연주 ⓓ 속임수 ⓔ 상사병 ⓕ 수화

B.구애는 결연서사가 본격적인 진행을 보이는 단계로, 감각적인 흥미요소를 대립항으로 설정할 수 있다. B1.탐색방식은 호감을 가진 상대를 탐색하고 자신을 상대에게 알리는 방식에 대한 대립항이다. 직접적인 탐색방식으로는 주도자가 대면

하여 선을 보거나 엿보기를 통해 상대를 본인이 탐색하는 적극적인 방식이다. A2에서 결연의 주도가 쌍방 사이에 이루어질 경우는 맞선의 형태가 일반적인 것이고, 남성이 주도할 경우는 적극적인 선보기가 일어날 수 있으며, 여성이 주도할 경우는 훔쳐보기나 엿보기를 통한 탐색이 가능할 것이다. 간접적인 탐색방식으로는 주도자가 상대방의 주변인을 통해 탐문하는 경우로, 중매자 설정 정도의 사건으로 축소될 수 있다.

B2.매개체 여부는 구애단계의 특화화소로 설정될 수 있는 대립항이다. 여기서 매개체라는 용어에는 매개수단까지를 포괄하는 개념으로 설정한다. 결연서사의 흥미를 유발하는 요인이라고 할 수 있다. 직접탐색의 경우는 대체로 구애의 매개체가 설정될 여지가 많고 간접탐색의 경우는 중매를 통한 구애가 이루어져 매개체가 생략되는 경우가 많다. 세부선택항목은 다양하게 열어놓아야 할 것으로 생각된다.

그 가운데 가장 빈도수가 높은 항목으로 ⓐ시를 들 수 있다. 연시를 통해 욕망의 성격도 파악할 수 있으며 상대의 자질을 평가하는 기준도 되는 이중의 효과를 지니며 사건 위주의 결연서사에 서정의 요소로 작용하여 극적 분위기를 고조하는 역할도 한다. ⓑ편지의 경우는 직접적인 구애를 드러내는 매개체이고, ⓒ연주는 상대에게 접근하는 수단으로 가장 이상적인 매개체가 될 수 있다. 시나 편지가 직설적으로 감정을 표출하는 매개체라고 한다면 연주는 비유적으로 구애 감정을 드러내는 수단이 된다. 언어를 통한 감정 노출보다는 음률을 통한 연정의 표출이 한 차원 격상된 수단이 될 수 있다.

ⓓ속임수는 상대를 탐색하는 매개수단으로 가장 흥미로운 요소로 볼 수 있다. 속고 속이기의 긴장감이 극적 재미를 유발하며 마지막에 상대에게만 자신의 실체를 드러내서 상대에게 분함과 호기심을 동시에 유발시켜 자존심을 강하게 인식시키는 작용을 한다.

그 외에 ⓔ상사(相思)가 매개체로 작용하여 부모가 직접 구애하게 하는 경우도 있을 수 있으며, ⓕ수화(繡畵) 등의 매개체를 통해 상대를 탐색하는 경우가 있다.

다음은 결연 단계에서 설정할 수 있는 대립항을 나타내고 있다.

C. 결연(結緣)
  C1. 결연주도자 : C1㉠ 남성 / C1㉡ 여성
  C2. 동침여부 : C2㉠ 동침 / C2㉡ 동침유보

C.결연은 결연서사의 처음 정점에 해당하는 단계로, 결연주체들의 상호 교감을 이루는 단계이다. 전 단계에서 상대에 대해 피상적으로 알았던 정보가 확인되는 과정이라고 할 수 있으며, 감정적으로 욕망이 최고조에 달하는 극점이다.

그 대립항으로는 C1.결연의 주도자항목과 C2.동침여부를 설정할 수 있을 듯하다. C1.결연주도자는 A2의 인식의 주도자와 일치할 경우가 많지만 예외적인 경우도 있을 수 있다. C1㉠남성의 경우는 관습상 일반적인 상황으로 받아들여질 수 있으나 그 이면에는 암묵적으로 결연주체들의 상호 합의를 전제로 결연 상황에 임하게 된다고 보아야 한다. 만약 순연히 남성 일방의 주도로 결연이 이루어진다면 강탈 혹은 겁간의 상황으로 되는 것이다. 극대화된 남성 욕망의 결과물로 볼 수 있으며, 남녀 간 갈등의 요인을 내포하고 있다고 보아야 한다.

C1㉡여성이 결연을 주도하는 경우는 사회 관습에서 다소 벗어난 경우로, 흔한 경우는 아니다. 여성이 결연 자체에 목적을 둔 경우보다는 남성에게 자신의 장래를 의탁하고자 하는 욕망의 발현으로 볼 수 있다. 이 경우는 비록 일방적인 주도라고 하지만 남성이 거부하는 갈등의 양상은 위에 비해서 부각되지 않을 수 있다. 앞서도 언급했듯이 결연이 이루어진다는 것 자체가 상호 의기투합을 전제로 하고 있으므로, 결연의 주도가 남성이냐 여성이냐의 판가름은 세밀한 시각에서 이루어져야 한다. 남성 주도의 강탈이나 여성 주도의 증여에 의한 결연이 아닌 이상, 대체로 쌍방이 결연의 주도자가 되었다고 보아야 한다.

C2.동침여부 항목은 남녀결연 서사에서 욕망의 극단적 상황으로, 사회적 이목이나 윤리적 문제와 충돌을 일으킬 수 있는 미묘한 대립항이다. 당사자 간 야합이나 사통이라는 비난을 초래하여 이후 결합을 공인받는 과정에서 부모의 반대라는 혼사장애로 연결될 소지가 많다. C2㉠동침이 이루어지는 경우는 남녀가 정서적으로 교감한 후 육체적 교감으로 나아가는 경우이고, C2㉡동침이 유보되는 경우는

정서적으로만 교감을 이루고 육체적 교감은 뒤로 미루는 경우이다.

동침의 경우는 대체로 욕망의 원리가 지배하든지, 정조 윤리에 얽매이지 않는 여성 주도의 결연에서 일어날 수 있다. 동침을 유보하는 경우는 남성이나 여성이 강한 정조관에 경도되어 심정적으로 상대와 결합을 맹세하지만 육체적인 결합은 공인 후에 이루겠다는 의도가 내포되어 있는 것이다.

그리고 기약 단계의 대립항 설정은 다음과 같다.

D. 기약(期約)
  D1. 기약방식 : D1㉠ 당사자약속 / D1㉡ 부모혼약
  D2. 신물(信物) : D2㉠ 설정 / D2㉡ 제외
      ⓐ 반지 ⓑ 거울 ⓒ 부채 ⓓ 귀중품 ⓔ 불망기 ⓕ 화상 ⓖ 꽃

D.기약은 욕망의 원리에 의해 결연을 이룬 당사자들이 결연을 공인 받기 위해 훗날을 약속하고 기다리는 단계이다. 결연서사로 볼 때 욕망에 의한 정점에서 이별이라는 하향선을 타게 되는 과정이라고 하겠다. 사회적, 가정적 공인을 받기위한 자격을 갖추자는 두 사람의 약속도 포함되어 있다.

대립구조로, D1.기약방식과 D2.신물여부를 설정할 수 있다. D1.기약방식 중 D1㉠당사자 약속은 결연서사에서 주류를 이루는 경우로, 개인 차원에서 결연을 주도한 대부분의 서사는 집안이나 사회의 공인을 과제로 남기고 이별하는 과정이 그려진다. D1㉡부모혼약은 결연 주도가 부모에 의해 이루어지는 중매담의 경우이다. 이 경우는 지금까지 결연서사의 순차구조에서 누락된 단계가 존재할 수도 있다. 축소된 결연서사에서 나타날 수 있는 대립항이다.

D2.신물여부는 상봉과정에서의 확인을 위한 매개체가 존재하는지 여부이다. D2㉡신물이 생략되는 경우는 두 가지인데, 부모에 의해 혼약이 맺어지는 경우는 약혼 자체가 신물의 역할을 하고 또 납채나 납폐의 과정에서 신물이 오고간다고 볼 수 있다. 신물이 없는 다른 경우는 남녀가 결연과정에서 동침까지 이루어 두 사람이 완전한 신뢰를 확립하고 이별하는 경우라고 볼 수 있다. D2㉠신물이 존재하

는 경우는 남녀가 심정적으로만 교감하여 장래를 약속하는 경우에 대체로 개입된다. 즉 동침이 유보된 경우에는 서로를 확인하는 방편으로, 신표로써 신물을 교환하게 된다. 세부선택항목으로는 ⓐ반지 (옥지환)가 가장 일반적일 수 있으며, ⓑ 거울, ⓒ맹세문을 기록한 부채, ⓓ자신의 귀중품, ⓔ불망기 등 다양하게 나타나고 있다. 이러한 신물 설정은 결연서사가 우여곡절을 많이 겪을 것을 염두에 둔 경우라고 볼 수 있으며, 결연의 대단원에 극적인 효과를 발휘하는 매개체가 되고 있음을 본다.

장애 단계에서의 대립항은 다음과 같이 설정된다.

E. 장애(障碍)
　　E1. 장애대상 : E1㉠ 남성 / E1㉡ 여성
　　E2. 장애종류 : E2㉠ 내적장애 / E2㉡ 외적장애
　　　　　　　　ⓐ 변심 ⓑ 거부 ⓒ 소심함 ⓓ 속임 ⓔ 성격불화
　　　　　　 / ⓐ 부모반대 ⓑ 권력개입 ⓒ 전쟁재난 ⓓ 음해
　　　　　　　　ⓔ 집안몰락

E.장애는 결연서사에서의 시련과정으로, 지금까지의 결연서사가 욕망의 원리에 의해 이루어진 것에 전환을 요구하는 단계이다. 개인 차원에서 욕망에 이끌려 서로를 인식하고 결연을 이루었으며 장래를 약속한 두 사람에게, 완전한 결합을 위한 통과의례 과정이라고도 할 수 있는데, 이를 통해 치기 어린 사랑 놀음은 완전한 사랑으로 성숙할 수가 있는 것이다.

그 대립구조로는 E1.장애대상과 E2.장애종류를 설정할 수 있다. 장애대상이 E1 ㉠남성인 경우와 E1㉡여성인 경우, 그리고 두 사람에게 모두 일어나는 경우를 볼 수 있다. 그런데 이 경우 사회적으로 열악한 환경에 있는 여성에게 특히 장애가 많이 결부됨은 현실 생활의 단면을 나타낸 것이라 하겠다.

E2.장애의 종류는 결연 당사자 간에 존재하는 E2㉠내적 장애와, 주변인이나 환경에 의해 장애가 발생하는 E2㉡외적 장애로 설정될 수 있다. 내적 장애의 세부선택항목으로는 ⓐ변심을 들 수 있는데, 대체로 결연 후 기다리는 동안 다른 애정대

상이 생겨서 배신하는 경우가 대부분이다. ⓑ거부는 결연주체가 배제된 정략혼에서 남성이나 여성 일방이 상대를 거부하는 경우이고, ⓒ소심함은 결연 과정에서는 욕망에 이끌려 용기를 내었으나 공인의 과정에서 주체적으로 대처하지 못하는 경우이다. 그 외에 다양한 선택항목이 있을 수 있다.

E2ⓛ외적 장애의 세부 선택 항목은 ⓐ부모반대가 흔히 있을 수 있다. 반대의 이유는 윤리적인 측면에서 허락 없이 결연을 맺은 사통이 문제가 될 수 있으며, 이해타산의 문제로 가문의 지체나 신분이 차이가 날 경우이다. ⓑ권력개입은 권력을 가진 존재가 결연주체 중 일방에게 혹은 쌍방에게 욕심을 부려 결합을 방해하고 강제로 혼인하려는 늑혼의 경우가 대표적이다. 남성이 장애 대상으로 설정될 경우는 남성의 출세가능성을 염두에 두고 늑혼을 추진하고, 여성의 경우는 뛰어난 자질(미모, 정숙함)이 늑혼을 불러일으키는 요소가 될 수 있다. ⓒ전쟁재난은 이를 통해 두 사람 사이에 이산이 일어나 결연이 방해 받는 경우이며, ⓓ음해는 제 삼자가 다른 목적으로 결연 주체를 상해하는 경우이다. 그리고 ⓔ집안몰락은 정변이나 재난을 통해 가문이 와해되고 이산하게 되는 경우가 대표적이다. 이외에도 다양한 장애 요소들이 설정될 수 있다.

극복 단계의 대립항으로는 다음과 같이 설정할 수 있다.

F. 극복(克服)
  F1. 극복주도자 : F1㉠ 당사자 / F1㉡ 주변인
  F2. 극복방식 : F2㉠ 적극적 방식 / F2㉡ 소극적 방식
                  ⓐ 저항 ⓑ 자결 ⓒ 도주 ⓓ 회유/ ⓐ 상심
                  ⓑ 환경변화
                  ⓒ 구원
  F3. 상대기여 : F3㉠ 설정 / F3㉡ 제외
                  ⓐ 구출 ⓑ 화해 ⓒ 내조 ⓓ 외조 ⓔ 결연사수
  F4. 극복결과 : F4㉠ 극복 / F4㉡ 좌절

F.극복은 전 단계 혼사장애를 헤쳐나가는 단계인데, 결연서사가 장애 단계에서 가장 밑바닥을 점하다가 결연의 새로운 시발점이 되어 상승을 도모하는 단계이다.

이 극복의 과정은 결연서사 대단원의 의미를 규정하는 시험대로서 중요성을 가진다고 할 수 있다. 남성에게 장애가 촉발될 경우는 화해를 통해 일부 장애요소를 수용하는 합의의 극복양상을 보일 수 있으며, 여성의 경우는 극단적인 양상으로 치달아 극복의 경우는 결합을 성취하게 되고, 좌절의 경우는 결합을 이루지 못하는 비극으로 일단락된다.

대립구조로, F1.극복주도자, F2.극복방식, F3.상대기여, F4.극복결과를 설정할 수 있다. F1.극복주도자가 F1㉠장애 대상인 당사자일 경우에는 서사가 진진하게 전개되며, F1㉡주변인일 경우는 긴장감이 다소 느슨하게 이완된다고 볼 수 있다. 그리고 주변인이 극복주체가 되는 경우는 대체로 조력자로서의 역할을 하게 된다.

F2.극복방식은 다양하게 설정될 수 있는데, 극복의지에 따라 F2㉠적극적 방식과 F2㉡소극적 방식으로 이분한다. 적극적 방식은 결합을 성취하겠다는 강한 의지에서 비롯하여 자신의 몸을 극단의 상황으로 내던지는 경우이다. 그 세부선택항목으로, ⓐ저항, ⓑ자결, ⓒ도주, ⓓ회유 등을 들 수 있다.

저항은 장애를 온몸으로 직접 막아내는 인고의 방식이라 할 수 있는데, 저항의 상황이 확대될수록 결합과정에서 보상이 파격적으로 일어날 수 있다. 자결의 방식은 자칫 소극적인 방식으로 여겨질 수도 있으나, 여성의 경우 장애가 자신에게 직접적으로 가해지지 않고 가문의 몰락과 직결되어 부모의 강요에 의해 이루어질 때, 가문을 구하고 장애를 극복하는 방식으로 부모의 뜻에 따라 초례에 임하고 신행 도중에 자결로써 반항하는 방식이다. 이 상황에서는 가장 적극적인 방식이라고 볼 수 있다. 도주의 경우는 상황을 모면하기 위해 자신을 던지는 방식이며, 회유는 장애에 대해 적극적으로 대항하여 장애 가해자를 설득시키는 방식이다.

소극적인 방식으로는 장애에 대해 몸을 던져 대항하지 못하고 주변인의 도움이나 상황의 변화를 기다리는 경우에 해당한다. 세부선택항목으로, ⓐ상사, ⓑ환경변화, ⓒ구원 등을 들 수 있다. 상사의 경우는 부모의 반대가 장애로 닥쳤을 때, 상대를 그리는 정에 사무쳐 죽을 위기에 처하여 결국 부모가 허락하게 만드는 방식이다. 환경변화는 시간이나 여건이 변화하여 장애 요소가 자연적으로 해소되는 경우이며, 구원은 조력자의 도움으로 장애가 극복되는 방식이다.

F3.상대기여는 혼사장애를 극복하는 단계에서뿐만 아니라 전체 결연서사에서 주요한 의미를 가지는 대립항이다. 장애 대상의 상대가 극복 과정에서 극복이 쉽게 이루어질 수 있도록 도움을 주는 요소에 대한 설정이다. 세부선택항목은 다양하게 열린 구조로 선택될 수 있다. 남성의 기여로는 가장 큰 부분이 혼사장애 고난에 처한 여성을 ⓐ구출하는 경우이다. 그리고 내적인 장애의 경우는 상대를 용납하여 배우자로 맞는 ⓑ화해의 경우도 있을 수 있다. 여성이 기여하는 경우는 ⓒ내조를 먼저 들 수 있다.

내조는 궁핍한 처지에 처한 남성을 거두어 경제적으로 후원하는 경우와 학문을 면려하여 남성의 성공을 적극적으로 권하는 경우가 있을 수 있다. 남성이 출세할 수 있도록 물심양면으로 돕는 것이다. 이와는 반대 경우로, 여성이 사회적 활동 능력을 갖추어 사회적으로 인정을 받아 상대 남성의 어려운 상황을 적극적으로 돕는 경우는 ⓓ외조라는 항목으로 설정되는데, 남성의 자존심에 저촉될까봐 여성이 신분을 속이고 남성의 사회활동을 돕거나 이끌어주는 경우이다. 이를 통해 출세를 이루고 자연스럽게 혼사장애가 극복되도록 돕는 것이다.

남녀 공통으로 부모의 반대나 늑혼 등으로 촉발된 장애에 대해서는 ⓔ결연사수 의지가 중요한 기여 요소가 될 수 있으며, 파경의 위기에 처한 자신의 혼인에 대해 목숨을 걸고 지키려는 의지는 커다란 기여로 작용할 수 있다. 그 외에 사회나 시대에 따라 다양한 항목이 설정될 수 있다.

F4.극복결과는 혼사장애의 결과로서 F4㉠극복의 경우와 F4㉡좌절의 경우를 들 수 있다. 장애의 극복은 곧 공인의 절차를 거친 결합으로 연결되며, 좌절은 결합의 실패라는 미완의 결연서사로 비극으로 끝을 맺게 된다. 보통 남녀결연서사는 극복을 통해 완전한 결합 단계로 나아가게 되나 몇몇 특수한 경우는 장애에 좌절하고 마는 비극도 존재한다. 좌절의 서사는 서사구조 속에 사회적 물의를 일으킬 만한 문제점을 내포한 경우일 수 있다.

결연서사의 마지막 단계인 결합 단계의 대립항은 다음과 같이 설정할 수 있다.

G. 결합(結合)
G1. 결합형태 : G1㉠ 주체적 결합 / G1㉡ 종속적 결합
G2. 결합성격 : G2㉠ 애정적 결합 / G2㉡ 관습적 결합

G.결합은 결연서사의 대단원으로서, 남녀결연이 사회적으로 공인을 받고 완전하게 결합하는 단계이다. 혼사장애구조를 논하는 입장에서는 부부가 혼인하는 과정과 아울러 부부관계를 유지하는 가운데 발생하는 장애요소도 포괄하여 논의하는 경우가 많은데, 남녀결연서사의 범위는 인식에서 최종 결합까지로 보는 것이 합당할 것으로 생각된다. 그래서 이후의 부부대결담이나 쟁총담은 후일담으로 간주하기로 한다.

결합단계의 대립구조는 G1.결합형태와 G2.결합성격 정도로 설정할 수 있다. 결합형태는 남녀결연의 결과가 부부관계로 규정된다고 보았을 때, 부부관계가 대등하고 주체적인가, 아내가 남편에게 종속된 관계인가를 판가름하는 항목이다. 여기에서 기준은 일부일처, 일부다처의 혼인제도가 아니라 두 사람의 관계를 부부로 보고, 그 형태가 주체적인지 종속적인지를 밝히는 것이다. 이렇게 보면 신분의 제약을 탈피하지 못해 첩의 지위로 결합이 이루어진다고 하더라도 결연서사 결말에서 비중 있게 결합하는 경우는 주체적 결합으로 보아야 할 것이다.

G2.결합의 성격은 남녀결연서사의 전체적 의미를 규정하는 항목이라고 할 수 있다. G2㉠애정적 결합과 G2㉡관습적 결합으로 이분할 수 있는데, 애정적 결합은 남녀결연 서사가 진행되면서 순수한 애정을 토대로 하여 완결되는 경우이며, 관습적 결합은 욕망이나 늑혼에 의한 결연 후 한 가지 경우라도 결합이 이루어져 가정을 꾸리는 과정에서 결연을 맺었던 존재들과 의무적, 관습적으로 결합하는 경우이다.

처음 인식의 단계에서 순수한 욕망의 발현으로 상대의 자질을 보고 결연을 주도한 경우가 마지막 결합에서 반드시 애정적 결합으로 종결된다고 보장할 수는 없다. 마찬가지로 상대의 배경을 보고 정략적으로 접근한 결연이 결합의 성격에서 관습적 결합으로 귀결된다고 단정할 수도 없다. 결연서사는 작품의 서사가 진행되는

가운데에서 각 단계를 거치면서 남녀결연의 성격이 변화할 여지가 충분히 있기 때문이다. 이는 작자의 인생관과 의도가 작용하기 때문인데, 특히 결연단계에서의 동침여부 항, 극복단계에서의 극복방식 항에 의해 결연 서사의 의미는 크게 달라질 수 있다.

이상에서 설명한, 순차구조의 각 단계에 설정되는 대립구조 항목을 종합적으로 정리해보면 다음과 같다.

A. 인식 : 남성 또는 여성이, 혹은 쌍방이 상대에게 호감을 가져 이끌린다.
  A1. 전조 : A1㉠ 설정 / A1㉡ 제외
         ⓐ 몽조 ⓑ 예언 ⓒ 정혼
  A2. 주도자 : A2㉠ 남성 / A2㉡ 여성
  A3. 인식요인 : A3㉠ 자질 / A3㉡ 배경
         ⓐ 미모 ⓑ 시재 ⓒ 음률 / ⓐ 전망 ⓑ 부귀 ⓒ 해원
  A4. 신분 : A4㉠ 대등 / A4㉡ 차등

B. 구애 : 상대를 탐색하며 접근을 꾀한다.
  B1. 탐색방식 : B1㉠ 직접탐색 / B1㉡ 간접탐색
  B2. 매개체 : B2㉠ 설정 / B2㉡ 제외
         ⓐ 시 ⓑ 편지 ⓒ 연주 ⓓ 속임수 ⓔ 상사병 ⓕ 수화

C. 결연 : 상대를 만나 교감하고 마음을 통한다.
  C1. 결연주도자 : C1㉠ 남성 / C1㉡ 여성
  C2. 동침여부 : C2㉠ 동침 / C2㉡ 동침유보

D. 기약 : 훗날 결합을 약속하고 기다린다.
  D1. 기약방식 : D1㉠ 당사자약속 / D1㉡ 부모혼약
  D2. 신물(信物) : D2㉠ 설정 / D2㉡ 제외
         ⓐ 반지 ⓑ 거울 ⓒ 부채 ⓓ 귀중품 ⓔ 불망기 ⓕ 화상
         ⓖ 꽃

E. 장애 : 결합을 방해하는 요인에 맞닥뜨린다.
  E1. 장애대상 : E1㉠ 남성 / E1㉡ 여성

E2. 장애종류 : E2㉠ 내적장애 / E2㉡ 외적장애
　　　　　　 ⓐ 변심 ⓑ 거부 ⓒ 소심함 ⓓ 속임 ⓔ 성격불화
　　　　　 / ⓐ 부모반대 ⓑ 권력개입 ⓒ 전쟁재난 ⓓ 음해
　　　　　　 ⓔ 집안몰락

F. 극복 : 결합의 장애를 극복한다.
　F1. 극복주도자 : F1㉠ 당사자 / F1㉡ 주변인
　F2. 극복방식 : F2㉠ 적극적 방식 / F2㉡ 소극적 방식
　　　　　　 ⓐ 저항 ⓑ 자결 ⓒ 도주 ⓓ 회유 / ⓐ 상심 ⓑ 환경변화
　　　　　　 ⓒ 구원
　F3. 상대기여 : F3㉠ 설정 / F3㉡ 제외
　　　　　　　 ⓐ 구출 ⓑ 화해 ⓒ 내조 ⓓ 외조 ⓔ 결연사수
　F4. 극복결과 : F4㉠ 극복 / F4㉡ 좌절

G. 결합 : 장애를 극복하고 상봉하여 완전한 결합을 이룬다.
　G1. 결합형태 : G1㉠ 주체적 결합 / G1㉡ 종속적 결합
　G2. 결합성격 : G2㉠ 애정적 결합 / G2㉡ 관습적 결합

제 2 절 남녀결연서사의 유형과 역사적 양상

앞 절에 남녀결연서사의 순차구조와 대립구조를 설정하여 그 기준과 타당성을
고찰하였다. 이제 대상으로 하는 고소설의 각 작품에 나타나 있는 남녀결연 단위
담들을 앞에서 설정한 구조에 대입하여, 먼저 종합적으로 대상 작품 모두가 소속
될 수 있는 몇 개의 유형을 도출해내고자 한다. 그런 다음에 이어, 각 유형에 소속
된 작품 중에서 표준 단위담 1편을 골라, 그 표준 단위담을 예시적으로 구조에 맞
추어 자세히 분석함으로써 유형분류의 타당성을 확인할 것이다. 그리고 나아가 유
형별로 분류된 모든 대상 작품의 유형담을 앞에서 설정한 순차구조와 대립구조에
적용시켜 완벽한 분류가 이루어졌음을 증명하려고 한다. 이때 곁들여 이들 각 단
위담들의 분포 상황을 표로 만들어 상호 비교해 보는 데에 도움이 되게 할 것이다.

1. 남녀결연서사의 유형 추출

남녀결연의 목적은 크게 두 가지로 나누어 볼 수 있다. 남녀 결합을 통하여 자
손을 낳아 사회의 구성원을 확대시키고 사회를 유지하는 목적이 하나이고, 개인적
인 애욕을 충족시키고자 하는 목적이 있을 수 있다. 흔히 전자를 생식으로서의 성,
후자를 쾌락으로서의 성으로 보고 있다.

그런데 번식을 추구하는 전자의 결합은 생물학적 기능으로서 문학과 직접적으
로 연관시키기에는 지나치게 범박하기 때문에, 로렌스(Lawrence)는 생식의 성까지
도 고도의 인간주의적 문화적 차원으로 앙양시키기 위해 원시 생명력의 원천으로
서 에로티시즘의 이상을 추구했고, 프로이드(Freud)도 생식 자체는 물론 인간 활동
의 근본 원리로서 리비도(Libido)를 주장했다. 그러나 생물학적인 목적성을 문학의
범주로 끌어들이기에 석연찮은 점이 있어서, 다른 개념들을 설정한다고 하더라도

그 기저 목적은 변하지 않는다고 보아야 한다.

여기서는 서구 심리학자들의 다양한 견해를 수용하면서, 남녀결연이 사회적 혹은 개인적인 삶의 양태이므로, 시각을 결연서사 자체에 맞추어 그 의도성을 인정하면서 유형화 작업을 진행해보기로 한다.

남녀결연의 의도는 사회적 이념에 충실하고자 하는 경우와 개인의 소망에 충실하고자 하는 경우로 이분2)할 수 있다. 사회적 이념이란 흔히 혼인이라는 사회적 제도에 입각하여 남녀결연을 통해 가족의 구성원을 확대 생산하고, 가문의 창달과 자신의 발전을 도모하고자 하는 생각이다. 여기에는 결연 대상의 개인적인 자질보다는 부모 또는 권력과 부귀, 신분 등의 주변 배경이 중요한 인식요인이 될 것이다. 감정적인 결합이라기보다는 목적성을 가진 정략적 결합으로 볼 수 있다.

따라서 이 경우 개인적인 욕망보다는 가문 구성원으로서의 역할 수행에 필요한 요소들에 의해 결합이 결정된다. 사회의 최소단위인 가족을 구성하기 위한 시작으로서 부부관계를 맺는 행위라고 할 수 있다. 즉 남성은 가문의 창달을 위해 가장 합당한 신붓감을 찾고, 여성은 자신의 안위와 미래를 맡길 수 있는 신랑감을 찾는 행위들이다. 이렇게 볼 때 여기에는 크게 남성 중심의 좋은 신붓감찾기 결연서사와, 여성을 중심으로 하여 훌륭한 신랑감고르기 결연서사로 나누어 볼 수 있다.

그런데 고소설에 나타나 있는 이 경우에 해당하는 결연서사 단위담들을 보면, 사회적 이념에 충실한 결연서사이기 때문에 전통 윤리도덕 관념에 입각하여, 결연

---

2) 박일용, '창선감의록의 구성 원리와 미학적 특징', ≪한국고소설의 자료와 해석≫ (한국고소설학회 편, 아세아문화사, 2001)에서 <창선감의록>에 나타나는 남녀결연서사의 유형을 아래와 같이 분류하였는데, 이 기준을 참조한다.
   1. 결혼 후 부부관계에 초점을 맞춘 이념적 관계
     1) 명분목적으로 규정된 아내의 도리 실천 : 화진-윤옥화, 남채봉(아황 여영고사)
     2) 개인적 탐욕으로 맺어진 관계 : 화춘-조녀
   2. 결혼 과정에 초점을 맞춘 낭만적 관계
     1) 풍류남아와 가인의 결합 : 윤여옥-진채경
     2) 패륜의 상황을 방지하기 위한 구성적 필연성에 의한 결합 : 윤여옥-엄월화
     3) 풍운행회의 결합(어려운 환경에서 자란 남자에게 행운을 부여하려는 소망) : 유성희-아양공주
     4) 신분의 장애를 제거한 소망적 결합 : 유성희-이팔아

의 주체인 본인 남녀는 뒷전으로 물러나 있고, 부모가 나서서 결연을 주선하는 양상을 볼 수 있다.

다음으로 개인적 소망에 충실한 결연서사 단위담들이 나타나 있는 고소설 작품군이 있다. 여기에는 결연서사 당사자 남녀의 소망 층위에 따라 다양한 모습으로 나타날 수 있어서, 감정적인 애정욕망을 깊이 염두에 두고 논의하게 된다. 곧 여기에서의 남녀결연서사는 욕망에서 시작하여 마침내는 사회적으로 인정받아 부부관계를 맺는 것으로 귀결된다. 그러므로 의도가 사회적 이념에서 비롯되었거나 개인적인 애정욕구에서 비롯되었거나 간에, 모두 결연 후의 진행과정에서는 동일한 서사구조로 이행될 가능성이 매우 크다.

그래서 개인적 욕망에 충실한 결연서사는 처음 서로를 인식하고 결연을 맺기까지의 과정이 결연서사의 특징으로 부각되는 것이다. 사회에서 요구하는 부부관계에 대한 강압을 배제하고 당사자 자신들의 욕망을 토대로 상대를 인식하여 결연을 꾀하는 경우인데 이 경우에도 또한 두 가지로 나누어 생각해볼 수 있다.

그 한 가지는 결연이 어느 일방에 의해 주도되는 경우로, 이 경우는 남성이나 여성 일방의 욕망이 결연의 계기가 되기 때문에 애욕에 초점이 맞추어져 애욕추구형이라고 지칭될 수 있다. 그리고 또 다른 한 가지는 남녀가 동시에 서로에게 욕망을 느껴 부모나 사회 이목에 구애받지 않고 함께 자발적으로 결연에 임하는 서사가 있다. 고소설 속에 많이 나타나는 결연서사로서 자유연애형이라고 지칭할 수 있을 것이다.

그리고 다음, 위에서 언급한 두 가지, 곧 사회적 이념이나 개인적 소망에 충실한 결연서사 이외에 또 다른 한 가지 유형으로 분류될 수 있는 결연서사 형태가 있다. 위에서 개인적 소망에 충실한 결연담에 대하여 설명하면서, 그 소망의 범주를 애정이나 욕망이라는 감정적인 요인에만 초점을 두고 논급했다. 하지만 개인의 소망이란 것이 이렇게 감정적인 것에 한정되는 것만은 결코 아니다. 자신이 처한 상황이 열악한 경우, 특히 신분이 낮은 여성의 경우에는 애정이나 애욕보다는 자신의 안정과 사회적 지위를 확보하기 위한 소망이 더 크게 작용할 수도 있는 것이다. 신분제 사회에서 정상적으로 부부관계를 맺을 수 없는 기녀의 경우나, 적극적인 사회활동에 대한 소망을 가진 자의식이 강한 여성의 경우는, 당시에는 독자적으로 자신의 소망을 펼칠 수가 없었기 때문에 어떤 별다른 방법이 필요했다.

이 경우 훌륭한 남성을 만나서 그를 통해 자기 소망을 실현하는 수밖에 없다고 생각했다. 곧 자신의 사회적 활동과 안정을 위한 방편으로 남녀결연을 추구하는 경우인데, 물론 이 경우도 결연의 진행과정은 부부관계로 귀착되어 활동을 전개할 수밖에 없었다. 자신의 안정을 도모하는 기녀나 시비의 경우는 최종적인 결합이 목적일 수 있지만, 여성의 사회 진출을 소망한 주체적인 여성의 경우는 여자는 혼자 살아서는 안 된다는 사회적 이념을 거부할 수 없어서 남성과 결합을 이루는 경우가 많았다. 이러한 경우는 사회적 이념과 개인적 소망이 절충된 결연서사라고 할 수 있을 것이다. 자신의 사회적 소망을 성취하기 위해 사회적 이념인 혼인 제도를 이용하는 의도성이 짙은 결연담이라고 할 수 있다.

이 경우에 자신의 소망을 남성에게 투영하여 대리 성취를 이루고자 하는 경우가 있는데, 흔히 남성을 경제적으로나 학문적으로 뒷받침해 독려하여 성공을 이루게 하는, 예리한 안목을 가진 영리한 여성의 적극적인 구애 형태인 것이다. 이는 남성 출세돕기형 결연서사라고 지칭할 수 있다.

그 다음 또 다른 경우는 여성 자신이 남성에 못지않은 사회활동 능력을 갖추고 있어서, 남성보다 나은 활약상을 발휘해 남편이 하지 못하는 일을 수행하거나 남편을 굴복시키는 경우로, 여성대외활동형 결연서사라고 지칭하고자 한다.

위에서 논급한 6가지의 결연서사 유형을 토대로, 이 책에서 대상으로 한 고소설 39편 속의 남녀결연서사 단위담들을 분류해보면, 56개의 결연서사 단위담 모두가 한 가지도 예외 없이 6유형 속에 모두 소속됨을 보게 된다. 그래서 우리나라 고소설 속의 결연서사 단위담을 크게는 3유형으로, 그리고 하위로는 6유형으로 분류하는 데에 무리가 없는 것으로 확정 짓게 되었다.

그런데 다만 이 연구를 진행하면서 남녀결연서사가 나타나 있기는 하지만 이 6유형에서 벗어나는 작품이 몇 편 있어서 연구 대상에 포함시키지 않고 예외로 인정하였다. 그 작품은 <창선감의록> <방한림전> 등으로, 이들 작품 속에 나타나 있는 결연서사 단위담은 매우 복잡하게 얽어놓았거나 남녀의 결합이 아닌 동성결혼이라서 여기에서 설정한 6유형에 들기가 어려워 제외하였다.

그 외 이 책에서 대상으로 한 39편 고소설은 지금까지 고소설을 연구한 학자들의 연구서나 연구 논문 속에서 주로 논급되고 있는 작품들로서, 결연서사 단위담이 나타나 있는 작품은 거의 망라되었다고 생각한다. 혹시 널리 알려지지 않은 작품에 결연서사 단위담이 간혹 있을 수는 있겠지만, 극히 소수일 것으로 믿는다.

이제 위에서 논급한 유형별 분류를 종합적으로 표시해 보고, 나아가 표를 만들어 39편 고소설 작품 속에 나타나 있는 결연서사 단위담 모두를 설정된 유형으로 분류해 보고자 한다.

(가) 사회적 이념에 충실한 결연서사
　　⑦ 신붓감찾기형
　　⑥ 신랑감고르기형
(나) 개인적 소망에 충실한 결연서사
　　⑦ 자유연애형
　　⑥ 애욕추구형
(다) 사회적 이념과 개인적 소망을 절충한 결연서사
　　⑦ 남성출세돕기형
　　⑥ 여성대외활동형

유형 \ 구분		고소설 작품과 단위담 대상인물	
(가) 이념	㉠신붓감찾기형	구운몽(양소유/정경패), 최고운전(최고운/나승상딸), 정을선전(정을선/유추년), 조생원전(조혜성/김소저), 권용선전(권용선/오소저)	옥루몽(양창곡/윤소저), 유문성전(유문성/이춘영), 백학선전(유백로/조은하), 김희경전(김희경/최소저),
	㉡신랑감고르기형	구운몽(양소유/난양공주), 권용선전(권용선/영희군주), 윤지경전(윤지경/연성옹주)	옥루몽(양창곡/황소저), 김진옥(김진옥/무양공주),
(나) 소망	㉠자유연애형	구운몽(양소유/진채봉), 김희경전(김희경/장설빙), 양산백전(양산백/추양대), 숙향전(이선/숙향), 채봉감별곡(강필성/김채봉), 영영전(김생/영영), 유록전(정몽세/유록)	이생규장전(이생/최랑), 최척전(최척/이옥영), 열녀춘향수절가(이몽룡/춘향), 숙영낭자전(백선군/숙영), 운영전(김진사/운영), 부용상사곡(김유성/추부영), 윤지경전(윤지경/최연화)
	㉡애욕추구형	주생전(주생/선화), 정진사전(정창린/박,최소저), 김진옥전(김진옥/유소저), 하생기우전(하생/처녀귀),	위경천전(위경천/소숙방), 조웅전(조웅/장소저), 임호은전(임호은/이소저), 만복사저포기(양생/처녀귀)
(다) 절충	㉠남성출세돕기형	구운몽(양소유/계섬월), 옥단춘전(이혈룡/옥단춘), 월하선전(황직경/월하선), 구운몽(양소유/가춘운), 주생전(주생/배도), 동선기(서문적/설영),	신유복전(신유복/이경패), 청년회심곡(김진성/농월), 임호은전 (임호은/미애), 구운몽(양소유/적경홍), 옥루몽(양창곡/벽성선), 이진사전(이옥린/김경패)
	㉡여성대외활동형	구운몽(양소유/심요연), 동선기(서문적/동선), 홍계월전(여보국/홍계), 정수정전(장영/정수정),	구운몽(양소유/백능파), 장국진전(장국진/이계향), 음양삼태성(채공자/유소저), 이학사전(장연/이현경)

위 표에서 보면 연구 대상으로 삼은 고소설 작품 39편이 설정된 6가지 유형
에 모두 소속되고 있다. 그리고 또 유심히 보면 특별히 <구운몽>은 6가지 설
정 유형 중 5가지에 속해 있는 것을 발견하게 된다. 그런데 연구 대상으로 한
작품 중에서 <구운몽> 이전의 작품은 ≪금오신화≫ 속의 2편 작품과 <하
생기우전>, <최고운전>, <주생전>, <최척전>, <위경천전>, <운영전>,
<영영전> 정도로, 이들 작품 속의 결연서사담은 그 짜임에 있어서 모두 <구

운몽>의 결연서사담에 응축된 것으로 보인다.

따라서 결연서사에 관한 한, <구운몽> 속의 결연서사가 단연 대표적이다. 그래서 <구운몽> 속의 5가지 결연서사를 그 소속유형의 표준 결연담으로 보고, 이들 5유형에 속해 있는 <구운몽>의 결연서사를 순차구조에 대입시켜 제 3 장에서 예시적으로 분석해 보기로 한다. 그리고 <구운몽>에는 모두 행복한 결연을 하고 있어서 애욕추구형의 결연서사가 빠져 있기 때문에, 애욕추구형 결연서사의 표준 결연담으로는 결연 내용이 매우 감명 깊게 다루어지고 있는 <주생전>의 결연서사를 표준 결연담으로 하여 함께 분석의 대상으로 삼는다.

2. 남녀결연서사의 역사적 전개 양상

현재 학계의 연구로는 우리나라 고소설은 조선 초기 ≪금오신화≫에서부터 시작되는 것으로 알려져 있다. 그런데 고소설에 나타나 있는 남녀결연서사는 고소설 이전의 설화에서 그 원형을 찾을 수가 있기 때문에, 결연서사나 특화화소의 변천 양상을 고찰하기 위해서는 통시적인 추적 연구가 반드시 필요하게 된다. 그래서 고소설 이전 단계에 있어서의 결연서사를 설화를 통해 추적해보고, 내려와서 <구운몽>을 중심으로 고소설 전반기와 후반기로 나누어서 각 단계에서의 결연서사 특질을 고찰해 보기로 한다.

(1) 고소설 이전 단계

고소설 이전 단계의 남녀결연서사는 ≪삼국사기≫나 ≪삼국유사≫ 등에 대부분 수록되어 전하며, 이들 결연서사들은 또 ≪수이전≫ 일문으로서도 여러 문헌에 산재[3]하여 전하고 있다. 우리는 이들 자료를 통해 고소설 이전 단계에 해당하는 남녀결연서사의 양상을 살필 수 있다.

이 시기의 결연서사는 대체로 애욕추구형과 자유연애형의 유형이 주류를 이루고 있음이 확인된다. <동명왕편>에 보이는 해모수와 유화의 결연에서 '얻어 비를 삼으면 아들을 둘 만하다'[4]고 결연의 의도를 드러내고 있음으로 보아, 이 결연서사가 신붓감찾기형의 원형[5]이 될 수 있다. 그런데 <온달열전>이나 <서동설화>에서는 남성출세돕기형의 요소를 발견할 수도 있어서, 이 시기 남녀결연서사를 모두 애욕추구형과 자유연애형이라고 강조하는 것은 무리가 없지 않다. 하지만 이러한 몇몇 작품을 제외한 대다수는 남녀의 욕망이나 애정 감정 표출을 통한 결연이 긍정적으로 수용되고 있다.

<도화녀비형랑>에 삽입된 진지왕과 도화녀의 결연서사는 음란한 진지왕이 미모의 민간 부녀 도화녀를 불러 애욕의 감정을 직접적으로 드러내고 있으므로 애욕추구형의 원형이 되기에 충분하다. 그리고 <도미열전>에서도 백제 개루왕이 도미의 아내가 정숙하고 미모가 있다는 말을 듣고 욕망을 드러내는 것에서 사건이 시작되고 있으므로, 권력자의 횡포에 의한 애욕추구형 결연서사라고 할 수 있다.

그 외 <서동설화>에서는 서동의 출생담과 관련하여 축소되어 드러나지만 서동모가 지룡(池龍)과 교통하여 서동을 낳았다는 이야기와 견훤의 출생담에서 광주 부잣집 딸에게 야밤에 붉은 옷을 입은 남자가 찾아와 교혼하므로 실을 꿴 바늘을 옷에 꽂아 두어 밝은 날 찾아보니 담장 아래의 지렁이였다는 이야기도 애욕추구담으로 보기에 충분하다.

흔히 이런 유형을 '야래자형(夜來者型)설화'로 분류하고 있지만, 그 본질로 보

---

3) ≪수이전≫일문 중 남녀결연서사로 볼 수 있는 작품과 그 수록 문헌은 다음과 같다. <최치원>(태평통재), <수삽석남>(대동운부군옥, 해동잡록), <선녀홍대>(대동운부군옥, 해동잡록), <호원>(대동운부군옥, 해동잡록) (김현양 외, ≪역주 수이전일문≫(박이정, 1996) 참조)
4) 王謂左右曰 得而爲妃加有後胤 (<동명왕편> 협주)
5) 이 결연서사는 그 소속 유형에 논란이 있을 수 있다. 결연의 의도가 아들을 낳을 신붓감을 찾는 목적이 부각되고 있지만 결연의 방법은 신통력으로 속여 유화와 사통하는 구조이므로 관점에 따라서는 애욕추구형으로도 볼 수 있다. 그러나 유화에 대해 해모수가 드러낸 욕망은 미모를 탐내는 애욕이라기보다는 하백의 딸이란 배경적 요소에 맞춰지므로 신붓감찾기형의 원형으로 본 것이다.

면 제왕이나 영웅의 출생을 신이하게 인식시키는 장치로서 삽입된 화소라고 할 수 있다. 그런데 이 야래자형설화에서도 남성이 여성에게 접근하는 요인이 애욕을 염두에 두었음을 확인할 수 있다. 무왕의 어머니는 과부가 되어서 서울 남쪽 연못가에 홀로 살았다[6]고 명시되어 있고, 견훤의 어머니는 광주의 부잣집이라는 배경과 그 용모가 단정하였다[7]는 묘사가 소략하나마 이루어지고 있다. 민간에 홀로 사는 과부는 남성의 욕정을 자극하기에 충분한 존재이고 부잣집의 미모가 빼어난 딸 역시 남성의 애욕 대상이 되기에 충분하다. 그러므로 야래자형설화는 여성에게 욕망을 품은 남성이 밤중에 몰래 여자의 침실로 침범하여 동침을 하고 떠나는 구조로서, 애욕추구형 결연서사의 특화화소인 첫 만남에서의 동침 화소와 맥을 같이 한다고 할 수 있다.

<김유신열전>에 삽입된 서현과 만명의 결연서사는 자유연애형 결연서사의 원형이 될 수 있다. 두 사람은 우연히 길거리에서 마주쳤는데 '마음으로 기뻐하여 눈길로 유혹하여(心悅而目挑之)' 야합을 하게 된다. 여기서는 남성인 서현이나 여성인 만명의 일방적인 감정이 아닌 남녀 쌍방 간의 교감이 첫눈에 이루어져 동침으로 나아간 것으로 되어 있다. ≪삼국유사≫에 수록된 <김현감호> 역시 자유연애형으로 분류될 수 있다. 사월 초파일 흥륜사에서 탑돌이를 하던 김현이 호랑이가 변신한 처녀와 단 둘이 밤늦도록 탑을 돌다가 서로에게 호감을 보이며 눈길을 보낸다. 그리고 탑돌이를 마치고 인적이 드문 곳으로 이끌고 들어가 정을 통하는 것[8]으로 결연을 표현하였다. 두 사람의 결연이 즉흥적으로 보일 수 있지만, 이미 밤늦도록 탑돌이를 하면서 서로를 탐색했으며, 고즈넉한 절 마당에서 단 둘이 거니는 상황으로도 충분히 연애감정이 싹틀 만하다고 볼 수 있다. 여기서도 두 사람은 첫눈에 '서로 교감하여 눈길을 보내며(相感而目送之)' 감정을 확인한다.

<조신> 이야기도 세규사의 승려 조신이 김흔의 딸을 보고 깊이 사모하는 마음을 가지게 된다. 그래서 낙산사 대비관음 앞에서 그 여성과 인연 맺기를 간절히 빌

---

6) 母寡居築室於京師南池邊 池龍交通而生(≪삼국유사≫권2, <무왕>)
7) 古記云 昔一富人 居光州北村 有一女子 姿容端正(≪삼국유사≫권2, <후백제 견훤>)
8) 有郎君金現者 夜深獨遶不息 有一處女念佛隨遶 相感而目送之 遶畢 引入屛處 通焉(≪삼국유사≫권5, <김현감호>)

었는데, 그 여성에게는 이미 배필이 있다는 것을 알고는 자신의 소원을 들어주지 않음을 원망하며 울다가 잠이 든다. 꿈에 나타난 김흔의 딸은 다음과 같이 연정을 드러낸다.

"내가 일찍이 당신의 먼 낯을 보고서 마음으로 사랑하여 조금도 잊을 수 없 었습니다마는 부모의 명을 어기지 못하여 억지로 남을 따라 갔습니다. 지금도 소원하여 죽어서 한 곳에 들어갈 내외가 되고자 왔습니다."[9]

꿈이라는 특이형식을 이용하여 속세의 애욕이 무상함을 절감하도록 한다는 의 도성을 배제하고 액자 속의 이야기를 현실로 본다면, 분명 두 사람은 첫눈에 교감 을 이룬 것이다. 단지 승려라는 신분의 제약, 정혼자가 있다는 장애 요소 때문에 구애를 쉽게 이루지 못하였을 뿐이지 두 사람은 첫눈에 서로에게 이끌려서 상사 감정으로 애를 끓인 것이라 볼 수 있다. 결국은 여성이 자신의 구속을 털어버리고 과감하게 남성을 찾아와 결연을 이루는 구조라고 할 수 있다. 그러므로 이 이야기 도 자유연애형의 결연 방식을 따르고 있음을 확인할 수 있다.

그 외 <강수>의 결연담도 풀무장이의 딸과 사통 한 것으로 그려진다. 그런데 그 사통이 남성주도의 애욕추구가 아니었음을, 부모반대라는 장애를 만났을 때 보 이는 강수의 태도에서 엿볼 수 있다. 조강지처를 버릴 수 없다는 윤리적 입장이 표 면화 되었지만 그 실상은 비록 천한 신분인 풀무장이의 딸이지만 진정으로 사랑하 고 있었다고 볼 수 있으므로 자유연애의 결연으로 분류할 수 있다.

≪수이전≫ 일문인 <수삽석남> 역시 석남이 기녀를 진정으로 사랑하였으므로 부모의 반대에 부딪혀 상사병으로 죽은 것이다. 그리고 그 원을 풀지 못해 혼령으 로서 기녀를 찾아가 즐기다가 기녀의 주선으로 재생하여 혼인을 이루는 것으로 보 아 자유연애의 극단으로 볼 수 있다.

이렇듯 고소설 이전 단계의 남녀결연서사는 대체로 애욕추구형이나 자유연애형

---

9) 兒早識上人 於半面心乎愛矣 未嘗暫忘 追於父母之命 强從人矣 今願爲同穴之 友 故來爾 (≪삼국유사≫ 권3, <洛山寺二大聖, 觀意, 正趣, 調信>)

이 주류를 이룬다고 할 수 있는데, 인간 본연의 감정이 사회적 금기나 부모의 허락에 우선한다는 가치관을 확인할 수 있다. 아울러 진솔한 인간의 욕망, 감정을 긍정하여 애욕의 발산, 연정의 추구로 이루어지는 남녀결연서사를 무리 없이 수용한 양상을 보인다고 하겠다. 이 시기의 남녀결연서사가 비록 실제 살아 생활하는 인간이 아닌 이계(異界)의 존재를 많이 등장시키고는 있지만, 남녀의 결연에서 도덕윤리 의식이 배제된 듯한 양상은 주목할 만한 문제이다.

(2) 고소설 전반기 단계

고소설에서 남녀결연서사는 <구운몽>을 기점으로 일대 전환을 보인다. 그 이전의 작품인 <이생규장전>이나 <만복사저포기> <하생기우전> <최고운전> <주생전>10) <위경천전> <최척전> <운영전> <영영전> 등의 작품에서는 남녀가 일대일의 관계로 결연을 맺고 일부일처의 부부관계를 지향하고 있다. 그러나 대체로 <구운몽> 이후에 등장한 작품들은 한 남성에게 여러 여성들이 함께 차례로 결연을 이루고 후에 가정 내에서 안정을 이룰 때에도 일부다처의 부부관계로 귀결되고 있다. 이런 이유로 <구운몽> 속의 여덟 가지 남녀결연서사들이 이후 여러 결연서사 유형의 표준형으로 설정될 수 있다. 그래서 <구운몽>을 중심으로 하여 고소설 전반기와 후반기로 나누어 그 특징을 고찰해보기로 한다.

고소설 전반기의 남녀결연서사 유형을 총괄적으로 규정지으면 대체로 자유연애형과 애욕추구형으로서, 개인의 욕망에 충실한 결연서사들이라 할 수 있다. 사회의 금기는 욕망과의 충돌이 예견되며, 감정에 의한 욕망의 표출은 금기에 대한 위반을 불러일으키고 이에 대한 사회적 비난과 규제가 뒤따르게 되는 것이 보통이다.

---

10) <주생전>에서는 주생이 처음 기생 배도와 결연을 맺고, 뒤에 승상의 딸 선화와 결연을 다시 맺고 있어 예외적이라는 시각이 있을 수 있으나 주생이 선화를 본 순간부터는 배도에 대한 감정은 사라지고 변심을 통해 선화에게 온통 연정이 쏠려 있다. 그러므로 동시에 두 여자와의 감정적 교감을 유지하였다고 볼 수 없고, 또 중간에 배도가 병들어 죽는 것으로 설정되어 주 결연서사는 주생과 선화의 일대일 관계로 파악하는 것이 옳다.

그러므로 남녀결연서사에서 개인의 욕망에 충실한 이 유형들은 갈등요인을 많이 내포하고 있다. 고소설 이전 단계의 결연서사들도 대체로 욕망에 의해 주도되는 양상을 보였는데, 비록 혼전 동침이나 중매 없이 결연을 맺은 것에 대한 비난이 없었던 것은 아니지만 결연 주체들이 그러한 갈등요인들을 모두 극복하여 결연을 완성하는 구조를 보인다.

이러한 개인적인 욕망에 충실한 결연서사가 고소설의 전반기에도 여전히 주류를 이루고 있지만, 사회적 비난이나 규제에 대한 방어 장치가 서사 구조 속에 개입될 여지가 많았다. 그래서 인식이나 구애 과정에서는 욕망을 과감하게 드러냈다가도 결정적인 결연 상황에서는 동침이 배제되기도 하고, 동침을 이룬 결연이 사회적 금기를 극복하지 못해 좌절하는 경우도 나타난다.

고소설의 남녀결연서사를 논의할 때 <이생규장전>의 가치는 실로 크다고 할 수 있다. 최초의 고소설이라는 소설사적 중요성을 접어두고서라도 작품의 형상화에 있어서 이생과 최랑의 결연과정은 같은 시기 출현한 다른 애정전기소설에 비해 월등하다고 평가할 수 있기 때문이다. ≪금오신화≫에 함께 수록된 <만복사저포기>나 ≪기재기이≫ 속의 <하생기우전>이 현실계의 남성과 명계 여귀의 결연서사로 일관하고 전적으로 전기성(傳奇性)에 의존하여 사실적인 묘사나 현실감각에 입각한 인간 형상화가 결여되어 있음에 비하여, <이생규장전>의 전반부 결연과정은 현실계 남녀의 애틋한 자유연애 상황을 사실적으로 그리고 있다.

이생과 최랑의 인식과 구애, 결연 과정은 연애 감정을 자극할 만한 장면묘사와 시를 통한 심리묘사가 구체적이어서 자유연애형 결연서사의 전형이 될 만하다. 물론 후반부에서 혼인 후 전란에서 화를 당해 사망한 최랑이 여귀로서 이생을 찾아와 미진한 부부관계를 유지하는 것으로 전기적 구성을 하고 있지만, 이 부분은 이 책에서 고찰하고 있는 남녀결연서사과는 별개의 문제로 보아도 무방하다. <이생규장전>은 전반부와 후반부의 내용이 두 편의 소설을 합쳐 구성한 것 같은 주제와 구조를 지니고 있기 때문이다.

<이생규장전>의 자유연애형 결연서사는 고소설 이전 단계 문헌에 수록된 남

녀 간의 자유로운 교감 화소를 수용한 것으로 보인다. 첫눈에 서로에게 이끌려서 시로써 구애를 하고, 서로의 감정을 확인한 다음 부모의 허락에 개의치 않고 집으로 유인하여 첫날 밤 동침을 이루는 상황은 서현과 만명의 결연서사나 김현과 호녀의 결연서사와 다를 바 없다. 이생은 그나마 부모 허락 없이 이루어지는 동침에 걱정을 드러내지만 최랑은 모든 것을 자신이 책임지겠다고 하면서 이생을 안심시키고 자신의 욕망에 충실한 자세를 보인다. 그리고 결국은 최랑이 상사병이 들어 죽을 지경에 처해 부모에게 그간의 상황을 고하고 혼인을 추진하도록 만들고 있다. 그 과정에서 최랑 부모는 딸의 금기 위반에 대해 질책하거나 벌을 가하지 않고 그대로 수용하고 있다.

이 시기의 사회적 분위기가 자유연애형이나 애욕추구형의 결연서사를 엄격하게 규제하려고 제도정비를 하고 있던 시기였으므로, 이에 대한 반발의식이 발현된 것으로 보인다. 그래서 이 작품 이후의 자유연애형에서 첫날밤의 동침 화소는 드러나지 않음을 볼 수 있다. 곧 조선 초기 방외인인 김시습이 전 시대의 남녀결연서사를 금기에 얽매이지 않는 성향으로 수용한 결과라고 볼 수 있다.

<만복사저포기>와 <하생기우전>은 애욕을 품은 여귀들과 현실계에서 결핍의 존재인 남성이 결연을 맺는 이야기라는 공통점이 있다. 고소설 가운데서는 이 두 작품만 발견되는데, 이 결연담은 여성주도의 애욕추구형으로 분류할 수 있다. 이 결연서사는 현실계의 이야기가 아니기에 애욕추구에 대한 사회적 비난이 축소될 수 있으며, 또한 처녀의 몸으로 죽은 여귀들의 해원 차원에서 욕망 표출이 이루어진 것으로 보여, 동정심을 유발시켜 동침 화소에 대한 거부감이 드러나지 않는다. 그리고 죽은 혼령이므로 사회적인 공인을 받아 부부관계로 결합을 이룰 때 생기는 갈등 요인에 구애받을 필요도 없으므로 무리 없이 수용될 수 있었던 것이다.

개인의 욕망 발현에 따른 자유연애형이나 애욕추구형에서 혼전 동침을 인정하고 무리 없이 수용했던 분위기는 임진왜란을 지나면서 다소 변화하는 모습으로 나타난다. 임란 후 석주 권필에 의해 창작된 <주생전>과 그리고 <위경천전>은 애욕추구형의 전형이 될 정도로 구체적이고 노골적인 남성의 욕망이 드러나는 작

품이다. 두 작품에서 남성은 처음 보는 여성에게 강한 욕정을 갖는다. <주생전>에서는 주생이 선화를 한번 보고 같이 동거하는 배도를 배신하면서까지 접근을 시도한다. 여기서 선화는 주생을 그나마 인식하고 있었으므로 월장을 하여 침실로 뛰어든 주생에 대해 큰 거부감을 드러내지 않는다. 그런데 위경천은 소숙방을 몽롱한 상태에서 보고 욕정을 도저히 억누르지 못하고 침입하는 겁탈의 행태를 취한다. 그러므로 그 거부감도 대단하고 사회적 비난의 여지도 크다고 하겠다.

욕망의 주체인 남성들은 자신들의 행동이 얼마나 큰 파장을 일으킬 것인지 감지하지 못하고 축적된 욕망을 즉흥적으로 발산한다. 당하는 입장인 여성들은 혼전 동침이 타인에게 알려졌을 때 야기될 수 있는 모욕과 불명예를 잘 알고 있으므로 강한 거부감을 보인다. 그러므로 여성이 좀 더 이성적인 존재로 설정됨을 확인할 수 있다. 결국은 남성의 설득에, 또는 강압에 못 이겨 동침을 이루고 나면 여성들은 남성에 전적으로 의지하는 모습으로 변하면서 정상적인 청혼 절차를 밟아줄 것을 간청한다.

그런데 여기에서 야기되는 문제는 여성에게 욕정을 품었을 때는 월장을 하고 침실로 난입할 정도로 과감한 용기를 드러냈던 남성들이 부모에게 자신의 결연사실을 알리고 청혼을 부탁하는 과정에서는 소심함으로 일관하고 있다는 데 있다. 이들은 규중처녀를 혼전에 강탈했다는 부모나 주혼자의 질책을 감당할 용기는 아직 갖지 못한 유치한 존재였기 때문이라고 볼 수 있다. 결국 그들은 고민하다가 상사병이 들어 다 죽게 되어서야 부모에게 이실직고하는 나약한 의지를 드러낸다. 사회적인 금기를 어기고 집안에 불명예를 안긴 자식이 밉고 치욕스럽더라도 죽어가는 상황을 그대로 두고 볼 수 없어서 결국 부모나 주혼자는 용서하고 청혼에 임한다. 그리고 두 사람의 혼인은 비로소 순조롭게 이루어지고 있다.

그러나 이 두 작품은 마지막 결말 부분이 비극적으로 처리되어 있다. 주생은 선화와 혼인 날짜를 앞당기면서까지 갈망하던 결합이 조선에 원군으로 참전하는 바람에 무산되어 버렸고, 위경천은 소숙방과 혼인을 이루어 몇 달간의 행복한 부부 생활을 꾸리다가 결국 조선 원군으로 차출되어 진중에서 병들어 죽고 만다. 그렇다면 이들의 결합이 불발로 끝이 나고, 결합 후 요절로 끝을 맺는 이유는 무엇인가 하는 점이 문제로 떠오른다. 그 해답을 두 작품의 사실주의적 서사원리[11]에서 찾을 수도 있겠지만 다른 측면에서 생각해 보면, 두 남성의 애욕추구를 통한 결연을 용납하지 않겠다는 작가의 의도도 배제할 수는 없을 것 같다. 두 남성은 미모의 여성을 보고 욕망을 표출하여 배신과 겁탈이라는 무도한 행동으로 결연에 임하였으며 치기어린 소심함으로 자신의 행동에 대해 책임도 지지 못하고 고민하는 나약한 존재들이다. 그들의 결연은 불명예를 감수하면서라도 자식을 죽일 수는 없다는 부모나 주혼자에 의해 피동적으로 주어진다. 곧, 부모이므로 자식이 범한 금기 위반을 용서하고 무마시켰지만, 결말에 가서 작가는 사회적 비난의 차원에서 행복한 결합을 설정하지 않은 것으로 볼 수 있다. 이 점에 있어서 <이생규장전>의 후반부 첨가도 여기에 함께 적용이 될 수 있다.

본격적인 애욕추구형 결연서사는 이렇게 비극으로 종결되게 하여 개인의 욕망에 경도된 남녀결연이 바람직하지 못하며, 사회적 비난을 감수해야 한다는 의도를 은연중에 드러내고 있다. 그래서 이후의 작품 중 애욕추구형에서 강탈 형식의 혼전 동침은 소거되어 나타나지 않는 것으로 생각된다.

자유연애형 역시 격한 감정을 교감하여 혼전 동침을 취하는 화소는 소거되어 나타난다. <최척전>에서 글공부하는 최척을 엿본 이옥영은 연정을 품게 되고, 여성임에도 먼저 시를 통해 자신의 구애감정을 드러낸다. 이에 최척도 이옥영을 흠모하여 부친에게 정혼을 청한다. 곧 두 사람은 누구의 개입도 없이 서로를 첫눈에 인식하여 연정을 품는 자유연애의 감정을 품은 것이다. 한 울타리 안에서 교감을 이루었고, 담장이 높이 쳐진 저택도 아닌 남원의 허름한 서생 집에서 벌어진 인식과 구애는 충분히 감정에 이끌린 동침으로 이어질 수 있었다. 그런데 최척은 부친에게 자신의 연정을 고백하고 매파를 통해 청혼해 줄 것을 요청한다. 인식과 구애과정을 통해 서로의 마음을 확인하는 데까지는 자유연애형의 방식을 취하였지만 결

---

11) 박일용은 ≪조선시대의 애정소설≫(집문당, 1993), 124-125면에서 "(<주생전>의) 비극적 구성은, 이전 시대에 창작된 전기소설 <이생규장전>의 구성과 맥을 같이하면서도, <이생규장전>이 드러내는 전기적인 비현실성을 극복하여 사실성을 획득한 것이다."고 언급하고 있다.

연의 과정은 두 사람 사이에서 임의로 행하지 않고 관습적인 혼인 절차를 따르고 있다.

물론 이 과정에서 이옥영의 모친이 최척의 가난함을 이유로 청혼을 거절하는 갈등도 있었지만 이옥영의 적극적인 설득으로 두 사람은 혼인을 하여 행복한 나날을 보낸다. 왜군에게 잡혀 이산하고 후에 중국 땅에서 재상봉을 하는 고난의 구조는 불행이라기보다는 두 사람의 애정행각을 극대화 시키는 기능으로 작용한다. 그리고 모든 가족이 다시 상봉하여 행복한 가정을 꾸리는 것으로 작품은 끝을 맺는다.

남녀가 정서적으로 교감하여 자유연애의 결연을 추구하면서도 그 절차는 철저한 관습에 의존하는 것으로 두 사람의 애정은 사회에서 공인받을 수 있었고, 정상적인 부부로서의 즐거움을 누리게 되었다.

이와는 상반되게 자유연애에 의해 결연을 맺은 두 사람이 결국은 사회적으로 용납 받지 못하고 죽음으로 끝을 맺는 이야기가 <운영전>이다. 안평대군의 궁녀인 운영은 다른 남성과 혼인을 할 수 있는 존재가 아니다. 그런데도 소년선비 김진사를 처음 보고 연정을 품게 된다. 김진사 역시 운영을 처음 보는 순간 넋을 잃고 시회에서 벼루시중을 드는 운영의 손등에 먹점을 찍을 정도로 마음을 빼앗긴다. 두 사람이 결연에 도달하기까지의 과정은 지극히 가슴을 졸이게 하고, 애절하여 자유연애의 감정을 어느 작품보다 진솔하게 드러낸 수작이라 할 수 있다. 우여곡절을 겪고 김진사는 노복 특의 도움으로 수성궁의 높은 담을 넘어 마침내 운영과 동침을 이룬다.

이들의 동침은 일회성으로 끝나지 않고 계절이 바뀌도록 이어지고 눈 위에 난 발자국으로 다른 궁녀들의 의심을 살 지경에 이른다. 여기서 운영은 욕망을 자제하지 못하고 수성궁을 탈출할 의지를 보인다. 다시 특의 도움으로 재물을 모두 빼돌려 탈출할 기미를 엿보던 중 특의 배신으로 모든 사실은 발각되고 안평대군의 질책을 받은 운영은 목을 매서 자결한다. 결국 김진사도 특을 저주하여 벼락 맞아 죽게 하고는 자신도 죽는 것으로 끝을 맺는다.

이 작품은 여성이 궁녀라는 신분으로 설정되어 금기의 위반이 크게 부각되고 있다. 그럼에도 그 금기의 억압 속에서 자유연애를 갈망하는 욕망은 더욱 확대되어 고뇌하는 심리가 매우 극적으로 묘사되고 있다. 이러한 진솔한 인간 심리를 다룬 작품을 결국은 비극으로 처리하는 이유 역시 사회적 금기 위반에 대한 경계라고 할 수 있다.

여기에서의 금기 위반은 중첩적으로 나타난다. 먼저 욕망의 발현이 극대화 되어 궁녀 신분으로 연정을 품은 남성과 임의로 동침을 이루었다는 점은 열윤리(烈倫理)에 대한 위반이다. 그리고 자신을 친딸처럼 보살펴준 주군인 안평대군을 배신하려했다는 충윤리(忠倫理)에 대한 위반이 그것이다. 작품 속에서 운영은 안평대군의 천침을 드는 궁녀로는 설정되지 않아 열윤리와는 거리가 있는 듯하나 비록 왕자궁의 궁녀일망정 궁녀로 들어온 이상 오로지 주군인 안평대군만을 섬기며 평생을 살아야 할 처지이므로 열윤리는 보통의 경우보다 큰 억압의 기제라고 할 수 있다. 그런데 이러한 금기를 자신의 의지로 파기하고 있다. 그러므로 운영의 결연은 연정을 갈구하는 욕망이 열과 충 두 층위의 윤리성과 대치하여 결국은 패배하는 과정으로 대단원을 비극으로 설정한 것이다.

그에 비해 <영영전>은 비록 궁녀와 외부의 남성 김생의 자유연애를 통한 결연이지만 <운영전>과는 다른 양상으로 전개된다. 영영은 회산군저의 궁녀임을 들어서 김생과의 첫 만남에서의 동침요구를 강하게 거부한다. 물론 회산군의 기세에 두려움을 가지고 있었기 때문에 소심함에서 나온 행동이었지만 운영처럼 자신의 욕망 추구에 적극성을 드러내지 않았다. 김생의 애절한 구애에 결국 회산군이 집을 비우는 날 밤에 무너진 담장을 통해 김생을 맞이하여 동침으로 결연을 이루지만 이 동침은 한 번으로 끝이 난다.

그리고 두 사람은 긴 이별의 시간을 가지고 그 사이 김생은 학문에 힘써 과거에 급제를 하게 되고, 영영은 회산군이 죽은 후에도 궁녀의 몸으로 매여서 홀로 지내며 김생을 그리워한다. 스치듯 가졌던 한 번의 동침을 긴 시간이 흐른 후에도 잊지 않고 그리움으로 간직하였다가 편지로 적어 김생에게 전하고, 이를 본 김생은 옛정을 되살려 상사병이 들고 만다. 이를 계기로 회산군 부인의 허락을 얻어 두 사람은 결합을 이루어 행복한 생을 누리는 것으로 작품이 종결된다.

<영영전>이 <운영전>과 유사한 인물 설정과 사건 전개를 가지고 있지만 그 결말이 판이하게 다른 것은 결연에 임하는 영영의 태도에서 기인한 것이라 볼 수 있다. 남주인공 김생의 행동은 <운영전>의 김진사와 특별히 구별되지 않는데, 두 결연서사의 종결이 정반대인 것은 앞서도 언급했듯이 영영이 운영과는 달리 당대가 요구했던 여성의 순종적인 자세를 끝까지 견지하였기 때문이다. 김생의 구애에 자신도 연정을 품었지만 회산군에 대한 배신을 두려워하는 소극적인 자세를 보이고, 또한 김생과의 동침으로 한 번의 결연을 맺기는 하지만 현실을 직시하여 더 이상의 욕망 발현을 자제하며 인고의 시간을 보내고 있다. 그러면서도 김생에 대한 연정은 변함없어 눈물로 세월을 보낸다. 즉, 욕망을 쫓아서 한 번의 동침이 있었지만 시종일관 순종적인 여성의 모습을 보이는 것에 대해 인정하고 보상하는 차원에서 결국 김생과 결연을 맺도록 장치한 것이라고 볼 수 있다.

고소설 전반기의 남녀결연서사는 개인의 소망(애욕)에 충실한 결연서사인 애욕추구형과 자유연애형이 대부분이지만 고소설 이전 단계와는 달리, 사회에서 금기시 하는 혼전 동침이나 욕망의 과도한 표출에 대해서는 견제하는 장치가 마련되었음을 확인할 수 있다. 사회 윤리와 정면으로 상치되는 욕망 표출에 대해서는 마지막 결말을 비극으로 처리하여 경계한 측면이 보인다. 아울러 두 남녀가 자유연애로 교감을 이루고 있지만 그 결연의 과정을 부모에게 의탁하여 혼례절차를 밟는 경우는 온전한 부부관계로 나아갈 수 있도록 장치하고 있다.

(3) 고소설 후반기 단계

<구운몽>의 고소설사적 위상은 매우 큰 것으로[12] 남녀결연서사도 이 작품을

---

12) 박일용은 "<구운몽>은 단초적으로 형성된 17세기 초・중반의 소설사의 흐름을 확장하여, 보다 광범위한 소설 향유층에 의해 소설이 향유되고 18세기 이후의 소설사적 흐름을 여는 분수령적 작품이라 평가할 수 있을 것 같다. 즉 비판적 지식인에 의해 향유된 <주생전> <운영전> <최척전> <상사동기> 등 사실적인 한문애정소설, 양란 이후 계층적・민족적 문

전후로 큰 변화를 보인다. 이 작품은 이전엔 없었던 새로운 남녀결연서사의 여러 유형을 최초로 다양하게 내포하고 있다.

즉 <구운몽> 이전의 고소설 작품에서는 대체로 애욕추구형이나 자유연애형의 결연서사가 대부분이었고 이들 결연서사가 사회적 윤리관에 크게 저촉되지 않았을 때 무리 없이 수용되어 사회적 이념으로서의 부부관계를 획득하게 되었다. 그러나 <구운몽>에서는 남녀 간에 애욕이나 연정이 개재되지 않은 결연서사도 등장하여 다양한 유형이 제시되고 있다. 신붓감찾기형, 신랑감고르기형, 남성출세돕기형, 여성대외활동형 등의 양상이 여기에서부터 태동되고 있음을 볼 수 있다.

이 시기에도 애욕추구형이나 자유연애형이 결연유형으로 고소설에 삽입되기는 하지만, 윤리성과 충돌을 일으킬 수 있는 과도한 욕망 표출은 기형적으로 변화하거나 그 의미를 축소하여, 정상적인 결연에서는 경계를 한 것으로 보인다. 그 가운데 사회적 이념에 충실한 결연이 주류를 이루고, 여성의 애욕 차원이 아닌 신분상승이나 대외활동에 대한 개인적 소망이 절충된 결연 서사가 등장한다.

사회적 이념에 충실한 결연서사, 곧 신붓감찾기형이나 신랑감고르기형이 새로운 남녀결연 양상으로 등장한다는 것은 기존의 결연서사가 남성이나 여성의 욕망이나 감정에 의존한 개인적인 차원의 결합이었다가 이제는 가족관계를 중시한, 가문과 가문의 결합이라는 사회적 차원으로 확대된 결과로 볼 수 있다.

애욕추구형이나 자유연애형이 남녀 두 사람의 결합으로 부부관계로 한정되는 가정을 구성하는 결과를 낳는다면 신붓감찾기형이나 신랑감고르기형은 부부라는 개인적인 차원을 넘어서서 가문의 구성원으로서 사위나 주부로서의 역할을 담보하게 되는 것이다. 특히 신랑감고르기형은 왕족이나 거대문벌의 집안에서 딸을 의탁

제에 대해 고조되어가는 민중의식이 인물전설을 매개로 하여 형상화된 <홍길동전> <임진록> 등 민중적 영웅소설, 가부장제사회의 문제의 소설적 형상 및 규합에서의 교양물적 기능을 담당한 부녀층의 규방소설의 흐름을 흡수하여, 허구적 영웅소설, 민중적 애정소설 등 18세기 이후 소설사 흐름의 강줄기들을 형성시킨 커다란 호수와도 같은 작품이라 생각된다."고 <구운몽>의 소설사적 위상을 밝히고 있다. (위의 책, 215면)

할 사윗감을 고르는 의미가 결연 주체인 여성의 남편을 선택하는 의미보다 우선한다. 신붓감찾기형 역시 애정의 대상과 남성의 내조자로서의 아내를 찾는다는 의미보다는 가문을 창달시킬 자질과 배경을 가진 신붓감을 구하여 자손의 번창, 부모봉양, 조상 제사 등의 가문 내 주부로서의 역할을 잘 수행하도록 하려는 의도가 강하다. 그러므로 결연의 과정도 남녀 간의 정서적 교감에 초점이 맞춰지는 것이 아니라 가문의 명예에 누가 되지 않을 혼인 절차에 비중이 주어진다.

개인적 소망과 사회적 이념이 절충된 결연서사인 남성출세돕기형이나 여성대외활동형은 폐쇄적인 신분제도와 절대적인 남성중심 사회구조 속에서 발생하는 새로운 남녀결연 양상이라고 할 수 있다. 여성이 신분이나 사회적 지위의 상승을 꾀할 수 있는 방법은 남편을 통해서만 가능하고, 그것도 그 남편이 출세를 해야만 성취될 수 있는 사회구조 속에서 출현한 것이 남성출세돕기형 결연서사이다.

그리고 절대적인 남성중심의 사회구조에서 여성의 사회활동이나 딸만 둔 가문의 번창은 불가능한 상태였기에, 여성들이 남장으로 신분을 속여 남성처럼 사회활동을 수행하겠다는 자의식의 발현으로 출현한 것이 여성대외활동형이다. 그런데이렇게 남성 모습으로서의 삶을 갈망하던 여성들도 천지의 음양이치를 거스를 수는 없는 입장에서, 어쩔 수 없이 남성과 결연을 맺게 되는 것이다. 이러한 결연서사 역시 남녀 간의 감정 발현을 토대로 만들어지는 것이 아니라, 사회구조에 대한대응방안으로 새로 등장한 결연 양상이라 할 수 있다.

여섯 유형의 남녀결연서사가 한 작품 속에서 단일적으로 하나씩 설정되는 경우는이 시기 이전에 일반적인 서사 양상이었다. 그래서 남녀가 결연을 통해 일부일처 관계로 가정에 안주하도록 구성하였었다. 그런데 고소설 후반기에는 <구운몽>을 시발로한 남성에게 다수의 여성이 결연을 맺는 다발적인 결연서사로 변화한 것이 하나의 특징이라고 하겠다.

양소유는 여덟 명의 여성과 결연을 맺는데, 그 결연서사와 결연의 의미는 모두다른 양상을 보이고 있다. 애욕추구형을 제외한 다섯 가지 결연 유형의 기본형을찾을 수 있을 정도로 다양한 것이었다. 이렇게 한 남성에게 다양한 결연방식을 통해 많은 여성을 결합시키는 의도는 무엇이었던가 하는 것에 초점이 맞추어진다. 이것은 양소유라는 허구적인 영웅을 주인공으로 설정한 작품에서 그 영웅성을 여성과의 결연을 통해서도 드러내 보려는 의도로 파악된다.

즉 국가와 대중을 위해 전공을 세우는 영웅적인 대외활동도 한 남성의 영웅성을 부각시키는 중요한 요인이지만, 신분이나 자질과 능력이 다양한 여성들이 자원하여 결연을 맺고자 요청하는 상황도 남성의 영웅성을 고조시키는 요인으로 보았기 때문이다. 이러한 다수의 여성과 결합하는 것으로 영웅성이 확보된다는 시각은 남성 작가나 남성 독자, 일부 여성 독자들까지도 출세한 남성의 이상적인 삶으로 간주하였다는 데서 찾을 수 있다. 그러므로 고소설 후반기에 출현한 작품의 남성 영웅에게는 다수의 여성이 자원하여 결연을 청하고 말미에 일부다처의 가정생활을 행복하게 꾸리도록 장치해 두고 있다. 동양 윤리에서는 훌륭한 인품을 갖춘 사람이 아니고서는 여러 여성을 거느리기 어렵다고 보아왔었기 때문이다.13)

연구자들은 <구운몽>을 비롯한 일부다처 결합구조의 작품들이 남성의 이상을 담고 있다고 하여 이상소설14)이라는 명칭으로 유형화 하였다. 그러나 이러한 다양한 남녀결연서사가 포함된 작품은 <구운몽>을 필두로 <옥루몽> <임호은전> <조웅전> <김희경전> <권용선전> <창선감의록> <정을선전> <조생원전> 등 영웅적인 남성이 등장하는 조선 후기 대부분의 소설에서이다. 하물며 여장군의

---

13) 중국 춘추시대 密나라 임금 康公에게 어떤 사람이 아름다운 여인 3인을 바쳤는데 그 모친 隈氏가 여인들을 周나라 共王에게 바치라면서 다음과 같이 말하고 있다. "훌륭한 임금도 일가족 3명의 여인을 함께 들이지 않는다고 했다. 대저 3명이나 되는 아름다운 여인을 훌륭한 임금들도 감당하기 어려워하는데, 너 같은 못난 사람이 무슨 덕을 갖추었다고 감당을 하겠느냐?" 그러나 강공은 3여인을 그대로 데리고 있다가 마침내 멸망했다고 기술하고 있다.(……王御不參一族 夫粲美之物 歸汝 而何德以堪之 王猶不堪 況爾小醜乎 ……≪列女傳≫권3, <密康公母>)

14) 김기동은 ≪이조시대소설론≫에서 이상소설로 <구운몽> <옥루몽> <임호은전>을 들고 있다. 그런데 여기서의 이상이 배경이나 능력이 다양한 여성과 결합을 이룬 것이 남성의 이상적인 삶이라는 시각에서 지칭한 것이라면 영웅소설로 분류해 둔 <조웅전>, 애정소설로 분류해 둔 <권용선전>과 그 외 언급이 없는 <김희경전> <동선기> <월하선전> <이학사전> 등도 모두 이상소설이 될 수 있다.

영웅상을 그린 <이학사전>에서도 장연에게 결연을 갈구하는 공한림의 딸이 등장한다. <동선기> 역시 동선이 주인공으로서 남주인공 서문적을 보좌하고 위기에서 구출하는 영웅적인 활동을 보이는데 서문적에게 동선을 제외한 네 명의 여성이 결합하는 양상을 드러낸다. 이를 통해 볼 때 고소설 후반기 작품에서 여러 유형의 남녀결연서사가 통합적으로 설정되는 것은 남주인공의 영웅성을 부각시키는 일반화된 장치로 파악하여야 한다.

여러 유형의 남녀결연서사가 설정되는 가운데 각 유형들이 짝을 지어 동시에 설정되어 갈등을 야기하는 경우도 있다. 신붓감찾기형은 신랑감고르기형과 동시에 설정되어 상호 혼사장애 요소로 작용한다. <구운몽>에서 정경패, 난양공주는 두 유형의 여성 주체들로서 대립하며, <옥루몽>에서는 윤소저와 황소저, <권용선전>에서는 오소저와 영희군주, <윤지경전>에서는 최연화와 연성옹주 등이 갈등을 야기하고 있다.

이는 신랑감을 고르는 주체가 왕족이나 최고의 문벌가로서, 남성이 정혼해 둔 신붓감 가문보다 우위를 점하는 가운데 제2부인이 될 수 없다는 자존심이 발동하여 갈등을 일으키는 것이다. 그런데 난양공주는 정경패와 화해를 이루어 갈등이 첨예화되지 않는데, 이러한 전통이 <조웅전>, <김희경전>으로 이어져 아예 신랑감고르기형 결연서사가 설정되지 않고 남성의 영웅적 공적에 대한 포상으로 공주와 결연을 맺는 경우로 변화한다. 즉 남성의 영웅성을 부각시키는 장치라면 무갈등의 방법이 오히려 효과적이라는 시각에서 기인한 것으로 보인다.

한편 남성출세돕기형 유형은 신붓감찾기형 유형과 상호 보완적인 역할로 작품 속에 동시에 설정되는 경우가 많다. <구운몽>의 계섬월은 양소유의 앞날을 예견하고 자신이 주도하여 결연을 맺고 난 후 양소유의 신붓감으로 정경패를 천거한다. <옥루몽>에서 강남홍 역시 지감을 통해 양창곡과 결연을 맺고 윤소저를 양창곡의 신붓감으로 천거하며, 더 나아가 장래 가정 내의 조화를 위해 윤소저에게 접근하여 친분을 쌓기도 한다. <옥단춘전>의 옥단춘이나 <이진사전>의 김경패, <구운몽>의 가춘운, 적경홍도 모두 남성출세돕기형 결연서사의 여성주체인데 남성의 본처를 인정하고 적극적으로 화합하거나 보좌하고 있다.

이 여성들은 신분적 제약을 의식하고 실리적인 현실감각을 가진 인물들로서, 자신의 처지나 신분을 스스로 잘 인식하고 있으므로 본처라는 지위에 대해서는 욕심을 내지 않고 첩의 신분으로 영웅적인 남성과 결합하여 일신의 안정을 추구하려는 의도를 가지고 있다. 그러므로 철저하게 본처의 지위를 인정해 주고 물심양면으로 돕는 것이다.

이 시기에 애욕추구형 결연서사는 고소설 작품 속에서 설정되지 않거나 강탈이라는 요소가 속임의 수법으로 순화되는 양상으로 변화한다. 그리고 혼전 동침도 제거되고 있어서 남녀결연에서의 윤리성이 강조되고, 여성의 정절이데올로기를 강조하는 양상을 발견할 수 있다. <주생전>이나 <위경천전>에서 보였던 겁탈식의 혼전 동침은 <조웅전>에서만 약화되어 나타나 있고, 그 이후 <김진옥전> <임호은전> <정진사전> 등에서는 애욕을 품은 남성이 여복으로 꾸며 자연스럽게 접근하여 동침 기회를 엿보는 것으로 변질된다.

그리고 남성이 정체를 밝히고 동침을 요구하는 상황에서 여성이 윤리적인 입장으로 강하게 거부하여 결국 동침으로 나가지는 못하는 결과를 보인다. 이를 통해 전 시대에 결연의 방식으로 빈번하게 사용되었던 애욕추구형이 윤리성에 저촉되고 지나치게 욕망 발산으로 기운다는 비난으로, 아예 소거되거나 흥미의 요소로 변질되었음을 볼 수 있다. 이는 소설이 교화의 수단으로 이용된다는 점을 의식한 결과라고 할 수 있다

자유연애형 결연서사도 변질을 보여, 고소설의 전반기에서는 대등한 신분끼리 부부관계를 맺는 결연에서 자유연애 결연방식이 허용되었는데, 이 시기에 와서는 자유연애를 통해 본처의 지위를 얻는 경우는 거의 찾아 볼 수 없다. 단지 <숙향전>이나 <숙영낭자전> <양산백전> 등은 예외인데, 그 결연이 신선계나 꿈 속에서 이루어지는 전기성을 기저에 두고 있으므로 사실주의적인 사조 속에서 오히려 낭만주의적인 분위기를 드러낸 특이한 경우로 파악된다.

대등한 신분인 사대부 남성과 규녀의 자유연애형은 경계하여 온전한 결합이 이

루어지지 않는다. <구운몽>에서 진채봉은 자유연애로 양소유와 결연을 맺었으나 결국 갖은 고난을 당하고 잉첩의 신분으로 결합을 이루었고, <채봉감별곡>의 김채봉은 강필성과 자유연애로 결연을 맺었으나 사대부 신분이 아닌 기녀와 이방이라는 강등된 사회적 신분으로 겨우 결합을 이룬다. <윤지경전>의 최연화 역시 자유연애로 윤지경의 사랑을 받아들였으나 연성옹주와의 늑혼으로 갖은 고난을 당하고 혼외 출산까지 하는 비참함을 감내해야 했다. 이런 현상은 규녀의 자유연애에 대해 강한 규제를 가하려는 의도를 노골적으로 드러냈으며, 그 이유는 사회의 규범이 되어야할 사대부 부녀들의 욕망표출에 대해 억압을 가해 사회를 계도하려는 의식 때문으로 보인다.

이를 제외한 이 시기 자유연애형 결연서사는 대체로 사대부 남성과 기녀 사이의 결연서사로 한정된다. <춘향전> <유록전> <부용상사곡> 등의 결연서사는 자유연애를 통해서 만난 사대부와 기녀가 애절한 연정을 품어서, 특히 여성이 권력의 탄압이나 전쟁의 고난을 겪어내며 정절을 지킨 보상으로 신분상승을 겸한 결합을 이루도록 장치하고 있다. 기녀 신분이므로 사대부와 감정 유희를 하는 것에 대해 규제할 필요가 없었으므로 허물로 보지 않고 인정한 듯하다.

흔히 기녀신분갈등형 애정소설, 민중적 애정소설[15]로 불리는 이 소설들에서 남녀결연은 자연스럽게 자유연애의 형태를 띠며, 남녀가 결연에 거는 기대치는 달랐던 것으로 파악된다. 남성은 미색인 기녀에게 애욕을 드러내어 일시적인 쾌락으로 결연의 의미를 받아들이고 있다. 그에 비해 기녀는 남성과의 결연을 자신의 사활을 건 사건으로 받아들여 남성이 떠난 후 수절이라는 윤리적 기제를 첨가하여 사회적인 동정을 얻는다. 여기서 남성들은 기녀의 수절을 기대하지는 않았고, 출세를 이룬 후에 자신과의 결연을 지키기 위해 위기에 처한 기녀를 구출하고 그 보상으로 신분상승적 결합을 안겨준다.

즉 이러한 기녀와의 자유연애를 인정한 것도 결국은 기대 밖의 윤리적 효과-기녀의 수절-를 얻을 수 있었으므로, 자유로운 욕망 발현의 규제보다는 기녀의 수절

---

15) 박일용은 《조선시대의 애정소설》(집문당, 1993)과 '조선후기 애정소설의 서술시각과 서사세계' (서울대 박사논문, 1989)에서 조선 후기 기녀와 사대부간 사랑을 다룬 소설을 이렇게 지칭한다.

에서 얻는 사회 계도 효과가 더 컸으므로 허용되었다고 볼 수 있다.

이 시기에 특징적으로 나타난 남성출세돕기형 결연서사 역시 사대부 남성과 기녀의 결연담으로 일반화 되었다. 기녀로서 명성을 얻어 경제적인 부를 축적한 기녀에게 소망은 기녀의 신분에서 벗어나는 것과 노류장화라는 질곡을 벗고 자신의 평생을 의탁할 남편을 만나는 것이었다. 이러한 소망을 해결해 줄 상대는 전도가 유망한 남성이어야 한다. 이러한 구조 속에서 남성출세돕기형 결연서사는 발생한 것이다. 기녀들이 남성의 출세를 돕는 방식은 다양하게 시도되었다. <구운몽>의 계섬월이나 적경홍, <임호은전>의 미애, <옥루몽>의 벽성선처럼 전쟁 등의 대외활동에서 시침을 통해 위안을 주는 경우, <옥단춘전>의 옥단춘이나 <이진사전>의 경패, <청년회심곡>의 농월처럼 경제적으로 몰락한 남성과 그 집안을 후원하여 과거를 보도록 돕는 경우, <월하선전>의 월하선처럼 서책을 구해주며 직접적으로 학문 연마를 면려하는 경우가 그것이다.

이들은 연애감정이나 지인지감을 통해 결연을 맺은 남성을 출세할 수 있도록 내조하고, 남성이 출세를 위해 떠난 후 수절하기 위해 몸을 숨기거나 항거하다가 후에 남성에게 구출되어 가정 내의 안정된 지위를 얻는 보상을 받는다. 가정 내의 지위는 본처가 있는 유부남을 내조한 경우는 첩으로 지위를 얻게 되지만 그 위상은 본처를 능가하며, 장가들기 전인 남성과는 신분 상승을 통한 대등한 결합을 이루어 본처가 되게 한다. 이러한 결연서사 역시 남성을 내조하여 출세를 이루도록 한다는 기녀의 뜻밖의 절행을 기리고 윤리적인 효과를 크게 얻을 수 있어서 고소설 후반기 단계에 널리 삽입된 결연서사 유형이다.

여성대외활동형은 여섯 유형의 결연서사 가운데 가장 후대에 출현한 양상이라고 할 수 있다. <구운몽>의 심요연을 그 시발로 볼 수 있는데, 여기서는 결연을 맺기 위한 방편으로 자객으로서 무예를 연마하는 것으로 설정되었다. 즉 후대 여장군계 소설에서는 결연을 목적으로 여성이 대외활동을 하는 것이 아니라 영웅적인 업적에 대한 보상, 잘못된 음양 이치를 바로잡겠다는 의도에서 황제가 주혼으로 나서 결연이 맺어지는 경우가 일반적이다. 그리고 심요연은 남장을 하지 않고 양소유를 지략으로 도왔으나, 여장군계 소설에서는 남장은 필수 요건이 되었으며 여성이 직접 전투에 나가 전공을 세우고, 남성을 휘하에 부리기도 하며 위기에 처한 남성을 구출하기도 한다.

<구운몽>의 심요연과 백능파에서 이 유형의 시초를 찾을 수 있지만, 이들 결연서사에서 여성의 대외활동 양상은 몇 가지 층위로 나누어진다. 먼저 <동선기>의 동선은 전투에 임하는 것이 아니라 서문적이 음해를 당해 유배된 상황에서 그 음모를 밝혀 남장으로 황성에 들어가 황제에게 고하여 남편의 누명을 벗게 한다. <옥루몽>의 강남홍이나 <장국진전>의 이계향, <유문성전>의 이춘영, <백학선전>의 조은하 등의 여성은 결연을 맺은 남성, 혹은 남편을 위해 남장을 하고 전쟁에 나가 남편을 돕는다. 여기서 강남홍은 자신의 정체를 드러내서 양창곡이 알고 있지만 나머지 여성들은 남복으로 남편까지 속이고 전투에 참가하여 위기에 처한 남편을 구한다. 이러한 장치는 남편의 자존심을 훼손하지 않으려는 사려 깊은 배려라고 볼 수 있다.

본격적인 여성대외활동형 결연서사는 여성이 어려서부터 남장을 하여 성장하고 그 사이 결연을 맺을 남성과 함께 문무를 연마하기도 하여, 남성보다 나은 실력으로 출사하고 전공을 세워 남성을 휘하에 두고 통솔한다. <김희경전>의 장설빙과 <정수정전>의 정수정은 이미 정혼을 한 남성 김희경, 장영과 함께 출사하여 교류하면서 여성우위의 자질을 보이다가 후에 여성임을 자백하고 정혼을 지켜 결합을 이룬다. 그에 비해 <홍계월전>의 홍계월이나 <이학사전>의 이현경은 남장을 하고 동문수학을 했던 여보국, 장연과 동시에 출사를 하면서 능력에서 우위를 보이고, 전장에 나가서도 그 남성들을 휘하에 두고 실책을 나무라는 준엄함을 보이다가 후에 여성임이 밝혀지자 황제가 혼인을 주선한다. 이 경우는 사전 결연이나 정서적 교감이 없는 상태에서 황제나 태후 등의 주선에 의해 결합이 이루어졌으므로 부부사이의 주도권 갈등이 설정되어 흥미를 더한다.

이러한 여성대외활동형은 처음 시초는 결연을 위한 방안으로 여성이 무예를 연마하고 전략을 조언한다는 설정에서 점점 나아가 남편의 대외활동 중 예견되는 위험을 돕기 위해 잠시 남장으로 속여 전장에 나가고 즉시 가정으로 돌아오는 형태로 발전한다. 그리고 최종의 단계는 남성처럼 세상을 살고 싶다는 자의식에서 여성 영웅이 남장을 하여 여성우위의 실력으로 남성을 호령한다. 그리고 황제의 명으로 휘하에 두고 있던 남성과 혼인을 이루게 된다. 이 결합은 애정 감정이나 신랑을 맞이하겠다는 여성의 의지가 결여되어 결연서사로서는 그 위상이 미약한 편이다.

즉 여성대외활동형 결연서사는 남녀결연이 주목적이 되었다가 점점 여성영웅담으로 변화하며 결연의 의미는 음양의 이치를 어기지 않을 장치 정도로 전락하는 양상을 보인다.

고소설 후반기에 들어와서 비로소 남녀결연서사는 다양한 양상으로 나타나, 여섯 가지 유형이 모두 설정됨을 볼 수 있다. 그런데 이러한 유형들은 독자적으로 한 가지씩 작품 속에 설정되는 경우보다는 복합적으로 얽혀 설정되는 경우가 많다. <구운몽>의 경우에는 다섯 가지 유형을 모두 찾을 수 있고, 남성 영웅의 일대기를 서술한 작품에서는 대체로 둘 이상이 개입하여 작품을 구성하고 있다. 남성 영웅의 혼인 구조가 일부다처임을 감안한다면 자연스러운 일이라 하겠다. 그러나 그 일부다처의 역할과 의미는 각각 다르므로 결연서사 역시 그에 부합하도록 달리 설정되어 있는 것이다.

이렇게 영웅의 일생을 다룬 작품에서는 결연 유형이 복합적으로 설정되는데 비해 단독으로 작품 속에 설정되는 유형도 있다. 자유연애형 결연서사는 감정의 자유분방한 발현을 경계하는 차원에서 상층부끼리의 결합에서는 허용하지 않았다. 그러나 기녀와의 결합을 다룬 작품에서는 기녀의 수절행위에 대한 선양의 차원에서 용납하고 있다. 남성출세돕기형 역시 기녀들의 신분상승과 안정을 희구하는 의도적 욕망을 덮어주고 남성에 대한 희생과 후원에 의미를 두어 널리 유포되고 있다. 이에서 더 나아가 여성대외활동형 결연서사는 여성들의 자의식을 어느 정도 수긍하는 뜻으로 여러 편에 삽입하고 있다. 그렇지만 그 말미는 결국 남성과 결연을 맺어 가정으로 귀착되게 하여, 여전히 남녀결연에서 남성 중심적 사유체계를 극복하지 못하고 있다.

제 3 장 남녀결연서사 유형의 표준과 유형 분류

제 1 절 유형별 표준형의 분석

고소설 각 작품에서 단위담으로 추출한 남녀결연서사를 위에서 논의한 구조를 표로 만들어 그 틀 속에 대입하여 보고, 그 흐름의 유사성에 주목할 필요가 있다. 그렇게 하여 유사한 흐름이 도출된다면 그 자체가 남녀결연서사의 한 서사 모형이 되기에 부족함이 없는 것이다. 각 단위담 서사 흐름의 미묘한 차이에 주목하여 도표에 대입해야 객관적이고 보편적인 남녀결연서사의 모형을 도출할 수가 있을 것이다. 설정된 서사 모형이 모형별 대표작품을 대입시켜 그 타당성이 인정될 때에 관념적인 추단에서 벗어날 수 있으므로, 그 객관성과 보편성을 확보할 수가 있다.

고소설에 나타나는 남녀결연 단위담은 다양한 양상을 가진다. 하나의 남녀결연서사가 작품 전체를 관류하는 경우도 있고 한 작품에 여러 가지의 단위담들이 설정된 경우도 찾을 수 있다. 전자의 경우는 남녀 간 일대 일 관계를 그리는 애정소설로 분류되고, 후자의 경우는 영웅소설이나 이상소설에서 그 예를 찾을 수가 있다. 일대 일의 남녀결연관계는 그 자체의 애절하고 지고한 사랑이 주요 사건으로 전개되고 있지만, 한 남성이 여러 여성들과 결연을 맺는 작품은 남녀결연의 상황이 애정이라는 감정보다는 다른 요인을 목적으로 개입하는 경우라고 할 수 있다.

고소설 가운데 남녀결연 단위담이 가장 많이 설정된 작품은 <구운몽>이다. 양소유라는 영웅적 풍류남아를 두고 신분이나 처지가 다른 여덟 명의 가인이 결합을 꾀하는 구성을 가지고 있다. 이 여덟 여성들이 한 남성과 모두 결연을 맺어 2처 6

첩이라는 가정을 이루는 상황을 두고 남성이 바라는 가정생활의 이상을 그리고 있다는 시각도 있으며, 작가 김만중의 생애와 견주어 심리 분석적 차원에서 모성복합심리의 산물로 보는 시각1)도 있다. 곧 여덟 여성의 역할과 자질을 통합하게 되면 남성이 바라는 가장 이상적인 아내의 모습을 찾을 수 있다는 시각과 서포의 어머니인 해평윤씨(海平尹氏)의 형상일 수 있다는 시각이다.

<구운몽>의 여덟 가지 남녀결연 서사는 두 가지 성격으로 나누어진다. 정경패-가춘운, 난양공주-진채봉 네 사람이 각각 둘씩 짝을 지어 결연하는 서사는 가정 내부의 처첩의 역할을 담당하는 성격이라고 볼 수 있다. 그에 비해 계섬월-적경홍, 심요연-백능파 네 사람은 또 각각 짝을 이루어 양소유의 가정 외적인 활동에서 보조하는 성격을 가진다.

짝을 이루는 네 가지 경우도 양소유와의 관계에서의 역할은 또 다름을 발견할 수가 있다. 정경패와 가춘운은 제1부인과 종첩의 관계로서, 정경패가 가내를 두루 총괄한다면, 가춘운은 그 아래서 집안 살림의 실무를 담당하는 역할을 수행하고 있다.

그리고 난양공주와 진채봉은 최고 권력의 공주와 공주가 하가할 때 수행한 잉첩의 관계로서, 난양공주는 최고의 권력을 상징하는 존재로 양소유의 영웅적 권위를 더욱 부각시키는 역할을 하며, 비록 잉첩의 지위로 결합을 꾀하였지만 진채봉의 경우는 양소유에게는 첫사랑의 존재로 가정 내에서 애정 감정을 마음껏 드러낼 수 있는 대상으로서 역할을 한다.

계섬월과 적경홍은 두 사람 모두 중국 천하를 호령하던 명기들로서, 형제의 의를 맺어 한 남편을 섬기겠다고 맹세하여 계섬월이 먼저 양소유의 영웅적 면모를 알아보고 결연을 맺자, 적경홍은 훗날 자신의 신분을 속여 양소유와 동침을 한 경우이다. 이 두 사람은 기생의 신분으로서 양소유의 성적인 욕망을 해소해주는 역할을 담당한다. 작품 속에 동침 상황에 대한 묘사가 가장 빈번하며 특히 세 사람이

---

1) 김병국, '<구운몽>에 반영된 모성복합심리', ≪한국 고전문학의 비평적 이해≫(서울대 출판부, 1995), 306-327면.

동침하는 상황이 두 번이나 그려지고 있음은 이를 대변한다.

특히 작품의 마지막 부분에 처남이 되는 월왕(越王)이 낙유원에 모여 사냥대회를 겸한 풍류내기를 하자고 청하자, 두 사람은 양소유측의 대표가 되어 연회에서 중추적 역할을 수행한다. 달리 보면 남성의 사회활동에서 필수적인 대인관계, 즉 접빈객의 역할을 두 사람이 전담한다고 볼 수 있다.

이에 비해 심요연과 백능파는 두 사람의 관계가 특별히 언급되어 있지 않지만, 심요연의 조언을 따르는 과정에서 양소유가 용녀인 백능파를 만나게 된다. 즉 결과적으로 심요연이 백능파를 양소유에게 천거하게 된 것이다.

심요연은 자객의 신분으로 양소유의 막사로 침입하여 동침을 하고, 며칠을 머무는 사이 진중을 돌보지 않는 양소유에게 누가 된다고 생각하여 앞으로의 전략을 조언하고 몸을 숨긴다. 양소유는 심요연의 조언에 따라 우물을 파서 군사들을 먹이는 과정에서 백능파와 조우하게 되어, 남해용자에게 강제로 혼인할 위기에서 구하고, 동침하여 용왕에게 사위로 인정받는다.

심요연은 자객이 되기 위해 무예를 오랜 시간 익힌 여자 무사이고, 백능파는 풍우와 파도를 관장하는 용왕의 딸이다. 즉 두 사람은 양소유가 전투에 참여하여 전공을 세우는 과정에 도움을 줄 수 있는 존재라는 점에 주목해야 한다. 곧 집안이 아닌 집 밖에서 남편을 도울 수 있는 외조자로서의 역할을 수행하는 첩들이다. 사람이 살아가는 데에는 신변에서 불의의 재난이 빈번히 일어나는데, 이 첩들이 그 재난을 해결하는 임무를 담당하는 것이다.

이상 <구운몽>의 양소유 주변 여인들의 관계를 정리해 보면 다음과 같이 된다.

```
┌ 정경패 - 제1부인…………가정사 총괄
└ 가춘운 - 종첩……………가정 살림 실무 담당

┌ 난양공주 - 제2부인…………권위의 상징
└ 진채봉 - 잉첩………………첫사랑, 애정의 대상

┌ 계섬월 - 기생첩……………접빈객, 연회 담당
└ 적경홍 - 기생첩……………연회 담당, 성적 대상
```

```
┌ 심요연 - 자객첩··············신변보호, 전략 참모
└ 백능파 - 용녀················천재지변 극복
```

 그런데 이 여덟 가지 남녀결연서사는 어느 하나도 닮아있지 않고 각기 독특한 구조로 전개되고 있으며 최종 결합 후에도 가정 내의 역할이 달리 설정되어 있다. 남녀결연 서사의 구조 분석을 위해서는 이 여덟 경우가 매우 중요한 위치에 있다고 하겠는데, 이 책에서 여섯 가지로 분류한 유형 중 다섯 가지 유형에 맞는 결연서사를 이 여덟 가지 결연서사 중에서 가려 분석해 보기로 한다.

1. 〈구운몽〉의 양소유와 정경패의 결연서사

 〈구운몽〉에서 작품의 중심에 위치한 남녀결연서사는 양소유와 정경패의 결연담이라 할 수 있다. 양소유가 구혼을 위해 상경하다가 진채봉을 만나 결연만 이루고 이산한 후, 이듬해 봄에 다시 과거도 보고 신붓감도 구하기 위해 상경한다. 상경하여 어머니의 청에 따라 신붓감을 물색해 둔 숙모의 도움으로 정경패에게 접근을 시도하는 것으로 결연담은 시작된다. 아내를 맞겠다는 의도를 가지고 양소유가 부단히 노력하는 모습을 보이는 결연담이다. 그 순차구조를 다음과 같이 정리할 수 있다.

 A. 양소유는 어머니의 명으로 혼처를 찾으러 장안으로 올라와 숙모 두련사에게 정사도의 딸 정경패의 명성을 듣고 선을 보기 원한다.

 B. 양소유가 여복으로 변복하여 정경패의 선을 보다가 거문고를 연주하여 음률을 논하면서 봉구황곡을 통해 자신이 남자임을 비친다.

 C. 정사도는 과거에 장원한 소유를 불러 보고 사위로 삼기로 약속하나 정경패는 속은 것을 들어 짐짓 거부의 뜻을 보이면서 마지못한 듯 부모의 뜻을 따른다.

D. 정혼이 이루어져 혼례를 기다리며 후원에서 외롭게 거처하는 양소유를 보고 시비가춘운을 잉첩으로 들인다.

E. 태후가 난양공주와의 혼담을 추진하면서 파경의 위기에 처하자 양소유는 강하게 반발하여 구금된다.

F. 전란을 평정하기 위해 소유는 출정하고 난양공주와 태후의 배려로 정경패는 영양공주가 된다.

G. 양소유와 성례하여 제1부인이 된다.

양소유와 정경패의 결연서사는 결연주체들의 애정감정은 전면에 전혀 드러나지 않고 정경패 집안의 문벌과 정경패의 정숙함, 양소유의 장원급제한 사실이 결연의 중요한 요인으로 거론되고 있다. 이것은 양소유와 진채봉이 첫눈에 호감을 보이는 양상과는 전혀 다른 행태이다. 신붓감을 구하는 양소유와 사윗감을 구하는 정사도가 주도가 되어 결연이 맺어진다고 해도 과언이 아니다.

즉, 정략적인 혼인담으로 간주될 여지가 많다. 그러나 양소유가 여복으로 변장하여 직접 선보는 상황이나 정경패가 속은 것을 문제 삼아 정혼을 거부하는 상황은 정략혼에서는 찾을 수 없는 흥미와 갈등의 요소라고 할 수 있다. 두 사람의 애정감정은 축소되어 있지만 양소유는 권귀가의 딸을 정처로 맞이하고자 하고, 정사도는 장래가 촉망되는 사위를 삼고자 하는 의도에서 전개되는 흥미진진한 결연서사라고 할 수 있다.

이 결연서사에 대립구조를 적용하면, 먼저 인식의 단계에서 전조항목은 설정되지 않는다(A1ⓛ). 그러나 <구운몽> 자체가 성진과 팔선녀의 환생담으로 시작하는 것을 보면 재론의 여지는 있다. 그런데 환생 후의 삶에서 당사자들이나 부모들이 전생의 인연을 감지한 경우는 없으므로 운명론적인 전조가 있었다고는 볼 수 없다. 인식의 주도는 남성인 양소유에 의해 이루어진다(A2ⓐ). 물론 숙모 두련사의 적극적인 추천이 있어서 중매나 소개에 의한 결연으로 간주할 수 있으나 두련사에게서 문벌과 정경패의 정숙함을 들었을 뿐 두련사가 직접 매파로 나서지는 않는다.

두련사에게 정경패의 이야기를 듣는 순간 상경 도중 동침한 낙양명기 계섬월이 신붓감으로 천거한 여성과 일치함을 보고 새삼 놀라는 대목이 있다. 두 사람에게서 최고의 신붓감으로 추천을 받은 정경패에게 호감을 표하면서 자신이 직접 선을 보겠다고 나서는 것을 보면 인식의 주도자는 당연히 양소유 자신이라고 할 수 있다. 인식의 요인은 정경패의 자질뿐만 아니라 정사도 가문의 문벌이 강조되고 있다. 양소유의 숙모인 두련사가 정경패를 신붓감으로 천거하면서, '한 곳에 처녀가 있으니 그 재주와 용모가 실로 양생의 배필이 됨직하나 그 문벌이 너무도 높으니, 육대가 내려오는 공후요, 삼대나 내려오는 대신 집안이라'고 소개를 한다.

이것으로 보면 인식의 요인으로 정경패의 자질이 우위를 점하는 듯하나 양소유가 정경패를 감히 함부로 넘볼 수 없는 요인은 정사도의 문벌로 내세워진다. 개인적인 자질로는 양소유가 충분히 청혼을 시도할 수 있지만 집안의 지체가 기울므로 쉽지 않을 것이라는 염려이다. 그러므로 정경패의 문벌이 양소유가 넘어야하는 관문이고, 이에 대해 양소유는 더 강한 성취욕을 드러낸다.

> 소질이 감히 자랑하는 말 같사와 송구하오나, 이번 과거에 장원하기는 낭중취물(囊中取物) 같사오니 이것은 염려할 거리가 되지 않으오나, 평생 병통 같은 소원이 있사온즉, 처녀를 보지 못하고서는 구혼할 생각이 없사오니, 숙모님께서는 자비로운 마음을 베푸시와 소질로 하여금 그 용모를 한번 보게 하소서.[2]

양소유는 자신 가문에 대한 열등의식을 과거에 장원하는 것으로 풀어보겠다는 자신감과 아울러 정경패를 직접 선보겠다는 욕심을 드러낸다. 정경패를 쉽게 넘볼 수 없음에 대한 오기의 표출로 보인다. 곧 여기서 직접 선을 보겠다는 의도 자체가 정경패의 문벌에 대한 도전으로 볼 수 있다. 그렇다면 정경패의 자질과 문벌 가운데 양소유에게 강한 자극이 되는 요인은 문벌배경(A3ⓛ)이라고 할 수 있다. 신분의 문제 역시 양소유가 기우는 것이라고 볼 수 있으나 양소유가 곤궁한 처지로 그

---

2) <구운몽>, 55면.

려지는 것도 아니며 과거에 장원하여 출사를 이루겠다는 의도로 충천해 있으므로 대등(A4㉠)한 것으로 볼 수 있다.

구애의 단계가 이 결연서사의 흥미진진한 과정이다. 먼저 탐색 방식에 있어서 양소유는 직접적인 탐색(B1㉠)을 강하게 원한다. 두련사를 통해 정경패의 자질과 집안에 대해 들었지만 자신이 직접 선을 보겠다고 나선다. 두련사에게 처녀를 보지 못하고서는 구혼할 생각이 없으니, 반드시 선을 보게 해달라고 간청을 하고 있다. 그런데 정경패는 정숙함이 뛰어나 절이나 도관에 공을 들이러 나오는 경우도 없고 곡강 놀이 구경을 나오는 경우도 없이 규방에만 거처하므로 선을 보는 것이 어렵다는 사실이다.

그러므로 굳이 선을 보기 위해서는 양소유가 정사도댁 내당으로 잠입하는 수밖에 방도가 없다. 그래서 결국은 두련사의 계책대로 여복을 하고 거문고를 연주하는 속임수를 부리기로 한다. 양소유는 진채봉과 결연을 맺는 과정에서 전란을 만나 산중으로 피난하였을 때 도사를 만나 거문고를 연주하는 법을 배운 적이 있었다. 그리고 '용모가 아리따운 여자의 모습이고 수염이 나지 아니하여' 여복으로 변장하여도 무난히 속일 수 있다는 계략이었다.

의도한 대로 정경패의 어머니 최부인에게 초빙되어 내당에서 거문고를 연주하게 되는데 정경패가 외부인에게 얼굴을 보이기를 거부하니, 적극적으로 최부인을 보채서 정경패를 불러내고 가까이 앉아서 대면하며 음률로 수작을 한다. 결국 사마상여가 탁문군을 유혹하던 봉구황곡을 연주하여 자신이 남성임을 은연 중에 밝히고 돌아온다. 구애의 과정에서 속임수와 연주를 통해 적극적인 자기 알리기에 성공하는 전개이다.

이 결연서사에서 두 사람의 결연은 생략된다. 여복으로 접근하여 선을 보는 단계를 결연의 과정으로 볼 여지가 있으나 두 사람 사이의 교감은 전혀 이루어지지 않으므로 결연부분은 생략되었다고 보는 것이 타당하다.

기약의 과정은 과거에 장원한 양소유를 사윗감으로 정하여 청혼하는 부모혼약(D1㉡)의 경우로 설정된다. 남녀 두 사람의 교감은 생략되고 양소유가 일방적으로 정경패를 선보고 장원급제 후 정사도의 청혼을 받아 허혼하는 절차로 그려지고 있다. 지금까지의 상황에서 정경패의 욕망은 전혀 언급되지 않았다. 그런데 정혼의 상황에서 경패는 부모에게 자신이 양소유에게 속은 것을 알리고 거절하는 의사를 표시한다. 그러나 양소유의 속임수는 오히려 풍류남아의 멋으로 평가 받아 결국 정혼을 이루게 된다.

두 사람의 정혼에서 정경패의 의지는 전혀 고려되지 않고 부모의 의중에 따라 정혼이 이루어진 경우다. 부모에 의해 정혼이 이루어졌으므로 자연히 신물은 설정되지 않는다(D2ⓒ). 혼례의 절차 중 납채나 납폐에서 폐백이 오고가므로 신물을 대신했다고 할 수 있다.

그런데 이 결연서사는 기약의 단계에 독특한 사건이 개입한다. 먼저 양소유가 고향을 떠나 홀로 객지생활을 하므로 정사도의 후원으로 불러들여 기거하게 한다는 점이다. 또 하나는 정경패가 후원에서 홀로 외롭게 지내는 양소유를 보고 자신의 시비인 가춘운을 혼례도 치르기 전에 잉첩으로 들인다는 점이다. 한 집에서 기거를 하고 자신과 한 몸처럼 지낸 가춘운을 잉첩으로 들여 시중들게 하는 자체가 비록 신물이 설정되지 않지만 신물의 역할을 톡톡히 해낸다고 할 수 있다. 즉 신물의 설정은 확실한 신뢰가 토대가 되든지 믿음을 지탱할 사건이 설정되면 굳이 설정될 필요가 없어 보인다.

이 결연서사의 장애 과정은 양소유가 장원급제하여 한림학사가 되고 황제의 총애가 깊은 것에서부터 시작된다. 즉 장애의 대상은 남성인 양소유(E1ⓖ)로 설정되고, 장애의 종류는 두 사람의 관계에서 비롯되는 것이 아니라 태후가 양소유를 보고 사윗감으로 욕심을 내는 상황으로 그려진다. 즉 외적 장애(E2ⓒ)로서 권력에 의한 늑혼의 위기를 맞게 된 것이다. 여기에서 장애의 대상을 양소유로 보는 것에 대하여는 이의가 있을 수 있다.

소유와 경패가 정혼을 한 상황에서 황제와 태후가 난양공주의 부맛감으로 양소유를 지목하였기 때문에 오히려 혼사의 위기는 정경패에게 다가왔다고 볼 수 있다. 이러한 관점으로 혼사장애를 본다면 모든 혼사장애의 대상은 남녀 두 사람이 되고 만다. 그렇다면 굳이 대립항으로 설정할 의미가 없다. 소유와 경패 두 사람의 결연 서사에서 장애를 만난 대상은 소유이고 그 파장이 경패에게 미친다고 보아야 한다.

남성에게 장애 종류로 권력의 개입이 설정되는 경우는 남성의 자질이나 능력이 월등하여 최고 권력의 여성을 의탁하기에 마땅하다는 판단에서 비롯된다. 즉 공주 나 종친의 딸을 예사 남성에게 하가시킬 수 없다는 생각에서 출중한 남성을 지목 하게 되는 것이고, 남성의 입장에서는 자신보다 신분이 우위인 공주를 아내로 맞 는 것이 부담감으로 다가 올 수 있다. 여기서는 출중한 양소유의 자질이 오히려 고 난의 요인으로 다가온다.

극복의 과정에서 극복의 결정적 주도자는 양소유가 아니라 장애의 기화가 된 난 양공주라고 할 수 있다. 태후는 양소유를 불러보고 부맛감으로 마음을 정하여 둘 째 아들 월왕을 시켜 양소유에게 정혼 사실을 일방적으로 통지한다. 여기서 양소 유는 정경패와의 정혼 사실을 들어 강하게 반발한다. 이 자체가 혼사장애를 극복 하려는 주도적 자세라고 볼 여지가 있으나 이러한 반발은 결국 옥에 구금되는 결 과를 낳고, 얼마 후 변방의 전란이 일어나 양소유를 도원수로 삼아 출정시켜 장애 극복의 상황에서 배제시켜 버리는 방향으로 서사는 전개된다.

결국 소유와 경패의 혼사장애의 극복은 난양공주와 태후에 의해 이뤄진다. 난양 공주가 직접 궁 밖으로 나와 정경패를 만나보고 그 인품을 높이 사서 두 사람이 함께 소유를 섬길 수 있다는 판단을 갖게 되고, 태후를 설득하여 경패를 영양공주 로 봉하여 두 자매가 한꺼번에 양소유에게 하가하는 형식으로 갈등을 해소한다. 그러므로 극복의 주도자는 당사자가 아닌 주변인(F1ⓒ)으로 분류할 수 있고, 극복 의 방식도 당사자가 배제된 주변인의 도움에 의한 소극적인 방식(F2ⓒ)으로 분류 된다. 그 가운데서도 장애를 지속할 환경이 변화하여 장애가 해소되는 양상이다. 극복의 과정에서 정경패의 기여는 난양공주와 함께 남편을 공유해서라도 결연을 사수하겠다는 의지(F3㉠)로 표출된다. 그 결과 혼사장애는 화해의 양상으로 극복 된다(F4㉠).

이 결연서사에서 결합은 경패가 제1부인의 자격으로 소유와 혼인하는 주체적

형태로 나타난다. 처의 지위, 특히 일부다처의 결합구조에서 제1부인의 지위는 남편과의 관계에 있어서 대등하고 주체적인 결합이라고 단정할 수 있다. 그런데 양소유와 정경패의 결합의 성격은 두 사람의 애정감정이 밑바탕에 깔린 경우는 아닌 듯하다. 처음 접근 자체가 애정감정을 기저로 한 것이 아니라 서로의 배경과 조건으로 결연이 추진되었으므로 결합 부분에서도 두 사람의 관계는 남편과 본처의 관습적인 결합 성격이 강하다. 그러므로 양소유가 한 날 한 시에 정경패, 난양공주, 진채봉을 모두 처와 첩으로 맞이하고 순서에 의해 하룻밤씩 동침을 이루는 지극히 의례적인 절차 가운데 하나로 첫날밤 상황은 제시되고 있다.

2. 〈구운몽〉의 양소유와 난양공주의 결연서사

양소유와 정경패의 결연서사과 긴밀하게 연계되어 갈등을 야기하는 이야기가 양소유와 난양공주 이소화의 결연서사이다. 〈구운몽〉 작품 속의 여덟 가지 결연서사 가운데 정경패 결연담과 짝을 이루어 큰 비중으로 작품 전면에 부각되는 결연담이다.

장원급제한 양소유가 난양공주와 퉁소 소리로 교감하여 학이 춤을 춘다는 이야기를 듣고 태후가 자신의 딸 난양공주의 부맛감으로 지목하는 것으로 결연서사는 시작된다. 즉, 앞의 경패와의 결연담은 결연 주체 가운데 남성이 그나마 적극적인 태도를 보이는데 비하여 이 결연서사에서는 남녀 두 주체는 애초 배제된 상태에서 최고의 권력을 가진 태후와 황제가 임의로 결연을 주선하는 경우이다. 이 결연담의 특징을 한마디로 단정하면 사윗감고르기라고 할 수 있을 듯하다.

그러나 결연의 주체들을 염두에 둔다면 태후나 황제가 부마로 양소유를 욕심내는 입장은 곧 난양공주의 욕망으로 간주할 수 있을 것이다. 난양공주가 자신의 혼인에 대해 전혀 반감을 드러내지 않고 있으므로, 비록 어머니나 오라버니에 의해 주도된 결연이라고 해도 그 당사자는 난양공주이고 결국은 공주의 배필을 찾는 이야기로도 단정 지을 수 있다.

그 결연서사의 순차구조를 제시해보면 다음과 같이 된다.

A. 양소유가 대궐 안에서 숙직을 하던 중 난양공주의 옥퉁소 소리를 듣고 자
신도 옥퉁소로 화답한다.

B. 태후와 황제가 부맛감으로 양소유를 지목한다.

D. 이소화의 오빠 월왕(越王)을 양소유에게 보내 부마 간택 사실을 전한다.

E. 양소유가 정경패에게 납채한 사실로 정중히 거절하니 황제가 설득하고 태
후가 납채를 물리도록 조치하자 상소로써 사정을 알리니, 태후가 노하여 투
옥시킨다.

F. 변란을 평정하기 위해 나간 양소유가 전공을 세우자 이소화는 정경패와 더
불어 부인이 되기를 태후에게 간청하고 상면한다.

G. 정경패를 태후가 수양딸로 들여 영양공주로 봉하니 두 공주가 양소유와 성
례하여 영양공주는 제1부인, 난양공주는 제2부인이 된다.

이 결연서사에서 인식단계는 직접적이지 않다. 전조는 특별하게 설정되지 않았
고(A1ⓛ) 다만 공주의 옥퉁소를 다루는 자질이 뛰어나니 태후와 황제가 진나라
농옥과 비교하며, '반드시 소사(簫史) 같은 사람이 있은 연후에야 가히 공주를 하
가(下嫁)하리라'3) 하고 부맛감에 대한 욕심을 드러내고 있다. 인식의 주도자는 황
제와 태후가 전면에 나타나지만 앞서도 언급했듯이 난양공주가 이미 옥퉁소로 양
소유와 대면 없이 교감을 이루는 상황을 은유적으로 묘사하고 있어, 난양공주를
인식의 주도자(A2ⓛ)로 간주해도 무리는 아닐 듯하다.

공주는 태후나 황제의 결정에 전혀 거부감을 드러내지 않고 동의하는 자세이므
로 더욱 그렇게 볼 여지는 크다. 양소유와 난양공주의 결연의 주요한 인식요인은

---

3) <구운몽>, 117면.

양소유가 과거에 장원을 하여 한림학사로 제수 받은 사실이다. 태후가 공주의 혼담을 꺼내자 황제가 문득 양소유를 천거하게 되는데, 태후나 황제에게 양소유가 부맛감으로 합당하게 와닿은 요인은 장원을 한 소유의 능력, 곧 장래에 대한 전망이 밝다는 것이다. 이러한 전망을 가진 사람에게 공주를 하가시켜도 괜찮겠다는 믿음에서 비롯된다.

두 사람은 서로 상면한 적도 없으므로 서로의 자질을 엿보고 애정감정이 생길 수도 없으며 단지 장원한 인물의 배경이 결연의 인식요인(A3ⓛ)이라고 할 수 있다. 두 사람은 공주와 대신이라는 차등한 신분(A4ⓛ)을 가진다. 여성이 우위를 점한 신분이므로 결연 자체가 순탄할 것 같지는 않아 보인다. 부마로 선택받는 것이 평범한 남성에게는 영예로 다가올 수 있으나 양소유와 같은 비범한 사람에게는 부담감이 될 수 있으며, 더군다나 이미 재상가의 딸과 납채까지 마친 상황에서 더 큰 갈등요인이 될 수 있다.

구애의 과정은 두 사람의 의지에 의한 결연이 아니기 때문에 특별히 부각되지 않는다. 굳이 그 항목을 찾자면, 탐색의 방식에 있어서는 양소유의 입장은 배제된 상태에서 태후가 황제와 의논하여 몰래 양소유를 선보는 형식을 띠고 있다. 이런 정황을 공주에게는 모두 이야기했을 것이니 곧 간접 탐색의 방식(B1ⓛ)이라고 할 수 있다. 서로에게 구애하는 상황이 아니므로 구애의 매개체도 설정되지 않았다고 볼 수 있으나, 두 사람의 정서적 교감 상황이 결연서사 벽두에 구체적으로 묘사되어 있다.

> 문득 바람결에 들은즉 퉁소소리가 멀리 구름 사이를 따라 점점 내려오더라. 그 곡조는 자세치 아니하나 그 음색은 이 세상에서 못하던 바라…… 상서 인하여 옥퉁소를 내어 두어 곡조를 부니, 그 소리 또한 하늘에 흐르는 구름을 머물게 하더니 홀연 청학 한 쌍이 대궐 안으로 날아 들어와 곡조에 맞추어 춤을 추니, 한림원의 모든 아전들이 신기하게 여기며 왕자 진(晉)이 관부에 있다 하더라.[4]

---

4) <구운몽>, 116면.

결연 당사자인 두 사람의 결연을 주도하는 서사가 아닌 가운데 이 옥퉁소 연주의 교감은 구애의 매개체로 간주할 수 있다. 두 사람의 퉁소 연주에 맞춰 청학한 쌍이 대궐로 날아들어 춤을 추었다고 하는 자체가 구애의 은유적 표현으로 볼 수 있다. 두 사람 사이에 실제적인 구애 상황이 설정되지는 않았지만 옥퉁소 연주라는 매개를 내세워 구애의 분위기를 자아낸다고 할 수 있다. 태후와 황제의 일방적인 늑혼 추진에서 비롯되는 경직된 분위기가 몽환적인 연주 교감 상황으로 유화된다고 할 수 있다.

두 사람이 비록 퉁소 소리로 교감을 꾀하는 장면이 연출되었지만 대면한 적이 없으므로 당사자간 직접적인 결연이 맺어지는 것은 아니다. 서로에게 호감을 나타낼 겨를도 없으며 더구나 정서적·육체적 접촉 자체가 불가능하게 그려지고 있다. 그러므로 결연과정은 생략되었다고 보아야 한다.

기약 과정은 태후에 의해 일사천리로 추진되고 있다. 양소유를 불러 선을 보고 마음의 결정을 내린 상태에서 아들 월왕을 시켜 정사도 댁에 있는 소유에게 부마간택 사실을 통보하는 강압적이고 일방적인 기약이다. 부모혼약의 방식(D1ⓛ)으로 분류하더라도 그 내면에는 남성의 의지는 전혀 배려되지 않은 상태이다. 일방적인 간택 상황이므로 신물이 굳이 설정되지 않았다(D2ⓛ).

이렇게 정혼자의 집에 거처하는 양소유에게 부마간택 사실을 통보하자 양소유는 강하게 반발한다. 소유와 난양공주의 결연서사에서 혼사장애의 대상은 여성(E1ⓛ)인 난양공주라고 할 수 있다. 그리고 그 장애의 종류도 두 사람 사이에서 일어나는 내적 장애(E2㉠)로, 거부의 양상이라고 할 수 있다. 혼사를 추진하는 태후에게서 언지를 받았을 난양공주는 양소유를 인지하고 있었지만 양소유의 입장에서는 갑작스럽게 일어난 일이라 그 충격이 대단해 보이고, 내심 불쾌함도 있었을 것이다. 게다가 납채까지 치르고 친영의 절차를 남겨두어 정사도 내외가 이미 사위처럼 대해주는 상황에서 인간에 대한 신의와 도의에서도 벗어난 처사라고 생각하여 부마간택을 거부하는 상소를 올린다. 이에 태후와 황제는 크게 노하여 양소유를 불경하다고 보고 투옥하는 처벌을 내린다.

여기에서 남녀결연서사는 양소유 한 사람을 두고 정경패와 난양공주가 대결하는 삼각관계 구도로 전개된다. 그러나 난양공주는 최고의 권력을 가진 존재로서 감히 정경패가 경쟁할 수 있는 상대가 아니며, 양소유 역시 대신의 처지로 황명을 거역할 수 없는 열세라고 할 수 있다. 그나마 남성으로서 책임감을 다하기 위해 거부 의사를 밝혔지만 상황을 호전시킬 여지는 없어 보인다. 여기에서 난양공주는 현명한 태도로 자신의 혼사장애를 극복해 나간다. 권력을 이용하여 강제로 양소유의 마음을 돌리려고 하지도 않고, 정적이라고 할 수 있는 정경패를 핍박하지도 않는다.

때마침 변란으로 투옥되었던 양소유는 토벌대장이 되어 나가는 형식으로 혼사장애에서는 배제시키고, 난양공주는 직접 궁 밖으로 나가서 외부와 접촉을 끊고 사는 정경패에게 접근하여 그 인덕을 시험한다. 그 결과 평생의 지기로서 양소유를 함께 섬길 수 있다는 결론을 얻고는 태후를 회유하기에 이른다. 결국 양소유의 거부로 야기된 혼사장애는 당사자인 난양공주가 극복의 주도자가 되어(F1㉠) 적극적인 방식(F2㉠)으로 태후를 설득하고 정경패와 의형제를 맺어 화해를 꾀하면서(F3㉠) 장애를 극복(F4㉠)한다.

그리고 양소유가 변란을 토벌하고 돌아오자, 정경패를 태후의 수양딸로 삼아 영양공주로 봉하도록 하여 함께 결합을 취한다. 이 결합형태 역시 대등한 부부관계로서 두 사람이 주체적으로 결합(G1㉠)하고 있다. 그러나 결합의 성격은 두 사람 사이의 애정이 바탕이 된 것이 아니라 부마가 되는 절차, 하가하는 혼인 절차에 떠밀려 맺어지는 관습적인 결합(G2㉡)의 성격을 그대로 보인다.

이상 양소유와 난양공주의 결연서사는 권력에 의해 자행되는 강제혼인 늑혼담의 한 형태로 볼 수 있다. 그러나 그 순차구조 중 극복의 과정에서 난양공주가 극복 주도자가 되어 적극적인 화해를 추진하는 모습은 매우 독특하고 이상적인 형태라고 할 수 있다. 이후 여러 늑혼담에서 보이는 양태와는 차별되는 모습이다. 이는 아마도 <구운몽>의 결연서사가 양소유라는 한 남성을 2처 6첩의 여자들이 공유하도록 하는 의도를 바탕에 깔고 있으므로, 화해와 무갈등을 서사의 기본 원리로 바탕에 깔고 있는 결과라고 볼 수 있다.

3. 〈구운몽〉의 양소유와 진채봉의 결연서사

〈구운몽〉에서 처음으로 등장하는 남녀결연서사는 주인공인 양소유와 진어사의 딸인 채봉과의 결연담이다. 성진의 환생인 양소유가 팔선녀의 환생인 여성들과 차례로 결연을 맺어가는 이야기 가운데 가장 처음으로 설정된 진채봉과의 결연담은 그 벽두라는 점에서부터 의미가 크다고 하겠다. 여덟 경우의 남녀결연서사를 그리려는 작가가 처음으로 설정한 결연 상황이므로 가장 보편적이면서도 이상적인 결연일 수 있다. 양소유와 진채봉의 결연담을 순차구조로 정리해 보면 다음과 같다.

A. 양소유가 어머니의 명으로 구혼을 하기 위해 장안으로 가던 중 화주 화음현에서 산책하다가 아름다운 풍경을 보고 양류사 노래를 짓는다. 양류사 읊는 소리에 다락 위에서 낮잠 자던 채봉이 깨어나 소유와 상면한다.

B. 진채봉이 양소유를 놓칠까 염려하여 유모를 통해 화답시를 보낸다.

C. 양소유 화답시를 주며 월색을 타고 만나고자 하나 채봉은 남의 이목을 들어 밝은 날 보자고 화답한다.

D. 양소유가 유모 앞에서 장래를 맹세하고 이튿날 결연을 기다리던 중 새벽녘 전란으로 헤어진다.

E. 부친이 반란군에 가담했다고 죽임을 당하자 채봉은 궁녀가 되었다가 황제의 눈에 들어 여중서가 된다.

F. 황궁에서 양소유가 부채에 남긴 글을 보고 화답시를 써 두었다가 황제에게 발각되어 양소유와의 사연을 자백한다.

G. 난양공주가 양소유와 혼인 때 잉첩으로 양소유와 결합해 깊은 정회를 풀어낸다.

이 결연서사의 특징은 사대부집 자제와 규수의 결연 상황에 부모의 개입이 전혀 드러나지 않는다는 점이다. 결연 당사자들이 의기투합하여 장래를 약속하는 자유연애 이야기라고 할 수 있다. 두 사람이 서로 대면하면서 사랑을 맹세하는 장면은 전란 때문에 성취하지 못하지만 이별 후 양소유나 진채봉이나 상대를 잊지 못해 연연해하는 상황이 작품 전면에 나타난다. 결국 진채봉의 그리움이 황제에게 전달되어 두 사람의 결합은 이루어진다.

이 결연서사를 대립구조를 통해 분석해 보면, 먼저 인식의 단계에서 전조는 설정되어 있지 않다(A1ⓛ). 단지 양소유가 수주(秀州)라는 변방 태생으로 신붓감을 찾기에 좁은 지역이므로 그 어머니가 황성으로 가서 혼처를 찾아보라고 권하여 상경하는 길이었으므로 배우자를 찾으려는 의도가 절실해 보인다. 인식의 주도는 두 사람에게 동시에 일어난다. 촌뜨기인 양소유가 황성으로 가던 중 화음현(華陰縣)에서 잠시 머물다가 기화요초가 피어있는 진어사 정원 풍경에 매료되어 늘어진 수양버들을 보고 양류사(楊柳詞)를 짓는다. 남성의 풍정을 돋우기에 적절한 배경에서 자연스러운 행동이었다. 그런데 그 읊는 소리에 다락집에서 낮잠을 자던 진채봉이 깨어나서 사방을 둘러보다가 양소유와 눈길이 마주친다. 몽환적인 분위기에서 두 사람은 서로에게 강한 호감을 가지게 된다.

이러한 첫 만남의 배경과 상황은 다른 작품의 남녀결연서사에서 빈번하게 등장한다. <이생규장전>, <김희경전>, <영영전> 등에서 흡사한 분위기를 찾을 수 있다. 두 사람이 서로를 인식하는 요인은 첫 눈에 반한 상황이 말해주듯이 서로에 대한 감각적인 자질(A3ㄱ)에서 찾을 수 있다. 소유는 채봉의 미모에, 채봉은 소유의 시재에 호감을 나타낸다. 물론 인식요인을 이렇게 한 가지로 단정하는 것은 무리일 수 있으나 인식의 상황에서 두 사람이 상대의 배경적인 측면에 유의한 점은 찾을 수 없으므로 자질적 측면을 인식요인으로 가진 것이 확실해 보인다.

그리고 두 사람의 신분은 대등(A4ㄱ)한 것으로 보아야 한다. 물론 채봉은 진어사라는 권귀가의 딸이고, 소유는 변방 양처사의 아들이라는 처지의 차이는 있으나 양소유가 그렇게 궁핍한 처지로 그려지는 것은 아니므로 대등한 신분으로 본다.

다음, 구애 단계에서 두 사람은 이미 서로의 외모와 풍채를 확인한 단계이므로 탐색 방식은 직접적(B1㉠)이라고 할 수 있다. 먼저 소유가 양류사를 지어 자신의 풍정을,

이 나무에 가장 정이 끌리는구나(此樹最多情)[5]

이라고 던졌고, 채봉이 이렇게 읊는 소리를 듣고 자던 잠에서 깨어나 양소유를 멍하니 바라보는 것으로 그려졌다.

이후 채봉의 행동은 적극적으로 돌변한다. 지나가는 과객인 듯한 소유를 놓칠 수 없다는 생각에서 유모를 시켜 화답시를 전하려고 한다. 유모는 황성에 있는 부친께 고하지 않고 남성에게 접근하는 채봉을 염려하는데 모든 책임은 자신이 지겠다는 강한 의지를 보인다. 옛날 중국 탁문군(卓文君)이 과부의 몸으로 사마상여(司馬相如)를 따라간 고사를 인용하면서 부친께는 자신이 스스로 고할 것이며, 만약에 양소유가 이미 성취(成娶)하여 부인이 있는 몸이라면 자신은 부실(副室)이 되기를 원한다고까지 말한다.

여기에서 유모가 두 사람 사이를 왕래하며 연시를 전달하지만 그 성격을 매파의 역할이라고는 할 수 없다. 단지 심부름꾼의 역할일 뿐이다. 그러므로 탐색방식은 직접적 방식이라고 할 수 있다. 구애의 단계에서 서로의 감정을 드러내는 매개체 설정은 결연서사의 흥미요소라고 할 수 있다. 직접적인 발화가 아니라 자신의 심중을 매개체를 통해 은근하게 드러내는 데에 묘미가 있다고 하겠다. 여기서는 양류사라는 시가 매개체로 설정(B2㉠)되어 두 사람의 마음을 비유적으로 잘 드러내고 있으며, 그것도 세 번에 걸쳐 등장하여 구애의 심리를 화답시에 전적으로 담고 있음을 볼 수 있다.

그리고 결연 단계에서 결연의 주도자 역시 인식 단계와 연계되어 두 사람 공동으로 보아야 한다. 부친의 허락이 없음을 염려하는 유모를 설득하여 채봉은 적극적인 결연의지를 보이고, 소유 역시 주막에서 은근히 채봉의 화답시를 기다리는

---

5) <구운몽>, 26면.

측면이 강하다. 그런데 이 결연담에서는 두 사람의 직접적인 교감은 생략되어 있다. 유모가 주막에서 양소유를 찾아 채봉의 화답시를 전하면서 권도로써 거주성명 및 성취여부를 묻는다. 규중처녀의 행실에 적합하지 않다는 시각을 염두에 두었으므로 권도를 들어서 양해를 구하고 있다.

여기서 이 남녀결연서사의 특징은 부각된다. 사대부녀가 부모의 명에 의해 매자를 통해 청혼하는 것이 예도로써 마땅하지만 상대가 자신의 천정배필로 인식되었으므로 권도를 부려서라도 상대를 붙잡겠다는 강한 자유연애 의식을 표출하고 있다. 채봉의 양류사에서,

낭군께서 말을 매어 머무르게 함일러라(擬繫郎馬住)[6]

하는 결연 의지를 확인한 소유는 다음과 같은 시구로 즉시 만나서 서로의 감정을 확인하자는 의사를 전한다.

좋이 봄소식처럼 좋은 인연 맺으리라(好結春消息)[7]

그렇지만 이때 채봉은 야밤에 남녀가 만난다는 것은 주위의 비난을 받을 수 있다고 생각하여 이튿날 만나자는 화답을 보내온다. 결국 결연의 상황은 주고받은 시를 통해 서로의 감정의 교감을 이루는 단계에서 그치고 동침으로는 나가지 못하고 만다(C2ⓛ). 동침을 고사하는 상황 자체를 만들지 않은 것이었다. 여기에서 남녀의 욕망표출의 단초를 확인할 수 있으니, 여성은 정서적 교감으로 상대를 마음에 새길 수 있지만 남성은 조급하게 육체적 교감으로까지 나가고자 하는 양상을 보이고 있다.

이어, 기약의 단계는 이 결연서사에서 표면화 되지 않는다. 전후 서사맥락에서 이 단계의 요소들을 찾아내는 수밖에 없다. 두 사람의 기약방식은 이미 앞 결연단

---

6) <구운몽>, 30면.
7) <구운몽>, 31면.

계의 화답에서 결정되었다. 소유의 경우는 모친이 황성에서 신붓감을 물색하라는 허락을 받고 상경하는 길이었고, 채봉은 부친의 허락을 자신이 얻겠다고 다짐하고 권도로 행하는 일이었다. 즉 당사자 사이에 약속(D1㉠)으로 기약을 이루었다고 보는 것이 타당하다.

그리고 서로의 결연을 증명할 신물 역시 따로 설정되지 않았다(D2㉡). 이미 유모의 방문을 받은 자리에서 양소유는 '화산(華山)이 길이 푸르고 위수(渭水)가 마르지 아니함으로 맹세하노라'고 자신의 신의를 표명하였다. 아마도 이튿날 대면하는 자리가 만들어졌다면 신물 교환이 설정되었을 가능성이 많지만 여기서는 생략되어 있다.

<김희경전>에서는 동일한 상황에서 밝은 날 만난 남녀가 서로의 결연을 맹세하고 훗날을 위한 정표로 반지와 백옥서진을 교환하는 장면이 그려져 있다.

다음 장애 단계에서, 장애대상은 채봉(E1㉡)으로 그려진다. 반란군에 부친인 진어사가 가담하여 처형되고 자신은 노비의 신분으로 전락하는 집안의 몰락이 장애의 종류(E2㉡)로 설정되었다. 장애과정은 이 결연서사에서는 직접적으로 그려지지 않고 피난 후 채봉을 찾아 나선 소유에게 주변 사람들의 전언으로 설명되는 형태이다. 그리고 또 다른 장애요소가 얼핏 제기되지만 간단하게 무마되는 절차를 밟는다. 궁녀로 들어온 채봉의 시재를 보고 황제께서 궁중 비서격인 여중서로 삼아 가까이 두고 보다가 후궁인 첩여로 삼고자하는 의도를 비추나 태후의 만류로 장애로까지는 진전되지 않는다.

그 다음 극복의 단계는 장애의 단계에 비해 구체적으로 그려지고 있다. 즉 채봉이 소유에 대한 감정을 공고히 하는 과정으로, 궁중을 출입하는 양소유를 보고 자신의 신분을 드러낼 수 없어 처절한 그리움으로 눈물짓는 상황이다. 게다가 자신의 상전인 난양공주와의 혼인이 우여곡절을 겪으며 성사되는 과정을 눈앞에서 보는 애틋함이 잘 그려진다.

극복의 주도자는 황제로 나타나 있다. 물론 채봉이 양소유가 부채에 남긴 시에다가 그리움을 담은 답시를 적은 것이 기화가 되지만 채봉이 적극적인 극복의 주체라고는 볼 수 없다. 황제가 수상히 여겨 채근하자 소유와의 저간의 사연을 모두 고백하고, 황제는 채봉의 그 애틋한 사랑을 가상히 여겨 난양공주의 혼사에 잉첩으로 소유와 결합을 시킨다. 상대인 양소유는 잉첩인 진채봉에 대해서는 초례를 치루고 사흘째 두 사람이 동침하는 상황에서야 그 정체를 인식한다. 그러므로 혼사장애의 극복 주도자는 바로 주변인(F1ⓛ)으로 볼 수 있고, 극복 방식은 황제의 주선에 의해 이루어지므로 소극적인 방식(F2ⓛ)이 되며, 상대의 기여여부는 전혀 없다(F3ⓛ). 그리고 극복의 결과는 극복(F4㉠)으로 분류할 수 있다.

끝으로 결합의 단계에서 이 결연서사의 진가는 발휘된다. 양소유가 여덟 여성과 결합을 이루지만 진채봉과의 초야가 가장 진진한 것으로 그려진다. 양소유가 첫 사랑인 진채봉을 찾지 않고 지척에 두고서도 알아보지 못했다는 자책감과 미안함으로 다른 일곱 여성과는 다른 애틋한 감정을 토로하는 장면이 그려진다. 비록 가문의 몰락으로 신분이 강등되어 난양공주의 잉첩으로 결합이 이루어졌지만 그 결합은 본처의 상황과 흡사하며, 양소유가 두 본처보다 더 애정을 가지고 대하고 있다. 그러므로 두 사람의 결합 형태는 비록 본처의 지위는 아니지만 주체적인 결합(G1㉠)으로 보이며, 결합의 성격은 첫 사랑에 대한 애절함을 간직한 애정적 결합(G2㉠)으로 분류할 수 있다.

이상에서 <구운몽>의 첫 번째 결연담인 양소유와 진채봉의 결연담을 분석해 보았다. 결연서사의 순차구조 가운데 특히 부각되는 단계는 전반부인 인식과 구애 과정이다. 그리고 장애에 처한 진채봉이 홀로 양소유를 그리는 극복 과정이 비중 있게 다루어지고 있다. 그리고 결합은 처음 인식단계에 상응할 만한 호전을 보인다. 이 결연서사는 인식단계가 가장 특징적인 상황으로 독자에게 인식될 수 있다. 앞서도 언급했듯이 이 결연담의 인식단계의 장면은 <이생규장전>의 이생과 최랑의 결연담과 <김희경전>의 김희경과 장설빙의 결연담, <영영전>의 김생과 영영의 결연담 등에서 흡사하게 추출해낼 수 있다.

4. 〈주생전〉의 주생과 선화의 결연서사

애욕에 따라 결연이 맺어지는 경우는, 남성이 애욕의 주체가 되었을 때, 아름다운 여성을 보고 충동적으로 침입하여 강제로 동침을 시도하는 이야기가 일반적이다. 임란 후 등장한 애정소설 〈주생전〉과 〈위경천전〉에서 남녀결연이 남성의 애욕에서 비롯되는 형태를 취하고 있다. 이에 비해 여성의 경우는 현실적으로 풀어낼 수 없는 애욕을 가진 존재, 곧 남녀 간의 교분을 모르고 죽은 처녀귀들이 남성을 자신의 무덤으로 청하여 동침하는 이야기가 특징적으로 일군을 이룬다. 흔히 명혼담으로 불리는 이 결연담은 〈최치원〉에서 시작하여 〈만복사저포기〉, 〈하생기우전〉으로 이어지는데 대체로 유사한 양상이다.

이제 남성의 애욕발현이 구체적으로 그려진 결연서사로 〈주생전〉의 주생과 선화의 결연담을 분석해 보고자 한다. 〈주생전〉의 선화와의 결연담은 남주인공 주생의 일방적인 욕망에 의해 진행된다. 물론 선화의 처소에 잠입한 후 동침을 이루는 과정에서 두 사람의 합의가 이루어지긴 했으나 남녀가 서로에게 호감을 느껴서 결연을 맺는 자유연애담과는 다른 양상으로 전개되므로 다른 서사모형으로 보아야 한다. 그 순차구조를 정리하면 다음과 같다.

A. 주생이 연회에 참석한 기녀 배도를 몰래 따라 왔다가 승상의 딸 선화의 미모와 자태를 보고 연모의 정을 품는다.

B. 선화의 남동생 국영의 글 선생이 되어 별당에 거쳐하며 밤마다 기회를 엿보다가 시로써 마음을 전한다.

C. 선화의 방에 몰래 뛰어들어 반강제로 동침하고 사랑을 키워 나간다.

D. 두 사람은 몰래 통정한 것을 두려워하며 신물을 교환하며 사랑을 맹세한다.

E. 두 사람의 관계를 눈치 챈 배도가 주생을 집으로 데려가 만나지 못하게 하다가 국영과 배도가 죽자 의지할 곳이 없는 주생은 유랑의 길에 오르니 두 사람 모두 상사병이 들어 죽을 위기에 처한다.

F. 주생은 갑부인 외척을 통해 선화에게 청혼하고 허락을 받아 들떠있는 사이
조선에 왜란이 터져 원병을 파병하는데 서기로 차출되어 참전하게 된다.

이 결연서사의 특징은 남성의 욕망에 의해 일방적으로 전개되고 있으며, 이에 맞물려 주생이 배도를 배신하여 고소설의 결연담 가운데 독특하게 남녀 사이의 변심이 혼사장애 요소로 설정된 경우이다. 그리고 마지막 결합이 성취되지 않아 남녀결연서사로서는 완벽하다고 할 수 없다. 주생과 배도, 선화 세 남녀 간의 욕망과 질투에 의해 결연서사는 매우 진진하게 전개되고 있다. 곤궁한 처지인 주생이 처음에 기녀인 배도에게 사랑을 맹세하고 의탁하여 지내다가 배도를 통해 승상의 딸 선화를 보고 욕망이 생겨, 결국 배도를 배신하고 선화와 결연을 맺는 애욕추구형 결연서사의 모형이라고 할 수 있다. 남녀사이에서 빈번하게 발생할 수 있는 욕망을 삼각관계 속에서 사실적으로 그리고 있어 후대 고소설의 결연담에 비해 작품성을 높이 평가할 수 있다.

이 결연서사의 대립구조를 분석해 보면, 먼저 인식의 과정에서 결연의 전조는 설정되지 않았다(A1ⓛ). 단지 처음 인연을 맺은 배도를 통해 선화를 처음 보게 되고, 그에 대한 정보를 얻게 된다. 배도와 의기투합하여 첫날밤을 보낼 때 이미 승상댁 연회에서 배도를 청하여 연희를 펼치라는 전언이 있었고, 며칠 후 주생이 연회에 참석한 배도를 마중 나갔다가 선화를 멀리서 보고 연정을 품게 되며, 짐짓 모르는 체 선화에 대해 배도에게 물어서 그 정보를 정탐하고 있다. 그렇다고 이런 사전 정탐이 전조라고 할 수는 없다. 주생과 선화의 결연은 인식과정이나 결연과정의 주도자는 주생으로 설정(A2ⓒ)된다. 주생은 배도를 마중 갔다가 승상부인과 선화, 배도가 담소를 나누는 것을 몰래 엿보고, '넋이 구름 밖으로 날아가고 마음이 공중에 뜬 듯이 황홀하여 몇 번이나 미친 듯이 소리를 지르며 달려 들어갈 뻔'할 정도로 첫눈에 욕정이 끓어오른다. 이와 같이 불같은 욕정을 품은 이유는 선화의 아름다운 미모에서 비롯한 것으로 이렇게 그리고 있다.

그 옆에는 열 너덧 살쯤 되어 보이는 소녀가 앉아 있었다. 머리채는 곱고

뒤로 땋아 내렸고 얼굴은 어여쁘기 그지없었다. 소녀의 맑은 눈이 살짝 옆을 흘기는 모습은 흐르는 맑은 물결 위에 가을 빛이 비치는 것 같았다. 웃을 때면 애교가 넘쳤고, 그 입 모양은 정녕 봄꽃이 아침 이슬을 함빡 머금은 듯했다. 이들 사이에 앉아 있는 배도는 그들에 비한다면 봉황과 까마귀, 구슬과 조약돌 격이었다.[8]

주생의 눈에 처음 비친 선화의 모습이다. 그 고운 자태에 대한 묘사가 구체적으로 이루어졌는데, 문제는 주생이 그 고운 선화의 모습을 현재 자신이 의탁하고 사는 배도와 비교한다는 데 있다. 선화를 봉황과 옥구슬로 보고, 곁에 앉은 배도를 갈가마귀나 올빼미, 모래나 자갈로 대비하고 있다.

곧 선화의 미모가 배도에 비해 출중할 수 있다. 하지만 이와 같은 대비는 첫눈에 비친 외모에서만 기인하는 것은 아닌 듯하다. 화려한 승상댁의 정경과 잘 꾸며진 정원의 누대에서 오는 황홀함, 무엇보다 승상부인과 선화, 배도 세 사람이 담소를 나누는 상황에서 배도는 두 사람에게 고용되어 연희를 펼치는 기녀의 신분이고, 선화는 승상의 딸로서 배도의 연희를 감상하는 지위의 차이 등에서 복합적으로 비롯되었다고 할 수 있다. 주생이 선화에게 한 순간에 연정을 품은 요인은 미모와 아울러 부와 권력의 상징인 승상댁이라는 배경이 한 몫하고 있다(A3㉠㉡)고 보아야 한다. 주생은 번번이 과거에 낙방하고 가세도 기운 곤궁한 처지이므로 당연히 승상댁의 부귀는 기방인 배도의 집과는 비교도 안 될 위압감으로 다가왔을 것이다.

여기서 주생은 신분에서는 사대부 자제이지만 빈한한 일개 서생으로 기녀의 집에서 더부살이를 하는 처지이므로 승상의 딸 배도에 비해서는 뒤지는 처지(A4㉡)라고 할 수 있다. 이런 요소들이 선화를 더욱 탐하게 한다고 볼 수 있다.

구애의 과정에서 주생은 두 가지 어려움을 가지고 있다. 지체 높은 승상댁의 딸에게 자신의 마음을 전하는 것도 무척 어렵지만, 무엇보다 배도와 결연을 맺고 남편처럼 지내는 처지에 선화에게 접근한다는 것은 더 난감한 상황이다. 이런 고민을 동시에 해결할 대책은 배도에게서 나온다. 선화의 남동생 국영이 글공부할 스

---

8) <주생전>, 203면.

승을 구한다는 말을 듣고 주생을 추천하게 되어 승상댁과의 연결고리를 만들어 준
다. 그리고 얼마 후 주생이 국영을 꼬여서 후원의 별당으로 글방을 옮기면서 승상
댁에서 기거하는 호기를 만든다. 아주 치밀하게 탐색해 들어가는 과정(B1㉠)이다.
그리고 밤마다 선화의 처소 근처로 숨어들어 기회를 엿보게 된다. 결국은 달이 뜨
지 않은 밤에 월담을 하여 선화의 방 앞에서 주렴 안의 선화를 지켜보는 기회를
만든다.

곧, 선화는 악곡을 다 연주하고는 작은 소리로 소자첨의 <하신랑(賀新郎)>이
라는 사곡(詞曲)을 읊는 것이었다.

> 주렴 밖에 누가 와서 창을 두드리는고(簾外誰來推繡戶),
> 안타깝게도 요대에서 노니는 꿈 깨뜨리네(枉敎人夢斷瑤臺曲).
> 아아, 대밭을 스치는 바람이런가(又却是風敲竹).

이에 대해 주생은 곧바로 주렴 밖에서 다음과 같이 낮게 시를 읊었다.

> 바람이 대밭에 스친다고 말하지 말라(莫言風動竹),
> 바로 고운님이 온 것이라네(直時玉人來).[9]

선화가 소동파의 <하신랑>이란 사곡을 읊조리는데, 그 내용이 남자를 그리는
여성의 심리를 드러내고 있다. 이를 놓치지 않고 주생은 자신을 '고운님'으로 칭하
며 자신의 정체를 밝힌다. 시를 매개(B2㉠)로 자신의 욕망을 적실하게 표출하고
있다.

이 결연서사에서 결연의 과정은 폭풍처럼 진행된다. 인기척을 느낀 선화가 침실
의 불을 끄고 잠자리에 들자 주생은 곧바로 침입(C1㉠)하여 동침(C2㉠)을 이룬
다. 이 과정에서 결연의 주도자는 분명 주생이라고 할 수 있다. 선화의 동의를 구
하지 않고 침실로 난입하였기 때문이다. 그런데 이 결연의 과정에서 선화의 반항
은 전혀 언급되지 않는다. 주생이 시로써 자신이 왔음을 알렸을 때도 선화는 짐짓

---

9) <주생전>, 208면.

못 들은 체하고 잠자리에 들었으며, 주생이 뛰어들어 동침하는 과정에도 반항의 흔적을 찾을 수 없다.

그렇다면 선화는 주생의 탐방을 내심 기대하고 있었다고 볼 수 있다. 곧 주생의 일방적인 침입, 겁탈의 분위기로 결연이 맺어지는데 선화도 내심 즐기고 있는 듯하다. 작품 속에서는 두 사람의 방사(房事)가 비유적으로 잘 그려지고 있다. 주생의 일방적 감정으로 결연서사가 전개되는데 선화가 주생에게 느끼는 감정은 전혀 언급이 없었다. 그리고 선화는 이미 주생이 배도의 남편임을 알고 있으면서도 전혀 배도를 염두에 두고 고민하는 흔적이 없다. 단지 선화는 이 관계가 발각될까하는 염려만이 앞선다. 결국 주생 주도의 강압적인 결연을 선화가 수용하는 행태를 띤 이 과정은 순연히 욕정에 의한 것이라고 볼 수 있다.

결국 욕망에 눈이 멀어 주생은 배도를 버리고 규방에 침입하는 난행을 범했고, 선화는 주생이 배도에게 의탁하여 남편처럼 지내는 사실을 알면서도 전혀 양심의 가책을 느끼지 못한다. 단지 통정 사실이 발각되면 죽임을 당할 수도 있다는 불안감만 가질 뿐이지 윤리적인 고민은 드러나지 않는다. 결국 두 사람은 욕망에 따라 동침하고 당사자 간에 장래를 약속한다(D1㉠). 여기서 선화는 배도를 정적으로 생각하였는지, 욕망의 존재인 주생을 믿을 수 없었는지 장래에 대한 기약을 받으며 배신을 경계하고 있다.

그래서 신물을 두 가지나 전하며(D2㉠) 마음을 다잡는다. 거울을 반쪽으로 잘라서 동방화촉할 때 붙이자고 하며, 비단부채를 건네며 절대 변심하지 말라고 당부한다. 욕망에 이끌려 타인을 배신하고 맺은 결연이므로 자신들의 결연에도 그같은 위기가 도래할 수 있다는 불안감에서 신물이 주요하게 제시되고 있다. 인간의 성정에 대한 부정적인 시각이 강할수록 그 행동을 규제할 장치는 여러 겹 만들어져야 한다. 두 사람이 애틋한 사랑을 바탕에 깔고 믿음으로 결연을 맺었다면 이렇게 두 가지의 신물이 굳이 필요하지 않았을 것이다.

두 사람은 배도와 집안 식구들의 이목을 피하며 밤마다 동침하는 과감함을 보인다. 그런데 두 사람 사이의 장애는 배도에게서 비롯된다. 두 사람 사이를 눈치 챈 배도가 주생을 자기 집으로 데리고 가 만나지 못하게 하자 주생은 마음의 병이 든다. 설상 가상으로 선화의 동생 국영이 병들어 죽자 주생이 선화를 만날 기회는 요원해졌다. 그리고 얼마 후 배도도 병들어 죽게 되니 주생은 의탁할 곳을 잃고 또다시 유리하게 된다. 결국 선화와는 이별의 말 한마디 나누지 못하고 그곳을 떠나게 된다.

여기에서 장애의 대상은 주생이라고 할 수 있다. 물론 선화에게도 혼사장애가 발생한 것이지만 주생에게 모든 고난이 발생하고 있으므로 장애대상을 주생(E1㉠)으로 보는 것이 타당하다. 그리고 장애의 종류는 외부 요인에 의해 발생되는 것이 아니라 두 사람 사이의 내적 장애(E2㉠)라고 할 수 있다. 상사병을 앓아 죽을 처지가 되도록 주생은 자신의 고민을 해결할 용기가 없는 성격으로 그려진다. 즉, 주생의 소심함이 이 결연서사의 장애라고 할 수 있다. 부모가 없고, 혼사를 주선할 가까운 친척도 없으니 당연히 승상댁으로 매파를 놓지도 못할 형편이고, 그렇다면 스스로 용기를 내어 청혼을 해야 하는데 소심한 성격에 감히 말을 꺼내지 못한다. 결국 의탁할 곳을 찾아 그곳을 떠나 갑부로 사는 먼 외척에게 의탁하는 나약함을 보인다.

이러한 혼사장애는 주생의 소심함에서 기인하였으므로 그 극복 과정에 있어서도 자신이 주도적으로 나서지 못한다. 결국 상사병이 들어 다 죽게 된 주생에게 외척이 그 사유를 묻고 모든 내막을 들은 외척이 혼사를 주선하고 나선다. 결국 극복의 주도자는 주변인(F1㉡)으로 볼 수 있으며, 극복의 방식은 상사병이라는 소극적인 방식(F2㉡)으로 보아야 한다. 주생의 외척은 상당한 부를 축척한 사람으로 승상댁과는 안면이 있는 처지라서 매파를 통해 청혼하니 쉽게 허혼이 이루어진다.

그런데 극복의 단계에서도 선화의 역할은 전혀 드러나지 않는다. 이 결연서사에서 여주인공 선화의 기여는 전무(F3㉡)하다고 볼 수 있다. 두 사람이 전혀 주도적인 역할을 하지 못하는 과정에서도 주변인의 도움으로 정혼이 이루어지고 혼인날이 잡혔는데 그 혼인은 성사되지 못한다. 조선에 왜란이 일어나 구원병을 보내는데 주생이 서기로 차출되어 참전하게 되었기 때문이었다. 결국 두 사람의 결합은 좌절(F4㉡)되고 만다.

하지만 이 결합의 좌절은 혼사장애를 극복하지 못한 데서 기인한 것은 아니다. 두 사람 사이의 장애인 소심함은 주변인의 도움으로 해결될 수 있었는데, 또 다른 외적 장애로 전쟁이 개입하게 된 것이다. 이 장애는 결국 극복하지 못하고 좌절하고 마는 결론에 도달한다.

그러므로 이 결연서사에서는 마지막 결합의 단계는 생략되고 만다. 고소설의 남녀결연서사에서 결합이 이루어지지 않는 경우는 흔치 않다. <만복사저포기>나 <운영전>의 경우가 있는데, 전자는 명혼담의 특수성에서 기인하는 것으로 굳이 재생이라는 전기적 장치를 사용하지 않는다면 결합은 어쩔 수 없이 이루지 못한다. 그런데 <주생전>과 <운영전>의 경우는 현실계에 살아 있는 결연 주체들의 결합을 성사시키지 않는다. 우리나라의 많은 고소설 작품에서는 행복한 결말을 바라는 독자들의 정서에 충실하여 거의 모두 해피엔딩의 결말구조를 취하고 있다. 그러나 이렇게 비극적인 결말을 취하는 경우는 독자들의 소망 충족보다 더 큰 의도가 깔려 있다고 볼 수 있다.

주생과 선화의 결연담은 다분히 애욕에 의해 전개되고 있다. 두 사람 사이의 폭풍 같은 욕망이 사랑으로 깊이를 더해가는 것도 아니며, 배도에 대한 배신에 대해 두 사람 모두 일말의 윤리적인 고민이 존재하지 않는다. 즉, 이 결연담은 주생과 선화가 주체적으로 욕망을 애정으로 승화시키지 못한 결함과 배신에 대해서도 반성할 줄 모르는 비윤리성이 결연서사 전면에 깔려 있기 때문에, 굳이 행복한 결합을 설정하여 인위적인 대단원을 만들 필요가 없다는 작가의 의도가 강하게 개입한 것이라고 볼 수 있다.

5. 〈구운몽〉의 양소유와 계섬월의 결연서사

<구운몽>에서 찾을 수 있는 또 다른 특징적인 결연서사는 양소유와 계섬월의 그것이다. 계섬월은 양소유가 첫 번째 구혼여행에서 진채봉을 만났다가 아쉽게 이

산하고 이듬해 봄 다시 과거와 구혼을 위해 상경도중 낙양에서 만난 기생이다. 낙양 명기라고 불리는 계섬월을 우연히 시회자리에서 보고 양소유가 시를 지으니, 계섬월은 그것을 수작으로 뽑아 노래 부르고, 결국은 자신의 집으로 몰래 청하여 자원 동침을 하고, 첩이 되어 평생 주군으로 섬길 것을 간청한다. 기녀 신분인 계섬월은 노류장화로 일생을 보낼 수 없다는 생각에 천하의 명사를 만나면 자원하여 자신의 일신을 맡기겠다는 소망을 가진 존재이다. 이런 계섬월에게 출중한 외모와 절등한 시재를 갖춘 양소유는 구원자와 같은 존재인 것이다. 지인지감을 갖춘 계섬월은 첫눈에 양소유를 알아보고 자신을 던진다.

두 사람의 결연서사의 순차구조는 다음과 같다.

A. 양소유는 장안으로 구혼하러 가던 중 낙양 천진교 누각에서 벌어진 공자들과 기생들 술자리에 참석, 계섬월을 보고 그 미색에 빠져들었고, 계섬월도 양소유에게 추파를 던진다.

B. 시회에서 잘된 시를 계섬월이 낭송하면 시침한단 말을 듣고 양소유는 일필휘지로시 세 수를 남기고 피한다.

C. 계섬월이 양소유의 시를 노래하고, 양소유는 자리를 피해 나가자 계섬월이 집을 일러주어 찾아오게 한다. 밤중에 계섬월 집을 탐방하여 동침하고, 섬월이 첩되기를 소원한다.

D. 양생이 모친의 허락과 가난함을 들어 거절하나 계섬월은 첩이 되기를 간청하며 장안의 정경패를 배필로 천거하고 훗날을 기약한다.

G. 첩으로 자리한다.

이 결연서사에서는 남녀 간의 감정이 곡진하게 그려지지는 않았다. 양소유가 계섬월을 대하는 태도도 깊이가 없이 나그네의 풍정을 쏟아 부을 욕망의 상대로 생각하는 듯하고, 계섬월 역시 기녀인 자신을 의탁할 남성을 찾는 목적의식에서 접근한 듯한 인상을 준다. 그리고 결연을 맺고 기약하는 과정까지만 그려지고 두 사람 사이의 애정을 심화시킬만한 사건, 즉 혼사장애는 설정되지 않았다. 후에 양소유가 안정적인 가정을 꾸리는 순간에 나타나 첩으로서 결합하는 구조를 취하여 불완전한 결연서사를 보이고 있다. 그 대립구조를 살펴보자.

먼저 인식의 단계에서, 두 사람 사이의 만남을 특별한 전조가 설정되지 않은(A1 ㉡) 우연한 만남으로 설정되어 있다. 양소유가 구혼을 하기 위해 장안으로 가던 도중 낙양 경치가 좋아 잠시 유람하던 중 선비들이 기녀들을 불러 시회를 여는 자리에 객으로 참석하여 다른 남성들과 수작도 하지 않고 얌전하게 앉아 있는 천하 절색의 기녀에게 욕정을 품는 것으로 그려진다.

그에 상응하여 계섬월도 양소유에게 추파를 던진다. 곧 인식의 주도자는 양소유와 계섬월 두 사람 모두(A2㉠㉡)라고 할 수 있다. 두 사람이 서로에게 호감을 보이는 요인은, 양소유는 계섬월의 미모에 넋을 잃었고, 계섬월이 양소유에게 추파를 던진 이유는 복합적이라 문면에는 구체적으로 나타나지 않았지만 시재와 아울러 전망을 예측한 지인지감에서 비롯(A3㉠㉡)된 것이라 할 수 있다. 결연의 단계에서 보이는 여러 정황으로 그렇게 판단된다. 두 사람의 신분은 사대부와 기녀로서 뚜렷하게 차등(A4㉡)을 보인다.

이 결연 서사의 특징은 구애와 결연의 단계에서 잘 드러난다. 탐색 방식은 서로 직접 대면하고서 추파를 교환하는 상황이니 당연히 직접탐색의 방식(B1㉠)이라고 할 수 있으며, 매개체로는 시가 주요한 역할(B2㉠)을 한다. 계섬월이 시회에서 공자들이 지은 시를 가려 노래하면 그 당사자가 그날 밤 동침할 수 있다는 말에 양소유는 일사천리로 시 세수를 써서 시회에 남긴다. 소유는 시 내용에서,

> 달 가운데 붉은 계수나무는 누가 먼저 꺾으리오(月中丹桂誰先折),
> 동방화촉에 신랑을 하례하는구나(洞房花燭賀新郎)[10]

하고, 자신의 노골적인 욕망을 드러냈다. 이에 계섬월은 그것을 가려 뽑아 청아한

---

10) <구운몽>, 43-44면.

음성으로 노래를 하고 있다.

결연의 단계는 앞 구애의 과정에서 남성인 소유가 먼저 자신의 욕망을 드러냈지만 결연의 주도권은 계섬월에게 있다(C1ⓛ). 여러 공자들 가운데 한 사람의 시를 선발하여 노래해야 하고, 그 포상으로 자신과 동침할 기회를 베푸는 이 독특한 유희 주도자가 계섬월이기 때문이다.

즉, 양소유와 계섬월의 결연서사에서 욕망을 드러낸 것은 양소유가 먼저이지만 결연을 성사시키는 주도는 계섬월에게 있다고 보아야 한다. 결국 계섬월은 여러 공자 가운데 양소유를 낙점하여 그 시를 노래하고, 떠내기 객에게 호기를 빼앗겨서 불쾌해 하는 좌중을 급히 피해 나오는 양소유에게 다가와 자신의 집으로 청하는 말을 남긴다. 심부름을 하는 하인을 시킨 것도 아니라 본인이 직접 누대를 내려와 양소유를 부여잡고 자기 집의 위치를 알리고 미리 가서 기다리라고 할 정도의 적극성을 보이고 있다.

그리고 야밤에 찾아온 소유를 버선발로 맞아 술을 권하며 즉시 동침하게 된다(C2ⓝ). 이 과정에서 두 사람의 애틋한 애정감정을 그려지지 않는다. 즉흥적인 애욕에 이끌린 동침으로 볼 수 있다. 이 동침은 남성의 고조된 애욕에 기녀가 자신의 정조를 증여하는 형상이라고 할 수 있다. 계섬월의 이 증여의 의미는 동침 후에 노골적으로 드러난다.

동침 후 기약의 과정에서 두 사람은 다소간 의견 충돌을 겪는다. 그도 그럴 것이 양소유는 나그네 신분으로 하룻밤 객정을 풀 대상으로 계섬월을 생각하였는데, 계섬월은 동침에다 많은 의미를 두고 있기 때문이다.

첩의 한 몸을 낭군에게 의탁코자 하는지라, 청컨대 첩의 심정을 대강 말씀드리겠사오니 굽어 들으시고 불쌍히 여기소서. 첩은 본디 소주땅 사람이온데, 부친이 일찍이 고을 아전이 되었으나 불행이 타향에서 죽었나이다. 살림살이는 구차하고 고향은 먼데다가 몹시 외로와 형편이 운구할 도리 없고, 또한 장사를 아니 지내지도 못하겠기에 계모가 첩을 창기에 팔아서 백냥 돈을 받아갔나이다. 그로부터 첩이 욕을 참으며 설움을 머금고 몸과 마음을 굽혀 손님을 섬기었는데, …… 평생소원을 오늘밤에야 이루었나이다. 낭군이 만일 첩을 더럽다 아니

하오시면 첩은 밥 짓는 종이 되기를 원하오니, 낭군의 존의 어떠하시나이까.[11]

계섬월은 자신의 평생을 의탁한 남성을 찾겠다는 의도로 양소유와 동침을 이룬 것이다. 물론 기녀의 신분이기 때문에 본처의 자리를 생각하고 있진 않지만 노류장화의 기녀신분에서 벗어나 종첩으로라도 양소유에게 의지하겠다는 생각이다. 집안 사정으로 창기로 팔려 남자들을 상대해야 하는 자신의 구원자로 양소유를 지목한 것이다. 아내가 되겠다는 의지보다는 주군으로 섬기겠다는 의도가 강하다. 그런데 양소유는 동침후의 이 상황에 대해 전혀 예상하지 못해 난감해 하며, 노모의 허락과 가난한 처지를 핑계 삼아 거절의 의사를 비친다. 이에 계섬월은 더욱 치밀하게 다음과 같이 양소유를 설득한다.

바라옵건대 낭군께서는 명문의 규수에게 장가드사 어머님을 봉양토록 하옵시고, 한편 천한 이 몸을 버리지 마옵소서. 첩은 이후로 몸을 정히 하여 명을 기다리이다.[12]

기녀를 아내로 맞는 것에 대해 노모가 허락하지 않을 것이므로 신분에 어울리는 명문가 규수를 찾아 장가를 들라고 하며, 장안의 정경패를 적극 추천하고 있다. 그리고 동침을 이룬 이후에는 창기의 일을 버리고 몸을 깨끗하게 하여 재상봉을 기다리겠다는 강한 의지를 보인다. 여기서 계섬월은 양소유의 배필로 명문가 규수인 정경패를 천거하면서, 그 직분으로 '어머님을 봉양'하도록 하라 한다. 결국 가문의 주부로서 역할에 대해서는 전혀 욕심내지 않고 그저 양소유가 버리지 않고 가끔 챙기기를 소망하고 있다. 결국 두 사람은 주군과 첩의 관계로 약속(D1㉠)하고 훗날을 기약한다.

두 사람은 첫날 동침을 이룬 후 공인된 결합을 이루기 전에 몇 차례 만나서 동침하는 상황이 그려진다. 즉 그 기약이 그렇게 길진 않다는 말이다. 그러니 당연

---

11) <구운몽>, 46면.
12) <구운몽>, 48면.

신물은 설정될 필요가 없다(D2ⓛ). 변란을 진압하기 위해 출정하고 돌아오는 도중에 서로 만나서 동침을 이룬다. 그리고 더 나아가 자신의 절친한 동무인 적경홍까지도 자신인 양 속여서 동침하게 한다. 여기서 계섬월과 적경홍의 양소유에 대한 역할을 찾을 수 있다. 곧 두 사람은 남성에게 내재된 성적 욕망을 해소시키는 성적 대상으로서의 역할을 주로 수행한다고 할 수 있다. 특히 안정된 가정이 이루어지지 않은 상황에서 일회성이 아닌 반복적인 동침은 계섬월과의 사이에서 일어나는 것으로 추측할 수 있다.

그런데 이 결연서사에서는 갈등의 요인인 혼사장애와 극복과정이 생략되어 있다. 기약 후 재상봉까지의 기간이 긴 것이 아니라 출장하는 도중 가끔 만나서 동침을 이루는 사이로 설정된 관계라서 혼사장애가 개입할 여지가 없는 듯하다. 장애가 없으니 당연히 극복의 과정도 없다.

양소유가 본격적으로 정경패와 난양공주를 부인으로 맞아들이자 계섬월은 적경홍과 함께 스스로 찾아와 첩의 신분으로 결합을 이룬다. 앞서 두 사람의 역할을 성적 주체와 대상의 관계로 보았기 때문에 결합의 형태는 주군과 기생첩의 종속적 결합(G1ⓛ)으로 볼 수 있다. 아울러 그 결합의 성격은 깊이 있는 애정이 토대가 된 것이라기보다는 욕망을 발산하는 관계에 가까우므로 최종 결합의 성격도, 관습적인 것으로 보는 것이 마땅하다. 곧 혼전의 성적 대상이었던 여성을 거두겠다는 의도와 첫 동침 후 계섬월을 거두겠다고 한 약속을 이행한 관습적인 결합(G2ⓛ)이라고 보는 것이 타당하다.

신분이 낮은 여성이 전도가 유망한 남성에 대한 지인지감을 발휘하여 적극적으로 다가가서 결연을 맺고 평생을 의탁하고자하는 남녀결연서사는 이후 <옥루몽>의 양창곡과 강남홍 결연담에서 완형의 서사를 구현한다. 여기에서 분석을 시도한 양소유와 계섬월의 결연서사는 혼사장애와 극복의 과정이 생략되어 완전한 서사형태라고는 볼 수 없다. 기녀 신분이기 때문에 그 미모를 보고 권력자가 탐하는 혼사장애가 일반적으로 설정될 것으로 추정되나 이 경우는 생략되어 있다. 대신 계섬월이 혼전의 양소유 곁에서 빈번하게 시침을 들면서 도움을 주는 행각이 설정된 것으로 보인다.

6. 〈구운몽〉의 양소유와 심요연의 결연서사

〈구운몽〉의 또 다른 행태의 남녀결연서사는 양소유와 심요연의 결연담에서 찾을 수 있다. 양소유가 토번을 토벌하기 위해 진중에 있을 때, 심요연이 자객으로 뛰어들어 서로 인연을 이야기하고 결연을 맺는 서사이다. 여기에서 결연은 남녀 간의 애정이나 성적 욕망에 의하여 이루어진다는 느낌이 적고 여성이 천정의 인연을 만나 곁에서 시위하며 보필하는 역할을 하기 위한 과정으로 비춰진다. 그래서 여성은 남성을 보필한 능력을 갖추기 위해 남성과 같은 수련을 거치고, 남성에게 뒤지지 않는 무예를 갖추게 된다. 또 하나는 남녀 간의 결연이 안락하고 분위기 있는 실내에서 이루어지는 것이 아니라 진중의 막사에서 이루어진다는 특성이 있다. 그리고 처음 결연을 맺는 상황에서 동침에 대한 언급이 있을 뿐 이후의 상황에서는 남녀간의 성적 결합이나 부부간 정감이 드러나지 않고 남성이 가정 외부에서 일을 하는데 보좌 수행하는 역할로 그려진다.

양소유와 심요연의 결연담의 순차구조를 정리하면 다음과 같다.

A. 심요연은 무예를 익히던 스승에게서 대국의 대장군이 천정배필임을 듣고 상봉을 기다리며 수련한다.

B. 양소유가 토번의 난을 토벌하고 추격하던 중 심요연이 자객으로 막사에 당당히 들어와 사연을 얘기하고 결연 맺기를 청한다.

C. 심요연이 자신을 첩으로 거두어 달라고 청하고 막사에서 동침한다.

D. 심요연에게 빠져 장졸을 돌보지 않자 머물 곳이 아니라고 말하고 앞일을 일러두고 진중을 떠난다.

G. 월왕과의 연회 경쟁 자리에 백능파와 함께 나타나 합류하여 첩이 된다.

이 남녀결연서사는 매우 단편적으로 그려진다. 사건은 막사에 잠입한 여성 자객과 장수가 결연을 맺고 며칠을 동침하다가 떠난다는 것이고, 배경도 전장의 좁은 막사로 한정되어 있다. 그리고 주변인물은 모두 배제되고 남녀 두 사람만 설정된 단순한 서사구조이다. 여기서 남녀결연서사의 전모는 과거 회상적인 언술에 맞추어 분석하는 수밖에 없다. 심요연이 양소유에게 결연을 맺기 위한 과정을 대화로 풀어내고 있기 때문이다. 불완전하지만 그 언술을 토대로 대립구조를 분석해 보기로 한다.

먼저 인식의 단계에서 전조는 심요연에게 무예를 가르친 여스승의 예언으로 설정(A1㉠)된다. 심요연이 동료 두 사람과 여스승에게서 무예를 수련하는데, 악인을 해치거나 원수를 갚는 일에서 배제되자 스승에게 항의를 한다. 이에 스승은 다음의 말로써 배필을 예언한다.

> 네 전생의 연분이 당나라에 있고 그는 큰 위인인데, 너는 타국에 있는지라 만날 도리가 없으니 내 너를 위하여 검술을 가르침은 너로 하여금 재주를 인연으로 귀인을 만나게 함이니, 네 후일에 마땅히 백만 군중에 들어가 검극(劍戟) 사이에서 좋은 인연을 이루리라[13]

결연서사에서 결연 당사자들이 천정배필임을 알리는 몽조나 예언이 설정되는 경우에 결연서사는 운명론적으로 전개된다. 즉 당사자들이 예정된 인연을 찾아서 자신을 의탁하고자 하는 수동적인 자세를 취한다고 할 수 있다. 심요연도 스승에게서 자신의 배필에 대한 언지를 받고 난 후 그동안 연마한 무예는 오직 양소유를 만나는 방편으로 여기고 지내다가 기회가 오자 서슴없이 양소유를 만나러 자객으로 지원한다.

심요연이 예언을 들었으므로 인식의 주도자가 되며(A2㉡), 양소유를 인식하는

---

13) <구운몽>, 140면.

요인 자체도 인물 됨됨이나 자질이 아니라 운명론에 따라 양소유에게 자신을 의탁하고자 하는 것으로 그려진다. 심요연이 만난 양소유는 이미 장수로서 지위가 확보된 상황이다. 그 상황에서 인식의 요인을 굳이 분류해 내라면 전도가 유망한 전망(A3ⓛ)이라고 할 수 있을 것이다. 양소유의 눈에 비친 심요연의 모습도 여느 결연담의 여인들과는 다르다. 자객의 신분으로 침입하였으므로 갑옷 차림에 여성임을 알아 볼 수 있는 비녀정도를 꽂고 있는 실정이라, '얼굴빛이 천연히 이슬에 젖은 해당화 같'이 보였다. 천상의 선녀와 같다든지, 월궁 항아 같은 미모로 눈에 와 닿는 것은 아니었다. 그리고 두 사람의 신분은 대국의 도원수와 적국의 자객 신분으로 확연히 차등(A4ⓛ)이 진다.

구애의 과정은 양소유의 막사를 찾아 든 심요연과 직접 대면하고서 천정을 밝히는 과정으로 처리되므로 직접적인 탐색(B1㉠)이고, 매개체는 존재하지 않는다(B2ⓛ). 구애의 과정은 심요연이 직접적으로 자신의 내력과 천정의 인연에 대해 언술하는 상황이므로 매개체가 개입할 여지는 없다.

결연의 과정은 심요연에 의해 주도(C1ⓛ)된다. 예언에 의해 배필을 만나기 위해 자객으로 뛰어 들었으므로, 자신의 그간 내력을 모두 이야기하고 첩으로 거두어 줄 것을 간청하고 있다. 막사에 혼자 처한 양소유의 입장에서는 거절할 이유가 없이 수용하게 된다.

> "이제 장군을 만나 뵈오니 과연 스승의 말씀과 같은지라, 바라옵건대 첩은 시비의 반열에 참여하여 좌우에 모시려 하오나 장군께옵서는 과연 허락하시겠나이까."
> 원수 크게 기꺼워하여 이르되,
> "낭자 이미 죽게 된 목숨을 구하고 또 몸으로써 섬기고자 하니, 이 은혜를 어찌다 갚으리오. 백년해로하는 것이 실로 내 뜻이라."
> 하고 인하여 동침하니, 창검 빛으로 화촉을 대신하고 칼 소리로 거문고를 대신하니, 바로 군막 속일지언정 호탕한 정이 여산여해이더라.[14]

---

14) <구운몽>, 141면.

심요연이 스승의 말을 들어 결연을 맺겠다고 먼저 청하자, 양소유는 목숨을 보존하게 해주고 또 몸으로 섬기겠다는 청을 기꺼이 받아들이겠다고 하며 오히려 고마워한다. 결국 두 사람이 의기투합된 상태에서 막사에서 동침을 이룬다(C2㉠). 이 동침의 분위기는 여느 결연상황과는 차별되므로, 위와 같이 창검을 화촉 대신, 칼소리를 거문고 대신했다고 서술하고 있다.

두 사람의 기약은 이미 천정이라는 예언이 있었고, 결연과정에서 양소유가 백년해로를 맹세하였으므로 당사자 간에 약속(D1㉠)으로 이루어진 것이다. 그리고 장래를 기약하는 신물은 설정되지 않는다(D2㉡). 다른 여성들처럼 나약한 존재도 아니며, 구름처럼 떠돌아 언제나 전장의 양소유 곁에 지켜줄 존재이므로 굳이 정표가 요구되는 것은 아니다. 연사흘을 막사에 머무는 동안 양소유가 전혀 군사를 돌보지 않자 심요연은 양소유를 깨우치며 떠나겠다고 말한다. 여색에 빠져 자칫 토벌이라는 큰 과업을 망칠까 염려하는 충고이다. 여기서 양소유와 심요연의 관계는 지금까지의 남녀관계와는 사뭇 다르다.

곧, 양소유가 결연을 주도하고 남자로서 당당한 입장을 보인 것과는 달리, 심요연 앞에서는 미성숙한 존재로 양소유가 그려진다. 여색에 빠져 군사를 돌보지도 않고 결정적으로 떠나겠다는 심요연에게 다음과 같이 적군을 토벌할 전략까지도 자문한다.

> 낭자는 범상한 여자에 견줄 바 아니기로 나에게 기모(奇謀)와 비계(秘計)를
> 가르쳐 도적에게 써보기를 바라오.[15]

과거에 당당히 장원급제하여 한림학사를 지내고 이미 군사를 이끌고 적당을 토벌하여 큰 공을 세워본 영웅적 인물이 이 상황에서는 심요연에게 적군을 토벌할 비법을 묻는 것이다. 이를 통해 심요연의 역할은 확실히 다른 여성들과는 다름을 알 수 있다. 애정의 쏟고 성적 욕망을 해결하며 집안의 보존을 맡길 처첩이 아니라

---

15) <구운몽>, 141면.

대외적인 활동에서 보좌하고 자문하는 참모와 같은 존재로 여기고 있다. 결국 심요연의 조언에 따라 주둔지를 정하고 식수를 구하여 적당을 토벌하는 공을 세운다.

이 결연서사 역시 혼사장애와 극복의 과정은 따로 설정되지 않았다. 애정이나 욕정을 토대로 한 결연담이라기보다는 사회활동 가운데 참모나 보조자를 만나는 서사와 같으므로 굳이 장애나 극복 단계가 필요하지 않아 보인다. 그런데 이 가운데 상대의 기여는 아주 중요한 항목으로 작용(F3㉠)한다. 비록 혼사장애 극복과정에서의 기여는 아니라 하더라도 소유가 출세를 이루고 안정된 가정을 꾸리는 과정에서 적극적으로 도움을 주는 존재로 그려진다. 남성에 비견할만한 능력을 갖추어서 남성이 전공을 세우는데 직접 돕거나 지략을 조언하는 역할을 수행한다. 이를 통해 양소유는 전공을 세우고 포상으로 공고한 지위를 얻게 되며 안정된 가정도 꾸리게 되는 것이다.

양소유와 심요연의 결합과정은 특별하지 않다. 결연의 상황에서 애틋한 애정이 토대가 된 것도 아니며, 장애가 있고 그 극복의 과정이 특별하게 곡진한 것도 아니므로 결합의 과정은 평범하다. 다른 여섯 여성들을 모두 맞이하여 처첩을 삼은 단계에서, 월왕과 사냥과 아울러 풍류내기를 하는 연회장소로 백능파와 함께 나타난다. 그리고 백능파와 나란히 첩의 신분으로 결합을 이루고 있다. 두 사람의 결합 형태는 남편과 첩의 관계로 맺어진 종속적인 결합(G1㉡)이다. 그리고 결합의 성격도 그동안 동침하고 야전에서 도운 것에 대한 보상으로 첩으로 맞는 것이니, 관습적인 결합(G2㉡)으로 볼 수 있다.

양소유와 심요연의 결연담은 뒤이어 나오는 백능파와의 결연담과 비슷한 분위기 · 성격으로 보인다. 양소유가 백능파를 만나는 계기도 심요연의 주선에 힘입었다. 그리고 백능파 역시 예언에 의해 천정배필을 기다리는 운명론적 결연의식을 가지고 있다가 양소유를 만나서 구조되고, 먼저 동침을 이루는 것도 유사하다.

물론 심요연과 같은 활동적인 외조(外助) 능력을 갖추지는 못하였지만 풍우와 천둥번개를 관장하는 동정용왕의 딸이라는 지위 자체가 양소유가 전장에서 충분히 도움을 받을 수 있는 신이한 능력으로 간주된다. 용녀라는 신분이 양소유가 위기의 상황에서 도움을 받고, 곁에 두고 보필을 받을 존재이지, 애정의 대상으로 여겨지지 않는 것도 심요연의 상황과 흡사하다.

결국 마지막 결합 상황에서도 두 사람은 나란히 양소유와 결합을 맺게 되어 두 결연서사의 유사성을 확인할 수가 있다.

이상에서 분석한 여섯 가지 유형의 결연서사는 우리나라 고소설에 결구(結構)되어 있는 모든 남녀결연서사의 대표적인 표본이라고 할 만하다. 그리고 <구운몽>이 그 중 다섯 가지를 가지고 있으니 <구운몽>이야 말로 또한 우리나라 남녀결연서사 관련 여러 유형을 종합적으로 수용하고 있는 대표적인 작품이라는 사실을 알게 된다. 아마도 <구운몽> 이후의 고소설에서 남녀결연을 내용으로 한 작품들은 <구운몽>에 구성되어 있는 여러 형태의 남녀결연서사에서 지대한 영향을 입고 있다는 사실을 부정할 수 없을 것 같다.

위에서 고찰한 관계를 도표에 대입하여 비교해 보기로 한다.

단계	대립항	실현양상	구운몽 양소유/정경패 ㉠	㉡	구운몽 양소유/난양공주 ㉠	㉡	구운몽 양소유/진채봉 ㉠	㉡	주생전 주생/선화 ㉠	㉡	구운몽 양소유/계섬월 ㉠	㉡	구운몽 양소유/심요연 ㉠	㉡
A 인식	A1 전조	A1㉠설정 / A1㉡제외											예언	
	A2 주도자	A2㉠남성 / A2㉡여성												
	A3 인식요인	A3㉠자질 / A3㉡배경		부귀		전망	미모지계		미모	부귀	미모시자	전망		전망
	A4 신분	A4㉠대등 / A4㉡차등												
B 구애	B1 탐색방식	B1㉠직접탐색 / B1㉡간접탐색												
	B2 매개체	B2㉠설정 / B2㉡제외	연주 속임		연주		시		시		시			
C 결연	C1 결연주도자	C1㉠남성 / C1㉡여성												
	C2 동침여부	C2㉠동침 / C2㉡동침유보												
D 기약	D1 기약방식	D1㉠당사자약속 / D1㉡부모혼약												
	D2 신물	D2㉠설정 / D2㉡제외							거울					
E 장애	E1 장애대상	E1㉠남성 / E1㉡여성												
	E2 장애종류	E2㉠내적장애 / E2㉡외적장애			권력개입	거부	집안몰락		소심함	전쟁재난				
F 극복	F1 극복주도자	F1㉠당사자 / F1㉡주변인												
	F2 극복방식	F2㉠적극적방식 / F2㉡소극적방식			환경변화	회유			구원		상사			
	F3 상대기여	F3㉠설정 / F3㉡제외	결연사수		화해						내조		외조	
	F4 극복결과	F4㉠극복 / F4㉡좌절												
G 결합	G1 결합형태	G1㉠주체적결합 / G1㉡종속적결합												
	G2 결합성격	G2㉠애정적결합 / G2㉡관습적결합												

이 여섯 가지 유형 가운데에서, 앞서 설정한 순차구조의 모든 단계를 충족시키는 결연담은 양소유와 진채봉의 결연이고, 나머지 다섯 경우는 순차구조의 결함을 가지고 있다. 주생과 선화의 결연담은 최종 결합과정이 생략되었고, 양소유와 정경패의 결연담과 양소유와 난양공주의 결연담은 남녀 당사자 간의 결연과정이 생략되어 나타났다. 그리고 양소유와 계섬월의 결연담과 양소유와 심요연의 결연담에서는 장애와 극복의 단계가 생략되어 있다.

이러한 순차구조의 생략은 결연서사 내부의 흐름에서 굳이 설정될 필요가 없는 요인이기 때문에 설정되지 않는 경우도 있으며 작가의 의도에 의해 생략되는 경우도 있다.

신붓감을 구하는 양소유와 정경패의 결연담이나 신랑감을 정하는 양소유와 난양공주의 결연담에서는 사회 규범과 의례에 입각하여 결연이 추진되기 때문에 인식과 구애 단계까지의 당사자 역할만 인정되고 결연의 과정은 청혼과 허혼의 혼례 절차를 따르고 있으므로 당사자 간 결연단계는 생략되었다.

양소유를 가정 밖에서 돕는 계섬월과 심요연의 결연담에서는 만나서 보필해 돕겠다는 여성들의 의도나 예언 등에 의하여 결연이 성취되고, 그 후의 상황은 항상 양소유의 곁에서 맴도는 생활이므로 굳이 타인에 의한 혼사장애가 설정될 여지가 없으며, 장애가 없으니 극복의 과정은 당연히 설정될 필요가 없는 것이다. 곧, 이 결연담은 남녀 간 결연을 맺은 후 남녀가 공인을 받기 위해 긴 시간 기다리는 것이 아니라, 여성이 남성의 사회 활동을 곁에서 음양으로 보필하다가 남성이 안정을 취하고 나면 그때 가정 내의 지위를 부여받는 형식이다. 이러한 결연서사의 결함은 결연서사 내부에서 불필요한 요소로서 생략이 일어난 경우이다.

그에 비해 주생과 선화의 결연담에서 마지막 결합의 과정이 생략된 것은 결연서사 내부의 장치에 의해 비롯되었다기보다는 작가에 의한 의도적 결함이라고 생각된다. 결연서사가 사회 규범과 윤리 등에 심각한 갈등을 조장할 혐의가 있거나, 사회 풍속을 해칠 염려가 있을 경우는 작가에 의해 의도적으로 결연이 방해 받을 수 있다고 본다. 주생과 선화의 결연서사가 바로 그와 같은 경우이다.

그런데 이러한 여섯 가지 결연서사의 순차구조가 반드시 이 같은 불완전한 구조를 가지는 것은 아니다. 남녀결연서사의 결론은 남녀가 결합하여 가정 내에서 부부관계를 이루는 것으로 종결되는 경우가 대부분이고, 결연의 서사도 앞서 설정한 단계를 순차적으로 밟아나가는 것이 일반적인 행태이다. 그러므로 후대 작품들에서는 남녀결연서사가 작자의 주관에 따라 보완되어 완전한 서사로 진행된 경우가 많다.

후대 작품에서는 <구운몽>처럼 여덟 명이라는 많은 수의 여성을 처첩으로 거느린 경우는 없고, 다소 축소되어 <옥루몽>의 경우에는 다섯 명의 처첩을 거느리고, <동선기>나 <임호은전>에서도 각각 다섯과 여섯의 처첩을 거느리는 것으로 설정되어 있다. 그리고 후대로 오면서 그 수가 여타 작품에서는 더 줄어, 두세 명의 처첩을 두거나 아예 일부일처의 결연형태를 취하는 작품이 대거 출현한다.

이런 경우 남녀결연서사는 위에 든 여섯 유형의 경우를 통합하는 경향으로 나타난다. <구운몽>에서 한 남성에게 여덟 여성이 결합해야만 이상적인 부부역할을 완성할 수 있었다면, 그 이상적인 부부행태를 포기할 수는 없었을 것이므로 그 후 고소설에서 남녀결연서사는 두세 가지의 결연서사를 통합하여 설정할 가능성이 많은 것이다. 이 통합의 과정에서는 대체로 완전한 형태의 결연서사가 만들어질 수 있었다.

위 표에서 대립구조의 실현양상에 있어서 ㉠항은 대체로 남성이 정숙하고 고운 아내를 맞으려는 경우에 해당하기 때문에, 일반적으로 적극적이며 능동적, 주체적인 특성을 나타낸다. 반면에 ㉡항은 여성 중심으로 좋은 신랑감을 구하는 경우이기에, 다소 소극적이며 수동적인 면모가 나타나 있음을 보게 된다.

양소유와 진채봉의 결연담, 주생과 선화의 결연담, 양소유와 정경패의 결연담 등은 대체로 ㉠항목이 선택된 경우가 많으며, 그리고 양소유와 난양공주, 양소유와 계섬월, 양소유와 심요연의 결연담은 ㉡항목을 선택한 경우가 우세한 결연서사라고 하겠다. 그런데 양소유와 난양공주의 결연담에 있어서의 후반 구조는 ㉠항목으로 설정된 경우가 많아 보인다. 이것은 그 부분에서 혼사장애의 극복과정이 주체적으로 이루어졌음을 드러낸다고 볼 수 있다.

　이제 이상에서 분석한 남녀결연서사를 기준으로 하여 고소설에 등장하는 다양한 남녀결연 단위담들을 순차구조와 대립구조에 대입시켜 유형화 해 보아야 한다. 그 유형 화 된 단위담들을 상호 비교 대조해 봄으로써, 앞에서 설정한 여섯 유형이 우리 고소설에 나타나 있는 남녀결연서사의 보편적인 서사모형으로서 적합하다는 사실이 확연하게 드러날 것으로 믿는다.

제 2 절 결연서사의 유형 적용과 종합적 검토

위에서 남녀결연서사가 들어 있는 고소설 작품의 결연담을 분석하여 전체를 여섯 유형으로 분류하고, 각 유형에 해당하는 표준 결연담을 한 편씩 선정해 순차구조와 대립구조를 적용시키면서 분석해 보았다. 그 결과 대체로 여섯으로 분류한 결연담 유형 분류가 무리 없이 타당하다는 결론에 도달했다. 그래서 다시 이 유형 분류를 확정짓기 위한 작업으로, 이 책에서 대상으로 한 고소설에 나타나 있는 남녀결연서사를 모두 이 여섯 유형에 따라 순차구조와 대립구조를 적용시켜 종합적으로 검토해 보기로 한다.

아울러 이 여섯 유형 결연담의 원형서사를 옛날의 설화에서 찾아 제시함으로써 통시적인 맥락을 추적해보는 자료로 삼고자 한다.

1. 신붓감찾기형 결연서사

신붓감찾기형 결연서사에서 특징적인 구성요소는 인식의 과정에서 좋은 신붓감을 찾기 위해 남성이 주도적인 역할을 하며, 여성의 인식요인으로 미모를 포함한 자질요소는 기본이 되며 배경 또한 주목하게 된다. 즉 권귀가의 딸이어야 하고 당연히 신분은 대등한 입장을 취하게 된다.

구애과정에서는 규중처녀이기 때문에 쉽게 선을 볼 수 없으므로 매자를 통해 소개를 받고 결연이 이루어지는데, 여기에서 남성의 의지로 여복을 입고 여자인 것처럼 보이게 하여 속여서 접근해 선을 보는 경우도 있다. 그 후 결연 성립의 과정은 대체로 부모나 매자를 통하여 청혼하게 되므로 당사자끼리의 교감은 일어나지 않는다. 그리고 기약의 과정은 약혼이란 절차가 대신하게 되고, 그 사이 남성은 혼인을 위한 손색없는 자격을 갖추어야 하므로, 이를 위해서는 무엇보다도 필수조건으로서 과거에 급제하는 과정을 거친다.

여기에서 장애요소가 개입하게 되는데, 장원급제로 인하여 그 전도가 유망함이 세상에 드러나게 됨에 따라 황제나 권력자가 사위로 삼고자하는 양상으로 전개된다. 당사자인 남성이 정혼을 사수하기 위해 강하게 거부하여 위기에 처하지만, 주변 상황에 의해 화해되거나 남성 편에서 권력에 굴복해 장애를 수용하는 양상을 취하여 장애는 일단 해소되고 결합을 이룬다. 남성이 늑혼을 이룬 경우는 결합 후 후일담으로 가정 내 쟁총담이 전개되어 갈등이 일어난다.

신붓감찾기형 결연서사의 기본 순차구조를 설정해 보면 다음과 같이 된다.

A. 인식 : 남성이 권귀가의 딸을 보고 호감을 나타내거나 누구로부터 신붓감을 소개받는다.

B. 구애 : 남성이 직접 탐색에 나서거나 주변 사람들에게 탐문하여 여성에게 자기 자신의 존재를 알린다.

C. 결연 : 일반적으로 생략된다.

D. 기약 : 부모나 주변 사람이 매자를 내세워 정식으로 정혼이 이루어지고 약혼하게 된다.

E. 장애 : 남성이 과거에 급제하자 권력을 가진 자가 전망을 보고 청혼한다.

F. 극복 : 남성이 강하게 거부하여 고난을 당하면서 정혼을 지킨다.

G. 결합 : 장애를 극복하고 본처로 공인을 받는다.

이 결연서사 모형에 부합하는 결연담을 보면, <구운몽>의 양소유와 정경패의 결연담과 전반구조가 거의 일치하는 <김희경전>의 김희경과 최소저의 결연담이 있고, 나아가 다음과 같은 고소설 속의 결연담이 이 결연서사 모형에 속함을 알 수 있다.

<옥루몽>의 양창곡과 윤소저의 결연담
<권용선전>의 권용선과 오소저의 결연담
<백학선전>의 유백로와 조은하의 결연담
<유문성전>의 유문성과 이춘영의 결연담
<정을선전>의 정을선과 유추년의 결연담
<조생원전>의 조혜성과 김소저의 결연담
<최고운전>의 최고운과 나운영의 결연담

이들 결연담의 상호 비교를 위하여, 위에 든 각 단위담들의 결연서사를 순차구
조에만 적용시켜 표를 만들어보면 다음과 같이 나타난다.

작품 순차구조	원형 해모수/유화	표준형 구운몽: 양소유/정경패	①김희경전 김희경 / 최소저	②옥루몽 양창곡 / 윤소저
A.인식	·해모수가 웅심연에서 노는 하백의 세 딸을 보고 아들을 낳을 수 있을 듯하여 왕비로 삼으려 한다.	·양소유는 어머니의 명으로 혼처를 찾으러 장안으로 올라와 숙모 두련사에게 정사 도의 딸 정경패의 명성을 듣고 선을 보기 원한다.	·과거차 상경하니 외숙이 혼인을 주선한다. ·희경은 최소저 집안 배경 듣고 선보기를 원한다.	·양창곡 강남홍과 동침 후 신붓감으로 윤자사의 딸 윤소저를 천거하는 것을 듣고 마음 속으로 허락한다.
B.구애	·신하들이 궁을 지어 술자리를 마련하여 붙잡으라고 간하자, 말채로 신령을 부려 세 여자를 유인한다.	·양소유가 여복으로 변복하여 정경패의 선을 보다가 거문고를 연주하여 음률을 논하면서 봉구황곡을 통해 자신이 남자임을 비친다.	·외숙의 꾀로 여복을 하고 최승상댁 잔치에 참석해 거문고 연주한다. ·기회를 얻어 내당에 들어가 음률문답을 하고, 봉구황곡을 연주하고 남자정체 드러낸다.	·양창곡이 과거에 장원하여 한림이 되고 황각로와 노균이 구혼하자 윤상서에게 명첩을 들여 청혼의 뜻을 보인다.
C.결연	·만취한 세 여자를 가로 막자 두 동생은 도망하고 유화만 잡히게 되었다.			
D.기약	·유화만 보내려 하였으나 유화는 정이 들어 혼자는 가지 않으려 한다.	·정혼이 이루어져 혼례를 기다리며 후원에서 외롭게 거처하는 양소유를 보고 시비 가춘운을 잉첩으로 들인다.	·최소저의 이야기를 듣고 부친 최승상이 희경을 선본다. ·최승상은 혼인을 허락하게 된다.	·윤상서가 매파를 통해 의논하고, 이튿날 양창곡의 부친을 만나 허혼을 이룬다.
E.장애	·하백이 항의하자 천제자임을 밝히고 청혼하겠다고 한다.	·태후가 난양공주와의 혼담을 추진하면서 파경의 위기에 처하자 양소유는 강하게 반발하여 구금된다.		·황각로가 자기의 딸과 정혼하자고 양창곡 부친을 강압한다.
F.극복	·하백과 해모수가 신통력 내기를 하여 해모수가 이긴다	·전란을 평정하기 위해 소유는 출정하고 난양공주와 태후의 배려로 정경패는 영양 공주가 된다.		·윤소저와 정혼한 사실을 들어 거절한다.
G.결합	·천제자임을 인정하고 혼례를 치룬다. ·천상으로 떠날 것을 염려하여 만취케 하여 가두어 두니 비녀로 뚫고 승천한다.	·양소유와 성례하여 제1부인이 된다.	·최소저를 본처로 맞이해 혼인한다. ·첫 정혼자가 나타나 제1부인이 되고, 공주와 혼인해 제2부인을 삼으며, 최소저는 제3부인이 된다.	·길일을 받아 윤소저를 친영하여 혼인한다.

작품 순차구조	③권용선전 권용선 / 오소저	④유문성전 유문성 / 이춘영	⑤정을선전 정을선 / 유추년
A.인식	· 부인 사별 후, 오상서가 자기 딸이 천정배필이라 현몽한다. · 숙부 권시랑 집에서 오소저를 보고 미색에 감탄, 연정을 품게 된다.	· 유문성이 과거차 상경 중, 집안에서 추천하는 이춘영을 보고 연정을 품게 된다.	· 정을선이 부친 친구 유재상 회갑연에 참석, 유재상 딸 유추년을 보고 연정을 품는다.
B.구애	· 서울로 상경한 숙부 댁에 자주 들러서 오소저를 보게 되었다. · 계속하여 연정을 드러낸다.	· 유문선은 이춘영을 상사해 과거를 포기하고 집에 돌아와 병들어 눕는다.	· 정을선은 집으로 돌아와 유추년을 상사해 병을 얻어 죽을 지경에 이른다.
C.결연			
D.기약	· 숙부 내외가 두 사람을 약혼시켜 인연이 맺어진다.	· 유문성의 부친 유승상에 직접 이춘영 부친 이상서를 찾아가 청혼한다. · 부모의 허락으로 선을 보고, 옥지환을 신물로 준다.	· 정을선의 추년에 대한 상사병을 안 정재상은 매파 보내 유재상 허락을 받고 정혼, 정을선의 병이 낫는다.
E.장애	· 황제가 권용선에게 연희공주와의 혼사를 강요한다.	· 황제 후궁 간택으로 혼인 연기. 유승상 내외 사망으로 유리걸식하게 된다. · 우승상 달목이 이춘영을 자부 삼으려 황제를 부추겨서 압박하게 한다. · 황제는 달목 아들과 정혼하라 엄명을 내린다.	· 정을선이 급제해 한림학사 되니, 계모가 유추년을 죽이려 음식에 독약 넣었다 실패한다. · 계모는 첫날밤 남자 시켜 유추년을 모함한다. · 정을선이 부정한 여자라며 돌아가 버린다.
F.극복	· 황제의 강요를 권용선이 거부하여 고난을 겪게 된다. · 황제는 억지로 공주와의 혼인날을 받는다.	· 이상서는 압력에 굴복하여 혼사 허락. 이춘영은 유문성에게 편지 남기고 자결을 결심한다. · 유문성이 자결 만류 편지 남기고 집을 나간다. · 이춘영은 달목의 아들과 억지로 초례후 자결한다.	· 정을선은 조왕의 딸과 결혼하고, 추년은 자결을 한다. · 정을선이 순무어사로 가 추년 억울함 밝힌다. · 선약을 구해 유추년을 살려내고 조부인과 셋이 함께 산다.
G.결합	· 공주와 혼인 전에 오소저와 비밀리 혼례 치른다. · 황제의 압력을 받아 헤어졌다가 고난을 겪은 후 마침내 오소저와 재회하게 된다.	· 산 속에 숨었던 유문성이 이춘영의 사망한 꿈을 꾸고 스님 찾아간다. · 스님의 지시로 무덤에서 통곡하니 무덤 열리고 이춘영이 재생한다.	· 결혼 후 정을선이 추년을 더 사랑하니 조부인이 질투해 정을선을 죽이려 한다. 을선이 조부인의 흉계를 밝혀 상소하니 왕은 조부인을 사사한다. 을선은 유부인과 화락하게 산다.

작품 순차구조	⑥백학선전 유백로 / 조은하	⑦조생원전 조혜성 / 김소저	⑧최고운전 최고운 / 나운영
A.인식	· 유백로와 조은하는 태몽으로 배필임을 안다. · 유백로가 선생을 찾아가던 중 유모와 함께 오는 조은하를 보고 연정 품는다.	· 시골에 와서 공부하던 조혜성이 구경나가 누각 위에 있는 김소저를 보고 연정을 품는다.	· 최고운이 나승상 딸을 보기 위해 거울 수선자로 위장해 가서 나운영을 본다. · 일부러 거울을 깨고 종이 되어 꽃밭을 가꾼다.
B.구애	· 유백로는 조은하가 가지고 있는 유자(柚子)를 달라고 하면서 직접 말을 건다.	· 조실부모한 김소저는 부친 제사를 위해 수를 놓아서 시비에게 팔아오라 한다. 시비가 조혜성 집에 가서 팔고 김소저 가정사정을 얘기한다.	· 치원이 고향에 간다고 속이고 꽃밭에 숨어 있다가 나운영을 만나 서로 이야기하고 뜻을 전한다.
C.결연	· 조은하는 유모를 시켜 유자를 주라고 해 마음을 전한다.	· 조혜성은 매파를 보내 청혼하고 부모께 안 알린 채 결혼 동거한다.	· 중국 천자의 시험물을 못 풀어 부친이 고민하니 치원은 자기가 풀겠다고 운영에게 꽃을 꺾어 준다.
D.기약	· 유백로는 인연을 맺기 위해 부친에게서 받은 가보인 백학선에 시를 적어 신물로 주고 떠난다.	· 조생원이 과거 위해 조혜성을 황성으로 불러올린다. 조혜성은 김소저와 후일을 기약하고 작별한다. · 조혜성은 과거급제한다.	· 나운영이 치원을 부친에게 문제 해결을 할 수 있다고 천거한다. · 치원은 사위로 삼으면 해답시를 짓겠다고 한다.
E.장애	· 최국량 승상이 은하를 자부 삼으려하고, 유백로와의 정혼 사실을 고하니, 부친이 최국량에게 혼인을 거절, 최국량이 음해한다. · 음해로 집안이 파산, 겨우 조성노의 도움으로 집을 정리하고 유백로를 찾아간다.	· 천자가 조혜성을 자기 외손녀와 혼인시키려 하니, 조혜성은 김소저와의 결혼 사실을 부모께 고하지 못하고 고민 끝에 병이 나서 눕는다.	· 나승상 내외가 일꾼으로 들어온 노복을 사위 삼을 수 없다고 하면서 강하게 반대한다.
F.극복	· 유백로는 가달의 침입에 자원 출정했다 최국량의 음해로 포로가 된다. · 산신에게서 검술을 익힌 조은하가 황제께 고해 자원 출정, 백학선의 위력으로 가달을 퇴치, 유백로 구출한다.	· 조혜성은 결혼 사실을 누이에게 고해 부모가 대로하나, 김소저 가문이 좋고 또 현숙해 맞아들이기로 한다. · 이후 조혜성은 병이 났고, 김소저와 함께 산다.	· 나승상은 문제 해결의 압력에 시달리고, 운영이 간곡하게 부친을 설득시키니, 부모는 마침내 허락한다.
G.결합	· 전장에서 돌아온 조은하는 봉작을 받고 유백로와 일생을 잘 산다.	· 천자의 명령으로 후주와 결혼했지만, 첫날밤 이후 김소저만 사랑한다. · 후주는 시기심에서 음해하니, 부친이 잘못을 바로잡아 줘 두 부인과 화목하게 산다.	· 모든 친척들이 허락하여 마침내 예를 올리고 부부가 된다.

이상의 결연서사가 대체로 신붓감찾기형으로 분류될 수 있는 작품들이다. 물론 신분이 대등한 남녀의 결연은 대체로 이 범주에 포함될 수 있다. 그러나 여느 결연 담과 달리 남녀 사이의 애정이 곡진하게 그려지지 않고, 남성이 사회적 이념으로 서의 부부관계를 획득하여 아내를 삼고자 하는 의도가 우세하다.

신붓감찾기형의 표준형은 앞서 예시 분석한 <구운몽>의 양소유와 정경패의 결연담으로 설정했었다. 그렇다면 통시적으로 거슬러 올라가서 그 원형적인 결연 서사를 한번 찾아보는 것이 필요하다. 문학 작품 속에 나타나 있는 결연서사는 한 시대의 산물이 아니고 시대를 관통하는 통시적인 맥을 잇고 있기 때문이다.

우리 역사에 존재하는 고구려 건국신화[16]인 <동명왕편>에 삽입된 해모수와 유화의 결연서사는 우리 민족의 정서를 보존하고 있는 것으로 생각되는데, 신붓감 찾기형의 기본구조를 갖추고 있어서 그 원형으로 제시될 수 있다고 본다.

그 이유는 해모수가 웅심연에서 노는 하백의 세 딸을 보는 인식의 단계에서, 아 들을 낳을 만하여 왕비로 삼의 뜻을 보였다고 명시되어 있기 때문이다. 즉 미모에 끌려서 욕망을 발현한 것이 아니라 천제자로서 지상에 강림하고 북부여를 건국하 여 통치하면서 후계자를 낳아서 왕국을 유지하겠다는 정략적인 의도가 강한 결연 서사로 볼 수 있기 때문이다. 애욕을 충족시킬 목적이거나 감성적인 연정에 의한 결연이 아니라 자신의 대를 이을 아들을 얻을 의도에 의해 맺어진 사이이므로 신 붓감찾기형으로 간주할 수 있는 것이다.

그리고 결연을 성사하는데 신하들이 속임수로 유인하라는 조언을 듣고 신통술 을 부려 유화 자매를 유인하여 결연을 성취하는 구조도 표준형과 연관지을 수 있 다. 물론 결연의 단계에서 두 사람이 통정하는 것으로 그려진 것은 표준형에서 어 긋나는 구조이지만, 이는 <구운몽> 창작 시대에 맞도록 변화된 설정으로 볼 수 있다. 곧 가문을 일으킬 신부를 맞이하는 결연서사에서 윤리적인 절차를 강조한 결과로 원형에서 이 부분이 소거되었다고 볼 수 있다.

이제 표준형에서 이어지는 후대의 변이 양상을 살펴보도록 한다.

---

16) 여기서는 이규보의 <동명왕편>을 텍스트로 삼는다.

①의 경우는 <구운몽>의 양소유와 정경패의 결연담과 매우 흡사하다. 후반부에 혼사장애요소와 극복의 과정이 생략되었을 뿐 전반부의 결연과정은 거의 그대로 차용하였다고 해도 과언이 아니다. 김희경이 최소저를 친척에게 소개받는 상황이나 직접 선을 보겠다는 의지 표명, 여복으로 변장하여 거문고 연주를 매개로 최소저의 선을 보는 상황, 봉구황곡을 연주하여 남성임을 암시하고 물러나는 상황 등은 <구운몽>의 경우와 동일하다고 볼 수 있다. 이는 양소유와 정경패의 결연 서사가 신붓감찾기의 한 모형으로서 후대 작품들에 본보기가 되었음을 입증한다고 할 수 있다.

<옥루몽>의 양창곡과 윤소저의 결연서사는 혼인의 절차에 의한 관행적인 구조를 보이고 있다. 강남홍에 의해 천거를 받는다는 인식 단계와 과거에 장원한 후 창곡이 직접 청혼 의지를 보이고 윤상서가 사윗감으로 탐을 낸다는 구애 단계, 권력을 가진 황각로가 늑혼의지로 혼사를 방해한다는 장애 단계가 표준형과 유사할 뿐 표준형에서 보이는 극적인 요소는 모두 제거되어 있다. 즉, 양창곡이 윤소저를 직접 선보겠다는 의지가 전혀 드러나지 않아 속임수를 통한 탐색 화소나 그에 대한 여성의 거부 양상은 사라지고, 혼례절차의 수순을 그대로 밟고 있다. 그리고 장애가 설정되긴 했지만 혼사를 방해하는 결정적인 사건으로 간주되지도 않고 순탄하게 결합을 이룬다.

③④⑤의 경우는 양소유와 정경패의 결연담에서 보인 직접 구애하기 위해 속여서 선을 보는 장면이 제거되었다. 단지 남성이 여성을 보고 미모에 빠져 상사병이 들어 죽을 지경에 처하자 남성의 부모나 주변인이 청혼하여 정혼을 이루는 형태이다. 혼례절차에 입각하여 수순대로 진행된다.

집안을 총괄할 아내를 맞이하는 과정에서 속임수라는 희화된 화소가 적절하지 않다는 의도가 작용한 것으로 보인다. 매파를 통하거나 시부(媤父)가 될 남성의 부친이 직접 선을 보고 정혼하는 의례적인 절차를 쫓고 있다. 그러므로 이 경우에도 결연의 순차구조에서 당사자 간 교감이 이루어질 결연 과정은 생략되고 있다. 처음 인식의 단계에서 남성이 여성에게 불같은 감정을 드러내지만 전체 서사맥락에서는 애정이라는 감정은 배제되고 정혼을 지키겠다는 이성적이고 윤리적인 책임 감에 의해 서사가 진행되어, 진솔한 인간미는 찾아보기가 어렵다는 평을 면키 어렵다. 나아가 <유문성전>과 <정을선전>의 경우 혼사장애로 인해 좌절해 죽은 여성을 환생시키는 전기적인 요소를 수용하면서도 두 사람 사이의 감정 교감은 소거하여 결연서사의 진전 측면에서는 반하는 양상을 드러낸다.

⑥⑦의 경우는 위의 서사구조와는 차별성이 드러난다. 곧 두 사람 사이의 교감이 자유연애형과 같은 양상으로 삽입되어 있다. <백학선전>의 경우는 두 사람의 결연이 천정임을 태몽을 통해 예시하고 있으며, 노상에서 유백로가 조은하를 보고 호감을 느껴 마음을 떠보려고 유자(柚子)를 나누어달라고 수작하는 장면이 삽입되어 있다. 이에 조은하도 유백로에게 호감을 보이며 수작에 응해주어 구체적인 접촉은 없었지만 서로의 외모와 성품을 파악한 상태에서 신물로 백학선을 건네는 결연 상황이 연출된다. 이를 매개로 두 사람의 결합은 우여곡절을 겪으면서 추진되어 나간다.

<조생원전>의 경우도 처음 인식단계는 <구운몽>의 양소유와 진채봉 결연상황과 흡사하게 진행된다. 단지 남성이 여성을 인식하여 적극적으로 결연에 임하는데 여성의 입장은 배제되고 있다는 차이가 보인다. 그리고 조혜성이 직접적으로 김소저에 대해 탐색하지 않고 수화(繡畵)를 팔러 온 시비를 통해 내력을 듣는 간접 탐색방식과 결연의 과정도 본인이 직접 나서지 않고 김소저의 외숙에게 도움을 청하여 청혼하는 형식을 취하고 있어 자유연애형이 되기에는 부족함이 있다.

그런데 부모의 허락도 없이 정혼하여 혼례를 치르고 동거하는 양상은 다른 결연담에서는 찾아볼 수 없는 독특한 양상인 것이다. 욕정을 자제하여 혼례절차를 밟아 정상적인 결합을 취한 듯하지만 후에 혼사장애가 야기되었을 때를 보면 부모에게 전혀 고하지 못하는 소심함으로 일관하고 있어서, 두 사람 사이의 혼례는 최종적인 결합으로 보기보다는 이목을 의식한 고도의 술수를 쓴 결연이라고 보는 편이 나을 것 같다.

그리고 ④⑥의 경우는 결연서사의 마지막 부분에 여성이 남성을 도와 무공을 세우는 화소가 짧게 삽입되어 있다. 가정 내의 정숙한 아내의 역할에서 벗어난 남성의 대외활동에 대한 보좌 역할을 수행하는데, 남성에게 요구되는 이상적인 배우자의 역할을 모두 갖추기 위한 작위적인 삽입으로 보인다. 즉 다른 결연담의 경우는 무예를 익힌 첩이 할 몫인데 그러한 존재가 설정되지 않은 상황에서 본처로 하여금 그 역할을 수행하도록 장치한 것이라 하겠다. 그러므로 여성의 외조를 다룬 무용담은 작품의 후반부에 짧은 사건으로 삽입되며, 여성이 무예를 익히는 상황도 지나치게 작위적이다.

<유문성전>의 경우는 남성과 여성이 한 스승 밑에서 같이 무예를 연마하며, <백학선전>의 경우는 조은하가 도사에게 일거에 비법을 전수 받고, 신물로 받은 백학선이 신이한 바람을 일으켜 남성을 위기에서 구한다는 전기적인 장치로 처리하고 있다.

그리고 <최고운전>의 최고운과 나승상 딸 운영과의 결연에 있어서는 전체의 화소들이 이전부터 전해오던 설화작품과 중국 당대(唐代) 전기 작품에서 차용한 흔적17)이 많이 나타나 보인다. 그리고 <최고운전>의 결연서사 역시 구비설화의 분위기를 자아내고 있다. 그러면서도 속임수를 써서 문벌이 높은 집안 딸을 아내로 맞는다는 화소가 중심을 이루고 있으므로, 속임수를 통한 결연 화소의 특이한 양상이라고 할 수 있다.

이제 신붓감찾기형 결연서사를 순차구조와 아울러 대립구조까지 적용시켜 종합적인 표를 만들어보면 다음 표와 같이 나타나게 된다.

---

17) <최고운전>이 기존의 설화를 차용한 흔적은 여러 화소에서 발견된다.
  ① 출생담의 금돼지 납치 화소 : 견훤모와 자의남, 중국 전기인 <백원전>
  ② 기아 화소 : 동명왕 신화
  ③ 중국 사신과 문답내기 화소 : 떡보와 사신 설화
  ④ 석함의 물건 알아 맞추기 화소 : 김유신전생(추남) 설화 등을 들 수 있다.

신붓감찾기형

단계	대립항	실현양상	주몽신화 해모수/유화 ㉠	㉡	구운몽 양소유/정경패 ㉠	㉡	김희경전 김희경/최소저 ㉠	㉡	옥루몽 양창곡/윤소저 ㉠	㉡	권용선전 권용선/오소저 ㉠	㉡
A 인식	A1 전조	A1㉠설정 / A1㉡제외									몽조	
	A2 주도자	A2㉠남성 / A2㉡여성										
	A3 인식요인	A3㉠자질 / A3㉡배경	부귀		부귀		부귀		부귀		미모	
	A4 신분	A4㉠대등 / A4㉡차등										
B 구애	B1 탐색방식	B1㉠직접탐색 / B1㉡간접탐색										
	B2 매개체	B2㉠설정 / B2㉡제외	속임수		연주 속임수		연주 속임수					
C 결연	C1 결연주도자	C1㉠남성 / C1㉡여성										
	C2 동침여부	C2㉠동침 / C2㉡동침유보										
D 기약	D1 기약방식	D1㉠당사자약속 / D1㉡부모혼약										
	D2 신물	D2㉠설정 / D2㉡제외										
E 장애	E1 장애대상	E1㉠남성 / E1㉡여성										
	E2 장애종류	E2㉠내적장애 / E2㉡외적장애	부모 반대		권력 개입				권력 개입		권력 개입	
F 극복	F1 극복주도자	F1㉠당사자 / F1㉡주변인										
	F2 극복방식	F2㉠적극적방식 / F2㉡소극적방식	구원		환경 변화						저항	
	F3 상대기여	F3㉠설정 / F3㉡제외			결연 사수				구원			
	F4 극복결과	F4㉠극복 / F4㉡좌절										
G 결합	G1 결합형태	G1㉠주체적결합 / G1㉡종속적결합										
	G2 결합성격	G2㉠애정적결합 / G2㉡관습적결합										

신붓감찾기형

단계	대립항	실현양상	유문성전 유문성/이춘영 ㉠	㉡	정을선전 정을선/유추년 ㉠	㉡	백학선전 유백로/조은하 ㉠	㉡	조생원전 조혜성/김소저 ㉠	㉡	최고운전 최고운/나운영 ㉠	㉡
A 인식	A1 전조	A1㉠설정 A1㉡제외					몽조					
	A2 주도자	A2㉠남성 A2㉡여성										
	A3 인식요인	A3㉠자질 A3㉡배경	미모		미모		미모		미모		미모	부귀
	A4 신분	A4㉠대등 A4㉡차등										
B 구애	B1 탐색방식	B1㉠직접탐색 B1㉡간접탐색										
	B2 매개체	B2㉠설정 B2㉡제외	상사병		상사병				수화		시 속임수	
C 결연	C1 결연주도자	C1㉠남성 C1㉡여성										
	C2 동침여부	C2㉠동침 C2㉡동침유보										
D 기약	D1 기약방식	D1㉠당사자약속 D1㉡부모혼약										
	D2 신물	D2㉠설정 D2㉡제외	반지				부채		반지		꽃	
E 장애	E1 장애대상	E1㉠남성 E1㉡여성										
	E2 장애종류	E2㉠내적장애 E2㉡외적장애	권력 개입			음해	권력 개입		권력 개입			부모 반대
F 극복	F1 극복주도자	F1㉠당사자 F1㉡주변인										
	F2 극복방식	F2㉠적극적방식 F2㉡소극적방식	자결		저항		도주		구원	회유		
	F3 상대기여	F3㉠설정 F3㉡제외	구출		구출		외조				결연 사수	
	F4 극복결과	F4㉠극복 F4㉡좌절										
G 결합	G1 결합형태	G1㉠주체적결합 G1㉡종속적결합										
	G2 결합성격	G2㉠애정적결합 G2㉡관습적결합										

2. 신랑감고르기형 결연서사

이 결연서사는 결연 당사자들의 역할이 부각되지 않고 신붓감찾기형과 짝을 이루어 늦혼담으로 설정되는 경우가 많다. 최고 권력을 가진 사람이나 공주가 과거에 장원한 남성을 보고 사위나 남편을 삼고자 하는 경우이므로 인식이나 구애 과정은 축소되거나 생략되는 경우가 많으며, 결연 역시 당사자의 의견은 무시되어 권력자의 힘으로 혼사가 추진되어 정혼하게 된다. 장애의 과정에서 남성은 늦혼에 대해 강한 거부감을 드러내면서 갈등을 초래하지만 결국은 권력에 밀려 결합을 이룬다는 구조를 가진다.

그런데 문제가 되는 것은 결합 단계이다. 대체로 권력에 눌려 강제 결혼이 성립되었으므로 남성 쪽에서 애정을 쏟지 않게 되니, 소외감을 느낀 여성 쪽에서 음해하려는 술책을 꾸민다는 화소가 삽입되었다. 그 결과 누구의 노력으로 음해를 꾸민 여성이 개과천선하면 좋은 결합을 이루지만, 그렇지 못할 경우 여성의 죄상이 드러나 여성의 처형이라는 비극을 초래하게 되는 것이다.

신랑감고르기형 결연서사의 기본 순차구조는 다음과 같다.

A. 인식 : 과거에 급제하거나 전도가 유망한 남성을 권력을 가진 집안의 여성
　　　　　이나 그 부모가 신랑감으로 탐낸다.

B. 구애 : 여성이나 그 부모가 남성을 선본다. 혹은 생략된다.

C. 결연 : 생략된다.

D. 기약 : 정혼자가 있다는 남성의 사정을 듣기는 하지만 여성 부모가 권력으
　　　　　로 정혼해 버린다.

E. 장애 : 남성이 혼인하지 않겠다고 강하게 거부하게 되고, 남성이나 정혼자
　　　　　집안에 위협을 가한다.

F. 극복 : 여성의 부모가 권력이나 회유로 남성을 수용하도록 한다.

G. 결합 : 본처와 화해하거나 투기하여 처첩갈등을 일으킨다.

이 결연서사는 고소설 내부에서 주인공들의 결연과정에 반동으로 작용하는 서사이므로 구체적인 묘사나 완전한 순차구조를 갖추지 않는 경우가 흔하다. 앞서 분석한 <구운몽>의 양소유와 난양공주의 결연담이 그 표준형이 될 수 있으나, <구운몽>의 경우는 여러 처첩사이의 무갈등을 염두에 두고 작품이 구성되어 있으므로 다른 작품에서의 신랑감고르기형과 차이가 나타난다.

즉 난양공주는 비록 반동인물임에도 전혀 악인으로 설정되지도 않고 오히려 자신의 결연을 성취하기 위해 적극적인 자세로 정경패에게 접근하고 모후에게 화해를 청하여 혼사장애를 원만하게 극복해 나가는 경우이다. 그러나 후대 여러 작품에서의 이 유형에 속하는 결연서사는 작품내의 반동인물 역할에 부합하도록 철저한 악인 결연담으로 규정되든지, 아니면 권력에 의해 자행되는 특색 없는 늑혼담으로 설정된다.

이 유형에 속하는 결연담은 대체로 영웅소설의 한 결연형으로 삽입되어 있는데, 이 결연담에는 <구운몽>의 양소유와 난양공주 결연담을 필두로 다음과 같은 결연담들이 있다.

<옥루몽>의 양창곡과 황소저의 결연담
<권용선전>의 권용선과 영희군주의 결연담
<윤지경전>의 윤지경과 연성옹주의 결연담
<김진옥전>의 김진옥과 무양공주의 결연담

신랑감고르기형 결연서사에 순차구조를 적용시켜 상호 비교해 보기로 한다.

작품\순차구조	원형 송홍/호양공주	표준형 구운몽 : 양소유/난양공주	①옥루몽 양창곡 / 황소저
A.인식	·후한 광무제의 누이 호양공주가 과부가 되어 송홍의 위용과 성품을 보고 마음에 둔다.	·양소유가 대궐 안에서 숙직을 하던 중 난양공주의 옥퉁소 소리를 듣고 자신도 옥퉁소로 화답한다.	·황각로가 양창곡의 전망을 보고 사위 삼을 뜻을 보인다.
B.구애	·광무제가 호양공주를 병풍 뒤에 앉히고, 송홍을 인견하며 시속을 들어 아내를 바꾸라고 권한다.	·태후와 황제가 부맛감으로 양소유를 지목한다.	·황각로가 직접 양창곡 부친을 찾아와 구혼한다.
C.결연			
D.기약		·이소화의 오빠 월왕(越王)을 양소유에게 보내 부마 간택 사실을 전한다.	·윤소저와 정혼을 들어 퇴혼하자 황각로는 부인 위씨의 친척인 태후와 황제에게 간청하고, 황제는 양창곡에게 황소저와의 혼인을 명한다.
E.장애	·송홍은 빈천할 때의 벗은 잊을 수 없고 조강지처를 버릴 수 없다고 거부한다.	·양소유가 정경패에게 납폐한 사실로 정중히 거절하니 황제가 설득하고 태후가 납폐를 물리도록 조치하자 상소로써 사정을 알리니, 태후가 노하여 투옥시킨다.	·양창곡은 부부의 신의를 내세워 늑혼을 거부하고, 하옥되었다가 다시 노균의 모함을 받아 유배를 간다.
F.극복	·광무제가 병풍 뒤에 앉은 호양공주에게 혼사가 어렵겠다고 말한다.	·변란을 평정하기 위해 나간 양소유가 전공을 세우자 이소화는 정경패와 더불어 부인이 되기를 태후에게 간청하고 상면한다.	·다섯 달의 유배생활을 마치고 황제의 명을 순순히 받아들여 황소저와 정혼한다.
G.결합		·정경패를 태후가 수양딸로 들여 영양공주로 봉하니 두 공주가 양소유와 성례하여 영양공주는 제1부인, 난양공주는 제2부인이 된다.	·황제의 부조로 성대한 혼례를 치르고 부부로 결합한다.

작품 순차구조	②권용선전 권용선 / 영희군주	③윤지경전 윤지경 / 연성옹주	④김진옥전 김진옥 / 무양공주
A.인식	· 권용선이 황궁의 후원을 소요하는 것을 본 주태후의 손녀 영희군주가 흠모해 연정을 품는다.	· 윤지경이 장원급제하니, 종실 회안군이 탐을 낸다.	· 김진옥이 장원급제하니, 황제는 무양공주의 부마로 삼고자 한다.
B.구애	· 영희군주는 주태후를 통해 황제에게 혼인하려는 뜻을 전한다.	· 회안군이 사위를 삼으려고 제안한다. · 윤지경이 거절하니, 앙심을 품은 회안군이 귀인 박씨 소생 연성옹주와의 혼인을 왕께 주청한다.	
C.결연			
D.기약	· 이야기를 들은 황제는 혼인을 주선한다.	· 윤지경이 최소저와 혼인식을 올리던 중, 연성옹주와 혼인하라는 왕명이 내린다.	· 김진옥이 유승상 딸과의 정혼 사실을 고하고 난색을 표한다. · 왕은 아직 정식 혼인이 안 되었으니 퇴혼하라 명한다.
E.장애	· 권용선은 오소저와의 약혼 사실을 아뢰고 군주와의 혼인을 거절한다. · 황제의 명령을 피할 수 없음을 알고, 몰래 오소저와 먼저 혼인한다.	· 윤지경은 최소저의 일생을 생각, 왕명을 거절한다. · 대로한 왕은 윤지경 부자를 하옥하고 압력을 가한다.	· 김진옥은 유소저가 타문에 출가할 수 없게 되었음을 들어 거부하고 황제를 설득시킨다.
F.극복	· 황제 명령을 거역하지 못해 할 수 없이 군주와 혼인한다. · 권용선은 결혼만 하고 군주를 홀대한다.	· 윤지경은 할 수 없이 왕명을 받아들여 옹주와 혼인한다.	· 황제가 김진옥을 하옥하니 유소저는 상사병으로 죽을 지경에 이른다. · 유승상 부인이 이모인 태후에게 간청해 김진옥이 방면되고, 공주와의 혼인도 파혼하기에 이른다.
G.결합	· 분개한 군주는 음모를 꾸며 권용선 가문을 곤경에 빠뜨린다. · 군주는 음모가 발각되어 결국 사사 당한다.	· 윤지경이 옹주를 박대하여 별거하고 몰래 최소저의 침실에 드니, 옹주는 질투하여 음모로 윤지경과 최소저를 괴롭힌다. · 옹주가 개과천선을 하여 일가 화락을 이룬다.	· 파혼에 앙심을 품은 공주는 간신배와 공모하여 유소저 모자를 죽이려 한다. · 음모가 발각되어 공주는 사사 당한다.

고소설에서 신랑감고르기형 결연서사의 표준형으로 <구운몽>의 양소유와 난양공주 결연담을 설정할 수 있다. 그런데 이 유형 결연담에서도 그 원형을 찾아보면 우리나라 고대 설화에서는 이 유형의 결연담을 찾기가 어렵고, 멀리 중국 역사서인 ≪후한서≫에 실린 <송홍(宋弘)열전>에 그 기본 형태가 나타나 있다. 이 <송홍열전> 속에 삽입되어 있는 이야기인 조강지처(糟糠之妻) 고사[18]가 우리 남녀결연서사의 신랑감고르기형에 있어서 그 원형으로 손색이 없다고 생각한다.

이 이야기는 조강지처라는 낱말과 함께 우리나라 사람들의 마음속에 깊이 박혀 있다는 사실은 ≪천자문(千字文)≫ 뒤풀이로도 확인이 된다.[19] 따라서 옛날 서당에 다닌 지식계층 사람들은 이 이야기를 모르는 사람이 없을 정도였다.

광무제의 누이 호양공주가 과부가 되어 궁중에 들어와 있으니 황제가 홀로 지내는 누이가 안타까웠는지 누이와 더불어 여러 신하들에 대해 평하면서 몰래 그 마음을 살핀다. 호양공주는 송홍이 위엄 있는 용모와 덕이 있는 성품으로 여러 신하 가운데서 으뜸이라고 말하자 황제가 두 사람의 결연을 주선하고 나선다.

황제는 송홍을 불러보는 자리에서 호양공주를 몰래 병풍 뒤에 앉히고 시속을 들어 송홍을 떠본다. 사람이 신분이 귀해지면 사귀는 벗을 바꾸고, 부유해지면 아내를 바꾸는 것이 인지상정 아니냐고 묻는다. 이에 대해 송홍은 단호하게 자신의 입장을 밝힌다. 곧,

> 가난하고 천할 때 사귄 벗은 잊을 수 없는 것이고(貧賤之知不可忘),
> 어려움을 함께 겪은 조강지처는 버릴 수 없는 것이다(糟糠之妻不下堂).

---

18) 時帝姉湖陽公主新寡 帝與共論朝臣 微觀其意 主曰 宋公威容德器 群臣莫及 帝曰 方且圖之 後弘被引見 帝令主坐屏風後 因謂弘曰 諺言貴易交富易妻 人情乎 弘曰 臣聞貧賤之知不可忘 糟糠之妻不下堂 帝顧謂主曰 事不諧矣(≪後漢書≫ 卷26, <宋弘傳>)

19) <열녀춘향수절가>에 이도령이 춘향을 만나러 가는 날 밤 초저녁에 여러 책들을 내놓고 첫머리 부분을 읽는 장면이 있는데, 여기에 등장하는 책들이 옛날 서당에서 읽던 책들이었다. 그 중에 ≪千字文≫을 내놓고 '하늘 天'자부터 한 자 한 자 풀이해가는 뒤풀이를 하면서 '법중 律'자의 풀이에, "糟糠之妻不下堂 아내박대 못하나니 대동통편 법중률" 하고 읊고 있음에서 확인이 된다.(84장본 16장 뒤)

이렇게 거부 의사를 분명히 드러낸다. 황제가 이에 공주를 돌아보며 일이 성사되기 어렵겠다고 말하는 것이 고사의 전말이다.

이 고사는 신랑감고르기(부마간택)의 원형이 되는 이야기이다. 비록 과부 신분이지만 황제의 누이가 황제에게 자신의 배필로 송홍을 점지해서 결연에 나서주기를 바라는 여성 주도의 인식과정을 보이며, 그 인식 요인은 위용덕기(威容德器)라고 명시되었지만 여러 조신(朝臣) 가운데 최고라는 말이 따르는 것으로 보아 송홍의 개인적인 자질보다는 신하 중에서 가장 나은 존재라는 전망이 인식요인으로 작용하고 있다고 볼 수 있다.

황제는 누이의 청을 받아들여 송홍을 불러서 보며 두 사람의 결연을 추진하려고 한다. 그런데 여기에서 노골적이고 강압적인 늑혼 요소는 설정되지 않았다. 송홍이 이미 유부남의 신분이었으므로 본처가 엄연히 존재하는 상황에 부마간택은 쉽지 않을 것이라고 예측한 처사로 보인다. 공주를 몰래 입회시킨 자리에서 광무제는 속담을 가지고 송홍에게 구혼의지를 보이고, 이에 송홍은 인간의 도리를 들어서 거부 의지를 드러낸다. 결국 황제는 이 결연을 늑혼으로 몰아가지 않고 공주를 포기시키는 것으로 마무리를 짓는다. 그러므로 결연이나 기약과정도 설정되지 않고 바로 남성의 거부라는 장애로 결연구조는 연결되고 결국 장애는 극복되지 못하고 결합으로 나가지도 못한다.

이 결연서사는 조강지처의 고사로서 중국은 물론이고 우리나라 남성들에게 강력한 윤리 덕목으로 작용하였기 때문에 우리 고소설의 결연서사에 자연스럽게 수용될 수 있었던 것이다. 그래서 <구운몽>에서도 부마간택을 받은 양소유가 정사도를 위로하는 대목에 '송홍의 죄인[20]'은 되지 않겠다고 다짐한다. 이렇게 이야기 속에서 송홍 이야기를 거론하고 있는 것을 보아도 양소유와 난양공주의 결연담은 이 이야기를 원형으로 삼은 것이 확실하다고 할 수 있다.

<구운몽>에서는 난양공주가 양소유의 제2부인의 지위로 양소유와 결합을 이루어, 남성이 최고의 권력인 황제와 혼인관계를 맺어 그 권위를 더 높인다는 것으

---

20) <구운몽>, 122면.

로 결연의 의미를 파악할 수 있었다. 이후의 영웅소설에서도 공주나 옹주의 늑혼담이 영웅의 결연담 중 한 요소로 빠지지 않고 개입하나 영웅의 삶에 긍정적인 영향보다는 부작용의 양태로 나타난다.

처음 의도는 남성의 이상적인 배우자로 설정되었으나 후대로 갈수록 그 악인 성품을 강조하여 작품내의 갈등요소로 부각되는 경향이 강하다. 최고 권력자의 딸이 정혼자가 있는 남성의 결연과정에 강제로 개입하여 갈등을 야기하는 경우가 일반적이다. 그러므로 신랑감고르기형 결연서사는 신붓감찾기형 결연서사와 연계되어 남녀 간 삼각관계의 갈등구조로 파악될 수 있다.

<구운몽>의 난양공주나 <김희경전>의 공주는 가정의 화목을 저해하지 않도록 화해의 양상으로 결연을 취하고 있으나, 그 외의 경우는 가정 내의 불화를 조성하는 결연서사로 작용한다. 그래서 ①②③ 모두 결합을 이룬 후 그 후일담으로 가정 내 쟁총담이 설정되어 있다. ④의 경우는 결연자체가 좌절되었음에도 다른 가문에 하가한 공주가 파혼에 앙심을 품고 간신배들과 연계하여 온갖 방법으로 해악을 끼치는 것으로 설정되어 있다.

즉 신랑감고르기형 결연서사의 초기 양상은 남성의 가정 내 권위를 드높이는 효과로 작용하였으나, 후대로 갈수록 가정 내의 갈등을 초래하는 장치로 변모되고 있다고 볼 수 있다. 이는 곧 권력에 대한 불신, 전횡에 대한 반발 심리에서 기인한 것으로 결연서사에서 공주의 역할이 악인으로 규정되는 결과를 낳았다.

신랑감고르기형 결연서사에 순차구조와 대립구조를 모두 적용시켜 도표로 나타내 보면 다음과 같이 된다.

신랑감고르기형

단계	대립항	실현양상	송홍열전 송홍/호양공주 ㉠	㉡	구운몽 양소유/난양공주 ㉠	㉡	옥루몽 양창곡/황소저 ㉠	㉡	권용선전 권용선/영희군주 ㉠	㉡	윤지경전 윤지경/연성옹주 ㉠	㉡	김진옥전 김진옥/무양공주 ㉠	㉡
A 인식	A1 전조	A1㉠설정 / A1㉡제외												
	A2 주도자	A2㉠남성 / A2㉡여성												
	A3 인식요인	A3㉠자질 / A3㉡배경	전망		전망		전망		전망		전망		전망	
	A4 신분	A4㉠대등 / A4㉡차등												
B 구애	B1 탐색방식	B1㉠직접탐색 / B1㉡간접탐색												
	B2 매개체	B2㉠설정 / B2㉡제외			연주									
C 결연	C1 결연주도자	C1㉠남성 / C1㉡여성												
	C2 동침여부	C2㉠동침 / C2㉡동침유보												
D 기약	D1 기약방식	D1㉠당사자약속 / D1㉡부모혼약												
	D2 신물	D2㉠설정 / D2㉡제외												
E 장애	E1 장애대상	E1㉠남성 / E1㉡여성												
	E2 장애종류	E2㉠내적장애 / E2㉡외적장애			거부		거부		거부		거부		거부	
F 극복	F1 극복주도자	F1㉠당사자 / F1㉡주변인												
	F2 극복방식	F2㉠적극적방식 / F2㉡소극적방식	설득	회유			구원		구원		구원		구원	
	F3 상대기여	F3㉠설정 / F3㉡제외			화해									
	F4 극복결과	F4㉠극복 / F4㉡좌절												
G 결합	G1 결합형태	G1㉠주체적결합 / G1㉡종속적결합												
	G2 결합성격	G2㉠애정적결합 / G2㉡관습적결합												
							쟁총담		음해담		쟁총담		음해담	

3. 자유연애형 결연서사

자유연애형의 결연서사는 결연서사 가운데 가장 일반적이며 다양한 양상으로 나타날 수 있다. 풍류남아와 재자가인이 만나서 자유로이 호합하고 부모의 허락을 구하여 부부가 되는 이야기라고 할 수 있다. 이 결연서사는 당사자 간의 연애감정을 토대로 서사가 진행되므로 다양한 애정 화소들이 개입하여 고소설 속의 단위담이 아니라 전편으로 설정되는 경우가 많다.

흔히 애정소설로 유형화되는 작품들은 대체로 자유연애형 남녀결연서사를 취하고 있다. 이 결연서사에서는 남녀가 결연의 주체자로 강하게 작용하기 때문에 서로를 인식하는 첫 단계의 주도자나 서로 교감을 이루는 결연의 주도자가 쌍방으로 설정되는 경우가 일반적이다. 그 가운데 서로의 감정을 확인하고 구애하는 장치로 흥미진진하고 다양한 화소가 설정된다. 그리고 애정 이외에 다른 의도가 개입하지 않기 때문에 남녀가 고난에 처했을 때도 함께 아파하고 애절한 분위기를 자아내고 있다. 그리하여 모든 혼사장애를 극복하고 주체적이고 애정적인 결합을 성취해 낸다.

자유연애형 결연서사의 순차구조는 다음과 같이 정리할 수 있다.

A. 인식 : 풍류 남성과 재모가 뛰어난 여성이 우연한 기회에 눈을 마주치고는 서로에게 호감을 갖게 된다.

B. 구애 : 두 사람이 직접 시나 음악연주로 상대방의 의중을 탐색하거나 주변인에게 탐문하도록 하여 서로의 마음을 알게 된다.

C. 결연 : 두 사람은 부모 몰래 만나서 적극적인 행동으로 정서적인 교감을 이루거나, 또는 거리낌 없이 동침을 이룬다.

D. 기약 : 부모의 허락을 얻기 위해 훗날을 기약하고는 헤어진다.

E. 장애 : 두 사람은 상사병이 들거나, 부모의 반대, 또는 권력을 가진 사람에 의해 혼사가 장애를 받는다.

F. 극복 : 부모를 설득하거나 권력자에 저항하여 장애를 극복한다.

G. 결합 : 두 사람이 주체적으로 결합하여 사랑을 완성한다.

이 결연서사는 여주인공의 신분에 따라 두 가지 층위로 구분할 수 있다. 곧 여성이 남성과 대등한 신분을 지닌 규녀일 경우와, 남성에 비해 낮은 신분인 궁녀나 기녀일 경우로 나누어진다.

두 경우의 결연서사에서 뚜렷한 차이는 장애단계에서 잘 나타난다. 여성이 규녀인 경우는 당사자 간 연애감정에 의해 부모에게 허락을 구하지 않고 결연을 먼저 맺었기 때문에 장애로 부모의 반대가 설정되는 수가 많으며, 기녀나 궁녀인 경우는 고을 수령이나 주군에 의해 심각한 장애를 맞게 된다.

여성이 규녀로 설정된 결연담을 가진 작품을 보면 다음과 같다.

> <이생규장전>의 이생과 최랑
> <김희경전>의 김희경과 장설빙
> <최척전>의 최척과 이옥영
> <윤지경전>의 윤지경과 최연화
> <숙향전>의 이선과 숙향
> <숙영낭자전>의 백선군과 숙영
> <채봉감별곡>의 강필성과 김채봉
> <양산백전>의 양산백과 추양대

그리고 여성이 궁녀이거나 기녀로 설정된 경우는 다음과 같은 작품이 있다.

> <운영전>의 김진사와 운영
> <영영전>의 김생과 영영
> <열녀춘향수절가>의 이몽룡과 성춘향
> <부용상사곡>의 김유성과 추부용
> <유록전>의 정몽세와 유록

위에 든 각 작품의 결연서사에 순차구조를 적용시켜 비교해 보면 다음과 같이 된다.

작품 순차구조	원형 서현/만명부인	표준형 구운몽 : 양소유/진채봉	①이생규장전 이생 / 최랑
A.인식	· 서현이 길에서 만명을 보고 흠모해 눈길을 보낸다.	· 양소유가 어머니의 명으로 구혼을 하기 위해 장안으로 가던 중 화주 화음현에서 산책하다가 아름다운 풍경을 보고 양류사 노래를 짓는다. · 양류사 읊는 소리에 다락 위에서 낮잠 자던 채봉이 깨어나 소유와 상면한다.	· 이생이 최낭자 집 정원을 엿보다가 주렴 속에서 수 놓고 있는 최낭자와 눈길이 마주쳐 연정을 품는다.
B.구애	· 중매 없이 직접 애정을 표시한다.	· 진채봉이 양소유를 놓칠까 염려하여 유모를 통해 화답시를 보낸다.	· 최낭자의 연애시를 들은 이생은 화답시를 지어 안으로 던진다. · 최낭자는 저녁 때 찾아오라는 편지를 전한다.
C.결연	· 처음 만나 바로 결연을 맺는다.	· 양소유 화답시를 주며 월색을 타고 만나고자 하나 채봉은 남의 이목을 들어 밝은 날 보자고 화답한다.	· 이생이 저녁 때 가니 최낭자는 밧줄에 대바구니를 매달아 끌어올린다. · 그날 바로 다락에서 운우를 이룬다.
D.기약	· 서현이 만노군 태수가 되어 부임하게 된다.	· 양소유가 유모 앞에서 장래를 맹세하고 이튿날 결연을 기다리던 중 새벽녘 전란으로 헤어진다.	· 사흘간 함께 정을 나눈 후, 이생은 부친 꾸중을 생각, 돌아간다.
E.장애	· 서현을 따라가려던 만명이 부모에 의해 구금당한다.	· 부친이 반란군에 가담했다고 죽임을 당하자 채봉은 궁녀가 되었다가 황제의 눈에 들어 여중서가 된다.	· 부친은 학문을 게을리한다고 꾸짖고, 최낭자의 집안 지체가 맞지 않는다면서 울주 농막으로 내려 보내 못 만나게 한다.
F.극복	· 만명이 별채에 갇히어 있을 때 뇌성벽력이 집 문을 때려 감시하던 사람이 기절한 사이에 탈출한다.	· 황궁에서 양소유가 부채에 남긴 글을 보고 화답시를 써두었다가 황제에게 발각되어 양소유와의 사연을 자백한다.	· 이생을 못 만나는 최낭자가 상사병에 걸린다. · 최낭자가 죽을 지경에 이르니 부친이 얘기 듣고 매파 보내 청혼한다. · 세 번째에 허락을 받아 결혼이 성립된다.
G.결합	· 만명이 탈출해 서현과 함께 가서 결합해 한평생 잘 살게 된다.	· 난양공주가 양소유와 혼인 때 잉첩으로 양소유와 결합해 깊은 정회를 풀어낸다.	· 두 사람은 마침내 결혼하여 행복해 한다. · 이생이 과거에 급제한다.

작품순차구조	②김희경전 김희경 / 장설빙	③최척전 최척 / 이옥영	④윤지경전 윤지경 / 최연화
A.인식	·김희경은 부모의 명으로 혼처 찾아 상경한다. ·주점에서 궁벽한 처지가 된 장설빙을 보고 연정을 품는다.	·최척이 정 상사 집에서 글 공부하던 중, 정 상사 생질녀 이옥영을 보고 연정을 품는다.	·윤지경이 염질로 사망한 당고모집으로 피접간다. ·당고모부의 후부인 이씨 소생인 최연화를 보고 연정을 품는다.
B.구애	·희경이 시비 영춘으로부터 설빙의 내력 듣는다. ·시비가 자매로 결연을 맺으라 권하니, 설빙은 태몽을 들어 천정배필이라 하고 인연 맺자 한다.	·이옥영이 연정을 담은 시를 써서, 시비를 시켜 최척에게 보낸다.	·윤지경은 모친에게 정혼해 줄 것을 요청한다. ·모친이 통혼하니 이씨 부인은 윤지경이 청루에 출입한다는 이유를 들어 거절한다.
C.결연	·희경이 대면하자 하니 설경은 밤을 피해 낮에 만나자 한다. ·낮에 만나 선을 보고 좋아한다.	·최척도 이옥영을 흠모하여 부친께 정혼 요청한다. ·부친이 주선하니 옥영 모친이 가난을 이유로 거절. 옥영의 간절한 설득으로 모친이 허락해 정혼한다.	·윤지경과 최연화가 모두 염질에 걸리니, 종에게 구완을 맡기고 모두 집을 떠나 피한다. ·병이 나은 두 사람은 서로 접하여 인연을 맺는다.
D.기약	·신물로 반지와 백옥서진을 교환한다. ·훗날 기약하고 작별한다.	·최척이 의병에 차출되어 혼인을 기약하고 출전한다.	·양가는 두 사람을 뜻에 따라 흔쾌히 혼인을 약속한다.
E.장애	·장설빙은 부친과 외숙이 사망하고 집안이 몰락, 고난을 당한다. ·남복을 입고 독서하여 과거 급제한다.	·최척이 휴가를 얻지 못해 혼인날을 놓친다. ·이웃에 사는 부자 양씨가 옥영 모친을 충동질하니, 모친은 최척과의 혼인을 파혼한다.	·윤지경이 장원급제하니 종실 희안군이 구혼한다. ·거절하니 희안군은 앙심을 품고, 귀인 박씨 소생 연성옹주와 혼인하도록 왕을 설득한다.
F.극복	·김희경은 설빙의 유서로 죽은 줄 알고 최소저와 혼인한다. ·설빙이 대원수로, 희경이 부원수로 출전, 반란을 진압해 공을 세운다. ·황제가 두 사람에게 두 공주를 시집보내려 하니 표를 올려 사실을 아뢴다.	·양씨와 혼인날을 잡게 되자 이옥영은 반대하다가 자결을 결심한다. ·이때 최척이 병을 얻어 집으로 돌아오게 된다.	·윤지경과 최연화가 혼례를 치르는 중, 윤지경에게 연성옹주와 혼인라는 왕명이 내린다. ·윤지경이 왕명을 거부하니, 왕은 윤지경 부자를 치죄하여 하옥시킨다. ·윤지경은 할 수 없이 옹주와 억지로 혼인한다.
G.결합	·황제는 사실을 알고 장설빙과 공주를 함께 부인으로 삼으라 명한다.	·최척과 이옥영은 혼례를 치르고 행복한 생활을 한다. ·임진왜란으로 최척이 일본으로 끌려갔다가 중국 상선을 타고는, 고생을 하다가 다시 부부가 해후한다.	·윤지경이 옹주를 돌아보지 않고 연화와 동침한다. ·질투하여 해치려는 옹주를 용서하고, 연화와 함께 살면서 세 사람이 화목한 가정을 이룬다.

작품 순차구조	⑤숙향전 이선 / 숙향	⑥숙영낭자전 백선군 / 숙영낭자	⑦양산백전 양산백 / 추양대	⑧채봉감별곡 강필성 / 김채봉
A.인식	· 숙향이 전란 중 부모와 헤어져 고생 끝에 마고할미에게 의탁한다. · 숙향이 꿈속에서 경험한 신선궁을 수로 놓아 파니, 이선이 사서 출처를 찾으려 한다.	· 백선군이 독서 중 꿈속에서 선녀 숙영과 사랑을 속삭인다. · 꿈을 깬 백선군은 숙영을 흠모해 병이 들어 죽을 지경에 이른다.	· 양산백이 운향사에 독서하러 가서 남복을 하고 독서하러 온 추양대를 만난다. · 한방에 기숙하며 사생결약을 맺는다.	· 김채봉이 시비 추향과 후원에서 꽃구경 한다. · 강필성이 채봉을 보고 흠모해 엿본다.
B.구애	· 수의 출처를 찾은 이선은 숙향의 얘기를 듣고 마고할미께 인연을 맺게 해달라 부탁한다. · 이선은 숙모께 잔치 준비를 부탁한다.	· 백선군의 꿈에 숙영이 다시 나타나 옥련동에서 만나자 한다.	· 양산백이 목욕하면서 추양대가 여자임을 눈치 챘다. · 잠든 추양대의 가슴을 열어보고 여자임을 확인한다. · 추양대는 이별시를 남기고 하산하여 귀가해 버린다.	· 강필성은 채봉이 떨어뜨린 손수건에 연시를 써서 보낸다. · 시를 본 김채봉도 화답시를 써서 보낸다.
C.결연	· 이선은 마고할미 집에서 숙향과 인연을 맺는다.	· 백선군이 옥련동으로 가서 숙영을 만나니, 아직 인연 맺을 때가 3년 남았다며 기다리자 한다. · 백선군은 못 기다리고 바로 동침하고는 집으로 데려와 산다.	· 양산백은 추양대를 잊지 못해 그 집으로 찾아가서 서로 애정 감정을 확인한다. · 양산백이 추양대의 부친에게 청혼한다.	· 보름날 두 사람은 동산에서 만나 수작한다. · 채봉 모친이 이 모습을 보고 채봉을 질책한다. · 채봉은 모친에게 필성의 인품을 알린다.
D.기약	· 허락 없이 숙향과 인연을 맺었다고 부모가 노해 이선을 불러올린다. · 이선은 훗날을 기약하고 작별한다.	· 백선군이 과거길에 올라 숙영을 못 잊어 되돌아오니, 숙영은 화상을 주어 떠나기를 권해 과거길을 떠난다.		· 필성은 모친을 설득해 채봉 집에 매파를 보내게 한다. · 채봉 모친은 한양간 남편을 기다리지 않고 독단적으로 허혼한다.
E.장애	· 이선 부친은 낙양태수를 명해 숙향을 하옥시키라 한다. · 이에 낙양태수를 교체 숙향을 죽이라 한다.	· 시비 매월의 음모에 의해 숙영은 외간남자와 내통한 것으로 오해받아 시부의 추궁을 당한다.	· 추양대 부친은 이미 심상서 아들과 정혼했다면서 화를 내고 거절한다. · 양산백은 상사병으로 죽으면서 추양대 신행길 갈잎에 묻어달라 유언한다.	· 채봉 부친은 자신의 출세를 위해 채봉을 허판서의 소실로 주기로 약속하고 돌아온다. · 채봉과 필성의 혼사를 완강하게 거부한다.
F.극복	· 이선의 숙모가 궁중에서 이 사실을 알고, 자신이 두 사람의 인연을 주선했다고 하면서 죽이지 말라 한다. · 숙향은 석방되어 이선 부모에게 의탁한다.	· 숙영은 누명을 쓰고 자결, 시신에 꽂힌 칼이 빠지지 않는다. · 선군의 부친 백공은 아들이 돌아와 슬퍼할 것을 걱정, 임진사 딸과 약혼해 둔다.	· 추양대는 신행초야 신령의 계시로 동침을 피한다. · 추양대는 꿈속에 양산백과 동침, 신행길에 양산백 무덤 갈라져 뛰어들어간다. · 신랑이 화를 내고 무덤을 나누니 칡넝쿨이 얽힌다.	· 채봉이 도망하니 부친이 구금되고, 채봉은 부친을 구하려고 기생이 된다. · 두 사람은 만나 사랑을 나누고, 채봉이 감사의 비서가 되니, 필성은 비장에 자원한다.
G.결합	· 이선 부모가 숙향의 현숙함을 보고 이선과 결혼시킨다. · 이선은 급제하고 부부가 행복을 누린다.	· 장원급제한 선군이 돌아와 매월의 음모를 밝혀 처형하고 선약으로 숙영을 재생시킨다. · 임진사 딸과도 결혼한다.	· 두 사람의 혼령이 태을선인에게 빌어 재생한다. · 두 사람은 결혼하여 행복하게 살고, 양산백 크게 출세한다.	· 채봉이 감별곡을 지어 필성을 그리워하니, 감사가 알고 두 사람을 혼인하게 한다.

작품 순차구조	⑨운영전 김진사 / 운영	⑩영영전 김생 / 영영	⑪열녀춘향수절가 이몽룡 / 성춘향	⑫부용상사곡 김유성 / 부용	⑬유록전 정몽세 / 유록
A.인식	·운영이 벼루 시중을 들다 김진사를 보고 흠모한다. ·김진사도 운영에게 연정을 품는다.	·김생이 길가에서 영영을 보고 연정을 느낀다. ·집에 돌아온 김생은 상사병이 든다.	·이몽룡이 광한루에 나왔다가 추천하는 춘향을 보고 연정을 품는다.	·평양에 유람 온 김유성은 기생 부용의 집을 보고, 부용에 관한 이야기를 듣고 호감을 갖는다.	·정몽세는 잔치에서 기생 유록을 보고 흠모했지만, 그대로 헤어진다.
B.구애	·김진사를 기다리던 운영은 시회에서 그를 보고, 연시를 써서 문틈으로 넣어 전한다.	·종 막동의 꾀로 가짜 전송연을 베풀어 영영의 신원을 확인한다. ·술집 노파에게 상봉을 주선해달라 한다.	·이몽룡은 방자를 시켜 춘향을 만나자고 제의한다.	·주점 노파에게서 부용의 명성을 듣고, 연정을 담은 시한 수를 써서 노파를 통해 보낸다. ·부용도 만나자한다.	·김선전관이 두 사람의 뜻을 알아, 정몽세의 시를 유록에게 전하고, 또 답시를 정몽세에게 전한다.
C.결연	·김진사는 답서를 써서 무녀를 통해 전한다. ·김진사는 종의 도움을 얻어 수성궁의 담을 넘어 들어가 동침한다.	·노파의 주선으로 영영을 만나 사랑을 고백한다. ·대군이 출타한 날밤 김생은 담을 넘어 들어가 동침한다.	·이몽룡은 춘향을 낮에 잠시 만나고, 밤에 그 집으로 찾아가, 월매의 허락을 받고 동침한다.	·밤에 부용을 만난 김유성은 술상을 놓고 시로써 화답하다가 백년을 약속하고 동침한다.	·정몽세가 밤에 유록을 찾아가서 만나 백년가약을 맺고, 오랜 동안 함께 지낸다.
D.기약	·운영은 자신의 세간을 모두 빼돌리고 도망해 김진사와 같이 살 계책을 수립한다.	·이별시를 나누고 뒷기약을 하며 이별한다.	·이몽룡 부친이 내직으로 올라가게 되어, 장래를 기약하고 이별한다.	·두 사람은 10일 동안 함께 지낸 후에 훗날을 기약하고 이별한다.	·정몽세가 해주부사가 되어 뒷날을 약속하고 이별한다.
E.장애	·운영은 계책이 탄로되어 안평대군의 문책을 받는다. ·종 특의 음모에 휩싸인다.	·영영은 대군의 궁녀이기에, 궁 안에 갇히어 두 사람은 만나지 못한다.	·변학도가 춘향에게 수청 명령을 내려 이몽룡과의 약속을 파기하라 강요한다.	·새로 부임한 평안감사가 주색을 좋아하니, 부용에게 욕정을 품고 있던 최만홍이 부용을 수청기로 천거한다.	·병자호란이 일어나 유록은 오랑캐에게 끌려 압록강에 도착한다.
F.극복	·운영은 대군의 고문에 자살한다. ·김진사도 운영의 명복을 빌고 얼마 후에 죽는다.	·급제한 김생이 삼일유가에 영영 집앞에서 일부러 낙마하여, 궁으로 들어가 영영을 본다. ·영영의 상사 편지를 본 김생은 상사병에 걸린다.	·춘향이 수청을 거부하여 모진 매를 맞고 투옥된다. ·이몽룡이 장원급제하여 암행어사되어 내려온다.	·부용은 감사의 수청 강요에 대동강에 투신한다. ·부용은 최기남의 고깃배에 의해 구출되어 의탁하고, 상사곡을 지어 김유성에게 보낸다.	·석벽에 유서를 남기고 강물에 투신한다. ·이때 임진란 때 순사한 기생 계월향의 구출을 받는다. ·뒤에 또 투신했다가 정몽세에 의해 구원된다.
G.결합		·문병 온 김생 친구가 회산군 부인의 생질이었으므로, 주선하여 두 사람을 상봉하게 한다.	·이몽룡이 춘향을 구출하고 함께 서울로 올라와 결혼하여 영화를 누린다.	·김유성이 급제하여 선천부사가 된다. ·상사곡을 보고 부용을 찾아 데리고 가서 함께 살게 된다.	·의주부윤이 된 정몽세는 유록을 데리고 가서 함께 잘 산다.

이 결연서사에서 표준형으로 위의 예시적 분석에서는 <구운몽>의 양소유와 진채봉의 결연담을 제시하였다. 그런데 자유연애형 결연서사는 시대를 거슬러 올라가 삼국시대 이야기인 김유신 부모, 곧 서현(舒玄)과 만명부인(萬明夫人) 이야기에서 그 원형을 찾을 수 있을 것으로 생각된다.[21]

≪삼국사기≫에는 구체적인 묘사가 이루어지지 않아 줄거리만 파악할 수 있지만, 두 사람은 길거리에서 우연히 만나서 서로 마음으로 기뻐하여 눈길로 유혹하여 사통을 하는 것으로 기록되어 있다. 중매도 없이 정을 통하고 후에 서현이 만노군 태수가 되어 부임하려하자 함께 떠나려하는 과감함을 보인다. 이때서야 만명부인의 부친 숙흘종이 두 사람 사이를 알고 꾸짖고 감금하는 갈등을 야기한다. 결국 하늘의 도움으로 만명은 도망하여 두 사람은 결합을 이루고 삼국통일의 영웅 김유신을 낳았다는 이야기이다.

이 결연담은 김유신이라는 영웅의 출생담에 부모 허락이 배제된, 규범에서 어긋난 결연담이 결부되어 있어 자유연애 결연담의 원형이 됨을 감지할 수 있다.

이러한 결연당사자 간의 과감한 자유연애담의 전통은 조선 초에도 무리 없이 받아들여지고 있다. <이생규장전>이 <구운몽>보다 앞서고 있어 오히려 자유연애형의 서사모형으로서 원조가 될 수도 있다. 물론 두 작품의 순차구조는 비슷하나 <이생규장전>은 일부일처의 부부관계에서 당사자는 물론이고 양가 부모들도 결연에 적극 동참하여 온전하게 갖추어진 상황에서 서사가 전개된다. 이런 점에서 양소유와 진채봉의 결연담에 비해, 자유연애형 원형의 서사모형으로 손색이 없어 보인다.

위 표에 나타난 각 결연서사의 순차구조에서 ①~⑧까지는 여성의 신분이 남성과 대등한 규녀이고, ⑨~⑬까지는 남성에 비해 낮은 궁녀이거나 기녀의 신분이다. 이 가운데 ⑧<채봉감별곡>은 기녀형 결연담으로 볼 수도 있으나 애초 결연

---

21) 初舒玄 路見葛文王立宗之子 肅訖宗之女萬明 心悅而目挑之 不待媒妁而合 舒玄爲萬弩郡太守 將與俱行 肅訖宗始知女子與舒玄野合 叱之 囚於別第 使人守之 忽雷震屋門 守者驚亂 萬明從竇而出 遂與舒玄赴萬弩郡(≪三國史記≫권41)

을 맺은 상황이 규중처녀 신분이었고, 기녀 신분에 처하여 혼사장애를 맞는 것이 아니라 혼사장애 때문에 기녀라는 신분으로 강등되었으므로 규녀형으로 분류한다.

여주인공이 규녀로 설정된 결연서사도 그 친연성으로 다시 세분화가 가능하다. ①과 ②는 앞서 분석한 <구운몽>의 양소유와 진채봉 결연담과 흡사한 분위기를 연출하고 있다. 물론 후반부 장애를 겪고 극복하는 양상은 차이가 있으나 처음 인식하고 구애하고 결연을 맺는 상황은 세 결연담이 흡사하게 그려진다. 봄 풍경 속에서 남녀가 눈빛을 교환하여 즉시 호감을 보여 결연을 맺는 즉흥적인 상황이다. 감각적인 결연과정을 치달아 자칫 동침의 상황으로 나갈 기세를 보인다.

그 가운데 <이생규장전>은 규녀형 자유연애담에서는 유일하게 당사자 간 동침이 이루어진다. 양소유와 진채봉의 결연담이나 김희경과 장설빙의 결연담에서도 남성은 야밤에 대면할 것을 청하고 있지만, 여성이 주변의 이목을 염려하여 밝은 날 만나자고 해 동침의 상황으로는 전개되지는 않는다. 곧 후기로 올수록 규녀형 자유연애담에서는 동침상황이 더 규제되어 나타난다고 하는데, 결연과정에서의 윤리성을 강조한 입장이라고 볼 수 있다.

그에 비해 ③④⑧은 첫눈에 서로에게 호감을 보이는 상황은 동일하지만 대체로 부모에게 고하여 순리대로 연애감정을 풀어가는 서사이다. 위의 경우가 즉흥적으로 결연을 맺고 사후에 부모의 허락을 얻기 위해 애쓴다면, 이 경우는 자신의 주체적인 감정을 부모에게 사전에 토로하여 반대가 있으면 설득하여 해결해 나가는 이성적인 측면이 강조된 서사이다.

<최척전>의 경우 최척의 집안이 가난하여 이낭자의 모친이 반대하자 이낭자는 눈물로써 호소하여 허락을 얻어내며, <채봉감별곡>에서 채봉 역시 어머니를 설득하여 강필성에게 호감을 갖도록 노력하고 있다. <윤지경전>의 경우는 최낭자의 행동은 표면화 되지 않고 윤지경이 그 모친에게 청혼해줄 것을 요구하고 있다. 곧, 결연의 당사자들이 가진 연애감정을 적극적으로 부모와 상의하여 결연을 성취해 내는 경우이다.

또 ⑤⑥⑦의 경우는 사실적인 분위기보다는 환상적인 분위기 속에서 맺어지는

결연담이라는 측면에서 친연성이 있다. <숙향전>의 경우는 천태산 마고할미 처소에서 결연이 맺어지는데 마치 신선계 분위기를 자아낸다. 몽조나 전기적인 요소에 의해 갈등 해소는 더욱 사실감을 떨어뜨린다.

<숙영낭자전> 역시 선녀인 숙영과 결연을 맺는 상황이나 선계의 숙영을 인간계로 데리고 와 혼인하는 상황, 억울하게 죽은 숙영이 환생하는 상황 등이 몽환적인 분위기를 연출하고 있다. 특히 <숙영낭자전>의 순차구조는 처음 부부로 결합하는 과정에서 전혀 갈등의 요소가 개입하지 않고 백선군이 과거를 보기 위해 떠난 후부터 본격적인 서사가 진행되므로 처음 부부관계를 맺는 과정을 결연의 과정으로 보고 이후 갈등양상을 분석하였다. <양산백전>도 변복 화소나 무덤 속의 재상봉 화소, 환생 화소 등이 현실계의 이야기로 보기에는 어려움이 있다.

이 세 층위 중 ⑤⑥⑦의 경우는 현실에서 괴리된 분위기 속에서 애정지상의 이념을 추구하고 있다면, 양소유와 진채봉의 결연담과 ①②는 현실에서의 애정지상적 이념에 입각한 결연담이라고 할 수 있다. 그리고 ③④⑧의 경우는 자신의 자발적 의지를 현실과 조절할 줄 아는 이성적인 결연담이라고 할 수 있다.

여성의 신분이 궁녀인 ⑨⑩과 기녀인 ⑪⑫⑬의 결연담이 여성 주인공의 신분에 따라 반드시 유사한 서사흐름을 가진다고 볼 수는 없다. <운영전>과 <영영전>이 궁녀라는 특수한 주인공을 설정한 작품이라서 작중 분위기는 비슷하지만 그 서사 흐름의 내부를 파고들면 상반된 일면이 강하다.

<운영전>은 여성인 운영이 주도하는 자유연애에 남성인 김진사가 동조하는 인상이 강하고, <영영전>은 반대로 남성인 김생이 주도하는 자유연애에 영영이 동조해 주는 입장으로 비춰진다. 물론 결연의 과정이 두 작품 모두 여성의 억압 장소인 궁중이고, 남성이 월장이나 무너진 담을 통해 잠입하여 동침을 이룬다는 긴장감 넘치는 상황이라 유사한 구조로 인식될 수 있지만, 처음 인식의 상황이나 구애의 상황에서는 <영영전>에 비해 <운영전>이 훨씬 더 자유연애형의 서사로 간주된다.

그리고 마지막 장애를 극복하여 결합을 이루는 상황은 두 작품이 판이하게 다르

다. 운영은 김진사와의 사랑에 심취하여 조롱 같은 수성궁을 탈출하겠다는 과감한 용기를 표출한다. 결국 자신의 세간기물을 특을 통해 빼돌렸으나 특의 배신으로 모든 것이 물거품이 되고 결국 자결하고 만다. 운영의 이런 행동은 김진사도 할 수 없는 적극적이고 주체적인 애정행각으로, 애정을 위해서라면 현실의 안위와 목숨까지도 저버릴 수 있다는 애정지상주의적 결연 의식에서 기인한 것이다.

이에 비해 영영은 회산군을 매우 두려워하여 김생과도 하룻밤의 동침으로 긴 이별을 고하는 수동적인 여성으로 그려진다. 결국 회산군이 궁을 비운 하룻밤에 김생을 청하여 동침하고 난 후 그 그리움을 가슴 깊이 간직하고 기다림으로 긴 시간을 보낸다. 그리고 다시 기회를 만들어 찾아온 김생에게 자신의 애절한 그리움을 적은 눈물의 편지로 호소하고 있다. 즉 인고하고 수용하는 여성적 결연 의식을 가지고 실천하는 존재로 그려졌다.

그런데 그 대단원에서 두 결연담은 상반된 결과를 낳는다. 운영은 안평대군의 억압에서 벗어나지 못하고 좌절하여 스스로 목숨을 끊어 김진사와의 결합을 이루지 못한데 반해 영영은 오랜 기다림 끝에 김생과 재상봉하여 행복한 결합을 이룬다. 그런데 이 결합의 상황은 결연당사자들의 의지에 의해 도래한 것은 아니다.

운영과 김진사의 관계가 안평대군에게 발각된 것은 김진사의 노복 특의 배신에서 비롯된 것이고, 영영이 궁에서 해방되어 김생과 결합을 이룬 것도 김생의 친구의 도움으로 이루어진 것이다. 주변인에 의해 운영의 결연담은 좌절하게 하고 영영의 결연담은 성취하게 하는 의도가 무엇인가 하는 것은 고찰의 대상이 된다.

그 해답은 앞서 언급한 운영과 영영의 결연 의식의 차이에서 찾을 수 있을 것이다. 도발적이고 적극적인 애정지상주의적 결연의식이 여성에게서 발휘되는 것을 용납할 수 없고, 인고하고 기다리는 순종적인 결연의식을 가진 여성에게는 결국 인고에 대한 보상으로 결연을 성취하게 한다는 의도가 적극 개입한 결과로 볼 수 있다.

결연의 여성 주체가 기녀로 설정되는 경우는 남녀결연서사에서 많은 비중을 차지한다. 그러나 기녀가 남성을 위한 기여나 작위적인 사건이 아닌 순수 애정사만으로 서사가 완결되는 경우를 이 범주에 묶일 수 있다. 춘향이나 부용이나 유록은 한 남성에 대해서만 순종적이고 열정을 가진 존재들로 그려진다.

기녀라는 신분은 관기 또는 노류장화로서의 지위이므로 지방 관아의 수장이 임의로 범접할 수 있는 존재이다. 그리고 관장의 지시를 따르는 것이 직무에 마땅한 처신이다. 그러나 이들은 결연을 맺은 한 남성에 대해 강한 정절의식을 가지고 임하고 있다. 곧 세태나 직분에는 어긋나지만 인간적인 신의에서는 충직함을 보여 이들에 대한 평가는 그들이 처한 사회의 가치 기준이 될 수 있다.

이 세 결연서사의 전반부의 결연상황은 일반적인 기녀담과 다를 것이 없다. 풍류 남성이 아름다운 기녀를 보고 애욕을 느껴 구애하니 기녀도 역시 남성의 자질을 흠모하여 맞아들여 결연을 맺고 동침을 하며 여러 날 함께한다는 구조이다. 그러나 기약을 두고 이별 이후 상황은 심각한 고난이다. 기녀의 미모를 탐하는 권력자나 오랑캐에 의해 여성은 남성에 대한 정절 굽히기를 강요받는다. 그 고난은 죽음을 각오할 정도로 심각하고 기녀들은 목숨을 걸고 정절을 지키려 한다. 춘향은 변학도의 수청요구에 죽을 각오로 저항하며, 부용과 유록은 강물에 투신해 자결을 시도한다. 물론 우연히 구조자나 신이한 힘에 의해 구출되지만 그 의지는 이미 죽음을 각오한 비장함이다.

이러한 험난한 극복과정을 겪는 중에 남성이 출세하여 고난에 처한 여성을 구출하는 극적인 상황을 연출한다. 여성은 수절에 대한 보상으로 신분을 초월한 주체적인 결합을 이루고 세상의 기림을 받게 된다. 즉 기녀 등장 자유연애형 결연서사는 애정지상적인 기녀의 결연 의식에 찬사로 일관하는 양상을 보인다. 정절 윤리를 기대하지 않았던 기녀에게서 사회 계도적인 효과를 얻게 된 것을 높이 산 결과로 보인다.

자유연애형 결연서사의 구조에서 일관되게 나타나는 양상은 인식의 단계가 남녀 쌍방간에 일어나든지 남성 주도로 일어나고 있으며, 그 인식 요인은 부나 권력, 전망 등의 배경적인 요소가 아니라 개인 자질에 의존한다는 것이다. 곧 애정 감정 이외에 다른 의도가 없음을 말한다. 그리고 결연의 단계는 전체 결연담에서 남녀 쌍방주도로 나타나고 있다. 즉 남녀가 자유로운 애정감정으로 합의를 이룬 결과라고 할 수 있다.

그 결과 동침이 자유로이 이루어질 수 있으나 규녀 신분의 여성과의 결연 상황에서는 동침을 유보하는 양상으로 전개되고 있으며 궁녀나 기녀의 결연담에서는 모두 동침을 통한 결연을 맺는다. 장애 단계에 있어서는 규녀형은 부모의 반대가 많은 부분을 차지하며 궁녀, 기녀형에서는 권력의 개입이 일반적인 장애요인이 된다. 그리고 이러한 장애를 인내로써 극복하여 최종 결합의 과정에서는 주체적이고 애정적인 결합을 성취하는 공통점이 나타나는 것이다.

위에서 논급한 자유연애형 결연서사를 순차, 대립구조를 함께 적용시켜 표로 만들어 보고자 한다.

자유연애형—규녀형

단계	대립항	실현양상	김유신열전		이생규장전		구운몽		김희경전		최척전	
	작품명	결연담	서현/만명		이생/최낭자		양소유/진채봉		김희경/장설빙		최척/이옥영	
		구분	㉠	㉡	㉠	㉡	㉠	㉡	㉠	㉡	㉠	㉡
A 인식	A1 전조	A1㉠설정 / A1㉡제외							몽조			
	A2 주도자	A2㉠남성 / A2㉡여성										
	A3 인식요인	A3㉠자질 / A3㉡배경	미모		미모·시재		미모·시재		미모		미모·시재	
	A4 신분	A4㉠대등 / A4㉡차등										
B 구애	B1 탐색방식	B1㉠직접탐색 / B1㉡간접탐색										
	B2 매개체	B2㉠설정 / B2㉡제외			시·편지		시				시	
C 결연	C1 결연주도자	C1㉠남성 / C1㉡여성										
	C2 동침여부	C2㉠동침 / C2㉡동침유보										
D 기약	D1 기약방식	D1㉠당사자약속 / D1㉡부모혼약										
	D2 신물	D2㉠설정 / D2㉡제외							반지·귀중품			
E 장애	E1 장애대상	E1㉠남성 / E1㉡여성										
	E2 장애종류	E2㉠내적장애 / E2㉡외적장애	부모반대		부모반대			집안몰락		집안몰락		권력개입 전쟁 재난
F 극복	F1 극복주도자	F1㉠당사자 / F1㉡주변인										
	F2 극복방식	F2㉠적극적방식 / F2㉡소극적방식	도주			상사	구원			환경변화	저항	
	F3 상대기여	F3㉠설정 / F3㉡제외			결연사수				외조		결연사수	
	F4 극복결과	F4㉠극복 / F4㉡좌절										
G 결합	G1 결합형태	G1㉠주체적결합 / G1㉡종속적결합										
	G2 결합성격	G2㉠애정적결합 / G2㉡관습적결합										
												부부이산 /재상봉담

자유연애형─규녀형

단계	대립항	실현양상	윤지경전 윤지경/최연화 ㉠	㉡	숙향전 이선/숙향 ㉠	㉡	숙영낭자전 백선군/숙영 ㉠	㉡	양산백전 양산백/추양대 ㉠	㉡	채봉감별곡 강필성/김채봉 ㉠	㉡
A 인식	A1 전조	A1㉠설정 A1㉡제외					몽조					
	A2 주도자	A2㉠남성 A2㉡여성										
	A3 인식요인	A3㉠자질 A3㉡배경	미모		신 성성		미모		미모		미모	
	A4 신분	A4㉠대등 A4㉡차등										
B 구애	B1 탐색방식	B1㉠직접탐색 B1㉡간접탐색										
	B2 매개체	B2㉠설정 B2㉡제외			수회				속임 수		시	
C 결연	C1 결연주도자	C1㉠남성 C1㉡여성										
	C2 동침여부	C2㉠동침 C2㉡동침유보										
D 기약	D1 기약방식	D1㉠당사자약속 D1㉡부모혼약										
	D2 신물	D2㉠설정 D2㉡제외					화상					
E 장애	E1 장애대상	E1㉠남성 E1㉡여성										
	E2 장애종류	E2㉠내적장애 E2㉡외적장애		권력 개입		부모 반대	음해			부모 반대		부모 반대
F 극복	F1 극복주도자	F1㉠당사자 F1㉡주변인										
	F2 극복방식	F2㉠적극적방식 F2㉡소극적방식	저항		구조		자결		자결		저항	
	F3 상대기여	F3㉠설정 F3㉡제외					구출		결연 사수		결연 사수	
	F4 극복결과	F4㉠극복 F4㉡좌절										
G 결합	G1 결합형태	G1㉠주체적결합 G1㉡종속적결합										
	G2 결합성격	G2㉠애정적결합 G2㉡관습적결합										

자유연애형—궁녀, 기녀형

단계	대립항	실현양상	운영전 김진사/운영 ㉠	㉡	영영전 김생/영영 ㉠	㉡	열녀춘향수절가 이몽룡/성춘향 ㉠	㉡	부용상사곡 김유성/추부용 ㉠	㉡	유록전 정몽세/유록 ㉠	㉡
A 인식	A1 전조	A1㉠설정 A1㉡제외										
	A2 주도자	A2㉠남성 A2㉡여성										
	A3 인식요인	A3㉠자질 A3㉡배경	미모 시재		미모		미모		미모		미모	
	A4 신분	A4㉠대등 A4㉡차등										
B 구애	B1 탐색방식	B1㉠직접탐색 B1㉡간접탐색										
	B2 매개체	B2㉠설정 B2㉡제외	편지						시		편지	
C 결연	C1 결연주도자	C1㉠남성 C1㉡여성										
	C2 동침여부	C2㉠동침 C2㉡동침유보										
D 기약	D1 기약방식	D1㉠당사자약속 D1㉡부모혼약										
	D2 신물	D2㉠설정 D2㉡제외					반지 거울					
E 장애	E1 장애대상	E1㉠남성 E1㉡여성										
	E2 장애종류	E2㉠내적장애 E2㉡외적장애	권력 개입		권력 개입		권력 개입		권력 개입		전쟁 재난	
F 극복	F1 극복주도자	F1㉠당사자 F1㉡주변인										
	F2 극복방식	F2㉠적극적방식 F2㉡소극적방식	자결				구원	저항	자결		자결	
	F3 상대기여	F3㉠설정 F3㉡제외			결연 사수		구출				구출	
	F4 극복결과	F4㉠극복 F4㉡좌절										
G 결합	G1 결합형태	G1㉠주체적결합 G1㉡종속적결합										
	G2 결합성격	G2㉠애정적결합 G2㉡관습적결합										
			사별									

4. 애욕추구형 결연서사

애욕추구형은 대체로 남성이 미모의 여성을 보고 끌어 오르는 욕망을 참지 못하고 강제로 결연을 유도하는 경우가 중심을 이룬다. 즉 남성이 속임수를 쓴다든지, 침입하여 여성을 강탈하려는 결연서사이다. 자유연애형과 구분이 모호할 수도 있으나 인식과 결연단계에서 남녀 쌍방 간 합의에 의해 결연서사가 전개되는 것이 자유연애형이라면, 애욕추구형은 남성이 일방적으로 여성의 자질이나 배경을 보고 욕정을 자제하지 못하고 결연을 시도하는 경우이다.

그리고 애욕추구담 역시 후반부는 여느 남녀결연서사와 같이 혼사장애를 겪고 그것을 극복하여 합당한 결합을 이루어간다는 내용으로 되어 있다. 그러므로 전반부는 자유연애형과 혼동될 여지가 있으며 후반부는 신붓감찾기형과 상통한 구조를 가진다. 애욕을 추구하는 상황, 즉 여성의 침실로 뛰어드는 행동은 앞서 신붓감찾기형에서 여성을 탐색하기 위해 여복으로 속여 접근하는 화소의 극단적인 면이라고 볼 수도 있다. 신붓감찾기형에서는 구애의 과정에서 여성의 선을 보기위해 속임수가 개입되지만, 애욕추구형에서는 욕정이 앞서는 동침 기회를 마련하기 위해 속임수를 쓴다든가, 더 극단적인 방법으로 직접 여성의 침실로 난입하여 결연을 성취하는 것이다.

이와는 달리, 여성의 애욕추구형은 특수한 서사로 나타난다. 즉 남녀의 결연을 경험하지 못하고 죽은 여귀가 남성에 대해 욕망을 드러내는 명혼담의 경우이다. 전란이나 병으로 죽은 처녀의 원귀가 현실계의 남성을 만나서 동침하여 한 번도 누려보지 못한 성적 욕정을 충족시키는 이야기이다. 이는 음양의 이치를 충족해야만 온전한 삶을 영위할 수 있다는 사유방식에서 출현한 결연서사로 보인다.

여성은 음의 존재이므로 남성이라는 양성과 교통하여야만 완전한 개체가 될 수 있다는 동양적 사유방식의 산물이다. 이런 사유방식은 죽은 귀신에게도 적용되어, 처녀의 신분으로 남성과 접한 경험이 없이 죽으면 그 원을 해소해야 한다는 해원의식과 결부되어 명혼담이 출현하게 된 것으로 볼 수 있다.

처녀귀가 남성을 선택하는 방식은 특별할 것이 없다. 단지 애욕을 해소해 줄 남자라는 존재가 필요하므로 자질이나 배경이 문제가 되는 것이 아니다. 좀 더 발전된 양상으로 천정 인연을 찾는 것으로 설정된 경우도 있으나 그렇다하더라도 그 만남의 성격은 애정을 토대한 것이라기보다는 욕망을 충족시키려는 의도가 더 크게 부각된다.

남성의 애욕이 발현된 결연서사의 순차구조는 다음과 같이 일반화 할 수 있다.

A. 인식 : 남성이 미모의 여성을 보고 강한 욕정을 느낀다.

B. 구애 : 남성이 시나 연주를 통해 적극적으로 여성에게 구애하거나 매파를
통해 구애한다.

C. 결연 : 남성이 여성의 잠자리에 직접 침입하거나 속임수를 부려 동침을
시도하여 정서적으로 교감하거나 동침한다.

D. 기약 : 여성이 남성에게 훗날을 기약하게 하고 헤어진다.

E. 장애 : 권력자가 여성의 미모를 탐한다. 혹은 생략된다.

F. 극복 : 저항하여 장애를 극복한다. 혹은 생략된다.

G. 결합 : 남녀가 주체적으로 결합하거나 결합에 실패한다.

그리고 여성의 애욕이 발현된 결연서사의 순차구조는 다음과 같다.

A'. 인식 : 곤궁한 남성이 예언에 의해 여자를 찾는다.

B'. 구애 : 여귀가 적극적으로 남성을 유혹한다.

C'. 결연 : 두 사람이 의기투합하여 즉시 동침한다.

D'. 기약 : 여귀의 집에 며칠을 더 머물고 인간계로 돌아오면서 신물을 받는다.

E'. 장애 : 신물이 여귀의 부모에게 발각되어 내막이 전해지고 여성이 환생하
나 부모가 반대한다.

F'. 극복 : 여성이 부모를 설득한다.

G'. 결합 : 남녀가 여성의 부모의 허락을 얻어 결합을 이룬다.

남성의 애욕추구담이 나타나 있는 작품으로는 다음과 같은 것들이 있다.

<위경천전>의 위경천과 소숙방의 결연담
<조웅전>의 조웅과 장소저의 결연담
<김진옥전>의 김진옥과 유소저의 결연담
<임호은전>의 임호은과 이소저의 결연담
<정진사전>의 정창린과 박소저, 최소저 결연담

그리고 여성 애욕추구형 결연서사는 다음 두 작품이 있을 따름이다.

<만복사저포기>의 양생과 처녀귀의 결연담
<하생기우전>의 하생과 처녀귀의 결연담

각 결연서사의 순차구조를 표로 나타내어 비교해 보면 다음과 같이 된다.

작품 / 순차구조	원형 진지왕/도화녀	표준형 주생전:주생 / 선화	①위경천전 위경천 / 소숙방	②조웅전 조웅 / 장소저
A.인식	· 진지왕이 민간의 부녀자 도화녀가 아름답다는 말을 듣고 불러들인다.	· 주생이 연회에 참석한 기녀 배도를 몰래 따라왔다가 승상 딸 선화를 보고 연정을 품는다.	· 위경천이 친구들과 술을 마시고 화려한 후원이 있는 소상국 집에 들어가 갇힌다. · 소상국의 외동딸 소숙방을 보고 충동을 받는다.	· 조웅은 여행중 사윗감을 찾고 있는 장진사 집에 유숙했다가 장소저의 거문고 소리를 듣고 연정을 품는다.
B.구애	· 도화녀의 아름다움에 반해 강제로 함께 살 것을 청한다.	· 선화의 남동생 국영의 글선생으로 있으면서 기회를 엿보다가 연시를 전한다.	· 참지 못하고 소숙방의 침실로 뛰어들어 구애한다.	· 조웅은 역시 퉁소를 불어 화답해 연정을 드러내 보인다.
C.결연		· 선화 방에 몰래 뛰어들어 강압적으로 동침하고 애정행각을 계속한다.	· 위경천이 강제로 호합하려 하니 소숙방 처음에 반항하다가 위경천의 면모를 살피고 받아들인다.	· 장소저 부친이 현몽하여 조웅이 배필임을 알려 준다. · 조웅이 침방으로 뛰어드니 장소저는 예절을 지켜야 한다고 하나 억지로 설득해 동침한다.
D.기약	· 도화녀는 유부녀로서 불가함을 말하고 남편 사후에는 가능하다고 허락한다.	· 두 사람은 몰래 통정하는 것을 두려워하며 신물을 교환하고 사랑을 맹세한다.	· 서로 사통에 대해 두려워하면서 백년해로를 약속하고 훗날을 기약한다.	· 조웅이 그냥 떠나려 하니 장소저가 신물을 요구한다. · 조웅은 신물로 부채를 준다.
E.장애	· 진지왕이 왕좌에서 쫓겨나 죽는다.	· 두 사람 사이를 눈치챈 배도가 주생을 집으로 데리고 와서 못 만나게 한다. · 국영과 배도가 죽자 주생이 유리하니, 둘은 모두 상사병이 든다.	· 두 사람 모두 상사병이 들어 거의 죽게 되지만 차마 말을 못한다.	· 강호자사가 장소저의 미모를 탐하여 후취로 청혼한다. · 장소저는 약혼을 내세워 거절하니, 강압적으로 납폐한다.
F.극복	· 도화녀의 남편도 죽는다.	· 주생은 외척을 통해 선화에게 청혼, 허락을 받아놓았는데, 조선의 왜란 구원병의 서기로 나오게 되어 선화를 만나지 못한다.	· 부모가 사정을 알고는 혼약을 맺어주어 혼인한다.	· 장소저는 자결을 결심하는데, 부친의 유서를 보고는 강선암으로 가서 조웅 모친을 찾아 은거 한다.
G.결합	· 진지왕의 혼령이 도화녀와 결합하여 이레를 머물고 그 후 비형랑을 낳는다.		· 행복하게 살다가, 위경천이 조선 구원병으로 출전하여 이별하게 된다. · 위경천이 병사하자 소숙방도 자결, 같이 묻힌다.	· 조웅은 강호자사를 징계하고, 전쟁에서 큰 공을 세워 장소저를 부인으로 맞아 행복하게 산다.

작품 순차구조	③김진옥전 김진옥 / 유소저	④임호은전 임호은 / 이정옥	⑤정진사전 정창린 / 박춘경, 최옥린
A.인식	· 태몽으로 김진옥과 유소저의 천정배필을 알린다. · 김진옥이 부모를 찾는 동안 한 백수노인이 유소저와 가연을 맺으라고 방법을 알려준다.	· 임호은이 영은사에서 구경하다 불공드리는 이승상의 딸 정옥을 보고 상사병이 든다.	· 정진사는 쌍둥이 남매를 두어 매우 닮았다. · 정진사 딸 정귀봉은 이웃에 사는 박춘경, 최옥련과 매우 가깝게 지낸다.
B.구애	· 김진옥은 여복을 하고 유소저와 한 방에서 기거한다.	· 임호은은 영은사 스님에게 고백하고 스님의 주선으로 여복을 입고 황성으로 가서 이승상의 시비가 된다.	· 하루는 박춘경이 부친 출타시에 최옥련과 정귀봉을 불러 놀자고 하자, 정귀봉이 몸이 아파 못가니, 오빠 정창린이 여복을 입고 대신 간다.
C.결연	· 김진옥이 남자임을 밝히자 유소저는 동침을 거부한다. · 김진옥의 내력을 들은 유소저는 매파를 통해 정식 청혼하라고 이른다.	· 호은은 정옥과 한 방에 자다가 신분 밝힌다. · 정옥은 처음에 강하게 반발하다가 뒤에 배필임을 알고 순응해 가연을 맺는다.	· 정창린은 두 소저와 신체 접촉을 하며 놀다가 시를 지으면서 남자임을 밝힌다. · 두 소저는 놀라 자리를 피한다.
D.기약	· 김진옥은 면경을 신물로 주고 훗날을 기약한다.	· 두 사람은 훗날을 기약하고 신물을 교환한다. · 임호은은 새벽에 영은사로 도망한다.	· 정창린은 박춘경의 옥지환과 최옥련의 명월패를 신물로 가지고 간다.
E.장애	· 김진옥이 장원급제하니 황제는 무양공주의 부마로 삼으려 한다. · 이에 유승상은 유소저를 박승상 아들과 정혼한다.	· 호은이 장원급제하니 이승상은 임호은을 사위 삼겠다고 했다가, 다시 차상 급제자인 조상서 아들 조봉빈을 사윗감으로 정하고 약혼시키려 한다.	
F.극복	· 김진옥은 정혼 사실을 들어 황제를 설득하고, 유소저는 부친의 정혼 결정에 강하게 반발한다. · 유승상은 할 수 없이 박승상 아들과의 정혼을 폐지한다.	· 이정옥은 부친의 신임 없음을 들어 원망하고 자결하려 한다.	
G.결합	· 유소저의 상사병이 깊어지자 모친은 이종인 황태후께 상소하여 김진옥을 석방하게 하고 두 사람을 혼인시킴.	· 임호은이 조정의 일을 잘 처리하니, 이승상은 마침내 조상서집과의 혼사를 물리고 호은을 사위로 삼으니 두 사람은 혼인하게 된다.	· 최옥련 외숙이 김참판 아들과 혼사를 논의하니 정창린과의 일을 얘기한다. · 곧 혼사 논의를 중단하고 정창린 급제후 두 소저와 혼인시킨다.

작품 순차구조	원형 신도도/진녀	최치원 최치원/두 처녀귀	⑥만복사저포기 양생 / 처녀귀	⑦하생기우전 하생 / 처녀귀
A.인식	·신도도가 떠돌며 공부하다가 큰 저택을 발견하고 문 앞에 있는 푸른 옷의 여자에게 저녁밥을 청한다.	·최치원이 율수현위가 되어 초현관의 쌍녀분에 연정시를 남긴다.	·양생이 부처님과 저포놀이해 이긴다. ·밤중에 한 소녀가 와서 배필을 정해달라고 부처님에게 빈다.	·불우한 하생이 점을 치니, 남문 밖으로 계속 가면 좋은 짝을 만날 것이라 한다.
B.구애	·여자가 진녀에게 고하자 진녀는 신도도를 불러들여 인사를 나누고 음식을 잘 대접한다.	·밤중에 두 처녀귀의 시녀가 화답시를 가지고 와 전하며 회합을 청한다.	·양생이 처녀 앞에 나타나 마음을 전한다.	·그 말대로 가서 한 집에 투숙하니, 한 여인이 종자와 거처한다. ·하생이 시로 사랑을 고백한다.
C.결연	·진녀는 자신은 죽은 지 23년이 된 귀신이라고 말하고 부부가 되어 사흘을 보내자고 청한다.	·최치원은 두 처녀귀를 만나 그 죽은 내력을 듣고 주연을 베풀고 즐기다 나란히 동침한다.	·처녀가 승낙하고 구석으로 가서 정을 나눈다.	·여인도 시로써 화답하고 곧바로 동침에 들어간다.
D.기약	·사흘 후 진녀는 생사가 다름을 말하고 숙연이 사흘이므로 이별하자고 하며 신물로 금침(金枕)을 준다.	·닭 우는 소리에 두 처녀귀들은 떠난다	·이튿날 처녀집으로 가서 며칠 머물면서 즐기니, 처녀는 인간세상이 아니니 나가라고 하면서 신물로 은배를 준다.	·날이 밝자 여인은 귀신이라고 말하고 상제의 명으로 하생과 인연을 맺은 것이라고 한다. ·신표로 금척을 주면서 뒷날을 기약한다.
E.장애	·신도도가 진나라로 가서 시장에서 금침을 파니 진나라 왕비가 발견하고는 출처를 묻는다.		·양생은 처녀가 일러 준 대로 보련사 앞에 가 있으니, 딸의 대상을 치르러온 처녀 부친을 만나 죽은 처녀의 이야기를 듣는다.	·처녀 집안 사람들이 하생의 금척을 보고 의심해 처녀의 무덤을 파보니 여인은 다시 살아난다. ·처녀 부모는 하생의 신분이 미천하여 반대한다.
F.극복	·신도도가 갖추어 이야기하니 매우 슬퍼하면서도 의심하여 사람을 시켜 무덤을 파게하니, 다른 물건은 그대로 있으나 금침만 보이지 않고 시신을 풀어보니 남자와 교접한 흔적이 남아 있었다.		·양생은 기다리고 있다가 다시 나타난 처녀의 손을 잡고 보련사로 가서 제사를 받아먹는다.	·하생은 시로써 자신의 의지를 보이고 처녀는 부모에게 천생연분임을 들어 설득하니, 마침내 혼인을 허락한다.
G.결합	·왕비는 사실을 확인하고 신도도를 사위로 인정하여 부마도위(駙馬都尉)에 봉하고 많은 보물을 내렸다. 후인들이 이때부터 임금의 사위를 부마라고 불렀다.		·양생이 재를 올리니 처녀는 공덕을 입어 남자로 환생한다고 하고 가버린다. ·양생도 지리산으로 들어가 행방을 감춘다.	·하생은 처녀와 혼인하여 행복하게 산다.

위에서 애욕추구형 결연서사의 표준형으로 <주생전>의 주생과 선화의 결연담을 예시 분석하였다. 이 결연담은 남성의 애욕추구담의 표준형으로, 그 원형은 우리 역사서에서 찾아볼 수 있다. ≪삼국유사≫에 수록된 <도화녀비형랑>이나 ≪삼국사기≫의 <도미열전>은 남성이 미모의 여성에게 욕정을 품고 강탈하려는 이야기이다. 여기에서 남성은 모두 왕이라는 최고 권력자로 설정되어 있고, 여성은 미모와 정숙함을 갖춘 유부녀이다. 그 가운데 애욕추구를 위한 강압적 사건이 전개된다.

그런데 <도미열전>은 결연이 성사되지 않았고 개루왕의 횡포를 부각시켜, 정절을 지키려는 도미처의 열행을 드러내는데 초점이 맞추어져 있다. 그러므로 애욕추구형 결연서사의 원형으로는 오히려 <도화녀비형랑> 이야기가 적합한 것으로 생각된다.

진지왕은 주색을 즐기는 음란한 왕으로 민간의 아름다운 부녀자 도화녀에게 욕정을 드러낸다. 그래서 도화녀를 궁으로 불러들여 동침을 요구하자 도화녀는 두 남편을 섬길 수 없다는 열윤리를 내세워 강하게 거부한다. 이 상황에서 왕은 강탈의 방법을 사용하지 않고 남편이 없으면 동침이 가능하겠는가를 묻는다. 이에 도화녀는 순순히 가능하다고 대답을 주고, 왕은 도화녀를 놓아준다. 즉 음란한 왕이 애욕을 품고 있었지만 강탈을 행하지 않았으며, 불경이부(不更二夫)라는 열윤리를 철저하게 가진 도화녀도 남편 사후에는 왕과 동침하겠다는 뜻을 보이는 점이 특이하다고 할 수 있다. 두 사람 사이의 결연은 권력의 횡포와 항거라는 도식으로 전개되는 것이 아니라 동침을 두고 일정한 교감을 나누는 양상으로 파악된다. 결국 왕이 폐위되어 죽임을 당하고 얼마 후 도화녀의 남편이 죽는 것으로 이 이야기는 종결되는 듯한 구조를 취하는데, 결말에서 죽은 진지왕의 혼령이 도화녀의 침실을 찾아 전날의 약속을 이행하라고 하여 결국 결합을 이루는 전기적인 구조를 취하고 있다.

이 결연담은 미모의 여성에게 남성이 애욕을 느껴서 강제로 동침을 요구하다가 사회적인 이목과 반윤리성에 구애되어 결연을 주저하는 점, 남성의 욕망에 여성이 처음에는 강하게 거부하다가 남성의 설득에 결연을 허락하는 점, 그리고 장애 요소가 제거된 상황에서 결합을 이루어내는 점 등이 애욕추구형 결연서사의 원형이 될 수 있는 요소라고 하겠다.

표준형으로 설정된 <주생전>의 주생과 선화의 결연서사는 결연과정의 개입 화소에 따라 두 가지 층위로 다시 나누어져 전개된다. 앞서 예시로 분석한 <주생전>의 주생과 선화의 결연담과 동일한 분위기는 ①와 ②로서, 남성이 여성을 보고 욕정을 느껴 직접 여성의 침실로 뛰어드는 과격한 양상이다.

즉 강탈이나 약탈의 방식으로 세련되지 못한 일면을 드러낸다. 흔히 원시의 혼속이 약탈혼이었다고 하는데, 그에 바탕을 둔 거친 인간의 욕망 표출이라고 할 수 있다. 그러나 주생은 선화를 사전에 엿보고 주변을 맴돌며 지속적으로 애욕을 키워왔고, 조웅은 장소저의 거문고 소리에 욕정을 드러내면서 자신의 그 마음을 퉁소 연주에 담아 미리 암시하였다. 그런데 위경천은 잠결에 소숙방의 집으로 잠입하여 대문이 닫히자 갇힌 신세가 되어 날 새기를 기다리던 중 소숙방의 침실을 우연히 보고는 끓어오르는 욕정을 참지 못해 난입하는 무도한 행동을 보인다. 매우 즉흥적이고 돌발적인 행동이었다.

이에 대한 여성의 반응은 처음에는 강하게 반발하는 것으로 나타난다. 선화의 경우는 주생이 남동생 국영의 글선생 신분으로 한 집에 거처하므로 다소 경계가 덜하지만, 조웅의 침입을 받은 장소저나 위경천의 침입을 받은 소숙방은 낯선 남자이기에 대단히 위협적인 존재로 인식되었을 것이다.

그러므로 동침의 상황은 어려움이 많았다. 대체로 남성이 자신의 솔직한 심경을 고백하여 여성의 동의를 구하는 것으로 그려지지만, 그 실제는 반강제성을 띤 겁탈의 분위기이다. 물론 동침 후에는 서로가 교감을 이룬 상황이라 여성이 할 수 없이 남성을 수긍하고 남들에게 발각될 것을 염려하는 입장으로 변한다. 그리고 상황은 반전되어 여성이 떠나는 남성에게 신물을 전하거나 요구하여 자신의 장래를 의탁하는 양상으로 발전한다. 곧, 남녀관계에서 불합리성을 그대로 드러내고 있다.

이보다는 문학적인 장치가 세련되게 개입한 경우는 ③④⑤의 결연서사이다. 욕정을 느낀 남성이 결연과정에서 직접적으로 여성의 침실로 난입하는 것이 아니라, 여복으로 변장하여 여성에게 자연스럽게 접근하여 한 방에 거처하면서 남성임

을 드러내는 경우이다. 즉 여성에게 가해지는 강압도 덜하며, 겁탈과 같은 분위기
가 아니라 희롱 정도로 인식될 화소이다.

김진옥은 도인의 계시에 의해 여복을 입고 유소저를 만나서 한 방에 기거하며,
임호은의 경우는 이정옥에게 첫눈에 반해서 그 욕정을 풀기 위해 노승의 주선으로
여복을 하여 정옥의 시비가 되고 한 방에서 기거를 한다. 그리고 <정진사전>의
정창린은 쌍둥이 여동생의 친구들에게 여복을 입고 접근하여 신체적으로 희롱한다.

이러한 속임수로 동침의 기회를 얻었지만 남성들은 돌발적으로 여성을 범하지
는 않는다. 사전에 자신이 남성임을 밝히고 여성의 결연의지를 확인하는 절차를
둔다. 이 경우도 여성들은 대단히 놀라고 화를 내는 반응을 보이나 남성을 잘 설득
하여 동침의 상황으로는 나가지 않고 신물을 교환하여 장래를 기약한다. 이렇게
속임수를 써서 여성과 동침을 시도한 경우는, 앞선 직접적인 강탈 결연에 대한 비
난을 피하기 위해 후퇴한 양상이라고 할 수 있다. 사회 계도의 차원에서 돌발적인
욕망 표출을 자제시키고 유화시킨 결과로 변복을 통해 여성에게 접근하도록 하고,
더 나아가 이성적인 여성에게 설득 당해 욕망을 다스리고 장래를 기약하는 순리를
쫓도록 처리하고 있다.

⑥과 ⑦은 여성의 애욕추구형 결연서사로 고소설의 범주에는 이 두 가지 결연
담을 찾을 수 있다. 물론 신라 ≪수이전≫에 수록되었다고 하는 <최치원>이 이
와 동일한 서사구조를 가지고 있으며, 중국 ≪수신기≫의 <신도도>설화[22]도 마

---

22) ≪搜神記≫ 소재 <辛道度> 설화의 서사구조는 다음과 같다.
　① 신도도가 떠돌며 공부하다가 큰 저택을 발견하고 문 앞에 있는 푸른 옷의 여자에게 저녁
　　밥을 청한다.
　② 여자가 진녀에게 고하자 진녀는 신도도를 불러들여 인사를 나누고 음식을 잘 대접한다.
　③ 진녀는 자신이 죽은 지 23년이 된 귀신이라고 말하고 부부가 되어 사흘을 보내자고 청한다.
　④ 사흘 후 진녀는 생사가 다름을 말하고 숙연이 사흘이므로 이별하자고 하며 신물로 금침
　　(金枕)을 준다.
　⑤ 눈물로 헤어지며 푸른 옷의 시녀의 배웅을 받아 문 밖으로 나와 몇 발자국을 걷자 집은
　　사라지고 무덤 하나가 남았다.
　⑥ 신도도가 진나라로 가서 시장에서 금침을 파니 진나라 왕비가 발견하고는 출처를 묻는다.
　⑦ 신도도가 갖추어 이야기하니 매우 슬퍼하면서도 의심하여 사람을 시켜 무덤을 파게 하니, 다

찬가지 서사구조를 취한다. 이 <신도도> 설화가 여성 애욕추구형 결연서사의 원형이 될 수 있다. 신도도와 진녀의 이 결연담은 중국이나 우리나라의 남녀결연서사에 자주 인용되고 있으며, 특히 <하생기우전>의 경우는 마지막 재생화소를 제외하면 거의 이 작품의 구조와 흡사하다고 할 수 있다. 그러므로 명혼담으로 불리는 이 결연서사의 원형이라고 주저없이 말할 수 있다.

앞서도 언급했듯이 이 결연서사의 계기는 처녀로 죽은 여귀가 남성과의 교접을 이루려는 욕망이다. <만복사저포기>의 여귀는 왜구의 난에 무참히 살해당한 처녀의 혼령이고, <하생기우전>의 여귀 역시 처녀의 신분으로 죽은 혼령이다.

이들은 남성과의 교접을 경험하지 못한 것을 원한으로 느끼며 현실계의 남성을 대상으로 욕정을 해소하려는 욕망을 가지고 있다. 그래서 <만복사저포기>의 여귀는 부처에게 발원문을 지어 올리며 해원을 소망하고, <하생기우전>의 여귀는 천상 상제가 명령하여 천생인연인 하생을 만나기 위해 적강한 것으로 그려진다. 그리고 결연 대상이 된 남성의 경우는 결핍의 처지로 설정된다. 양생의 경우는 부모도 없이 만복사 곁의 방에서 기숙하며 늦도록 장가를 들지 못해 결연을 간절하게 소망하는 인물이며, 하생 역시 부모도 없는 한미한 시골 선비로 태학에 입학하여 학문은 이루었으나 조정의 부패로 과거에는 번번이 낙방하는 불우한 인물이다.

이는 <최치원>에서 최치원이 시재를 갖춘 훌륭한 인물임에 이끌려 결연 맺기를 소원하는 여귀들의 상황과는 다른 양상이다. 곧, <최치원>에서의 여귀들은 남성과의 애욕충족이 주목적이라기보다는 시재가 뛰어난 남성을 통해 자신들의 생전 소원이었던 문사와 해로하겠다는 구체적인 욕망을 실현하고 있다. 그런데 ⑥과 ⑦의 경우는 애욕충족을 주목적으로 하기 때문에 남성의 자질이 대상 선택의 기준이 되는 것이 아니라, 남성이라는 성별이 기준이 될 뿐이다.

그러므로 뭔가 갖추지 못한 불우한 청년을 대상으로 지목한 일면이 보인다. 즉,

른 물건은 그대로 있으나 금침만 보이지 않았고 시신을 풀어보니 남자와 교접한 흔적이 남아 있었다.

⑧ 왕비는 사실을 확인하고 신도도를 사위로 인정하여 부마도위(駙馬都尉)에 봉하고 많은 보물을 내렸다. 후인들이 이때부터 임금의 사위를 부마라고 불렀다.

문벌이나 자질이 뛰어난 남성에 대해서는 여귀가 범접할 엄두를 내지 못하는 것이다. 결국 결핍의 존재인 남녀가 결연을 통해 상호 상생의 이익을 얻는 구조를 취하고 있다. 여귀는 애욕을 충족하고 불우한 환경에 있던 남성은 권귀가의 사위로서의 보상을 얻게 되는 것이다.

⑥과 ⑦은 처음 결연과정은 흡사한 구조를 취하였으나 결말에서는 판이한 구조로 끝을 맺는다. 양생은 여귀의 부모를 만나 절에서 대상재(大祥齋)를 함께 올리며 여귀의 명복을 빌어주고 천도하니, 그 부모들이 사위로 인정하여 여자 몫의 재물을 나누어 준다. 그 재물을 흩어 여귀의 명복을 비니 여귀가 현몽하여 자신은 천상에서 남자로 환생하였다고 하는데, 그 후 지리산으로 자취를 감추었다고 한다. 이에 비해 하생은 결연을 맺었던 여귀가 준 신물을 계기로 무덤을 파고 관을 열어 여귀를 재생하게 한다. 그리고 반대하는 부모를 설득시켜 혼인을 성취하고 행복한 일생을 보내는 것을 설정되었다. 이 유형에 속하는 결연담에서 죽은 사람이 환생하여 결합을 성취하는 경우는 <하생기우전>에서만 찾을 수 있다.

대체로 이 유형의 결연서사는 현실계의 남성이 기이한 체험으로 이계에서 죽은 영혼을 만나고 다시 현실로 돌아오는 꿈과 같은 장치로 처리된다. 그런데 환생의 화소는 이계의 존재가 현실계로 뛰어드는 반대의 장치이다. 현실계의 존재가 이계를 체험하는 전기는 꿈이라는 기제와 유사한 구조이므로 어느 정도 수용이 될 수 있으나 이계의 존재가 현실계로 진입하는 전기는 수용이 쉽지 않고 황당함으로 작용할 수 있다. 그래서 전기 화소 가운데 환생은 꿈보다 더 현실감이 떨어지는 요소로 받아들여질 수 있다.

그러므로 이 결연서사에서도 환생 화소는 일반화 되지 않았는데 유독 <하생기우전>에서만 사용하고 있다. ≪수이전≫에 수록된 <수삽석남>에 사랑을 성취하지 못하고 상사병으로 죽은 남주인공 석남이 재생하는 화소가 포함되어 있다. 아마도 이 부분을 차용한 것이 아닐까 하는 생각이 든다. 곧 <최치원>은 결연까지의 과정만 있고 이후 상황은 생략되었는데, <수삽석남>은 반대로 기녀와 석남의 결연과정은 생략되었고 혼사장애와 극복의 과정으로만 구성되어 있다. 이 두 전기적 이야기를 하나의 구조로 연결해 보면 <하생기우전>의 구조와 거의 일치하는 흐름을 볼 수 있다.

애욕추구형 결연서사를 순차구조와 대립구조에 함께 적용시켜 도표로 표시해보면 다음과 같이 된다.

애욕추구형—남성애욕발현

단계	대립항	실현양상	도화녀비형랑 진지왕/도화녀 ㉠	㉡	주생전 주생/선화 ㉠	㉡	위경천전 위경천/소숙방 ㉠	㉡	조웅전 조웅/장소저 ㉠	㉡
A 인식	A1 전조	A1㉠설정							몽조	
		A1㉡제외								
	A2 주도자	A2㉠남성								
		A2㉡여성								
	A3 인식요인	A3㉠자질	미모		미모		미모		음률	
		A3㉡배경				부귀				
	A4 신분	A4㉠대등								
		A4㉡차등								
B 구애	B1 탐색방식	B1㉠직접탐색								
		B1㉡간접탐색								
	B2 매개체	B2㉠설정			시				연주	
		B2㉡제외								
C 결연	C1 결연주도자	C1㉠남성								
		C1㉡여성								
	C2 동침여부	C2㉠동침								
		C2㉡동침유보								
D 기약	D1 기약방식	D1㉠당사자약속								
		D1㉡부모혼약								
	D2 신물	D2㉠설정			거울 부채				부채	
		D2㉡제외								
E 장애	E1 장애대상	E1㉠남성								
		E1㉡여성								
	E2 장애종류	E2㉠내적장애	전쟁 재난		소심함	전쟁 재난	소심함			권력 개입
		E2㉡외적장애								
F 극복	F1 극복주도자	F1㉠당사자								
		F1㉡주변인								
	F2 극복방식	F2㉠적극적방식	환경변화			상사		상사	도주	
		F2㉡소극적방식								
	F3 상대기여	F3㉠설정					결연 사수			
		F3㉡제외								
	F4 극복결과	F4㉠극복								
		F4㉡좌절								
G 결합	G1 결합형태	G1㉠주체적결합								
		G1㉡종속적결합								
	G2 결합성격	G2㉠애정적결합								
		G2㉡관습적결합								
							요절			

애욕추구형–남성애욕발현

단계	대립항	실현양상	김진옥전 ㉠	김진옥전 ㉡	임호은전 ㉠	임호은전 ㉡	정진사전 ㉠	정진사전 ㉡	정진사전 ㉠	정진사전 ㉡
			김진옥/유소저		임호은/이소저		정창린/박춘경/최옥련		김광철/정귀봉	
A 인식	A1 전조	A1㉠설정 A1㉡제외	몽조		예언					
	A2 주도자	A2㉠남성 A2㉡여성								
	A3 인식요인	A3㉠자질 A3㉡배경		부귀	미모		미모		미모	
	A4 신분	A4㉠대등 A4㉡차등								
B 구애	B1 탐색방식	B1㉠직접탐색 B1㉡간접탐색								
	B2 매개체	B2㉠설정 B2㉡제외	속임수		연주 속임수		시 속임수		속임수	
C 결연	C1 결연주도자	C1㉠남성 C1㉠여성								
	C2 동침여부	C2㉠동침 C2㉡동침유보								
D 기약	D1 기약방식	D1㉠당사자약속 D1㉡부모혼약								
	D2 신물	D2㉠설정 D2㉡제외	반지 거울		반지 귀중품		반지 귀중품			
E 장애	E1 장애대상	E1㉠남성 E1㉡여성								
	E2 장애종류	E2㉠내적장애 E2㉡외적장애		권력 개입		권력 개입				
F 극복	F1 극복주도자	F1㉠당사자 F1㉡주변인								
	F2 극복방식	F2㉠적극적방식 F2㉡소극적방식	저항		자결					
	F3 상대기여	F3㉠설정 F3㉡제외	결연 사수		결연 사수					
	F4 극복결과	F4㉠극복 F4㉡좌절								
G 결합	G1 결합형태	G1㉠주체적결합 G1㉡종속적결합								
	G2 결합성격	G2㉠애정적결합 G2㉡관습적결합								
							쟁총담			

애욕추구형—여성애욕발현

단계	대립항	실현양상	신도도		최치원		수삽석남		만복사저포기		하생기우전	
작품명→결연담			신도도/진녀		최치원/처녀귀		석남/기녀		양생/처녀귀		하생/처녀귀	
구분			㉠	㉡	㉠	㉡	㉠	㉡	㉠	㉡	㉠	㉡
A 인식	A1 전조	A1㉠설정	예언								예언	
		A1㉡제외										
	A2 주도자	A2㉠남성										
		A2㉡여성										
	A3 인식요인	A3㉠자질		해원	해원					해원		해원
		A3㉡배경										
	A4 신분	A4㉠대등										
		A4㉡차등										
B 구애	B1 탐색방식	B1㉠직접탐색										
		B1㉡간접탐색										
	B2 매개체	B2㉠설정			시				편지(발원)		시	
		B2㉡제외										
C 결연	C1 결연주도자	C1㉠남성										
		C1㉡여성										
	C2 동침여부	C2㉠동침										
		C2㉡동침유보										
D 기약	D1 기약방식	D1㉠당사자약속										
		D1㉡부모혼약										
	D2 신물	D2㉠설정	귀중품				꽃		귀중품		귀중품	
		D2㉡제외										
E 장애	E1 장애대상	E1㉠남성										
		E1㉡여성										
	E2 장애종류	E2㉠내적장애						부모반대				부모반대
		E2㉡외적장애										
F 극복	F1 극복주도자	F1㉠당사자										
		F1㉡주변인										
	F2 극복방식	F2㉠적극적방식					저항				상사	
		F2㉡소극적방식										
	F3 상대기여	F3㉠설정					결연사수				결연사수	
		F3㉡제외										
	F4 극복결과	F4㉠극복										
		F4㉡좌절										
G 결합	G1 결합형태	G1㉠주체적결합										
		G1㉡종속적결합										
	G2 결합성격	G2㉠애정적결합										
		G2㉡관습적결합										

5. 남성출세돕기형 결연서사

여인이 남자의 내조자로 설정된 이 유형의 결연담은, 신분은 낮으나 처지가 나은 여성이 곤궁한 처지에 있는 남성의 장래를 예지하고, 결연을 맺어 물심양면으로 후원하여 출세시키는 이야기이다. 결연에서 여성이 주도적인 역할을 하고 남성은 수동적으로 수용하는 결합이라 흥미요소가 많다고 할 수 있다.

여성이 남성을 돕는 이유는 신분이 낮아 장래를 기약할 수 없으므로 출세한 남성에게 의탁하고자 하는 의도가 짙게 깔려 있다. 신분제 사회에서 본처의 지위를 얻기 어려운 여성이 전도가 유망한 남성을 알아보고 첩이라는 지위로라도 결합을 이루려는 경우이다. 앞서 든 신랑감고르기형은 최고 권력의 여성이 권력의 힘을 빌려 남편을 정하는 이야기라고 한다면, 이 결연서사는 신분이 낮은 여성이 남성의 출세를 적극적으로 도와서 자신을 의탁하는 이야기라고 할 수 있다.

처의 지위가 아니므로 신랑감을 고르는 범주에 들 수는 없고, 달리 주군 찾기의 형태라고 말할 수도 있을 듯하다. 그런데 최종 결합의 과정에서 출세한 남성의 처나 첩이 되는 것은 결연 후의 내조에 대한 보상 차원에서 이루어지는 경우가 강하므로, 그 본질은 남성을 출세시키는 데에 있다. 그래서 주군 찾기라는 의미에서 남성출세돕기형이란 명칭으로 설정한 것이다.

대체로 여성의 신분이 기녀로서, 신분적 제약을 스스로 인정하면서도 훌륭한 남성을 남편으로 섬기겠다는 자의식은 매우 강하게 표출한다. 이런 사정에서 상대 남성의 본처를 철저하게 인정하고, 더 나아가 본처로 합당한 인물을 천거하는 경우도 있으며, 자신을 낮추어 화합을 도모하는 처연한 태도도 보인다. 이러한 결연서사에는 인식의 단계에 여성의 지인지감이 중요한 화소로 등장하며, 구애나 결연의 과정에서도 여성이 주도적으로 남성을 영입하여 동침을 유도하는 적극적인 결연담이다. 결연 후에는 수절을 위해 은둔하는 경우와 권력의 개입에 의한 혼사장애를 겪는 경우로 달리 전개되는데, 결국은 남성에게 구출되어 첩이라는 종속적인 결합을 이룬다.

남성출세돕기형 결연서사의 기본 순차구조는 다음과 같다.

A. 인식 : 신분이 낮은 여성이 지인지감을 발휘해 전도가 유망한 남성을 알아본다.

B. 구애 : 남성의 시재나 능력을 감지하고 결연의 의지를 내보인다.

C. 결연 : 남성을 자신의 처소로 영입하여 동침한다.

D. 기약 : 남성에게 자신의 장래를 의탁하겠다는 의지를 밝히고 재상봉을 기약하며 헤어진다.

E. 장애 : 수절하던 중 권력의 개입으로 위기에 처한다.

F. 극복 : 권력에 강하게 저항하다가 출세한 남성에게 구출된다.

G. 결합 : 재상봉하여 첩이 되어 결합을 이룬다.

위 D.기약의 단계에서 수절을 위해 은둔하는 경우는 E.장애 부분과 F.극복 부분이 생략되는 것으로 나타난다. 이 서사구조에 부합하는 결연서사는 기녀결연담의 대부분이 해당되는데, 이 결연서사에는 여성의 내조가 경제적인 후원 등의 형식으로 적극적인 후원이 이루어지는 경우와 남성의 시침을 들면서 가정을 돌보는 정도의 소극적인 내조형태도 있다.

적극적인 남성출세돕기형의 결연서사는 다음 작품의 경우가 해당된다.

<신유복전>의 신유복과 이경패 결연담
<옥단춘전>의 이혈룡과 옥단춘 결연담
<청년회심곡>의 김진성과 농월 결연담
<월하선전>의 황직경과 월하선 결연담

그리고 앞에서 분석된 <구운몽>의 양소유와 계섬월의 결연담, <옥루몽>의 양창곡 강남홍의 결연담, <이진사전>의 이옥린과 김경패의 결연담 등을 들 수 있다.

소극적인 남성출세돕기형은 다음 작품의 경우를 들 수 있다.

　　　<구운몽>의 양소유와 가춘운의 결연담
　　　<임호은전>의 임호은과 미애의 결연담
　　　<주생전>의 주생과 배도의 결연담
　　　<구운몽>의 양소유와 적경홍의 결연담
　　　<옥루몽>의 양창곡과 벽성선의 결연담
　　　<동선기>의 서문적과 설영의 결연담
　　　<동선기>의 서문적과 경경의 결연담

다음에서 남성출세돕기형 결연서사의 순차구조를 표로 정리해 비교 분석해 보기로 한다.

작품 / 순차구조	원형 온달/평강공주	표준형 구운몽 : 양소유/계섬월	①신유복전 신유복 / 이경패	②옥단춘전 이혈룡 / 옥단춘
A.인식	·평강공주가 어려서 울기를 잘하자 평강왕이 바보온달에게 시집보내겠다고 놀린다.	·양소유는 장안으로 구혼차 가던 중 낙양 천진교 누각의 공자들과 기생들 술자리에 참석, 계섬월의 미색을 흠모하게 되고, 계섬월도 양소유에게 추파를 던진다.	·신유복이 고아가 되어 유리걸식한다. ·목사가 유복의 상을 보고 호장 이섬에게 사위 삼으라고 명령한다.	·곤궁한 이혈룡이 친구인 평안감사 김진희를 찾아간다. ·감사 김진희가 이혈룡을 박대하는데 기생 옥단춘이 그 비범함을 알아본다.
B.구애	·공주를 상부 고씨에게 시집보내려 하니 어려서부터 온달에게 시집갈 것을 작정하였다고 거부하고 온달을 찾아나선다.	·사회에서 잘된 시를 계섬월이 낭송하면 시침한단 말을 듣고 일필휘지 세 수를 남기고 피한다.	·이섬이 신유복의 모습을 보고 거절하다가 목사의 강압에 못이겨 집으로 데리고 와서 딸들에게 보인다.	·대동강에 빠뜨려 죽이라는 감사의 명령에 따라, 배에 싣고 가는 이혈룡을, 옥단춘이 사공을 매수해 살려내어 자기 집으로 데려가게 한다.
C.결연	·맹인인 온달의 모친과 온달을 만나서 혼인할 뜻을 전한다.	·계섬월이 양소유의 시를 노래하고, 양소유는 자리를 피해 나가자 계섬월이 집을 일러주어 찾아오게 한다. 밤중에 계섬월 집을 탐방하여 동침하고, 섬월이 첩되기를 소원한다.	·첫째, 둘째 딸들은 더럽다고 거절하는데 셋째딸 경패가 신유복을 알아보고 또 부친을 위해 결혼하기를 원한다.	·밤에 집에 돌아온 옥단춘은 이혈룡을 잘 대접하고, 인연을 맺고는 동침한다.
D.기약		·양생이 모친의 허락과 가난함을 들어 거절하나 계섬월은 첩이 되기를 간청하며 장안의 정경패를 배필로 천거하고 훗날을 기약한다.	·신유복은 경패의 권유로 7년 기한하고 글공부를 위하여 경패와 이별하고 원광대사에게로 떠난다.	·옥단춘은 서울의 이혈룡 가정에 돈을 보내 살게하고 훗날을 기약한다.
E.장애	·온달과 그 모친은 귀인과 혼인할 수 없다고 거부한다.		·온 가족이 신유복의 거지 모습에 싫어하니, 경패는 신유복을 데리고 집을 나와 움막을 짓고 걸식하며 산다.	·(이 단계에서는 장애가 발생하지 않고, 첫단계에서 친구 김진희가 강에 빠뜨려 죽이려 한 부분이 이에 해당한다.)
F.극복	·공주가 두 사람을 설득하여 혼인 허락을 얻는다.		·신유복이 7년 공부를 마치고 하산, 움막에서 고생하는 경패를 만났다. ·신유복은 과거 보아 장원급제하고, 괄시하던 두 동서는 낙방한다.	·남의 눈에 띄지 않게 집안에 숨어서 옥단춘의 도움으로 독서하여 글공부를 완성한다.
G.결합	·두 사람은 혼인하고, 공주가 가지고 온 재물을 팔아 전답과 집, 노비를 마련, 온달에게 말을 사오게 해 무예를 익히게 하여 국가에 공을 세우게 한다.	·첩으로 자리한다.	·신유복은 수원부사가 되어 경패와 행복한 생을 누린다. ·신유복은 자기를 박대한 장인과 처형 등 가족들을 용서한다.	·이혈룡이 장원급제하여 김진희를 처단하고 평안감사가 되어 옥단춘과 행복한 생을 누린다.

작품 순차구조	③청년회심곡 김진성 / 농월	④월하선전 황직경 / 월하선	⑤옥루몽 양창곡 / 강남홍	⑥이진사전 이옥린 / 경패
A.인식	· 김진성은 부친이 빌려 준 돈을 받으러 송도에 갔다가, 기생 농월을 보고는 흠모하게 된다.	· 함경감사 아들 황직경이 행수기생의 천거로 월하선을 불러본다.	· 양창곡이 소주압강정 시회에 참석하여 강남홍의 미모에 연정을 품는다. · 강남홍도 뛰어난 양창곡을 보고 흠모한다.	· 이옥린이 가난하여 외숙에게 도움을 청하러 갔다가 자존심이 상해 그냥 돌아선다. · 평양을 지나다 백일장에 참석해 장원하니 기생 경패가 흠모한다.
B.구애	· 김진성은 애정시를 써서 주인 노파를 시켜 농월에게 전하고 중매를 요청한다.	· 황직경은 월하선의 미모를 흠모하여 인연을 맺자고 한다.	· 양창곡은 시회에서 강남홍에 대한 연정을 담은 시를 지어 뜻을 표한다.	· 경패는 부친을 통해 이옥린에게 통혼하여 첩이 될 것을 간절히 요구한다.
C.결연	· 농월이 김진성의 시재를 높이 평가해 만나자 한다. · 농월은 술자리를 마련하고 함께 즐기지만 동침은 거부한다.	· 월하선이 장래 버림 받고 독숙공방할 것을 꺼려 거부하니, 황직경은 버리지 않겠다고 하늘에 맹세하고 동거한다.	· 강남홍은 양생의 시를 낭송하면서 자기 마음과 자기 집을 알리라는 내용을 담는다. · 양생만 그 뜻을 알아 밤에 찾아가 동침한다.	· 이옥린은 고조 이후 첩 때문에 집안이 몰락하여 첩을 두지 않겠다고 맹세했다면서 거절한다. · 경패의 현숙함에 끌려 마침내 혼인하여 첩으로 삼아 함께 산다.
D.기약	· 김진성이 연회에서 만난 기생 경패 모녀에게 돈을 모두 빼앗기고 병이 든다. · 농월은 진성을 데리고 와서 간호하고, 훗기약을 하고는 돌아가게 한다.	· 3년이 지나 황직경의 부친이 만기가 되어 상경하니, 두 사람은 훗기약을 하고 이별한다.	· 강남홍은 윤소저를 본처로 추천하고 자기를 첩으로 거두어 달라 한다. · 과거보러 가는 양생에게 여비와 종을 대주고 훗날을 기약한다.	· 이옥린은 액운이 닥친다는 조상의 계시를 받는다. · 옥린이 침입한 자객을 죽이고 방랑길에 오르니, 경패도 여승이 되어 옥린을 찾아 나선다.
E.장애	· 농월이 수절하는데 송도유수 이춘화가 수청을 강요한다.	· 후임으로 온 남감사의 아들 남진사가 월하선의 미모에 혹하여 동침을 요구한다. · 월하선이 황직경과의 결연을 얘기하며 거절하니 모진 형벌을 받는다.	· 황자사가 수청을 강요하니 강남홍은 강물에 투신한다.	· 경패는 해인사에 이옥린이 있다는 꿈을 꾸고 찾아갔다가 합천 고을 이방에 의해 감금된다.
F.극복	· 농월은 칭병 도주하여 산속 암자에 가 숨어 산다. · 과거에 급제한 김진성이 이춘화의 부정을 상소하다 쫓겨나 섬에 유배당한다.	· 황직경이 월하선을 못 잊어 혼인도 거부하고 월하선을 찾아와 함께 도망하여 숨어 산다. · 월하선은 수를 놓아 팔아 살아가면서 황직경의 과거공부 뒷바라지를 한다.	· 강남홍은 윤소저에 의해 구제되고, 무예를 익혀 도적을 토벌하는 양생을 도와 큰 공을 세우게 한다.	· 이옥린이 이방 아들의 글선생이 되어 있어서 서로 통하여 탈출한다. · 이방에게 잡혔다가 군수에게 소지를 올리니, 군수는 옥린의 외숙이어서 석방된다.
G.결합	· 유배에서 풀려나 서울로 돌아온 김진성은 절개를 지키며 기다리고 있는 농월을 만나 행복하게 산다.	· 황직경이 장원급제하니 임금이 듣고는 월하선을 정절부인으로 봉하고 둘이 혼인하게 한다.	· 가정을 이루고 화목하게 산다.	· 이옥린은 급제하고 합천군수 삼척부사를 역임하니 경패는 행복을 누린다.

작품 순차구조	⑦구운몽 양소유 / 가춘운	⑧임호은전 임호은 / 미애	⑨주생전 주생 / 배도	⑩구운몽 양소유 / 적경홍
A.인식	·가춘운은 상전인 정경패가 양소유에게 속은 내력을 듣고 양소유에게 흠모하는 정을 품는다.	·임호은이 황룡사로 구경갔다가 귀공자들의 연회에 참석하여 기생 미애가 자신에게 추파를 보낸다는 사실을 안다.	·과거에 낙방한 주생이 옛날 알고 있던 기생 배도를 만나니, 배도는 자기 집에 머물게 한다.	·양소유가 연왕을 항복받고 귀로에서 남복을 한 적경홍을 만나 그 미모에 호감을 나타낸다.
B.구애	·가춘운이 잉첩의 뜻을 시로 남기니, 정경패는 양소유 혼인 전에 잉첩부터 들여 놓게해 속은 분풀이를 하려고 마음먹는다.	·기생 미애는 호은에게 자신의 집을 일러준다.	·주생은 배도의 미모와 시재를 보고 사랑하는 마음을 갖는다.	·남복을 한 적경홍을 양소유는 남자로 알고 곁에 두고 시중들게 한다.
C.결연	·정경패는 가춘운을 여자 신선으로 꾸며 들여보내니, 가춘운은 양생에게 여선이라고 속이고 유혹해 동침한다.	·임호은은 미애의 집으로 가서 가연을 맺는다.	·바로 그날밤으로 동침하고 부부의 인연을 맺는다.	·양소유가 계섬월과 술자리를 하고 잠든 사이, 적경홍이 동침하고 남자라고 속인 것을 사죄한다.
D.기약		·임호은은 미애에게 훗날을 기약하고 떠난다.	·주생은 불망기를 써주며 평생 잊지를 않겠다고 맹세한다.	
E.장애	·양소유가 부마로 결정되니, 양소유가 정경패와 운명을 같이하기로 해 거부하여 어려움에 처한다.		·승상댁 연회에 배도를 따라가 선화를 보고 혹하여 밤에 겁탈해 사랑에 빠지고 배도를 멀리한다.	
F.극복	·정경패가 태후의 수양딸이 되어 어려움이 해소된다.		·주생이 선화를 잊지 못해 하는 동안 배도는 병들어 죽고 만다.	
G.결합	·정경패와 양소유가 혼인하니 가춘운은 잉첩으로 따라가 결합하여 화목하게 산다.	·임호은은 이정옥과 혼인 후에 미애에게 편지를 보내 상경하게 한다. ·미애는 이정옥과 형제같이 지내며 함께 산다.		·양소유를 흠모하여 연왕에게서 탈출하고 남복했다는 내력을 들은 양소유는 첩으로 삼는다.

순차구조＼작품	⑪옥루몽 양창곡 / 벽성선	⑫동선기 서문적 / 설영	⑬동선기 서문적 / 경경
A.인식	·강주로 유배 온 양창곡이 완월하다가 벽성선의 비파소리에 끌려 찾아가 그 미색에 반한다.	·서문적은 양자강으로 구경나온 10여 명의 미인을 만나 놀다가 그 중 설영이라는 여인 집에 가 유숙한다.	·서문적은 서주에서 기생 경경의 집에 유숙하여 그 미모에 마음을 빼앗긴다.
B.구애	·비파의 음률을 논하다가 양창곡의 신분을 알고, 양창곡이 강남홍을 위해 지은 제문을 연주하며 결연의지를 비친다.	·서문적은 설영 집에서 옥저를 불어 설영을 유혹한다.	·서문적이 경경에게 직접 구애한다.
C.결연	·이튿날 양창곡을 별당으로 청하여 옥저 부는 법을 가르치고, 한 달이 넘게 왕래하여 마음으로 서로 결연을 이루나 동침은 굳이 거부한다.	·설영이 와서 자진하여 동침을 원해 동침한다.	·서문적은 경경에게 앞날을 약속하고 동침한다.
D.기약	·벽성선이 양창곡의 해배될 몽조를 얻고 탐방하니, 양창곡은 동침을 시도하지만 앵혈을 보이며 훗날을 기약하고 이별한다.	·한 달 동안 동거 후, 재상봉을 기약하고 눈물로 이별한다.	·한 달 지나 서문적은 친구들이 돌아가기를 원해, 경경과 재상봉을 기약하고 작별한다.
E.장애	·양창곡이 출전한 사이에 양창곡의 집으로 들어온 벽성선은 황씨의 시기를 받아, 자객의 습격을 받고 다시 황씨 모녀의 무함으로 고향으로 쫓겨가던 중 황씨가 매수한 탕아 우격의 습격을 받는다.		·경경은 양주의 설영과 서로 위로하며 서문적을 기다리던 중, 소주 자사가 경경을 수청들라고 강요한다.
F.극복	·벽성선은 우격의 마수에서 벗어나 도망하다가 개선하던 양창곡에게 구출된다.		·수청을 거부하니 형장을 맞았고 하옥되어 고난을 겪으면서도 수절한다.
G.결합	·양창곡을 따라 황성으로 돌아와 첩이 된다.	·동선의 주선으로 서문적의 첩으로 결합한다.	·동선의 주선에 의해 서문적의 첩이 된다.

남성출세돕기형 결연서사의 표준형은 앞서 예시 분석한 <구운몽>의 양소유와 계섬월의 결연담으로 설정한다. 이 결연서사는 장애와 극복 단계가 생략된 불완전한 구조를 가지고 있고, <구운몽> 후에 등장하는 여러 기녀결연담에서 남성의 출세를 돕고 후에 처나 첩으로 결합을 이루는 완형의 서사도 찾을 수 있어서 다소 주저되는 면도 없지 않다. 그러나 고소설에서 기녀로서 남성의 출세를 적극적으로 돕고 나서는 결연서사는 <주생전>의 배도 이후 계섬월의 활약상이 대표적이라고 할 수 있다. 배도는 어려서부터 알고 지낸 주생을 거두어주었고 결국은 남편을 삼고자 하는 의도로 결연에 임하고 있다. 이에 비해 계섬월은 처음 보는 남성에게 지감을 발휘하여 동침하고, 본처가 아닌 내조자로서 소임을 다하면서 자신의 지위를 얻고자 한다. 그리고 이 기녀결연담은 이후 고소설의 결연서사로 빈번하게 삽입되고 있으므로, 비록 완형의 서사를 갖추지 못하였지만 표준형으로서 위상을 가질 수 있다고 본다.

남성출세돕기형 결연서사의 원형은 다양하게 찾을 수 있다. 중국의 경우로는 ≪태평광기≫ 소재 <이왜전(李娃傳)>을 꼽을 수 있는데, 이 이야기는 초반부에 기녀가 남성의 재물을 탐해서 접근하여 사기를 쳐 고난에 빠뜨리고, 후에 개과천선하여 죽어가는 남성을 구해 돌보며 과거에 장원할 수 있도록 적극적으로 돕는 구조를 가지고 있어서 <청년회심곡>의 서사 구조와 흡사[23]하다.

그런데 이러한 기녀사기담에 결부된 경우가 아닌 순수한 남성출세돕기형 이야기의 원형은 우리 역사에서 찾을 수 있다. ≪삼국사기≫ <온달열전>에 보이는 온달과 평강공주 결연담은, 바보라고 불리는 온달을 평강공주가 결연을 맺어 장수로 출세시키는 이야기이다. 평강공주가 온달의 전망을 감지하였다는 서술은 없으나 어려서부터 아버지로부터 바보온달에게 시집을 보내겠다는 놀림을 받는 가운데 공주는 온달에 대해 인식하고 있었고, 남 몰래 은연중에 온달의 재능을 간파하였던 것으로 볼 수 있다. 그러니 철이 들면서 상부 고씨에게 시집보내겠다는 부왕의

---

23) <청년회심곡>에서는 남성의 출세를 돕은 기녀는 농월이고, 김진성의 재물을 탐내서 접근하는 기녀는 경패로 설정되어, 선행과 악행을 두 여성에게 분리시켜 배치시켰다.

명을 강하게 거부하고 궁에서 쫓겨나는 고통을 감내할 수 있었던 것이다. 그리고 평강공주는 쫓겨나는 마당에도 미래에 대한 방책을 생각하여 보물 팔찌 수십 개를 팔꿈치에 매고 나오는 철저함을 보인다. 곧 평강공주는 어려서부터 들은 부친의 농담에 반항하기 위해 온달과 결합한 것이 아니라 자신의 현명함으로 흙 속에 묻혀 있는 보물을 찾아내듯이 온달의 재능을 발굴하여 출세시키려는 의욕을 가지고 결연에 임하였다고 보아야 한다. 가난하고 우스꽝스럽게 생긴 외모 때문에 남들에게 바보라고 놀림을 당하지만 그 내면에 감추어진 재능과 품성을 공주만이 감식하였으므로 과감하게 부모와 편안함을 버릴 수 있었던 것이다.

그러므로 이 이야기는 주체적인 여성이 남성의 출세를 적극적으로 돕고 나선다는 특이함으로 회자되기에 적합하고 당연히 허구화를 거쳐 고소설에도 수용되었을 것으로 예측된다. 물론 후대로 와서 여성은 사실적인 지향을 쫓아서 기녀로 설정되는 변이를 겪는 것으로 보인다. 이러한 원형적인 이야기가 <구운몽>에 와서 계섬월의 상황으로 형태를 바꾸어 이후 고소설 속에 빈번하게 삽입되는 양상을 보이게 된다.

위의 표에 보이는 ①~⑥까지의 경우가 적극적인 남성출세돕기형 결연서사이고, ⑦~⑬까지가 소극적인 남성출세돕기형 결연서사이다. 적극적인 경우는 사람을 알아보는 혜안을 가진 여성이 지인지감으로 남성의 전망을 가늠하고 현재의 궁핍한 처지를 경제적으로 도와주면서, 출세를 위해 과거 준비를 할 수 있도록 온갖 뒷바라지를 하면서 후원하는 화소를 모두 가지고 있다.

특히 <신유복전>의 경우는 고소설 가운데 독특한 내조담으로 다른 작품에서는 거의 찾아 볼 수 없는 서사이다. 여성이 부모의 반대를 무릅쓰고 자신의 운명을 맡길 남성을 찾아 가출하여 결연을 맺고 출세할 수 있도록 적극적으로 후원하는 이야기이다. 여성이 자신의 안위를 떨쳐버리고 험난한 삶을 쫓아서, 재능을 가졌으면서도 개발할 능력이 없는 남성을 독려하여 영웅적인 인물로 만드는 입지전적인 이야기이다.

이 <신유복전>은 구비설화에서 그 모형을 차용한 듯한 인상[24]이 강하다.

≪한국구비문학대계≫에 <신유복이야기>가 채록되어[25] 있으며 유사한 이야기 몇 편이 더 수록되어 있다. 그러나 여성이 남성의 출세를 돕는 이야기는 <내복에 산다>형 설화[26]나 <구렁덩덩신선비>형[27], <왕이 된 새샙이>형[28], <바보온달>형 설화 등 다양하여 이 작품과의 연관성을 생각할 수 있다.

---

24) ≪한국구비문학대계≫의 유형분류에 '731-4 고아가 되어 고생하다 잘되기'에 속하는 이야기로, 대계에는 총 19편이 이 유형으로 분류되어 있으나, 실지로 3~4편을 제외한 나머지는 다른 화소의 이야기이다.

25) ≪한국구비문학대계≫7-8, (한국정신문화연구원, 1986), 426-430면.

26) <내복에 산다>형 설화의 기본구조
　① 옛날에 한 부자가 딸 삼형제를 낳고 길렀다.
　② 하루는 부자가 심심해서 딸 셋에게 누구 복으로 먹고사느냐고 물었다.
　③ 첫째 딸과 둘째 딸은 아버지 복 때문에 산다고 답했다.
　④ 셋째 딸만이 내 복으로 먹고 살지 누구 복으로 먹고 사냐고 답했다.
　⑤ 아버지는 이를 괘씸하게 생각하여 셋째 딸을 숯장사에게 줘서 숯장사와 셋째 딸은 부부가 되었다.
　⑥ 하루는 셋째 딸이 숯굽는 곳에 가보았더니 전부 다 금덩어리였다.
　⑦ 셋째 딸과 숯장사는 그 금을 갔다 팔아서 부자가 되었다.
　⑧ 한편 셋째 딸 친정식구들은 모두 가난하게 살게 되었는데 노부부와 셋째 딸이 만나서 행복하게 살았다.
　(서보익 구연, <자기 복으로 산다>, ≪한국구비문학대계≫ 전북 정읍군편, 한국정신문화연구원, 219면)

27) <구렁덩덩신선비>형 설화의 기본구조
　① 한 할머니가 구렁이를 낳아서 부끄러워 모퉁이에 삿갓을 씌워 버려두었다.
　② 이웃집 세 딸이 아이 구경을 왔다가 큰 딸과 둘째 딸은 놀라 도망가는데 셋째 딸이 구렁덩덩신선비를 낳았다고 반긴다.
　③ 나이가 들어 구렁이가 이웃집 딸에게 장가들겠다고 보채서 할머니가 청혼을 하니 두 딸을 모두 도망가고 셋째딸이 청혼을 받아들인다.
　④ 첫날밤에 구렁이 신랑이 허물을 벗고 신선이 되었는데, 그 허물을 저고리 동정 속에 잘 보관하라고 이른다.
　⑤ 신선비가 과거를 보러 간 사이 언니들이 셋째 딸을 꼬여 허물을 찾아내 불사른다.
　⑥ 자신의 허물이 불탄 것을 알고 신선비는 돌아오지 않자 셋째 딸이 찾아 나선다.
　⑦ 온갖 고난을 겪으면 신선비를 찾아가서 재회하고, 신선비가 과거에 급제하여 잘 산다.
　(<구렁덩덩신선비>, ≪한국구비문학대계≫5-2, 전북 남원군편, 한국정신문화연구원)

28) <왕이 된 새샙이>형 설화의 기본구조
　① 미천한 신분의 총각이 새를 잡아 먹고 지낸다.
　② 우연히 지체 높은 집안의 미인 처녀를 보고 새고기를 구워 나눠준다.
　③ 총각이 몰래 처녀를 찾아가 새값으로 처녀를 요구한다.

거지인 신유복을 세 딸 가운데 두 딸이 멸시하는 것을 막내딸이 신랑으로 맞이하여 학문을 수련할 수 있도록 면려하고 후원하여 결국 출세를 하고 친정붙이들을 거둔다는 서사구조는 위의 설화의 기본 골격과 일치한다. 구비설화에서 소설로의 이행을 단정 지을 수는 없지만, 그 친연성이 확실히 드러나는 작품으로서 주목을 요한다고 하겠다.

②③④⑤의 결연서사에서는 처음 남녀가 결연을 맺는 상황은 동일한 양상이 아니나 결국 결연을 맺은 남성을 경제적으로 후원하여 과거에 급제하게 한다는 사건구조는 동일하다. <옥단춘전>은 <춘향전>과 아울러 기녀애정담의 본령[29]이 되는데, 기녀가 등장한다는 공통점만 있을 뿐이지, 그 내용에 있어서는 전혀 판이한 작품이라고 할 수 있다. 그러므로 <춘향전>의 아류작이란 평가는 기생을 제재로 한 점만을 문제 삼은 평가로서, 후속작품이란 뜻으로 이해해야 한다.

<춘향전>은 앞서 밝혔듯이 기녀형 자유연애담의 성격이 강한데 비해, <옥단춘전>은 기녀가 등장하는 적극적인 내조담이라고 규정할 수 있다. 옥단춘과 이혈룡은 순수한 애정감정을 기반으로 만난 사이가 아니다. 평양감사인 친구에게 수모를 당하는 궁핍한 이혈룡을 보고 장래 크게 될 재목임을 판단한 옥단춘이 일방적으로 호의를 베풀어 후원한 경우이다. 즉 애정감정보다는 측은지심이나 장래를 위한 투자라는 의도가 강하게 깔린 작품이다.

---

④ 처녀가 자신의 화상을 그려주어 일하면서 보게 한다.
⑤ 미인 화상이 임금에게 알려지고 임금은 처녀를 궁으로 데려가 왕비를 삼는다. 처녀가 떠나며 9년(12년) 공부를 하여 찾아오라는 기약을 남긴다.
⑥ 왕비가 된 처녀가 웃지 않자 왕이 소원을 묻고 백일간의 걸인 잔치를 열어달라고 한다.
⑦ 걸인 잔치 마지막날 총각이 새두루마기를 입고 들어와 춤을 추자 왕비가 웃는다.
⑧ 왕이 왕비를 더 웃게 하려고 새두루마기를 입고 춤을 추자 총각으로 하여금 왕을 내치고 왕이 되게 한다.
(이재옥 구연, <왕이 된 새샙이>, 《한국구비문학대계》2-7, 강원도 횡성군편, 한국정신문화연구원)

29) 김태준은 《증보조선소설사》에서 <옥단춘전>의 문학사적 비중을 다음과 같이 언급하였다. '옥단춘이 과연 실재하였다고 하면, 남(南)은 남원을 무대로 한 <춘향전>에 대하여 북(北)은 서경을 배경으로 한 옥단춘의 호일대(好一對)가 될 것이며…' (김태준, 《증보조선소설사》(한길사, 1990), 210면.)

실로 <옥단춘전>은 남성출세돕기형 남녀결연서사의 서사모형으로 삼을 만한 작품이다. 조선 후기 문헌설화에 등장하는 선비들의 이야기[30]를 차용하여 작품화한 것으로 생각되는데, 고소설로 정착되어 유통과정에서 후대 여타 작품에 영향을 끼쳤을 가능성이 큰 것으로 보인다.

이에 비해 <청년회심곡>은 여색을 탐하는 풍류남아 김진성이 농월에게 먼저 접근을 시도하여 결연을 맺고자 하는데, 농월은 김진성을 받아들여 감정적인 교감까지는 이루나 첫날밤 동침은 거부한다. 과연 김진성은 음탕하고 탐욕스런 경패에게 빠져들어 모든 재산을 탕진하고 거지 신세가 된다. 이 곤궁한 상황에서 농월은 김진성을 거두고 후원하여 집으로 돌아갈 여비를 마련해 준다.

농월은 부유한 상태의 김진성에 대하여는 호의를 거부하고 동침까지 거절하다가, 그가 어려운 처지를 당하자 적극적으로 자신의 집으로 청하여 병을 고쳐주고 동침까지 이룬다. 농월은 탕아로서의 김진성에게서는 전망을 확인하지 못하고, 궁지에 몰린 김진성에게 모성본능과 같은 측은지심을 발휘한다. 이 과정에서 욕정이 아닌 애정을 확인하였기에 후에 송도유수의 수청 명령을 거부하고 산속으로 피신하는 행동이 나올 수 있었던 것이다.

그리고 과거에 급제한 김진성이 송도유수의 비행을 상소하다가 오히려 권력에 밀려 추자도로 유배를 가는 상황이 벌어진다. 그리고 5년 후 해배되어 돌아온 김진성에게 농월이 찾아와 결합을 이룬다는 서사구조이다. 여기에서 농월은 시종일관 결연서사를 주도하고 있다. 처음 욕정에 이끌려 농월에게 접근한 것만 김진성의 주도였고, 그 후의 모든 상황은 농월에게 김진성이 도움을 받는 상황이다. 과거에 급제하여 농월의 내조와 수절에 대한 보답으로 송도유수를 징치하려고 하는 것까지도 뜻대로 풀리지 않아 결국 유배생활을 겪게 되고, 해배된 후에도 진성이 농월을 찾아 나선 것이 아니라 반대로 농월이 김진성에게 의탁하기 위해 상경하고

---

30) ≪기문총화≫의 '서울 두 선비', ≪금계필담≫의 '김우항', ≪계서야담≫의 '노진' 이야기는 <옥단춘전>과 친연성이 매우 긴밀하다. 특히 '서울 두 선비'와 '김우항'을 결합하면 <옥단춘전>의 완전한 서사가 만들어질 정도이다.

있다. 그러므로 이 작품 역시 기녀형 애정소설의 유형이라고 하기보다는 적극적인 남성출세돕기형 결연서사로 보는 것이 타당하다.

<옥단춘전>이나 <청년회심곡>의 결연서사에 비해 <월하선전>의 결연 서사는 기녀형애정담에 훨씬 근접해 있다. 혼사장애 단계 이전까지의 구조는 <춘향전>과 맞닿아 있다. 남주인공 황직경이 월하선을 잊지 못해 서울에서 최판 서와 혼사를 거부하고 부모 몰래 함흥으로 잠입했고, 고난에 처해 있는 월하선을 구출하여 도망해 숨어서 살아가는 그 과정은 <춘향전>에서 이몽룡이 보인 유희 적 애정행각보다 훨씬 절실하고 인간적인 면이 있다.

이몽룡은 자력으로 한양에서 과거공부를 하여 장원하고 암행어사가 되었고, 춘 향의 수절로 인한 고난에 대해서는 모르는 상태였다. 마침 전라어사로 제수를 받 았기에 자신을 향한 춘향의 열행을 알게 되었고 그래서 감동하고 있다. 그러므로 춘향을 구출하여 본부인을 삼은 것은 두 사람 사이의 끈끈한 정리에서 비롯되었다 기보다는 사회에서 강요하던 정절윤리에 충실했던 춘향에 대한 포상과 같은 개념 으로 주어진 것이라 할 수 있다.

<월하선전>에서 월하선은 연인 황직경이 자신과의 사랑을 위해 모든 안위와 부모까지 포기한데 대한 고마움과 미안함을 가지고 있다. 그래서 숨어 지내면서도 수를 놓아 그것을 팔아 생계를 유지하고, 버리고 온 부모에게 사죄하는 방편은 과 거에 급제하는 길밖에 없다고 판단하여 생활비를 아껴 서책을 마련하고 과거 공부 를 열심히 하도록 독려한다.

물론 중간에 황직경의 숙부에게 큰 도움을 받는 것이 결정적이긴 하지만 결국 황직경은 과거에 급제하여 부모에게 사죄하였고, 월하선은 그 절행과 내조의 공을 인정받아 정렬부인에 봉해져 본부인의 반열에 오른다. 황직경과 월하선의 결연서 사는 자유연애형으로서도 모자람이 없지만 후반부의 내조 화소가 강하게 인식되기 때문에 적극적 남성출세돕기형 남녀결연 서사로 분류했다.

<옥루몽>의 양창곡과 강남홍의 결연서사는 이 유형에 한정될 수 있는 것은 아 니다. 전반부 결연과정은 <구운몽>의 양소유와 계섬월 결연서사와 흡사하고, 기

약의 단계에서 황성으로 과거를 보기 위해 떠나는 양창곡을 위해 노자와 수행할 종을 주어 후원하는 양상이 남성출세돕기형 결연서사의 특징을 그대로 표방하고 있기 때문에 이 유형으로 분류했다.

이 결연서사의 후반부 혼사장애 이후는 여성영웅소설에서 찾을 수 있는, 외부활동을 통한 보조자로서의 여성 역할을 진지하게 수행하고 있다. 그러므로 후반부에 초점을 둔다면 이 결연서사는 여성대외활동형 결연서사가 될 수도 있다. 그러나 결연서사의 전반적인 분위기가 내조자로서의 여성적 이미지가 강하게 느껴지므로 이 범주로 분류하고자 한다. 결국 양창곡과 강남홍의 결연서사는 두 가지 이상의 결연서사의 모형이 통합된 양상의 전형이라고 말할 수 있다.

<이진사전>의 이옥린과 김경패 결연서사는 예시로 분석했던 양소유와 계섬월의 결연서사에서 인식과정까지의 상황을 그대로 연출하고 있으나 그 이후 부분은 많은 변형을 가지고 전개된다. 구애의 상황과 결연의 상황에서는 주도자인 김경패가 빠지고 부친을 통해 청혼하게 하여 윤리적인 혼인절차를 밟아 가고 있다. 곧 납폐와 초례를 의례에 맞춰 치르고 고향으로 돌아간 이옥린이 경제적인 여유가 없어 친영을 하지 못하자 경패가 모든 경비를 부담하여 시집으로 가는 절차를 보이고 있다.

그리고 또 결연서사로서는 아주 특이한 양상을 보이고 있으니, 두 사람이 초례 후 한 방에서 잠을 자는데도 동침을 이루지 않고 시집으로 간 뒤에도 동침을 이루지 않는다. 물론 이옥린의 집안이 고조 때부터 소실 때문에 몰락한 것을 한탄하여 첩을 두지 않겠다고 맹세를 하였다고는 하지만, 본처를 맞을 때처럼 격식을 갖춘 혼례 후에도 동침이 이루어지지 않는다는 것은 성윤리에 지나치게 경도된 결과라고 할 수 있다. 결국 두 사람은 혼사장애를 겪고 그것을 극복한 다음에야 동침을 이루고 본격적인 부부관계를 맺어 나가는데, 이 역시 욕정에 의한 동침을 경계하여 참고 견디는 것에 대한 미덕을 나타내 보인 결과라고 하겠다.

즉, 경패가 옥린을 위해 지난한 인고를 겪게 만들고 그 후에 보상과 같은 차원에서 동침이 이루어지게 한 것이다. 이 결연서사 역시 이옥린보다는 여성인 경패에 의해 주도되는 인상이 강하다. 경제적으로 궁핍하고 몰락한 집안을 일으켜야 한다는 압박감 속에서 소심하게 행동하는 이옥린을 강하게 내조하고 보좌해 과거에 급제하게 만드는 역할을 경패가 수행하고 있다. 그러므로 적극적으로 돕는 남성출세돕기형 결연서사로 분류될 수 있을 것이다.

소극적 남성출세돕기형 결연서사로 분류되는 결연담은 대체로 기녀나 시비가 남성과 결연을 맺은 후 자신이 의탁하고자 하는 의도로 남성의 시중을 들거나 가사를 돌보는 역할을 해내는 이야기이다. 그리고 남성과의 결연도 여성 당사자가 주체적으로 수행하지 못하고 타인에 동반하여 맺게 되는 경우가 많다.

<구운몽>의 가춘운은 상전인 정경패가 양소유와 결연을 맺자 잉첩이 되고자 하는 의도를 시로 드러내 정경패가 자신의 혼전에 양소유와 결연을 맺게 해 준다. 적경홍 역시 하북 명기로서의 명성을 가지고 있음에도 양소유에게 주체적으로 접근하지 못하고 양소유가 계섬월과 음주를 하고 만취하여 잠자리에 든 후 계섬월인 것처럼 속여 동침하여 결연을 성취한다.

이러한 양상은 <동선기>에서 서문적과 결연을 맺는 설영과 경경에게서도 나타난다. 두 기녀가 모두 당대를 주름잡는 명기이면서도 서문적과의 결연은 동선에 의해 완성되고 있는 것이다. 이들은 대체로 한 남성을 함께 섬기겠다는 남성공유 의식을 가진 존재들로서 신붓감찾기형 결연서사의 주체가 되는 상전이나, 적극적 남성출세돕기형 결연서사의 주체가 되는 동료, 또는 여성대외활동형 결연서사의 주체가 되는 동료 등에 의존하여 남성과 결연을 맺는다. 그리고 결연 후에도 남성과의 관계에 있어서 전면에 부각되지 못하고 종속적인 관계를 유지해 나간다.

이런 이유로 결연서사에서 복잡한 갈등을 야기하는 혼사장애는 설정되지 않는 경우도 있으며, 설사 혼사장애가 오더라도 심각하게 전개되지 않는 특징이 있다. 결국 이 결연서사는 비범한 남성과 결연을 맺어 그 남성에 예속되어 결연 상황을 일생 지속하겠다는 목적의식이 주가 되기 때문에 남녀결연서사 가운데에서 특별히 주목받지 못하게 되는 것이다.

전반적으로 남성출세돕기형 결연서사는 여성이 남성의 출세를 돕기 위한 내조

화소에 초점이 맞춰지기 때문에 결연서사가 완전한 순차구조를 갖추지 못하는 경우도 많다. 즉 결연이 주가 아니라 내조가 주요소로 되기 때문에 혼사장애나 극복의 과정이 굳이 필요치 않을 수도 있다. 물론 창작시기가 늦은 작품의 결연담에서는 혼사장애와 극복의 과정을 의도적으로 삽입하여 풍부한 이야기로 만들어지고 있지만, 초기 작품에서는 반드시 완형의 결연서사를 구현하고 있지 못한 경우가 많다.

이제 남성출세돕기형 결연서사를 순차구조와 대립구조 모두에 적용시켜 표로 나타내보고자 한다.

남성출세돕기형─적극형

단계	대립항	실현양상 (작품명)	내복에산다		온달전		서동설화		명주곡		신유복전	
		(결연담)	숯굽는총각/셋째딸		온달/평강공주		서동/선화공주		서생/명주녀		신유복/이경패	
		(구분)	ㄱ	ㄴ	ㄱ	ㄴ	ㄱ	ㄴ	ㄱ	ㄴ	ㄱ	ㄴ
A 인식	A1 전조	A1ㄱ설정 / A1ㄴ제외										
	A2 주도자	A2ㄱ남성 / A2ㄴ여성										
	A3 인식요인	A3ㄱ자질 / A3ㄴ배경	전망		전망		미모	부귀	미모		전망	
	A4 신분	A4ㄱ대등 / A4ㄴ차등										
B 구애	B1 탐색방식	B1ㄱ직접탐색 / B1ㄴ간접탐색										
	B2 매개체	B2ㄱ설정 / B2ㄴ제외					시 속임수		시			
C 결연	C1 결연주도자	C1ㄱ남성 / C1ㄴ여성										
	C2 동침여부	C2ㄱ동침 / C2ㄴ동침유보										
D 기약	D1 기약방식	D1ㄱ당사자약속 / D1ㄴ부모혼약										
	D2 신물	D2ㄱ설정 / D2ㄴ제외										
E 장애	E1 장애대상	E1ㄱ남성 / E1ㄴ여성										
	E2 장애종류	E2ㄱ내적장애 / E2ㄴ외적장애		부모반대		부모반대			소심함	부모반대		부모반대
F 극복	F1 극복주도자	F1ㄱ당사자 / F1ㄴ주변인										
	F2 극복방식	F2ㄱ적극적방식 / F2ㄴ소극적방식	저항		저항				구원		저항	
	F3 상대기여	F3ㄱ설정 / F3ㄴ제외	내조		내조		내조		구출 내조		내조	
	F4 극복결과	F4ㄱ극복 / F4ㄴ좌절										
G 결합	G1 결합형태	G1ㄱ주체적결합 / G1ㄴ종속적결합										
	G2 결합성격	G2ㄱ애정적결합 / G2ㄴ관습적결합										

남성출세돕기형—적극형

단계	대립항	실현양상	옥단춘전 이혈룡/옥단춘 ㉠	㉡	청년회심곡 김진성/농월 ㉠	㉡	월하선전 황직경/월하선 ㉠	㉡	구운몽 양소유/계섬월 ㉠	㉡	옥루몽 양창곡/강남홍 ㉠	㉡
A 인식	A1 전조	A1㉠설정 A1㉡제외										
	A2 주도자	A2㉠남성 A2㉡여성										
	A3 인식요인	A3㉠자질 A3㉡배경	전망		미모 시재		미모		미모 시재	전망	미모 시재	전망
	A4 신분	A4㉠대등 A4㉡차등										
B 구애	B1 탐색방식	B1㉠직접탐색 B1㉡간접탐색										
	B2 매개체	B2㉠설정 B2㉡제외	시						시		시	
C 결연	C1 결연 주도자	C1㉠남성 C1㉡여성										
	C2 동침여부	C2㉠동침 C2㉡동침유보										
D 기약	D1 기약방식	D1㉠당사자약속 D1㉡부모혼약										
	D2 신물	D2㉠설정 D2㉡제외										
E 장애	E1 장애대상	E1㉠남성 E1㉡여성										
	E2 장애종류	E2㉠내적장애 E2㉡외적장애	권력 개입		권력 개입		권력 개입				권력 개입	
F 극복	F1 극복주도자	F1㉠당사자 F1㉡주변인										
	F2 극복방식	F2㉠적극적방식 F2㉡소극적방식	저항		도주		저항 도주				자결	
	F3 상대기여	F3㉠설정 F3㉡제외	구출 내조		구출 내조		구출 내조				외조	
	F4 극복결과	F4㉠극복 F4㉡좌절										
G 결합	G1 결합형태	G1㉠주체적결합 G1㉡종속적결합										
	G2 결합성격	G2㉠애정적결합 G2㉡관습적결합										
											무용담	

남성출세돕기형—적극형　　　　　　　　　　　　　— 소극형

단계	대립항	실현양상	이진사전 이옥린/경패 ㉠	이옥린/경패 ㉡	이왜전 형생/이왜 ㉠	형생/이왜 ㉡	임호은전 임호은/미애 ㉠	임호은/미애 ㉡	구운몽 양소유/가춘운 ㉠	양소유/가춘운 ㉡
A 인식	A1 전조	A1㉠설정 / A1㉡제외								
	A2 주도자	A2㉠남성 / A2㉡여성								
	A3 인식요인	A3㉠자질 / A3㉡배경	시재	전망	미모		미모	전망		
	A4 신분	A4㉠대등 / A4㉡차등								
B 구애	B1 탐색방식	B1㉠직접탐색 / B1㉡간접탐색								
	B2 매개체	B2㉠설정 / B2㉡제외	시						속임수	
C 결연	C1 결연주도자	C1㉠남성 / C1㉡여성								
	C2 동침여부	C2㉠동침 / C2㉡동침유보								
D 기약	D1 기약방식	D1㉠당사자약속 / D1㉡부모혼약								
	D2 신물	D2㉠설정 / D2㉡제외								
E 장애	E1 장애대상	E1㉠남성 / E1㉡여성								
	E2 장애종류	E2㉠내적장애 / E2㉡외적장애		권력개입	변심속임					권력개입
F 극복	F1 극복주도자	F1㉠당사자 / F1㉡주변인								
	F2 극복방식	F2㉠적극적방식 / F2㉡소극적방식	도주	구원		환경변화				환경변화
	F3 상대기여	F3㉠설정 / F3㉡제외	내조		내조					
	F4 극복결과	F4㉠극복 / F4㉡좌절								
G 결합	G1 결합형태	G1㉠주체적결합 / G1㉡종속적결합								
	G2 결합성격	G2㉠애정적결합 / G2㉡관습적결합								

남성출세돕기형—소극형

작품명			주생전		구운몽		옥루몽		동선기		동선기	
결연담			주생/배도		양소유/적경홍		양창곡/벽성선		서문적/설영		서문적/경경	
구분			㉠	㉡	㉠	㉡	㉠	㉡	㉠	㉡	㉠	㉡
단계	대립항	실현양상										
A 인식	A1 전조	A1㉠설정										
		A1㉡제외										
	A2 주도자	A2㉠남성										
		A2㉡여성										
	A3 인식요인	A3㉠자질	미모시재			전망	미모음률		미모		미도	전망
		A3㉡배경										
	A4 신분	A4㉠대등										
		A4㉡차등										
B 구애	B1 탐색방식	B1㉠직접탐색										
		B1㉡간접탐색										
	B2 매개체	B2㉠설정	시		속임수		연주		연주			
		B2㉡제외										
C 결연	C1 결연주도자	C1㉠남성										
		C1㉡여성										
	C2 동침여부	C2㉠동침										
		C2㉡동침유보										
D 기약	D1 기약방식	D1㉠당사자약속										
		D1㉡부모혼약										
	D2 신물	D2㉠설정	불망기									
		D2㉡제외										
E 장애	E1 장애대상	E1㉠남성										
		E1㉡여성										
	E2 장애종류	E2㉠내적장애	변심					음해				권력개입
		E2㉡외적장애										
F 극복	F1 극복주도자	F1㉠당사자										
		F1㉡주변인										
	F2 극복방식	F2㉠적극적방식	저항				도주				저항	
		F2㉡소극적방식										
	F3 상대기여	F3㉠설정					구출				구출	
		F3㉡제외										
	F4 극복결과	F4㉠극복										
		F4㉡좌절										
G 결합	G1 결합형태	G1㉠주체적결합										
		G1㉡종속적결합										
	G2 결합성격	G2㉠애정적결합										
		G2㉡관습적결합										

6. 여성대외활동형 결연서사

외부활동을 통하여 남편을 돕는 여성대외활동형 남녀결연서사는 사회적 활동 능력, 곧 학문이나 무예를 익힌 여성이 결연을 맺었거나 장차 결합할 남성의 사회 활동에 적극적으로 가담하여 도움을 주는 이야기이다. 이 서사는 결연 사건보다는 무용담 등의 사건이 부각되며, 결합을 이룬 상태에서 여성이 가정 내의 아내로서 역할을 수행하는 것보다는 남성을 보좌하여 가정 밖에서 활동하는 모습을 보인다.

그러므로 이 유형 결연서사에서 결연의 의미는 처첩을 만나서 행복한 가정생활을 꾸리는 것이 아니라, 남성이 사회생활을 하는데 적극적으로 도움을 받을 수 있는 참모나 부장을 선택하는 일로 여겨진다. 그러므로 결연서사의 전반부에 해당하는 남녀결연과정은 각양각색의 양상으로 진행될 수 있으며, 결연 후 완전한 결합을 이루는 과정에서 여성이 반드시 남성의 사회활동에 지대한 공헌을 하는 사건이 개입된다.

여성대외활동형 결연서사의 순차구조는 다음과 같이 나타낼 수 있다.

A. 인식 : 적극적인 성격의 여성이 남성을 인식한다.

B. 구애 : 여성이 신분을 속여 남성에게 접근하여 함께 실력을 쌓는다.

C. 결연 : 남성이 여성의 정체를 감지하고 교감을 이룬다.

D. 기약 : 여성이 남성보다 우위의 입장에서 남성의 출세를 지원한다.

E. 장애 : 권력자가 신분을 속인 여성을 사위로 삼고자 한다.

F. 극복 : 여성이 신분을 밝히고, 권력자의 도움으로 남성과 정혼한다.

G. 결합 : 권력자의 도움으로 결합을 이룬다.

여성대외활동형 남녀결연서사의 순차구조는 위의 과정에서 생략되거나 변형되는 경우가 많다. 남녀의 결연이 무용담 등의 보좌활동 이후에 이루어지는 경우도 많으며, 남녀 간에는 전혀 교감이 이루어지지 않은 상태에서 크게 공을 세운 남녀 주인공을 황제가 임의로 결합시키는 경우도 허다히 구성되어 있다. 이는 앞서 언급했듯이 여성대외활동형 결연서사가 남녀결연 사건을 주로 다루는 것이라기보다는 여성의 사회 활동에 주목하는 입장에서 기인되는 현상이다.

이 유형 결연서사의 특징은 여성이 남복을 입고 남자로 변장하여 남성과 대등하거나 더 우위의 능력을 발휘하고 있다. 결국 남성보다 우위의 여성영웅이 남성과 결연을 맺는 이유는 음양의 이치를 어길 수 없다는 대의명분에서 찾고 있다. 여성 우위의 상황이 부부관계를 맺고 살아가는 가정 내부로 연결되어 결합 후에도 갈등이 야기되는 경우 역시 많다.

이 여성대외활동형 결연서사도 두 가지 층위로 나누어진다. 하나는 남녀결연서사의 순차구조에 충실한 경우로, 남녀결연서사가 진행되는 가운데 여성이 남성을 보좌하는 사건이 부분적으로 삽입되어 완전한 결합을 이루는데 일조하고 있는 경우이다. 이 경우는 결연 사건이 주가 되고 보좌 사건이 부속적으로 이용된다.

그에 비해 여성이 남성보다 우위의 능력으로 함께 전공을 세우고 두 사람의 전공을 포상하는 가운데 남녀결연이 이루어지는 경우가 있다. 이 경우는 여성이 남복을 하여 남성과 동문수학하고 과거에도 남성보다 우수하게 급제하며 전장에서도 대원수가 되어 남성을 휘하에 거느리는 것으로서, 이야기가 출세담이나 무용담이 주가 되고 있으며, 결연담은 무용담에 비해 간략하게 삽입되어 있다. 서사에서 여성 우위의 분위기가 지속되기 때문에 여성이 결연과정에서 남성에게 얽매이는 경우도 거의 찾아볼 수 없다. 당당하고 대등하게 혼인을 이루고 가정 내에서도 주체적이고 대등한 부부관계가 연출된다.

또한 외부적으로 보좌하는 내용에서도 전자는 지략을 조언하고 위기에 처하지 않도록 사전에 방비하는 역할만을 여성이 하고 있는데 비하여, 후자는 남성과 대등하게, 혹은 월등하게 표면적으로 드러내 놓고 남성을 결정적 위기에서 구출하는 역할을 여성이 수행하는 것으로 나타내 놓았다. 그러므로 전자를 참모형 보좌자라고 한다면 후자는 여장군형 보좌자라고 세부 명칭을 정할 수 있을 것이다.

참모형에 해당하는 결연서사는 다음과 같다.

> <구운몽>의 양소유와 백능파의 결연담
> <동선기>의 서문적과 동선의 결연담
> <장국진전>의 장국진과 이계향의 결연담

여장군형에 해당하는 결연서사는 다음의 경우를 들 수 있다.

> <홍계월전>의 여보국과 홍계월의 결연담
> <정수정전>의 장영과 정수정의 결연담
> <이학사전>의 장연과 이현경의 결연담
> <음양삼태성>의 채공자들과 유소저들의 결연담

다음에서 이 유형에 소속되는 각각의 결연서사를 표로 나타내어 비교해보기로 한다.

작품 / 순차구조	표준형 구운몽: 양소유/심요연	①구운몽 양소유 / 백능파	②동선기 서문적 / 동선	③장국진전 장국진 / 이계향
A.인식	·심요연은 무예를 익히던 스승에게서 대국의 대장군이 배필임을 알며 기다리며 수련한다.	·동정용녀 백능파는 출생시 부친이 사주를 보니 인간계 양소유가 배필임을 알고 기회를 기다린다.	·서문적이 항주를 여행하다가 죽림 속에서 나는 여인의 가사 읊는 소리를 듣고 연정을 품는다.	·장국진 모친이 계향을 한 번 보고 반드시 자부로 삼겠다고 한다.
B.구애	·양소유가 토번의 난을 토벌하고 추격하던 중 심요연이 자객으로 막사에 당당히 들어와 사연을 얘기하고 결연 맺기를 청한다.	·양소유는 심요연 지시대로 반사곡에서 우물파 군사들을 마시게 하니 군사들이 병든다. ·궁지에 몰리는데 꿈에 백능파가 시녀를 보내 용궁으로 초청한다.	·서문적이 옥저로 화답하니, 동선의 노모가 나와 동선의 거취를 알려준다.	·모친 심정을 안 장국진은 여복을 하고 계향을 찾아가 거문고를 연주한다. ·친숙해진 뒤에 봉구황곡을 연주하여 자신의 정체를 눈치채게 한다. ·장국진 집에서 구혼하지만 계향은 속였다고 거절한다.
C.결연	·심요연이 자신을 첩으로 거두어 달라고 청하고 막사에서 동침한다.	·양소유는 백능파로부터 그간의 사정을 얘기듣고, 동침을 강하게 원해 동침한다.	·동선을 못 만나자 서문적이 동선의 거처로 난입하여 동선을 꾀어 대면한다. ·두 사람은 현몽에 의한 천정배필임을 확인하고 동침한다.	·장국진이 장원급제하여 황제게 계향의 부친 이창옥의 억울한 옥사와 계향에 관한 얘기를 하니, 황제는 계향을 불러 장국진과 혼인하게 한다.
D.기약	·심요연에게 빠져 장졸을 돌보지 않자 머물 곳이 아니라고 말하고 앞일을 일러두고 진중을 떠난다.	·남해 용자를 퇴치하고 동정 용왕의 초청을 받아 연회에 참석, 용궁을 둘러보고 돌아온다.	·동선은 서문적의 노모부인을 염려해 속히 돌아갈 것을 권유, 서문적은 훗날을 기약하고 작별한다.	
E.장애			·여진이 침입하니 서문적은 유세객이 되어 여진 장수를 만나 설득, 항복받는다. ·순무사 안기는 서문적을 음해해 유배시키고 동선을 취하려 하니 강하게 거부한다. ·안기는 동선을 회유하려고 서문적이 죽었다 한다	(장국진과 계향 결혼 후) ·장국진이 자객에게 죽을 위기에 처한다 ·장국진이 적진에서 병이 들어 죽을 위기에 처한다
F.극복			·동선은 안기에게 불려가 회유를 당하던 중, 안기의 음해와 서문적이 살아있음을 알게 되고 항거하여 하옥된다. ·탈출한 동선은 남복으로 상경, 승문고를 쳐서 황제게 서문적의 억울함 호소한다	·계향이 꾀를 써서 허수아비를 만들어 자객의 해를 모면하게 한다 ·계향은 병든 남편을 위해 용궁에서 선약을 구해 남편의 병을 낫게 한다. ·계향은 남복하고 부원수로 출전, 남편을 돕는다
G.결합	·월왕과의 연회 경쟁 자리에 백능파와 함께 나타나 합류하여 첩이 된다.	·월왕과의 연회 자리에 백능파는 심요연과 함께 등장하고, 마침내 양소유의 첩이 된다.	·문제가 해결되어 동선에게 충렬부인이 하사되고, 서문적과 해후하여 잘 산다.	·장국진은 계향의 도움을 입어 큰 전공을 세우고 행복한 가정생활을 영위한다.

작품 순차구조	④홍계월전 여보국 / 홍계월	⑤정수정전 장영 / 정수정
A.인식	· 전란 중 계월은 남복을 하고 물에 던져졌는데 여보국 부친이 구출, 여보국과 형제처럼 생활한다. · 둘은 과거보아 계향은 장원, 보국은 차석을 한다. · 함께 전투에 출전해 계향이 대원수, 보국은 부원수가 되어, 보국은 계월의 말을 듣지 않다가 대패하고 돌아온다. · 계월이 득병하여 황제께 여자임을 밝혀 청죄한다.	· 정승상 무남독녀 정수정과 장승상 아들 장영은 부친끼리 미리 혼약한다. · 정승상이 간신의 참소로 유배되었다가 죽고, 부인 양씨는 고생 끝에 남편 묘 밑에 가서 숨어 은거한다. · 정수정은 혼자 방황하다가 스님의 도움으로 칠보암에서 남복을 입고 부친 원수 갚기 위해 도승 밑에서 수학한다.
B.구애		· 장영은 장원급제했고, 정수정도 장원급제해 한림학사가 되니, 둘은 함께 조정에 들어가 벼슬한다. · 정수정은 장영을 알아보나 장영은 알아보지 못한다. 곧 장영은 위승상 딸과 혼인한다. · 호왕이 침공해 오니, 정수정은 대원수로 장영은 중장군으로 출전한다. 정수정은 여러 번 위기에 처한 장영을 구했고, 호왕을 쳐서 항복받고 개선한다. · 정수정은 귀로에 모친을 찾아 함께 돌아온다.
C.결연	· 황제는 용서하고 직책을 그대로 유지하게 한 채, 둘의 약혼을 주선한다. · 황제는 이어 두 사람을 혼인시킨다.	· 황제가 기뻐하고 정수정을 부마로 삼으려 하니, 수정은 여자임을 밝히고 사정을 고하면서 청죄한다. · 황제는 가상히 여기고 두 사람을 혼인시켜 안락한 가정을 이루게 한다.
D.기약		
E.장애	(여보국 홍계월 결혼 후) · 여보국은 아내 계월의 지위가 자기보다 높아 벌을 주는 것에 불만 표시한다. · 보국 애첩 영춘이 교만하게 구니 계월이 군사를 시켜 엄하게 다스린다. · 보국은 화를 내고 이후 아내 방에 들지 않는다.	(장영과 정수정의 결혼 후) · 호왕의 재침에 역시 정수정은 대원수로 장영은 부원수로 출전한다. 이때 정수정이 장영에게 군량미 운반을 지시하니, 장영은 화를 내고 억지로 하여 소홀히 한다. 이에 수정은 장영의 죄를 다스리니 장영은 남편으로서 화를 낸다. · 또 침입한 가달을 물리치고 가정으로 돌아온 장영은 분풀이로 아내 방에 들어가지 않고 외롭게 지내게 한다.
F.극복	· 오왕과 월왕이 황성 침공, 계월은 대원수로 보국은 부원수로 출전한다. ·보국이 여러 번 위기에 처한 것을 계월이 구한다. · 보국은 부끄러움을 참지 못했지만 구해준 것에 대해 고마워한다.	· 북흉노의 침입에 황제가 장영을 시켜 아내 수정에게 가서 물리칠 계책을 물어오라 한다. 이에 장영은 할 수 없이 계책을 물어 적을 무찌른다.
G.결합	· 반란군을 물리치고 돌아와 부부 화락을 이룬다.	· 장영은 아내와 화목을 이룬다.

순차구조 \ 작품	⑥이학사전 장연 / 이현경	⑦음양삼태성 채공자들 / 유소저들
A.인식	· 이현경은 어려서부터 남복을 하고 있었는데, 조실부모하고 남자로 산다. · 장연이 현경과 같이 독서하여 과거를 보아, 이현경은 장원을 하고 장연은 차석을 한다. 이후 이현경은 모든 면에서 장연보다 우위의 위치가 된다. · 장연은 이현경과 늘 접하면서 묘한 호감을 느꼈고, 그러면서 열등감도 갖는다.	· 채공자 삼형제는 유소저 삼자매와 한 날 한 시에 출생한다. · 유소저 삼자매가 후원에서 무예를 익히다가 부친에게 발각되어 죽을 지경에 이르니, 삼자매는 남복을 입고 가출한다.
B.구애	· 이현경이 남자로 살아가는 것을 걱정한 유모가 장연에게 이현경이 여자임을 말해준다. 그러나 이현경의 빈틈없는 처신으로 인해 확인하지 못하고 애를 태운다. · 이현경은 주위의 시선도 있고 하여 황제께 상소하여 자신이 여자임을 밝히고, 벼슬자리에서 물러나고자 한다. · 황제는 가상히 여기고 여자로서 그대로 벼슬자리에 있으라고 명한다.	· 유소저 삼자매가 주막에 들었는데, 채공자 삼형제가 호감을 가지고 결의형제를 맺는다. · 삼자매는 스승을 찾아 문무를 닦아 송태조를 도와 벼슬을 얻는다. · 삼자매가 연회에서 술김에 부모를 생각해 지은 시로 인해, 채공자가 여자임을 의심한다.
C.결연	· 이현경이 여자임을 안 장연은 여러 번 거절에도 불구하고 황제께 주달하여 결혼하게 해달라고 간청한다. · 이현경은 황제 명령으로 장연과 혼인하고 가정을 이룬다.	· 몰래 숨어 여자임을 확인한 채공자들은 황제께 결혼시켜 줄 것을 고하니, 황제는 세 쌍을 혼인시켜 살게 한다.
D.기약		
E.장애	(장연과 이현경의 결혼 후) · 장연의 애첩 운영이 시모 여씨를 부추겨 이현경을 모함하는데, 외간남자와 사통했다고 꾸며 음해한다. 이때 시부와 남편 장연이 옹호해주지 않으니, 이현경은 친정으로 돌아가 버린다. · 첩 운영이 이현경에게 자객을 보내 해치려했는데 이현경이 자객을 처치하고 자객의 호패와 머리를 가지고 황제께 가서 상소하니, 황제는 운영을 처치하고 시부와 남편의 사과를 받아준다.	(세 쌍이 결혼한 후) · 황제 명령으로 결혼한 삼 자매는 혼인을 했지만 부모 허락을 못 받았다는 이유로 동침을 거부한다.
F.극복	· 남편 장연이 몇 번 아내를 찾아와 집으로 돌아가자 하니, 이현경은 관직이 높음을 가지고서 남편에게 몇 번 모욕을 주고는 마침내 시집으로 돌아온다.	· 유소저 삼자매는 부모를 찾아가서 만난다.
G.결합	· 장연이 공한림의 딸을 첩으로 들여놓고, 이현경을 계속 박대한다. · 이현경과 술을 겨루자 하여 이현경은 첩과 겨루어 현경이 첩을 굴복시키고 마침내 집안이 화목해진다.	· 이후 세 쌍의 부부는 화락한 부부생활을 영위한다.

여성대외활동형 결연서사의 표준형으로 <구운몽>의 양소유와 심요연의 결연 서사를 예시 분석하였다. 이 결연서사는 심요연이 양소유의 참모로서 보좌하는 역할을 수행한다. 이 유형의 특징적인 화소는 여화위남(女化爲男), 즉 여성이 남장하는 화소이다. 물론 전장에 나가는 입장이므로 여성의 복장으로는 불편할 수 있다. 그러므로 남복으로 바꾸어 입는 것이 주요한 요소일 수 있는데, 심요연은 자객으로서 양소유의 막사에 뛰어들면서도 남복을 하지는 않았다. 곧 여화위남의 화소도 여장군형에서 비로소 일반화되고 있다고 할 수 있다.

여성대외활동형 결연서사의 원형을 찾기는 쉽지 않아 보인다. 여성이 가정을 떠나 대외활동을 하는 사건을 다룬 서사가 옛날에는 흔한 일이 아니며, 그러한 여성이 남성에게 매여 결연을 맺는다는 사건의 연결도 쉽지 않았기 때문이다. 곧, 여성무용담과 결연담이 하나의 서사물에 공존해야 하는데 고소설 이전의 서사물에서 그러한 내용을 찾기가 결코 쉽지 않다. 그런데 고소설에 삽입된 여성대외활동형 결연서사에서 대체로 여성의 무용담이 주가 되기 때문에 이것의 원형을 찾아보도록 한다.

여성이 남복을 하여 전장에 나가는 이야기는 중국에서는 옛날부터 있어왔다. 그 한 예로 우리나라 사람들이 관심을 많이 보인 이야기에 악부시(樂府詩)인 <목란사(木蘭辭)>가 있다. 이것은 중국 육조(六朝) 때 북조의 악부시로, 모두 62구에 330자로 이루어져 있는데, 당나라 이전의 가장 아름다운 서사시[31]라고 평을 받는 작품이다.

소녀 목란이 늙은 아버지 대신 남장을 하고 출정하여 오랑캐를 무찌르고 개선한다는 내용으로, 집으로 돌아오기까지 12년간 남장을 하고 남자들과 같이 생활했지만, 같이 있었던 남자들이 아무도 그가 여자인 것을 알지 못했다고 기술하고 있다. 더구나 이 이야기에는 여화위남의 화소뿐만 아니라, 여자의 몸으로 장수를 능가하는 전공을 세워서 황제로부터 열두 차례의 공훈을 받는다는 내용[32] 등이 우리 고

---

31) 이수웅, 《중국문학개론》(대한교과서주식회사, 1993), 46면.
32) 唧唧復唧唧 木蘭當戶織 不聞機杼聲 唯聞女嘆息 問女何所思 問女何所憶 女亦

소설에 나타나 있는 여장군형 무용담과 어긋나지 않는다.

특히 이 <목란사>는 중국의 사부(辭賦) 문학 작품이지만 그 여화위남이라는 특이한 화소와 늙은 아버지 대신 수자리를 나갔다는 효윤리의 측면이 강조되면서 우리나라 사람들이 크게 관심을 보인 흔적[33])이 나타나 보인다.

그런데 이 목란고사에는 남녀의 결연담은 전혀 설정되지 않았고, 늙은 부친 대신 남장으로 전장에 나가 12년이 지나 돌아오는데, 천자가 큰 공훈과 상금을 내리지만 모두 사양하고 고향의 부모 곁으로 돌아온다는 것으로 끝을 맺고 있다.

대외활동에 나서는 여성이 남복을 하게 되는 계기는 집안의 몰락으로 유리하게 되는 가운데 신변 보호를 위해 남복으로 개착하는 경우가 있으며, 여성으로 살고 싶지 않다는 자의식에 입각하여 어려서 부친에게 글공부를 익히다가 더 넓은 학문을 연마하기 위해 큰 스승을 찾아 나서면서 남복을 하였다가 부모가 갑자기 죽어 남성으로 출세를 꾀하는 경우, 집안에 아들이 없어서 여성이 부모 몰래 남장하여 무예를 익히는 경우 등으로 다양하게 나타난다. 목란의 경우는 남성 못지않다는 자의식[34])과 집안에서 부친을 대신할 장성한 아들이 없다는 이유로 남복을 하게 된다. 이러한 남복의 계기도 고스란히 여성대외활동형 결연서사에 수용되고 있어, 이

無所思 女亦無所憶 昨夜見軍帖 可汗大點兵 軍書十二卷 卷卷有爺名 阿爺無大兒 木蘭無長兄 願爲市鞍馬 從此替爺征……將軍百戰死 壯士十年歸 歸來見天子 天子坐明堂 策勳十二轉 賞賜百千强 可汗問所欲 木蘭不用尙書郞 願借名駝千里足 送兒還故鄕……(<목란사>)

33) <열녀춘향수절가>에 이도령이 춘향의 집으로 가서 춘향이 책상 위에 "봄바람에 대나무 잎 떨어서 소리 내는데(帶韻春風竹), 향불 피워놓고 밤새 독서하도다(焚香夜讀書)" 하는 글귀를 지어 써 붙여놓은 것을 쳐다보는 장면이 있다. 이 장면을 작자는 "춘향이 일편단심 일부종사(一夫從事)하려고 글 한 수를 지어 책상 위에 부쳤으되 ………… 기특하다 이글 뜻은 목란(木蘭)의 절(節)이로다" 하고 굳은 절개를 나타내는 것으로 표현하고 있다.(84장본 22장 앞면)

34) <목란사>는 현대에 와서 새로운 매체인 애니메이션 영화로 재조명 된 적이 있다. 월트 디즈니사에서 <뮬란>이라는 제목으로 제작하였는데, 여기에서 여주인공 뮬란이 남복으로 전장에 나가는 직접적인 계기는 병든 부친에게 징병장이 나오는 것으로 설정되었지만 그 이면에는 여성으로서 순종하며 살고 싶지 않다는 자의식이 짙게 깔려 있다. 그리고 영화에서는 뮬란이 훈족과의 전투에서 자신의 소속부대 장수를 위기에서 구하여 두 사람이 혼인하는 것으로 끝을 맺고 있어서, 고소설의 여성대외활동형 결연서사를 그대로 답습하고 있다.

유형 결연담에서 결연이 이루어질 무렵까지의 전반부 원형으로 설정하기에 모자람이 없어 보인다.

목란고사에서 여화위남 화소를 취하여 여장군형 이야기가 만들어지고, 후반부 결연담은 남녀가 결합하여 짝을 이루어야 한다는 혼인관념에 경도되어 후대에 부가된 요소라고도 볼 수 있다.

위의 표에서 보이는 ①~③까지의 결연서사는 여성의 역할을 참모형 보좌자로 볼 수 있으며, ④~⑦까지는 여장군형 보좌자라고 할 수 있다. 앞서 예시적으로 분석한 <구운몽>의 양소유와 심요연 결연서사에서 심요연은 무예를 익히던 중 스승에게서 천정배필에 대한 예언을 듣고 양소유를 만나기 위해 부지런히 능력을 길러나간다. 결국 양소유와 결연을 맺고 난 후 양소유의 진중에서 군대 운용에 필요한 지략을 조언하는 역할을 수행한다. 즉, 진중에서의 참모 역할을 수행한 것이다. 그러므로 이 결연서사는 전자의 모형이 된다고 하겠다.

그런데 <구운몽>에서 양소유와 백능파의 결연서사에서 보면 백능파가 양소유에게 참모 역할을 하는 화소가 표면화 되어 있지 않다. 결연에 대한 전조가 예언으로 제시된다는 점, 여성이 남성을 결연 상황으로 끌어들인다는 점, 편안한 집이 아닌 막사나 수중에서 동침을 이룬다는 점, 혼사장애 등의 요소가 없다는 점 등에서 심요연의 결연서사와 유사하게 진행되지만, 두 남녀의 결연 의미는 구체적으로 드러나지 않는다. 다만 동정용왕의 막내딸이므로 물과 관련된 신이한 힘을 발휘할 수 있을 것으로 예상되며 전장에서 신통력이 요청될 때 도움을 받을 수 있음을 암시하고 있을 따름이다.

그런데 결연서사의 흐름 속에서 수부의 존재인 백능파가 인간계의 귀인인 양소유보다 지위나 능력 면에서 열세인 존재로 그려진다. 사주를 통해 인간계의 귀인과 결연을 맺을 운명이란 사실을 알았을 때도 인간계에 대한 동경을 드러내고, 양소유를 청입하여 결연을 청하는 상황에서도 높은 교의에 소유를 앉히고 백능파는 맨 바닥에서 사배를 올리는 것으로 그려진다. 특히 남해 용왕의 아들 오현이 강제로 청혼하여 만행을 저지르자 양소유를 청해 자신을 구원해 달라고 간청하는 상황

을 보면 인간의 능력보다 못한 존재로 그려진 것이 확실하다.[35]

그러나 통합적인 과업 수행 능력에서는 영웅 양소유가 월등한 능력을 가졌다고 하겠지만 물과 관련된 신통력에서는 용녀인 백능파의 역할이 일조할 수 있다고 보는 것이 타당하다. 그러므로 이 결연서사에서 백능파는 암묵적으로 참모로서의 역할을 지니고 있다고 할 수 있다.

<동선기>의 서문적과 동선의 결연서사는 기녀형애정담의 대표적인 작품으로 볼 수 있다. 서로를 인식하고 결연을 맺는 과정, 혼사장애를 겪는 과정이 결연서사의 순차구조를 모두 갖춘 완형의 서사로서 모자람이 없다. 그런데 이 결연서사의 전반부는 남성인 서문적이 주도하는 결연담이고 후반부는 동선이 결연을 맺은 서문적을 출세시키고 위기에서 구출하는 여성대외활동형으로 구성되어 있다. 전반부는 애욕추구형의 결연서사와 유사하지만 후반부에서 동선이 보이는 행동들은 여타 기녀형애정담에서 여주인공들이 보이던 행동과는 판이하다고 하겠다.

일단 서문적의 출장입상이 동선의 지략으로 이루어진다. 결연 후 기약한 상태에서 여진이 침입하자 화친을 중재할 인재를 구하는 상황에 동선이 남복을 하고 도인처럼 꾸며 서문적을 천거하게 된다. 그리고 여진과 화친을 이룬 공을 인정받아 출사를 이루었는데, 탐욕스런 안기의 음모에 휘말려 유배객이 된 서문적의 누명을 벗기고 관작을 회복하게 한 것도 동선이 남복으로 황제께 알린 공이다. 즉 서문적이 출장입상하고 출사를 이룬 과정은 모두 동선의 손에 의해 주도되고 있다. 방탕하고 유약한 서문적은 동선을 애욕의 대상쯤으로 여기고 접근하여 결연을 맺었는데, 결연 후 동선에 의해 진중하고 성숙한 장부로 거듭나면서 자신의 앞날을 이끌어주는 후원자나 참모로 자리매김하게 되는 것이다.

<장국진전>에서 장국진과 이계향의 결연서사에서 결연과정은 역시 앞서 보인 양소유와 정경패의 결연서사와 흡사하다. 그리고 부부로서 결합을 맺고 난 후 이계향은 남편을 위기에서 구하는 역할을 수행한다. 이 대외보좌의 상황은 부부결합을 이룬 후의 후일담으로 처리되고 있으나 두 사람은 결연 과정이 생략되고 황명

---

35) 김현룡, '고소설의 傳奇的 내용과 그 의미', 《學術誌》제39호<1> (건국대,1995.3.) 참조

에 의해 혼인이 추진되었으므로 결합을 결연과정으로 간주하게 되면 충분히 결연 서사 내부로 끌어올 수 있으리라 생각된다.

이 대외보좌 이야기의 독특한 점은 장국진과 결연을 맺은 여러 여성 가운데 본 처가 그 일을 수행한다는 점이다. 가정 내의 본처의 역할은 가정사를 총괄하고 부 모를 봉양하는 등의 전형적인 주부의 책무를 다하는 것으로 인식되었는데, 여기에 서는 남편을 위협하는 자객을 퇴치할 계략을 수행하고, 남편의 병을 고치기 위해 용궁을 왕래하며, 결국에 가서는 남복을 하여 남편 상위에서의 역할을 훌륭하게 수행한다.

일부다처의 결연서사를 보이는 다른 작품에서는 이 대외보좌 역할은 보통 첩으 로 지위를 얻는 한 여성이 수행하고 있다. 그런데 여기서는 정숙해야 할 주부가 가 정 외에서 남성을 보호하고 보좌하는 참모, 부장의 역할을 수행한다. 이 결연서사 가 여장군계 여성대외활동형의 시발이 될 수 있으리라 본다. 이와 연계하여 <옥 루몽>의 강남홍도 양창곡을 위해 대외적으로 보좌하는 것으로 마지막 역할을 수 행한다. 결연의 상황에서는 애정의 대상이었고, 기약의 상황에서는 훌륭한 내조자 였으며, 혼사장애를 겪고 난 후에는 야전의 보호자로서의 역할을 수행하고 있다. 곧, 아내로서의 역할을 통합적으로 수행하고 있음을 알 수 있다.

<유문성전>에서도 결연서사의 막바지에 이춘영이 유문성의 전쟁 상황에서 상 관이 되어 돕고 있으며, <백학선전>에서도 진진한 애정결연서사의 마지막에 조 은하가 도인에게서 무예를 일순간에 전수받아, 그 신통력으로 적진에 붙잡힌 남편 을 구출하고 있다. 이러한 양상이 <장국진전>의 장국진과 이계향의 결연서사와 연계될 수 있는 부분이라고 하겠다.

곧 여성이 위기의 상황과 가문을 구하기 위해 남복을 하여 남자로 행세를 하며 학문과 무예를 연마하여 과거에 장원급제하고 대장군으로서 전장에 나아가 전공을 세우는 이야기가 일군을 이룬다. 흔히 여성영웅소설, 여걸소설, 여장군계소설로 불 리는 이 작품들에도 남녀결연서사는 빠지지 않는 요소이다. 그런데 이 작품 속에 서 여주인공과 결연을 맺는 남성은 자신과 한 스승 밑에서 동문수학하면서 한 방

에 기거하거나 함께 생활한 남성으로 설정되었다. 과거도 같이 보아 여성이 장원을 하고 남성은 부차석이 되며 관직에서나 전장에서 모두 여성이 남성보다 우위를 점하게 된다.

이러한 상황의 반전은 바로 남복한 여성의 실체가 밝혀지는 것에서 비롯한다. 이 여성 영웅의 배필을 황제가 지근인 남성으로 지목하여 일사천리로 혼인을 추진해 나가면서 남성은 여성 앞에서 권위를 세우고자 하고, 여성은 여전히 여성우위의 입장을 견지하려고 한다. 이 가운데 갈등이 존재하다가 남성의 결정적인 실수를 여성의 도움으로 해결하는 과정에서 화해가 이루어진다. 이러한 결연서사가 여성대외활동형이라 할 수 있는 이유는 남성의 상급자로서 여성이 전장에서 세운 전공을 두 사람이 결합하는 순간, 모두 남성의 몫으로 간주하기 때문이다.

여성이었음을 고백하고 죄를 구하는 여성에게 황제는 그 관작을 그대로 유지한 상황에서 혼인을 하라고 이르지만, 사회구조상 여성은 가정의 주부로 돌아가기를 청하는 경우가 대부분이다. 이런 과정에서 여성의 전공은 남성의 몫이 되고, 최고의 능력을 가진 경쟁자가 자신의 아내가 된 상태에서 자연히 남성은 그 능력을 차지해 전장에서 대원수가 될 수 있다. 곧 여성이 다져놓은 기반을 배우자가 된 남성이 계승하여 승승장구하게 되므로 적극적인 대외보조자 역할을 여성이 수행했다고 볼 수 있다. 결합과정에서 여성의 지위는 공고한 본처의 자리이다.

이러한 여장군계 여성대외활동형 결연서사는 앞서 언급한 <장국진전>이나 <유문성전> <백학선전> 등에서 시작하여, <김희경전>의 김희경과 장설빙의 결연서사로 오면 애정결연담과 여장군형 무용담이 거의 대등한 분량으로 확대됨을 볼 수 있다. 이 작품들은 남녀의 결연이 있고난 후에 보좌가 구체적으로 이루어진다.

그러나 <홍계월전>이나 <정수정전> <이학사전> <음양삼태성> 등의 작품은 여장군이 주도하는 무용담이 먼저 제시되고 그 결과로 결연서사가 진행되고 있다. <정수정전>의 경우는 <김희경전>과 거의 흡사한 구조와 화소로 전개되고 있어 서로 모방의 혐의를 떨칠 수 없다. 단지 <김희경전>에서 김희경과 장설빙의 결연 상황이 <정수정전>에서는 어려서 부모가 정혼한 것으로 처리되었고, 집안이 몰락하는 상황이 조금 다르게 설정되었을 뿐, 여성이 남복을 하여 무예를 익히고 전공을 세우는 이야기는 거의 일치한다고 해도 과언이 아니다. <홍계월전>도 이와 유사한 구조로 전개되고 있어 그 친연성을 무시할 수 없으나 사전 결연에 대한 언급이 없이 홍계월이 여성임이 밝혀지자 황제 주도로 결합이 이루어진다는 차이가 있다.

그리고 <이학사전>이나 <음양삼태성>은 결연을 암시하는 징조가 초반에 나타날 뿐 역시 결연의 상황으로는 나가지 못한다. 장연은 남복을 한 이현경에게서 매력을 느끼고, '규수로 의논할진대 서자(西子) 같은 숙녀를 구하고, 남자로 의논할진대 이현경 같은 사람을 얻고자 하되, 서자는 죽은 넋도 보지 못하거니와 이현경 같은 아내 얻기를 원하노라' 하고 말하여 이현경에 호감을 드러냈다. <음양삼태성>에서 남녀주인공들은 각각 세쌍둥이로 한날한시에 태어나서 천정인연일 것이라는 암시를 주고 있다. 그렇다 하더라도 이들 남녀의 결합은 남복한 여성들의 실체가 확인된 후 별 고민이나 갈등 없이 이루어진다. 그래서 여장군계 여성대외활동형 결연서사는 남녀결연서사로 간주하기에는 부합하지 않는 면이 많고, 남녀결연서사의 순차구조에서 이탈하는 경우가 많다.

이와 같이 여성이 남성을 대외적으로 보좌하는 서사는 서사문학의 흐름에서 후대적 양상이라고 생각할 수 있다. 남녀가 결연을 취하는 기본적인 의도는 아내를 얻고 남편을 얻어 가정을 안정되게 꾸리는데 있다. 이런 의도가 좀 더 확대되어 여성이 남성을 잘 내조하여 출세를 시키고 대리 만족을 얻으며, 남성은 여성의 세심한 내조 덕을 본다고 할 수 있다. 이런 결연 의도가 보다 확대된 것이 바로 이 여성대외활동형 결연서사라고 할 수 있다. 남성과 대등하거나 우월한 여성이 남성의 출세를 주도적으로 이끌거나 몰래 돕는 양상은 전통적인 부부관념 속에서는 쉽게 수용될 수 없는 측면이 있다. 그러므로 다른 결연서사에 비해 후대적 산물이라고 할 수 있다.

아래에 여성대외활동형 결연서사를 순차구조와 대립구조에 함께 적용시켜 표를 만들어 보고자 한다.

여성대외활동형–참모형

단계	대립항	실현양상	구운몽 양소유/심요연 ㉠	㉡	구운몽 양소유/백능파 ㉠	㉡	동선기 서문적/동선 ㉠	㉡	옥루몽 양창곡/강남홍 ㉠	㉡	장국진전 장국진/이계향 ㉠	㉡
A 인식	A1 전조	A1㉠설정 / A1㉡제외	예언		예언							
	A2 주도자	A2㉠남성 / A2㉡여성										
	A3 인식요인	A3㉠자질 / A3㉡배경	전망		전망		시재음률		미모시재	전망	현숙함	
	A4 신분	A4㉠대등 / A4㉡차등										
B 구애	B1 탐색방식	B1㉠직접탐색 / B1㉡간접탐색										
	B2 매개체	B2㉠설정 / B2㉡제외					연주		시		연주속임수	
C 결연	C1 결연주도자	C1㉠남성 / C1㉡여성										
	C2 동침여부	C2㉠동침 / C2㉡동침유보										
D 기약	D1 기약방식	D1㉠당사자약속 / D1㉡부모혼약										
	D2 신물	D2㉠설정 / D2㉡제외										
E 장애	E1 장애대상	E1㉠남성 / E1㉡여성										
	E2 장애종류	E2㉠내적장애 / E2㉡외적장애						권력개입음해		권력개입	거부	
F 극복	F1 극복주도자	F1㉠당사자 / F1㉡주변인										
	F2 극복방식	F2㉠적극적방식 / F2㉡소극적방식					저항		자결			구원
	F3 상대기여	F3㉠설정 / F3㉡제외	외조		외조		외조		외조		외조	
	F4 극복결과	F4㉠극복 / F4㉡좌절										
G 결합	G1 결합형태	G1㉠주체적결합 / G1㉡종속적결합										
	G2 결합성격	G2㉠애정적결합 / G2㉡관습적결합										
									무용담			

여성대외활동형─여장군형

단계	대립항	실현양상	홍계월전 여보국/홍계월 ㉠	㉡	정수정전 장영/정수정 ㉠	㉡	이학사전 장연/이현경 ㉠	㉡	음양삼태성 채완,채윤,채경/유자주,유벽주,유명주 ㉠	㉡
A 인식	A1 전조	A1㉠설정 A1㉡제외			정혼					
	A2 주도자	A2㉠남성 A2㉡여성								
	A3 인식요인	A3㉠자질 A3㉡배경								
	A4 신분	A4㉠대등 A4㉡차등								
B 구애	B1 탐색방식	B1㉠직접탐색 B1㉡간접탐색								
	B2 매개체	B2㉠설정 B2㉡제외	속임수		속임수		속임수		속임수	
C 결연	C1 결연주도자	C1㉠남성 C1㉡여성								
	C2 동침여부	C2㉠동침 C2㉡동침유보								
D 기약	D1 기약방식	D1㉠당사자약속 D1㉡부모혼약								
	D2 신물	D2㉠설정 D2㉡제외								
E 장애	E1 장애대상	E1㉠남성 E1㉡여성								
	E2 장애종류	E2㉠내적장애 E2㉡외적장애	거부		거부		거부		거부	
F 극복	F1 극복주도자	F1㉠당사자 F1㉡주변인								
	F2 극복방식	F2㉠적극적방식 F2㉡소극적방식		구원		구원		구원		구원
	F3 상대기여	F3㉠설정 F3㉡제외	외조		외조		외조		외조	
	F4 극복결과	F4㉠극복 F4㉡좌절								
G 결합	G1 결합형태	G1㉠주체적결합 G1㉡종속적결합								
	G2 결합성격	G2㉠애정적결합 G2㉡관습적결합								

제 4 장 남녀결연서사의 유형별 특화화소와 의미

앞에서 남녀결연 서사의 순차구조와 대립구조를 분석하여 서사유형을 도출하였는데 크게 여섯 경우로 나누었다. 이 여섯 경우로 나눈 근거는 각각의 남녀결연서사를 접했을 때 특징적으로 부각되는 어떤 요소에 주목한 결과이다. 그 특징적인 요소는 결연의 목적이나 의도의 측면일 수도 있고, 결연서사에서 부각되는 결연의 분위기에서 연유되는 경우도 있으며, 결연의 의미에서 그 특징 요소가 드러나는 경우도 있다. 일반 대중이 그 결연서사에 접했을 때 확연히 특징이라고 지적해낼 수 있는 요인에 주목하여 유형을 나누고 그 명칭을 삼았다는 사실을 밝혀두는 바이다.

그래서 먼저 결연서사에 그 목적이 강하게 부각된 경우, 즉 사회에서 통용되고 관습화된 부부관계를 잘 맺기 위한 의도가 강한 경우를 사회이념에 충실한 결연서사라고 하였다. 이 중에서 남성이 신붓감을 찾을 목적으로 결연을 취하는 경우는 신붓감찾기형으로, 권귀가의 여성 집안에서 신랑감을 구하는 경우는 신랑감고르기형이라고 유형화하였다.

그리고 결연서사에서 로맨틱한 분위기가 강하게 부각되는 경우, 이것은 남녀 간의 애정 욕망이 개인적인 본능에서 자연스럽게 표출되었기 때문에 이는 각자의 소망이라고 볼 수 있어서 개인의 소망에 충실한 결연서사라고 개념화하였다. 이 중 남녀가 애정 욕망을 바탕으로 상호 호응하여 갈등 없이 결연이 성사되는 경우는 자유연애형으로, 남성이나 여성 일방의 욕망이 강하게 부각되어 결연을 이끄는 경우를 애욕추구형으로 나누었다.

나아가, 결연의 의미가 강하게 부각되는 결연서사는 그 결연을 통해 결연 당사자가 사회적으로 또는 가정적으로 성공을 이루어 모든 부분이 상승되는 효과를 얻게 된다. 이 경우 남성은 출세를 하여 세상을 바르게 이끌어야 하고 여성은 훌륭한 남성을 만나 일생을 의탁해야 한다는 사회적 이념과 더불어, 여성으로서는 남성의 출세를 돕겠다는 소박한 소망, 또 남성에 뒤지지 않고 훌륭하게 사회활동을 수행하고자 하는 개인적인 소망이 한데 합쳐진 경우로 되어 있어서, 이것을 절충된 결연서사라고 하였다.

이 절충 결연서사 중에서 여성이 불우한 처지에 있는 어떤 남성을 보고, 앞으로 출세할 수 있을 것임을 지인지감 능력을 통해 알아보고는 그를 적극적으로 도와 출세하게 하고, 뒤에 그것에 대한 일종의 보상으로 가정 내에서 지위를 얻게 되는 경우를 남성출세돕기형이라 하였다. 그리고 여성이 남성의 사회활동을 적극적으로 돕거나 남성과 같이 사회활동을 전개하면서 남성을 압도해 우위적 역할을 수행함으로써 자의식이 강하게 발현된 경우를 여성대외활동형으로 보았다.

이러한 남녀결연의 유형에는 각각의 순차구조나 대립구조 가운데 그 결연서사의 특징을 부각시키는 데에 어떤 특수한 요소가 삽입되어 그 유형에 특별한 의미를 부여하고 있는 것이다. 이 특징적인 요소는 각 유형의 순차구조에서 중요하게 작용하는 단계에 설정되는 경우도 있을 수 있으며, 전체 결연서사 유형을 관류하는 요소로 설정되는 경우도 있다.

전자의 경우는 순차 단계에 대립구조로 삽입되는 장면적인 모티프이고, 후자의 경우는 결연서사의 전체 특징을 드러내는 구조적인 모티프[1]라고 할 수 있다. 이 두 가지 요소를 '특화화소'라는 개념으로 설정하고 여기에서 이를 분석해 각 유형 결연서사의 특징에 접근해보고, 아울러 그 의미를 구명코자 한다.

---

1) 모티프(motif)는 문학 속에 반복해서 자꾸 나타나는 한 요소-어떤 유형의 사건이나 기법이나 공식-이다.(M. H. 아브람스, ≪문학용어사전≫(최상규 역, 보성출판사, 1994), 174면 참조) 그러므로 남녀결연 순차구조 속에 반복적으로 삽입되는 장면들도 모티프가 될 수 있고, 고소설 속에 반복적으로 삽입되는 남녀결연 사건구조도 모티프로 명명할 수 있다. 물론 후자의 경우는 '단락의 연쇄'라는 측면에서 시퀀스(sequence)의 개념으로 설명할 수도 있다. 여기서는 두 개념을 포괄해서 화소(話素)라는 용어로 사용한다.

남녀결연서사에는 독자들에게 강한 인상으로 각인되는 장면이나 사건이 있을 수 있다. 그리고 다른 결연서사를 접했을 때 그 장면이나 사건이 드러나면 처음 접했던 결연서사를 떠올리며 결연서사의 진행과 결말을 가늠하게 한다. 이렇게 반복되어 나타나는 인상적인 장면이나 사건들은 서사구조에서의 화소에 의한 것이다. 따라서 여기에서 말하는 '특화화소'는 독자에게 강한 인상을 주는 특수한 화소를 뜻하게 된다.

그리고 이 특화화소들은 한 결연서사에만 국한되어 사용되지 않고 여기저기 옮겨 다니면서 또 다른 특화화소들과도 결합을 하고 그 과정에서 변이형도 만들어내면서 의미전환을 이루어가는 것을 보게 된다.

각 유형별로 추출할 수 있는 특화화소는 유형의 순차구조 중 그 유형의 특징을 부각시킬 수 있는 중요한 단계에 삽입되는 장면이나 사건이 있을 수 있으며, 한편으로는 유형 전체를 구성하는 사건으로서 설정되는 경우가 있는데, 곧 연쇄적인 순차구조 자체가 특화화소로 된다고 볼 수 있다.

먼저 전자의 경우에 해당하는 것으로, 신붓감찾기형에서 남성이 자신의 배우자를 찾으려는 의지가 강하게 부각되는 결연서사이므로 구애과정에서의 탐색이 특징적인 요소가 된다. 그러므로 남성의 여성 선보기 화소가 이 유형의 특화화소가 될 수 있다. 그런데 고소설이 유통되던 시대에는 전통적인 혼속에서 남성이 신붓감인 규수를 임의로 볼 수 있는 여건이 마련되지 않았으므로, 남성은 남들의 이목을 속이는 방편을 쓰지 않을 수 없었는데, 여기에서 여장(女裝)을 하여 선을 본다는 화소를 극적인 특화화소로 설정할 수 있다.

그 다음 자유연애형에서는 남녀 사이 애정감정의 교감이 특징적인 요소이므로, 순차구조에서 인식과 구애과정에 초점이 맞추어져 있다. 남녀 간에 연정이 발현될 수 있는 분위기가 극적으로 설정되어야 하고, 그 가운데 서로 눈길을 주고받으며 시각적으로 먼저 인식하고 고조된 연애감정을 서로에게 전달하는 매개체가 필요했으니 곧 시(詩)를 읊조리게 하는 구애장치를 마련하게 되는 것이다. 즉, 시를 통한 구애 화소를 특화화소로 설정할 수 있다.

또한 애욕추구형에서는 남성 또는 여성이 일방적으로 상대에게 욕망을 드러내는 것이 특징이므로, 인식이나 구애과정은 일방의 시각에 의존하게 되어 축소되는 경우가 일반적이다. 그 대신 고조된 애욕을 일방적으로 표출하는 접촉과정이 크게 부각된다. 이 접촉과정은 애욕을 품은 주체가 상대에게 뛰어들거나 유인하여 첫 만남에서 욕정을 해소하고자 하는 의도를 강하게 드러내게 된다. 그러므로 거리낌 없이 바로 첫 만남에서 동침을 강행하는 화소를 특화화소로 설정할 수 있다.

그리고 남성출세돕기형에는 신분이 낮은 여성이 자신의 장래를 의탁할 남성을 찾아서 물심양면으로 지원하여 출세하게 만드는 것이 특징적인 요소이다. 그러므로 장래가 유망한 남성을 알아보는 인식과정이 순차구조에서 중요하게 부각된다. 이미 출세한 남성은 신분이 낮은 기녀나 시비(侍婢)를 단순한 애욕의 대상으로 인식할 여지가 많으므로, 여성이 출세하지 못한 곤궁한 처지에 있는 남성의 장래를 알아보고 구애과정을 거쳐 결연을 맺어서 출세를 돕고 자신의 장래를 맡기는 단계가 잘 드러나야 한다. 이 각 단계에서 특히 인상적인 부분은 여성이 한미한 남성의 전망을 감식하여 알아보는 장면인 것이다. 그러므로 인식과정에서 여성이 남성의 앞날을 감식하는 화소를 특화화소로 설정할 수 있다.

앞에서 말한 후자의 경우에 해당하는 것으로, 신랑감고르기형에서 최고 권력층의 여성이나 그 부모가 여러 젊은 남성 가운데 신랑감을 선택하여 권력으로써 혼인을 추진하는 것이 특징이다. 권력자가 여러 남성들 가운데 가장 전도가 유망한 출중한 사람을 일방적으로 신랑감으로 지목하여 혼사를 추진하는데, 이러한 출중한 남성에게는 이미 정혼한 처녀나 또는 부인이 있으므로 남성이 그 청을 거부하게 되어 갈등이 표출되는 것이다. 이에 권력자가 강제로 혼인을 추진하고 남성은 더욱 항거하다가 고난을 당하게 된다. 그래서 결국은 남성이 압력에 의해 그 혼인을 수용하게 되고 결합을 이룰 수밖에 없게 되는 내용으로 구성되어 있다. 이러한 일련의 강제 혼인 과정을 늑혼(勒婚)이라고 일러왔는데, 신랑감고르기형에서는 이 늑혼담이 전체 결연 서사를 구성하고 있으며, 곧 이것을 특화화소로 설정할 수 있다.

이어 여성대외활동형에서 보면 여성이 남성과 결합을 이루기 전에 가정 외의 사회활동 중에 남성을 보좌하거나 우위를 점하는 활동을 하는 것이 특징적인 요소이다. 그런데 고소설 속에서는 그 시대적 제약성 때문에 여성이 사회활동을 하기 위해서는 여성 신분을 감추고 남성 행세를 하지 않을 수 없다는 제약의 문제가 있었다.

그러므로 이 유형의 특징을 부각시키는 사건은 여성이 남장을 하여 남성과 같이 문무 겸비의 수련을 쌓는 것에서부터 시작한다. 그리고 남장을 한 여성은 상대 남성을 속이고 함께 대외활동을 해 가면서 남성보다 월등한 능력을 드러내 보이거나 적극적으로 보조하는 역할을 수행한다. 그러다가 결국 여성임이 발각되어 남복을 벗고 동고동락하며 무관하게 지내던 남성과 결합을 이루게 되는 것이다. 그러므로 이 유형은 여성의 남장 사건을 결연서사의 전체를 관류하는 특화화소로 설정할 수 있다.

이 장에서는 각 결연서사에서 특징적으로 도출할 수 있는, 위에서 논급한 특화화소들이 동일 유형 내부에서 어떻게 실현되는가 하는 그 양상을 살피고, 결연서사를 특징지을 수 있는 의미를 찾아내는 작업을 수행한다. 그리고 그 특화화소들이 또 다른 특화화소들과 어떻게 결합하는가 하는 상황을 고찰하여, 특화화소들이 갖는 의미의 변이 양상을 살펴서 유형 변화와의 연관성도 찾아보려고 하는 것이다.

제 1 절 사회적 이념에 충실한 결연

1. 신붓감찾기형

(1) 속임을 통한 선보기 화소

남녀결연의 관습적인 의례는 중국에서 전래된 육례(六禮)[2]를 따랐다. 그러나 실제적으로 육례가 행해진 경우는 드물었으므로, 주자는 실제 행해지고 있는 네 가지 절차로 줄여 사례(四禮)를 만드니, 조선시대는 이 주자가례(朱子家禮)를 받아들여 네 가지 예를 행하였다. ≪사례편람≫에서도 혼례항목에는 사례[3]만을 설명하고 있다. 이러한 사례 가운데 결연서사 중 인식과 구애 과정은 의혼(議婚)에 해당한다. 그런데 이 의혼이 결연 당사자들의 부모에 의해 이루어지고 그 중간에 중매자가 반드시 있었다고 하니 실생활에서는 당사자 간 맞선이나 탐색이 이루어질 수 있는 여건은 차단되어 있었음을 알 수 있다.

---

2) 중국의 주나라에서 기원한 육례의 내용은 다음과 같다.
   ① 납채(納采) : 남자 집안에서 여자 집안에 아내로 채택할 뜻을 표시하는 절차.
   ② 문명(問名) : 신부될 사람의 어머니의 이름을 묻는 절차, 혹은 신부의 출신과 생년월일을 묻는 절차.
   ③ 납길(納吉) : 남자 집에서 가묘에서 점을 쳐서 길조를 얻어 여자 집에 알리는 절차.
   ④ 납폐(納幣, 혹은 納徵) : 남자 집에서 예물과 장복을 마련하여 여자 집에 보내는 절차.
   ⑤ 청기(請期) : 남자 집에서 여자 집에 혼인 날짜를 정해 달라고 청하는 절차.
   ⑥ 친영(親迎) : 신랑이 신부 집에 가서 신부를 데려다가 교배례를 올리는 절차.
3) ≪주자가례≫ 또는 ≪사례편람≫에 제시된 사례는 다음 네 가지를 말한다.
   ① 의혼(議婚) : 남자측과 여자측이 혼인을 의논하는 절차로 반드시 중매자가 있어야 한다.
   ② 납채(納采) : 남자 집에서 혼장(婚狀)을 여자 집에 보내는 절차로, 신랑의 사주단자를 말한다. 이 사주단자를 가지고 여자 집에서 길일을 받아 혼인날을 정한다. 여자 집에서는 남자 집에 택일단자를 보내는데 이를 연길(涓吉)이라고 한다.
   ③ 납폐(納幣) : 남자 집에서 예물과 혼서(婚書)를 여자 집에 보내는 절차를 말한다.
   ④ 친영(親迎) : 신부를 신랑 집으로 맞아들이는 절차를 말한다.
   (이 역, ≪사례편람≫(보경문화사, 1987) 참조)

그러나 고소설의 남녀결연서사에서 서로를 인식하는 단계가 생략되는 경우는 거의 찾아볼 수 없다. 시속(時俗)에서도 중매혼이 일반화되어 결연당사자들끼리 일면식도 없이 가문간의 합의에 의해 정혼이 이루어지는 경우가 대부분이었지만, 실제로 그들도 나름대로의 탐색과정을 강구하여 서로의 선을 보고자 하는 욕망은 대단했을 것으로 생각된다. 오늘의 현실에서도 맞선이라는 절차가 혼인의 중요한 단계로 여겨지는 것을 보면 결연 당사자가 상대를 탐색하는 행동은 결연의 본연적인 단계라고 할 수 있다.

지체가 높고, 규범이 엄격한 가문의 규수는 문 밖 출입을 일절 하지 않아 선보기가 불가능한 경우도 물론 있을 수 있다. 고소설에서는 이러한 혼례의 제약을 뛰어넘는 당사자들끼리의 탐색과정을 흥미 있게 그린 화소가 설정되어 특정한 유형의 남녀결연서사에 삽입되고 있다. 곧 서로를 탐색할 수 없는 상황에서 결연 당사자인 남성이 중매자에게서 결연 상대 여성에 대한 정보만을 듣고, 호기심을 억제하지 못하여 직접 여성의 얼굴을 보고자 속임수를 써서 접근하여 선을 본다는 화소이다. 관습의 틀을 파괴하고 주체적으로 배우자를 선택하겠다는 의도가 강하게 반영되어 있는 화소라고 할 수 있다.

이 속임을 통한 선보기 화소가 대표적으로 삽입된 경우는 <구운몽>의 양소유와 정경패의 결연서사이다. 양소유의 모친은 가문을 일으키고 자식을 잘 보필할 훌륭한 며느리를 찾기 위해 양소유를 장안으로 보낸다. <구운몽>에서 양소유는 구혼여행을 두 번이나 감행한다. 첫 번째 구혼 여행에서 진채봉을 만나 서로 간에 정서적인 교감만 이루고 이산을 하게 되어 돌아왔는데, 모친은 이듬해 봄에 아들을 다시 장안으로 올려 보낸다. 그 도중에 양소유는 낙양에서 계섬월을 만나 동침을 이루고, 계섬월은 양소유에게 신붓감으로 황성 정사도의 딸 경패를 천거한다. 그리고 장안에 도착하여 자청관의 여관(女官)으로 있는 숙모 두련사를 만나서 구혼을 부탁하는 모친의 편지를 전한다. 이에 두련사 역시 정경패를 최고의 신붓감으로 추천한다.

연사가 웃으며 이르되,

"한 곳에 처녀가 있으니 그 재주와 용모가 실로 양생의 배필이 됨직하나 그 문벌이 너무도 높으니, 육대가 내려오는 공후요, 삼대나 내려오는 대신 집안이 라……"

"정사도(鄭司徒)의 딸인데, 붉은 문이 한길로 트이고 문 위에 창을 걸쳐 놓은 것이 바로 그 집이니라. 그 딸이 바로 선녀요, 속세 사람이 아니더라."

소유가 이르되,

"소질이 감히 자랑하는 말 같사와 송구하오나, 이번 과거에 장원하기는 낭중취물(囊中取物) 같사오니 이것은 염려할 거리가 되지 않으오나, 평생 병통 같은 소원이 있사온즉, 처녀를 보지 못하고서는 구혼할 생각이 없사오니, 숙모님께서는 자비로운 마음을 베푸시와 소질로 하여금 그 용모를 한번 보게 하소서."[4]

정경패가 최고의 신붓감이 되는 이유는 문벌과 자질, 용모가 출중하기 때문이었는데, 그 사실은 의심의 여지가 없어 보인다. 양소유는 장안과 거리가 떨어진 낙양에서 이미 계섬월을 통해 그의 명성을 들었고, 가까이 장안에 거처하는 숙모 두련사를 통해 얻은 정보이기 때문이다. 정경패의 정보를 전한 두 사람은 각기, 여러 남성과 교류한 이름 있는 기녀와 또 장안 명문가에서 복을 기원하는 도교 사원인 자청관의 여관으로서, 개방적인 대외활동을 통해 접한 정보였으므로 틀림이 있을 수 없었다.

객관적이고 신빙할 수 있는 이 소개에 대해 양소유는 결코 불신을 드러내지 않았다. 다만 자신이 가진 병통 같은 소원이 신붓감에 대해서는 직접 선을 봐야 한다는 신념임을 강조하고 있다. 양소유가 정경패를 굳이 선보겠다는 의도는 배우자를 선택하는 요인 가운데서 미모로 대변되는 개인 자질을 직접 확인하겠다는 의도라고 볼 수 있다.

곧, 중매자를 통해 신붓감의 배경에 대한 정보는 충분히 수집할 수 있다. 그 조상에서부터 내려오는 권력과 부는 객관적인 사실들로서 주변 사람들의 말이 특별히 어긋나지는 않을 것이다. 그러나 신붓감 개인에 대한 평가는 소개자나 중매자의 주관적인 견해일 수 있다. 특히 중매를 부탁 받은 사람들은 그 혼사가 성취되

---

4) <구운몽>, 54-55면.

었을 때 얻을 이익이나 명성을 위하여 결연 당사자들의 자질에 대해서는 부풀려서 강조할 가능성이 많다. 양소유는 이 부분에 대해 미리 감지하고 있었으므로 처녀를 반드시 보겠다고 간청하고 나서는 것이다.

결국 신붓감의 요건으로 여자측 가문의 부귀는 기본이고, 아울러 신부의 미모가 반드시 마음에 들어야 혼사를 맺겠다는 욕망 때문에 속이기를 통한 선보기 화소가 설정된다. 이때 양소유도 역시 신랑감으로서의 자신감을 강하게 드러낸다. 집안의 지체가 비록 한미하지만 이번 과거에서 장원하는 것이 주머니 속에 든 물건 꺼내는 것과 같이 얻어 놓은 결과라고 호언장담하여, 의혼에서 문제가 될 수 있는 결점을 보완하겠다는 의지를 표한다. 그리고 자신의 외모에 대해서는 자타가 공인하는 자신감을 가지고 있으므로, 신붓감도 그에 상응해야 한다는 논리이다. 맞선을 통해 배우자를 선택하겠다는 남성에게는 자기 우월감의 성향이 상당히 많이 내재되어 있음도 확인할 수 있다.

이러한 맞선을 통한 탐색은 매파를 통하기 전에 이루어져야 한다. 처녀의 미모가 소개한 사람의 말보다 못할 경우는 혼사를 추진할 이유가 없기 때문이다. 그러므로 양소유는 두련사가 정경패를 소개하였지만 매파역을 해 달라고 요청하지는 않는다. 다만 직접 대면하도록 주선해주기를 간청할 뿐이다. 그런데 문제는 정사도 집안의 지체가 워낙 높아 외부인의 출입이 쉽지도 않고, 특히 내당에는 외간 남성이 절대 출입할 수 없는 공간이기 때문에 맞선은 불가해 보였다. 양소유가 정경패를 보기 위해 정사도집 내당에 접근할 수 없다면 외부에서 정경패를 보는 수밖에 없는데, 정경패는 가문의 지체에 부합하도록 어려서부터 교육을 받아 예속에 엄격한 여성이었으므로, 외부 출입 자체가 전혀 없다고 했다[5]. 두련사가 거처하는 도

---

5) 연사 이르되,
"재상의 집이라 담이 높고 중문이 다섯 겹이요 화원이 아주 깊으니 몸에 날개가 돋지 않고서는 넘어갈 길이 없고, 정소저가 글을 읽고 예절을 알아서 일거일동이 예절에서 벗어남이 없으며, 지난날 우리 도관에서 분향을 한 바 없고, 또 절에 가서 재를 올리는 법도 없고, 정월 보름날에 등불 구경도 아니 하고 삼월 삼짇날 즐거운 곡강(曲江) 놀이에도 끼지 아니하니, 남이 어디로 따라가 엿볼 수 있으리오."(<구운몽>, 56면).

관에 기도할 일이 있다 해도 반드시 시비를 시켜 발원문을 올려 소원을 빌 뿐이라고 했다.

이런 상황에서 정상적인 방법으로 양소유가 정경패를 선본다는 것은 불가능해 보인다. 정도로써 행할 수 없는 상황이라면 권도를 찾는 수밖에 없다. 그 방책은 두련사의 계략으로 마련된 속임수이다. 두련사는 양소유가 그 계략에 대해 응하지 않을 수도 있기 때문에, '또 한 가지 일에 다 잘되기를 바라나 양생이 즐겨 따르지 않을까 하노라' 하며 조심스럽게 제안한다. 이에 대해 양소유는 더욱 적극적인 의사를 밝힌다.

> 소유가 대답하되,
> "만일 정소저를 볼진대 승천입지하고 부탕도화(赴湯蹈火)할지라도 어찌 감히 좇지 아니하오리까."
> 연사 이르되,
> "정사도는 근래 늙고 병들어 벼슬살기를 좋아하지 아니하고, 오직 흥을 산수와 음률에 두고, 그 부인 최씨도 본디 음률을 좋아하므로 소저 총명하고 영민하여 천만 가지 일에 모르는 것이 없고, 음률에 있어서도 청탁고저(淸濁高低)를 한 번 들으면 쉽사리 이를 분석하여 비록 사광지총(師曠之聰)과 종자기(鍾子期)의 신통이라도 이를 넘지 못할 것이니, 최부인이 언제나 새 곡조를 들으면 반드시 그 사람을 불러 앞에서 아뢰게 하여 소저로 하여금 높낮음을 평론케 하며 책상머리에 몸을 기대고 노래 듣는 것을 낙으로 삼으니, 내 의향으로는 양랑이 진실로 거문고를 탈 줄 알거든 미리 한 곡조를 익혀두고 기다리고 있노라면 삼월 그믐날은 영도부군(靈道府君)의 생신이라 정사도 집에서는 해마다 계집종을 보내어 향촉을 가지고 도관에 오나니, 양랑이 이 때에 여복으로 바꾸어 입고 거문고를 뜯어 계집종이 듣게 하면 필연 돌아가서 부인께 여쭐 것이요, 그러면 부인께서 틀림없이 청해 갈 터이니 정사도 집에 들어간 후에 소저를 만나보거나 못 보거나 하는 것은 모두가 연분에 달렸으니 내가 알 바 아니요, 별로 다른 계책은 없도다. 또한 그대의 용모가 아리따운 여자의 모습이고 수염이 나지 아니하였으니 변장하기 어렵지 않도다."[6]

양소유는 두련사의 속임 계략에 일호의 고민도 없이 수긍한다. 그보다 한 술 더

───────────────

6) <구운몽>, 57면.

떠서 하늘로 치솟고 땅으로 꺼지더라도, 그리고 끓는 물에 들어가고 불길을 걷는 곳일지라도 감행하겠다는 굳은 의지를 보인다. 양소유가 비록 지방의 한미한 선비이지만 남을 속이는 것은 도의적으로 옳지 않다는 것을 알고 있다. 그러나 남녀결연의 상황에서는 양심이나 도덕률이 전혀 문제가 되지 않고 있다. 정직과 신의가 삶의 규범인 선비 신분이고, 더구나 신성한 혼인에 관련된 일을 속임수로 해결하려는 데에 전혀 제약이 적용되지 않는다. 이는 여타 다른 사건에서의 속임수는 도의적으로 문제가 되어 비난이 일어날 수 있으나 남녀가 만나서 결연을 이루는 사건은 낭만적인 화소를 충분히 용납해주는 양상을 드러낸 것이라 볼 수 있다.

두련사의 속임 계략은 아주 치밀하게 꾸며진다. 먼저 정사도가 산수와 음률을 좋아한다는 점과 그 부인 최씨도 음률을 즐긴다는 점을 들었다. 아울러 정경패도 음률에 대한 신통한 조예를 가졌다는 것이다. 그래서 새로운 곡조를 들으면 반드시 청해서 듣고 음률을 논한다는 점을 들고 있다, 그러니 자연스럽게 접근의 매개체는 악기 연주여야 한다. 문제는 당사자인 양소유가 거문고를 연주할 재주가 있어야 하고, 최부인에게 새로운 연주자를 알리게 하는 점이었다.

이 문제는 미리 준비되어 있어 일사천리로 진행될 수 있었다. 양소유는 진채봉과 결연 후 전란을 만나 산 중으로 피난하던 중 도인을 만나 신이한 거문고 연주 재주를 익혔다. 그리고 마침 도관 행사에 정사도집 시비가 향촉을 올리려고 올 것이니 그 앞에서 연주를 한 번 하면 자연스럽게 최부인에게 전해진다는 것이다. 그래서 맞선을 위한 계략의 수단은 모두 갖추어진 상태이다.

그런데 이 계략에서도 주의하여 볼 것은, 비록 속임수로 접근할 것이지만 그 속임의 부분을 제외한 모든 상황을 부모가 알도록 장치하고 있다는 점이다. 음률로써 상대를 선보는데 그 자리 자체를 부모가 허락한다는 점을 강조하고 있다. 즉 속임수 맞선이지만 단 둘만의 자리에 대해서는 견제한 장치이니, 다른 탐색에 비해 도덕률을 바탕에 깔고 있다고 보아야 한다.

이제 문제는 남성인 양소유가 아무리 뛰어난 곡조를 연주한다고 해도 안채의 규중으로 들어가기 결코 쉽지 않다는 사실에 있다. 여기서 획기적인 속임수가 필요했다. 남성을 받아들일 수 없다면 남성을 여성으로 변장시키는 수밖에 다른 방도가 없다. 곧 접근의 방식으로 남성이 여복으로 갈아입고 여성처럼 속이는 것이었다. 게다가 양소유는 얼굴이 여성처럼 아름답고 아직 수염이 나지 않아 의심의 여지가 없었다.

결연서사에서 여성을 안심시키고 접근하는 방식으로 남성이 여장(女裝)하는 속임수 화소가 다수 나타난다. 그런데 이 속임을 완전하게 해 주는 요소가 바로 남성이 여성과 같은 얼굴을 하고 있어야 한다는 점이다. 이 속임수를 통한 선보기 화소는 대체로 호기 있고 영웅적인 면모를 갖춘 남성이 아내를 구혼하는 상황에서 위험을 무릅쓰고 맞선을 보겠다는 의도에서 비롯된다. 곧 이 결연의 주체인 남성은 대장군이 되어 천하를 평정할 영웅의 면모, 곧 남성다움을 갖추고 있어야 하는데, 유독 얼굴은 여성과 같이 아름답다고 나타내고 있으니, 문무 겸비의 이상형 남성을 그리고 있어서 지나치게 작위적인 인물 묘사로 보인다.

이 모든 계략은 순조롭게 진행되어 마침내 여복으로 변장한 양소유는 정사도댁 내당에 들게 된다. 반갑게 맞는 최부인에 비해 정경패는 외부인을 꺼려 대청에도 나오지 않으려 한다. 겨우 최부인의 권유로 대청에 같이 앉긴 했으나 거리가 멀어 자세히 얼굴을 볼 수 없어 애가 닳은 양소유는 음률에 대한 조언을 구하겠다고 가까이 앉혀줄 것을 요청한다. 결국 정경패의 오른편에 앉아서 거문고를 연주하며 선을 보겠다는 소기의 목적을 달성한다. 양소유는 정경패의 얼굴을 처음 접했을 때, '아침 해가 붉은 놀을 헤치며 솟아오르고 연꽃이 바로 푸른 물에 비친 것 같아 정신이 오락가락하고 눈앞이 아른거려 능히 바라볼 수 없을'[7] 정도였다.

이제 그 얼굴을 확인했으므로 조심스럽게 물러나와 매파를 통해 청혼을 하면 문제될 것이 없다. 그런데 여기서 양소유는 더 욕심을 내어 정경패의 내적 소양에 대해서도 시험해 보려고 한다. 음률을 토론하자고 하여 둘이서 문답을 나누며 결국은 자신의 정체를 은연중에 밝히고 물러난다. 속임수를 써서 규중처자의 선을 본 것이 발각되면 비난과 아울러 징치가 따를 위기의 상황인데도 양소유는 자신이 남

---

7) <구운몽>, 61면.

성임을 밝힌다.

> 거문고 기둥을 바로 잡고 줄을 골라 타니, 그 소리가 유양(悠揚)하고 개열(開悅)하며 능히 사람으로 하여금 심신을 방탕케 하며 뜰 앞에 백가지 꽃이 일시에 활짝 피어나고 제비는 쌍쌍이 날고 꾀꼬리가 서로 우짖는 듯하니, 소저는 잠깐 고운 눈길을 떨어뜨리고 눈을 바로 뜨고 잠잠히 앉았더니, '봉혜봉혜귀고향(鳳兮鳳兮歸故鄕)하여 오유사해구기황(遨遊四海求其凰)'이란 곡조의 대목에 이르러서는 소저가 번득 눈길을 들어 양생을 보고 그 기상을 보더니, 붉은 빛이 두 뺨에 오르고 누른 기운이 눈썹으로 사라지며 취한 듯 갑자기 낯빛이 달라지더니 조용히 몸을 일으켜 내당으로 들어가므로 양생이 깜짝 놀라 거문고를 밀치고 눈을 바로 뜨고 소저를 바라볼 새 정신없이 흙으로 만든 사람처럼 섰는지라[8]

양소유가 정경패 앞에서 <봉구황곡(鳳求凰曲)>을 연주하여 자신이 여성을 유혹하는 남성임을 드러내는 장면이다. 양소유는 정경패의 미모를 선본 것에 만족하지 않고 그 학문적 소양이나 음률을 시험하기 위한 둘만의 음률문답 시간을 갖는다. 여기서 양소유는 고래로부터 유명한 음률들을 다양하게 연주한다. 예상곡(霓裳曲)에서부터 시작하여 순임금의 남훈곡(南薰曲)까지를 연주하니 각 곡조에 맞춰 정경패는 곡조의 유래와 그 느낌을 일사천리로 풀어낸다. 이를 통해 양소유는 정경패의 내적 소양에 대해 감탄하고 탐색을 마친다.

그런데 여기서 마지막곡을 연주하여 자신의 정체를 암시한다. 사마상여(司馬相如)가 과부인 탁문군(卓文君)을 유혹하면서 연주한 <봉구황곡>이 그것이다. 수컷인 봉(鳳)새가 암컷인 황(凰)새를 구한다는 내용의 곡조를 연주하니, 경패는 놀라서 양소유의 기상을 다시 살피고 낯빛이 변하며 안으로 들어가 버린다. 정체를 암시했을 뿐인데 금방 알아차리고 내당으로 피하는 상황에 양소유도 적이 놀라면서 감탄한다. 그러나 <봉구황곡>의 연주는 양소유의 의도적 행동이었다. 만개한 꽃과 나는 제비, 서로 우짖는 꾀꼬리를 보고, 스스로 심취되어 자신의 연정을 은연중에 드러내고 싶었고 자신에 대한 규수의 연정을 불러일으키려 했던 것이다. 결

---

8) <구운몽>, 65면.

국 속임수를 써서 정경패를 선보는 계략은 성공적으로 끝을 맺는다.

　탐색을 마친 양소유는 정경패를 아내로 삼을 확신이 섰기 때문에 결연을 위한 수순을 밟는다. 자신의 역량을 과시하여 정사도 집안에서 먼저 정혼하도록 만들겠다는 생각에서 과거에 장원을 하게 된다. 뜻한 대로 정사도는 매자를 보내 양소유에게 청혼을 하고 양소유의 허혼이 이루어진다. 그런데 납채한 이야기를 시비 가춘운에게 들은 경패는 부친을 찾아가 양소유와의 혼사를 거부하는 뜻을 전한다. 자신이 속은 것에 대한 설치로 자존심을 표하는 하나의 장치인 것이다.

　　소저 머리를 숙이고 가냘픈 목소리로,
　　"그가 비록 아름다우나 그 사람과 더불어 혐의쩍은 바 있사오니 정혼하심은 불가하나이다."
　　(중략)
　　사도 다시 소저에게 물어 양생이 봉구황곡을 타던 이야기를 듣고 크게 웃고 이르되,
　　"양장원은 참 풍류남아로다. 옛날에 왕유학사가 악공의 의복을 입고 태평공주 집에서 비파를 타고 뒤이어 과거에 장원을 하였다고 오늘까지 일러 오는 말이 있더니, 양생이 숙녀를 구하고자 여복으로 환착하였으니 실로 재주가 비상한 사람이거늘, 한때 희롱한 일이 어찌 혐의할 것이랴. 하물며 너는 여도사를 보았을 뿐 양장원을 보지는 않은 것이니, 양장원의 여도사 차림한 것이 네게 무슨 관계가 있으리오."[9]

　부모의 정혼에 대해 정경패가 거부 의사를 보이는 것은 진심으로 받아들여지지 않는다. 양소유가 속임수를 부려 정경패에게 접근하여 선을 보았다고 하나, 처음 시작은 일방적이었지만 결론에 가서는 맞선형식이 되어 버렸다. 즉, 양소유가 자신의 정체를 아무도 모르게 정경패만 알 수 있도록 암시하였으므로 이 탐색은 쌍방간의 맞선이 된 것이다. 그러므로 정경패는 양소유의 뛰어난 기상도 보았고, 음률도 파악하고 있다. 그리고 과거에서는 장원을 했다고 하고 부모들이 사윗감으로 지목하여 청혼을 하였었다.

---

9) <구운몽>, 73-74면.

이 모든 정황에서 정경패가 양소유를 거부할 이유는 없다. 단지 자신을 속여 선을 보고 갔다는 점이 자존심이 상해 불쾌하다는 것이다. 그런데 그 거부의 이면에는 예속에 철저한 정경패의 의도가 엿보인다. 정혼이 이루어져 혼인을 맺는 것은 기정사실이지만, 부모 몰래 이루어진 두 사람만의 맞선 절차가 양심에 거리낌으로 남을 것을 사전에 털어버리려는 심사로 엿보인다. 결국 부모에게 모든 사실을 고하고 그에 대한 설치를 구실로 혼인을 않겠다고 나선 것이다. 이에 정사도 내외는 혼사가 정해진 상태에서 양소유의 속임이 허물이 될 수 없다는 생각에서 오히려 '풍류남아'의 멋으로 칭찬을 하게 된다. 이는 부모 몰래 당사자들 간에 구애나 결연이 이루어져 부모의 반대에 맞닥뜨린 결연서사에 비해 윤리 절차를 강조하기 위한 장치로 보인다.

양소유와 정경패의 결연서사에서 중요 화소로 삽입된 속임을 통한 선보기 화소는 독자들에게 강하게 각인될 수 있다. 실생활에서 당사자 간 맞선이 허용되지 않는 상황이니 그 탐색의 욕망은 더욱 확대되어 있다고 할 수 있다. 그 가운데 허구의 결연담에서 자신들의 욕망을 해결하는 화소를 발견하게 되면 그 흥미와 관심은 지대할 것으로 여겨진다. 그래서 이 탐색화소는 이후 고소설의 결연서사에서 자주 원용하는 결과를 가져왔다.

이 탐색화소는 크게 네 단락으로 구성된다.

> <A1> 구혼을 원하는 남성에게 문벌 높은 여성이 소개되고 남성은 선보기를
> 원한다.
>
> <B1> 여복으로 변장하여 거문고 연주를 빌미로 여성에게 접근한다.
>
> <C1> 음률을 논하면서 봉구황곡을 연주하여 남성임을 드러낸다.
>
> <D1> 속은 것을 알고 정혼을 거부하며 부모에게 알려 공인을 받는다.

이렇게 네 단락으로 완결된 화소를 이룬다. 이러한 구성을 갖춘 탐색화소는 앞

서 언급했듯이 혼례절차에서 당사자 간의 인식이나 구애가 배제된 데에 대한 반감으로 대두되어 규범 거부의 의미를 지니고 있다. 따라서 규범에 맞춰 혼례절차가 이루어지는 결연 유형인 신붓감찾기형에 삽입되는 고정 화소로 등장하고 있다.

(2) 남성주체 선택 의지와 속임 의미

현재까지 학계에 알려진 고소설로서 이 화소가 결구된 작품은 <구운몽>이 최초인데, 그 이후 이 화소가 사용된 결연서사는 <김희경전>에서 김희경과 최소저가 결연하는 경우와 <장국진전>에서 장국진과 이소저가 결연하는 경우, <임호은전>에서 임호은과 이소저가 결연하는 경우가 있다. 이들의 결연은 대체로 아내를 맞이하려는 남성의 의도에서 결연이 맺어지는 신붓감찾기형의 유형이다. 그러나 그 세부적인 구성에 있어서는 변형이 이루어지고 있다.

먼저 <김희경전>의 경우를 살펴보기로 한다.

> <A1> 태부 칭찬하여 서당(西堂)에 머물게 하고 어진 숙녀를 구하더니, 일일은 생에게 왈,
>
> "현질을 위하여 배필을 구하되 뜻에 합당한 곳이 없더니, 이제 좌승상 최호(崔皓)의 여자 자색이 당금에 제일이요, 덕행이 태임(太妊)을 압도한다 하니, 진실로 그러할진대 현질의 쌍이로되 최공은 작위존중풍성(爵位尊重豊盛)이 준엄하여 현질의 한미함을 꺼려하지 아니할 듯하니, 모름지기 이번 과거를 잃지 아니하면 그 뜻을 이룰 듯하리라."
>
> 생이 소왈,
>
> "과거는 진실로 소질의 장중에 있삽거니와, 그러나 소질이 평생 정하온 뜻이 있사오니, 비록 외람하오나 어떤 여자라도 그 자색을 먼저 구경한 연후에야 인연을 맺을지라. 바라옵건대 숙부는 소질을 위하여 최소저의 우현(賢愚)를 보게 하소서."[10]

김희경이 당사자 간 결연을 이룬 장설빙을 찾다가 바위에 남긴 유서를 보고 죽

---

10) <김희경전>, 69면.

은 것으로 알고, 마음을 다시 잡아 구혼과 과거를 위해 경성으로 올라온 후의 사건이다. 경성에 사는 외숙 석태부가 주선한 혼처는 최승상의 딸이다. 좌승상 벼슬에 있는 집안이니 그 문벌은 김희경을 훨씬 능가하는 처지이다. 그리고 여자의 자색이 '당금의 제일'이며 '덕행이 태임(太任)을 압도한다'고 소개하고 있다. 그러나 이 소개자는 아직 최소저를 본 적이 없으므로, 가문의 문벌은 사실이라 하더라도 규수에 대한 평가는 풍문일 수 있다.

이에 김희경은 선보기를 원한다. 자색을 보고 인연을 맺는 것이 평생 정한 생각이니, 선을 보고서 규수의 어짊과 어리석음을 평가하겠다는 취지이다. 그리고 자신의 처지가 한미한 것은 이번 과거에서 급제하여 만회하겠다는 자신감도 드러낸다. 이러한 소개와 선보기를 원하는 과정은 양소유와 정경패의 탐색 과정과 거의 일치한다고 하겠다. 단지 규수에 대한 묘사가 정경패에 비해 축소되어 있을 뿐 화소의 구성 요건과 사용 어휘도 크게 어긋나지 않아서 모방의 자취를 엿볼 수가 있다.

그리고 속임수를 써서 선을 보게 하는 계책도 석태부가 제시한다.

<B1> 태부 깊이 생각하다 가로되,
"현질이 무슨 풍악을 배운 재주 있는가."
생이 대왈,
"소질이 다른 풍악은 아지 못하오되, 어려서 유산(遊山) 갔삽다가 우연히 기이한 사람을 만나 거문고 타기를 잠간 배우니, 비록 혜강(嵇康)의 묘술은 없사오나 음률은 대강 짐작하나이다." (중략)
태부가 혼연히 동자를 보내어 그 미인을 데려오라 하니, 이때에 김생이 태부로 더불어 약속을 정하고 남(男)의 옷을 벗고 녹의홍상에 운빈(雲鬢)을 단장하고 정히 태부의 명을 기다리더니 동자가 와 부르거늘……… (중략)
생이 만심 환희하여 몸을 일으켜 소저를 향하여 공손히 배례하고 물러앉아 추파를 흘려 소저를 보니, 구름 같은 녹발(綠髮)이 옥면을 비꼈으며 태양이 처음으로 솟아난 듯, 양협은 추풍에 모란화 무르녹고 단순은 감로(甘露)에 새로 핀 도화 같고, 백설 같은 기부(肌膚)에 나삼(羅衫)이 표일(飄逸)하고 세류 같은 허리에 홍상이 향풍(香風)을 동하니, 진실로 직녀가 하강하고 항아(姮娥)가 월궁에 앉은 듯하니 가위 천고일색(千古一色)이라.[11]

---

11) <김희경전>, 70-71면.

남자인 희경을 승상 집 내당으로 들여보내는 방법으로, 거문고 연주라는 매개체와 여복으로 변장하는 속임수를 선택한다. 이는 속임을 통한 선보기 화소의 요체이므로 변화하지 않는 고정의 요소이다. 그런데 여장한 희경을 최승상의 내당으로 들어가게 하는 과정은 <구운몽>의 상황과 다르게 설정되었다. 최승상집의 연회에 참석한 석태부가 거문고 연주를 잘하는 기녀를 새로이 알고 있다고 하여 추천하자 불러와서 참석시키고, 그 음률에 감탄한 최승상이 내당으로 들여보내 그 부인과 딸에게도 들려주게 하는 자발적인 과정으로 진행시키고 있다.

속임수가 지나치게 작위적으로 이루어지면 남주인공에 대한 비난이 확대될 수 있으므로, 희경은 단지 선을 보고 싶다는 욕망만 제시하고 계략은 소개자에 의해 이루어지며, 최소저 앞에까지 나아가는 과정은 그 부모들의 승인으로 이루어지는 것으로 구성하고 있다. 이는 양소유가 정경패를 가까이서 보려고 최부인에게 넓은 대청을 핑계로 가까이 앉게 해달라고 요청하는 것보다 더 도의성을 염두에 둔 구성이라고 하겠다.

> <C1> 생이 내념에 중당이 광활하여 소저가 나와 앉음을 탄복하더니, 승상 부인이 거문고 소리를 소저에게 자세히 들리고자 하여 근좌(近座)하여 앉으심을 명하니, 생이 가장 기뻐 단금을 안고 소저 앞에 나아가 앉으며 왈,
> "소녀는 하남의 창기옵더니, 어려서 이인을 만나 거문고 두어 곡조를 배웠사오나 금일은 아지 못하오니 황공하오나 듣자오니 소저께서는 혜강의 정령을 두어 음률을 정통하신다 하오니, 잠간 평론하와 가르쳐 주심을 청하나이다."
> (중략)
> 원래 이 곡조는 사마상여가 탁문군을 유인하여 도망하던 봉구황곡이라. 생이 짐짓 모르는 체하고 소저의 심정을 시험함일러니, 소저가 기미를 알고 피하니, 생이 그 명감(明鑑)에 탄복하여……12)

이 과정은 앞서 <구운몽>에서의 예시와 거의 일치한다. 음률문답의 장면과 그 문답의 내용도 모방의 흔적을 구체적으로 찾을 수 있다. 단지 문답의 순서가 여기서는 당진왕(唐晉王)의 파진곡(破陣曲)—옥수후정화(玉樹後庭花)—예상우의

---

12) <김희경전>, 76-79면.

곡(霓裳羽衣之曲)—대순(大舜)의 남훈전(南薰殿)—봉구황곡(鳳求凰曲)으로 나열되었고 그 수가 축소되었다. 앞의 <구운몽> 예시에서는 전체 아홉 곡의 연주가 있었고 이에 대해 정경패가 구체적으로 내력과 감상을 술회하였다. 이 장면에서 중요한 부분은 여복한 남성이 여성 앞에서 연주를 통해 자신의 정체를 암시한다는 점인데, 이 화소의 필수요소라 말할 수 있겠다. <봉구황곡>을 연주해 자신이 황새를 구하는 봉새임을 은유적으로 드러내어 구애의지를 밝히고 있다. 이에 여성은 고개를 들어 남성을 다시 살피고 부끄러운 빛으로 자리를 피하는 것으로 불쾌함을 드러낸다.

최소저의 불쾌함은 타인의 꼬임에 빠진 자신의 실수에 대한 자책으로 변해 고민한다. 결국 그 맞선 상황을 혼자 간직하지 않고 오히려 부친에게 알려 김희경과의 혼사가 이루어지도록 하고 있다. 이는 지나치게 경직된 사고의 일면으로 볼 수 있다. 곧, 속임을 당한 것도 자신의 실책이고, 일단 외간 남자에게 얼굴을 보였으니 그에게 시집을 가겠다는 의도를 나타내는 것도 그러하다.

> <D1>에 김생을 나오라 하여 손을 잡고 웃어 왈,
> "방탕한 아이의 장난질이 이런 외람한 의사를 행하여 어른을 속인다. 그때의 명창의 일은 초운이요, 자는 소연이라 하니, 소연으로 꾸미기 어찌 그리 쉬우며 나군홍상(羅裙紅裳)은 어디 두고 녹포 청삼을 부쳤다. 족히 네 죄를 용납지 못할 것이로되 내 천성이 소활하여 개의치 아니하였나니, 이후는 다시 방탕한 의사를 두지 말라. 연이나 나의 여아는 네 이미 본 바라. 족히 욕됨이 없으리니 백년을 서로 저버리지 말라."[13]

외간 남자에게 속임을 당해 얼굴을 보였다고 고민하는 딸을 최승상은 위로하고, 그 맹랑한 총각을 찾아가 직접 선을 본다. 그 자리에서 희경의 자질을 다시 보고 흡족해 하며 혼사를 허락한다. 속임에 대해서는 문제를 삼으나 결국은 남성다운 기개로 오히려 긍정적인 평가를 내린다. 그리고 딸의 얼굴을 보았으므로 혼인을 허락한다. 이 마지막 구성은 두 작품에서 차이를 나타낸다. 정경패는 부친이 장원

---

13) <김희경전>, 85면.

한 양소유의 납채를 받은 상황에 나가 속은 일을 고백하며 거부하는 듯하여 양소유의 허물을 덮고 있다. 그러나 이 경우는 최소저가 그 속은 일을 빌미로 부친에게 김희경의 존재를 알리고 혼인을 허락받는 주도적인 역할 수행을 보인다. 그러나 이러한 결연주도가 자발적인 연정에서 비롯되지 않고 선을 보인 남자에게 마음도 허락해야 한다는 지나친 예속(禮俗)에 경도된 일면이 있어 주체적이라고는 할 수가 없다.

<김희경전>의 김희경과 최소저의 결연서사는 첫사랑을 잃고 방황하던 희경이 안정을 찾기 위해 가정을 이루는 과정에서 이루어지는 결연이다. 그러므로 가정을 잘 운영할 현숙한 부인을 찾을 목적으로 중매를 청하였고, 그 과정에서 탐색만은 자신이 직접 하겠다는 의지로 속임수를 통해 맞선을 본 것이다. 결연의 성격이나, 여성의 가정 내의 역할이 앞에 예시한 정경패의 그것과 흡사하므로, 탐색화소도 거의 변화 없이 수용되고 있다.

이 선보기 화소는 이후 다른 작품에도 사용되지만 다소 변형된 형태로, 그 의미도 변화하여 삽입된다. <장국진전>에서 남주인공 장국진이 부모의 권유에 의해 아내를 맞는 과정에 이 화소가 차용되고 있다. 이 결연서사는 앞의 두 경우와는 다소 차이를 보인다. 먼저 구혼의 과정에서 신붓감을 중매자가 소개하는 것이 아니라 몽조의 예언으로 탐지한다는 점이 색다르다.

> <A1> 차시 승상과 부인이 아자를 위하여 숙녀를 널리 구하더니, 부인이
> 일야는 한 꿈을 얻으니, 금화산 노승이 부인에게 왈,
> "국진의 배필은 초운의 집에 있으니 빨리 구혼하여 기회를 잃지 말라."
> 하거늘, 부인이 꿈을 깨어 명조에 승상을 대하여 몽중사를 말씀하고 왈,
> "나물 팔러 다니는 초운에게 한 여자가 있으니 이름은 계향이라. 전임 병부
> 상서 이창옥의 여아로 화를 피하여 노주 양인이 이곳에 있더니, 또 몽사 여차여
> 차하니 아자의 배필을 구하면 어떠하나이까."
> (중략)
> 국진이 곁에 있다가 왈,
> "소자가 친히 가서 그 여자를 본 연후에 성혼함이 가할까 하나이다."[14]

장승상 내외가 아들의 혼사를 추진하던 중 부인의 꿈속에 노승이 현몽하여 이계향이 천정배필임을 알려준다. 그래서 부인은 승상과 상의하여 모함으로 죽임을 당한 전 병부상서 이창옥의 딸을 며느릿감으로 지목한다. 위의 두 경우에서는 남성에 비해 문벌이 높은 여성을 신붓감으로 소개 받아, 쉽게 선을 볼 수 없는 한계에서 속임수가 설정되었다. 그러나 이 경우는 여성이 몰락하여 곤궁한 처지에 있고 남성 측에서 얼마든지 주도적으로 선을 보고 며느릿감을 택할 수 있는 상황인데도 이 선보기 화소가 삽입된 것을 보면, 이 화소가 선보기의 전형적인 화소로 변질되었음을 알 수 있다. 장승상은 이창옥이 역모라는 모함에 연루되어 죽은 것을 들어 반대 의사를 드러내고 있어 이계향이 흡족한 혼처가 아님도 보인다. 그런 결함을 가진 여성을 굳이 속임수를 써서 선볼 이유도 없는 상황인데도 이 화소는 자연스럽게 삽입되어 있다. 그리고 그 속임의 계략도 타인이 제시한 것이 아니라 장국진 본인이 자청하여 혼자서 여복을 하여 접근하겠다고 하여, 여성을 희롱하겠다는 의도로 비춰진다.

    <B1> 부인 왈,
    "너는 남자라. 어찌 규중의 처자를 보리오."
    국진 왈,
    "조자가 나이 적고 수염이 없으니 여복을 개착하고 이소저를 보리이다."
    부인이 옳게 여겨 여복을 입히니, 아리따운 태도 진실로 천향국색이라. 승상과 부인이 어이없어 함소하며 태도 있다 일컫더라.
    장생이 거문고를 안고 초운의 집으로 가니, 운이 그 여자의 자태 절승함을 사랑하여 내당으로 청하고 소저를 청하여 거문고 소리를 들으라 하니, 소저 불열 왈,
    "내 마음이 요요하니 그런 번화한 것을 듣기 원치 아니하나, 운의 청하는 바에 어찌 불응하리오."
    장생이 눈을 들어 소저를 보니 요조한 태도와 선연한 거동이 이화 일지 아침 이슬을 머금은 듯 절대옥모의 팔자아미는 강산수기를 오로지 하였으니 진실로 천고절염이요, 만대 수원이라.[15]

---

14) <장국진전>, 27-28면.
15) <장국진전>, 28면.

장국진이 변복을 하여 여성에게 접근해 선을 보는 장면인데, 앞서 든 두 이야기에 비해 치밀한 구성을 나타내 보이지도 않는다. 여복한 장국진이 거문고를 가지고 무작정 초운의 집으로 가서 연주를 하겠다고 하여, 초운이 좋은 구경거리에 이 계향을 불러내는 엉성한 구성을 보인다. 그리고 이 속임수를 장승상 내외는 알고 있으며 남을 속이는 행위에 대해서도 전혀 거리낌을 두지 않고 묵인하고 있다. 장국진이 의혼할 상대를 희롱할 생각으로 속임수를 사용하겠다고 하면 응당 만류하고, 정도로써 선보기를 주선할 수 있는 처지임에도 부모들이 아들의 행동을 어이없어 하면서도 웃어넘기는 것으로 그려진다. 즉 이 화소가 여기 결연서사에서 필수적인 역할을 하는 것이 아니라, 흥미요소로 작용하고 있음을 다시금 확인하게 된다.

> <C1> 이에 칠현금을 슬상에 놓고 한 곡조를 타니 소리가 청아하여 옥반에 진주를 굴리는 듯 하니, 소저가 칭찬함을 마저 아니하니, 이에 여러 곡조를 타다가 나중에 사마상여의 탁문군의 봉구황곡을 타니, 소저 잠깐 추파를 흘려 여관을 살피니 미우 빼어나고 기상이 호호하니 의심없는 남자라. 심하에 대경하여 연망히 금련을 움직여 내당으로 들어가거늘[16]

선보는 목적을 달성한 장국진이 역시 <봉구황곡>을 연주하여 자신이 남성임을 암시하는 이 장면은 특별한 변형이 이루어지지 않는다. 단지 음률문답 등의 요소가 제거되고 간단하게 서술하는 수준으로 처리하였다. 이렇게 화소의 중요한 구성요소가 제거되고 간단하게 서술되는 이유는 이 화소가 여기 결연서사에서 주요한 의미가 아님을 드러낸 결과로 볼 수 있다.

> <D1> 승상부부가 상의한 후 즉시 매파를 보내니, 매파가 초운의 집에 가 보고 소저의 혼사를 말하거늘, 운이 대희하여 내당에 들어가 소저를 대하여 장승상의 집에서 매파를 보내어 구혼함을 고하니, 소저 마음에 장생에게 속음을 쾌히 알고 머리를 숙이고 소리를 나직이 하여 왈,

---

16) <장국진전>, 29면.

"운낭아, 혼인은 인륜대사요, 또한 나는 다른 사람과 달라 심중에 정한 주의가 있으니 부질없는 말 두 번 말고 매파를 빨리 보내라."
하니, 매파 무료히 돌아와 부인께 수말을 고하니, 부인이 묵연무어하고 매파를 물러가라 하다.[17]

장국진이 이계향을 선보고 흡족해 하자 승상 부부가 매파를 놓아 청혼하는 절차이다. 그러나 이 과정에서 이계향은 강한 거부 의사를 내보인다. 자신을 속인 것에 대한 불쾌감이 첫 번째 이유이다. 그런데 두 사람의 결연이 성사되는 과정을 보면, 과거에 장원한 장국진이 황제에게 장인이 될 이창옥의 무고함을 해명하여 억울함이 밝혀져 복작하게 하고, 황제는 주혼이 없는 이계향을 위해 그 역할을 대신하고 있다. 이를 본다면 이계향이 청혼을 거부한 또 다른 이유는 부친의 원한을 설치하려는 소명 때문에 혼인을 생각할 여력이 없었음을 알 수 있다. 결국은 이 신원을 장국진이 해결해 주니 그를 남편으로 맞아들이고 있다.

이계향은 장국진의 속임수 행위가 자신의 처지를 얕잡아보고 행한 희롱으로 인식했다가 후에 자신의 부친 누명을 벗어나게 해준 은혜에 대한 보답으로 결연을 이룬다. 결국 이 결연서사에서 속임을 통한 선보기 화소는 유기적으로 연결되지도 못하고 오히려 결연 과정에서 갈등을 야기하는 장애 요소로까지 작용하고 있다.

이 화소는 <임호은전>에도 수용되어 있는데, 완전한 구성을 보이지 않고 다른 결연 화소에 부분적으로 삽입된 양상을 보인다. 임호은이 영은사에서 불공을 드리러 온 이승상의 딸을 보고 연정을 품어 상사병으로 죽을 위기에 처하자 노승이 호은을 여복하게 하여 채봉으로 이름을 바꾸고 이승상의 시비로 들여보낸다. 그리고 우여곡절 끝에 이소저의 시비가 되어 함께 거처하게 되고, 동침과정에서 남자임을 밝혀 결연을 맺고 도망하는 이야기이다. 이는 뒤에 언급될 '첫 만남에서의 동침 화소'로 분류될 수 있으나 그 사이에 자신이 남성임을 암시하는 <C1>의 장면이 삽입되어 있다.

---

17) <장국진전>, 30면.

소저가 친찬함을 마지 아니하니, 채봉이 또 줄을 고르고 일곡을 주니, 소저가 청파에 아미를 숙이고 낯빛을 붉혀 가로되,

"이는 사마상여 탁문군을 돋우던 봉구황곡이라. 음률에 부정한 곡조니라."

하고, 수색을 머금고 뉘우침을 마지 아니하더라. 채봉이 짐짓 가로되,

"소저의 옥안에 홍광이 염념하심은 무슨 연고니이까."

소저 빈미 탄왈,

"내 눈이 있으나 구슬이 없는 고로 사람을 알지 못하고 부끄러움을 당하니 가탄이로다."

언파에 침소로 돌아와 차후는 소저 채봉을 의심하여 물러가라 하더라.[18]

속임을 통한 선보기 화소는 구조적으로 선보기가 강하게 금지된 상황에서 남성이 여성의 얼굴을 한 번 보고 결연에 임하겠다는 의도에서 구성되고 있다. 그러나 이 결연서사에서는 임호은은 이미 여복으로 꾸며 시비가 되어 이소저를 곁에서 연일 지켜보고, 한 방에서 잠도 함께 자는 사이이다. 그러므로 이 탐색 화소가 개입할 필요가 전혀 없다. 그런데도 이 부분을 넣은 이유는 임호은의 실체를 암시하는 장치로 적합하다고 본 결과이다. 여성으로 변복한 남성이 불쑥 옷을 벗어 남자임을 드러내는 것은 무리이다. 그러므로 이러한 장치를 통해 이소저가 임호은의 정체를 서서히 파악하게 하는 극적인 장치로 사용된 것이다.

이 화소는 애초 신붓감찾기형 결연서사에서 탐색과정의 특화화소로 설정되어 그 기능을 충실하게 수행한다. 그러나 후대 작품에서는 결연과정에서의 여성을 희롱하는 흥미요소로 기능이 변질되기도 하고, 다른 특화화소의 중간에 부분적으로 삽입되어 또 다른 극적 기능을 수행하기도 한다. 그리고 각기 기능에 맞춰 그 의미는 다르게 파악된다.

신붓감찾기형 결연서사에서 선보기 화소가 특화화소로 설정되는 이유는 앞서 설명하였는데, 그 가운데 속임이라는 극적인 요소가 어느 시점부터 사라지는 양태를 발견할 수 있다. <옥루몽>에서 양창곡이 윤소저를 신부로 맞이하는 결연에서는 전혀 선보기 화소가 설정되지 않는다. 양창곡은 강남홍의 천거를 듣고 마음속에 품고

---

18) <임호은전>, 77면.

있다가 황각로의 청혼을 듣는 순간 불현듯 윤소저를 본처로 맞아야 한다는 당위성에 쫓겨 윤상서에게 명첩을 드려 청혼 의지를 비치는 것으로 선보기는 대체된다. 이후의 상황은 결연 당사자인 양창곡과 윤소저는 배제되고 윤상서 집에서 양창곡의 부모에게 매파를 놓아 의혼을 이루고 즉시 윤상서가 양부를 찾아가 청혼하며, 양창곡의 부친이 허혼하는 부모간 혼인 절차를 보인다. 그리고 연길과 납폐, 친영의 혼례 절차는 일사천리로 진행되고 있다.

흔히 <옥루몽>이 <구운몽>의 아류작이라고 평하는데, <구운몽>은 여덟 여인과의 결연담이 거의 대등한 비중으로 작품에 배치된데 비하여 <옥루몽>은 양창곡과 강남홍의 관계가 주요 골격이 된 상태에서 윤소저, 황소저, 벽성선, 일지련의 결연담은 삽화적인 요소로 작품에 개입하고 있어 큰 차이를 보인다. 이런 이유에서 윤소저와 제1부인으로 결연을 맺는 이야기는 삽화로 축소된 인상을 준다. 그런 까닭에 선보기 화소의 극적인 요소는 제거된 것으로 보인다.

그리고 이후의 신붓감찾기형 결연서사에서 선보기 화소는 속임이라는 매개수단은 제거된 양상이 일반화 된다. <권용선전>에서는 권용선이 숙모의 친정 조카인 오소저를 숙부의 집에서 엿보고 마음을 두어 자주 출입하는 가운데 어른들이 약혼을 맺게 하는 일반적인 형태를 취한다. <유문성전>이나 <정을선전>에서는 남성이 우연히 뛰어난 미모의 여성을 보고 집에 돌아와 상사병을 심하게 앓아 남성의 부친이 그 내막을 듣고 여성의 집으로 직접 찾아가 청혼을 하고, 여성의 부친이 허혼한 상태에서 남성의 부친이 직접 선을 보는 형태로 변화한다. 즉, 남성이 인식만 한 상태에서 시부(媤父)가 며느릿감을 선보는 형태로 바뀐다.

이렇게 남성의 주체적인 선보기 화소가 아예 배제되거나 가족이나 남성의 부친이 대신 선을 보게 하는 화소로 변모된 이유는 사회상을 사실적으로 반영한 결과로 보이며, 한편으로 속임이라는 희화적이고 비도덕적인 요소가 가문의 주부를 맞이하는 신성한 혼례 절차에 마땅하지 않다는 의식에서 비롯된 것이라 생각된다.

그런데 이러한 관습적인 절차로 선보기 화소가 전환되면 작품의 극적 효과는 감소하는 결과를 초래한다. 대중의 인기에 부합하는 통속적인 소설의 성격에 위배되는 요인이다. 그래서 신붓감찾기형의 선보기 화소는 <백학선전>이나 <조생원전>에 와서는 자유연애담의 인식과 구애 단계에서 보이는 당사자 간 직접적인 교감으로 전환된다. <백학선전>에서 유백로는 글공부를 하러 가던 길에서 조은하를 만나 첫눈에 교감을 이룬다. 물론 그 사이에는 유모가 개입하여 두 사람 사이의 신물교환을 돕는다. <조생원전>의 조혜성은 누대 위의 김소저를 보고 연정을 품어 수화를 팔러 온 시비를 통해 결연의지를 내 보이고 결국 부모의 허락도 없이 혼자 청혼하고 결혼에까지 이른다. 이 두 작품의 인식과 구애단계의 양상은 자유연애형의 그것을 차용하고 있다.

이를 정리하면, 신붓감찾기형의 특화화소로 설정된 속임을 통한 선보기 화소는 <구운몽>에서 비롯되어 <김희경전>에서 그대로 수용되며, <장국진전>이나 <임호은전>에서는 본질에서 벗어나 희화되거나 축소된 양상으로 변화된다. 이후 선보기 화소는 현실적인 혼속에 입각하여 <옥루몽>에서와 같이 결연서사에서 소거되거나 <유문성전>이나 <정을선전>과 같이 남성의 부친이 대신 신붓감을 선보는 양상으로 변화하여 극적 효과를 확보하지 못하는 경우가 생긴다. 이에 대한 반작용으로 <백학선전>이나 <조생원전>에서는 자유연애형에서 보이는 상호 인식 화소로 대체되는 양상으로 변화하기도 한다.

2. 신랑감고르기형

(1) 권력을 이용한 늑혼 화소

남녀결연서사 가운데에서 이미 남녀간 정혼이 이루어진 상태에서 권력층의 여성이 남성에게 욕심을 내어 정혼을 파기하게 하고 강제로 혼인을 맺는 이야기를 늑혼담(勒婚談)이라고 한다. 남녀 결연이 권력에 의해 방해받는 혼사장애 구조나, 순조로운 결연에 욕망의 주체인 다른 여성이 개입하는 삼각관계 구조로 파악할 수 있다. 이러한 늑혼을 통한 결연화소는 권력을 가진 여성측 부모나 여성이 직접 결연을 주도하고 있어 여성주도의 신랑감고르기형 결연서사에 주로 삽입됨을 볼 수 있다. 그리고 이 화소는 결연서사의 한 부분적인 단계로 작용하기보다는 그 자체가 하나의 완전한 결연서사가 될 소지가 많다.

권력층 여성, 특히 공주의 혼인은 쉽게 이루어지기가 힘든 것이 사실이다. 공주를 배필로 맞는 것을 동경하는 단계는 동화와 같은 낭만적인 서사물의 특징이다. 고소설에서는 공주와의 혼사는 자발적으로 이루어지는 것이 아니라 반드시 강제성을 띠고 실현된다. 이는 현실의 실상이 반영된 결과로 보인다. 부마간택을 받은 남성은 평생을 공주를 상전처럼 섬기며 살아야 하고, 다른 처첩을 둘 수도 없었으며, 불행히 공주가 요절을 하면 일생을 홀아비로 지내야 할 정도로 제약[19]이 많았다. 그 부모들도 공주를 며느리로 모시고 산다는 것이 편안하지는 않았을 것이다. 그러므로 남성이 부마가 된다는 것은 명예직인 부마도위[20]라는 벼슬을 받고, 다소의 권력을 가질 수 있다는 이점 말고는 평생 제약을 받고 살아야 하므로 달가운 일은 아닌 것이다. 그러니 공주의 하가(下嫁)와 부마간택은 강제성을 띨 수밖에 없는 실정이다. 그렇다고 평범한 남성에게 공주를 하가시킬 수는 없는 상황이므로 문벌이 높거나 전도가 유망한 재원이 지목받을 수밖에 없다. 그런 남성은 주체적으로 이미 정혼을 이룬 경우가 많았으니 여기에서 자연히 갈등이 일어나게 되는 것이다.

이 늑혼 화소의 연원은 조강지처(糟糠之妻)의 고사에서 찾을 수 있다. 광무제는 과부가 된 누이를 위해 조신(朝臣)들 중에 마음에 드는 인물을 고르라고 한다. 그런데 공주가 지목한 사람은 이미 아내가 있는 송 홍(宋弘)이었다. 광무제는 누

---

19) 숙종 신유년에 동평위(東平尉) 정재륜(鄭載崙)이 공주가 세상을 떠나고, 아들이 요사(夭死)하자 상소하여 반성위(班城尉) 강자순(姜子順)과 하성위(河城尉) 정형조(鄭顯祖)의 예를 들어 재취의 허용을 청원하고, 또 선왕조에서 맹만택(孟萬澤)의 위호(尉號)를 그대로 두고도 다시 장가가게 하려던 뜻을 인용하여 의빈(儀賓)의 재취할 수 있는 증거로 삼으니, 임금이 특히 윤허하였는데, 대신(臺臣)이 그 불가함을 말하여 드디어 그 명을 정침하고, 이내 의빈은 재취할 수 없는 법을 정하였다.(≪연려실기술≫별집 제1권, <공주, 부마조>)
20) 조선시대 공주나 옹주의 남편들은 부마도위라는 무관벼슬을 제수 받았으나 실제 업무를 수행하지는 않고 직위만 유지하고 있었다. 즉 의빈부(儀賓府)에 소속된 명예직이었다.

이를 병풍 뒤에 앉히고 송 홍을 불러 부마가 되려는지 의향을 물으니, 송 홍이 조강지처를 버릴 수 없다고 단호하게 표명하여 결연을 이루지 못했다는 이야기였다. 황제는 최고의 권력으로 과부가 된 누이에게 남자를 맺어줄 수 있다고 생각하고 있으며, 공교롭게 그 지목의 대상은 유부남이었다. 여기에 갈등의 요인이 설정되고 있다. 결국 황제는 남성의 의사를 타진해 보고 거부하는 뜻을 보이자 그 결연 주선을 포기한다. 이는 역사 속의 이야기이므로 사실적으로 서술된 측면이 있다. 이러한 이야기가 허구화 되면 황제는 송 홍을 강압해서 그 결연과정에서 갈등을 부각시킬 가능성이 크다.

이렇게 오랜 연원을 가지고 주변에서 일상적으로 사용되는 고사에 포함된 늑혼을 통한 결연 화소는 고소설의 남녀결연서사에 삽입될 가능성이 크다. 특히 일부다처의 결합구조를 보이는 고소설의 결연담 속에서 한 자리를 공주에게 할애하고 이 늑혼 화소를 주요한 요소로 개재하는 것은 무리 없는 구성으로 보인다. 그리하여 영웅적인 활약상을 보이는 남성의 결연담에는 공주의 늑혼 화소가 많은 작품에 개입되어 있다.

여기서는 선도적인 삽입 예시로 <구운몽>의 양소유와 난양공주의 결연서사를 살펴본다. 이 외에 <권용선전>이나 <옥루몽>, <윤지경전>, <김진옥전> 등에 이 화소가 개입하여 갈등을 야기하고 있다. 그 외 다양한 창작군담소설의 남주인공이 무공에 대한 포상으로 공주와 결연을 맺고 있으나 특별히 갈등을 야기할 사건으로 부각시키지는 않고, 단지 부인 가운데 한 자리에 공주가 있도록 만드는 장치로 사용된다.

양소유와 난양공주의 결연은 <구운몽>에서 여섯 번째로 이루어진다. 그러므로 양소유는 이미 여러 여성들과의 교감이 있었고, 특히 정경패와는 정식 절차를 밟아 납채를 이루었으며, 거처가 마땅치 않은 까닭으로 정사도 집 별당에 거처하며 정경패의 시비 가춘운을 잉첩으로 맞아 함께 기거하는 상황이다. 이 같은 상황에 난양공주의 부마로 간택이 된다면 지금까지의 모든 결연을 파기해야 하며, 특히 혼인절차에 의해 정혼한 정경패와 파혼을 해야 할 위기이다. 권력의 개입으로 기존의 모든 인간관계를 단절해야 하며, 신의를 저버려야 할 상황에 처하게 되는 것이다. 그러나 권력에 의해 강요되는 늑혼을 피할 수는 없는 상황이니 그 귀추가 주목되는 것은 당연하다.

> 이런고로 난양공주는 이미 장성하였으되 부마를 간택하지 못하였더라.
> 이날 밤에 난양공주가 마침 달을 바라보며 통소를 불어 학의 춤을 끝냈는데, 곡조를 마치매 청학이 한림원을 향해 날아가 그 동산에서 춤을 추니, 사람들이 서로 전하여 일컫기를 양상서의 옥통소 소리에 학이 춤을 춘다 하더라.
> 천자 들으시고 신기히 여기사 생각하시되,
> "공주의 인연이 필연 이 사람에 있도다."
> 하고 태후에게 고하되,
> "양소유 년기(年紀) 공주와 상적하옵고 그 풍채와 재주 만조에 무쌍하오니 간택하시기를 바라나이다."
> 태후 웃고 이르시되,
> "소화의 배필이 아직 없어 항상 염려하더니, 이제 그 말씀을 들으니 양소유는 곧 난양공주의 천생배필이요. 그러나 이 몸 친히 보고 정하리라."[21]

양소유와 난양공주의 결연은 무도한 권력의 욕망으로 시도되는 것은 아니다. 이미 서로 간에 통소로 교감하는 것으로써 결연은 예견되고 있다. 난양공주가 신이한 기운으로 통소 부는 법을 익혔고, 또 통소를 불면 학이 날아와 춤을 추는 기이한 징후를 보였으므로, 그 배필도 그에 상응하는 사람을 얻어야 한다는 것이 태후의 결심이었다.

그런데 그에 필적할 인물이 양소유임이 명확해진 이상 태후가 기회를 놓칠 리없다. 태후는 황제와 문답하는 양소유를 멀리서 선보고 일방적으로 부마로 간택하게 된다. 그러나 그 간택이 권력에 의한 욕망 추구 양상으로만 결정된 것이 아님은 확실하다. 태후가 부마간택에 급급했다면 이미 과거에 장원을 이룬 시점에서 간택이 이루어졌어야 한다. 곧, 부마간택의 기준으로 전망 있는 유능한 인물을 생각한 것이 아니라 난양공주의 성정과 부합할 수 있는 풍류남아를 염두에 두고 있다. 그

---

21) <구운몽>, 117-118면.

러므로 이 늑혼 화소에서는 시발부터 무도한 권력 남용에 의한 욕망이 아님은 확실하다. 이 점이 이후 결연서사가 극단의 갈등으로 치닫지 않을 것임을 암시하고 있다고 하겠다.

> 상서 놀라 부복 주하되,
> "천은이 소신에게 내리시니 '복이 과하면 재앙이 생긴다' 함은 이미 말할 나위 없는 바이오며, 신은 이미 정사도의 여아와 정혼하여 납채한 지 벌써 해를 거듭했사오니 엎드려 바라거니와 대왕은 이 뜻을 황제께 아뢰어 주옵소서."
> (중략)
> "장인은 염려치 마옵소서. 천자께서 성총이 밝으사 법과 예를 중히 여기시니 필경에는 신하의 윤기를 어지럽게 아니하실 것이오니, 소서(小壻) 비록 불민하오나 맹세코 송홍(宋弘)의 죄인은 되지 아니하오리다."
> (중략)
> 월왕이 정사도 집에서 돌아와 양소유가 이미 납채한 사실을 황태후께 아뢴즉, 태후가 낯을 찌푸리며 이르시되,
> "양소유 벼슬이 상서에 이르렀으니 마땅히 조정 사체(事體)를 알지어늘 그 고집이 어찌 이 같을꼬."
> 상이 대답하시되,
> "납채는 성례함과는 다르니 친히 효유하오면 아니 듣지는 못하리이다."
> (중략)
> 상이 남필(覽畢)에 태후께 아뢰시니, 태후는 대로하여 양소유를 옥에 가두라 하시기에 조정 대신들이 일시에 힘써 간하니, 상이 이르시되,
> "짐도 그 벌이 과한 줄 아나 태후께서 방금 진노하시니 짐도 감히 사하지 못하겠도다."
> 하시고 하옥하라 명하시니, 이에 양소유는 옥에 갇히고 정사도는 또한 황송하여 두문사객(杜門謝客)하더라.[22]

황태후가 둘째 아들 월왕을 시켜 양소유에게 부마간택 사실을 전하니, 양소유는 간곡하게 거부하고, 황제가 다시 회유하니 양소유가 상소를 올려 강한 거부의사를 표시하여 결국 태후의 진노를 사 하옥되는 상황이 벌어진다. 부마간택 사실을 접한 양소유는 거대한 권력과 상대하여 투쟁해야 하는 위기에 처하게 되는 것이다.

---

22) <구운몽>, 121-135 발췌.

자신이 간택 사실을 수용하게 되면 지금까지의 모든 결연을 포기해야 한다. 이 대결 양상은 양소유 일개인과 권력과의 대결이 아니라 자신에게 의존하기로 한 모든 여성들과 권력의 대결이며, 사회적으로 중시되는 신의·인륜과 무도한 권력과의 대결이다.

그러므로 양소유는 자신의 입장에서 변론할 수 있는 모든 것을 동원하여 거부 의사를 밝힌다. 가장 먼저 거부의 이유로 든 것이 정경패와의 정혼 사실이다. 납채까지 이루어진 것은 곧 약혼에 해당하므로, 파혼이 된 여성의 장래 일생은 장담할 수 없으므로 그 신의를 지키겠다는 의지이다. 그리고 두 번째로 든 변론은 황제의 도덕성에 호소하겠다는 것이다. 양소유는 정사도에게 염려 말라고 위로하면서 황제의 현명함과 자신의 신의를 믿어 달라고 한다. 자신의 도덕성을 내세워 변론하고 있다. 그리고 세 번째는 윤기가 통용되는 조정의 현실에 호소하고 있다. 결국 조정 대신들은 모두 양소유의 편을 들어서 황제께 진언을 올린다.

그러나 모든 정황이 양소유가 옳고, 이치에 합당하다 하더라도 간택에 대해서는 태후나 황제가 굽힐 수 없음이 명백하다. 이는 황실 권력의 자존심에 해당하는 것으로 황제나 태후는 물러설 수 없는 상황이다. 태후는 벼슬이 상서쯤 되는 사람이 조정의 일 돌아가는 사정을 파악하지 못한다고 양소유를 핍박하고, 결국 거부 상소에 대해 진노하여 황제를 부추겨 양소유를 하옥시키는 지경까지 나간다. 황제 역시 평소 양소유를 총애하였으나 부마간택에서 물러서면 자신의 권위에 문제가 생길 수 있으므로, 황태후를 핑계로 결국 강하게 밀어붙이는 태도를 취한다.

이러한 위기의 상황에서 남성은 강압과 회유를 받아들여 결국 늑혼에 항복하는 양상을 보이는 것이 일반적인 예견이다. 그러나 이 결연서사에서는 난양공주가 매우 현명한 존재로 설정되어 이 난국을 헤쳐 나간다. 먼저 양소유가 이 갈등과 고난에서 벗어나도록 장치되어 있다. 토번의 난이 발생하고 하옥되었던 양소유는 방면되어 대장군이 되어 출정하는 것으로 이 늑혼의 갈등에서 배제된다. 그리고 이후의 모든 문제는 난양공주에 의해 해결된다. 이것이 늑혼 화소의 일반적 양상에서 벗어난 <구운몽>만의 특징일 수 있다.

공주 여쭈오되,

"소녀 일생 투기가 무엇인 줄 알지 못하오니 정녀를 어찌 꺼리오리까마는 양 상서가 처음에 납채하였으니 다시 첩으로 삼는 것은 예가 아니오며, 정사도는 또한 누대의 재상이요 명문귀족이니, 그의 여식으로 하여금 첩을 삼게 함도 가하지 아니하나이다."

태후 물으시되,

"그러면 네 뜻에 어찌 조처코자 하느뇨."

공주 대답하되,

"국법에 제후(諸侯)는 부인이 셋이라, 양상서가 공을 세우고 돌아오면 크면 왕이요, 적어도 공후가 될지니 두 부인을 두는 것이 별로 분수에 넘치는 바 아니올지라. 이 때를 당하여 정녀에게 정실(正室)로 장가들게 하심이 어떠하나이까."23)

토번을 정벌하러 나간 양소유가 거듭 전승을 거두자 그 벼슬은 점차 승차되고, 황제는 양소유가 돌아와서도 부마간택을 수용하지 않을 경우를 염려한다. 이에 태후는 강경한 태도를 고수하여 양소유가 없는 사이에 정경패를 타인에게 시집가도록 조서를 내리라고 방법을 제시한다. 그러나 황제는 사리에 맞지 않다고 여겼는지 대답하지 않고, 난양공주가 모후의 잘못을 지적한다. 그리고 그 해결책으로, 양소유가 신분이 상승되어 두 부인을 얻을 수 있게 되면 정경패와 나란히 부인이 되겠다는 의지를 표명한다. 그 전제로 자신은 투기가 무엇인지 알지 못한다고 하고, 양소유와 정경패, 아울러 정사도 집안의 입장까지도 모두 고려하는 아량을 보인다.

이에 태후가 황실의 권위를 내세워 불가하다고 반대하자 난양공주는 자신이 직접 정경패를 접해보고 이후에 그 지위를 정하겠다고 태후를 회유한다. 결국 태후가 난양공주의 현명한 의도를 수용하고, 난양공주는 직접 궁 밖으로 나가 신분을 속여 정경패와 교류하여 그 용모와 재덕을 가늠한다. 그리고 자신을 능가하는 자질임에 놀라고 태후에게 소개하여 수양딸을 삼게 하며 영양공주의 작위를 받도록 하고, 형제의 의를 맺어 전장에서 돌아온 양소유에게 나란히 혼인하는 결말을 끌어낸다.

---

23) <구운몽>, 157-158면.

늑혼을 통한 결연 화소는 시종일관 갈등이 내재할 것으로 예견되며, 강제로 결합이 이루어진 후에도 갈등은 지속될 것으로 보인다. 왜냐하면 남성이 자발적으로 혼인을 수락한 것이 아니라 권력에 의해 강제되었으므로 공주를 애정의 대상으로 여기지도 않을 것이며, 아내로서 의지하지도 않을 것이므로, 남편과 결합한 다른 여성들과 지속적인 갈등을 만들어 낼 것이다. 이런 일반적인 추측을 이 결연화소는 난양공주의 명철한 판단과 화해를 갈구하는 심리에 기대어 탈피하고 있다. 이는 규범 사회의 표상인 여성들의 화해를 특징으로 하는 <구운몽>의 독특한 결연 양상의 한 측면으로 보인다.

권력에 의한 늑혼을 통한 결연화소는 대체로 다음과 같은 요건으로 구성될 것으로 예상된다.

<A2> 출중한 남성이 공주의 부맛감으로 선택된다.

<B2> 남성이 이미 정혼한 사실 때문에 거부하여 투옥되거나 고난을 겪는다.

<C2> 권력에 밀려 늑혼을 수용한다.

<D2> 공주를 홀대하여 갈등이 야기된다.

이렇게 볼 때 늑혼 화소는 애정에 초점을 맞추어 권력에 저항하는 의미를 지니며, 나아가 그 부당한 압력에 대한 저항의 승리를 의미하고 있지만, 위에서 예시적으로 분석한 양소유와 난양공주의 결연서사에서는 다르게 나타나 있다. 거기에서의 늑혼 화소는 <A2>와 <B2>가 일반적 양상으로 설정되어 있고, <C2>에서 난양공주의 화해의지가 강하게 작용하여 양소유가 강압에 의해 늑혼을 수용하지도 않으며, 결국 <D2>의 갈등은 존재하지 않아 무갈등의 양상으로 진행되고 있음을 본다. 이는 건전한 사회를 이끌겠다는 작자의 의도가 작용한 것으로 해석된다.

(2) 결연에서 권력개입이 갖는 의미

늑혼을 통한 결연화소의 완전한 구성을 <권용선전>의 권용선과 영희군주의 결연서사에서 찾을 수 있다. 이 결연서사는 상처한 권용선이 숙모 오부인에게 의탁하여 사는 친정 조카 오소저와 정혼한 후 벌어지는 혼사장애 사건으로 작품 속에 삽입되어 있다. <권용선전>의 후반부가 모두 이 혼사장애담으로 구성되어 있다고 해도 과언이 아닐 정도로 갈등묘사가 세밀하고 진지하다. 이 늑혼 화소는 구성요소를 모두 갖추고 있어서 양소유와 난양공주의 결연서사에 삽입된 화소에 비해 전형적인 구성이라고 말할 수 있다. 먼저 권력자가 남편감으로 남주인공을 지목하는 상황이다.

> <A2> 천자가 용선을 인견하사 과장에 인재유무를 물으시고 각별 총애하사 용선을 데리시고 후원에 들어가 무궁한 경치를 구경하시며, 따로 글제를 내어주시며 글을 지으라 하시거늘, 용선이 시성으로 화답하며 종일토록 모셔 늦게야 돌아오니라.
> (중략)
> 일찍 일자 일녀를 두었으되, 차녀 영희군주(永喜郡主) 색태 있고 또한 재주 있으니, 태후가 사랑하사 궁금에 두시고 기르시더니, 이날 마침 군주가 후원 망월각에 올라 멀리 춘색을 완상하다가 홀연 단봉문 앞에 가는 재상을 보시니, 얼굴이 관옥 같고 풍도 양양하여 천상 신선이 아니면 수중비룡이라. (중략) 그런고로 하물며 음심이 과인한 군주의 심장으로 이런 천고에 없는 기남자를 한 번 보매 어찌 그 풍도를 과혹치 아니하리오.
> (중략)
> 군주가 드디어 기쁨을 이기지 못하여 태후께 이 말씀을 고하고 상께 여쭈오되,
> "용선이 환거(鰥居)라 하오니 청혼하사 그리로 하가케 하옴을 청하나이다."
> 상이 또한 기꺼하사 즉일 하조하사 왈,
> "문현각 태학사 권용선이 상우하고 지금 재취하지 아니하였다 하오니, 짐이 특별 총애하는 뜻으로 노왕 군주와 짐이 의혼(議婚)하노라."[24]

이 늑혼 화소에서 결연의 동기는 직접적으로 이루어진다. 황태후가 난양공주의

---

24) <권용선전>, 74-76면.

부마를 지목하는 것과는 달리, 여기서는 황제의 이복형제 노왕의 딸인 영희군주가 궁중 후원에서 권용선을 우연히 보고 배필로 지목하는 것으로 설정된다. 당사자가 직접 늑혼의 주체가 되었으므로 그 갈등의 양상은 직접적이고 훨씬 강도가 세다고 하겠다. 군주는 권용선이 재취할 부인을 찾고 있다는 정보를 얻고는 할머니인 태후에게 고하여 황제를 부추겨 혼사를 추진하도록 적극성을 내보인다. 황제는 기꺼이 받아들여 군주와 혼인을 명하는 과정은 거의 고정적인 형태를 갖추고 있다.

여기에서 특이한 점은 권용선이 부마가 될 자격이 없다는 점이다. 그는 이미 상처를 하고 재취를 구하는 입장이므로 공주나 군주의 배필로는 적합하지 않은 대상이다. 그런데도 군주는 그 외모를 보고 부맛감으로 지목한 것을 보면 이 늑혼 화소는 권력에 의해 이루어지는 일면에 그보다 더 큰 욕망인 애욕이 내재되어 있다고 하겠다. 곧 이 결연은 늑혼이 주요 갈등요인이 아니라 영희군주의 애욕이 더 큰 갈등의 요인이 될 기미를 안고 있다.

황명에 의해 혼사가 결정되자 권용선은 강하게 거부하는 양상을 보이는데, 이는 늑혼 화소의 공통된 일반 요소라고 하겠다.

> <B2> 용선이 낙담하여 이에 일 장 표를 올려 왈,
> "천만 의외의 전지를 받자오니 상총이 융숭하심을 엎드려 황공하오되 재취하고는 만만 불가하오이다. 어찌 금지옥엽으로 비루 천생에게 하가하시리이까. 신이 이왕 전임 이부상서 오훈의 여와 정혼하여 허혼 납빙하였사오니, 이제 버리면 풍화에 인륜이 어지러운 죄명은 명교에 해롭사오니 은총을 받잡지 못하오매 엎드려 죄를 기다리옵나이다."
> 하였거늘, 상이 간파에 이 뜻으로써 태후께 아뢰니 태후 가라사대,
> "남녀가 교배전은 남이요, 여의 빙폐(聘幣)는 도로 보내고 국혼을 하라. 용선은 잠깐 초방 은택을 사랑함이니, 어찌 마침내 순종치 아니하리오."
> 하신대, 상이 또 전지하사,
> "오가의 혼인을 물리쳐 빙물을 도로 찾고 국혼을 허하라. 만일 상명을 순종치 아니하면 대화가 일어나리라."
> 상이 진노하사 용선을 삭탈관직하여 군주와 성례 전은 문외에 내치라 하시고 ...[25]

---

25) <권용선전>, 76면.

늑혼에 대해 거부하고 고난을 당하는 상황이다. 권용선은 황제의 명을 거역하는 이유를 몇 가지로 들었다. 먼저 자신의 처지가 군주를 아내로 맞을 만한 입장이 아니라는 것이다. 초혼도 아닌 재취로 군주를 맞는 것이 불가하다고 하여 짐짓 겸양한 태도를 보이는 듯하다. 그러나 그 실제적인 거부 사유는 다음에 있다. 오소저와 정혼을 하여 납폐까지 이루어진 상태이므로 버리면 인륜을 어기는 비난을 면하기 어렵다는 것이다. 이에 대해 황제는 어느 정도 수긍을 하나 태후는 강경한 입장을 고수하고 있다.

남녀 간에 혼인은 교배례가 이루어지기 전에는 성사되었다고 볼 수 없으므로 국혼을 지키라는 것이다. 지나친 권력의 횡포로 볼 수 있다. 혼인 절차인 사례(四禮)에서도 납폐 때 혼서가 전해지는 것으로 혼인을 공인[26]하고 있는데, 태후는 그 의례 자체도 무시하는 입장이다. 결국 태후의 강압을 황제도 수용하여 계속 거부하는 권용선을 삭탈관직하고 국혼을 수용하기를 기다린다. 이 상황에서 늑혼의 주도자인 영희군주의 역할은 드러나지 않는다. 욕망은 자신이 발현하고 그 해결은 권력에 의존하는 무책임한 양상으로, 난양공주와는 대조적인 행동이다.

> <C2> (시랑이) 또 말하여 왈,
> "군주를 순히 친영하여 위로 충의를 펴고 아래로 일가의 환을 면하면 어찌 좋지 않으리오."
> 용선이 꿇어 고왈,
> "숙부의 말씀이 당연하시나 소질은 승천입지하와도 오소저와의 성례 전은 군주를 친영치 아니려 하나이다. 숙부는 밝혀 살피옵소서."
> 시랑이 침음 양구에 탄왈,
> "용선의 일념에 맺힌 마음은 돌이키기 어렵도다."
> 하고, 부인과 제인에 대하여 왈,
> "용선의 마음이 이러하여 시방 돌아가 상명을 준수하여 군주를 영친한다 하나 질래 화합치 못할 것이요, 현아의 일생이 잔잉할 뿐더러 오공의 몽중에 무슨

---

26) 납폐 때 남자가 여자 집에 예물과 혼서를 보내는데, 이 혼서가 양가에서 혼인을 공인하다는 의미를 가지고 있다. 그래서 경국대전에 "이미 혼서를 받은 자가 다른 사람과 혼인하면 그 주혼자를 죄로 논하고 갈라지게 한다"고 명시하여, 혼서의 법적 효력을 드러내고 있다. (≪經國大典≫ 5, <刑典, 禁制條>)

일이 있을지라도 성례함을 어기지 말라 하음이 정말하고, 또 용선의 기상이 장원한 복록을 누릴지라, 비록 기군함이 되나 길일을 기다려 강중에서 남모르게 성례하여 용선의 마음을 위로하고 돌아가 군주를 맞으면 좋으리라."
하고 용선을 경계하며 돌아가 상명을 준수한 후 날을 기다려 성례케 하라 하니, 용선은 배사 수명하고...27)

황명을 거역하고 국혼을 거절하는 권용선에게 불이익이 가해지는데, 이러한 폐해는 당사자에게만 한정되는 것이 아니다. 황제의 권력에 대한 반기로 인식하여 권용선의 형제들과 숙부에게까지 해가 미치는 상황에서 결국은 집안사람들이 용선을 설득하고 나선다. 그러나 용선은 여전히 강한 거부 의사를 드러내고 있으므로, 집안 어른들이 상의하여 몰래 오소저와 먼저 혼인을 치르고 군주를 맞이하자는 편법을 제안한다.

권용선 역시 황제의 권력에 대항할 수 없다는 것을 감지하고 있으므로, 이 편법을 수용하여 먼저 오소저와 결합을 이루고 국혼을 받아들인다. 늑혼의 양상은 결국 이 과정에서 기로를 맞는다. 황제를 회유하여 국혼을 물리면 혼사장애는 종결되지만 황제의 권위에 흠이 되기 때문에 거의 불가능하다고 할 수 있다. 결국은 약자인 남성이 늑혼을 수용하는 양상으로 전개되는데, 문제는 군주에 대한 감정의 전환이 없이 이루어지는 혼사이므로 결국 부부사이의 갈등의 불씨를 안게 되는 것이다. 특히 이 같이 황제나 군주를 속이고 늑혼을 수용할 경우는 그 갈등은 더욱 증폭될 수 있다.

> <D2> 생이 돌아와 군주의 길일이 다다르니 군주와 친영할 새, 그 위의의 거룩함이 광채 십분 부성하더라.
> 생이 군주를 맞아 합근 교배할 새, 생이 눈을 들어 군주를 보니 흉음한 색과 우치한 마음이 안면에 나탔으니, 생이 각별 거리낌이 없어 눈을 다시 들어 봄이 없더라.
> 군주 성례한 지 일순이 되도록 학사가 날마다 숙참하는 동상이 돈연(頓然)하여 백년 부부의 의가 없으니, 군주가 심중에 대로 번민함을 마지 아니터라.28)

---

27) <권용선전>, 94-95면.

권력의 강압으로 영희군주와 혼인을 하였지만 권용선은 군주의 침실에 들지 않는 것으로 불만을 드러내어 혼인 이후의 갈등으로 이어진다. 게다가 오소저를 먼저 부인으로 맞이하였으므로 군주에게 소홀한 것은 당연해 보인다. 용선이 오부인만 사랑하고 군주와는 남처럼 지내자 군주는 분함을 이기지 못하여 황제를 움직여 오부인과 권용선의 형제, 숙부인 권시랑을 하옥하도록 한다. 그리고 간신과 모의하여 용선은 제국으로 사신 보내고, 오부인은 자신의 부친인 노왕에게 보내기로 한다. 오부인은 노국으로 가다가 남강에 이르러 투신자살한 것처럼 꾸미고 형주의 친척에게 의탁한다. 갖은 우여곡절과 몽조의 계시로 사신에서 돌아오던 권용선이 오부인을 상봉하고 군주를 징치하여 안정을 찾는 것으로 작품은 종결된다.

이렇게 늑혼 화소를 가정 내 갈등으로 전개해 놓았다. 즉 처처갈등이 본격적으로 이루어지는 것이다. 흔히 가정소설의 유형으로 분류된 작품에서 처처갈등은 이러한 늑혼 화소의 결과에서 비롯되는 것으로 구성되어 있다. 늑혼 화소는 그 자체로 종결되지 않고 새로운 사건의 불씨가 된 것이다.

이와 같은 양상은 가정소설로 분류되는 <조생원전>에서도 동일하게 설정된다. 과거에 장원급제한 조혜성을 보고 천자가 자신의 외손녀 후주와 혼인하게 하는데, 조혜성은 김소저와 결혼한 사실을 부모에게도 알리지 못한 상태에서 상사병을 앓아 눕게 된다. 늑혼에 대한 거부도 직접적으로 수행하지 못한다.

결국 그 부모가 김소저의 자질을 보고 먼저 아내로 맞도록 주선하고 후에 후주를 다시 아내로 맞게 한다. 그리고 이후의 처처갈등은 후주의 악행에서 비롯된다. 권력자의 딸과 연인을 같은 지위의 아내로 맞이하였을 때 갈등은 당연히 예견되며, 악인은 늑혼으로 결연을 맺은 권력자의 딸로 설정되어 있다. 결국은 난양공주나 정경패의 경우처럼 두 부인들 사이에 화해가 이루어지도록 배려해 놓지 않은 상태에서는, 늑혼 화소가 개입된 결연서사는 가정소설의 갈등 양상으로 전개되는 것이 일반적이다.

<옥루몽>의 경우에서 늑혼으로 결연을 맺는 황소저는 본처인 윤소저와의 갈

---

28) <권용선전>, 99-100면.

등을 야기하지 않고 양창곡이 유배지에서 교감한 벽성선이 첩의 신분으로 가정에 안주하자 음해를 가하는 독특한 양상을 보인다. 그리고 벽성선이 양부에 들어오는 시점은 양창곡이 출정을 하여 집을 비운 상황이었으므로 그 음해를 남편에 대한 투기의 성격으로 보는 것도 문제가 있다. 벽성선이 양부에 들어왔을 때 양창곡의 부모와 윤부인이 환대를 하는데 이에 대한 시샘이 음해의 직접적인 빌미가 된다고 할 수 있으며, 그 이면에는 본처인 윤부인과 긴밀한 관계를 유지하는 벽성선을 표적으로 삼아 축출하여 윤부인의 기세를 꺾으려는 의도도 깔려있다고 볼 수 있다. 가정의 갈등을 다룬 사건에서 처첩의 갈등이 표면화되었을 때는 처가 선인이고 첩이 악인으로 설정되는 것이 통례인데, 늑혼담에서는 늑혼의 주체가 전적으로 악인으로 설정되어 처처갈등은 물론이고 처첩갈등까지도 유발하고 있음을 확인할 수 있다.

이와는 조금 다른 양상으로 전개되는 늑혼 화소가 <김진옥전>에 삽입되어 있다. 김진옥을 황제가 무양공주의 부마로 간택한 사건으로 시작하는데, <A2>의 부마간택 과정은 황제의 욕심29)에서 시작된다. 그런데 <B2>에서 여타 늑혼 화소와는 달리 김진옥은 황제를 설득하여 부마간택을 철회30)하도록 하여 기존의 늑

---

29) 차시 만세 황제가 일녀를 두었으니 호는 武陽公主라. 성질이 영민하고 재기가 과인하며 용모 절세하고 시서백가를 무불통지하니, 상이 애중하심이 비할 데 없어 금번 과거의 장원으로 駙馬를 삼으려 하신지라……
   즉시 한림학사를 시키시고, 또 가라사대,
   "짐이 한 여식이 있으니 명왈 무양공주라. 족히 경의 巾櫛을 받듦즉하기로 경으로 부마를 청코자 하나니 경은 推託치 말라."(<김진옥전>, 96-97면)
30) 한림이 大驚하여 叩頭 奏曰,
   "신이 微賤之質과 無才之人으로 천은이 浩大하와 이름이 翰院에 있사오니 외람하옴이 하옵거늘, 하물며 椒房之親이 되리이까. 이는 만만 不可當이오며, 또 신이 일찍 남산 봉황촌의 유승상의 여아로 정혼하였사오니, 폐하는 신의 사정을 살피사 聖敎를 還收하심을 바라나이다."
   상이 沈吟良久에 왈,
   "柳女로 정하였다 하나 아직 親迎 行禮는 아니 하였으니, 유승상에게 정혼함은 이제 파혼하라." 하시니, 한림이 又奏 왈,
   "臣者之道는 황명을 거역하옴이 罪死無惜이오나, 만일 退婚하면 그 여자 他門을 생각지 아

혼 화소와는 전혀 다른 양상을 보인다.

물론 이후에도 황제는 늑혼의 의지를 접지 않고 갈등을 야기하지만 김진옥과 유소저의 노력으로 무양공주와의 늑혼은 제거된다. 그러므로 <C2>의 상황은 설정될 필요가 없으며, 자연히 <D2> 가정 내의 갈등도 없어야 한다. 그러나 이 늑혼화소에서 <C2>요소는 생략되었지만, 다른 곳으로 하가한 무양공주가 파혼에 대한 앙심을 품고 새로운 갈등을 일으키고 있다. 이는 가정 내의 문제인 처처갈등이 아니라 정적을 제거하려는 간신들과 음모를 꾸며 유부인을 위기로 몰아가는, 또 하나의 독특한 양상인 것이다.

> 선시에 무양공주는 김진옥이 파혼하매 형성군의 며느리가 되었으나, 김진옥이 부마가 되기를 지극히 피하였음을 시기하여 항상 모해할 뜻을 두고 그윽히 틈을 노리더니, 원수가 표풍하여 사생을 모른다 하는 소식을 듣고 대희하여, 이에 전승상과 부마 전여선과 좌승상 이선영과 병부상서 정동한 등으로 더불어 면밀히 계교를 베풀어...31)

자신과의 혼사를 거부한 김진옥에 대한 원한을 김진옥을 음해하려는 정적들과 공모하여 풀려는 무양공주의 행동은 다른 작품에서는 찾을 수 없다. 늑혼 화소가 처처갈등을 야기하여 가정소설로 진행되는 양상이 일반적인데, 여기서는 가정 외에서 정적과 결탁하여 정치적인 갈등을 초래하는 양상으로 진행된다. 곧 출장입상을 이룬 영웅을 고난에 빠뜨리고 재차 영웅적인 활약을 통해 국가와 가정의 안정을 이루도록 하는 갈등의 장치로 전환되고 있다. 그러므로 늑혼 화소가 개재된 신랑감고르기형 결연서사는 가정소설뿐만 아니라 영웅소설에서도 갈등의 요소로 다양하게 설정됨을 확인할 수 있다.

이상의 작품들이 모두 중국을 배경으로 하고 있어서 허구의 결연서사로 인식되는데 비해, 조선을 배경으로 실존 인물을 등장인물로 설정한 <윤지경전>의 늑혼화소는 훨씬 사실적이며 구체적이다. 조선 중종조의 실재했던 사실을 기록한 것처

하오리니, 일개 아녀자로 규중의 含怨이 되올지라. 복원 상께서는 살피소서."(<김진옥전>, 97면)
31) <김진옥전>, 125면.

럼 인식되어 권력에 의한 늑혼 화소가 부조리한 현실로 받아들여진다. 남주인공 윤지경이 최연화를 처음 보고 연정을 품어 정혼을 이루는 자유연애형 결연서사에 연성옹주의 부마간택이 개입하는 갈등 양상을 보인다. 중종조 때 후궁으로서 대단한 기세를 떨쳤던 귀인박씨(후에 경빈박씨)의 둘째 소생인 연성옹주가 늑혼의 당사자로 지목되는데, 이 늑혼에도 순수한 결연 의지가 아닌 사감이 포함되어 있다.

> <A2> 춘 2월에 생이 정시 장원을 하니, 일시에 재명이 조정에 가득하더라.
> 종실(宗室) 희안군이 즉시 와 구혼하거늘, 최가에 정혼하였으므로 허치 아니하더라.
> 차설 귀인 박씨 일자녀 있으니, 왕손은 복성군(福城君)이요, 장녀 영희옹주는 홍상에게 하가하고, 차녀 연성옹주의 시년 14세라. 희안군(喜安君)이 구혼하여 허ㅎ지 아니함을 노하여 즉시 상께 주왈,
> "신방장원 윤지경이 시년 17세에 취처 아니 하였사오니 연성옹주와 결친하옵소서."
> 아뢰니, 상이 신청하시더라.32)

늑혼의 시발이 연성옹주를 위한 결연 상대를 찾겠다는 의도가 아니라 종친인 희안군의 개인적인 원한을 풀기 위한 수단으로 설정된 것이 독특하다. 자신의 딸을 윤지경과 결연시키려 하다가 윤지경이 정혼한 사실로 거부하니, 이에 난을 일으키고 있다. 퇴혼에 대해 앙심을 직접 드러내면 자신의 위신에 저촉될 것으로 생각하였는지 당시 후궁 신분으로 최고의 권력을 부리던 귀인 박씨를 끌어들여 설치(雪恥)하려고 한다. 부친인 중종이나 모친인 귀인 박씨가 옹주의 배필을 찾을 의지도 드러내지 않았는데 주변인이 나선 것도 결연의 혼조를 내비치는 요소라고 할 수 있다.

즉 비록 강제성을 띤 일방적인 늑혼이라 하더라도 옹주의 배필을 찾아 행복하게 가정을 꾸리게 하려는 충정이나 진심이 없고, 사소한 원망을 풀기 위해 추진되는 결연의 결과는 이미 불행이 내재되어 있다고 하겠다. 늑혼의 개연성이 인정되지

---

32) 김기동 편, <윤지경전>, ≪이조애정소설선≫(정음사, 1981), 127-128면.

않고, 억지로 갈등의 화소를 삽입하기 위해 늑혼을 일으킨 듯한 작위적인 인상이 강하다.

이러한 작위성은 거부의 상황에서도 여실히 드러난다.

<B2> 어시에 윤공이 최공을 보고 첨상계화(添上桂花)로 성례함을 청하니, 생이 기쁨을 이기지 못하고 백양을 휘동하여 최부에 이르러 전안할 새, 홀연 상명이 급하시니, 생이 길석(吉席)에 이르러서 합주(合酒)를 파하고 즉시 승명하여 궐하에 나아가니, 상이 인견 왈,

"연성옹주로서 경에게 허혼하노라."

지경이 복지 주왈,

"신이 의외에 이 같은 하교를 듣사오니, 천은이 지중하오나 신이 참판 최홍일의 여자를 취하여 행례를 파하고 승폐하여 이르렀나이다."

희안군이 계하에 있다가 상께 눈 주어 가로되,

"비록 납폐전안을 하였으나 합궁 전이오니 이제 간택하오나, 상명을 승순함이 신자의 직분이오니, 제가 거역하지는 못하오리다."

상이 노색 왈,

"너를 사랑하여 부마를 정하거늘, 어찌 사양하여 칭탁하느뇨."

(중략)

지경이 소왈,

"전하 중흥(中興) 19년에 일월 같사온 성덕이 심산궁곡에 미쳤거늘 유독 소신에게 불명하시고, 무거하신 정사가 이러하시니 죽어도 항복치 아니하리이다."

상이 더욱 노하사 왈,

"내 윤지경을 못 제어하리요. 군부를 욕한 죄로 금부에 나수하고, 또 윤현을 가두고 길례날을 받아 놓고, 최홍일은 빙채를 도로 주라."[33]

윤지경은 부마간택의 왕명을 공교롭게도 최소저를 친영하는 당일 전안례를 치르는 순간에 받게 된다. 우연의 일치로 볼 수 있겠지만, 서사 내부의 흐름으로 보아 권력자 희안군의 음모가 지나칠 정도로 간교하게 개입한 상황으로 볼 수도 있다. 부마간택을 수용하라는 왕명에 대해 윤지경은 납폐전안의 예를 마친 상황이라 불가하다고 강경한 거부 의지를 드러낸다. 여기에 희안군은 합궁하지 않았음을 들어 간택을 추진해야 한다고 중종을 부추긴다.

---

33) <윤지경전>, 128-130면.

앞서 논급한 경우에서 보면 <구운몽>의 난양공주 경우는 늑혼에서 태후가 납채는 물릴 수 있다는 입장이었고, <권용선전>의 영희군주 늑혼에서는 납폐를 물리라고 강요하였다. 이때 그 자체가 도의에 어긋남을 들어 황제가 잠시 고민하는 모습을 드러냈다.

그런데 여기 <윤지경전>에서는 납폐뿐만 아니라 전안례를 마친 상태에서 합근례(合卺禮) 중도에 부마간택 사실이 전해졌음에도 무리하게 밀어붙이고 있다. 친영의 절차에 의하면 전안과 교배, 합근이 이루어지게 되면 혼례는 공인을 받게 되는데, 희안군은 초야에 동침이 이루어지지 않았다는 사실로 늑혼을 추진한다. 곧, 이 늑혼이 옹주의 남편으로 윤지경을 반드시 맞이하겠다는 의도보다는 윤지경을 곤경에 빠뜨려 횡액을 치르게 하겠다는 음해의 심정이 강하게 나타나 있다. 그러므로 혼례의 의례도 모두 무시되고, 최소저의 처지에 대해서도 전혀 배려해 주지 않는다.

윤지경은 이러한 내막을 잘 알고 있으므로 다른 늑혼담에 비해 보다 강한 거부 의사를 내비치고, 나아가 중종임금의 성덕까지도 비난하는 입장을 취하게 된다. 그리하여 그 곤액은 자신에게만 한정되지 않고 그 부친과 장인에게까지 확대되어 미치는 결과를 가져왔다.

> <C2> 상이 양사(兩司)를 파직하시니, 옥당(玉堂)이 차주 왈,
> "혼인은 길사이오니 신랑과 사장을 가두심이 크게 옳지 아니하여이다."
> 이에 상이 놓으라 하시고, 하교하사 길일을 정하라 하시니 수십 일이 격하였
> 는지라, 지경이 불승분원(不勝憤怨)하나, 하릴없어 하더라.
> 상 왈,
> "지경의 죄 중하나 길일 전에 관면(冠冕)이 있으리라."
> 하시고 응교를 제수하시니, 지경이 하릴없이 입공(立功)하더라.[34]

부마간택의 왕명이 철회된다는 것은 실질적으로 불가능한 일이다. 왕명에 대한 도전이므로 양사가 도의적인 이유를 들어 상소를 올렸지만 오히려 파직되는 피해

---

34) <윤지경전>, 131면.

를 입었다. 이에 옥당에서 중재에 나서서 왕은 윤지경 부자를 방면하고 윤지경은 하는 수 없이 늑혼을 수용하게 된다. 이 부분은 다른 방안이 따로 없을 듯하다. 조선의 경우 일부일처가 국법이었으므로, 최소저와 옹주를 모두 부인으로 맞게 하는 편법도 불가능하다. 그런 까닭에 지경은 현실과 타협하는 일면을 보인다. 그리고 제수된 벼슬도 거부하지 않고 수직하는 유연한 자세로 바뀐다.

그러나 그가 옹주를 부인으로 맞고 최소저를 버릴 생각이 사라진 것은 아니다. 그는 간신들의 음해를 피해가는 현명함을 갖추었으므로, 희안군과 귀인 박씨, 그리고 측근인 간신들과 대항하지 않고, 일단 옹주와 혼례를 치르고 가정 안으로 옹주를 맞아들인 상태에서 은밀하게 최소저에 대한 사랑을 지켜간다.

> <D2> 길일이 다다라 행례할 새 옹주의 자색이 전혀 없고 포독불인(暴毒不仁)함이 외모에 나타나는지라. 생이 더욱 불쾌하여 띠를 끄르지 아니하고 밤을 새우고...
> 부마가 궁에 가지 아니하고 부친 계신 외헌에 있어, 질자(姪子) 격석 등을 데리고 자더니, 하루는 최씨를 보러 가니 소저가 부모 앞에서 한가지로 보는지라, 바라보매 아미에 시름이 맺혔으니 더욱 기이 절묘하더라.
> 차후는 부마가 저녁이면 관 쓰고 어두운 때를 타서 문을 나와 월장하여 최씨 침실에 들어가 자고, 새벽이면 돌아와 조사에 들어가니, 옹주는 합근도 아니하였는지라 밤엔 가는 곳을 아지 못하고, 낮에 하루 한 번씩 들어와 볼 뿐일러라.[35]

늑혼의 결과로 윤지경은 철저하게 옹주를 등한시한다. 초례를 치룬 첫날밤에도 옷을 벗지 않고 날밤을 새고, 동침을 거부하며 최소저를 찾아가 동침을 이루어 밤마다 최소저의 침소에서 자고 나온다. 늑혼의 결과로 이 상황은 대체로 일치한다. 그런데 그에 대한 옹주의 반응은 다른 화소와 사뭇 다르다. 자신을 냉대하고 밖으로 도는 부마의 행동에 대한 정보도 없고 적극적으로 갈등을 야기하지도 않는다. 단지 부마의 냉담이 궁에 알려져 귀인박씨가 노하고 중종에게까지 알려져 규제를 받는 상황이 연출된다. 당사자인 옹주가 음모를 꾸며 최소저를 핍박하는 양상은

---

35) <윤지경전>, 132-136면.

드러나지 않는다. 단지 최홍일에게 윤지경의 출입을 막으라는 왕명이 내려지자, 최소저가 죽은 것으로 속여 윤지경의 마음을 돌리려는 음모는 일어난다. 그러나 속은 것을 안 윤지경의 사랑은 더욱 애틋해지는 역효과를 일으킨다.

만약에 최소저를 부인으로 인정하여 두 부인을 가정 내에 함께 두고 살게 했다면 <D2>의 상황은 처처갈등으로 진행될 가능성이 많다. 그러나 조선의 상황에서 사대부가 일부이처를 둘 수는 없는 현실이고, 특히 부마가 옹주 외에 다른 부인을 둔다는 것이 현실과 많은 괴리가 있으므로 결국 처처갈등으로 연계시키지는 못한다. 그리고 최소저를 은밀하게 만나 사랑을 키워가는 애절한 사랑이야기로 후반을 장식하게 된다.

이상의 논의를 정리하면, 신랑감고르기형의 특화화소인 늑혼 화소는 대체로 한 남성이 여러 아내를 거느리는 남성 영웅 결연담 가운데 하나로 설정되는 경우가 일반적이다. 이러한 일부다처 결연구조는 일부일처를 규범으로 했던 조선을 배경으로 한 소설에서는 그 설정이 불가능했으므로, 대체로 중국을 배경으로 한 고소설에 주로 설정되어 가정 내의 갈등을 야기하여 가정소설로 전개되기도 하고, 영웅소설의 갈등 요인으로 작용한다. 그에 비해 늑혼 화소가 우리나라를 배경으로 한 작품에 삽입되는 경우는 처처갈등을 다룬 가정소설로 진행될 가능성은 희박하고, 그 자체의 애정결연담으로서 다양한 화소를 수용하여 애정소설의 면모를 갖출 가능성이 많다고 할 수 있다.

제 2 절 개인적 소망에 충실한 결연

1. 자유연애형

(1) 시를 통한 구애 화소

남녀결연서사에서 남녀가 서로를 인식하고 구애하는 과정에 직접적인 탐색방식으로 가장 일반적인 매개체가 시로 설정된다. 서로 거리를 격한 사이에서 구구절절이 말을 건네는 것도 불가능하고, 더구나 처음 대하는 남녀 사이에 서로의 호감 여부도 파악이 안 된 상태에서 대화를 건넨다는 것도 어색하다. 이러한 난점을 해결할 수 있는 좋은 방법으로 시가 설정된 것이다. 시를 지어 소리 내어 읊조리게 되면 풍류객의 면모로 타인의 혐의도 덜 받을 것이고, 상대를 떠보는 방법으로 감정을 우의적으로 담은 시를 던져 상대의 반응을 살필 수 있어 무방하다. 그리고 무엇보다 상대에게 자신의 감정과 아울러 시재로 드러나는 학문적 역량을 과시할 수 있어 다양한 효과를 기대할 수 있는 매개체라고 할 수 있다.

곧 남녀가 시를 통해 직접적으로 서로의 연정을 드러내어 구애하는 이 화소는 자유연애형 결연서사의 특화화소로서 가장 부합한다고 말할 수 있다. 시를 짓는 행위 자체가 두 사람간의 직접적인 인식이 있고 난 후 연정을 담아내는 것이므로 중간에 매자를 내세울 필요도 없으며 서로 간의 감정의 교감을 시를 통해 이루어 자연스럽게 남녀 간 연애를 구현하게 되는 것이다.

남녀결연서사에 시가 삽입되는 양상은 위로 중국의 전기(傳奇)에서 그 연원을 찾을 수 있다. 육조시대(六朝時代)에 성행한 지괴문학(志怪文學)이 당나라에 이르러 전기문학으로 발전하여 당 말에는 대단한 인기를 누리며 대량 유통되고 있다. 이 전기문학의 특징은 육조시대의 변문(騈文)을 배격하고 고문운동(古文運動)의 영향으로 자유로운 산문의 형식으로 서술하면서 그 사이에 시를 삽입하는 특징[36] 이 있다. 이러한 전통이 우리의 초기 전기적인 고소설에 그대로 수용되었고 이후 애정결연담의 매개체로 자리를 잡아간 것으로 보인다.

이러한 수용 양상을 <최치원>에서부터 찾을 수 있다. 당나라 율수현위(溧水縣尉)가 된 최치원이 초현관의 쌍녀분을 찾아가 죽은 장씨 처자들을 위로해서 지은 시가 매개가 되어 여귀(女鬼)의 탐방을 받고 결연을 맺는 내용이다. 여기서는 시를 짓게 된 정황과 배경이 구체적으로 연계되지 않은 느낌이 있다.

그런데 시를 매개로 사용하여 남녀 간 결연을 맺는 아름다운 화소가 구체적으로 묘사되어 잘 나타난 결연서사를 <이생규장전>에서 찾을 수 있다. '풍류재자 이 총각과 아리따운 최 처자의 그 재주 그 얼굴을 뉘라 아니 탐내리'[37] 하고 칭송받는 두 사람이 봄날 기화요초가 만발한 최랑의 정원을 사이에 두고 연정시를 주고받는 상황은 몽환적인 분위기를 자아내고 있다.

시를 통한 구애 상황에서 실제적으로 시의 내용이 서로의 마음을 담고 있지만, 그 시를 자연스럽게 읊조리게 하는 장치로 배경이 갖추어져야 한다. 곧 풍정이 발동하여 시심을 자극할 수 있는 환상적인 배경이 필수적이라고 하겠다. 마치 남녀 주인공이 애정결연을 공연할 무대장치와 같은 역할이다. 이생과 최랑이 서로를 인식하고 구애를 펼치는 장면은 다음과 같이 그려지고 있다.

> 줄줄이 드리운 수양버들이 그 집의 높은 담을 에워 싸고 열을 지어 서 있었다. 어느 날 이생은 그 나무 그늘에서 쉬다가 우연히 그 담 안을 엿보았더니, 이름 있는 꽃은 봄을 만난 듯 만발하여 피어 있고, 벌과 새들은 다투어 지저귀는데, 그 곁에 조그만 다락이 있어 꽃 숲 사이에 숨어 드러난다. 주렴을 반쯤 내렸는데 비단 장막이 반쯤 드리워 있다.[38]

---

36) 당나라 전기가 자유로운 산문체이면서도 시가 삽입되는 이유는 당시 대표적인 시인들의 과시욕에서 비롯되었다고 여겨진다. 이들은 자신들의 시재를 과시하기 위해 전기를 많이 창작했다. 시가 삽입되는 경우는, ① 슬픔, 감탄, 이별, 환희 등의 미묘한 심정을 표현할 때, ② 어떤 풍경이나 시공간적인 여운을 남길 때, ③ 상사나 상봉 등의 애정을 교환하는 경우, ④ 장면이 바뀌거나 기다림을 드러내고, 어떤 상황을 기대하는 새로운 분위기를 유도할 때 등이다.
37) <이생규장전>, 11면.
38) <이생규장전>, 11-12면.

이생과 최낭자의 처음 인식을 이루는 장면에 대한 묘사이다. 이 장면은 비밀의 정원처럼 묘사되어 작중 이생의 호기심을 자극하기에 충분해 보인다. 물론 독자들도 그와 같은 느낌을 가질 수 있다. 비밀스럽고 환상적인 호기심을 자극하는 요인은 직접적으로 드러나지 않고 보일 듯 말 듯 감춰진 대상에서 오는 것이다. 이 장면에서 최낭자를 신비하게 만드는 감추기 장치는 여러 겹이다. 먼저 가장 인상적인 것이 수양버들이다. 유연한 가지를 주렴처럼 늘어뜨리고 바람에 한들거리는 수양버들은 일렁이는 물결처럼 사람의 감정을 부추길 수 있다. 그 안쪽에 무엇이 있을까 호기심을 가지고 다가가면 높은 담이 둘러져 있다. 호기심이 발동한 상태에서 눈앞을 가로막는 장벽은 금지된 대상에 대한 엿보기 욕망을 한층 고조시킨다. 결국 이생은 과감하게 담 안을 엿보게 되는데, 거기에는 봄꽃이 만발하고 벌과 새들이 다투어 지저귀고 있다. 선경과도 같은 환상적인 공간으로 펼쳐진 것이다.

이제 호기심은 극에 달해 그 선경의 주인을 찾게 된다. 주인이 거처하는 다락이 그것이다. 다락이라는 공간은 지면에서 높이 기둥을 세우고 거기다가 대청이나 방을 만든 공간으로, 바깥사람은 우러러 봐야하고, 그 안쪽 사람은 굽어볼 수 있는 조망대와 같은 곳이다. 이생이 우러러 보아야 겨우 볼 수 있는 다락이 다시 꽃 숲에 가려져 그 실체를 드러낸다. 게다가 그 다락의 주인을 찾기는 더 곤란하도록 주렴과 그 안쪽엔 비단 장막까지 갖추어져 있다. 그 안에 비밀의 여인 최랑이 숨어있는 것이니, 이생의 호기심이 절정에 달하도록 그리고 있다.

즉, 처음 인식을 이루는 장면이 이미 남성의 풍정을 자극하기에 충분하고, 눈을 들어 안쪽으로 점점 옮겨가는 가운데 남성은 욕망을 발동하도록 조정되는 듯한 인상이다. 수양버들 가지를 지나, 높은 담장을 지나, 만발한 꽃밭을 지나, 그 사이에 숨겨진 다락, 그곳을 다시 가리는 주렴, 그리고 비단장막까지 여섯 단계의 비밀의 막을 장치하고 있다. 그런데 이 비밀의 장치는 이방인이 범접하지 못하도록 견고하게 막혀있는 것이 아니라, 바람에 한들거리는 수양버들 가지, 꽃 숲 사이에 반쯤 가린 다락, 반쯤 내려진 흔들리는 주렴, 반쯤 드리워진 일렁이는 비단장막 등으로 이방인의 호기심을 자극하고 더 나아가 유혹하고 있다.

담 밖에 서있는 이생은 무심히 평상심을 가지고 지나다가 수양버들 안쪽이 궁금하여 다가가면서부터 평상심은 일렁이기 시작하여 호기심으로, 욕망으로 상승하고 있다. 이 감정의 상승에 맞추어 땅바닥을 주시하던 눈이 정면의 수양버들을, 더 올려보아 담장 안 꽃들을, 더 올라가서는 다락에까지 다다르고 있다. 즉 이생의 시선의 상승은 감정의 상승과 맞물려 정점에 도달하고 있다.

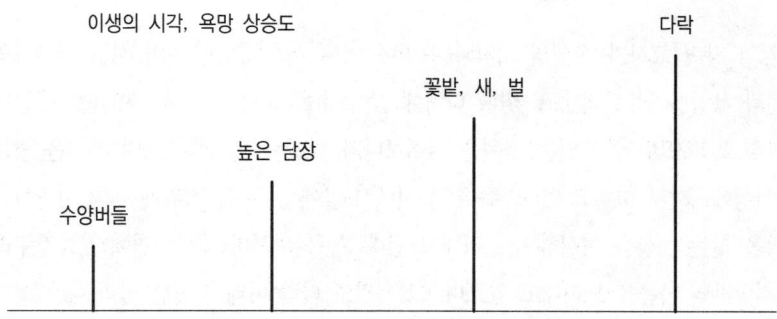

이러한 점층적인 욕망의 상승효과를 이 장면묘사가 적절하게 드러내고 있어서 연애감정을 읽어내기에 부족함이 없다. 즉, 독자들은 이 장면을 통해 앞으로 전개될 남녀결연서사에 빠져들게 된다.

밖을 훤히 내다볼 수 있는 다락에 앉아 수를 놓던 최랑은 호기심을 넘어 풍정을 품게 된 이생에게 시를 통해 본격적인 유혹의 손길을 내민다. 마치 주재자처럼 장면을 연출하고 이생을 끌어들여 자신의 속내를 드러내는 상황이다.

　　그 속에서 한 아름다운 여인이 수를 놓다가 바늘을 멈추고 턱을 고이고 앉아 밖을 내다보며 시를 읊었다.

　　나 홀로 사창에 앉아 수놓기도 싫어지는데(獨倚紗窓刺繡遲),
　　백 가지 꽃 숲 속에 꾀꼬리 다정히 울고 있네(百花叢裏囀黃鸝).

무단히 원망하는 것은 동녘 바람 불어 옴이요(無端暗結東風怨),
말없이 바늘을 멈춰 이내 생각 하염없어라(不語停針有所思).

길 위에 뉘집 총각 고우신 님이(路上誰家白面郎),
초록 빛 긴 소매로 버들가지 스치리(靑衿大帶映垂楊).
이 몸이 화신하여 나는 제비 될량이면(何方可化堂中燕),
드린 주렴 살짝 넘어 높은 담 넘으리라(低掠珠簾斜度牆).[39]

앞의 장면 묘사가 이생의 시각과 욕망에 대해 서술했다면 위의 시는 최낭자의 시선과 욕망을 잘 드러내고 있다. 다락에 앉아 수를 놓던 최낭자가 아래로 꽃들이 만발하고 꾀꼬리 날고 있는 정원을 굽어보다가 더 눈길을 멀리 내려 자신을 엿보는 이생에게까지 미치고 있다. 두 수의 시에서 앞에 것은 봄 정취에 빠져 사랑하는 대상을 찾는 심상을 여실하게 드러내고 있다. 동풍은 봄바람으로 연애사를 갈구하는 최낭자의 마음을 드러내고 있으며, 그 시각도 다락 아래 만발한 꽃과 나는 꾀꼬리에 한정된 근경을 보고 있다.

두 번째 시에서 눈길은 담 밖으로 옮겨지고 거기서 멍하니 자신을 엿보는 이생을 발견하게 된다. 그리고 눈에 보이는 고운 이생을 두고는 부끄럼도 없이 자신이 제비가 될 수 있다면 주렴을 걷고 담을 넘어 만나고 싶다는 강한 의지를 드러내고 있다. 최낭자가 먼저 자신의 결연 의지를 드러내 이생에게 전하는 획기적인 방식을 취하고 있다.

남성이 봄 풍경을 감상하다가 신비스럽게 다가오는 여성의 유혹을 받은 상태이니 그 다음 상황은 당연히 화답이 예견된다. 이생은 최낭자의 시를 듣고 흥분된 마음을 주체할 수 없었으나 담이 높고 문이 굳게 닫혀 있어서 어쩔 수 없이 국학으로 향한다. 이생을 보고 구애시를 먼저 던진 최낭자의 불같은 감정에 비해 이생은 다소 자제하는 일면도 가지고 있으며, 한편으로는 최낭자에게 다가갈 용기가 부족

---

39) <이생규장전>, 12면.

한 소심함도 드러낸다. 그러나 이생도 다락의 여인에 대한 호기심과 욕망이 컸기 때문에 최낭자의 구애시에 대한 화답은 집으로 돌아가던 길에 이루어진다.

그는 서당에서 돌아오며 한 가지 계교를 생각해 내니, 흰 종이 한 폭에 시 세 수를 써서 기와 쪽에 매어서 담 너머 안으로 던졌다.

무산 열 두 봉에 첩첩 쌓인 안개런가(巫山六六霧重回),
반쯤 드러난 봉우리 붉고도 푸르구나(半露尖峰紫翠堆).
그 님의 외로운 꿈을 번거롭게 하지 말자(惱却襄王孤枕夢).
행여나 운우되어 양대 위에 내릴거나(肯爲雲雨下陽臺).

사마상여 본받아서 탁문군 꾀어내어(相如欲挑卓文君),
마음 속 품은 생각 벌써 흠뻑 깊어졌네(多少情懷已十分).
담머리에 붉게 핀 아름다운 복사꽃(紅粉牆頭桃李艶),
바람따라 흘러가서 어느 곳에 떨어졌나(隨風何處落繽粉).

좋은 인연 되려는지 나쁜 인연 되려는지(好因緣耶惡因緣),
부질없는 이내 시름 하루가 삼추같네(空把愁腸日抵年).
넘겨 보낸 시 한 수에 가약 이미 맺었나니(二十八字媒已就),
남교 어느 날에 고운 님 만나볼까(藍橋何日遇神仙).[40]

최낭자가 이생을 보고서 보낸 시 두 수에 대한 화답시이다. 최낭자의 시는 봄날의 정취에 자신의 감정을 진솔하게 드러내고 있었다. 특히 둘째 시에서 이생에 대한 구애가 적절하게 이루어졌다. 그에 대한 화답으로 이생은 중국의 결연고사들을 인용하여 자신의 대답을 전한다. 먼저 첫 연에서는 초나라 양왕과 무산선녀의 결연고사를, 둘째 연에서는 사마상여가 과부인 탁문군을 유혹한 고사를 들어서 자신도 최낭자와 결연을 맺고 싶다는 의지를 우의적으로 전한다. 다음 셋째 연에서는

---

40) <이생규장전>, 12-13면.

그 결연의 시간이 속히 도래하기를 바라는 간절함을 토로했다. 아직 서로에 대해서 잘 몰라서 인연일지 아닐지 모르지만 만남이 간절히 기다려진다는 솔직함을 엿볼 수 있다.

그리고 최랑이 지은 두 번째 시, 28자를 매자(媒者)로 삼아 이미 결연이 이루어졌다고 단정하고 만남을 고대하고 있다. 마지막 구에서 이생은 최낭자를 신선으로 표현하였다. 남교(藍橋)는 당대(唐代) 소설 <배항(裵航)>에서 남주인공 배항이 애를 써서 찾으려고 하던 운영(雲英)을 만난 장소를 말하는데, 이 구절의 신선은 다락 안의 최낭자를 뜻하는 말이다. 이생은 이 결연의 상황을 환상적으로 받아들여 신선 세계에서의 놀음처럼 신기하게 받아들이고 있는 것이다.

봄날 천사만사 휘늘어진 수양버들, 그리고 기화요초와 벌 나비, 짝을 부르는 꾀꼬리, 그 가운데 주렴이 반만 늘어뜨려진 누대, 그 안에 수를 놓다 바늘을 멈추고 먼 곳을 바라보는 미인, 그것을 멀리서 지켜보는 풍류남아 등은 하나의 영상으로 처리되며, 그 자체가 환상적인 자유연애 감정을 부추기기에 충분하다고 하겠다. 그 가운데 구애시는 자연스럽게 발화되고 그에 대한 화답시가 등장하게 된다.

이러한 인상적인 구애 장면 후에 불같은 결연상황은 자연스러울 듯하다. 이생과 최낭자의 결연은 다음과 같이 그 자연스러움을 좇고 있다.

> 아가씨가 시녀 향아를 시켜 그것을 주워보니 곧 이생의 시였다. 펴서 두 번 읽고 스스로 기쁨을 이기지 못하여 종이쪽지에 또한 두어 자 적어 밖으로 던졌다.
> "그대는 의심치 마소서 황혼께 만나기를 약속하리."
> 이생이 그 말과 같이 어둠이 짙어 오는 황혼에 그 자리에 갔었다. 문득 복사꽃 나무 한 가지가 담 위로부터 뻗어 내려오며 하늘하늘하는 그림자가 나타난다. 이생이 가서 보니 그네 줄에 대바구니를 매어 드리운 것이다. 이생은 곧 그 줄을 잡고 쉽사리 담을 넘어 안으로 들어갔다.41)

이생의 화답시를 주워보고 자기와 의기투합한 것에 대한 기쁨을 감추지 못한 최

---

41) <이생규장전>, 13면.

랑은 즉시 두 사람의 만남을 주도한다. 황혼이 되면 찾아오라는 편지를 전하고, 높은 담을 넘게 하려고 그네 줄에 대바구니를 매달아 맞아들이는 적극성을 보인다. 결국 두 사람은 선경 속의 누대와 같은 다락에서 교감하고 그날로 동침을 이루는 불같은 결연을 연출하게 된다.

<이생규장전>의 시를 통한 구애 장면은 자유연애형 특화화소의 전형이 될 수 있다. 이 화소의 구성은 다음과 같다.

<A3> 봄 풍경을 통해 애정을 갈구하는 남성과 여성의 심리가 잘 묘사된다.

<B3> 일방이 구애시로 감정을 드러낸다.

<C3> 상대가 화답시로 호응한다.

<D3> 결연을 위한 만남을 약속한다.

이 다음 단계인 결연은 즉흥적인 결연, 곧 동침으로 이어졌다. 이러한 구애화소는 이후 남녀결연서사에서 빈번하게 등장한다.

(2) 결연에서 시의 효능과 의미

<구운몽>의 양소유와 진채봉의 결연서사에서 살펴보기로 한다. 이 결연서사에서도 인식과 구애 단계는 위의 화소를 그대로 선택하고 있다.

<A3> 문득 보니 그윽한 곳에 집이 있는데, 수풀이 보기 좋게 무성하고 늘어진 수양버들이 그림자를 엉기고 연기는 비단을 깐 듯하고, 그 속에 조그만 다락집이 있는데 단청(丹靑)이 찬란하며 깨끗하고 시원하고 그윽하여 맑은 경치가 매우 사랑할지라. 이에 채찍을 끌며 천천히 더듬어 가보니, 긴 가지 짧은 가지가 땅에 얽혀 하늘거리는 품이 미녀가 머리를 감고 바람을 맞으며 빗질하는 것 같으니, 가히 아름답고 구경할 만 하므로 손으로 버들가지를 휘어잡고 머뭇거리며 더 나아가지 못하고...[42]

결연의 첫 장면을 묘사한 것인데, <이생규장전>의 상황과 흡사하다. 그윽한 곳, 수양버들, 비단, 다락집 등의 용어에서 예의 장면을 떠올릴 수 있다. 단지 두 사람의 사이에 높은 담장은 제거되어 호기심을 자극하는 것이 덜하며 엿보기 행위로 나아가지는 않는다. 이런 경치는 풍류를 아는 양소유의 시심을 자극하고 자연스럽게 양류사 두 수를 읊조린다.

<B3> 양류사(楊柳詞)
수양버들 푸르름이 비단같아라(楊柳靑如織),
늘어진 긴 가지 그림 다락을 스치네(長條拂畵樓).
원컨대 그대가 수양버들 심은 뜻은(願君勤種意),
이 나무가 가장 풍류 있음에서리라(此樹最風流).

수양버들이 어찌 이리 푸를꼬(楊柳何靑靑),
늘어진 긴 가지 무늬 기둥에 스치네(長條拂綺楹).
원컨대 그대여, 휘어잡아 꺾지 마오(願君莫攀折).
이 나무가 가장 정에 끌리는구나(此樹最多情).[43]

양소유는 하늘거리는 수양버들을 보고 풍정이 일어 애욕이 발현된 듯하다. 수양버들이 풍류가 있고 가장 정이 간다고 읊조리고 있는데, 실상은 늘어진 수양버들 가지 사이로 보이는 다락에 더 관심이 가 있다. 높은 다락 속에 볼 수 없는 아름다운 여인을 생각하는 나그네의 마음을 엿볼 수 있다. 양류사 읊조리는 소리를 다락에서 낮잠을 자던 채봉이 듣고 몽롱한 눈으로 사방을 살피다가 두 사람은 눈길이 마주친다. 멍하니 한동안을 바라보면서 서로에 대한 인식을 이루고 진채봉은 양소유에 대한 자신의 마음을 담은 화답시를 보내 구애하고자 한다. 유모가 정숙한 여자의 행실에 어긋난다고 만류하지만, 탁문군과 사마상여의 고사를 들어 양소유가

---

42) <구운몽>, 24면.
43) <구운몽>, 26면.

부인이 있다면 부실이라도 되겠다는 강한 의지를 보인다.

<C3> 양류사

다락 머리에 수양버들을 심었음은(樓頭種楊柳).

낭군께서 말을 매어 머무르게 함일러라(擬繫郎馬住).

어이하여 가지 꺾어 채찍을 만들어(如何折作鞭),

서울 길을 재촉하나이까(催向章臺路).[44]

양소유의 양류사가 노골적인 구애 심리를 담지 않고, 현상적인 수양버들의 정취를 읊조리면서 은연중에 자신의 욕망을 비친 정도라면, 진채봉의 화답시인 이 양류사에는 적극적인 구애 의지가 담겨 있다. 낭군을 기다리는 마음으로, 낭군이 타고 온 말을 매게 하려고 수양버들을 심었다는 직접적인 언술과 수양버들 가지를 꺾어 말채찍 삼아 다른 곳으로 떠나지 말라는 애원이 거칠게 드러난다. 격조 있는 규방처녀의 구애시로는 모자람이 있고 양소유를 놓칠 수 없다는 절박함을 엿볼 수 있는 정도이다. 게다가 다락머리에 수양버들을 심어 낭군을 기다렸다는 것은 천기배들의 욕망으로 비춰지기까지 한다.

그러나 양소유는 진어사 집의 봄 풍경에 마음이 들떠있으며, 다락에 앉았던 진채봉의 고운 얼굴을 본 상태에서 노골적인 구애시를 받게 되니 즉시 화답하여 결연을 이루고자 한다.

<D3> 양류사

수양버들 천만 갈래 실가지에(楊柳千萬絲),

올올이 애틋한 심정이 맺혀 있네(絲絲結心曲).

원컨대 실가지로 달 아래 노끈을 꼬아(願作月下繩),

좋이 봄 소식을 맺으리라(好結春消息).[45]

---

44) <구운몽>, 30면.
45) <구운몽>, 31면.

유모가 전해 준 구애시와 진채봉의 내력을 들은 양소유가 마음을 변치 않겠다는 맹세를 전하며 건넨 화답시이다. 늘어진 수양버들로 천정의 연분을 표시하는 월하노인(月下老人)의 노끈을 꼬아서 좋은 봄소식을 이루자는 승낙의 의미를 담은 시이다. 봄소식이란 곧 두 사람의 결연을 의미하는 것으로, 양소유는 야밤을 타서 대면하고 결연을 맺자고 제의한다. 이에 대해 타인의 이목이 두려우므로 밝은 날 결연을 맺자는 진채봉의 전언이 있어 결국 결연을 성사하지 못한다. 그 밤에 전란이 일어나 피난길에 서로 이별하게 되어 시와 유모를 통해 결연의지를 확인했을 뿐 육체적인 교감으로는 나가지 못한다.

이 구애 화소는 <이생규장전>의 그것과 거의 일치하는 구성을 가진다. 그러나 그 감정의 표출이 즉흥적이지는 않다. 양소유를 처음 보고 구애시를 보내는 진채봉의 심리는 매우 흥분된 욕망을 드러내었지만 막상 양소유가 밤중에 대면하자고 하자 한발 물러서는 모습을 보인다. 구애시에 드러난 시심으로 본다면 그 밤에 동침으로 결연이 맺어질 듯한데, 그 욕망을 누그러뜨리고 있다. 아마도 규중처녀의 행실로 혼전동침에 대한 부정적 시각이 작용한 것으로 생각된다.

이러한 시를 통한 구애화소는 <이생규장전>에 이어 <구운몽>의 양소유와 진채봉 결연서사에서 흡사하게 차용되다가, 이후 애정소설의 구애단계에서 빈번히 사용된다. 그러나 그 세부 구성은 많이 변화되어 나타난다. <영영전>에서 풍류남아 김생이 술이 취해 봄 정취를 담은 시를 읊조리다가 숲 사이를 지나가는 영영을 발견하고 연정을 품게 되는 장면에서 다소 비슷한 영상으로 다가온다.

> <B3> 김생은 흥에 겨워 나직한 소리로 시를 읊으니, 한 절구가 이루어졌다.
>
> 동쪽 언덕에 꽃과 버들을 즐기나니,
> 말도 발을 멈추고 나가지를 않누나,
> 어느 곳에 옥 같은 미인이 있느뇨,
> 복사꽃 덧없으나 정이사 한있느뇨.

<A3> 옮기를 마치고 나서 취안을 들어 보니, 한 미인이 있어 나이 겨우 이팔(二八)에 부드러운 걸음을 가벼이 옮기는데 티끌도 일지 않고 허리와 다리가 하느적거린다. 맵시있는 태도로 가다가 혹은 그치고, 동쪽으로 혹은 서쪽으로 이리 왔다 저리 갔다 하면서 혹은 버들가지를 휘어잡고 일모에 우두커니 서 있기도 하며, 혹은 돌팔매로 꾀꼬리를 놀라게도 하고, 옥잠(玉簪)을 뽑아서 검고 윤기 나는 머리를 가볍게 걷어 올리기도 했다. 푸른 소매는 춘풍에 휘날리고, 붉은 치마는 맑은 시냇물에 비쳤다.

<C3> 김생이 바라보니, 고운 이와 맑은 얼굴은 참으로 경국지색이었다. 김생은 말을 돌려 머뭇거렸다. 앞서거니 뒤서거니 하며 정신을 쏟아 바라보느라고 마침내 나아가지를 못했다. 그 여인은 김생의 가진 바 뜻을 알아 차렸는지 부끄러워 고개를 숙이고는 감히 쳐다보지를 못했다.[46]

이 장면에서는 앞서 보인 상황과는 다른 양상으로 나타난다. 봄 풍경에 취해 연정을 그리는 김생의 시가 먼저 나타난다. 봄 정취에 취해 술을 마시고 그 가운데 사랑을 나눌 여인 생각이 간절해진 듯하다. 그래서 시의 셋째 구에 옥 같은 미인을 갈구하는 심사를 드러내고 있다. 시를 읊고 지나는 가운데 아름다운 영영을 만나게 된다. 영영을 묘사하는 상황에, 하늘거리는 영영의 허리와 다리, 휘어잡은 버들가지, 돌팔매에 놀라 나는 꾀꼬리, 춘풍 등의 어휘가 사용되어 그 장면의 친연성이 드러난다. 곧 앞의 구애화소에서 <A3>과 <B3>의 순서가 뒤바꾸어 그려지고 있다. 그런데 이 화소에서는 구애시에 대한 화답은 전혀 이루어지지 않는다. 김생이 영영의 미모에 넋을 잃고 말 위에 올라 앞서거니 뒤서거니 따라가니, 영영이 김생의 마음을 눈치 채고 부끄러워 걸음을 재촉하는 것으로 서술되었는데, 곧 김생의 구애가 전달은 되었지만 영영의 화답 <C3>은 완전하게 구현되지 못한 상황이다.

이런 미완의 구애상황은 후에 김생의 상사를 유발하고 결국 영영의 이모인 노파에게 부탁하여 중매형식으로 두 사람의 구애와 결연이 맺어진다. 당사자 간 구애와 결연상황에 대한 견제로 매파가 개입하게 되면서 이 구애화소가 변화한 것이다.

---

46) <영영전>, 206면.

그리고 서로의 감정을 확인하는 데도 시가 점점 소거되는 모습을 보인다. 이 구애화소에서 시는 김생이 지은 한 편밖에 등장하지 않는다.

이와 같은 변이 양상은 <김희경전>의 김희경과 장설빙의 결연서사에서 더욱 구체화 된다. 이 구애장면은 <구운몽>의 양소유와 진채봉의 그것과 흡사한 분위기로 연출된다. 부모의 명으로 구혼하기 위해 상경하던 김희경이 주막에서 장설빙을 보고 강한 호감을 드러낸다.

> 몸이 곤하매 한 주점을 찾아 잠깐 쉬더니, 문득 일진 향풍이 명랑한 옥경을 인도하여 가다가 침상에 떨어지거늘, 생이 가장 고이히 여겨 몸을 동하여 점문에 나서 두루 살피더니, 동편 화원 중에 수간 초옥이 있고 인적이 고요한데, 서편에 죽창을 반개하고 일위 미인이 추파를 흘려 원산을 바라보며 심중에 시름 있는 빛을 띠었으니 그 형용과 참담한 기상이 실로 추월(秋月)이 폐월하고 도화가 무광할지라.47)

김희경이 장설빙을 처음 접하는 상황이다. 연정을 부추길 배경에 대한 언급도 없으며 곧바로 인물에 대한 묘사로 들어간다. 그리고 희경이 자신의 마음을 담은 구애시를 짓는 것도 아니다. 여기에 와서는 이제 시는 등장하지 않는다. 단지 그 서사의 상황이 흡사하게 그려지고 있을 뿐이다. 두 사람은 주점에 들어있는 상태이고, 계절도 성열(盛熱)의 여름으로 그려진다. 그러므로 <A3>의 상황은 찾을 수 없다. 그리고 일방의 구애의 의지는 나타나지만 희경의 독백으로 처리되고 그 전달 매개로 시를 짓는 것도 아니다. 단지 '소개하는 사람을 구하여 근본을 물으리라'고 다짐하고 있다.

설빙 역시 희경의 외모를 보고 강한 호감을 드러낸다.

> 한 번 보매 스스로 탄복함을 마지 아니하여 이윽히 보다가 창을 닫고 내심에 헤아리되, '가인이 군자를 만나고 군자가 숙녀를 만나 자연지기(自然之氣) 있을지라' 스스로 탄복함을 금치 못하며,

---

47) <김희경전>, 16면.

"내 비록 자모의 교훈을 듣잡지 못하였으나 야야의 경계를 힘입어 적이 고서를 박람하매 자고로 지금에까지 현인군자의 풍류호사(風流好事)하는 행지(行止)를 효칙할 일이 많으나 오히려 항복치 아니했더니, 차인은 실로 고금에 처음이라."

하고 규수로서의 처신이 괴이하나 행지를 다시 보려하고 창을 열고 보니...48)

두 사람이 서로를 바라보며 마음속에 강한 호감을 가지고 있지만 누구 한 사람이 먼저 그 욕망을 표출하지는 않는다. 앞서 보인 여성의 적극성은 전혀 찾아 볼수 없다. 호감이 가는 희경을 바라보는 것 자체를 '규수로서의 처지에 고이하다'고 서술하고 있다. 이런 정황에서 두 사람이 서로에게 욕망을 드러낸다는 것은 불가능해 보인다. 그리고 자신의 욕망을 드러낼 매개체로 시와 같은 직접적인 것은 배제되고 소개해줄 사람, 곧 매파를 찾고 있다. 그러므로 구애 감정을 드러내는 <B3>도, 그에 대한 화답인 <C3>도 전과는 다른 양상으로 드러남을 알 수 있다. 주점에서 차를 구해오던 설빙의 시비 영춘이 자기 상전을 훔쳐보는 희경에게 항의하자, 그것을 빌미로 두 사람 사이를 오가며 구애 감정을 전한다.

양소유와 진채봉의 구애상황에서 유모가 두 사람의 양류사를 전하는 역할을 했다면 여기서는 영춘이 그 역할을 대신한다. 다만 차이는 전자는 본인의 심리를 직접 담은 시를 통하므로 유모의 견해가 배제되었지만, 후자에서는 두 사람의 심리를 직접적으로 전할 매개가 사라져 영춘의 입을 빌려야 한다는 것이다. 영춘이 매파와 같은 역할을 어느 정도 수행하고 있다. 그리고 두 사람은 구애감정을 확인하게 되고, 희경은 그 밤으로 결연 맺기를 청한다.

춘이 낭연(朗然)히 소왈,
"소식은 기쁘거니와 양왕(襄王)의 그림자가 무산(巫山)을 구경하고자 하니, 소저께서는 즐겨 허락하시리이까."
소저 청파에 아미를 찡그리고 발연 변색 왈,
"선녀가 조운(朝雲)되기는 음란한 행실이요, 양왕 찾기는 방탕한 몸이라. 네 어찌 이런 패설(悖說)로써 나의 심정을 허하고자 하느뇨."49)

---

48) <김희경전>, 23면.

김희경의 동침 욕망을 영춘이 전하자 설빙은 불쾌한 내색을 드러낸다. 혼전의 동침은 도저히 용납되지 않을 상황이다. 결국 두 사람은 이튿날 공개된 대청에서 대면하여 김희경이 청혼하고 설빙이 응하는 형식으로 결연이 맺어지며, 신물로 서진과 반지를 교환한다. 곧 <A3>은 생략되고, <B3>과 <C3>은 시라는 직접적인 연결 매개가 사라진 상태에서 매자와 같은 존재를 내세워 이루고, <D3> 역시 욕망의 원리보다는 타인의 이목과 윤리에 유념하면서 이루어지고 있어서, <이생규장전>에 비해 많은 변화를 엿볼 수 있다.

이러한 시를 통한 구애 화소는 후대로 올수록 시는 생략되고 연정을 부추길 장면만으로 남녀간 연애가 이루어지는데, 또 다른 예로 <열녀춘향수절가>의 이몽룡과 성춘향의 결연담을 들 수 있다. 단오를 맞아 방자를 거느리고 광한루로 상춘을 간 이몽룡이 수양버들 사이에서 고운 치맛자락을 휘날리며 그네를 뛰는 춘향을 보고 연정을 드러낸다.

<A3> 장면의 상황은 남녀의 위치가 바뀌었을 뿐이지, 춘향이 수양버들 가지 안쪽에서 오락가락하며 몽룡의 연정을 한층 부추긴다. 결국 방자를 통해 춘향의 존재를 알고 직접 불러 오게 하는 방법을 취하여 <B3> 구애시나 <C3> 화답시는 생략되어 나타나지 않지만 방자의 전언을 통해 구애는 이루어진다고 볼 수 있다. 그리고 두 사람의 결연을 위한 약속 <D3>도 춘향이 이몽룡에게 자신의 집으로 밤중에 찾아오라고 암시하는 것으로 대신하고 있다. 곧 시라는 매개는 생략되어 더 이상 나타나지 않고 단지 자유연애의 감정을 부추기는 인식과 구애의 장면은 그대로 이어짐을 다시 확인할 수 있다. 결국 서로의 감정을 직접적으로 드러내는 시라는 매개는 방자라는 심부름꾼의 왕래로 대체되는 양상이다.

이 구애화소는 또 다른 변화 양상을 찾을 수 있다. 시를 통한 구애방식이 고소설의 대중화 단계에서 다시 대두하게 되는데 초기의 기능과 모습에서 이탈한 양상이다. 즉, 기존의 우수한 작품 가운데서 필요한 요소들을 표절형식으로 가져오는 경우이다. 그 실례를 <청년회심곡>의 김진성과 농월의 구애과정에서 찾을 수 있

---

49) <김희경전>, 32면.

다. 이 구애과정은 <이생규장전> 구애화소를 그대로 표절했다고 말할 수 있다. 처음 장면묘사도 거의 흡사하고 구애시도 또한 그러하다.

> <A3> 진성이 두루 다니며 혹 고인의 시구를 읊조리며 회포를 금치 못하더니, 한 곳에 다다르니 분장(粉牆)은 외외(巍巍)하고 수양은 요요(裊裊)하며 벽도화는 성개(盛開)하고, 작은 다락은 꽃 그림자 속에 은영(隱映)하였는데 주렴은 반만 거두었고 비단 휘장을 드리웠거늘, 진성이 눈을 들어 바라보니, 일위 미인이 담연(淡然)한 단장으로 난간을 의지하였는데, 침어낙안지용(沈魚落雁之容)과 폐월수화지태(閉月羞花之態) 짐짓 경성경국지색(傾城傾國之色)이라.
> 진성이 한 번 보매 안목이 미란하고, 두 번 보매 정신이 황홀하여 어린 듯이 섰더니, 그 미인이 또한 추파를 잠깐 들어 담 밖을 보매, 일위 소년 남자가 머리에 탕건을 쓰고 몸에 청포를 입고 손에 나선(羅扇)을 들었는데, 얼굴은 관옥 같고 풍채 준일하여 낙양가상(洛陽街上)에 척과(擲菓)를 받던 반악(潘岳)이 아니면 양주로상(楊州路上)에 투귤(投橘)을 돌아보던 두목지(杜牧之)라.50)

이 배경묘사는 <이생규장전>의 그것과 유사하고 인물에 대한 인식을 묘사한 구절은 고소설에 나타나는 상투적 표현을 그대로 사용하였다. 아름다운 담장은 높이 솟아있고, 수양버들은 하늘거리며, 벽도화가 만개하고, 그 꽃 숲에 작은 다락이 숨어 있고, 그 곳엔 주렴과 비단장막이 반쯤 늘어져 있다는 장면은 최랑의 다락 묘사와 거의 일치한다. 두 사람이 인식하는 장면은 <이생규장전>보다 더 구체적으로 부연하였다.

> <B3> 그 미인이 이윽히 진성을 보다가 문득 옥수를 들어 턱을 괴고 향기로운 입을 열어 글을 읊으니 하였으되,
>
> 홀로 사창을 의지하여 수놓기를 더디하니(獨倚紗窓刺繡遲),
> 백가지 꽃떨기 속에 누른 꾀꼬리 우는도다(百花叢裏囀黃鸝).
> 무단히 가만히 동풍의 원망을 맺으니(無斷暗結東風怨),

50) <청년회심곡>, 74면.

말 없이 바늘 멈추고 생각하는 바 있도다(不語停針有所思).

하였더라.
　진성이 그 글을 읊는 소리를 들으니, 일쌍 청학이 구소에 우짖는 듯, 남전(藍田) 백옥을 빻았는 듯 청아 쇄락하여 듣는 자로 하여금 귀를 놀래며 신혼(神魂)이 표탕한지라, 더욱 심신을 진정치 못하더니, 그 미인이 또 일 수 시를 읊으니 가라사대,

　길 위에 누구 집 흰 낯빛 사나이가(路上誰家白面郎),
　푸른 옷과 큰 띠로 드리운 버들에 비치었노(靑衿大帶映垂楊).
　유정함이 집 가운데 제비와 같지 못하여(有情不似堂中燕),
　잠깐 구슬 발을 갈기어 비껴 담을 지나는도다(乍掠竹簾斜途牆).

하였더라.[51]

　농월이 김진성을 보고 구애시를 먼저 읊조리는데, 그 상황과 시 내용은 <이생규장전>을 그대로 인용하였다. 두 수의 시에서 두 번째 시의 셋째 구의 네 글자와 마지막 구의 두 글자를 제외하고는 일치하며, 그 내용도 일치하고 있다.

　　<C3> "내 과연 아까 농월의 집을 지나다가 우연히 마주친 바 되었거니와, 그 용모 재색이 짐짓 천고절염(千古絶艷)이라. 내 소년 풍정으로 감히 요대월하(瑤臺月下)의 아리따운 인연을 맺고자 함이 아니라, 다만 그 용광을 잠깐 대하여 낙포 선자의 향기로운 자취를 찾고자 함이니, 노랑은 나를 위하여 한 번 수고를 아끼지 아니함이 어떠하뇨."
　　이 때 월랑이 눈을 기울여 그 채전(彩牋)을 잠깐 살펴보니, 지면에 풍운이 어리었으며 용사(龍蛇) 비등(飛騰)하고 음운(音韻)이 아담하여 조격(調格)이 청신하니 하였으되,

　게을리 봄 졸음을 파하고 수놓기를 더디하니(懶罷春眠刺繡遲),
　벽도화는 떨어졌는데 누른 꾀꼬리는 듣는도다(碧桃花落聽黃鸝).

---

51) <청년회심곡>, 75면.

붉은 실은 맺지 못하였으나 마음은 먼저 맺었으니(紅絲未結心先結),
뉘 알리오, 바늘은 멈추고 생각하고 있는 바를(誰識停針有所思).

하였고, 또 일수 시에는 가라사대,

서로 보고 좋은 인연 맺지 못하나(相看未結好因緣),
부질없는 고뇌와 근심 하루가 일년같네(空惱愁臟日似年).
두 수의 새 시로써 중매를 이루고자 하나(兩首新詩媒欲取),
남교의 어느 날에 신선을 만날꼬(藍橋何日遇神仙).

하였더라.52)

농월의 구애시에 대한 김진성의 화답시를 전하는 장면이다. 여기서는 <이생규장전>과 달리 주점의 노파를 매자로 섭외하여 부탁하는 형식을 취하였다. 이생이 화답시 세 수를 종이에 적어 기왓장에 묶어 담 안으로 던진 것과는 달리 두 사람 사이를 중매할 매파로 주점의 노파를 선택한 것이다. 이는 진채봉이 양소유에게 화답시를 보내면서 유모를 심부름꾼으로 내세운 것과 유사한 구조이다. 곧, 자유로운 욕망의 표출에다가 사회의 이목에 대한 장치까지를 부가한 구조라고 할 수 있다.

여기에 화답시 두 수는 또 다른 모방 기법으로 만들어졌다. 앞의 시는 농월의 구애시 첫 수에 대한 화답으로 대구를 이루도록 적절하게 잘 조합하였다. 그리고 뒤에 시는 이생이 최낭자에게 보낸 화답시 세 번째 시를 가지고 와 첫 구절과 셋째 구절에 변화를 주었다. 그 변화 내용은, 이생은 최낭자의 구애시에서 결연의 의사를 확신하여 강력하게 결연을 몰아가는데 비해, 여기서는 진성이 다시 농월에게 결연 의지를 묻는 형식을 취하였다. 당사자들의 본심을 드러낸 시를 전적으로 신뢰하지 않고 매파의 중매가 결연 의지의 확답이 된다는 생각이 전제된 결과로 보인다. 이제 결연에서 당사자 간 욕망 표출도 중요하지만 그것을 전하고 조절할 매

---

52) <청년회심곡>, 78-80면.

파가 반드시 존재해야 그 결연이 믿을 만하다는 풍조를 드러낸 것이라고 하겠다.

이 결연서사에서 결연으로 나가는 과정인 <D3>은 주점 노파의 주선으로 이루어진다. 주점 노파가 농월의 의중을 떠보니 흔쾌히 허락하였고, 이에 진성을 데리고 농월의 집을 찾아 만나게 한다. 두 사람은 주안상을 두고 대면하였는데, 이 자리서 진성은 정식으로 청혼을 하고 농월이 자신의 내력을 말하고 수락한다. 그러나 이들의 결연은 다른 기녀결연담과 달리 정서적 교감만 이루었을 뿐 육체적인 동침으로 나가지 못한다[53]. 농월이 강하게 거부하면서 후일로 미루고 있다. 농월은 첩의 신분이 아닌 부부의 예를 갖출 것을 미리 염두에 두고 동침을 쉽게 허락하지 않은 것으로 보인다.

<청년회심곡>에서의 이 구애화소는 필수적인 요소는 아닌 듯하다. 단지 흥미로운 화소를 조합하여 풍부한 작품 내용을 만들어 내려는 대중 작가나 출판업자들의 의도에 의해 수용되고 변화된 것으로 추리해볼 수 있다.

2. 애욕추구형

(1) 첫 만남에서의 동침 화소

남녀결연서사 가운데 가장 흔하면서 현실의 양태와 유사한 결연화소는 남성이 아름다운 여성을 보고 애욕을 일으켜 충동적이고 강압적으로 접근하는 경우이다. 그러나 이 화소는 윤리적이지 못하고 비도덕적이라는 비판이 강하게 제기될 수 있

---

53) 이렇듯이 말씀하다가 밤이 깊으매 진성이 사처로 돌아와 쉬고, 이로부터 진성이 날마다 밤이면 월랑의 집에 가 消遣할 새, 지기상합함이 비록 膠漆 같으나 衽席雲雨를 희롱코자 한 즉 월랑이 굳이 사양 왈,

"첩이 매양 여분의 지조를 사모하옵고 하간의 淫風을 밉게 여기오며, 知己와 許心함을 원하옵고 범부와 허심함을 즐겨 아니 하옵더니, 이제 상공은 첩의 지기시라. 감히 청루 천기의 음란한 풍정으로 사귀리이꼬. 至於夫婦之緣을 버리지 않으신 즉 후일이 무궁하오니, 금일 상공은 다만 심기를 의논하심을 바라나이다."

하거늘, 진성이 그 지조를 기특히 여기나 풍정이 너무 담연함을 의심하더라.(<청년회심곡>, 88면)

으므로 고소설의 결연화소로 보편적인 지위를 얻지는 못했다. 문학이 사회 풍속을 교화시켜야 한다는 효용론의 차원에서도 권장할 만한 결연화소가 아니라고 보았기 때문이었다. 그럼에도 고소설의 몇몇 작품에는 남성이 주도하는 첫 만남에서의 동침 화소가 특징적으로 삽입되어 있다. 이 화소는 남성주도 애욕추구형 결연서사의 특화화소로 규정될 수 있는데, 강탈 형태의 동침 시도가 결연 의미와 상치된다는 혐의가 있으므로 변형된 형태로 결연서사에 삽입되고 있음을 보게 된다.

이 화소는 그 연원이 인류의 삶의 형태와 맞물려 발생한 것으로 보인다. 고대시대 이전의 혼속에 약탈혼이 존재하는데, 이것이 곧 이 화소의 시발이 된다. 남성이 배우자를 찾기 위해 밤중에 몰래 여성을 납치하여 결연을 이루는 형태이다. 혼(婚)의 본뜻이 남성이 여성을 취한다는 의미로, 사전에 '장가들 혼'으로 수록되었는데, 이 글자는 혼(昏)과 통용되어 ≪사례편람≫에도 혼례의 한자 표기를 '昏禮'로 하고 있다. 이 혼(昏)의 뜻은 어두운 밤을 뜻하여, 장가드는 일이 어두운 밤중과 관련이 있으며, 그 근거는 역시 약탈혼에서 찾고 있다. 남성이 여성을 밤중에 몰래 납치하기 때문에 통용된다54)고 하겠다.

옛날의 기록으로, 첫 만남에서 동침하는 화소의 원형은 <동명왕편>에 나타나 있는 해모수와 유화의 결연55)에서 찾을 수 있다.

---

54) 이에 대한 다른 의견으로, 혼인의 절차 중 친영례는 신랑이 신부를 직접 맞이하여 교배례와 합근례를 치루는 것으로 결합을 공인 받는데, 교통수단의 미비로 신랑이 신부를 자기 집으로 데리고 친영하면 날이 저물어서 교배례가 밤중에 이루어지는 경우가 많았다. 여기에서 혼례 (昏禮)라는 용어가 유래했다고 본다.

55) 해모수와 유화의 결연서사는 다음과 같다.
① 해모수가 웅심연에서 노는 하백의 세 딸을 보고 아들을 낳을 수 있을 듯하여 왕비로 삼으려 한다.
② 신하들이 궁을 지어 술자리를 마련하여 붙잡으라고 간하자, 말채로 신령을 부려 세 여자를 유인한다.
③ 만취한 세 여자를 가로 막자 두 동생은 도망하고 유화만 잡히게 되었다.
④ 하백이 항의하자 천제자임을 밝히고 청혼하겠다고 한다.
⑤ 하백궁에 들어 갈 수 없자 유화만 보내려 하였으나 유화는 정이 들어 혼자는 가지 않으려 하고 용거가 있으면 갈 수 있다고 하여 오룡거를 타고 간다.
⑥ 하백과 해모수가 신통력 내기를 하여 해모수가 이긴다

그녀들이 왕을 보고는 물속으로 들어가 버렸다. 좌우의 신하들이 말하기를, "대왕님은 어찌하여 궁전을 마련하지 아니하옵니까? 여자들이 방에 들거든 문을 닫아서 가로막으시옵소서." 라고 하니, 왕이,

"그러리라."

하고는, 말채로 땅에 금을 그으니, 동실이 문득 서서 장관이었다. 방 가운데에 세 자리를 준비하고 통술을 차려 놓았다. 그녀들이 각각 자리에 앉아 서로 권하여 술 마시더니 크게 취하였다고들 한다.

왕은 삼녀가 대취함을 기다려 급히 가로막으니, 그들이 놀라 달아나는데, 장녀 유화가 왕에게 잡힌 바 되었다. 하백이 크게 노하여 사자를 보내서 말하기를, "너는 어떤 사람인데 내 딸을 붙들어 두었는고?" 하니, 왕이 대답하기를, "나는 천제의 아들인데 지금 하백과 혼인을 맺으려 한다."

고 하였다. 하백이 또 사자를 시켜 고하기를, "그대가 천제의 아들로서 나에게 구혼할 뜻이 있다면 마땅히 매자를 시킬 일이지, 지금 갑자기 내 딸을 붙들어 두는 짓은 어찌 실례가 과하지 않은가?" 하므로 왕은 부끄럽게 생각했다.

왕은 곧 가서 하백을 뵈옵고자 하였으나 그 집에 들어갈 수가 없었다. 그래서 그녀를 놓아 보낼까 생각했으나 그녀는 이미 왕과 정이 들어 떠나가지 않으려 했다.[56]

이 내용에서 해모수와 유화의 결연은 남성의 욕망에 의해 주도되고 있다. 그런데 여기에서의 욕망은 미색을 탐하는 것이 아니라 아들을 낳을 왕비를 삼을 의도이다. 결국 신통력을 부려 여자들을 속이고 만취하게 하여 붙잡아 두는 강압적인 접근이 먼저 이루어진다. 문면에는 나타나지 않지만 하백이 중매 없이 결연을 맺은 사실로 화를 내는 것으로 보아, 두 사람은 즉시 동침을 이룬 것으로 파악된다.

그런데 그 후의 상황은 유화가 해모수와 정이 들어서 홀로 부모 곁으로 가려고 하지 않는다는 사실에 주목하게 된다. 역시 우리 이야기에 관류하는 배우자 우선

---

⑦ 천제자임을 인정하고 혼례를 치르고 혼자 천상으로 오를까 염려하여 만취케 하여 가죽 가마에 두 사람을 넣고 오룡거에 실어 둔다.

⑧ 이레 만에 깨어난 해모수는 유화의 황금비녀로 가죽 가마에 구멍을 뚫고 그 구멍으로 나가 하늘에 오르고 다시는 찾지 않는다.

⑨ 해모수는 남편을 따르지 못한 유화의 입술을 뽑아 우발수로 추방한다. (이규보, <동명왕편> 참조)

56) 이규보, <동명왕편> 협주정리.

의 입장을 유화도 취하고 있음을 확인할 수 있다. 해모수는 처음 욕망에 휩싸여 유화를 속여 가면서까지 탐했으나 하백이 중매 없이 결연을 맺었다고 비난하자 유화를 혼자 보낼 생각까지 한다. 여기서 상황은 역전되어 유화가 적극적으로 해모수에게 매달리는 분위기로 바뀐다. 결국 해모수가 하백궁을 찾는 것도 유화가 원했기 때문에 그 부탁을 들어주는 상황이라 할 수 있다. 그 가운데 하백이 의심을 풀지 않고 신통력을 시험해 보고, 천상에 오를 때 버릴 것을 염려하여 음모를 꾸미자 미련 없이 유화를 버리고 떠나는 매몰참을 보인다.

즉, 남성이 미모의 여성을 보고 욕망을 발현하여 강탈 형식으로 첫 만남에서 동침을 시도하는 화소는 고대의 혼속에서 일반화 된 것이 고소설에 수용된 것이라 볼 수 있다.

그 실례를 <주생전>의 주생과 선화의 결연서사 결연단계에서 찾을 수 있다. 몰락한 신분으로 의지할 곳이 없어 전당의 기생 배도에게 의탁해서 살아가는 주생이 승상의 딸 선화를 보고 강한 욕망을 드러내는 것으로 사건은 시작된다.

> 나이가 십사오세 정도 되어 보이는 소녀가 부인 옆에 앉아 있었는데, 구름처럼 고운 머릿결에는 푸른 빛이 맺혀있고 아리따운 뺨에는 붉은 빛이 어리어 있었다. 밝은 눈동자로 살짝 흘겨보는 모습은 흐르는 물결에 비친 가을 햇살 같았으며, 어여쁨을 자아내는 아름다운 미소는 봄꽃이 새벽 이슬을 머금은 듯 했다. 배도가 그 사이에 앉아 있었는데, 배도는 그 소녀에 비하면 봉황에 섞인 갈가마귀나 올빼미요, 옥구슬에 섞인 모래나 자갈일 뿐이었다. 그 소녀를 본 주생은 넋이 구름 밖으로 날아가고 마음이 공중에 뜬 듯이 황홀하였다. 그래서 몇 번이나 미친 듯이 소리를 지르며 달려 들어갈 뻔했다. (중략)
> 주생은 한 번 선화를 본 후부터는 배도를 향한 마음이 이미 사라지고 없었다. 그래서 배도와 술잔을 주고받는 사이에도 애써 웃고 기뻐할 뿐, 마음은 온통 선화에 대한 생각으로 가득 차 있었다.[57]

자신의 어려운 처지를 알고 결연을 맺어 거두어 주는 배도가 승상 집 주연에 불려가 연희를 하는데, 혼자 기다리기 싫어서 어린 아이 마냥 마중을 나갔다가 승상

---

57) <주생전>, 203-206면.

집 누대에서 담소를 나누는 선화를 보고 첫눈에 욕정을 품는 장면이 사실적이고 노골적으로 그려졌다. 그 욕망은 순수한 연애감정과는 거리가 있어 보인다. 먼저 승상 집의 화려한 정원과 건물에 주생은 압도된 상태였고, 그 가운데 승상부인과 선화 배도가 휘황찬란한 불빛 아래서 담소 나누는 것을 엿보며 선화의 미모와 자태에 빠져드는 것으로 그려졌다. 즉 외형적인 부귀와 화려한 미모에 반한 감정이므로 연정이라고는 인정할 수 없으며, 결핍의 존재로서 가지는 부귀에 대한 동경과 욕망이라고 보아야 한다.

배도는 전당지역에서 명성을 얻은 기녀이므로, 그 미모와 재주가 출중하였다. 그런데 주생의 눈에 비친 선화는 그러한 배도에 비하면 까마귀 앞의 봉황과 같고 모래 속의 옥구슬과 같이 황홀한 존재로 인식된다. 이러한 인식은 주생의 환상이라고 할 수 있다. 그 환상은 비록 죽고 없지만 승상이라는 그 선친의 후광에서 기인한 요소라고 할 수 있다. 이러한 환상은 애욕으로 변하여 배도와 함께 하는 시간에도 그 생각은 온통 선화에게 가 있어 욕망이 상승되는 면모를 보인다.

이러한 욕망의 상승은 곧 행동으로 이어지는데, 주생이 선화의 동생 국영의 글 선생이 되어 승상 집에서 기거하면서 주생은 선화에게 욕망을 표출할 기미를 엿본다. 밤마다 선화의 처소를 엿보아 강탈하려는 의도를 보이다가 마침내 과감하게 행동으로 옮기게 된다.

> 마침 그날 밤 달이 뜨지 않았다. 주생은 몇 겹으로 된 담을 넘어 비로소 선화의 처소에 이르렀는데, 그곳에는 굽어진 기둥과 돌아드는 복도마다 주렴과 장막이 겹겹이 드리워져 있었다. 주생은 한참 동안 주변을 자세히 살펴보았으나 인적이라고는 전혀 없었다. 다만 선화가 촛불을 밝히고 악곡을 타는 것만 보였다. 주생은 기둥 사이에 엎드려 선화가 타는 악곡 소리를 가만히 듣고 있었다. 선화는 악곡을 다 연주하고 나서 작은 소리로 소자첨의 <하신랑(賀新郞)>이라는 사곡을 읊었다.

> 주렴 밖에 누가 와서 창을 두드리는고(簾外誰來推繡戶).
> 안타깝게도 요대에서 노니는 꿈 깨뜨리네(枉敎人夢斷瑤臺曲).

아아, 대밭을 스치는 바람이런가(又却是風敲竹).

주생은 곧바로 주렴 밖에서 낮게 읊었다.

바람이 대밭에 스친다고 말하지 말라(莫言風動竹)
바로 고운 님이 온 것이라네(直時玉人來).

선화는 짐짓 못 들은 체 하면서 즉시 촛불을 끄고 잠자리에 들었다. 주생은
방안으로 들어가 선화와 동침을 하였다. 선화는 나이가 어리고 몸이 허약해 정
사(情事)를 감당하지 못했으나, 옅은 구름 속에서 가랑비가 내리 듯, 버들가지
가 하늘거리고 꽃이 교태를 부리듯이 향기로운 울음소리로 속삭이는가 하면, 잔
잔한 미소를 지으며 가벼운 탄성을 질렀다.[58]

주생은 선화에게 접근할 기회를 엿보다가 마침 달이 없는 날을 골라 인적이 드
문 틈을 타 선화의 처소로 담을 넘어 들어간다. 그 속에 선화는 악곡을 연주하고
있어, 주생의 고조된 욕망을 더욱 자극하고 있다. 그리고 더 나아가 악곡 연주를
마친 선화가 연인을 기다리는 내용의 <하신랑(賀新郎)>을 읊조린다. 극도로 앙
양된 욕망을 주체하지 못하고 월장을 한 주생에게 유혹의 행위로 인식되기에 충분
한 상황이다. 달빛 없는 캄캄한 밤에 인적도 드물고, 그 가운데 오랜 시간 갈구하
던 여인이 홀로 앉아 악기를 연주하고, 마침내 연인을 갈망하는 듯한 시 구절까지
읊조리니, 주생의 마음에는 모든 것이 자신의 욕망을 풀어낼 여건으로 다가 온 것
이다.

이에 자신이 왔다는 인기척을 시로써 화답하게 된다. 그런데 이후의 상황이 이
례적으로 순조롭게 진행된다. 주생의 시구를 들은 선화가 놀라서 경계하는 것이
아니라 급히 촛불을 끄고 잠자리에 드는 특이한 양상으로 전개된다. 마침내 주생
은 방안으로 들어가 전혀 장애를 겪지 않고 선화와 동침을 이룬다. 이 동침의 상황
을 어린 선화가 힘겨워 하면서도 내심 즐기는 듯한 분위기로 그려진다. 이렇게 본

---

58) <주생전>, 207-208면.

다면 이 결연 상황은 주생에 의해 강제적으로 주도는 되었지만 동침의 상황에서는 선화가 거부감 없이 수용하는 면모를 보인다. 혹시 선화도 은연중에 주생에게 욕망을 품고 있었던 것으로까지 판단된다. 그래서 이 동침 화소는 남성의 강탈에 대한 거부가 축소되어 나타남을 알 수 있다.

동생의 글선생으로 한 집에서 거처하는 주생을 선화가 인식하고 있었기 때문에 놀람의 강도가 낮을 수 있으며, 더 나아가 배도의 남편인 주생이 열네 살 어린 나이의 선화에게는 동경의 대상이 되었을 수도 있다. 특히 부친의 부재로 집안에 남성이란 남동생 국영밖에 없는 상황에서 연상의 남성에게 의지하고픈 심리도 작용했을 수 있다. 이러한 여러 가지 예측을 낳을 수 있을 정도로 선화는 거부감을 드러내지 않고 동침은 순조롭게 이루어진다.

외간 남성이 여성의 방안으로 무례하게 침입하게 되면 여성은 놀라서 강한 경계심을 발휘하고 반항하는 것이 보편적인 행동 양태이다. 그런데 이 결연서사의 경우는 겁탈 수준으로 이루어진 동침에 대해 선화가 반항하지 않다가, 새벽이 되어 날이 밝아 오는 상황에서 다소간 갈등이 일어난다.

> 선화는 주생을 전송하려고 문을 열고 나왔다가 갑자기 문을 닫고 들어가며 말했다.
> "이제 가신 뒤로는 다시 오지 마십시오. 이 일이 한 번 누설되면 생사 염려스럽습니다."
> 주생은 연기가 가슴을 꽉 메운 듯이 기가 막혀, 급히 되돌아서면서 목 메인 소리로 대답했다.
> "겨우 좋은 만남을 이루었는데, 어떻게 이처럼 야박하게 대하오?"
> 선화는 웃으며 말했다.
> "아까 한 말은 농담이었습니다. 그대는 노여워하지 마십시오. 이따 어두워진 뒤에 다시 오십시오."[59]

동침을 통해 애욕을 풀어낸 주생이 날이 밝아 오는 것을 보고 놀라서 뛰어나가는 상황에서 선화는 다시는 자신을 찾지 말라는 무정함을 보인다. 그 이유로 든 것

---

59) <주생전>, 208-209면.

이 두 사람의 동침 사실이 다른 사람들에게 알려지면 죽임을 당할 수도 있다는 것이다. 이러한 고민은 남성의 침입을 받은 상황인 동침 전에 일어나는 것이 일반적인 양상으로 보인다. 그런데 선화는 주생의 동침 요구를 전혀 거부감 없이 수용하고는 이튿날 떠나는 상황에서 세상의 금기에 대해 걱정하는 듯한 행동을 보이는 것이다. 즉 이 동침 화소는 일상적인 양상과는 다소 전도된 상황으로 진행됨을 확인할 수 있다.

이에 주생이 선화의 야박함에 볼멘소리를 하자 선화는 농담이었다고 받아 넘기며 저녁에 다시 찾아 올 것을 청한다. 이 부분에서 이 결연서사가 완전한 애욕추구형이 되기에는 결함이 있음을 확인할 수 있다. 주생은 선화를 애욕의 상대로 여기며 뛰어들었지만 선화는 이미 연정을 품고서 주생을 대하며 그 만남이 일회성으로 끝나지 않고 이어지기를 소망하고 있기 때문이다.

초기의 고소설인 <이생규장전>은 남녀결연이 자유연애형의 성격을 띠며 그 가운데 혼전동침이 자연스럽게 설정되었다. 이러한 혼전동침 화소는 이후 자유연애형에서는 나타나지 않는다. 그런데 <이생규장전>이 초기 고소설임에도 현실계의 남녀 간 결연서사를 곡진하게 그려낸 이후 <주생전>에 이르기까지는 현실적인 결연서사는 존재하지 않았다. 곧 임란 후 등장한 <주생전>에서 인간 남녀의 애절한 사랑 이야기가 다시 시작되는데, 그 결연의 주된 성격은 남성 주도의 애욕추구형으로 파악할 수 있지만, 그 내면에는 <이생규장전>에서 최낭자가 보였던 자유연애 의지를 선화가 일정 부분 수용하고 있음을 알 수 있다.

곧 첫 만남에서의 동침 화소는 초기 자유연애형 결연서사의 결연단계의 화소였지만 <주생전>에 와서는 동침 화소는 그대로 수용되지만 두 사람 사이의 인식단계는 남성 주도로 한정되어 애욕추구형의 결연 단계 특화화소로 옮겨지는 양상으로 나타난다. 그러므로 <주생전>의 주생과 선화의 결연서사는 자유연애형에서 애욕추구형으로 넘어오는 과도기형 정도로 파악될 수 있다.

이 동침 화소의 마지막은 두 남녀의 동침이 사회적 금기를 위반한 것임을 크게 염려하면서 훗날을 기약하는 것으로 끝을 맺는다. 욕망에 이끌려 과감하게 동침을 시도했고, 당사자 간에는 교감을 이루어 결연을 성취하였지만 사회적인 금기 상황인 혼전 사통이 쉽게 용납될 수 없음을 서로 잘 인식하고 있다. 그러므로 동침은 곧바로 온전한 결합으로 이어질 수 없고 부모의 허락이라는 험난한 고비를 남겨둔다. 그 가운데 이별을 맞게 되고 그 가운데 두 사람은 욕망의 해소로 유야무야될 수 있는 결연을 이어가기 위해 신물을 교환한다.

> 선화는 향기로운 상자 속에서 조그만 화장 거울을 꺼내어 두 조각으로 나누더니, 한 조각은 자신이 간직하고 한 조각은 주생에게 주면서 말했다.
> "동방화촉할 때까지 가지고 있다가 그때 다시 합치는 것이 좋겠습니다."
> 선화는 또 비단 부채를 주생에게 주면서 말했다.
> "이 두 물건은 비록 작은 것이지만 간절한 제 심정을 잘 드러내고 있습니다. 바라건대, 난새를 탄 것처럼 행복한 저를 생각하시어 가을바람을 원망하지 않도록 해주십시오. 또 제가 비록 항아의 그림자를 잃더라도 반드시 밝은 달의 광채를 어여삐 여기셔야만 합니다."[60]

처음 동침을 시도할 때는 욕망이 급상승하여 도저히 주체할 수 없었으므로 사회적 이목이나 부모의 반대, 가문의 체통 등에서 기인할 장애에 대해 고민하지 않고 욕망의 발현에 따라 동침을 이루었다. 그러나 그 욕망이 동침을 통해 어느 정도 해소된 이후에는 사회적 금기를 위반했다는 자책이 두 사람을 옥죄어 온다. 그런데 동침을 유도한 것은 남성이지만 그 금기 위반에 대한 비난과 시련은 여성에게 훨씬 가혹하다. 현실에서도, 허구화 된 작품 속에서도 동침 후 상황은 남성보다는 여성에게 불리하게 전개된다. 물론 남성도 담을 넘어 여성을 강탈했다는 비난을 면하지 못하겠지만, 여성의 경우는 부모의 허락도 없이 사통했다는 혐의는 불륜으로 그 강도를 더할 수 있다. 그러므로 이러한 금기 위반에 대한 면책의 방법으로 여성은 동침을 이룬 남성과 반드시 정상적인 결합을 이루어야 한다. 그러므로 동침 후에는 여성이 남성에게 매달리는 상황이 되고 이별의 순간에 신물을 건네며 반드시 훗날을 기약하는 양상을 보인다.

---

60) <주생전>, 211면.

남녀결연에서 첫 만남에서의 동침 화소는 혼전 순결에 어긋나는 것만으로는 금기 위반이라 말할 수 없다. 혼전 순결 의식은 현대의 성윤리로 파악되고, 고소설에서는 혼전동침이 문제가 되는 이유는 부모의 승낙 없이 남성을 정했다는 데 있다. 매파를 통하지 않고 자신의 욕망을 통제하지 못하고 결연을 맺었다는 사실이 가문이나 부모의 체면을 훼손하였다는 혐의이다. 그러므로 남성으로 하여금 반드시 정상적인 매파를 통한 청혼이 이루어지도록 간청해야 한다. 그리고 동침한 남성과 결합을 이루지 못한다면 불경이부(不更二夫)라는 열윤리(烈倫理)에 크게 저촉되어 부정한 여성으로 간주될 수 있기 때문에 동침을 이룬 남성을 놓쳐서도 안 된다. 그러므로 동침 후 기약과정은 필수적이며 그 과정에 서로의 마음을 옭아맬 신물이 중요한 매개물이 되는 것이다.

여성주도의 애욕추구형 결연서사에서도 첫 만남에서의 동침 화소는 인간과 귀신 간의 동침이라는 독특한 양상으로 삽입되어 있어서 또 다른 특화화소로 간주할 수 있다.

초기 고소설인 ≪금오신화≫속에 수록된 다섯 작품 가운데 <만복사저포기> <이생규장전> <취유부벽정기>에 남녀 간의 교감이 드러나고 있다. 그리고 그 내용은 현실계의 사건을 다루는 것보다는 전기적인 내용이 사건의 주요 분위기로 작용한다. 곧 전기적인 애정서사가 초기 고소설의 주류인데, 이는 당나라에서 유행했던 애정전기소설에서 크게 영향을 받은 결과로 보인다.

이렇게 초기의 서사물이 애정전기 서사물이기 때문에 그에 삽입된 결연 화소는 인간 대 인간의 결연보다는 인간과 귀신의 결연이 주로 설정된다. 괴력난신(怪力亂神)을 말하지 말라[61]는 공자의 가르침을 저작의 토대로 삼았던 당시 지식인들도 이 부분에 대해서는 수용하고 있는데, 아마도 사회의 주류에서 벗어난 방외인의 삶을 산 작가들의 특수성[62]에 기인한 것으로 볼 수 있다. 인귀교환의 결연서사에서 일반적으로 남성은 이승의 존재로, 여성이 저승의 존재로 설정된다. 이는 남

---

61) 子不語怪力亂神 (≪논어≫ 述而扁, 20)
62) <최치원>의 작가를 최치원으로 보았을 때, 김시습이나 신광한 세 사람은 모두 관로에서 벗어난 시기에 이 작품들을 창작한 것으로 생각된다.

성에 비해 욕망 표출이 제한적이었던 여성이 억압된 욕망을 더 크게 가질 수 있었고 이를 해소하는 장치가 절실했기 때문으로 보인다. 이러한 억압된 욕망을 노골적으로 표출하는 장치가 곧 첫 만남에서의 동침 화소라고 할 수 있다.

지금까지 고찰한 남녀결연서사는 대체로 남성 주도로 진행되었으며 특히 애욕보다는 순수한 애정이나 배우자를 찾을 목적에서 이루어졌다. 그런데 여성이 주도하고, 특히 그 목적이 애욕추구라는 본능적인 욕망에 맞춰지는 결연서사는 문학의 효용론적인 입장에서도 적극적으로 용납될 가능성이 적었다. 그럼에도 불구하고 여성주도 애욕추구형 결연서사가 일군을 이루어 유통된 것은 그 욕망의 주체가 이승의 존재가 아닌 죽은 영혼이라는 점을 감안해 준 결과로 보인다. 이승의 존재는 욕망의 실현이 억압받는다고 해도 그 출구가 완전히 폐쇄되지는 않았지만 죽은 영혼은 욕망 발산의 출구가 철저하게 봉쇄되어 원한으로 남을 수 있으므로 마지막 해소장치로 명혼을 인정했다고 볼 수 있다. 그리고 귀신은 인간세계의 윤리적인 잣대로 통제할 수 있는 존재가 아니므로 그 부분에서도 자유로울 수 있는 장치이다.

그런데 명혼담에서는 여귀가 인간인 남성과 교감을 이루는 공간과 시간이 제한적으로 제시된다. 명계의 법으로 밝은 대낮에는 인간계에 나타날 수 없어서 반드시 야밤을 틈타서 인간과 교감이 가능하며, 그 기한도 온전히 저승 세계로 진입하기 전의 시간으로 제한되든지 아니면 상제의 명으로 일정 기간의 빌미를 얻어 인간계에 강림하는 형식을 취한다. 그리고 그 공간도 귀신이므로 자유자재할 듯하지만 극히 제한적이라서 자신의 육신이 깃들어 있는 묘지를 벗어나지 못한다. 이렇게 시공의 제한 속에서 여귀가 욕망을 해소하기 위해서는 남성을 만나는 즉시 남성의 욕망을 자극하여 동침으로 나아가든지 자신의 실체를 알리고 동침을 요구하는 노골적인 방식을 취할 수밖에 없다. 이러한 제한적인 서사 전개에서 첫 만남에서의 동침 화소는 선택의 상황이 아닌 필수적인 요소로 개입될 수밖에 없는 것이다. 그리하여 여성주도의 애욕추구형 결연서사를 담고 있는 <최치원>이나 <만복사저포기>, <하생기우전>에서도 명혼 구조와 맞물려 여귀의 강한 욕망의 표출 방편으로 첫 만남에서의 동침 화소는 유기적으로 삽입된다고 할 수 있다.

이 첫 만남에서의 동침 화소는 고소설에서 두 가지 형태로 나뉘어 전개된다. 먼저 남성이 미모와 문벌을 겸비한 여성을 훔쳐보고 욕망을 느껴서 즉흥적으로 여성의 침실로 난입하여 동침을 이루는 직접적인 형태의 화소이다. 초기의 애정소설인 <주생전>의 주생과 선화의 결연서사, <위경천전>의 위경천과 소숙방의 결연서사에 삽입되어 그 후 <조웅전>의 조웅과 장소저의 결연서사에도 삽입된다. 직접적인 강탈을 통한 동침이 윤리적인 측면에서 비난의 여지가 있으므로 삽입되는 경우가 제한적이었다.

다른 경우는 이런 직접 동침화소의 부작용을 완화하기 위해 여성에게 욕망을 느낀 남성이 여복으로 변장하여 여성과 같은 방에서 기거하면서 밤중에 남성임을 밝히고 동침을 시도하는 경우이다. 이 경우에는 여성이 남성의 간곡한 설득을 받아들여 심리적으로 교감을 이루기는 하나 육체적인 동침은 윤리적인 이유로 강하게 거부하여 신물을 나누며 훗날을 기약하는 경우이다. <김진옥전>의 김진옥과 유소저의 결연서사, <정진사전>의 정창린과 박소저, 최소저의 결연서사, <정진사전>의 김광철과 정소저의 결연서사, <임호은전>의 임호은과 이소저의 결연서사에 삽입되어 있다. 이 동침 화소는 전자에 비해 윤리적이면서 극적인 요소들이 풍부하여 조선 후기 고소설의 결연서사에 빈번하게 삽입되는 화소이다.

전자의 구성 요소와 후자의 구성요소를 각각 정리하면 다음과 같다.

<A4> 곤궁한 남성이 문벌이 높고 미모가 뛰어난 여성을 보고 애욕을 품는다.

<B4> 남성이 여성의 침실로 난입한다.

<C4> 여성이 강하게 거부하나 회유하여 동침한다.

<D4> 사통 사실을 염려하며 신물을 교환하여 기약한다.

<A4'> 남성이 예언이나 욕망에 이끌려 여복으로 속여 여성에게 접근한다.

<B4'> 한방에서 잠을 자다가 남성임을 밝히고 동침을 시도한다.

<C4'> 여성이 윤리적 이유로 강하게 동침을 거부한다.

<D4'> 신물을 교환하고 기약한다.

애욕추구형의 결연서사는 남성주도형과 여성주도형으로 나눌 수 있는데, 여성주도 애욕추구형은 명혼담으로 한정되어 전체 결연서사에 관계되고 결연단계의 동침 화소가 단편적으로 삽입되어 있다. 또 고소설에는 <만복사저포기>와 <하생기우전>의 두 작품만 존재하기 때문에 이 논의는 주로 남성주도 애욕추구형에 초점을 두기로 한다.

(2) 금기위반으로서 혼전동침의 의미

애욕추구형의 본질은 특화화소인 첫 만남에서의 동침으로 귀결된다. 이런 시각에서 본다면 앞서 예시한 <주생전>보다 극단적인 남성 욕망 발현은 <위경천전>에서 찾을 수 있다. <주생전>과 <위경천전>은 임란 후 석주 권 필에 의해 지어진 작품이라고 밝혀지고 있지만, <위경천전>에 대해서는 후대인의 위작 의혹이 제기돼 논란의 여지가 있는 작품이다. 두 작품은 그 내용에 있어서 유사성이 크다. 그 가운데서도 남성의 욕망 발현에 의한 강탈 형식의 동침 결연이 가장 부각되는 친연성이라고 할 수 있다. 남녀가 동침으로 결연을 맺은 후 상사병을 앓는 가운데 정혼이 이루어지고 조선의 왜란에 참전한다는 사건 구조도 전반적으로 비슷하게 인식된다.

그런데 <주생전>에 비하면 <위경천전>의 결연서사는 남성 욕망 표출의 극단이라는 평을 들을 정도로 과격하게 진행된다. 그러므로 애욕추구형을 남성의 강탈 행동에 두고 논의한다면 <주생전>에 비해 더욱 전형이 될 만한 작품이다.

위경천이 소숙방과 결연을 맺는 과정은 전혀 사전 기미가 없는 우연으로 시작된다. 친구들과 달밤에 뱃놀이를 하며 술을 마시다가 모두 만취하여 쓰러져 잠이 든 사이 배가 낯선 곳에 닿는다. 잠에서 깬 위생이 밤 풍경에 취해 휘황한 불빛이 비치는 곳을 찾아 들고, 집을 둘러보는 사이에 대문이 잠겨 위생은 갇힌 신세가 된다. 하는 수 없이 날 새기를 기다리던 중 다시 집 구경에 나섰다가 소숙방을 보는 것에서 결연은 시작된다.

<A4> 옷을 털고 일어나 뜰 사이를 산보하고 있는데, 멀리 후원에서 사람 소리가 낭랑하게 들려왔다. 위생이 고개를 빼들고 바라보니, 자줏빛 장미꽃 아래에 붉은 연등이 하나 매달려 있고, 그 아래에 미인이 한 사람 앉아 있었다. 나이는 십칠 팔세 정도 되었는데, 얌전하고 선녀같은 자태가 이 세상 사람이 아닌 듯 하였다. 그녀는 손에 한 떨기 꽃봉오리를 꺾어 들고 머리를 누각에 기댄 채 시를 한 수 읊었다.

그림자는 오래도록 달을 사랑하였으나(影了長憐月),
몸은 꽃처럼 가볍지 못하구나(身輕不似花).
바람따라 다니는 향기로운 저 꽃들은(隨風香萬點),
날아서 누구 집에 떨어지는고(飛去落誰家)

미인이 시를 다 읊기도 전에 시녀가 주렴을 번쩍 쳐들고 내려와 차 그릇이 이미 데워졌다고 아뢰었다. 이 말에 미인이 등불을 손에 들고 갑자기 들어가 버리니, 후원의 안팎은 적막해져 귀뚜라미 소리마저 들리지 않았다.[63]

위생은 과하게 술을 마신 뒤라 몽롱한 정신으로 배에서 내려 아름답게 꾸며진 소승상집을 무단 침입한다. 그 가운데서 아름다운 소숙방을 엿보게 되니, 그 황홀함을 짐작할 수 있겠다. 선녀같은 자태로 꽃가지를 꺾어서 손에 들고 누각에 기대어 시를 읊조리는 소숙방은 몽환에 휩싸인 위생의 눈에는 선녀 그 자체로 인식될 수 있다. 그러한 선녀를 몰래 숨어서 엿보는 위생의 마음이 호기심을 넘어 욕망으로 전개되는 것은 당연해 보인다. 게다가 엿보기를 하는 위생이 처한 곳은 암흑의 상태이고 엿보기 대상인 소숙방은 환한 등불 아래서 요염함을 드러내니 욕망의 자

---

63) <위경천전>, 90면.

제가 이루어질 수 없는 상황인 것이다.

그 가운데 위생은 과감하게 욕망을 분출한다. 이 상황은 전혀 예측하지 못했던 돌발적인 행동으로서 즉흥적으로 이루어진다.

<B4> 위생은 즉시 죽음을 각오하고 끓어오르는 욕정을 풀려고 하였다. 그러나 문득 담을 넘어 박달나무를 꺾는 것은 호랑이의 꼬리나 봄날의 살얼음을 밟는 것만큼 위험하며, 찬혈했다는 비난을 경계하지 않으면 마침내 신세를 망치는 재난에 빠질 것이라는 생각이 들었다. 님이 그립기는 해도 다른 사람의 비난이 두려운지라, 위생은 앞으로 나가려 하다가 다시 뒤로 물러나고, 발을 들었으나 차마 내딛지 못하였다. 이와 같이 하기를 몇 번 되풀이하다가, 마침내 미친 듯한 욕정이 크게 일어나 여섯 마리의 말이 함께 달리 듯 마음을 억누를 수가 없게 되었다. 드디어 발걸음이 가는 대로 맡겨 방문 앞까지 다가가 몰래 창틈으로 엿보니, 바로 그 처녀의 침실이었다. 침실 안은 유리와 술로 장식된 휘장이 걷힌 채 매달려 있고 비취 병풍이 둘려 있었다. 침상 위에는 비단으로 만든 오리 떼 모양의 향로가 침향 한 심지를 물고 있었는데, 향불의 연기가 실처럼 간드러지게 피어올랐다. 처녀는 그 안에 누워 있었는데, 비단 이불이 반쯤 밀쳐져 옥 같은 하얀 살결이 희미하게 드러나고, 삼단처럼 아름다운 머릿결이 베개에 비쳤으며, 향기로운 땀이 뺨에 맺혀 있었다. 처녀는 봄 잠에 깊이 빠져 있는지 진홍색 비단 잠옷이 조금도 흔들리지 않았다. 위생이 옷소매를 걷어 올리고 안으로 들어가자[64]

위생은 욕정을 표출하기로 마음을 먹는 순간 내면에 존재하는 이성의 규제를 접하게 된다. 죽을 각오까지 한 감각적인 욕망이 월장의 위험과 발각되었을 때 감내해야 할 비난, 그로 인한 불이익까지를 염려하는 이성의 목소리와 갈등을 야기하는 장면이다. 그래서 몇 번이나 발길을 앞으로 내밀었다 뒤로 물렸다 하는 행동을 반복하며 고뇌하고 있다. 그러나 금기에 대한 위반 유혹은 너무나 컸으므로 결국 위생은 욕정을 몸으로 실행하고 만다. 이 심리적 갈등이 아주 구체적이고 사실적으로 묘사되어 <위경천전>은 임란 후 등장한 전반기 고소설의 사실주의적 경향의 탁월함을 입증한다고 평할 수 있겠다.

---

64) <위경천전>, 90-91면.

그리고 소숙방의 침실 앞에서 다시 잠시 주저하는데, 창틈으로 보이는 소숙방의 잠든 모습은 더욱 위생의 욕정을 요동치게 한다. 유리와 수술로 장식된 휘장, 비취빛 병풍, 실오라기처럼 피어오르는 향불, 그 가운데 비단 이불 사이로 옥 같은 살결을 드러내고 잠이 든 소숙방이 있다. 시각적, 후각적 감각을 자극하는 요소들이 위생의 욕망을 주체하지 못하도록 배치되어 있어, 침실로의 난입은 오히려 자연스러워 보이기까지 한다. 결국 위생은 방으로 발길을 들이고 만다.

이 상황은 <주생전>에 비해 훨씬 구체적이고 치밀하게 묘사되어 있다. 주생이 선화에게 가진 욕망은 긴 시간을 두고 지켜보는 가운데 표출된다. 그래서 즉흥적이고 감각적이라기보다는 다소 정제된 감정이었다고 볼 수 있다. 그러므로 그 욕망 표출의 상황 묘사나 배경 묘사가 안정된 인상을 주었다. 그러나 위생은 첫눈에 반한 감정을 그대로 드러내는 상황이므로 욕망 표출의 장면과 배경에 대한 묘사가 다분히 감각적이고 색정적으로 그려지고 있다.

> <C4> 처녀가 깜짝 놀라며 말했다.
> "어느 집 탕자(蕩子)가 이렇듯 광포하게 구느냐?"
> 처녀가 심하게 거부를 하자, 위생은 당황하여 어찌할 줄 모르고 다시 물러나려고 했다. 그러나 몸이 굳게 닫힌 집안에 갇혀 있는 처지라 달아나려고 해도 나갈 길이 없었다. 위생은 자기 때문에 가문이 욕을 먹게 되면 죽는 길밖에 다른 도리가 없다고 생각하고, 바야흐로 위협하여 처녀의 뜻을 뺏으려 했다. 처녀는 위생의 온화한 말투가 협기어린 소년이나 무뢰배의 말투와는 다른 것을 보고는 다소 의아한 표정을 지었다. 이에 위생이 낮고 가는 목소리로 여기까지 오게 된 곡절을 이야기하자, 처녀는 마음이 점차 누그러지는 듯 하더니 처음처럼 심하게 거부하지 않았다.
> 위생이 비록 끌어안아도 처녀는 부끄러워 눈썹을 지긋이 들어올리기는 했으나 눈길은 은근하였으며, 몸은 가벼운 버들개지처럼 가눌 수 없는 듯하였다. 위생은 봄 구름이 피어나듯 멈추지 않고 짙은 애무를 계속하다가 마음이 매우 흡족해진 뒤에야 끝내었다. 이불을 가지런히 하고 누우니, 원앙이 어우러진 침상 위에 꽃 그림자가 어른거렸다. 처녀가 기지개를 켜며 위생의 등을 어루만지다가 길게 탄식하며 말했다.
> "인간 세상의 즐거움이 깊은 규방에까지 이르지 않더니, 제가 세상에 태어나 오늘에서야 비로소 보게 되었습니다."[65]

이 상황은 욕망을 주체하지 못하고 난입한 남성을 여성이 강하게 질책하며 동침을 거부하는 상황으로 <주생전>에서는 크게 부각되지 않는다. 선화는 주생을 인식한 상황이었으므로 거부감 없이 바로 동침으로 이어졌지만, 이 경우에서는 처음 보는 남성의 침입을 받은 소숙방이 놀라서 강하게 반항하는 것은 오히려 자연스러운 설정으로 보인다.

소숙방의 강한 질책과 반항에 놀란 위생은 주춤하지만 다시 정신을 차려니 자신이 이 상황에서 물러서면 달아날 통로가 열려 있는 것도 아니며, 남의 집 규방을 난입했다는 사실이 발각되면 가문의 명예에 크게 해가 될 것이라는 데까지 생각이 미친다. 주체 못할 욕정에 휘말려 무도한 행동을 행하였지만 이미 일은 벌어진 상황이라 사태를 수습하는 수밖에 없었다.

우선적인 행동으로 소숙방을 겁탈하여 입막음을 하겠다는 조급하고 극단적인 양상을 드러낸다. 욕정에 휩싸인 감정의 흐름에서 순차적으로 나올 수 있는 행동 양태이다. 그러나 담을 넘어 규방에 난입한 것만으로도 비난의 여지가 많은데 겁탈로까지 이어진다면 도저히 사회에서 용납 받지 못할 것이라는 작자의 염려인지 겁탈이라는 극단적 장치는 좌절되고 있다. 소숙방의 더 거센 반항에 위생은 생각을 바꾸어 애원조의 회유의 방식으로 상황을 변환시킨다. 자신이 난입하게 된 경위를 차근차근 설명하는 가운데 소숙방은 위생에 대한 경계심을 풀고 나아가 호감으로까지 감정의 전환을 이룬다. 이 상황에서 동침은 자연스럽게 이루어지는 것이다.

그런데 동침 후의 상황은 대체로 남녀간 입장이 역전되는 양상을 보인다. 거부감을 가지고 반항하던 여성이 동침 후에는 오히려 남성에게 적극적으로 매달리는 양상을 드러내는 것이다. 유화도 해모수에게 강제로 구금당한 후에 정이 들어 부친인 하백에게 가지 않으려 하였고, 선화도 주생과 동침 후에 다시 자신을 찾아 달라고 애원하는 모습을 보였다. 여기서 소숙방 역시 인간 세상의 재미를 이제야 맛보았다는 노골적인 표현으로 동침에 대한 만족을 드러내고 있다.

즉, 규방에 갇혀 있다가 부모의 뜻에 맞는 배필을 만나 혼인을 이루는 것으로

---

65) <위경천전>, 91면.

성애의 느낌을 비로소 가질 수 있었던 여성에게 이러한 혼전동침은 은밀히 내재된 소망이었음을 여실히 확인할 수 있게 한다. 금기 속의 위반 욕구는 대단한 것이며, 이러한 성애의 해방 욕구는 시대를 초월하여 누구에게나 내재된 욕망임을 적나라 하게 표출한 경우라고 할 수 있다. 여기서 다시 이 작품이 사회적 가식에 물들지 않고 인간 내면의 진솔한 감정을 사실적으로 그려냈다는 찬사를 덧붙일 수 있을 듯하다.

> <D4> "저는 본래 양반가문의 출신으로 숙진사항의 풍도를 사모하지 않고, 오로지 금슬종고의 즐거움만 생각해 왔습니다. 하느님께서 이러한 제 정성을 밝 게 비추어 저에게 좋은 배필을 내려 주시었습니다. 우리의 만남은 비록 은밀하 게 이루어졌으나 서로 사랑하는 마음은 조금의 틈도 없이 두텁기만 합니다. 혹 우리의 은밀한 행적이 새어나가 끝내 부부의 정이 멀어지게 된다면, 죽어서 후 생에서나 다시 만날 기약을 할 수 밖에 없습니다. 우연히 아름다운 짝을 만나 백년해로하기로 달콤하게 맹세하였으니, 비록 남교의 기이한 만남이라도 우리보 다는 못할 것입니다."
> 처녀는 위생이 일어나는 것을 보고 그의 손을 끌어당긴 후, 얼굴을 가리고 낮은 소리로 말했다.
> "삼생의 좋은 인연이 하룻밤에 얽히게 되었습니다. 장차 그대는 의심하지 마 시고 어두워진 뒤에 다시 오십시오."[66]

그러나 소숙방 역시 그 욕망의 해소 뒤에 이어지는 혼전동침에 대한 사회적 비 난에 대한 염려를 떨치지 못한다. 그러면서 마치 위생과의 동침을 학수고대라도 한 듯 애절하게 매달리며 훗날을 기약하고 있다. 분명 이 결연은 위생의 치기어린 불장난으로 시작되었는데, 소숙방은 하룻밤 동침 후에 사랑이라는 감정으로 표현 하며 자신의 장래를 의탁하겠다는 의지를 강하게 드러낸다. 시작은 즉흥적이고 돌 발적인 남성에 의해 이루어졌지만 그 마무리는 장래에 대한 심안을 가진 여성에 의해 맺어지고 있다. 남성은 불같은 욕정을 주체 못하여 혼전동침을 이루고 떠나 버리면 그만이지만 여성은 두 사람만의 감정노름을 사회적 공인으로 이어가 정상

---

66) <위경천전>, 92면.

적인 결합을 통해 안정된 가정을 이루려는 소망을 드러낸 것이다. 앞서 <주생전>에서도 언급했듯이 혼전동침 거부가 순결 의미 때문에 부각되는 것이 아니라 불경이부라는 열윤리 차원에서 이루어진 것이고, 일단 동침을 이룬 상황에서는 동침한 남성을 반드시 남편으로 섬기겠다는 의도에서 여성은 남성에게 훗날의 기약을 맹세하게 하는 것이다.

현대에 와서도 혼전동침은 빈번하게 일어나는 결연 화소인데, 단지 차이는 여성이 동침의 상황을 혼인으로 이어가려는 의지가 약화된 데에 있다. 고소설에서는 남성은 욕망 해소의 방편으로서 동침을 생각하고 여성은 성의 해방이면서 부모에 의한 강제혼이 아닌 자기 의지로 결연을 맺었다는 자유연애의 방편으로 혼전동침에 큰 의미를 두었다. 그런데 현대에 와서는 남성, 여성 공히 욕망의 해소 단계로 혼전동침에 의미를 부여하기 때문에 결국 혼전동침은 혼전 순결과 맞물려 사회적 금기 사항이 되어 버렸다. 곧 혼전동침이 부모에게 허락을 구하지 않고, 매파를 세우지 않았다는 혼속에 어긋난다는 비난 때문에 금기시 되었던 것이, 현대에 와서는 여성의 혼전 순결에 위반된다는 것으로 금기시 되고 있다.

이러한 첫 만남에서의 동침 화소는 <조웅전>의 조웅과 장소저의 결연서사에도 그대로 수용되었다. 그런데 앞의 두 경우와 차이는 장소저 집안에서도 좋은 사윗감을 고르려는 준비를 하고 있었고, 조웅은 이를 알고 장소저 집을 짐짓 방문한 것으로 되어 있어 두 사람의 결연은 사전에 예견되어 있었다.

　　<A4> 조웅이 혼자 초당에서 생각하되,
　　'이 집에 규중절색을 두고 인재를 구한다 하더니, 종시 몰라보는도다. 형산백옥이 돌 속에 묻힌 줄을 지식 없는 안목이 어찌 알리오.'
　　황혼에 명월을 대하여 풍월도 하며 노래도 부르더니, 이윽하여 안으로서 쇄락한 금성(琴聲)이 들리거늘 반겨 들으니,(중략)
　　행장의 통소를 내어 거문고 거치매 초당에 높이 앉아 월하에 슬피 부니, 위부인과 소저 통소소리를 듣고 대경하여 급히 중문에 나와 들으니 초당에서 부는지라. 소리 쟁영하여 구름 속에 나는지라.
　　그 곡조에 하였으되,
　　'십년을 공부하여 천문도를 배운 뜻은 월궁에 솟아올라 항아를 보렸더니, 세연(世緣)이 있었더니 은하에 오작교 없어 오르기 어렵도다. 소상(瀟湘)의 대를 베어 퉁소를 만든 뜻은 옥섬(玉蟾)을 보렸더니, 월하에 슬피 분들 지음(知音)을 뉘 알리오. 두어라, 알 이 없으니 원객이 수회를 위로할까 하노라.'

부인과 소저 듣기를 다하매, 쇄락한 마음이 하늘에 오를 듯하여 문에 빗겨 그 아이 거동을 보니, 얼굴이 관옥 같고 거동이 비범하여 보던 중 처음이라. 부인 크게 기꺼왈,

"성인이 나시매 기린이 나고, 경아(瓊兒) 나매 영웅이 나도다."

하니, 소저 수괴하여 일어 별당에 가 등촉을 밝히고 침금에 의지하여 잠간 졸더니, 비몽간에 부친이 와 이르되,

"너의 평생 호구(好逑)를 데려왔으니, 오늘 밤 가연(佳緣)을 잃지 말라. 천지무가객(天地無家客)이라 한번 가면 만나기 어려울지라."[67]

조웅과 장소저가 인식하는 단계는 애욕추구형의 일반적 구조에서 다소 벗어나 있다. 두 사람의 결연이 미리 예견되었고, 두 사람은 직접 대면은 없었지만 거문고와 퉁소 연주로써 서로의 구애감정을 토로하고 있다. 주생이나 위생은 일방적으로 남성이 여성의 문벌이나 미모를 보고 욕망을 불같이 일으켜 결연을 주도하는 형식이지만 조웅은 장소저 집에서 나그네를 맞이하여 사윗감을 고른다는 사전 정보를 가지고 의도적으로 접근하고 있다. 그러므로 무도한 난입을 예측할 수는 없는 상황이다.

여성의 입장에서도, 선화나 소숙방은 예기치 못하게 남성의 침입을 받게 되지만 장소저는 거문고 연주로 자신의 구애 의지를 드러냈고, 그에 맞물려 조웅이 퉁소로써 화답을 하여 심리적 교감이 다소 이루어지고 있다. 이 상황은 선화가 홀로 <하신랑>을 읊어 연인을 기대하는데 대해 주생이 화답 시구를 읊조린 것과 유사한 상황이다. 게다가 더 중요한 점은 장소저는 연주를 통해 교감을 이룬 후 잠깐 조는 사이에 죽은 선친이 현몽하여 조웅이 천정배필임을 암시해 준다. 그러므로 장소저는 조웅과 결연을 맺을 마음의 준비는 갖추어졌다고 할 수 있다.

이렇게 두 사람이 사전에 구애의 의지를 드러냈고 장소저의 경우는 결연을 예언하는 부친의 현몽까지 있었으므로 이 결연서사는 정상적인 청혼 형식을 취할 듯한

---

67) <조웅전>, 56-57면.

인상을 준다. 그런데 결연의 상황은 전혀 예상 외로 진행된다. 즉, 조웅이 호기심을 참지 못해 장소저의 침소로 뛰어드는 상황으로 전개되었다. 그러므로 이 결연 서사를 신붓감찾기형에서 벗어나 애욕추구형으로 분류하게 되는 것이다.

<B4> 이때에 통소를 거치고 월하에 배회하며 무슨 소식이 있을까 바라되, 종시 동정이 없는지라. 자탄 왈,
"다만 거문고 곡조만 빌 따름이요. 통소 곡조는 알지 못하고 예사 행객의 통소로 아는가 싶으니 애닯도다."
하고 차탄만 하더니, 이윽하여 풍월 읊는 소리 반공에 솟아나거늘, 들으니 산호채를 들어 옥반을 깨치는 듯, 활달한 마음을 이기지 못하여 중문을 열고 내정에 들어가니, 인적은 고요하고 월색은 삼경이라. 후원 별당에 등촉이 영롱한데 풍월 소리 나는지라. 조용히 문을 열고 완연히 들어앉아 사면을 둘러보니, 분벽사창에 병풍을 둘렀는데, 풍월하는 옥녀 직금에 빗겼다가 대경하거늘, 웅이 등하에 앉아 예성 왈,
"소저는 놀라지 마오. 나는 초당에 유하온 손이옵더니, 객리에 월하를 당하여 층층한 수회로 배회하옵더니, 풍월소리 들리거늘, 행여 귀댁 공자신가 하여 시흥을 탐하여 들어왔삽더니, 이러한 심규에 남녀 봉착하였사오니, 바라건대 진퇴 없는 자취를 인도하소서."[68]

조웅은 자신의 구애 의지를 듣고 특별히 반응을 보이지 않는 것을 안타까워하며, 장소저의 풍류 읊조리는 소리를 쫓아 내당으로 진입하게 된다. 이 무단 침입은 장소저의 맑은 소리에 감정이 고조되어 즉흥적으로 일어난 행동이다. 활달한 마음을 이기지 못해 내정으로 들어간 것으로 되어, 그 구체적인 심리묘사는 이루어지지 않았지만 장소저의 옥 같은 음성에 반하였고, 자신의 마음을 알아주지 않는 것에 대한 오기에서 비롯된 행동으로 볼 수 있다.

낯선 남자의 출현에 놀라는 장소저를 보고 조웅은 음흉한 욕망을 거침없이 드러낸다. 풍월소리를 남자의 음성으로 알았다고 핑계를 대고, 이렇게 깊은 규방에서 남녀가 만났으니 동침을 하자는 의도를 드러낸다.

주생과 위생은 그 욕망 표출이 거칠고 치기어리긴 했어도 열정과 솔직함으로 여

---

68) <조웅전>, 58면.

성에게 자신의 욕망을 토로하였다. 그런데 조웅은 뻔히 들통 날 핑계로 자신의 무도한 행동을 변호하고 있으며, 동침을 요구하는 상황에서도 소년의 풋풋함은 찾을 수 없고 음흉하고 노련함을 내 보인다. 곧, <조웅전>의 남녀결연서사는 순수한 연정이나 애욕에 입각한 것이 아니라 아내를 맞겠다는 의도에서 관습적으로 진행되고 있으며, 그렇다고 혼례의 절차를 밟아 윤리성을 담보하는 것도 아니다. 남성의 이기적인 욕망의 발현으로 여성에게 접근하고 얼굴을 보였으니 마땅히 몸을 허락해야 한다는 남성중심으로 전개되고 있다.

<C4> 소저 금침 속에서 아무리 생각하여도 피할 길이 없는지라. 마지 못하여 답왈,
"천지가 불변하고 예절이 끊이지 아니하였거늘, 신명을 불고하고 이렇듯 범죄하니, 바삐 나가 잔명을 보존하소서."
웅이 답왈,
"꽃 본 나비 불인 줄 어찌 알며, 물 본 기러기 어웅을 어찌 두려워하리오. 신명을 아낄진대 이렇듯 방자하리이까. 바라나니 소저는 빙설같은 정절을 잠깐 굽혀 외로운 자취를 이웃 삼기 어떠하여이까."
하며 나아가 앉으니, 소저 형세 가장 급한지라. 이윽히 생각하다가 애걸 왈,
"요조숙녀는 군자의 호구라. 첩인들 어찌 공방독침(空房獨枕)을 좋아하리오마는, 선영(先塋)을 생각하니 구대 진사의 후예라. 부모의 명령 없삽고 육례를 행치 못하였사오니, 어찌 허신하여 선영의 죄가 되고, 문호에 욕이 밀사오면 어찌 살기를 바라리오. 바라건대 마음을 돌이켜 돌아가 후기를 정하소서."
웅이 들으니 말이 당연하나, 가득한 사랑이 염치를 가리었으니 예절을 어찌 분별하리오. 답왈,
"성현 문하에도 유장찬혈지행(窬墻鑽穴之行)이 있삽고, 명령과 육례는 제왕과 부귀인의 호사라. 나의 혈혈단신이 어찌 육례를 바라리오. 다만 내 몸이 매파 되고, 상봉으로 육례삼아 백년을 기약하나이다."
하고 금침에 나아 드니, 문부태산지상(蚊負泰山之象)이요 우물에 든 고기라. 원앙비취지락(鴛鴦翡翠之樂)을 뉘라서 금하리오. 인연을 맺었으니 도망키 어렵도다.[69]

조웅은 남의 집 규방에 침입하여서 전혀 두려움을 갖지도 않고 오히려 당당하게

---

69) <조웅전>, 58-59면.

동침을 요구하고 있다. 이 황당한 상황에서 장소저는 비록 선친의 예언을 들었으나 거부감을 대단하게 표출할 수 있다. 그 거부의 이유는 혼전동침이 가문의 명예에 누가 되므로, 부모의 허락과 육례를 갖추어 정상적으로 청혼을 하라는 것이다. 앞서 <A4>의 인식단계에서 음률로써 교감을 이루어 장소저의 모친이 조웅에 대한 호감을 보였으며, 다시 선친의 현몽이 있었으므로 장소저가 조웅을 배필로 어느정도 인식하고 있다고 보아야 한다. 그런 상황이라고 해도 혼전동침은 절대로 불가하다는 것이 장소저의 주장이다. 부모의 허락과 매파를 통하지 않는 혼인은 예에 어긋나서 가문을 욕되게 한다는 윤리 의식이 강한 여성이기 때문이다.

이에 비해 조웅은 이기적이고 음흉한 입장을 여전히 고수하고 있다. 성현 중에도 담을 넘어 강탈로 여성을 취한 경우가 있으니 크게 무례가 아니라고 변명하고, 부모의 허락과 육례를 갖추는 것은 제왕들과 귀부인들의 집안에서 행하는 것이므로 혈혈단신인 자신의 입장에서는 혼례 절차를 갖출 수 없다는 주장을 내세운다. 결국은 힘으로 당해 낼 수 없는 장소저를 억압하여 겁탈과 같은 상황으로 동침을 이룬다.

장소저는 무례한 조웅의 동침 요구를 거부하지 못하고 결국 죽겠다고 슬피 우니, 조웅은 하늘이 맺어준 인연이라고 위로하며 동침으로 나아간다. 이러한 이기적인 남성의 동침 상황은 앞의 두 작품에서는 찾아 볼 수 없는 독특한 양상이다. 이는 조웅을 영웅으로 그리려는 작가의 의도가 결연의 상황에서 지나치게 노출된 결과로 볼 수 있겠다. 곧, 남녀 간의 애틋한 연정이나 여성에 대해 주체할 수 없는 욕정을 드러내 연연해하는 것은 영웅의 풍모를 훼손하는 것이라는 작가의 의도에서, 조웅으로 하여금 버젓이 여성에게 동침을 요구하게 하고, 혼례 절차에 대해서도 구애받지 않는 것이 대범한 것이란 쪽으로 몰아가고 있다.

> <D4> 은은한 정으로 밤을 지내고 삼경이지나 원촌의 닭이 우는지라. 웅이 일어나니 소저 왈,
> "모친이 낭군을 보려 하시니 오늘 머물러 모친을 보시고 훗날 가소서."
> 웅이 답왈,

"내 모친을 천리 밖에 두고 떠난 지 삼년이라. 일각이 여삼추하니 어찌 일신들 머물리오."

소저 옷을 붙들고 슬피 체읍 왈,

"그대 이번 가면 어찌 소식을 알리오. 사람의 연고를 모르오니 이 앞에 만나는 날에 가고할 것이 없사오니, 무슨 표를 주어 信을 삼으소서."

웅이 옳이 여기나, 행장에 가진 것이 없고 다만 손에 부채뿐이라. 부채를 펴 글 두어 구를 써 주며 왈,

"이것으로 일후에 신을 삼으소서."70)

조웅의 혼전동침에 대한 당당하고 오만한 태도는 동침 후에도 변화가 없다. 동침을 이룬 후 새벽닭이 울자 조웅은 떠날 채비를 하고, 장소저는 어젯밤 통소소리에 호감을 보이던 모친과 자연스럽게 만남을 주선하여 정혼이라도 해둘 심산으로 조웅을 만류한다. 이에 조웅은 자신의 모친을 본지도 삼년이나 되었으므로 잠시도 머물 수 없다고 매몰차게 말한다. 이로 보면 조웅이 장소저와 동침을 이룬 것은 신붓감을 정하는 절차쯤으로 생각한 듯하다. 궁한 처지에서 육례를 갖추어 아내를 맞은 형편도 못되므로 동침이라는 방편으로 두 사람의 정혼을 이루려는 의도였다고 볼 수 있다.

장소저는 더는 붙잡을 수 없음을 알고 신물을 요구한다. 이에 조웅은 부채를 꺼내 동침의 상황과 기약의 상황을 시71)로 적어서 신표로 남긴다. 이별의 순간에 신물에 남기는 시는 애틋한 연정이나 이별을 안타까워하는 심정이 담기는 것이 일반적인데 비해 조웅은 마치 이 상황을 후에 증명이라도 하려는 듯 동침 내막을 시로 풀어내고 있다.

혼전동침 화소가 남성의 욕정에서 비롯하여 여성의 허락을 얻어 동침을 이루고, 그 순간 애틋한 감정으로 진전되어 자유연애형 결연담의 분위기를 자아내는 것이 <주생전>과 <위경천전>의 공통된 양상이었다. 그런데 <조웅전>에 와서는 혼

---

70) <조웅전>, 60면.
71) 통소로 옥녀의 거문고를 화답하고, 적막 심규에 미친 흥이 들어갔는지라. 금야 아랑이 뉘집 아이냐, 장씨 꽃다운 인연이 조웅이 분명하도다. 문장 취벽에 한 포자를 걸고, 분도 화연에 가희를 희롱하는도다. 새벽 바람 두어 말에 눈물로 하직하니, 소식이 망망하여 아무 때를 의논치 못하리로다. (<조웅전>, 61면)

전동침 화소가 신붓감찾기형의 편법적인 양상으로 전개된 듯한 인상을 강하게 준다. 즉, 남성이 여성을 선보기 위해 속여서 접근하는 화소를 동침 화소로 대체한 것이다. 그러므로 혼전동침 화소는 애욕추구형의 특화화소이지만 곤궁한 처지에 처한 남성 영웅의 신붓감찾기형의 결연서사에도 변형되어 삽입될 수 있음을 확인할 수 있다.

애욕추구형의 특화화소인 첫 만남에서의 동침 화소는 남성의 강탈 형식으로 시작하였으나 <김진옥전> <정진사전> <임호은전>에 와서는 변화된 양상을 보인다. 그 변화는 여성을 보고 욕정을 느낀 남성이 여성의 침실에 야밤을 틈타 직접적으로 뛰어드는 접근 방식이 아니라 여성의 반항을 피하기 위해 여복으로 변장하여 자연스럽게 동침의 상황으로 나아가는 것이다. 그리고 그 결과는 동침으로 이어지지는 못하고 결국 정서적인 교감만 이룬 상태에서 훗날을 기약하는 방향으로 유화된 인상을 준다.

<김진옥전>에서는 김진옥이 유소저와 동침을 시도하는 이유가 김진옥의 욕망에서 비롯되는 것이 아니다. 도인의 계시로 유소저가 천정배필임을 듣고 결연을 맺으러 직접 찾아 나서는 것에서부터 이 화소는 시작된다. 김진옥은 전란으로 부모와 이산이 된 상태였으므로 자신의 배필을 찾는 일보다는 부모를 찾는 일이 우선이라고 하면서 도인의 계시를 받아들이지 않지만 길에서 우연히 만난 노승이 여복을 주며 유승상의 딸과 반드시 결연을 맺어야 한다고 그 방법을 일러준다.

> 노인이 소왈,
> "그대 천의를 알지 못하는도다. 중로에서 노승이 주던 여복을 입고 멀리 아니 가면 유승상 집이 있으리니, 찾아 들어가면 자연 신명이 묵우(默祐)하여 가연을 맺으리라. 만일 때를 어기면 도리어 천앙이 있으리니 부디 노부의 말을 허수히 듣지 말라."[72]

도인이 결연에 대해 전반적인 계시를 하고, 노승은 유소저에게 접근할 때 입을

---

72) <김진옥전>, 87-88면.

여복을 전해주었으며, 노인은 유승상의 집을 일러주고 신령의 힘으로 결연을 맺게 될 것이므로 여복으로 변장을 하라고 당부한다. 김진옥과 유소저의 결연은 천정이었고 신이한 힘에 의해 저절로 이루어질 상황으로 그려진다. 단지 김진옥의 몫으로 유소저와 동침을 이루는 과제가 부여될 뿐이다.

이를 통해 본다면 이 결연서사는 남성의 욕망에서 비롯되는 것이 아니라 하늘의 조화에 김진옥이 순응만 하면 되는 구조로 시작한다. 결국 김진옥은 도인과 노승, 노인의 명을 거역하지 못하고 여복으로 갈아입고 유승상 집을 찾아든다. 그리고 특별한 노력을 기울이지 않았지만 승상 부인이 진옥을 유소저에게 접근시키고 있다. 즉, 신명이 말없이 도울 것이라는 노인의 말이 틀리지 않았다.

> \<A4'\> 부인 왈,
> "너를 보니 상(常)한 천류(賤類)가 아니라 어찌 천인으로 홀대하리오. 사양치 말고 들어가 쉬라."
> 진옥이 칭사하고 소저 침실에 들어가니, 차시 소저 시서에 잠심(潛心)하다가 진옥을 보고 크게 반겨 들어오라 하거늘, 진옥이 단정히 앉으니, 소저가 추파를 흘려 보매 옥골 용모가 추련명월(秋蓮明月) 같아서 사람으로 하여금 맘을 놀라게 하는지라. 소저가 이에 가까이 자리를 주어 문 왈,
> "네 이름은 무엇이며 어찌하여 이렇게 유리(流離)하느뇨."
> 진옥이 공경위좌(恭敬危坐)하여 소저를 바라보니, 색태쇄락(色態灑落)하여 지당(池塘)의 홍련(紅蓮)이 이슬을 머금은 듯, 요라한 태도가 월궁항아(月宮姮娥)가 지상에 임한 듯하니 가히 절대가인이라.
> ……소저 왈, "네 이제 타처를 가지 말고 나와 동실에서 지냄이 어떠하뇨."[73]

결국 여복을 한 김진옥은 신인들의 계시와 주선을 무시하지 못하고 부모를 찾는 일을 잠시 미루고 유소저에게 접근을 한다. 이때까지 김진옥은 유소저에 대해 인식하지도 못했고 특별한 욕망을 드러내지도 않았다. 그러나 막상 유소저를 곁에서 직접 대면하는 순간 월궁항아와 같은 미모에 호감을 가지게 된다. 즉, 예언에 따라 결연을 맺기 위해 여복으로 변장하여 접근하였다가 직접 대면한 상황에서 그 미모에 욕

---

73) \<김진옥전\>, 89-90면.

정을 가지게 된다. 그리고 두 사람의 동실 기거는 김진옥이 굳이 나서지 않아도 유소저의 자청으로 자연스럽게 이루어진다. 여복을 하였으므로 김진옥에 대한 경계는 전혀 발생하지 않고 있다.

<B4'> 진옥이 내심으로 생각하되, '이는 진정 나의 천정 배위(配位)로다.' 하고 종일토록 시서를 강론하더니, 이미 일락함지(日落咸池)하고 월출동령(月出東嶺)하니, 진옥이 한숨짓고 슬퍼하거늘, 소저 위로 왈,
"내 너로 더불어 백년 동거할 마음이 있거늘 어찌 저다지 슬퍼하느뇨."
안색을 부드러이 하여 왈,
"소녀의 사생이 소저의 수중에 달렸으니, 소저는 깊이 생각하여 남자의 평생을 헛되이 아니하게 하소서."
하고, 손을 들어 소저의 옥수를 잡으니, 소저가 대경망조(大驚罔措)하여 손을 빼며 그제야 자세히 살펴보니, 이는 곧 남자가 변장하여 여자 노릇함이 분명한지라. 더욱 경겁(驚怯)하여 옥안이 통홍(痛紅)하고 정신이 아득하여 어찌할 줄 몰라 몸을 돌이켜 묵묵단좌 하거늘, 생이 몸을 일으켜 소저 앞에 나아가 웃음을 띠어 만단개유 왈,
"이미 천정연분이요 증이파의(甑已破矣)라. 낭자도 사족 귀녀로 타문에는 생각지 못할지라. 대장부의 행사가 구차하기 太甚하고 비례됨을 아나, 부득이 불원천리하고 이르렀음을 생각하소서."74)

김진옥은 유소저를 보고 생긴 욕망을 결국 예언에 의지하여 천정배필로 간주하며 자연스럽게 받아들인다. 이렇게 되면 자신의 욕망 표출에 대한 비난이나 혐의를 모면할 수 있었으므로 그 욕망을 실행하는 데도 과감한 용기를 얻게 되는 것이다. 그리하여 밤중에 동침의 상황을 맞아 자신의 정체를 드러낸다. 남자임이 밝혀지면 당연히 유소저는 크게 놀라서 동침을 거부할 것이 예견되었지만 직접 자신이 남자임을 말한다.
이 상황은 여성의 방에 난입하여 강탈 형식으로 동침을 시도하는 앞서 살핀 형태보다는 도덕적이라고 할 수 있다. 앞선 방식이 무례하고 비도덕적이라는 비난을 받을 수 있기 때문에 이와 같은 속임을 통해 접근하도록 하고, 동침의 상황에서는

---

74) <김진옥전>, 91-92면.

남성이 정체를 밝혀 여성의 의지를 떠보아야 한다고 하는 하나의 배려라고 볼 수 있다.

여복으로 꾸미는 속임수는 여성에게 접근하는 데까지만 용납될 수 있고, 육체적인 교감이 동침으로 이어지는 상황에서는 허용하지 않는다. 이는 속임수라는 편법이 희롱의 단계에 그쳐야지 그 이상을 넘어서서 동침으로 이어지는 것에 대해서는 경계한 결과로 볼 수 있다. 이러한 속임수의 한계를 정한 것은 앞서 살핀 속임을 통한 선보기 화소에서도 비슷한 양상으로 드러난다. 여복을 하여 여성 앞에서 거문고를 연주하다가 선보기를 다 마치면 <봉구황곡>을 연주하여 음률을 잘 이해하는 당사자인 여성에게만 자신이 남성임을 주지하도록 하는 구조와 동일하다고 하겠다.

즉, 속임수에 대한 허용이 상대를 탐색하고, 접근하는 데까지만 사용되어야지 결연이라는 결정적인 순간까지 지속되어서는 안 된다는 의도를 보이는 것이다. 이를 통해 본다면 남녀결연이라는 신성한 행위에 속임수라는 무도한 방법을 끝까지 견지할 수 없다는 의식이 전체적으로 관류한다는 의미로 해석된다.

<C4'> 소저가 청필(聽畢)에 마음에 괴이하여 왈,
"군자의 말씀이 여차하시나 장차 어찌하고자 하시나이까."
생이 왈,
"소생의 행색이 비록 대해의 평초(萍草) 같으나 장부 일언이 천년불개(千年不改)요, 군자가 천리(天理)에 믿음을 둠이 진실로 실신(失信)치 아니하리니, 원컨대 낭자는 옥설빙심(玉屑氷心)을 쾌히 허하여 백년가기를 정함이 어떠하시뇨."
소저가 정색 왈,
"석일(昔日) 사마상여(司馬相如)의 거문고와 초왕(楚王)의 운우지정(雲雨之情)도 알거니와 유장찬혈(蹂墻鑽穴)은 성인의 계책(戒責)이라. 군자의 말씀이 노류장화(路柳墻花)와 같이 하시니, 이는 시행치 못할 것이니, 당당히 돌아가 매파를 보내어 통혼함이 가할까 하나이다."
생이 소저의 허다한 설화를 듣고 안색을 더욱 부드럽게 하여 왈,
"생의 행색이 추풍낙엽 같은지라. 마땅히 금일 기약을 맺어 중한 인연을 이룬 후에 마음을 정할지라. 어찌 거연히 물러나리오. 낭자는 하해 같은 뜻을 깊

이 생각하여 인연을 맺게 하소서."[75]

　같은 방에서 함께 잠자기로 한 후 상대가 여복을 한 남성임이 밝혀지면 여성의 거부가 강하게 일어나는 것은 당연하다. 이에 대해 김진옥은 절대 물러서지 않고 유소저를 설득하고 나선다. 이 설득과 회유는 앞선 강탈 형식에서도 같이 사용되었지만 위경천과 조웅은 거의 겁탈을 하겠다는 협박의 수준으로까지 여성에게 강하게 동침을 요구하였다. 이에 비해 여기서는 애원조로 자신의 마음을 받아달라고 회유하고 있다. 유소저의 거부 이유도 동침 사실이 알려져서 가문의 명예에 누가 된다는 표면적인 것이 아니라, 동침요구가 곧 자신을 노류장화의 천기배로 대접하는 행동이기 때문에 자존심에 저촉된다는 것이다. 그래서 매파를 통해 통혼하라고 도리어 김진옥을 설득하는 것으로 되어 있다.

　그래도 김진옥은 동침의 기회를 놓칠 수 없다고 생각하여 재차 인연 맺기를 간청한다. 이에 유소저는 현명함을 발휘하여 절충안을 제시한다. 곧, 육체적인 동침은 불가하지만 이 자리에서 장래를 언약하겠다는 맹세를 보이는 것이다.

　　　<D4'> 소저가 아무리 생각하여도 할 수 없는지라. 옷깃을 여미고 나직히 가로되,
　　　"군자의 말씀이 비록 당연하시나, 언약을 노정(牢定)한 후는 백년을 지내도 마음을 고치지 아니할 것이니, 또 인륜대사를 부모께서 모르시게 성친하면 이는 음녀의 행실이라. 군자는 익히 생각하여 신물을 두고 가소서."
　　　진옥이 그제야 대회하여 왈,
　　　"신물을 표함이 당연하다."
　　하고, 낭중으로부터 면경을 내어 왈,
　　　"차물이 비록 보잘 것 없으나 그 맑음이 소생의 마음을 표함이니 깊이 간수 하소서."
　　　소저가 거두어 간수하고 손에 끼었던 옥지환 한 짝을 벗어 주며 왈,
　　　"첩의 마음이 이 옥빛과 같으리이다."[76]

75) <김진옥전>, 93-94면.
76) <김진옥전>, 94면.

유소저는 동침을 작정하고 덤빈 김진옥이 아무런 성과 없이 물러서는 것은 남자의 자존심에도 손상을 줄 수 있다고 생각하여 자신의 마음의 언약을 내보이는 것으로 중재를 한다. 마음으로 언약한 것을 백년이 지나도 변치 않을 것이라고 맹세하고 있으며, 부모 허락 없이 동침하는 음녀의 행실을 자신이 행하지 않게 해달라고 부탁하고 있다. 이것은 욕망에 휩싸인 감정적이고 즉흥적인 김진옥에게 내재된 보호 본능을 자극하여 결국 동침 요구를 철회하도록 만든다.

즉, 일순간의 욕망에 휩싸여 자신을 부정한 여자로 만들지 말고 정절을 보호하여 정상적인 청혼 절차에 따라 맞이해 달라는 이성적인 윤리의식에 호소하는 것이다. 김진옥은 이러한 논리에 설복 당하여 결국 신물을 건네는 것으로 정서적인 결연을 맺고 물러간다.

이 혼전동침 화소는 결과적으로 동침에는 성공하지 못하지만 여성의 강한 맹세를 확인하게 되어 훗날에 대한 기약을 굳건하게 이룬다. 즉 유소저는 이후 부친이 따로 박승상의 아들과 정혼을 하였지만 김진옥과의 언약을 내세워 죽음으로써 항거하는 정절의식을 보인다. 곧 동침이라는 육체적 결연이 있었다면 이 사실이 부모나 타인에게 알려지면 비난을 감내해야 하고 부정한 행실이 문제가 되어 혼인에서도 부모의 반대가 일어날 수 있지만 동침으로 나가지 않고 마음으로 결연을 맺고 신물로써 기약한 결연은 후에 혼사장애를 당했을 때는 당당하게 자신의 의지를 내세울 수 있게 되는 것이다.

이에 비해 혼전에 욕망에 이끌려서 동침을 이룬 주생이나 위생은 기약 후 이별한 상황에서 선화나 소숙방을 잊지 못해 상사병이 들어 죽게 되었을 때도 감히 부모에게 그 사실을 알리지 못한다. 혼전동침이 사회적 비난을 크게 초래할 수 있으므로 용기를 내지 못하는 것이다. 이 상황은 여성인 선화나 소숙방에게는 더 큰 고민으로 다가갈 수 있으며 절대로 발설하지 못할 부정으로 남는다. 그래서 결국 이들의 결합은 주체적인 노력으로 이루어지지 못하고 부모나 친척 등의 도움으로 어렵게 이루어지는 결과를 보인다.

이를 통해 본다면 혼전동침 화소는 욕망의 원리에 따라 이루어져서 사회적으로 보호받지 못하는 결연이며 당사자들 역시 그에 대한 죄의식으로 자신의 혼인에 대해 주도적으로 나서지 못하는 난점을 가지고 있다. 이에 비해 여복으로 속여 동침을 시도하다가 동침을 이루지 못하고 마음으로 언약을 하고 신물을 교환하며 기약한 변이 화소는 사회의 비난이 없으므로 정혼의 상황에서 부모에게 당당하게 결연 사실을 고백할 수 있으며, 주체적으로 자신의 혼인에 임할 수 있다. 곧, 욕망에 이끌린 혼전동침을 경계하고 의례적인 절차를 쫓아서 결연을 맺도록 하려는 의도에서 다소의 변이를 일으킨 것이라고 볼 수 있다.

첫 만남에서의 동침 화소는 이러한 부작용을 내재하고 있기 때문에 대중화된 고소설에서는 <김진옥전>의 양상을 수용하여 여복을 통한 동침 시도 화소로 변이되는 양상이 두드러진다. <정진사전>에서는 이 화소가 두 가지나 설정되고 있다. 정진사의 아들 정창린이 쌍둥이 여동생 정귀봉의 절친한 벗 박춘경, 최옥린 두 여인과 결연을 맺는 과정에 여복으로 꾸며 정귀봉인 것처럼 두 여성에게 접근하여 육체적인 접촉을 이룬다.

그리고 자신이 남성임을 밝히고 놀라서 도망간 두 여자의 옥지환과 명월패를 신물로 가져오는 내용이다. 결국 이것이 빌미가 되어 두 여성은 정창린과 정혼을 하게 되는데, 이 화소는 지극히 희화된 요소로 작용하고 있다. 그래서 그 부모들이 이 사실을 알고서 보이는 반응은 '근래 처자들은 주변이 좋아 혼인을 저희끼리 정하니, 처자들은 가위 왈패로다.'[77]라고 하여 대수롭지 않게 웃어넘기는 수준이 된다. 즉, 이 속임을 통한 동침 시도 화소가 자유연애의 화소로 변질되고 있음을 확인할 수 있다.

또 하나의 경우는 정창린에게 속임을 당한 박춘경이 정진사의 딸 정귀봉과 정혼을 한 자신의 이종오라비 김광철에게 부탁하여 속임에 대한 설분 사건에서 일어난다. 정혼한 사이이므로 김광철을 여복으로 꾸며 정진사집에 들여보내 정귀봉과 동침을 하도록 하여 설분하려는 의도이다. 이 역시 자신이 속은 것에 대한 설분 의도로 설정되어 결연을 위한 결정적인 사건은 되지 못하고 희화된 화소로 삽입되고

---

77) <정진사전>, 106면.

있음을 확인할 수 있다.

그리고 <임호은전>에서는 임호은이 이승상의 딸 정옥을 영은사에서 우연히 보고 연정을 품어 상사병이 들었다. 이때 영은사에 있는 노승이 한 계책을 수립하여 인도하는데, 임호은을 여복으로 바꾸어 입게 하여 여자로 꾸미고 이승상댁 시비로 들여보내 자연스럽게 이정옥과 한 방에서 기거하게 만든다. 여러 날을 시비와 상전의 관계로 지내다가 임호은이 거문고로 <봉구황곡>을 연주하여 남성임을 밝히고 동침을 요구하고 나선다. 이에 대해 이정옥은 지나칠 정도로 강경하게 거부의사를 내보인다.

> <C4'> 소저 익노 왈,
> "무지한 필부가 사체를 알지 못하고 종시 무례하니 어찌 욕을 감심하리오."
> 언파에 벽에 걸린 칼을 뽑아 자살하고자 하니, 생이 놀라 칼을 빼앗고...[78]
> "군자는 돌아가 매파를 보내소서. 첩이 비록 불민하나 금일로조차 군자를 위하여 지킬지언정 실절 음부가 되지는 아니하리이다."[79]

동침을 요구하는 임호은의 무례를 질책하면서 칼로써 자결을 시도하는 과격함을 보인다. 유소저가 김진옥를 현명함으로 설복시킨 것과는 대조적으로 자결 시도라는 극단적인 방법을 써서 임호은의 동침 욕망을 좌절시킨다. 그리고 마음으로 허락하면서 매파로 청혼할 것을 청하며 신물을 건네며 기약한다.

이상을 정리하면, 첫 만남에서의 동침화소는 애욕추구형의 특화화소로서 <주생전>에서 비롯되어 <위경천전> <조웅전>으로 이어진다. 주생과 선화의 동침은 사전에 상호간의 인식이 이루어진 상황이라 마치 자유연애형의 동침처럼 큰 갈등 없이 이루어진다. 이것이 위경천과 소숙방의 결연에서는 전형적인 강탈 분위기로 이어져 전형을 이루고 있다. 조웅과 장소저의 동침은 애욕에 입각한 접근이라기보다는 신붓감찾기형의 선보기 화소가 이 동침 화소로 변형되어 삽입된 듯한 인상을 준다.

---

78) <임호은전>, 79면.
79) <임호은전>, 82면.

이러한 혼전동침 화소는 윤리적인 비난이 거세게 대두될 수 있기 때문에 강탈 분위기의 동침 시도는 변복을 통한 속임 기법으로 변질되고, 동침 역시 시도 단계에서 끝을 맺는 방향으로 변이된다. <김진옥전>에서 그 전형을 살필 수 있으며, <임호은전>이 이를 큰 변화 없이 수용하다가 <정진사전>에 와서는 결연과정의 희화 요소로 작용하여 자유연애형 결연서사로 유형을 변화시키는 기미를 보이고 있다.

제 3 절 사회적 이념과 개인적 소망을 절충한 결연

1. 남성출세돕기형

(1) 앞날을 위한 지감 화소

고소설에서 남성들의 결연 대상으로 가장 많이 회자되는 여성 신분은 기녀일 것이다. 기녀는 윤리체계를 강조하는 사회 체제 속에서 무리 없이 접근할 수 있는 성적 대상이었고, 기녀들 또한 관로의 무수한 남성들 천침을 당연하게 받아들였으므로 조선 사회에서 일반적인 남녀결연으로 볼 수 있다. 즉, 윤리적으로 특별한 규제나 책임감이 부과되는 관계가 아니기 때문에 기녀와 사대부의 결연은 흔히 접할 수 있는 소재이다. 그런데 고소설에는 특별한 기녀결연담들이 반복적으로 삽입되어 있다. 특별한 기녀결연담이란 사대부녀들에게 강요되던 정절이데올로기를 기녀 신분으로서 실행한 경우, 기녀가 한미한 선비를 감식하고 도와서 출세시키는 경우 등인데, 아마도 조선 사회에서 흔한 일이 아니었기에 향유층들이 흥미를 가지고 삽입했을 것으로 보인다.

기녀결연담에서는 흔히 기녀의 이중 욕망에 대해 언급하는 경우가 많다. 즉 사랑이라는 감정적인 욕망과 신분 상승을 노리는 의도적인 욕망이 그것이다. 그런데 신분 상승 욕망은 지고지순한 사랑의 결과로 얻게 되는 것이지 처음부터 의도된 경우는 아니다. 만약 의도된 결연이라면 대중 교화의 차원에서도 반복하여 삽입하지는 않았을 것이다. 기녀결연담은 보통의 경우, 하층 신분이고 수동적인 기녀가 연정을 품은 능동적인 남성에 이끌려 결연이 성사되는 경우인데, 그 반대의 경우도 있어 작품 속에 특별한 의미로 수용된 것으로 보인다.

보통의 기녀결연담은 남성이 주도권을 가지고서 기녀에게 접근하고 결연 후에 기녀가 보기 드문 절개를 지켜 사랑을 승화시키는 구조를 가지고 있다. 그러나 기녀가 결연서사를 주도하는 경우는, 지인지감을 가진 기녀가 곤궁한 처지인 남성의 발전 가능성을 미리 알아보고 적극적인 의지로 결연을 맺은 다음 후원하여 돕는 구조이다.

지인지감(知人知鑑)을 발휘하여 남성을 돕고 출세시키는 이야기는 임란 무렵 이후부터 등장[80]하여 조선 후기 여러 고소설에 반복적으로 삽입되고 있는 것을 보면 남성출세돕기형 결연서사의 특화화소로서 설정할 수 있다.

이 기녀의 지인지감을 통한 결연화소는 기녀가 남성의 전망을 감지하는 방식에 따라 두 가지 양상으로 나누어져 고소설에 유사한 영상으로 삽입된다. 직접적인 감식 방식으로 남성이 시회에서 지은 시와 그 외모를 보고 결연으로 유도하는 경우가 있으며, 타관객지에서 곤궁에 빠진 남성의 관상을 통해 앞날을 예견하여 결연을 맺는 경우이다.

시회에서 뭇 남성이 탐내는 명기가 초라한 선비의 시를 수작(秀作)으로 뽑아 노래하고서 시침을 드는 시회감식 화소는 <구운몽>의 여덟 가지 결연담에서 낙양 명기 계섬월과 양소유가 맺어지는 화소로 삽입되어, 후대 <옥루몽>에서 강남홍과 양창곡이 맺어지는 화소로 그대로 반복되고 있다. 이 화소는 천한 신분의 기생이지만 순수한 애정 결연담의 분위기를 연출한다.

그에 비해 <옥단춘전>이나 <왕경룡전>에서는 기녀가 한미한 선비를 미리 알아보고서 자신을 희생하여 출세시키는데, 조선 전기까지의 서사물에서 찾아 볼 수 없는 화소이다. 이는 아마도 당나라 전기(傳奇) 중 <이왜전(李娃傳, 일명 汧國夫人傳)>의 후반부를 수용[81]한 것이 아닌가 하는 의문을 갖는데, 조선후기 문헌설화에서 일군[82]을 찾을 수 있다.

지인지감을 통한 결연화소 중 시회감식 화소의 대표적인 양상을 <구운몽>의 양소유와 계섬월의 결연서사에서 찾을 수 있다. 양소유가 구혼을 위해 두 번째로 장안으로 상경하던 중 낙양의 경치를 구경하기 위해 잠시 지체하다가 낙양 선비들

---

80) 김현룡, ≪한국문헌설화≫ 제4권(건국대출판부, 1999), 296면.
81) 위의 책, 같은 면 참조.
82) ≪계서야담≫에 수록된 '노진이야기', ≪기문총화≫에 실린 '서울 두 선비 이야기', ≪금계필담≫의 '김우항 이야기'를 꼽을 수 있다.

이 베푸는 시회자리에 객으로 참석한다. 여기서 계섬월의 미색에 눈길을 주고, 계섬월 역시 양소유의 특출한 외모와 시재에 감복하여 시회에서 양소유의 시를 제일로 뽑아 노래하여 동침의 빌미를 만든다. 낙양 선비들의 횡포를 염려하여 자리를 피하는 양소유에게 은밀하게 자신의 집을 알려주고 밤중에 만나 결연을 맺는 서사이다.

두 사람이 만나는 첫 대면의 상황은 다음과 같다.

> 양생이 잠깐 취한 눈을 들어 기생들을 둘러보니 이 여인들은 각기 재주가 있으되 오직 한 기생만이 단정히 앉아 풍류도 아니하고 접대도 하지 않되, 맑은 용모와 고운 태도가 실로 천하의 일색이라 소유가 심신이 산란하여 어느 새 순배를 잊었고, 그 미인이 또한 양생을 바라보고 가만히 추파로써 정을 보내더라.83)

여기서 계섬월은 하북의 적경홍과 강남의 만옥연과 더불어 당대 청루의 3절색으로 꼽힐 정도로 이름난 낙양 기녀이다. 그에 비해 양소유는 과거와 정혼을 목적으로 상경하는 벽촌의 초라한 소년 선비일 뿐이다. 내면의 재주나 인물은 비록 출중하더라도 외형적인 면모는 촌뜨기 그 자체로 비춰진다. 그래서 낙양의 공자들에게 수모를 입는다. 그러나 절개와 지인지감을 갖춘 계섬월은 그 인물됨을 알아보고 단번에 추파를 던져 마음을 내비친다. 계섬월이 양소유의 외모에 먼저 마음을 빼앗기고 유혹의 눈길을 보내는 것으로 설정되었다. 결국 양소유도 계섬월에게 마음을 빼앗기는데, 상황은 두 사람을 돕는 방향으로 전개된다. 시회를 열어 잘된 시를 계섬월이 노래하면 그 사람이 동침하기로 내기가 붙은 것이다.

> 두생(杜生)이 또 덧붙여 이르되,
> "이밖에도 기기묘묘한 것이 있으니, 즉 모든 글 중에서 한 수를 가려내어 계랑이 노래하면 그 글을 지은 사람이 오늘 밤에 꽃다운 인연을 계랑과 더불어 맺고 우리들은 이를 치하하는 사람이 될 것이니 이 어찌 절묘한 일이 아니리오.

---

83) <구운몽>, 40면.

양형도 역시 사내라 흥취가 없지는 않을 터이니, 또한 우리와 더불어 고하를 다툼이 좋으렷다."

(중략)

양생이 비록 겉으로는 사양하였으나 계랑을 한번 보매 방탕한 마음을 누르지 못하여 그 곁에 빈 시전지가 있음을 보고 한 폭을 뽑아 단숨에 내리써서 글 세 수를 지으니, 순풍을 만난 배가 바다에서 달리고 목마른 말이 물을 마시는 것 같으매 모두들 놀라 낯빛이 달라지니라.

초 지역 나그네 서쪽으로 놀아 진 지역 들어서니(楚客西遊路入秦),
주루에 와 낙양의 봄기운에 취하였구나(酒樓來醉洛陽春).
달 가운데 붉은 계수나무는 누가 먼저 꺾으리오(月中丹桂誰先折),
지금 문장가에 쓸만한 이 있구나(今代文章自有人).

천진교 위에 버들꽃이 날리고(天津橋上柳花飛),
주렴엔 겹겹이 석양이 비치네(珠箔重重映夕暉).
귀 기울여 노래 한 곡조 들으려니(側耳要聽歌一曲),
아릿다운 자리에 멈추었던 비단 옷도 다시 춤을 추네(錦筵休復舞羅衣).

꽃가지도 미인의 단장을 부끄러워하고(花枝羞殺玉人妝),
아릿다운 노래 부르기 전에도 입은 이미 향기롭네(未吐纖歌口已香).
들보에 꽃이 다 날리기를 기다려서(待得樑花飛盡後),
동방화촉 신랑을 하례하는구나(洞房花燭賀新郎).84)

양소유는 시회에서 수작으로 뽑힌 사람이 계섬월과 동침을 할 수 있다는 말에 귀가 솔깃해진다. 계섬월을 보고 방탕한 마음을 억제하지 못해 단숨에 시를 짓는 것으로 묘사되어 있다. 그리고 세 편의 시의 내용이 모두 계섬월에게 구애하는 뜻을 담고 있다. 첫 수에서 자신이 계섬월과 동침을 이루겠다는 의지를 드러내고, 둘째 수에서는 계섬월의 미모를 칭찬하고 있으며, 셋째 수에서는 자신이 오늘밤 신

---

84) <구운몽>, 42-44면.

랑이 될 것을 단정하여 결연 소망을 드러냈다. 양소유의 이러한 행동의 주목적은 계섬월에 대한 욕망에서 비롯되지만 또 다른 측면에서는 시골 서생이라고 얕보는 낙양 선비들의 만용을 억누르겠다는 승부욕도 작용하고 있다. 이러한 두 가지 목적을 계섬월은 모두 간파한 듯하다. 자신도 양소유를 시회 참석 선비 중에서 제일로 치고 눈여겨보았고, 재주도 없으면서 오만하게 구는 낙양 선비들을 골탕 먹일 심산이었다. 두 사람은 양소유의 시를 통해 의기투합하여 그 화답으로 계섬월의 시창이 이어진다.

> 섬월이 샛별 같은 눈을 잠깐 들어 한 번 보더니, 맑은 노래 소리가 흘러나와 학이 구름 높은 하늘에서 우짖고 봉이 대숲에서 우는 듯 피리가 소리를 빼앗기고 거문고가 곡조를 잃으니, 만좌한 사람들이 넋을 잃고 얼굴빛을 고치더라.
> (중략)
> 양생이 누에서 내려와 나귀를 타고 길에 오를 새 계랑이 뒤쫓아 내려와 양생한테 이르되,
> "이 길로 가시면 길가에 회칠한 담이 있고 그 바깥에 앵두꽃이 만발한 곳이 첩의 집이오니, 바라건대 상공은 먼저 가셔서 첩을 기다리소서. 첩이 또한 뒤쫓아서 가리이다."[85]

계섬월은 양소유의 시에서 자신을 갈구하는 의지를 읽고 자신의 의지를 적극적이고 노골적으로 드러낸다. 낙양의 선비들이 마련한 시회에서 주최자들을 모두 무시하고 뜨내기 객으로 참석한 양소유의 시를 수작으로 뽑아 노래한다. 양소유에게 모든 것을 던지는 과감한 행동이라고 말할 수 있다. 이 결연은 양소유가 구애의 뜻을 내비추긴 했지만 그 주도권은 여성인 계섬월에게 있다. 양소유와의 동침 의지를 모든 사람들에게 노래로써 공표하고, 봉변을 염려하여 자리를 피하는 양소유를 보고 부끄럼도 없이 달려와 자신의 집을 일러주고 야밤의 재회를 약속하는 태도도 여성의 태도로는 획기적이라고 할 수 있다.

---

85) <구운몽>, 44-45면.

서로 붙들고 들어가 두 사람이 마주 앉아 기쁨을 이기지 못하더라. 섬월이 옥잔에 술을 가득히 따라 금루의(金縷衣) 한 곡조로써 권하니 화용월태(花容月態)와 고운 소리가 능히 사람의 정신을 흘려 빠져들게 하는지라, 소유가 춘정을 억누르지 못하고 보드라운 손을 이끌고 금침에 누우니 무산(巫山)의 꿈과 낙포(洛浦)의 인연이라도 그 즐거움에 견주지 못하겠더라.[86]

결국 두 사람은 그날 밤 동침을 이루는데 이 역시 모든 것을 계섬월이 주도하고, 양소유는 수용하는 입장을 취하고 있다. 기녀 신분이므로 첫 눈에 호감을 준 남성과 동침을 이루는 것이 윤리적으로 문제될 것이 없지만, 이 동침의 의미는 즉흥적인 애욕에 의한 것이라기보다는 자신의 미래에 대한 이해 타산적 행위였음이 동침 후 상황에서 드러난다. 동침 후 계섬월은 여인으로서의 강한 욕망을 내비친다. 양소유와 같은 수재를 평생 모시고 싶다는 욕망이다. 기녀 신분으로 정실부인이 될 수 없음을 알고 첩으로서 평생을 따르겠다고 결연의 상황은 매달리는 방향으로 급변한다. 그리고 정실부인의 재목으로 당대 명문의 딸인 정경패를 천거하기까지 한다.

당금 천하에 재주가 낭군을 따를 자 없으리니 이번 과거에 장원하실 것이오. 또한 정승의 인끈과 대장의 절월(節鉞)이 멀지 않아 낭군께 돌아올 것이오며, 그러하오면 온 천하의 미녀가 다 낭군을 따르고자 하오리니, 이 몸이 무엇이 귀하다고 털끝만치라도 감히 사랑을 독차지할 마음을 가지겠나이까. 바라옵건대, 낭군께서는 명문의 규수에게 장가드사 어머님을 봉양토록 하옵시고, 한편 천한 이 몸을 버리지 마옵소서. 첩은 이후로 몸을 정히 하여 명을 기다리이다.[87]

즉, 계섬월의 시회 감식력은 여인으로서 수재의 사랑을 받고 한 가정에 안주하고 싶어하는 소극적인 욕망의 단계로 일단락됨을 알 수 있다. 한편 결연의 상황까지 보였던 적극적인 태도가 동침 후 급변하는 이유는, 양소유의 영웅성을 부각시키기 위해서 취해진 결과로도 볼 수 있다. 기녀 신분으로 천하 영웅 양소유의 출세에 관여하는 것은 남성의 자존심에 문제가 될 수 있다고 생각한 남성 우위의 고정

---

86) <구운몽>, 46면.
87) <구운몽>, 48면.

관념에서 비롯된 것으로 보인다. 그 결과 양소유의 출세에 도움을 줄 만한 행위는 제거되고 기녀 신분으로서 자유분방하게 적극성을 띠며 양소유에게 추파를 던지는 정도로 계섬월의 용기를 제시하고 있다. 하룻밤 환애를 겪고 난 후 계섬월은 요조숙녀의 모습으로 변한다.

시회에서 남성의 재능을 감식하고 첩이 되겠다고 결정하는 경우에 감식의 요건은 두 가지이다. 남성의 출중한 외모와 시재이다. 그리고 자신의 감식에 자신이 생기면 기녀는 자신의 몸을 의탁하려는 수동적인 자세로 바뀐다. 그런데 이와는 달리 남자에게 굳이 매이지 않더라도 경제적으로 어려운 남성을 도와서 과거에 응시하게 하고 출세시키는 적극적인 기녀 이야기도 일군을 이룬다. 앞서 언급한 <옥단춘전>의 옥단춘과 같은 기녀로서 불우한 선비를 보고 뒷바라지 하는 경우이다. 이는 지인감식 능력과 동정심이 결합된 심리에서 기인한 것이라 볼 수 있다.

남주인공 이혈룡이 동문수학하던 김진희와 나중에 성공한 사람이 불우한 사람을 돕자고 결의를 맺었는데, 후에 김진희는 급제하여 평양감사가 되고 이혈룡은 몰락하여 궁핍한 처지로 평양을 찾는다. 그런데 김진희가 안면을 바꾸고 홀대하자 분개하여 비방하는 이혈룡을 대동강에 수장시키라고 한다. 이 상황을 지켜보던 옥단춘이 이혈룡의 비범함을 엿보고 구출하는 것에서부터 이 결연화소는 시작된다.

> 사공들이 청령하고 물러나와 이생원을 결박하여 배에 실을 적에 옥단춘이 넌 줏 보매 비록 의복은 남루하나 얼굴이 비범하다. (중략)
> 옥단춘이 물러나와 사공을 급히 불러 왈,
> "저기 가는 저 사공아, 잠깐 머물러라."
> 하니 사공이 머물거늘, 옥단춘이 하는 말이,
> "값을 후히 줄 것이니 이 양반을 죽이지 말고 죽은 모양으로 모래 속에 은신하고 오라."[88]

이 지인지감에서는 별다른 특이점이 발견되지 않는다. 단지 얼굴이 비범하다는 한마디가 있을 뿐이다. 옥단춘이 여느 기생과는 달리 '행실이 송죽 같고, 본심이

---

88) <옥단춘전>, 141-142면.

정결하여 글공부를 힘써[89]' 하더라는 평가가 문면에 있으나 특별한 지인지감 능력을 가졌다고도 표현하지 않았다. 이 상황으로 보면 옥단춘이 이혈룡에게 호의를 베푼 것은 친구에게 배신당한 불우한 선비에 대한 동정심과 친구를 가벼이 버리는 감사의 신의 없음에 대한 반감에서 비롯된 행동으로 보인다. 그런데 이런 동정심이 절개가 굳은 옥단춘에게 결연의 의지를 갖도록 하지는 않아 보인다. 그러므로 지인지감을 통한 결연 의지의 표현은 간략하게 처리되었지만 사공을 매수하고 구조하고 자신의 집으로 청하는 것을 보아 묵시적으로 감지할 수 있다.

> 춘이 답왈,
> "나는 다른 사람이 아니오라 평양읍 기생이옵더니, 오늘날 그대의 무죄히 죽음을 보옵고 불쌍하옵기로 사공과 약속하여 이곳에 살려두라 하고 왔사오니 염려 말고 내 집으로 가십시다." (중략)
> 권할 제 전에 한 번 못 뵈었으나 내일 보면 구면이라. 한 잔 두 잔 이삼배 먹었더니, 취중에 하는 말이,
> "전사(前事)를 생각하니 세상사가 허망하다. 천강무궁(千疆無窮)한 흥미를 어찌 다 설화하리오."[90]

여기서도 옥단춘은 이혈룡에 대한 호의를 동정심이라고 스스로 언급하고 있다. 그리고 자신의 집으로 청하여 주안상을 차려 와 권주가를 올리며 즐기는 상황에서 두 사람은 급격히 가까워짐을 보인다. '한 번을 못 본 사람도 다시 보면 구면'이라는 말에서 두 사람은 교감을 이루었음을 감지할 수 있다. 그리고 '천강무궁한 흥미'는 두 사람의 동침 상황에 대해 우의적으로 표현한 듯하다. <옥단춘전>을 흔히 애정소설의 대표적인 작품으로 분류하여 높이 평가하는데 막상 문면에서는 남녀 간의 애정 표현이나 성애 장면에 대해 표현하지 않고 있다. 옥단춘은 이름난 기생이지만 색정적인 기녀의 모습은 전혀 없고 오직 남성을 돕고 후원하는 여성적인 이미지로 그려지고 있다. 노골적인 표현이 드러나지 않았지만 두 사람은 결연을

---

89) <옥단춘전>, 135-136면.
90) <옥단춘전>, 145-147면.

이루었고 이혈룡은 옥단춘의 집에 의탁하여 지낸다.

그런데 문면에 그려진 옥단춘은 장래가 촉망되는 젊은 남성을 허송세월하게 지켜볼 우유부단한 성격의 소유자가 아니다. 곧바로 구제한 남성의 과거공부를 독려하고 경제적으로 적극 지원한다.

> 이럭저럭 노닐 적에 세월이 여류하여 왕이 세자를 탄생하사 태평과를 보인단 말을 풍편에 넌즛 듣고 옥단춘이 기뻐 왈,
> "과거 소식 듣자오니 낭군님은 과거 보러 가옵소서. 충신의 후예로 어찌 이런 경과(慶科)를 허송하리오."91)
> 행장을 수습하여 치행(治行)을 차릴 적에 춘이 다시 당부하되,
> "이 길로 올라가시되 서대문 밖 경기감영 앞에 이섬부댁을 찾아가시면 부탁한 말씀도 있삽고 내 하인도 그 댁에 있사오니 그 하인 데리시고 장중에 부리옵소서."92)

옥단춘은 애정의 대상이라기보다는 후원자의 면모가 더욱 강하다. 기생의 집에 안주하여 무위도식하는 이혈룡에 대해서도 전혀 가타부타 평이 없으며, 근엄하게 과거에 응할 것을 면려하고 있다. 보통의 기녀들이 자신의 미모를 이용하여 남성을 섬기면서 항상 소원하기를 출세하여 자신의 평생을 책임져달라는 애걸을 늘어놓는데 비해 옥단춘은 전혀 요동하지 않는다. 이에서 한 술 더 떠서 이혈룡이 한양의 노모와 처자식의 생계를 돌보지 못함을 자책하자 미리 손을 써서 집을 마련하고 생활비를 지원하고 있다. 그러나 자신의 이런 후원에 대해 이혈룡에게 과시하듯 밝히지도 않고 비밀에 붙이고 있다. 그 대범함이 예사 남성의 호기를 넘어선다고 하겠다. 그리고 이별에 즈음하여 기약을 둘 때도 절대 나약하게 매달리는 모습이 아니다.

> "이제 이별하오나 후일 다시 만날 것이오니 조금도 섭섭하게 생각 마시옵고, 입신양명하온 후에 북당 기후 안녕커든 수이 돌아옵소서."93)

---

91) <옥단춘전>, 147면.
92) <옥단춘전>, 148면.

앞서 살핀 계섬월의 경우는 결연까지는 적극적으로 주도하던 자세를 동침 후에는 완전히 바꾸어 양소유에게 철저하게 예속되는 여성 형상을 보였다. 그러나 옥단춘은 이별의 순간에도 대범함으로 일관한다. 지금은 출세를 위해 이별하지만 나중에 반드시 다시 만날 것이라는 자신감을 가지고 오히려 이혈룡을 위로하고 있다. 그리고 남성의 출세를 예언하듯 말하여 마치 예지자의 풍모를 보이기도 한다. 그리고 출세를 이루었다고 사리분별 없이 자신을 찾아올 것을 경계하여, 어머니를 모셔 효를 다한 후에 모든 것이 편안해지면 자신을 찾으라고 당부한다.

여기에서 보이는 옥단춘의 모습은 노류장화 천기배도 아니며, 정을 쏟은 남성에게 얽매이는 나약한 여성도 아니다. 남성을 독려하는 어머니와 같은 형상이고, 앞날을 예언하는 예지자이며, 인륜을 앞세우는 도덕군자의 모습이다. 마치 남편의 출세를 내조하고 묵묵히 고통을 감내하며 기다리는 조강지처의 형상이라고 할 수 있다. 이에 비해 계섬월은 교태를 부리며 사랑을 갈구하는 애첩의 형상이라고 하겠다.

지인지감을 통한 결연화소는 이상과 같이 두 가지 유형으로 나눌 수 있다. 두 유형의 화소의 구성요소를 도출해 보면 다음과 같다. 먼저 시회감식 화소는,

<A5> 기녀가 시회에서 한미한 신분의 남성을 보고 호감을 보인다.

<B5> 남성의 시를 수작으로 뽑아 동침을 이룬다.

<C5> 동침 후 여성이 일생의 의탁을 소망한다.

이와 같은데, 그것에 비해 <옥단춘전>에 보이는 지인지감은 다음과 같다.

<A5'> 여성이 곤궁한 처지의 남성의 장래를 점치고 구제한다.

<B5'> 결연 후 출세하도록 독려하고 후원한다.

---

93) <옥단춘전>, 148면.

<C5'> 대범하게 수절하며 남성을 기다린다.

여기에서 두 요소 곧 지인지감이라는 감식 요소는 공통으로 삽입되어 있지만, 그 구체적인 내용과 여성의 태도는 크게 다르게 나타나 있음에 주목해야 한다.

(2) 지인지감을 통한 내조의 의미

<구운몽>에서 계섬월이 양소유와 결연하면서 보인 시회감식 화소는 소설에 앞서 《어우야담》에 실려 있는 기생 성산월(星山月) 이야기에서 유사한 형태를 발견할 수 있다.

<A5> 민제인(閔齊仁)은 어려서 영리하고 수려하였다. 백마강부를 지어 내심 자부하여 선배들에게 평을 구하니 차중으로 평가받아 불만스럽고 불쾌하였다. 바야흐로 봄철에 꽃과 버들이 성안에 가득하니 성 남쪽으로 걸음을 옮겨 숭례문 위에 올라 그 부를 낭낭하게 읊조리니 소리가 누대 들보를 흔들었다. 이때 장안의 이름난 기생 성산월이 뛰어난 절색이었다. 장차 성문을 나서 벼슬아치와 더불어 강 위에 놀면서 그 소리를 듣고 성루에 올라 한 젊은 유생을 보니 빼어난 외모에 읊조리고 있었다.

<B5> 다 듣고는 제인에게 말하기를, "어느 곳의 서생이기에 가사를 읊조리는 소리가 맑고 낭낭합니까?"하니 제인이 말하기를, "이는 내가 스스로 지어 마음 속에 늘상 스스로 좋아하였으나 선배들에게 능욕을 당해 입으로 읊조릴 따름입니다."하였다. 성산월이 말하기를, "서생은 가히 더불어 말할만 하니 원컨대 나와 더불어 함께 집으로 갑시다."하니 제인이 말하기를, "벼슬아치의 명이 엄한데 어기어 질책을 당하면 어찌합니까?"하였다. 성산월이 말하기를, "책임은 나에게 돌아올 것이니 선비는 어찌 걱정을 합니까?"하고는 마침내 더불어 함께 돌아가 삼일을 머물고는 말하기를, "지난 날 낭송했던 부를 한 부 베끼어 나에게 주십시오. 나는 마땅히 그것을 연회자리에서 자랑할 것입니다."하였다. 이에 그 부를 얻어 벼슬아치들의 연회에서 부르니 가득찬 연회 참석자들이 일제히 감탄하며 부채 머리를 두드리며 칭찬하면서 묻기를, "너는 어디서 이런 절창을 얻었느냐?"하니

<C5> 성산월이 그 실상을 말하며, "이는 첩의 심상인이 지은 것입니다."하였다. 이로부터 백마강부는 우리 나라에 크게 전파되었다. 처음에 곡조의 말미에 가(歌)가 없었는데 한 문사가 이어 붙였다. 마침 중국의 학사가 이를 보고

탄복하여 말하기를, "아깝도다. 이 가(歌)는 부를 지은 사람의 손에 지어진 것이 아니니 없었다면 더욱 아름다웠을 것이다."하였다.[94]

당대의 명기 성산월이 자신의 시재(詩才)를 인정받지 못해 실의에 빠져 있는 민제인을 보고 그 용모와 시재를 감식하고서 천하에 이름이 드러나게 도왔다는 이야기이다. 성산월은 당대 명기로서 고관대작의 놀이에 빠지지 않고 참예하는 여유를 가진 처지였다. 그에 비해 민제인은 <백마강부(白馬江賦)>를 자랑스럽게 지어 선배들에게 보였으나 저급하게 평가 받아 그 열패감을 안고서 지내는 인물로 그려진다.

기존의 기녀결연담에서는 남성이 신분이나 경제적인 측면에서 우위를 차지하고 아름다운 기녀를 농락하는 경우인데, 여기서는 정반대의 상황이 벌어지고 있다. 장안의 명기로서 자부심과 능력을 갖춘 존재로 기녀가 설정되고 남성은 출세를 이루지 못해 암울한 처지에 놓여있다.

성산월은 이에 두 가지 측면에서 민제인에게 다가간다. 하나는 민제인의 용모와 시재에 탄복하여 자신의 심상인(心上人)으로 삼고자 하는 여인으로서의 욕망과 다른 하나는 자신의 지위를 통하여 한미한 남성을 출세시키고자 하는 모성애적인 욕망이다. 결국 자신의 집으로 청하여 사흘을 머물며 문면에는 드러나지 않지만 사랑을 성취한 것으로 보인다.

그리고 고관의 잔치에 참예하면서 <백마강부>를 절창하여 일좌를 탄복하

---

94) 閔齊仁年少英邁映麗 作白馬江賦 心自負 求正於先達 課以次中 怏然不快 方春
花柳滿城 散步南郭 登崇禮門上朗吟其賦 聲振樓梁 時長安名妓星山月 丫鬢妙
色也 將出郭門赴舍人 江上之遊 聞其聲 登城樓見一年少儒生 岸幘諷誦 聽訖
謂齊仁曰 何處書生 諷歌辭淸朗 齊仁曰 是吾自述 心常自好 而見辱於先輩 所
以諷於口耳 星山月曰 書生可與言 願與我同歸蝸室 齊仁曰 舍人司號令嚴甚 奈
違被撻何 曰 責在歸我 措大何憂焉 遂與偕歸 留之三日 曰 向日所誦賦 願寫一
本寄我 我當誇之縉神間 於是得其賦 陳其舍人之筵 滿堂縉神齊聲嗟賞 扇頭俱
碎 問 爾從何得絶唱來 星山月吐其實曰 是妾心上人之作也 自此白馬江賦大播
東方 始篇末無歌 有一文士續之 適有中原學士見之 歎服曰 惜乎 此歌非賦之手
也 無此益佳(≪於于野譚≫)

게 만들고, 그 출처를 묻는 고관들에게 당당하게 자신의 '심상인'의 작품이라고 강조한다. 지금까지의 경우는 남녀결연에서 기녀를 비롯하여 여성들은 항상 수동적인 자세를 취하는 것이 보통의 예이다. 그런데 이 지인감식 화소는 여성이 과감하게 남성에게 다가가고 조력자로서 출세를 돕는 처지로까지 부상하였다. 조선 전기에 창작된 <이생규장전> <만복사저포기> <하생기우전> 등의 전기적(傳奇的) 애정소설의 남녀결연 상황에서 여성들이 능동적으로 남성에게 다가가는 전통을 이 설화에서 다시 찾을 수 있다. 조선후기 고소설의 남녀결연이 대부분 남성 주도로 이루어지는 것과는 또 다른 측면으로 의미를 부여할 수 있다.

시회감식 화소가 고소설에 나타는 다른 경우는 <옥루몽>의 양창곡과 강남홍의 결연서사에서 찾을 수 있다. 서포의 <구운몽>은 조선후기 사회, 특히 사대부 사회에 큰 반향을 일으킨 것으로 보인다.[95] 그리하여 그 후대에 창작된 <옥루몽>에 지대한 영향을 끼친 것이라 생각된다. <옥루몽>은 <구운몽>의 모방작이라 할 정도로 그 사건 전개나 화소가 닮아 있다. 그러나 그 내용은 <구운몽>의 세 배나 될 정도로 치밀하고 사실감 있게 그려져 그 작품성은 높이 살 만하다고 생각된다.

<옥루몽>에도 기녀가 시회에서 한미한 남성을 감식하고 시침을 드는 화소가 그대로 삽입되어 있다. 이는 <구운몽>의 모방 요소로 특별한 의미를 두지 않는 경우도 있으

---

95) ≪조선왕조실록≫ 숙종 36년 5월 21일(을유)조에 서포 소설을 과거 시권에 인용하여 문제된 기사가 보인다.

사간원(司諫院)에서 논핵하기를,

"과장(科場)의 문자(文字)는 노자(老子)·장자(莊子)와 이단(異端) 등의 말을 사용하지 못한다는 것은 명백하게 금령(禁令)이 있는데, 금번 2소(所)에서 입격(入格)한 거자(擧子)의 시권(試券) 가운데에는 불경(佛經)의 말이 많이 있었으니, 심지어는 극락세계(極樂世界)·팔백 나한(八百羅漢) 따위의 말까지 있었으며, 1소(所)의 거자(擧子) 시권(試券) 가운데에는 서포(西浦) 패설(稗說)로써 두서(頭序)를 삼았다고 합니다. 서포는 곧 근래 재신(宰臣)의 호이고, 패설(稗說)이란 곧 만필(漫筆)한 소설(小說)의 종류이니, 이러한 격식 외에 효잡(淆雜)한 글을 엄중하게 금단(禁斷)을 더하지 않는다면, 과장을 엄중히 하여 뒷날의 폐단을 막을 수 없게 될 것 입니다.……" (증보판 CD-ROM 국역 조선왕조실록 제3집)

나 <구운몽>에 비해 그 사건 전개가 진진해졌으므로 달리 해석해 볼 필요가 있겠다.

① 양창곡이 여비 마련과 강남홍을 보려고 소주 압강정(鴨江亭)시회에 참여함.
② 여러 문사의 말석에 앉아 강남홍의 경국지색을 보고 감탄함.
③ 강남홍은 말석의 양생이 빈한한 형적이지만 일좌를 압도하는 그 풍모에 감탄하여 추파를 던짐.
④ 소주 황자사가 강남홍에게 흥을 돋울 노래를 청하자 거절하고 시회의 작시한 시를 노래하겠다고 함.
⑤ 압강정시를 짓는 자리에서 양생이 강남홍에 대한 연정을 담은 세 수의 시를 지어 강남홍의 눈에 띔.
⑥ 양생의 시를 강남홍이 노래하며 채전을 받들자 이에 황자사가 불쾌한 빛을 보이고 궁지에 몰릴 것을 염려하여 기지를 부리는 강남홍의 심중을 헤아림.
⑦ 강남홍이 시에 자신의 마음과 자기 집을 알리는 내용을 담아서 노래하자 양생만 알고 자리를 벗어남.
⑧ 강남홍은 분개한 황자사와 선비들을 달래면서 대취하게 하고 몰래 창두의 남복을 빌려 입고 도망함.
⑨ 양생이 항주 강남홍의 집을 찾았으나 만나지 못하고 뒤따라 온 강남홍은 양생의 심중을 시험하기 위해 남장하고 시로써 수작하며 신의를 헤아림.
⑩ 강남홍이 양생의 심중을 헤아리고 본색을 드러내 집으로 청하여 환애하고, 자신을 첩으로 거두어줄 것을 소망하며 급제하여 윤소저를 본처로 취할 것을 소망함.
⑪ 황성으로 과거보러 떠나는 양생에게 여비와 종을 붙여주며 안타깝게 이별함.
⑫ 윤소저가 양생의 본부인이 될 것을 감지하고 그 시비로 들어감.

이는 양창곡과 항주 명기 강남홍의 결연담으로, <구운몽>의 화소와 거의 유사하다. 낙양의 공자들이 장애로 설정된 것에 비해 여기서는 소주의 황자사가 강력한 장애물로 설정되어 이야기의 전개에 긴장감이 있고 갈등 요소가 배가되었다. 기본적인 구조는 동일하여 지역의 최고 명기가 한미한 시골 소년 선비를 첫눈에 알아보고서 연정을 품고 끌리는 상황이다. 여기서도 역시 출세를 돕겠다는 조력자의 면모는 드러나지 않는다. 강남홍은 절개가 높은 기녀로 설정되어 당대를 주름

잡을 출중한 인물을 감식해 내고 그에게 일생을 의탁하겠다는 욕망을 가지고 있을 따름이다.

남성의 입장에서 보면 양창곡은 양소유와 크게 차별화되지 않아서 첫눈에 명기를 알아보고 연정을 품는 것으로 그려진다. 이는 민제인이 성산월에 대해서 갖는 감정이 그려지지 않는 것과는 차이가 있으나 소설에서의 구체적인 묘사에서 얻어지는 결과로 볼 수 있다.

<옥루몽>의 이 화소가 <구운몽>의 그것과 차별되는 미묘한 영역은 결연 남녀의 감정 묘사가 곡진하다는 데 있다. 여기서 강남홍은 한 지역의 장관의 총애를 받는 몸임에도 함부로 자신을 허락하지 않고 절개를 지키는 여인으로 설정되었다. 도도한 여인으로서의 풍모를 그대로 간직한 정숙한 이미지이다. 앞서 언급한 성산월은 고관대작들과의 연회에 거침없이 참석하여 자신의 기개를 부리는 기녀로 보이고, 계섬월도 정숙함을 지나치게 강조하고 있지는 않다. 그러나 강남홍에 대해서는 기녀의 신분임에도 지나치게 정절과 동정(童貞)을 강조하고 있다.

> 이제 금금(錦衾)을 베풀고 각침을 연하여 운우를 꿈꿀 새, 홍랑이 나삼(羅衫)을 벗으매 옥 같은 팔이 드러나며 일점 앵혈(鶯血)[96]이 촉하에 완연하여, 동풍 도화가 춘설에 떨어진 듯, 해상 홍일이 운간에 솟아난 듯, 공자가 놀라 왈, '내 홍랑의 얼굴을 보고 그 마음을 보지 못하였으며 그 마음을 아나 그 지조의 탁월함이 저와 같음을 오히려 믿지 못하였더니, 청루 명기의 탕일(蕩逸)한 몸으로 홍규(紅閨) 부녀의 정정한 마음을 지킨 줄 어이 알았으리오?' 하더라.[97]

강남홍은 기녀의 신분임에도 그 지조는 규방의 숫처녀와 같은 것으로 그려지고 있다. 앞서의 두 화소에서는 정인, 기생첩을 염두에 둔 설정이라면 여기서는 본처와 결연할 때 고려될 동정 문제까지 그려내고 있다. 이는 <구운몽>과 동일한 화소를 취하면서도 작가의 의도가 은연중에 작용한 것이라 여겨진다. 김만중과 남영로라는 작가의 이념 차이일 수도 있겠으나, 달리 보면 <옥루몽>의 창작 시기가

---

96) 꾀꼬리의 피로 칠을 한 것으로, 성교를 해야 그 흔적이 없어진다고 하여 숫처녀의 표식으로 삼았음.
97) <옥루몽> 권지이.

<구운몽>의 창작 시기보다 여성 정절 문제에서 좀 더 사회적으로 일반화되었을 가능성이 있다. 기녀인 강남홍 역시 양창곡을 하룻밤 욕망의 대상으로 여기지는 않고 있다. 다음과 같이 자신의 감식력을 신빙하면서도 섣불리 결정하지 않는다.

> 일개 수재 말석에 앉았으니 초초(草草)한 의복과 서서(栖栖)한 모양이 비록 빈한한 종적이나 앙앙한 거동과 낙낙한 기색이 일좌를 압도하여 단산채봉(丹山 彩鳳)이 계군(鷄群)에 처하고 창해 신룡이 풍운을 지을 듯하거늘, 홍랑이 심중에 놀라 왈, '내 청구에 처하여 허다열인(許多閱人)하였으나 어찌 저같은 귀남자를 보았으리오'[98]

> 홍랑이 다시 심두에 생각하여 왈, '내 비록 조감(藻鑑)이 없으나 평생의 지기(知己)를 만나 일생을 의탁고자 하되 반악(潘岳)의 풍채를 가진 자는 한부에 사업을 기필치 못하며 이두(李杜)의 문장을 품은 자는 장경(長卿)의 방탕함이 많으니 이는 다 나의 소원이 아니라. 뜻밖의 양원 말석에 한미한 수재 어찌 구슬을 품어 석상의 보배될 줄 알았으리요. 이는 하늘이 홍랑의 짝 없음을 불쌍히 보사 영웅군자의 개세풍류(蓋世風流)로써 홍의 숙원을 이루어 주심이라………'[99]

⑨에서와 같이 그 외모와 시재에 빠져 일생을 의탁할 수는 없다고 판단하여 시비와 짜고 남복하고 찾아가서 양창곡의 신의를 시험해 본다. 강남홍은 곧 자신의 지인 감식력을 쫓아 평생을 의탁할 남성을 선별하는 입장이며 그 감식력에도 의구심이 들어서 속임수를 부려 유혹을 꾀하는 등 매우 신중하게 접근하고 있다. 그리고 양창곡의 본처까지도 자신의 천거하고는 수절하기 위해 윤소저의 시비로 들어가는 용기를 보인다. 이는 기녀로서의 면모이기보다는 온전한 가정에 깃들고 싶어하는 여성의 간절한 소망의 표출로 보인다.

이러한 시회에서 지인감식을 보이는 화소는 이후 <임호은전>에서도 소략하게 삽입되어 있다. 그러나 이 작품은 <구운몽>이나 <옥루몽>에 비할 바가 못 된다. 작품 속에 시를 지어 구애하는 장면도 소거되었으며 서로 추파를 던져 교감하

---

98) <옥루몽> 권지일.
99) <옥루몽> 권지일.

여 결연을 이루는 평범한 기녀결연화소로 축소되고 있다. 이는 고소설의 대중화 과정에서 시가 삽입되는 행태가 사라지고, 기녀결연담이 영웅의 일생에서 큰 비중으로 다루어지지 않은 삽화 형식으로 전락한 데서 기인한 결과로 보인다.

<옥단춘전>에 나타난 지인지감 결연화소는 고소설에서는 <이진사전>의 이옥린과 김경패의 결연서사에서 유사하게 삽입되어 있다. 노모와 처자를 두고 궁핍하게 사는 이옥린이 관직에 있는 당숙을 찾아 도움을 구하려다가 차마 말을 꺼내지 못하고 돌아서다가 평양감사가 주관하는 시 과장에 참석하여 장원을 한다. 이를 곁에서 지켜 본 경패가 그 시재를 높이 사서 정식으로 청혼하여 결연을 맺는 이야기이다. 그렇다면 궁핍하여 관로의 친척을 찾는 상황은 <옥단춘전>과 유사하나 시 과장에서 남편감으로 삼는다는 것은 시회감식 화소의 특징이라고 할 수 있다. 그러나 그 결연이 특이하게 청혼을 통한 중매혼의 형식을 띠고 있어 좀더 다른 양상이라고 할 수 있다. 그리고 결연 후의 고행담과 남성 내조담은 <옥단춘전>의 분위기와 흡사하다고 하겠다.

이 화소는 고소설에서는 쉽게 발견되지 않고 조선후기 문헌설화에서 산견된다. 특히 ≪기문총화≫에 수록된 '서울 두 선비'[100]와 ≪금계필담≫의 '김우항 이야

---

100) 서울에 두 선비가 형제같이 지내면서 약속하기를, "둘 중 먼저 급제한 사람이 급제 못한 사람을 돕기로 한다." 하고 맹세했다. 얼마 후, 한 사람이 먼저 급제해 경주 부윤이 되었으므로, 다른 사람이 약속한 대로 과거 공부를 그만두고 경주로 친구를 찾아갔다.

　부윤은 이 친구를 잘 대접하지 않았다. 하처에 두고 별로 대접하지도 않고 괄시하니, 여러 날 지나면서 친구는 화가 났다. 곧 부윤을 찾아가 "옛날 약속이 있는데 그럴 수 있느냐?" 하고 따졌다. 부윤은 관청의 일이 급한데 사사로운 약속을 지킬 겨를이 없다면서 냉담했다.

　얘기를 들은 친구는 관부를 뛰쳐나와, 집으로 돌아갈 생각이 나지 않아서 타고 온 말을 팔아 며칠간 생활했는데, 어느덧 모든 돈이 다 떨어지고, 할 수 없이 돌아다니면서 걸인 행세를 하니, 경주 사람들이 '관장님 친구 거지'라고 놀렸다.

　하루는 추운 날 길에 있으니 한 기생이 나타나서 자기 집으로 가자고 했다. 그래서 기생을 따라 그 집에 가니, 기생은 식사를 잘 대접하고, 저녁 때 종을 시켜 물을 덥히라고 해 목욕하게 한 다음, 농 속에서 새 옷을 내어 입으라고 했다. 그러면서 약속을 어기고 친구를 돌보지 않는 인정 없는 부윤을 나무랐다.

　이윽고 밤이 깊어지니 기생은 선비와 동침을 제의했다. 선비는 거지의 몸임을 들어 거절하니, 기생은 "기생이 사대부를 모시는 것은 당연한 일이다." 하면서 기어이 우겨서 함께 잠을 잤다. 그리고 기생은 선비에게, "부윤은 그 상을 보면 크게 출세하지 못할 상이고, 생원께서는 장래 크게 될 인물이니, 돌아가 과

기'101)는 두 작품을 교묘히 교직하여 <옥단춘전>을 창작한 것처럼 보인다. 그리

거공부에 힘써 급제한 다음에 오늘의 욕됨을 갚으십시오." 하고 말했다.

그리고 몇 달 동안 기생집에서 머문 선비는 그 기생이 챙겨주는 돈을 가지고 집으로 돌아왔다. 집에 돌아온 선비는 과거공부에 힘써 과연 대과 급제했고, 뒤에 크게 출세했다. (《記聞叢話 》)

101) 김우항이 급제하기 전, 가난해 과년한 딸 시집보낼 비용이 없어서, 강계 부사로 있는 무변인 이종에게 가서 도움받기로 마음먹었다. 친구에게서 여행비용을 빌려 강계에 도착하니, 관부 문 지키는 사람들이 들여보내지 않아 몇 달을 못 만나고, 부사가 문밖에 나오기만 기다리는 동안, 타고 온 말까지 팔아 숙박비로 충당했다.

하루는 부사가 행차하는데, 길가에 기다리고 있다가 이종을 만나니, 부사는 부하를 시켜 김공을 책방으로 가 기다리도록 했다. 저녁 때 부사가 돌아와 저녁밥을 먹는데, 부사는 진수성찬으로 먹으면서 김 공에게는 채소에 보잘 것 없는 음식을 주는 것이었다. 김 공은 배가 고팠지만 상을 보고 어찌도 분하든지, 그 밥상을 뒤집어 엎어버렸다.

부사는 곧 관졸을 시켜 김 공을 끌어내리게 하고, 끌고 나가 관할지역 밖으로 내쫓게 했다. 김공이 쫓겨나가는 동안 추위에 떨고 엎어지니, 관졸들이 불쌍히 여겨 큰 길가에 이르러 마음대로 가라고 놓아주었다. 그래서 헤매다가 불빛이 있는 곳을 찾아가니, 가죽신 만드는 움막이었다.

들어가 화롯불을 쬐는데, 밖에서 한 기생이 술상을 인 여자 종을 데리고 찾아 들어왔다. 기생은 자기가 부사의 수청기생이라고 소개하고, "동헌에서 쫓겨나는 모습을 보니 큰 인물이어서 이렇게 뒤따라 왔다." 고 말하면서, 자기 집으로 함께 가자고 했다.

김 공이 기생을 따라 그의 집으로 가니, 기생은 좋은 음식을 차려 대접하고는 함께 동침할 것을 요구하고, 여기 강계에는 왜 왔느냐고 물었다. 김 공이 부사인 이종에게 딸 혼례비용 도움 받으러 왔다는 것을 얘기했다. 얘기를 들은 기생은, "부사의 성품이 인색하고 욕심이 많아 기대하기 어렵다."고 말하고, 내일 아침 자기가 물자를 마련해 줄 테니 바로 돌아가라고 했다. 그리고 여기에서 자기와 오래 있다가 소문이 나면 둘 다 화를 입으니 바로 떠나야 한다고 독촉했다.

김 공은 그날 밤 기생과 동침하고, 아침에 기생이 마련해 주는 물자를 여러 필의 말에 싣고 노자 50냥도 받아 집으로 돌아왔다. 그리고 얼마 후 숙종이 알성과를 실시하라는 명령을 내렸고, 김 공은 이 과거에 장원급제해 부수찬에 임명되었다. 임금이 김 공을 불러 들여 민생 사정을 얘기해 보라고 해, 김 공은 강계에서의 일을 모두 얘기했다.

숙종은 김 공에게 친히 쓴 편지 석 장을 주면서, 집에 가서 열어보라 했다. 김공이 집에 와 봉서를 열어보니, 첫째 봉투에는 '강계부 암행어사' 임명장이 들어 있고, 둘째 봉투에는 '강계부사 봉고'라는 어명이 들어 있었으며, 셋째 봉투에는 '그 기생을 집으로 데리고 와 살아라' 하고 적혀 있었다.

김 공은 곧 변장을 하고 강계로 내려가, 먼저 그 기생집으로 갔다. 몇 달만에 다시 나타난 김 공을 보고 기생은 놀라면서 물었다. 김 공은 "지난번에 올라 가다가 도적을 만나 물자를 모두 빼앗기고, 집에 갈 면목이 없어서 절간에 가서 있다가 네 생각이 나서 다시 왔다." 하고 거짓말을 했다.

얘기를 들은 기생은 운수라고 말하고, 조금도 싫어하지 않고 좋은 음식을 대접하며 위로

고 ≪계서야담≫의 '노진이야기' 역시 이 화소와 깊이 연계되어 있다.

지인지감을 통한 결연화소 가운데 시회감식화소는 고소설에 주로 삽입되는 경향을 보이지만 후원자담은 <옥단춘전> 외에는 찾을 수 없는 이유에는 또 다른 고찰이 있어야 할 것 같다. 고소설에서는 남주인공의 영웅성을 내세우기 위해, 처음에는 비록 여성이 지인지감이란 능력을 발휘하여 적극적으로 결연을 유도하고 적극적인 도움을 주고 있지만, 결연 후에는 의도적으로 남성의존적인 여성으로 변화하게 해놓은 것으로 생각된다.

남성의 출세에 적극적으로 개입하고 여성이 남성보다 도덕적인 면이나 경제적인 면에서 우위를 점하는 <옥단춘전> 류의 지인지감 화소는 영웅적인 남성의 권위를 강등시킬 수 있기 때문이다. 그러므로 영웅적인 남성을 주인공으로 내세우는 고소설에서는 삽입을 꺼린 것으로 생각된다. 이에 비해 사실성 지향이 강한 문헌설화에서는 남성의 출세를 적극적으로 후원하는 이 화소가 남성들의 소망을 담고 있어서 널리 회자되었을 것이고, 그래서 여러 문헌설화에 많이 삽입되는 결과를 가져왔다고 본다.

했다. 그리고 밤에 같이 자려고 자리에 누운 기생은, 마패를 발견하고 일어나 앉아 다시 물었다. 김 공은 기생에게, 급제하고 임금에게 얘기한 사실과 암행어사로 온 사정을 모두 얘기했다.

기생은 기뻐하고 그 간에 적어 놓은 부사의 비행을 보여주면서, "부사를 어떻게 처리하시렵니까?" 하고 물었다. 김 공이 마땅히 봉고하여 비행을 가릴 것이라 하니 기생은, "그 정도로 부족하니, 끌어내어 이 지역 밖으로 내쫓는 것이 좋겠다."라고 말했다. 그래서 그렇게 하기로 했다.

이튿날 김 공이 동헌으로 가서 부사를 만나니, 부사는 다시 왔다고 꾸짖고, 아전들을 명해 끌어내리라 했다. 이 때 삼문에서 암행어사 출도를 외치니 부사는 뒷문으로 도망했는데, 관졸을 시켜 이 지역 경계 밖으로 추방하라 명했다. (≪금계필담≫)

2. 여성대외활동형

(1) 대외활동을 위한 여성 남장 화소

여성의 가정 외적인 사회활동은 가부장적인 사회구조에서 용납되지 않아서 현실에서나 허구적인 작품 속에서도 거의 설정되지 않았다. 앞서 남성출세돕기형 결연서사의 특화화소인 지인지감을 통한 내조 화소는 여성이 직접적으로 사회 활동을 감행하는 것이 아니라, 남성이 대외활동을 할 수 있도록 후원하고 내조한 경우이므로 여성은 가정 내에서 활동할 뿐이지 대외적으로 역량을 드러내지는 않는다.

그런데 이보다 적극적인 여성의 면모로, 남성과 같이 학문이나 무예를 연마하여 과거에 응시하고 장원을 하거나 전쟁에 출전하여 무공을 세우는 여성의 모습이 조선후기 고소설에 일군을 이루며 등장한다. 흔히 여성영웅소설, 혹은 여장군계소설로 불리는 이 작품들은 여성이 남성과 대등하거나 우위의 능력을 발휘하면서 영웅적인 활동을 하다가 결국 동문수학했던 남성이나 자신이 휘하에 두었던 남성과 결연을 맺는 결말로 구조화되어 있다. 이러한 결연 유형을 여성대외활동형으로 명명하였다.

그런데 이러한 여성의 대외활동은 여성의 모습 자체로는 사회적으로 수용될 수 없는 한계가 있다. 그래서 이러한 한계를 극복하기 위한 방편으로 여성이 남장을 하여 남성인 것처럼 행세를 하게 되는 것이다. 고소설 작품에서는 흔히 여화위남(女化爲男)이라는 용어로 설정되어 여성이 남복을 하여 남성으로 행세함을 지칭하였으나 이 말은 여성이 변화하여 남성이 되었다는 본질의 변화를 뜻하는 의미로 파악될 수 있으므로, 여기서는 여성남장(女性男裝)이란 용어로 대체하여 사용한다.

여성대외활동형 결연서사에서는 여성남장 화소가 필수적인 요소로 설정되어 있어서, 이 유형에서의 특화화소라고 할 수가 있다. 곧, 여성이 남성과 같은 대외 활동을 하기 위해서는 세상의 이목을 속이기 위한 방편으로 남장을 해야 하고, 그렇게 하여 자연스럽게 남성들과 어울려 교류하고, 더 나아가 동거 혹은 동침까지 하는 경우가 있다. 그러는 가운데에서 남성이 자기보다 우월한 동료라고 생각하며 호감을 표하다가, 마침내 여성임을 알고 결연을 맺는다는 서사이다. 그러므로 여성 남장 화소에서부터 이 결연서사는 성립이 되는 것이라고 할 수 있다.

고소설에서 여성대외활동형 결연서사 유형의 표준형으로 앞에서 <구운몽>의 양소유와 심요연 결연서사를 내세웠었다. 심요연이 무예를 연마하여 토번의 자객 신분으로 양소유의 막사에 잠입하여 자신의 내력을 토로하고 결연을 맺는 이야기 였다. 결연 후 심요연은 양소유에게 전투에 필요한 지략을 한 수 알려주고 자취를 감추었으므로, 가정 내의 내조자로서의 면모가 아닌 대외활동형의 첩으로 볼 수 있기 때문이었다.

그런데 양소유와 심요연 결연서사는 이 유형의 표준형으로 설정하였지만 심요 연이 남장을 하고 등장한 것은 아니다.[102] 자객으로서 적진을 넘나들기 위해 간편 한 복장이 요구되었으므로 갑옷을 입었으나 갑옷은 패랭이꽃 그림으로 장식을 하 였고 금비녀를 꽂은 머리가 구름처럼 화려하다고 묘사되었다. 여기서 여성남장 화 소가 설정되지 않은 이유는 지금껏 고소설에 남복화소가 없었기 때문에 시도되지 않았다고 볼 수도 있고, 또 다른 이유는 심요연이 양소유의 막사에 뛰어든 것은 비 록 자객 신분이었지만 양소유를 해칠 생각이 아니라 자신에게 무예를 가르쳤던 여 스승의 계시에 따라 결연을 맺을 목적이었으므로 새색시와 같은 분위기를 자아내 기 위한 어쩔 수 없는 양보라고 할 수 있다.

하지만 여성이 갑옷을 입고 무술을 행사한다는 자체가 남장을 하고 전투에 참여 하는 여장군 상(像)으로 볼 수는 있다. 그런데 첫 만남에서 동침도 원앙금침이 깔 린 안락한 방안이 아닌, 바람에 창검 부딪는 소리 쟁쟁한 막사에서 이루어지고 있 어서 남복을 한 자객과 동침을 유도하는 것으로 설정하기에는 시공상(時空上) 무 리가 있었으므로 남복 화소를 설정하지 못한 것으로 보인다.

---

102) 원수 다시 보니 구름 같은 머리에 금비녀를 높이 꽂고, 몸에 소매 좁은 갑옷을 입고 그 겉에 石竹花를 그렸으며, 鳳尾木靴를 신고 허리에 龍泉劍을 비켜 찼는데 얼굴빛이 天然히 이슬에 젖은 해당화 같더라. 앵두 같은 입술을 천천히 열어 꾀꼬리 울음 같은 말로 이르 되...(<구운몽>, 139면)

이 여성남장 화소의 시발은 앞서 여성대외활동형 유형을 논의하면서 언급한 대로 중국 남북조 시대의 악부시 <목란사>에서 찾을 수 있다. 늙고 병든 아버지에게 전쟁에 나오라는 명령서가 내려오자 베틀에 앉았던 목란이 장성한 아들이 없는 아버지를 대신하여 남장을 하고 전장에 나간다는 내용이다. 목란은 12년간 전장에서 장수들도 감당하지 못하는 전공을 세워 천자로부터 큰 포상을 받고 돌아온다는 이야기로 끝을 맺는다. 결연담이 설정되지 않았지만 여성이 남장을 하여 전장에 나가 공을 세운다는 이야기는 여장군소설의 원형이 되기에 부족함이 없다.

여기에서 목란이 남장을 한 계기는 아버지를 대신할 장성한 아들이 없다는 이유에서이다. 곧, 언니와 어린 남동생[103]이 있었지만 늙은 아버지를 대신할 사람이 없었으므로 가문의 명예를 위해 출정한 것이다. 물론 목란이 베틀에 북을 놀리면서도 고민하는 장면이 처음 설정되었으므로 여공(女工)에 힘쓰는 정숙함을 갖추었다고 예측할 수 있지만, 언니를 두고 자신이 남장을 하고 나선 것을 보면 가문의 명예를 위한 사명감과 부모에 대한 효심이 주요 계기였다고 볼 수 있다. 여성으로서의 삶에 대해 회의적이었고 남성과 같은 대외활동을 동경했다는 시각[104]이 있을 수 있으나, 전공을 세우고 돌아온 목란에게 천자가 포상으로 상서랑 벼슬과 큰 재물을 내리지만 모두 사양하고 고향으로 돌아갈 것을 청하는 장면이 있으므로, 그렇게 보는 것은 작품의 본질과 거리가 있다고 하겠다.

이와는 다른 계기로 여성남장 화소가 설정된 경우를 우리 서사무가 <세경본풀이>[105]

---

103) <목란사> 후반부에 12년간 전장에 나갔던 목란이 벼슬과 봉작을 사양하고 귀향하는데, 어린 남동생이 누나를 위해 돼지와 양을 잡는 장면이 나오는 것으로 보아 집안에 어린 남동생은 있었음을 알 수 있다. ('小弟聞姊來 磨刀霍霍向猪羊' <목란사>)

104) 애니메이션 영화 <뮬란>에서는 선머슴아 같은 기질로 주인공을 그리고, 주인공 역시 남성의 삶을 살고 싶었다는 자의식을 언급하고 있어 작품과는 다른 해석을 하고 있다.

105) <세경본풀이>는 제주도 농경신화로 그 서사구조는 다음과 같다.
① 김진국 대감과 자주 부인 사이의 만득녀로 자청비 출생.
② 자청비와 문도령이 만남.
③ 남자로 속인 자청비가 문도령과 수학.
④ 자청비는 스스로가 여자임을 문도령에게 알려주고 떠남.
⑤ 자청비 집으로 찾아온 문도령은 자청비와 함께 동침.

에서 찾을 수 있다. 이 서사구조 가운데 자청비가 남장을 하여 문도령과 결연을 맺는 부분만 요약하면 다음과 같다.

① 자청비가 주천강 연못에서 빨래를 하다보니 옥황 문곡성의 아들 문왕성 문도령이 글공부하러 내려가다 자청비의 어여쁨을 보고 마실 물을 달라고 말을 걸어 본다.
② 자청비가 버들잎을 띄어주니 문도령이 화를 내자 자청비는 문도령이 급하게 물을 마시다가 체할까봐 물에다 버들잎을 띄었다고 말한다.
③ 문도령에게 반한 자청비는 다시 집으로 가서 부모에게 글공부 가겠다고 허락 받고 남장을 한 후 자청비의 남동생인 것처럼 문도령을 속이고 함께 떠난다.
④ 자청비는 여자임을 알아채지 못하게 꾀를 내어 자청비와 문도령 사이에 은대야에 물을 떠다 놓고, 놋젓가락을 걸쳐 놓고는 놋젓가락이 떨어지게 잠을 자면 글이 둔하다고 말한다.
⑤ 자청비는 편안히 잠을 자고 문도령은 젓가락이 떨어질까 걱정을 하여 제대로 잠을 자지 못해 서당에서 글공부를 제대로 하지 못한다.
⑥ 자청비가 문도령보다 월등히 공부를 잘하게 되어 문도령이 분을 내며 오줌 누기 내기를 하자고 한다. 그랬는데도 자청비가 내기를 모두 이긴다.
⑦ 장가들러 오라는 옥황의 편지를 받고는 문도령이 떠나게 되자 자청비도 글공부를 그만두고 따라 나선다.
⑧ 가는 도중에 자청비가 문도령에게 목욕을 하자고 하고서는, 중도에서 자신이 여자임을 잎사귀에 글을 써서 알리고 먼저 집으로 달려간다.
⑨ 뒤따라 온 문도령을 자청비가 부모에게 남자라고 소개시켜 준 후 15세 미만이라고 말하고 한방에서 자는 허락을 받는다.
⑩ 두 몸이 한 몸 된 후 박씨를 주고 본메[106]를 나누어 갖고 문도령은 하늘로 돌아간다.

여기서 자청비가 남장을 하는 계기는 문도령과 결연을 맺기 위한 방편이다. 자

---

⑥ 자청비는 종인 정수남이에게 수모를 당하고 죽여서 위기를 모면.
⑦ 부모에게 쫓겨난 자청비는 다시 문도령과 만남.
⑧ 옥황상제는 자청비를 시험에 들게 한 후 문도령과 부부의 연을 허락함.
⑨ 자청비는 농경신이 되고 정수남이는 목축의 신이 됨. (문도령은 상세경, 자청비는 중세경, 정수남이는 하세경으로 좌정)
106) 증표, 신물을 이름.

청비는 적극적이고 발랄한 성격의 여성으로 설정되어 문도령을 처음 보고서 반하게 된다. 그리고 자신의 남동생도 글공부를 갈 것이니 동행하라고 속여서 자신의 집으로 데리고 와 남장을 하고 함께 글공부를 떠난다. 그리고 여러 가지 흥미진진한 사건이 전개되는데, 자청비는 문도령보다 학문이나 또 다른 내기에서 우위를 점하는 존재로 그려진다. 그런데 이 과정에서는 절대 자신이 여자임을 밝히지 않는다. 그리고 장가를 들기 위해 천상으로 떠나는 문도령을 따라 나서며, 목욕을 하면서 나뭇잎에 자신이 여자라는 사실을 적어 물에 떠내려 보내, 결국 자신의 집으로 찾아오게 하고 있다. 그리고 부모에게 나이가 어리다는 것을 핑계로 한방에서 동침을 하여 결연을 이룬다.

이 결연서사는 적극적인 성격의 자청비에 의해 주도된다. 문도령은 자청비에게 호감을 가지고 있었지만 계속 속임을 당하는, 순진하고 조금은 우둔한 인물로 그려진다. 자청비가 문도령과 글공부를 하는 동안 동침을 이룰 수 있었지만 굳이 자신의 집에서 동침을 이룬 것은 상대에 대한 탐색과 자신의 능력을 문도령에게 알리기 위한 치밀한 과정으로 이해할 수 있다.

결국 여기에서 자청비의 남장 계기는 여성이 주체적으로 남성을 탐색하고 자신을 충분히 알려서 완전한 결연을 이루려는 의도에서 비롯됨을 확인할 수 있다. 신붓감찾기형에서 남성이 주체적으로 신붓감을 찾기 위해 여장으로 선보기에 임하는 것을 여기서는 자청비가 반대로 행하고 있다. 여성의 의지는 배제된 채 부모가 정해주는 남성과 관습적으로 혼인을 맺는 여느 결연서사와는 다른 여성의 자의식이 강하게 표출되는 결연담에서 특화된 화소로 삽입되었다고 볼 수 있다.

이 경우와 비슷한 서사구조를 고소설 <양산백전>에서 찾을 수 있다. 이 이야기는 중국의 양산백(梁山伯)과 축영대(祝英臺) 설화를 가져와 소설화[107] 한 것이다. 양산백은 운향사로 3년 기약 공부를 떠나는데, 추양대도 남복을 하고 역시 운향사로 공부를 떠난다. 도중에 만난 두 사람은 한방에서 기숙하면서 학문에 힘쓰고 서로의 정을 잊지 말자고 사생결약을 맺는다. 산백이 목욕 등을 계기로 여자

---

107) 이에 대한 논의는 정규복, ≪한중문학비교의 연구≫(고려대출판부, 1987), 198-219면 참조

임을 감지하고 깊이 잠든 추양대의 가슴을 열어보고 여자임을 안다. 이에 추양대는 이별시를 남기고 집으로 돌아온다. 그 후 상사의 정을 품은 양산백은 산사에서의 공부를 그만두고 추양대 집으로 가서 결연 맺기를 원하나, 추양대 부친은 이미 심상서의 아들에게 허혼을 한 상태라고 하면서 대로한다. 추양대는 그간의 사정을 말하고 겨우 후원에서 잠깐 동안의 조우를 허락받고 애절하게 이별한다. 그 후 양산백은 상사병이 들어 죽고, 추양대가 심생과 혼인한 날 혼령으로 나타나서 추양대와 동침을 한다는 이야기이다.

대체적으로 여성남장 화소 때문에 두 이야기가 유사해 보이나 그 본질로 들어가 보면 판이함을 알 수 있다. 여기서 추양대가 남장을 한 계기는 어려서는 부모가 장난으로 남복을 시켰고, 철이 들면서 자신도 남성처럼 글공부를 하겠다는 의식에서 비롯된다. 그리고 이 결연서사는 전적으로 남성인 양산백에 의해 주도되고 있어서 자청비 문도령과는 상황이 정반대로 전개된다. 여성이 결연을 위해 남장을 한 것이 아니라 남성처럼 글공부를 하겠다는 자의식이 우선적으로 부각되어 있다. 물론 그 결말은 애절한 남녀애정담으로 귀결되지만 결연을 맺기 위한 방편으로 남장을 하고 속이는 의도에 대해서는 경계한 의미로 파악할 수 있다.

결국 <양산백전>에서는 추양대가 글공부를 하여 대외활동을 한다는 또 다른 구조로 나가지는 못하고 남녀결연서사로 귀착되면서도 여성남장의 의도를 결연에다 두지 않는 것을 보이는데, 이는 여성 주도의 자유연애담에 대한 경계 때문에 변이된 것이라고 볼 수 있다.

이상 여성남장 화소의 원형에서 찾을 수 있는 여성의 남장 계기는, <목란사>에서는 장성한 아들이 없는 가문의 명예를 여성이 대신하기 위해서이고, <세경본풀이>에서는 여성의 주체적인 결연 의지를 실현하기 위한 방편이었다. <양산백전>에서는 여성의 대외활동을 위한 자의식의 발현으로 남장 화소가 설정되었으나 결국은 남녀결연서사로 귀결되고 있어서, <세경본풀이>가 시대상을 반영하여 변이된 양상이라고 파악된다.

<구운몽>의 심요연 이후로, 여성이 남성의 대외활동을 직접 돕거나 남장을

한 여성이 남성보다 우위를 점하면서 독자적으로 무공을 세우는 이야기가 대거 등장한다. <이학사전>, <방한림전>, <정수정전>, <홍계월전>, <김희경전>, <음양삼태성> 등은 여장군계소설로 유형 분류가 가능할 정도의 여성 무용담 위주 작품들이다. 그리고 <옥루몽>이나 <장국진전>, <유문성전>, <백학선전> 등에서는 부분적이지만 여성이 남편을 도와 무공을 세우는 이야기가 삽입되어 있어서, 이 화소가 당대를 풍미한 경향으로 파악할 수 있다.

이들이 독자적으로 전공을 세우거나 남편의 전공을 보좌하는 경우에는 반드시 남장을 하여 남성인 것처럼 속이고 있는데, 이는 사회에서 용납 받지 못하는 여성의 대외활동에 대한 은폐 수단이며, 이미 결연을 맺은 남성까지 속이는 경우는 남성의 자존심을 손상시키지 않으려는 배려라고 여겨진다.

여기서는 여성이 남장을 하여 남성과 더불어 교류하며 학문을 연마하고, 과거나 전장에서 남성보다 우위에서 활동하다가 결국 여성임을 자백하고 그 남성과 결연을 맺는다는, 이 여성대외활동형의 기본 구조에 부합하는 <이학사전>을 통해 여성남장 화소의 실현 양상을 고찰해 보기로 한다. 작품의 대강을 추려 설명해보면 다음과 같다.

여주인공 이현경이 어려서부터 남복을 하여, 조실부모 후 남자로 세상을 살아나간다. 같이 공부하던 장연과 함께 과거에 응시하여 장원을 하고 장연은 부장원을 하여 항상 남 주인공보다 우위를 점하면서 문무겸전한 장부로 출세가도를 달린다. 장연은 남장한 이현경에게 묘한 호감을 느끼고 더불어 열등감도 가지고 있다.

남자로 살아가는 것을 염려한 유모가 장연에게 사실을 알리자 장연은 확인하려 하지만 워낙 강경한 태도에 의구심으로만 남긴다. 나이가 들수록 주변의 강권과 의혹을 떨치지 못해 결국 황제께 표를 올려 사실을 실토하니 황제는 가상히 여겨 벼슬을 그대로 두고 조정에 나오기를 명한다.

여자임을 안 장연은 몇 번의 거절에도 불구하고 황제에게 도움을 받아 이현경과 결국 결혼하여 뜻을 꺾고 절도를 갖춘 가정을 꾸린다.

이 작품은 특이하게 남녀결연 후 장연의 애첩 운영이가 두 사람 사이를 시기하여 음해를 일으켜 가정 내 처첩갈등을 야기하는 구조가 부가 설정되었지만, 여성 남장을 통한 대외활동 서사의 완전한 서사를 구현하고 있음을 보게 된다.

이 작품에서 여주인공 이현경이 남장을 한 계기는 다음과 같이 설정되었다.

> 현경이 비록 여자나 뜻은 남자에 지나니, 삼세부터 글 읽기를 힘쓰니 재학이 날로 성취하여 나이 팔구 세에 읽어보지 못한 글이 없고 통하지 않은 글이 없어 문장이 일세에 대두할 이 없으니, 이공 부부가 비록 그 재주를 사랑하나 너무 활달함을 염려하여 경계 왈,
> "네 여자의 몸으로 여자의 도를 닦을 것이어늘 남자의 일을 행함은 어찌된 일인가."
> 현경이 공경 대왈,
> "사람이 세상에 나매 임금을 충성으로 섬기고 어버이를 효도로 섬겨 공명을 일세에 누리고 이름을 백세에 전하옴이 떳떳하온지라, 소녀 비록 여자의 몸이오나 뜻은 세상의 용렬한 남자를 비웃나니, 원컨대 여복을 벗고 남복을 개착하와 부모를 뫼셔 아들의 도를 행코자 하나이다."
> (중략)
> 현경이 팔세에 이르러는 시랑의 부처가 구몰하니...
> "어미는 가히 우습도다. 내 평생 남복으로 늙고자 하거늘 어찌 혼처를 생각하리요."108)

여기에서 이현경이 남복을 한 경위는 여성의 삶을 거부하고 남성처럼 사회적인 출세를 이루고 대외활동을 하겠다는 강한 자의식에서 비롯된다. 그리고 남복으로 갈아입고 부모에게 아들 노릇을 하겠다는 의도도 드러낸다. 이현경에게는 남동생 연경이 있으므로 굳이 아들 노릇을 운운하며 가문의 창달을 걱정할 이유가 없다. 그러므로 여기서의 여성남장 의미는 이현경이 남성으로서의 삶을 동경하는 자의식의 발현이라고 할 수 있다.

물론 그 부모들은 망령되다고 나무랐지만 내심 생각하기를 철이 들면 남복을 한 자신을 부끄러워하여 자연스럽게 여성으로 돌아갈 것이라고 생각하며 장난으로 받아들이는 입장이다. 그런데 불행히 이현경의 나이 여덟 살 때에 부모는 함께 사망

---

108) <이학사전>, 115-117면.

하게 되니, 남복을 한 상태로 부모 장례를 치르게 된다. 치기어린 남성 동경으로 남복을 하였다가 집안의 몰락 위기에서 남성의 역할이 절대적으로 요구되고 결국은 남성의 삶을 살기로 작정을 하게 되는 것이다. 곧, 처음 시작은 어린 나이의 자의식에 의해 이루어졌지만 후에는 어쩔 수 없는 필요성에 의해 남복을 하고 살아가게 되는 것으로 변화한다. 이것은 아직까지는 여성의 자의식에 의한 남장이 세상의 이치를 거스르는 행동이었으므로 그 자체로는 인정할 수 없다는 의도가 반영된 결과로 보인다.

이현경이 남장으로 세상을 속이는 것을 아는 사람은 유모와 남동생 연경 두 사람뿐이다. 이들 역시 언젠가는 여성으로 정체가 발각될 것을 두려워하고, 천지의 음양 이치를 속이는 것이 큰 죄라고 생각하며 주변에서 노심초사하는 모습을 보인다.

이렇게 남장을 한 현경은 남성과 교류하면서 학문을 익혀 나가는데, 재능이 남성보다 월등하게 뛰어난 것으로 그려진다.

> 실로 재상가 연소자 제씨로조차 사랑하는 자가 육칠인이 지나되, 총명재질이 현경이 및지 못하고, 오직 장시랑의 삼자인 연이 총명재질이라, 청년 소동파를 압두한다고 자칭하더니, 현경을 만나매 나이가 동갑이며 문장재질이 서로 차등이 없고 또한 심지 상합하니, 이런고로 제인 중에 정의 관숙하더라.[109]

이현경은 재상가의 아들들과 교류하며 학문을 논하는데, 그 가운데 월등한 재주를 보여 장시랑의 아들 장연과 친분이 두터워진다. 여주인공이 남성보다 나은 능력을 보이는 것은 여성의 영웅성을 부각시키려는 단편적인 장치일 수 있으며, 자신의 신분을 속이고 대외활동을 벌이는 입장이므로 더욱 조심하고 매진한 결과라고 할 수 있다. 이러한 여성 우위의 능력은 남주인공의 주목을 끌게 하고 결국은 결연으로 연결되는 빌미가 되는 것이다.

그런데 장연은 남복한 이현경을 남성으로 여기면서도 미묘한 감정의 이끌림을

---

109) <이학사전>, 116-117면.

보인다. 이 부분의 심리묘사가 치밀하게 이루어져, 이 작품이 여성대외활동형 결연서사의 수작으로 평가될 수 있다.

> "그대 등은 각각 취실하여 금슬지락이 무궁하거늘, 무슨 화월에 생각이 있느뇨. 이제 내 나이 십오세에 육례를 갖추지 못하여 伉儷를 두지 못하였으나 평생에 원하기를 꽃이 비록 고우나 소인 같고, 달이 광채 있으나 태도가 없으며, 옥이 비록 고우나 안면에 고운 것이 없나니, 그대의 원하는 바와 다를지라. 규수로 의논할진대 西子 같은 숙녀를 구하고, 남자로 의논할진대 이현경 같은 사람을 얻고자 하되, 서자는 죽은 넋도 보지 못하거니와 이현경 같은 아내 얻기를 원하노라."
> 제생이 대소 왈,
> "사군의 말 같으면 현경이 변하여 여자가 되어 장사군의 아내 됨이 마땅하리로다."
> 장생과 제생이 박장대소하기를 마지 아니하니, 이학사 또한 웃으나 심하에 기뻐 아니하여 장생의 말이 유의함인가 의심하더라.[110]

이 결연서사가 여타 여성대외활동형 작품에 비해 남녀의 심리에 대해 구체적으로 접근하고 있음을 확인할 수 있다. 다른 작품에서는 남장여성의 대외활동이나 무용담에 대해서 주목하고 두 사람 사이의 감정 교감에 대해서는 소홀한 점이 많은데, 이로 말미암아 말미에 여성임이 확인된 후 황제의 명으로 남녀가 결연을 맺는 과정은 지나치게 작위적으로 인식된다. 두 사람이 단지 함께 문무를 연마하고 출사하여 여성이 우위에서 남성을 거느려 무공을 세운다고 하지만 반드시 두 사람이 결연을 맺을 이유는 마련되지 않은 상태에서, 황제가 주혼이 되어 혼인을 추진해 준다는 것은 무리가 있어 보인다.

그런데 이 작품에서는 두 사람이, 특히 장연이 이현경에 대한 호감을 처음부터 계속 견지하고 있음이 문면에 자주 등장한다. 출사를 이룬 후 아침 일찍 이학사의 집을 방문한 장연이 소세를 하지 않은 현경의 귀밑털을 보고 호탕한 마음을 가진다든지, 함께 숙직을 하던 중 현경이 병이 나자 머리를 짚어주는 등의 신체 접촉을 의도적으로 시도하고 있다. 이에 대해 속임의 주체인 현경은 민감하게 반응을 보

---

110) <이학사전>, 120면.

이고, 장연은 눈치를 채지 못하는 것으로 그려진다.

이러한 남녀 간의 정서적 교감이 강조되는 이유는 이 작품이 여성 무용담보다는 애정결연담으로서의 역할이 좀 더 부각되기 때문으로 보인다. 이와 연계하여 이 작품의 말미에 처첩갈등을 자세하게 설정하여 가정소설의 일면을 보이는 것도 이 작품이 단순한 여성 무용담을 주로 다룬 작품이 아님을 입증하는 요인이라고 할 수 있다. 곧, 이 작품은 여성남장 화소를 통해 여성 영웅을 그리고자 했으나 결국은 가정사, 애정사로 작품의 사건이 귀결되어 애정소설이나 가정소설의 면모를 함께 보이고 있다.

이를 통해 본다면 여성 영웅의 무용담을 주 내용으로 하는 여장군계소설도 결국은 애정소설이나 가정소설에서 기인하여 후대로 갈수록 유형의 특화를 위해 애정결연서사나 가정내 처첩갈등 요소가 제거되고 무용담만이 강조되어 결말부에서 작위적으로 남녀결합을 설정하는 양상으로 전개된다고 미루어 말할 수 있다.

여성남장 화소는 여성이 남성처럼 무공을 세운다는 무용담을 전제로 설정되기 때문에 이 화소에서 여성의 무용담은 주요한 요인일 수 있다. 그러나 대체로 영웅소설로 분류되는 작품에서 무용담은 결연담에 비해 축소되어 나타나는 경향이 강하다. 물론 <유충렬전> 등의 일부 창작군담소설에서는 남녀결연서사가 축소되어 거의 주목받지 못하는 경우도 있지만 조선후기 유행한 대부분의 영웅소설에서 무용담은 결연담에 비해 작품내의 분량이 적게 설정된다. 이 작품도 전체 12회로 구성된 가운데 무용담은 제 3 회 한 회분에만 설정되어 있어, 여장군계소설이라고 유형화하는 것이 무색할 지경이다. 오히려 남장을 한 여성이 남성을 휘하에 두고 통솔했다는 사건이 결연의 극적인 요소로 필요해서 화소로서 삽입한 인상이 강하다.

물론 결연서사가 축소되고 여성의 대외활동이 확대된 다른 여장군계소설에서는 남장을 한 상태에서 여성이 남성을 휘하에 두고 부리는 여성 우위의 상황이 부각되고 있음을 본다. 곧, 이를 통해서도 앞서 논의한 애정소설이나 가정소설에서 영웅소설로 발전된 일면을 발견할 수 있다.

여성남장 화소의 끝은 남장한 여성의 실체가 알려지고 대외활동을 함께한 남성과 결합을 이루는 것으로 된다. 여성의 몸으로 남장을 하여 남성으로 행세하는 것에 대한 경계는 작품 전반에 걸쳐 포진하고 있어 그 중요성을 인식할 수 있다. 먼저 이현경의 실체를 아는 유모는 혼인할 뜻을 접고 남성으로 살겠다는 현경과 수차례 갈등을 일으키고 있으며, 결국 장연에게 모든 것을 알려주는 지경에 이른다.

> 유모가 소왈,
> "석일 木蘭의 일을 생각지 못하나이까. 만일 이 일을 생각하시면 어찌 우리
> 댁 소저를 이렇듯 고이히 여기시리오. 상공은 익히 생각하소서."111)

유모가 상전의 명을 거역하면서까지 이 사실을 장연에게 알리는 이유는 혼인에 대한 부담감 때문이다. 천지의 이치인 음양을 속이는 것은 가장 큰 죄라고 생각하고 결국은 여성의 삶으로 돌아가야 한다는 당위성에서 비롯된 것이다.

이러한 여성남장에 대한 경계는 죽은 이현경의 부친이 장연에게 현몽하여 음양의 이치를 깨우쳐 달라고 부탁하는 것으로도 제기되었으며, 칭병하고 조회에 나가지 않은 현경을 위해 황제가 어의를 보내 진맥하게 하는 과정에서도 여맥(女脈)이 잡혀 의구심을 불러일으킨다.

> "가히 남자로 종신치 못할지니, 난처함이 네 가지라. 연기가 장성토록 수염
> 이 나지 아니하리니 난처함이 한 가지요, 저저께서 娶嫁하신 후에야 소제가 입
> 장할 것이니, 만일 제가 취가치 아니코 소제가 입장할진대 차례가 바뀌니, 이는
> 도리가 아니오니 난처함이 둘이요, 유모가 실언하여 장학사가 알았으며 어의도
> 또한 의심이 있으리니, 이 일이 점점 창설하면 來頭事가 가장 아름답지 못할
> 지라 난처함이 셋이요, 천자가 아시면 만조백관이 다 의심하여 수치를 면치 못
> 할지라 난처함이 넷이니, 청컨대 중인이 모두 알기 전에 진정으로 상달하여 사
> 모로 화관을 바꾸고 심규의 여학사가 되심이 소제의 원이로소이다."112)

이에 이현경은 세상을 속인 부담감으로 점점 궁지에 몰린 상황에서 남동생 연경

---

111) <이학사전>, 145면.
112) <이학사전>, 151-152면.

이 이치를 조목조목 들어 설득하자 결국은 황제에게 고백의 진정표를 올려 여성임을 밝힌다. 이현경 역시 남성으로 속여서 출사한 것에 대한 죄의식이 있었을 것인데, 남동생의 설득은 아주 구체적이다. 먼저 나이가 든 남성이 수염이 나지 않은 것을 이유로 들었다. 그 다음 동성혼이 아닌 이상 남장한 여성이 혼인을 이룰 수 없으므로, 남동생의 혼인에 방해가 될 것이라는 이유, 이미 주변 몇 사람이 의혹을 가지고 있으므로 소문이 날 것이라는 이유, 천자를 속인 것이 수치가 될 것이라는 이유에서이다. 네 가지 모두가 사리에 부합하므로 반론의 여지가 없이 결국 현경은 설복당하고 여성임을 밝힌다. 그리고 장연은 적극적으로 구애를 하고, 황제의 도움을 청해 이현경을 아내로 맞이하게 된다.

어려서 남성에게 뒤지지 않는 삶을 살고 싶다는 자의식에서 비롯된 이현경의 남장은 성장 과정에 있어서는 가문의 창달을 위해 필요하였고, 훌륭하게 과업을 성취한 후에는 결국 사회적 통념을 쫓아 여성의 삶으로 자리 잡게 되는 것으로 끝을 맺고 있다.

이와 같이, 여성남장 화소는 남복한 여성의 영웅적 일면을 그리면서도 결국에는 여성으로 사는 것이 천지의 이치를 거스르지 않는 것이라는 사유를 강요하여, 남성에 못지않게 대외활동을 하면서 살고자 하는 강한 의지를 꺾어 여성으로 되돌려 가정을 꾸리게 하고 있다. 이는 곧 여성의 대외활동을 적극적으로 수용하였지만 결국에는 남성 중심 사고의 한계를 드러낸 결과라고 생각된다.

여성남장 화소의 기본 구조는 다음과 같이 설정할 수 있다.

<A6> 여성이 남성의 삶을 동경하거나 위기의 상황을 벗어나기 위해 남장을 한다.

<B6> 남장 한 여성이 남성과 동문수학을 하거나 혼자 문무를 연마한다.

<C6> 남장 한 여성이 과거나 전장에서 남성보다 우위를 점하며 공을 세운다.

<D6> 여성임을 자백하고 함께 활동한 남성과 결합한다.

(2) 자의식 발현에 의한 여성 남장의 의미

여성남장 화소는 조선후기 여장군계소설에서 비로소 출현한 화소임을 확인할
수 있다. 가정 내에서 남성의 애정 대상으로서, 혹은 내조자로서, 주부로서의 역할
을 수행하던 여성주인공에게 남성과 같은 대외활동을 수행하게 하는 작품에서 필
수적으로 설정된 화소임을 앞서 살폈다.

이러한 여성남장 화소는 앞서 살핀 <이학사전>의 경우와 흡사하게 그려지는
작품도 있지만 다소간의 변이형으로 설정되는 경우도 있다. 앞의 유형 분류에서
복잡한 변이 형태로 인해 제외되었던 <방한림전>[113]의 경우가 여성남장 화소에
있어서는 <이학사전>과 친연성이 매우 큰 것으로 나타나 있다. 특히 남복을 한
경위와 남성으로서의 삶을 산 과정이 <이학사전>과 거의 동일하게 설정되었다.

<A6> 문백소저 천성이 소탈하고 검소하여 翠衫으로 체긴 옷을 입고자 하

_____
113) <방한림전>의 전체 줄거리는 다음과 같다.

　방관주는 서생의 만득녀로 태어나 어려서부터 남복하여 자라다가, 팔세에 부모가 일시에
돌아가시니 남자로 행세한다. 유모를 입단속 시키고 학문을 쌓아 과거에 장원하자 청혼자가
많아지니 남자로 살아가기 위해 결혼을 결심한다. 서평후의 딸 영혜빙은 남자에게 귀속되어
사는 삶을 꺼리다가 방한림과 선을 보고, 그 자리에서 여자임을 알아본다. 혼인이 이루어지
고 초야에 잠자리를 피하는 것으로 서로를 알게 된 두 사람은 안으로는 친구의 관계를 유지
하고 겉으로는 부부행세를 하였다.

　방한림이 어사가 되어 지방을 순행하다가 별이 떨어지는 것을 보게 되는데 그 자리에서
아들을 얻게 되어, 이름을 낙성이라 짓고 거두어 키운다. 낙성은 출중한 재주로 학문을 익
혀 방한림처럼 열두살에 장원하여 혼례를 치른다. 방한림은 반란을 일으킨 오랑캐를 지략으
로 토벌하고 출세가도를 달리나 한 도사에게서 음양의 이치를 속인 죄로 벌을 받을 것이라
는 암시를 받는다. 점점 병들어 가는데, 꿈에 선친도 남자로 사는 것을 경계하고 죽음을 암
시한다. 병세가 깊어지자 황제가 문병을 나오고 방한림은 남자로 속이고 산 사실을 밝히고
사죄한다. 황제가 흔쾌히 용서하며 쾌유를 빌었으나 방한림은 절명하고, 부인 역시 기절하
여 죽는다. 낙성의 꿈에 내려 이르기를, 방한림은 문곡성이었고 영혜빙은 상하성이었는데
둘의 금슬이 지나쳐 상제의 미움을 사 벌을 받은 것이라 하였다.

는지라. 방공 내외 여아의 뜻을 맞추어 소원대로 남복을 지어 입히고 아직 어린 고로 여공을 가르치지 않고 오직 詩書를 가르치니 방소저 나이 어리나 書工이 날로 長進하여 시서백가어를 무불통지하여 李杜를 毛詩하니 용안풍채 더욱 쇄락하여 추월이 무광하고 춘화 부끄러울지라.

(중략)

불행하여, 문백소저 팔세 되매 방공 부부 일시에 쌍망하니...114)

방관주는 어려서부터 남복을 하고자 하여 그 부모가 허락하여 시서를 가르치게 된다. 그러던 중 여덟 살이 되어 부모가 한꺼번에 죽게 되어 남장을 하고 집안을 꾸려가는 것으로 설정되었다. 이는 이현경의 남장 경위와 일치하는 것으로 어려서 여공을 꺼리고 남성의 삶을 동경하였다가 부모가 함께 사망하자 남장을 버리지 않고 남성의 삶을 살아간다. 그 가운데 그의 실체를 아는 유모가 여복으로 갈아입고 여성의 삶을 살라고 권하는 부분까지 일치한다. 단지 이현경에게는 세살 어린 연경이라는 남동생이 있었지만 방관주는 무남독녀였다는 사실이 차이라고 할 수 있다.

그런데 남장의 경위는 두 작품이 거의 일치하지만 이후의 전개 과정은 크게 차이가 난다. 그 가운데 가장 특이한 점은 방관주는 남장을 한 상황에서 철저하게 남성의 삶을 구가하기 위해 유모를 강력하게 입단속 시키고 영혜빙과 혼인을 한다는 것이다. 동성결혼이 이루어진 것이다. 우리 고소설 가운데 유일하게 여성과 여성의 동성혼을 소재로 한 여성영웅소설이다. 그러나 여성남장의 화소를 결말까지 고수하기 위해 작위적인 사건들이 나열되어 전체적인 구성이 유기적이지 못한 면이 있다. 즉, 방한림의 결연담, 방한림의 어사 행각, 낙성의 출현, 성장, 방한림의 무용담, 낙성의 혼인, 음양이치를 어김에 대한 경계, 황제께 이실직고, 절명의 구조로 다소 엉성하고 산만한 면이 드러난다.

그리고 여성 동성혼 상황에서 후사를 잇기 위한 방편으로 별이 떨어져 어린 아이 낙성이 되었다는 것도 전기성이 좀 지나치다. 또한 가문의 번창을 위해 아홉 살 된 낙성을 정혼하고 12세에 혼인을 치루는 것 역시 지나치게 의도성을 드러내 보인다고 하겠다.

---

114) 정병헌, 이유경 엮음, <방한림전>, 《한국의 여성영웅소설》(태학사, 2000), 211-212면.

결국 특이한 동성혼을 전반부에 설정하였으므로 방한림의 무용담은 후반부에서 이어지고 마치 남성영웅소설과 흡사한 서사구조를 보이려고 하고 있다. 그러나 여성남장 화소를 작품의 마지막까지 인정하고 그 자체에 의미를 부여하는 것에는 끝까지 동의하지 않는 면이 부각되었다. 그 실례로 먼저, 음양의 이치를 속인 것은 하늘이나 황제에게 큰 죄이므로, 그 벌로 방한림과 영혜빙이 일찍 죽게 된다는 사고는 남성 중심의 의식에서 벗어나지 못한 점으로 보인다.

그리고 방한림이 황제께 여성임을 자백하고 그 정절을 주표(朱標)로 확인시킨다는 점 자체도 무의미한 일임에도, 마치 남성 편력을 의심하는 듯한 설정으로서 남성 중심 사고가 강하게 반영된 일면이다. 또한 마지막 부분에 죽은 방한림 부부가 현몽하여 전생담을 이야기하는 것 역시 여성끼리의 동성혼은 불가하고, 남녀의 상황은 천상의 조화로 그렇게 되었음을 강조하고 있어서 남성 중심의 한계를 벗어나지 못한 느낌을 준다.

곧 어린 방한림이 남성의 삶을 살고자 하는 자의식에서 남장을 하게 되었는데, 불행히 부모가 함께 죽은 후 가문의 영달을 위해 남장을 유지하여 출사를 이루고, 철저하게 남성의 삶을 구가하기 위해 동성혼과 하늘에서 아들까지 점지해주는 특이한 서사들을 삽입하여 작품을 구성하였다. 그러나 결국에 가서는 천지 음양의 이치를 어길 수 없다는 동양적 사상과 남성중심의 사유체계 속에서 여성의 자의식에 입각한 남장의 의미는 희석되어 버리고 만다.

여성남장의 경위가 이와는 다소 다른 화소를 <음양삼태성>에서 찾을 수 있다. 이 작품은 전체 9회로 이루어진 회장체 여장군계소설이다. 채문경의 쌍둥이 세 아들 완(琓), 윤(玧), 경(璥)과 유원경의 쌍둥이 세 딸 자주(紫珠), 벽주(碧珠), 명주(明珠)가 한날한시에 태어난다. 그래서 여성 3자매가 남복을 하고 무예를 익혀, 국가에 영웅적인 활동을 한 다음에 여자임을 밝히고 서로 혼인한다는 이야기이다. 여기에서 여성들이 남장을 하는 계기는 집안에 아들이 없어서 가문을 일으키기 위해 후원에서 무예를 익히다가 부친에게 발각되어 노여움을 사 죽을 위기에 처하자 불효를 면하기 위해 남복을 하고 가출하는 것으로 되어 있다. 그리고 주막에서 무예를 익히러 떠나는 채공자들과 만나서 결의형제를 맺게 된다. 여기서는 다른 여장군계소설에서처럼 남녀결연 상황이 전편에 걸쳐 깔려 있지 않고 후반부에서만 그려지는데, 남주인공들의 극진한 구애나 상사의 애절함은 드러나지 않고, 황제와 태후에 의해 인륜의 도를 밝히는 차원에서 남녀결연이 이루어진다. 남주인공들이 여주인공들을 보고 연모의 정을 느끼는 상황도 거의 없으며, 남복을 하고 남성으로 살겠다던 초반의 갈등도 후반에 가서는 전혀 갈등으로 작용하지 못하는 실정이다.

즉, 가문의 창달을 위해 부친으로부터 죽음을 당할 위기를 겪으면서도 남장을 한 여성의 강한 의지는 국가를 위해 무공을 세우고 채공자들과 각각 결연을 맺는 과정에서 전혀 고민 없이 희석되어 버린다. 그리고 전형적인 여성의 삶을 갈등 없이 받아들이고 있어서 결국 가문을 위한 남장 의미가 결연을 위한 방편으로 전락하는 양상을 보인다. 이 역시 남성 중심의 사유체계에서 벗어나지 못한 결과라고 할 수 있다.

이와는 달리 <김희경전>, <정수정전>, <홍계월전>에서는 여성들의 남장 경위가 남성의 삶을 살고 싶다는 여성의 자의식이나 가문의 창달을 위한 희생의 차원에서 이루어지는 것이 아니다. 집안이 몰락하거나 전란에서 버림받은 여성들이 떠돌아 유리하는 가운데 신변의 보호를 위한 방편으로 남장을 하게 된다.

김희경과 결연을 맺고 유배지의 부친을 찾아간 장설빙은 부친이 사망한 사실을 알고 절망한 가운데 의지할 곳 없이 떠돌다가 신변의 안전을 위해 남장을 한다. 정수정 역시 부친이 장영과 정혼을 해둔 상태에서 집안이 몰락하고 모친과 헤어져 유리하면서 칠보암의 도승을 만나 무예를 익히는 과정에서 남복을 하게 된다. 홍계월은 전란 중 부모가 위기를 모면하기 위해 남복으로 갈아 입혀 강물에 던지는 것으로 남장을 하게 된다. 세 경우가 자의에 의한 것인지 타의에 의한 것인지 차이를 보일 뿐 남장을 한 경위는 신변의 보호와 무예를 익히기 위한 방편으로 귀결된다.

특히 <김희경전>과 <정수정전>은 여성의 출사 과정과 관로에서 정혼자와 활동하는 양상이 아주 흡사하여 모방의 혐의[115]가 짙어 보인다. 다만 초반 결연부분에서 앞의 것이 자의에 의한 결연과정을 진진하게 설정하였고, 뒤의 것은 부모의 정혼으로 축소된 것이 다른 면이다. 그리고 앞의 것은 무예를 익히는 과정이 생략되고 신령으로부터 병서와 검을 받아 홀로 단시간에 무예를 연마하는 것으로 그려지는데 비해 뒤의 것은 부친 원수를 갚기 위해 남복을 하고 도승에게 직접 무예를 익히는 것으로 설정된 점이 차이를 보일 뿐이다.

이러한 신변 보호를 위해 남복을 하는 경우는, 여성이 남성으로 사는 삶을 동경하는 경우는 드물어서 여성의 자의식이 강하게 발현되었다고 볼 수 없다. 다만 신변의 안전이 해결되면 다시 여성의 삶으로 돌아갈 준비가 되어 있는 상태이다. 그래서 혼인에 대한 거부 의사도 전혀 개입되어 있지 않으며, 오히려 여성이 정혼자의 곁을 맴돌며 대등하거나 혹은 우위의 능력을 발휘하여 남성을 보호하는 역할까지 수행하고 있다.

이렇게 본다면 여성남장 화소는 위기의 상황에서 피치 못해 남장을 한 경우가 여성이 자의식을 발휘하여 남장을 한 경우보다 선행한다고 볼 수 있다. 곧 위기에서 신변보호를 위해 남장을 하는 경우는 여성의 역할이나 남성에 대한 종속적인 의식을 고스란히 유지하여, 대외활동의 최종 목표를 결연에 두는 것 같은 인상이 강하다. 그에 비해 여성의 삶을 거부하고 남성처럼 세상을 살아보겠다는 자의식에서 비롯된 남장 화소는 대외활동에 최종 목표를 두고 결연담은 음양의 이치를 어기는 패륜이라는 혐의를 면하기 위한 방편으로서 부차적으로 설정된 듯한 인상을 주고 있다.

---

115) <김희경전>은 군담 영웅소설로 분류되어 있으나 실제 무예를 습득하는 과정에 대해서는 소략하고 기이하게 설정하고 있어, 군담 요소는 남녀 결연상황의 극적 요소로 작용하는 면이 보인다. 특히 여성영웅소설의 경우는 신령의 도움으로 환약을 먹고 무예를 익히는 등 현실감을 찾을 수 없이 설정하여 작품에서의 중요성이 부각되지 않는다. 이를 통해 볼 때 여성영웅소설은 기본적인 애정소설의 구조에 출세의 덕목을 부가하기 위한 방편으로 군담을 삽입 화소 정도로 장치한 듯하다. 이에 비해 <정수정전>에서는 부친의 원수를 갚기 위해 직접 도승에게 무예를 연마하고 그것으로 호왕을 무찌르는 군담에 초점이 맞춰진다. 그렇다면 <김희경전>에서 여성남장 화소와 대외활동 화소, 군담 화소를 차출하면 <정수정전>이 만들어질 수 있다. 그러므로 그 선후관계는 <김희경전>에서 <정수정전>으로, 애정소설에서 여성영웅소설로 맺어짐을 가정할 수 있다.

그러므로 <동선기>의 동선처럼 결연을 맺은 남성을 돕기 위해서거나 <김희경전>의 장설빙처럼 재상봉의 과정에 시련의 과정으로 남장화소가 개입된 경우는 <이학사전>이나 <방한림전>에서 보이는 자의식에 의해 남장 화소가 개입한 것보다 전단계라고 할 수 있다. 그리고 여성의 자의식에서 비롯된 여성남장 화소가 개입된 작품이 본격적인 여장군계소설이 될 수 있으며, 위기 모면 방편이나 남성을 보좌하는 방편으로 여성남장 화소가 개입된 작품은 여전히 애정소설로서의 위상을 갖는다고 할 수 있다.

제 5 장 남녀결연서사의 유형 변화와 발전적 전망

제 1 절 유형통합 양상과 의미

지금까지 고소설 작품에 나타나 있는 남녀결연서사를 단위담으로 추출하고 그
것에 나타나는 특징적 요소에 따라 결연서사의 유형을 분류하였다. 여기에서 특징
적 요소와 긴밀한 연관을 가진 특화된 화소를 제시하고 그 특화화소의 변이 양상
을 고찰하여 결연서사 유형의 의미 변화에 주목하고자 하였다. 이러한 결연서사
유형의 의미 변화는 결국 고소설 전체서사의 유형 변화로도 이어질 수 있는지 고
찰할 필요가 있다.

일대기적 구조를 가지는 고소설에서 애정소설은 물론이고 군담, 가정소설에서도
남녀결연서사는 시종일관 작품의 전개에 긴밀하게 작용하여 유형의 성격 변화로도
이어질 수 있기 때문이다.

남녀결연서사 유형의 변이는 몇몇 작품의 결연서사에서 유형의 통합을 통하여 이루
어지고 있다. 이 유형의 통합 양상은 각 유형의 특화화소 간 교섭의 결과라고 볼 수
있고, 이 유형의 통합은 또 결연 의미의 통합으로도 간주할 수 있다. 여기에서 결연의
의미는 남성에 대한 여성의 역할이나 기여도를 지칭하게 된다. 앞서 <구운몽>을 논
의하면서 양소유와 결연을 이룬 여덟 여성의 역할을 세분화하여 고찰하였는데, 이러한
여덟 여성의 역할이 곧 남성의 이상적인 가정생활이라고 한다면, 일부일처를 혼인규범
으로 가진 우리의 현실과 괴리가 있을 수 있다. 그러므로 남성과 결연을 이루는 여성
은 한 여성에게 가정 내 역할의 통합이 요청되고 이것을 결연서사 유형의 통합으로

이루어내고 있다.

먼저 신붓감찾기형과 여성대외활동형의 통합 양상은 <장국진전> <유문성전> <백학선전>에서 찾을 수 있다. <장국진전>에서 보면 장국진과 이계향의 결연서사는 유형 분류에서는 여성대외활동형으로 소속되지만, 이는 부부로써 결합을 이룬 후 이계향이 남장을 하고 남편의 전공(戰功)을 돕는 것에 비중을 둔 결과이다. 그러나 그 결연과정을 보면 장국진이 이계향을 선보기 위해 여장을 하고 거문고를 연주하는 '속이기를 통한 선보기 화소'를 그대로 차용하고 있다. 결국 두 사람은 신붓감찾기형 결연서사구조에 입각하여 가정 내 결합을 이루어내고 있는 것이다.

여타 신붓감찾기형 결연서사에서는 결합을 이룬 후의 여성 역할은 오로지 주부로서 가정사를 총괄하는 정도로 파악될 뿐, 특별히 주목할 만한 행적이 드러나지 않는다. 그런데 이계향은 주부로서 역할을 충실히 수행하면서 자객의 침입을 받은 남편을 구출하고, 전장에서 병든 남편을 살리기 위해 용궁에 가서 약을 얻어 오며, 전장에서 위기에 몰린 남편을 구하기 위해 남장을 하여 장수로서 활약을 한다. 곧 결연서사의 표준형으로 설정된 <구운몽>의 등장인물과 비교하면 정경패, 심요연, 백능파의 역할을 통합적으로 수행하는 인물로 설정되어 있음을 볼 수 있다. 더 나아가 남장을 통한 전투 참여로 여장군의 역할까지도 수행한다. 신붓감찾기형 결연서사로 주부의 지위를 가지고 있으면서도 여성대외활동형 결연서사에서의 여성의 역할을 훌륭하게 수행한다.

다음, 유문성과 이춘영은 '속이기를 통한 선보기 화소'에 입각하여 결합을 이룬 것은 아니지만, 그 변이형으로 유문성의 부친이 직접 선을 보아 결연이 성사된 신붓감찾기형 결연서사로 맺어진 관계이다. 물론 이들은 결합을 이루는 과정에 강한 혼사장애를 감내해야 했지만 결국 두 사람의 노력으로 결합을 이루는데, 결합 후 전장에 나간 유문성을 돕기 위해 이춘영이 남편 몰래 남장을 하여 전쟁을 승리로 이끈다.

<백학선전>의 유백로와 조은하 역시 자유연애 방식으로 변형된 결연 방식에 의해 결합을 이룬 신붓감찾기형의 결연서사인데, 결합 후 조은하가 신인에게서 전

해 받은 검과 백학선을 이용하여 남장으로 남편을 위기에서 구한다.

결국 신붓감찾기형과 여성대외활동형의 유형 통합은 여성의 주부로서의 역할과 대외활동에서의 보좌자나 참모의 역할을 동시에 수행하도록 한 여성 역할의 통합을 이루어 역할 확대의 결과를 보이는 것이다.

이어서 남성출세돕기형과 여성대외활동형의 유형 통합을 보고자 한다. 이 통합은 <옥루몽>의 양창곡과 강남홍의 결연서사에서 찾을 수 있는데, 강남홍은 남성출세돕기형 결연서사의 특화화소인 '앞날을 위한 지감화소'로 양창곡과 결연을 맺는다. 그리고 과거를 볼 수 있도록 노자와 노복을 후원하는 역할을 수행하고 있다. 그런 다음에 수절하고 있던 중, 황자사의 핍박에 저항하여 강물에 투신하게 되었고, 윤소저의 도움으로 구조되어 오랑캐 지역에서 남장을 하고 무예를 연마한다. 뒤에 양창곡이 오랑캐를 징벌하러 왔을 때 양창곡에게 투항하여 양창곡의 부장이 되어 전투를 승리로 이끈다.

역시 결연서사에 보이는 다른 여성들과 비교해 보면 강남홍은 계섬월, 옥단춘, 심요연 등의 역할을 수행하면서 여장군의 역할도 통합적으로 수행하고 있다. 이러한 공적을 인정받아 강남홍이 뒷날 가정 내의 결합을 이룰 때에는 다른 처첩과는 대별되는 주체적인 결합으로 보상을 받게 된다. 이 역시 유형 통합을 통해 여성의 역할 확대를 이루고 있는 경우이다.

한편 자유연애형과 여성대외활동형의 유형 통합은 <김희경전>의 김희경과 장설빙의 결연서사에 나타나 있다. 두 사람은 자유연애형의 특화화소인 '시를 통한 구애화소'의 변이형태로 결연을 이루었다. 그러나 뒤에 결합의 과정까지는 장설빙이 남장을 하여 여장군으로서 김희경보다 우위의 능력을 발휘하여 전공을 세우는 여성대외활동형으로 전개된다. 여기서 장설빙의 역할은 <구운몽>의 진채봉처럼 남성에게 첫 사랑의 연인이며, 여장군의 역할을 함께 수행한다. 앞서 언급했듯이 고소설의 후반기에 자유연애형 결연서사를 경계한 측면이 있는데 장설빙은 결합을 이룰 남성을 대외활동에서 적극적으로 보좌한 보상으로 결합을 완성하게 되는 것이다. 이 역시 여성의 역할 확대로 파악할 수 있는 것이다.

또 자유연애형과 남성출세돕기형 결연서사의 유형 통합은 <월하선전>과 <청년회심곡>에서 찾을 수 있다. 두 작품 모두 처음 결연은 남녀의 연정 교감을 통한 자유연애형으로 결연을 이룬다. 그런데 후에 곤궁에 처한 남성을 거두어 과거를 볼 수 있도록 면려하는 과정은 남성출세돕기형의 화소를 차용하고 있다. 그 결과 두 여성은 출세한 남성의 보상에 의해 기녀라는 신분에서 벗어나 주체적인 부부관계로 결합을 이룬다. 이 역시 유형 통합을 통해 한 여성의 역할 확대를 가져오고 있는 것이다.

이상에서 보듯이 결연서사 유형의 통합은 한 여성에게 여러 역할의 통합을 가져오고, 결과적으로 여성의 역할 확대로 결연에서의 여성 위상이 높아짐을 볼 수 있다. 즉 본처로서 남성의 대외활동을 적극적으로 도운 경우는 가정의 주부로서의 위상에다가 남편의 직접적인 관심을 얻게 되며, 애욕의 대상이 되어 첩의 신분으로 결합을 이루는 기녀는 남성의 출세를 돕거나 대외활동을 돕는 것으로 신분 상승을 이루어, 본처로 결합을 이루거나 그에 상응하는 주도적인 가정 내 지위를 얻게 됨을 볼 수 있다.

그래서 이러한 유형 통합을 통한 여성 역할의 확대는 일부다처의 남녀결연 구조를 우리나라 규범에 맞게 일부일처의 현실적인 방향으로 진행시키는 데에 기여하고 있는 것이다. 가정에서의 여성 역할은 매우 다양하다. 이 다양한 역할 수행자를 <구운몽>에서처럼 여러 여성으로 설정하여 그들과의 결연과정을 독특하게 그려서, 결국은 중국 고대 권귀가나 또는 궁중의 임금에게서나 가능했던 상황을, 보통 가정의 일부다처라는 부부구조로 작품 속에 고스란히 담고 있었다. 이렇게 되니 특히 일부일처를 지향하는 우리나라 가정과는 지나친 괴리감이 생기게 된 것이다. 이러한 부조리를 유형 통합이라는 방법을 통해 한 여인에게 역할 통합을 하여, 일부일처를 지향하는 우리의 정서에 맞게 사실적 경향을 확보하게 만든 것이다.

그리고 이러한 남녀결연서사의 유형 통합은 고소설 전체의 유형 분류에도 작용하고 있다. <옥루몽> <김희경전> <유문성전> <백학선전>은 처음 결연의 과정에 초점을 맞춰보면 애정소설이라고 할 수 있는데, 혼사장애를 겪는 과정에서 무예를 익히고 전투에 참여하는 것에 비중을 두면 군담소설로 분류될 수 있다. 그리고 후반부에는 극복과정에서 여성남장을 통한 여성의 대외활동이 개입되어 있음으로써 여장군계소설로 그 유형이 변화할 수 있는 것이다.

<권용선전>이나 <윤지경전> <옥루몽>의 경우도 결연서사의 두 유형 사이 갈등으로 작품의 전체적인 성격이 달라진다. 신붓감찾기형, 자유연애형, 남성출세돕기형의 결연서사가 신랑감고르기형의 특화화소인 늑혼 화소와 갈등을 일으켜 전체 소설의 유형이 애정소설에서 가정소설로 변화함을 볼 수 있다.

제 2 절 발전적 활용방안

1. 현대드라마에서의 적용 실례

남녀결연서사는 현실과의 밀접한 연관성 때문에 어느 시대나 어느 장소에서도 대중적인 관심거리가 될 수 있다. 남들의 이야기가 아니라 자신의 이야기이며, 자기 자녀들의 이야기일 수 있으므로 그 관심은 크다고 본다. 그래서 이 결연서사는 당대의 가장 일반적이고 대중적인 매체와 표현 형식을 빌어서 일반 대중들에게 전달되고 향유된다. 조선후기에는 특별한 대중매체가 없는 상황에서 고소설이 남녀결연서사를 담아내는 적절한 그릇이었다. <구운몽>을 거쳐 19세기 이후 고소설에는 전 시기의 남녀결연서사들을 모방하거나 변형시켜 재구성하는 양상이 나타나는데, 이 역시 대중적인 인기에 편승한 출판업자들의 상술에서 기인했든지 혹은 흥미로운 결연서사를 보고 독자들의 모방심리 발동으로 이루어진 현상이라고 할 수 있다.

조선후기 고소설이 가졌던 문화 매체로서의 위상을 현대에는 텔레비전 드라마가 일정부분 대신한다고 볼 수 있다. 현대의 텔레비전 매체는 전 시기의 이야기판 문화를 대신[1]할 정도로 현대인의 일상을 파고들었다. 그 가운데 허구적인 서사를 담고 있는 드라마는 이야기판에서의 설화의 기능은 물론이고 전기수를 통해 듣거나 세책가를 통해 빌려 읽던 고소설의 역할을 대신한다고 볼 수 있다. 물론 현대에서 허구적인 서사를 담은 독서물로 현대소설이라는 갈래가 대중의 인기를 끌고 있지만 그 수적인 측면에서 드라마의 시청률을 능가하지는 못한다.

이러한 현대의 가장 대중적인 서사형식인 드라마 역시 남녀 간의 문제들을 주요 내용으로 다룬 경우가 대부분이다. 그러므로 고소설에서의 남녀결연서사 위상은 현대에 와서는 드라마가 그대로 수용하고 있다고 보인다.

---

1) 김종군 '현대드라마의 구비문학적 위상', ≪구비문학연구≫16집(한국구비문학회, 2003), 117-147면.

위에서 언급한 대중성 확보 차원에서의 상사점 이외에 남녀결연서사의 동일 유형이 반복적으로 나타난다는 점에서도 공통된 성격을 찾을 수 있다. 드라마는 대중에게 한번 인기를 끌었던 소재를 일정 기간을 두고 반복적으로 활용하는 경향이 크다. 특히 남녀문제에 관련된 소재는 식상하리만치 반복 양상을 보인다. 그런데 처음 가졌던 이러한 식상함은 드라마가 진행되는 가운데 잊혀지고 시청자들은 또 다시 흥미에 빠져든다. 이러한 동일 유형의 반복은 '식상할 것이라는 부담감보다는 제한되지 않은 독창성이 재난이 될 수 있다'[2]는 상업방송의 영리추구[3] 방침과 맞물려 더욱 상승효과를 보인다. 즉 식상할 듯한 남녀 간 문제를 반복적으로 요구하며 향유하는 시청자의 요청을 방송사에서 수용하여 시청률을 높이고 자신들은 이익을 얻게 되는 구조이다.

결국 현대의 대중들도 특정한 구조의 남녀결연서사를 흥미요소로 인식하고 있으며 이 유형의 반복을 거부감 없이 받아들이는 것으로 확인된다. 즉 고소설 속의 남녀결연서사의 특화화소나 특이구조의 반복과 동일한 맥락이라고 할 수 있다. 그러므로 현대드라마에 반복적으로 등장하는 남녀결연 소재는 곧 현대 사회의 남녀결연서사의 전형이 될 수 있다.

(1) 남성욕망확대에 의한 배신양상 표출

현대드라마에서는 남녀문제를 다양한 측면에서 다루고 있다. 그 가운데서 특화된 구조로 뽑을 수 있는 것은 곤궁하게 성장한 남성이 출세에 대한 야망을 품고 자신에게 헌신적이었던 여성을 배신하고 부유한 여성과 결연을 맺는다는 이야기[4]

---

2) 제인 페어(Jane Feuer), '장르연구와 텔레비전', ≪텔레비전과 현대비평≫(R. 알렌 편, 김훈 순 역, 나남, 1992), 167면.
3) 현대의 드라마는 시청자의 반응에 민감하게 대응한다. 광고라는 상업수단을 재원으로 사용하기 때문에 시청률이 떨어지는 드라마는 조기 종영을 하는 경우가 일반적이다. 그래서 드라마 제작자들은 사전제작제(전작제)를 통해 작품성 높은 프로그램을 제작할 수 있도록 요청하고 있지만 상업 매체의 한계 때문에 수용되지 않고 있다.
4) 대표적인 작품으로 이미 종영한 한국방송공사(KBS) 제2텔레비전의 '젊은이의 양지'와 서울

이다. 이 결연서사의 대강은 다음과 같다.

① 가난하지만 자신 있게 살아가려는 남주인공과 고아이지만 웃음을 잃지
　않는 여주인공은 영원한 사랑을 약속한다.
② 여성은 남성의 성공을 위해 학업을 중단하고 뒷바라지에 매달리는데, 남
　성이 입대한 후 임신 사실을 알고 혼자 자식을 낳는다.
③ 제대 후에 남성은 자식의 존재를 알게 되지만 학업을 마치고 취직한 후
　가정을 꾸리자고 약속한다.
④ 남성이 입사 한 회사의 딸을 보고 끌려 접근해 청혼을 얻어내고, 여성과
　자식을 버린다.
⑤ 여성이 처절하게 매달리지만 회장 딸과 약혼을 하는 남성을 보고 남성을
　포기한다.
⑥ 불의의 사고로 자식이 죽었으나 남성을 찾지 않자 여성은 복수를 다짐
　한다.
⑦ 회장의 아들이 여성에게 호감을 보이면서 접근하자 여성은 복수하기 위
　해 그의 접근을 받아들인다.
⑧ 여성은 회장 아들의 사랑을 진심으로 받아들이고 자신의 과거를 털어 놓
　는다.
⑨ 회장 아들이 여성과의 결혼을 발표하자 남성은 자신 앞에서 사라져 달라
　며 행패 부린다.
⑩ 모든 사실이 알려져 남성과 회장 딸은 파경을 맞는다.5)

이 서사구조는 드라마뿐만 아니라 영화의 소재로도 사용되었다. 남성의 배신행위에 시청자들은 분노를 느끼며 여성의 복수에 동조하면서 높은 시청률을 기록한 드라마이다. 여기서는 출세와 부를 얻고자 하는 남성의 욕망이 노골적으로 드러난다. 그리고 여성은 순종적인 자세를 유지하게 설정하여 남성의 욕망 발현을 반인륜적으로 비춰지게 한다. 이것은 대중을 자극하기 위한 장치라고 볼 수 있다.

이 결연구조와 유사한 경우를 고소설의 <주생전>에서 찾을 수 있다. 주생과 배도의 결연서사는 남성출세돕기형으로, 의지할 곳 없는 주생을 기녀 배도가 결연을 맺고 거두어 내조하였는데 주생은 위승상의 딸 선화를 본 순간부터 배신을 마

방송(SBS)의 '청춘의 덫'을 꼽을 수 있다.
5) 김수현 극본 '청춘의 덫' 시놉시스 요약.

음에 품고 결국 선화와 결연을 이루는 이야기이다. 주생과 선화의 결연은 애욕추구형으로 보았는데, 주생의 직접적인 욕망표출에 주목한 결과이다.

선화에게 마음을 빼앗겨 배도를 배신한 주생을 곁에서 지켜보는 배도의 행동은 현대드라마에서 보이는 배신당한 여성의 그것보다 현실적이다. 남성에게 일방적인 순종만을 보이는 것이 아니라 주생을 선화와 떼어 놓기 위해 자신의 집으로 데리고 와 선화와의 만남을 규제하는 기득권을 발휘한다. 이는 이 유형의 드라마에서 배신당한 여성의 선성(善性)을 지나치게 부각시키기 위해 딸과 함께 숨어 지내며 남성을 포기하게 하는 작위성을 뛰어 넘고 있다. 이러한 점이 400년 전의 <주생전>이 현대드라마의 작위적인 비현실성을 초월한 작품 형상으로 현대에서도 고전으로 자리매김 될 수 있는 훌륭한 점이라고 하겠다.

<주생전>과 이 유형의 드라마는 전체 구조에서나 등장인물에서 유사한 일면을 가지고 있지만 특별히 두 작품에서 차이점으로 두드러지는 것이 남성의 욕망 문제이다. 주생이 선화에게 가진 욕망은 승상의 딸이라는 배경이 전제되었다고 하더라도 직접적으로 문면에 나타나지 않는다. 작품 전면에는 선화의 미모에 빠져든 것으로 설정되었다. 그래서 그 욕망을 애욕(愛慾)으로 간주하였다. 고소설에서의 이러한 경향은 주인공 남성의 물질주의적 욕망에 대해서는 표면화시키지 않으려는 의도성에서 기인한 듯하다. 주인공 남성의 탁월함이 작품 전반의 흐름을 주도하는 고소설에서 물욕의 표출은 애욕보다 더욱 천박해 보일 수 있으므로 작품 전면에 드러내는 것을 견제한 것으로 보인다. 이러한 경향은 신붓감찾기형 결연서사에서도 거의 전적으로 적용되고 있다.

그러나 현대드라마에서는 결연을 맺은 남녀 사이의 혼사장애가 남성의 물질적인 욕망 추구에서 비롯되고 있다. 가난하게 성장한 남성이 결연을 맺은 여성을 배신하는 결정적인 이유는 자신이 평생 꿈꿀 수 없는 부를 가진 여성을 접하고 그와 결합하려는 야욕을 보이기 때문이다. 인간이라면 누구나 가지고 있는 물욕을 직접적으로 전면에 내세우는 것이다. 그리고 그 야망을 위해 직접적으로 처음의 여성을 버리겠다고 통보하고 있다. 주생은 배도의 눈치를 봐가며 상사병이 들어 몸져

누울망정 자신의 배신을 토로하지 못한다. 최소한의 인간으로서 염치라고 볼 수 있다. 그러나 이 드라마에서는 자신의 물질적인 욕망을 전면에 드러내고는 처음의 여성에게는 새로운 연인이 생겼다고 속여 배신을 일방적으로 통보한다. 이 점이 대중의 비난을 가장 크게 불러일으키는 점이다.

결국 물욕과 배신으로 점철된 이 결연서사는 성사되지 못하는 것으로 대중의 비난을 잠재우고 있다. 애욕과 최소한의 염치로 배신을 고민하던 주생의 결합이 불발로 끝을 맺은 것은 당시 독자들의 반응을 수용한 결과일 것이고, 물욕과 반인륜적인 몰염치로 배신을 정당화 시키려는 이 드라마의 남녀 결합을 불발로 끝나게 한 것은 시청자들의 인륜추구적 요구를 수용한 결과라고 할 수 있다.

<주생전>구조를 남성출세돕기형 결연서사와 애욕추구형 결연서사의 갈등으로 파악한다면 이 드라마는 남성출세돕기형 결연서사와 물욕추구형 결연서사의 갈등으로 볼 수 있을 듯하다. 결국 현대드라마의 남녀결연서사의 특징적인 요소 하나는 남성의 물욕이 작품 전면에 표면화 되어, 애욕으로 포장되었던 남성의 물질주의적 욕망을 결정적인 갈등요인으로 부각시킨다는 점이다. 즉 애욕추구형 결연서사가 물욕추구형 결연서사로 대체되는 양상을 특징적으로 드러낸다.

(2) 정략적 결연과 자유연애결연의 갈등 표출

위에 든 물욕추구를 통한 남성의 배신을 다룬 드라마가 중년층의 주부를 주요 시청대상으로 삼아서 반복적으로 제작되었다면, 현대의 젊은이들이 선호하는 남녀 결연 양상을 담은 드라마는 신데렐라형 결연서사를 담은 드라마라고 할 수 있다. 이 드라마의 결연유형 역시 주기적으로 제작 방송되고 있다. 이 이야기는 선을 대표하면서 동시에 불우한 환경을 지닌 여주인공이 악을 상징하는 또 다른 부유한 여성에 의해 고난을 당하지만 결국에는 왕자로 대변되는 대기업의 후계자에게 선택됨으로써 악을 응징하고 복을 받는다는 신데렐라 이야기의 기본구조[6]를 가지고

---

6) 이 서사구조를 가진 드라마는 서울방송의 '토마토', '명랑소녀성공기'가 대표적이라 할 수 있다.

있다.

① 가난하지만 굳세고 씩씩한 여성이 삶을 개척하기 위하여 우여곡절을 겪으며 회사에 입사한다.
② 독창적인 아이디어와 밝은 성격으로 주변 사람의 사랑을 받는 여성이 회사 후계자인 남성과 우연히 마주친다.
③ 남성은 청순하고 착한 여성에게서 묘한 매력을 느끼고, 이미 집안끼리 정략적으로 정혼한 여성이 이 사실을 알게 된다.
④ 정혼한 부잣집 딸은 여러 가지 음모를 꾸며 두 사람의 사랑을 방해하고 착한 여성을 시련에 빠뜨린다.
⑤ 결국 모든 음모가 밝혀지고 남성은 불우한 여성과 결합을 이루고는 일과 사랑에서 성공을 이룬다.[7]

이 삼각연애 이야기는 남녀결연서사 유형 중 자유연애형과 신랑감고르기형이 결합하여 갈등을 야기하는 구조로 파악된다. 불우하지만 착한 여성과 부유한 남성의 결연은 자유연애형으로 볼 수 있으며, 정략적으로 정혼한 부잣집 여성과 남성의 관계는 신랑감고르기형의 분위기를 연출한다.

고소설에서 이러한 삼각연애 구도는 <구운몽>의 양소유와 진채봉, 난양공주의 관계에서 찾을 수 있고, 좀 더 후대에는 <옥루몽>의 양창곡과 벽성선, 황소저의 관계에서도 유사성을 발견할 수 있다. 양소유와 진채봉은 자유연애형 결연서사로 결연을 맺는데, 중간에 이산하여 서로 그리워하다가 나중에 난양공주의 잉첩의 신분으로 양소유와 결합을 이룬다. 이 구도가 드라마의 삼각연애 구도와 뚜렷하게 차이를 보이는 부분은 난양공주가 비록 권력을 이용한 늑혼으로 양소유와 결연을 맺어 정략혼이라는 혐의를 떨칠 수는 없지만 양소유와 진채봉의 관계를 투기하지도 않으며 악인으로서 음해를 꾸미지도 않는다는 점이다. 그러므로 드라마의 구도와는 연관성이 없는 것으로 파악될 수 있다. 그러나 주체적인 자유연애 감정으로 결연을 맺은 두 사람의 애정이 남성의 감정이 배제된 정략혼에 비해 애틋하다 점[8]

---

7) '토마토', '명랑소녀성공기' 시놉시스 요약.
8) 이때 승상이 자세히 보더니 이윽고 숙인의 옥수를 잡고 이르되, "그대 화음현 진씨로다. 오매불망하던

에서, 비록 정략혼의 상대인 난양공주가 악인으로 설정되지 않았지만 자유연애 감정을 가지고 있는 양소유와 진채봉에게는 신경이 쓰이는 존재이다. 특히 진채봉은 난양공주의 잉첩의 신분으로 주종의 관계에서 오는 불편함이 심리적 갈등으로 작용했을 수 있다. 그러나 이 역시 무갈등을 통한 화해를 특징으로 하는 <구운몽>의 특성상 표면화되지 않았던 것이다.

<옥루몽>에 와서는 삼각연애의 갈등이 현대드라마와 아주 흡사한 양상으로 표출되고 있다. 여기서 양창곡과 황소저는 신랑감고르기형의 결연구조를 통해 정략적으로 맺어진 관계이며, 그 성정 또한 포악한 악인으로 설정되어 있다. 그와 갈등을 일으키는 벽성선은 양창곡이 황소저와의 늑혼을 거부하다 유배의 고충을 당할 때 곁에서 음률로써 위로해 준 기녀로, 두 사람은 자유연애를 통해 결연을 맺는다. 벽성선은 비록 기녀의 신분이지만 양창곡과 가정내에서 결합을 이루기 전에는 결코 동침을 허락하지 않는 밝고 발랄함을 지닌 성격으로 그려진다. 즉 두 여성의 성격이나 결연의 상황이 드라마의 구도와 매우 흡사하게 설정되어 있다. 양창곡이 황소저와 먼저 혼인을 하고 전장에 나가면서 부모에게 벽성선의 존재를 알리고 집안으로 불러들이게 하였을 때, 양창곡이 없는 상황에서 황소저는 갖은 음해로써 벽성선을 괴롭힌다. 결정적으로 간부와의 음행을 거짓으로 꾸며 벽성선을 내쫓고, 탕아를 시켜 겁박하게까지 한다. 그러나 위기에 처한 벽성선을 양창곡이 구하고 모든 사실이 발각되어 황소저가 징치되는 구조이다.

이 전반적인 삼각연애 구도를 현대드라마가 그대로 수용하고 있음을 확인할 수 있다. 단지 현대적인 감각에 맞춰 그 배경을 가정이 아닌 직장으로 끌어오고 일부다처의 가정구조가 현실적이지 못하기 때문에 그 갈등이 혼전에 이루어져 결국 정략혼은 파기되고, 자유연애혼이 온전한 결합으로 안착하게 된다는 변화만 있을 뿐이다.

즉 고소설의 남녀결연 유형이 갈등 양상이 현대드라마에 그대로 수용된 것으로

바로다."(중략) 이 밤에는 옛정이 새로워 전일의 두 밤에 비하여 더욱 친밀하더라.(<구운몽>, 205-206면)

보아 이 유형간 갈등은 고금을 통해 현실적으로 일어날 수 있는 사건이며, 대중의 흥미를 자극할 수 있는 요소임을 확인할 수 있다.

2. 미래적 활용방안

(1) 남녀결연서사의 전통 계승과 의식의 변화 문제

앞에서 고소설에 설정된 남녀결연서사 유형이 현대에도 적용될 수 있는지 여부를 현대드라마의 남녀결연 양상을 가지고 예시적으로 분석해 보았다. 그 결과 두 개의 유형이 동일 작품 속에서 갈등을 일으키는 구조인 <주생전>과 <옥루몽>의 결연 구조는 현대에도 그대로 수용되고 있으며, 현대의 가치관이나 윤리관에 의해 결연에 임하는 인물의 성격이 변화하기도 하고, 그리고 현대의 사회구조에 맞추어서 배경만 현대적으로 변화시키고 그 구조는 그대로 유지되는 실태를 살필 수가 있었다.

즉 유교주의적인 가치관이 풍미하던 고소설 시대의 남녀결연서사 양상은 현대로 넘어오면서 그 유형은 축소되거나 확대되는 변화를 겪을 것으로 예견된다. 가문이라고 하는 집단의 조화와 자기 가문의 명예를 위해 개인의 감정 표출을 억압하던 시대가, 현대에 와서는 개인의 욕망을 적극적으로 인정하는 방향으로 변화하고 있다. 사회를 규제했던 도덕적 가치관 역시 다원화 되어 남녀결연에 대한 의미도 많은 변화를 겪지 않을 수 없다.

이러한 변화 중에서 남녀결연서사에 가장 크게 영향을 끼치는 요인은 개인주의적인 경향이라고 볼 수 있다. 고소설의 경우 신붓감찾기형이나 신랑감고르기형의 결연서사에서 보면 집안을 위해, 또는 가문을 위해 배우자를 찾는다는 의식이 강조되었지만 현대로 오면 이 요소는 축소되고, 개인의 감정과 욕망에 충실한 결연서사가 점점 더 확대될 가능성은 충분히 예견된다.

물론 현대에서도 사회지도층 인물의 집안이나 경제적으로 상층부에 속하는 집안에서는 가문의 부귀를 유지하기 위해 정략적으로 신붓감을 찾고, 신랑감을 골라서 혼인을 이루는 경우가 없지 않다. 예컨대 정치 권력자와 재벌 집안 자녀의 결합, 재벌가와 다른 재벌가와의 결합 등은 이미 대중들의 인식에서는 당연한 것으로 받아들여지고 있다. 하지만 정략혼 자체에 대한 대중의 곱지 않은 시선과 비난을 염두에 두기 때문에 그들끼리 비밀리에 행하고 있어서, 대중의 관심에서는 배제되고 있는 듯하다.

이들 정략혼에서 벗어난 일반적인 신붓감찾기형과 신랑감고르기형[9]은 현대에도 중매를 통해 남녀가 인식하고 전통적인 혼속을 쫓아서 혼인을 이루는 기본 방식으로 빈번하게 행해지고 있다. 그러나 고소설에서 보았던 경우처럼 당사자 간의 감정이 배제되고 집안끼리의 결합을 위한 방식은 거의 사라져서, 비록 중매자의 소개로 서로를 인식하지만 남녀의 상호간 정서적 교감이 중요한 요인으로 부각되었다. 중매자의 소개는 맞선이라는 형식으로 이루어지며 남녀가 주체적인 감정으로 서로를 탐색하고 교감이 있고 난 이후 혼인으로 나가는 것이다. 집안의 규율이 강조되는 남녀결연 방식이지만 개인의 감정적인 요소가 더 크게 작용하는 구조로 변화하고 있다.

개인의 감정이 집안의 권유보다 우선시 되는 현대에서 개인의 소망에 충실한 결연서사인 애욕추구형과 자유연애형은 가장 일반화된 남녀결연 유형이 된다. 애욕추구형 결연서사에서 여성의 미모에서 기인한 남성의 애욕은 자유로운 교제를 통해 자유연애형 결연서사로 전환되고 있다. 그리고 욕망의 성격도 변화 확대되어 여성의 미모뿐만 아니라 여성이 가진 돈이나 권력이라는 배경적 요소에 대한 것으로 변화하고 있다.

그리하여 남성의 물질적인 욕망이 결연의 새로운 요인으로 부각될 여지가 많아졌다. 남성의 물질에 대한 욕망은, 앞서 드라마 분석에서 언급하였듯이 고소설에서

---

9) 이 경우는 정략혼이나 늑혼 개념이 아니므로 신랑감을 고른다는 의미보다는 마땅한 신랑감을 찾는 의미가 크다. 그러므로 신랑감찾기형으로 유형 명칭도 바꾸어야 한다.

는 표면화되지 않았던 것이 현대의 사실주의적 표현 방식에 의해 표면으로 드러났을 뿐이다. 결국 현대에서는 애욕추구형 결연서사가 자유연애형으로 변화하고 그 대신에 남성의 야망이나 물욕에 입각한 결연이 그 자리를 대신하고 있는 것으로 나타난다.

애욕추구형의 특화화소인 첫 만남에서의 동침화소는 <이생규장전>에서와 같이 자유연애형에서도 일반적으로 수용하고 있으므로, 반드시 애욕추구형에만 적용되는 특화화소라고 규정할 수는 없다. 하지만 고소설의 경우는 혼인이라는 도덕 규범적 절차 이전에는 집안의 명예와 관련지어 거부하고 있는데, 현대에는 이런 문제와 관련짓는 일은 극히 드물고, 대신에 다른 남성과의 육체 접촉이라는 개인의 순결의식과 관련하여 갈등을 빚는 양상으로 변화하였다.

고소설에서는 혼전동침이 애욕을 통제하지 못해 반윤리적이라는 비난을 염려하면서 어쩔 수 없이 일어난 사건이지만, 반드시 당사자와 가정 내 결합을 이룰 것이라는 확신이 있었다. 그러나 현대에 와서는 남녀 간 결연이 반드시 혼인으로 귀결된다는 보장이 없으며, 그에 따라 혼전동침이 결합으로 연결되는 경우보다는 한 단계 진전하여 혼전임신이라는 극단적인 상황이 혼인으로 이어지는 경우가 일반화되었다.

자유연애형 결연서사는 현대의 가장 일반적인 결연방식이므로 재론의 여지가 없다. 애욕추구형이 이 유형으로 전환되면서 혼전동침이 이 유형의 화소로 자리를 잡게 되었다. 그러나 이러한 자유연애를 통한 결연도 반드시 결합으로 이어지는 것이 아니라 단발로 끝나는 경우가 많아 그 의미는 많이 희석되고 말았다.

이러한 결연 후 이별이 예견될 수 있는 현대의 자유연애형 결연서사에서, 여기에 기인하여 형성된 사회적 규제 장치가 바로 혼전 순결이데올로기이다. 고소설 가운데 <옥루몽>이나 <방한림전>에서도 앵혈(鶯血) 또는 주표(朱標)를 확인시켜 순결을 내보이는 경우가 있으며, <이진사전>이나 <옥루몽> <청년회심곡>에서도 기녀들이 첫 만남에서의 동침을 강하게 거부하는 순결의식을 드러내고 있는데, 이러한 전통이 현대의 자유연애형 결연서사로 이어져 혼전동침의 규제 장치로 부각되고 있다.

남성출세돕기형 결연서사는 현대에도 여전히 유효한 방식이라고 할 수 있다. 고금을 통해 여성의 남성 내조는 사라지지 않고 있다. 현대사회에서 여성의 사회 활동이 자유롭게 이루어지고, 가정 내에서 여성의 지위가 남편과 대등하게 유지되므로 남성출세를 도와 결연을 이루는 경우는 일반적이라고 볼 수 있다. 그러나 앞서 드라마 분석에서 드러난 것처럼 남성이 출세를 이룬 다음 물욕에 눈이 어두워 새로운 결연을 추구하는 배신행위가 뒤따를 수 있다. 즉 애욕(야망)추구형 결연서사와 갈등을 일으키는 복합적 서사로 전개될 수 있는 것이다.

여성의 사회활동이 자유로워진 현대에서는 여성대외활동형 결연서사가 확대될 가능성이 많다. 같은 조직내부에서의 연애가 빈번하게 이루어지고 있는 상황에서 여성우위의 대외활동은 현실 자체이기 때문이다. 고소설 결연서사에서 여성이 대외활동을 하다가도 결혼을 하고나면 일단 가정으로 복귀하던 경향은 현대에서는 받아들여지지 않는 방향으로 전개되고 있다.

그리고 이 유형은 또 다른 새로운 변화가 예측된다. 왕성한 대외활동을 하는 여성들이 굳이 남성과의 결합을 통해 가정으로 들어가 안주하려 하겠는가 하는 문제이다. 옛사람들이 생각했던 음양의 이치, 곧 남녀는 반드시 결합해야 한다는 의식을 현대인들은 실용적이고 규범적인 가치로 받아들이지 않는다. 그러므로 남녀가 결합하지 않고 여성이 독신으로서 대외활동을 하는 경우도 빈번해졌다. 결국 여성대외활동형 결연서사는 결연은 소거되어 버리고 여성의 대외활동 그 자체에 더 큰 의미를 두는 방향으로 변화될 가능성이 매우 높다.

(2) 현대작품에서의 활용방안 탐색

고소설의 남녀결연서사 유형을 현대의 서사에 적용시키는 것은 쉽지 않다. 현대의 문학 작품은 사회를 여실하게 반영하는 거울이라는 사실주의적 경향이 주류이므로 현실과 괴리된 남녀결연을 작품에서 다루는 것은 불가능하다.

사회제도와의 관계 속에서 남녀결연서사와 밀접한 관련을 가지는 부분은 혼인

제도라고 할 수 있다. 현대는 법적으로 일부일처의 혼인제도를 정하고 있다. 그리고 축첩에 대해서도 인정하지 않는다. 이러한 현대사회의 구조 속에서 고소설을 중심으로 고찰한 남녀결연서사의 여러 유형이 하나의 현대 작품에 함께 동시에 병렬적으로 설정되는 경우는 찾아볼 수 없다. 만약에 여러 유형의 결연서사가 한 작품에 등장한다면 그 가운데 최종적으로 선택된 대상과 결합을 이루는 수밖에 없다.

그러므로 동시에 설정되는 유형들은 상호 갈등 요인으로 작용하는 것이 당연하다. 고소설 가운데서는 신붓감찾기형과 신랑감고르기형이 동시에 설정되어 상호 갈등 요인으로 작용하였다. 이 역시 처와 첩을 구분하여 한 남성에게는 정처(正妻)를 하나만 두어야 한다는 규범에 의하여 제1부인이라는 한정된 지위를 두고 벌어진 갈등이었다. 신랑감고르기형으로 결연을 맺는 여성이 결국 자진하여 제2부인이 되겠다는 양보가 있으면 결합 후 갈등이 사라지지만, 권력의 힘으로도 남성을 꺾을 수 없어 피치 못해 제2부인이 된 경우는 반드시 가정 내 처처갈등을 야기하고 있는 것이다. 즉 최종 결합에서의 지위 확보를 위해 복합적으로 설정된 결연서사에는 갈등이 존재한다.

결국 갈등을 야기하지 않기 위해서는 하나의 작품에 단독의 결연서사가 설정되는 수밖에 없다. 그런데 현대의 작품들은 고소설에서처럼 영웅적인 남성을 주인공으로 설정하기보다는 일상의 평범한 인물을 주인공으로 설정하여 일상의 사건들을 세밀하게 그려내는 경향이 강하므로 굳이 다수의 여성과 결연하는 이야기는 필요치 않다.

두 가지의 결연서사가 결합하여 갈등을 야기하는 경우는 앞서 살핀, 남성출세돕기형과 애욕추구형의 결연서사가 갈등하는 경우가 있으며, 신랑감고르기형과 자유연애형의결연서사가 갈등을 일으키는 양상이 일반적이다. 이러한 갈등 구조는 결국 한 남성에 대해 두 여성이 결연을 시도하는 삼각연애의 구도로 파악된다.

그리고 자유연애형과 자유연애형 결연서사의 갈등도 삼각연애의 구도를 이루며 자주 설정될 수 있다. 현대의 시속어에 '사랑은 움직이는 것'이라는 말이 있는데, 이 말은 곧 자유연애형 결연서사끼리의 갈등을 극명하게 드러내주는 말이라고 할 수 있다. 현대인들은 결연에 대한 책임감이 약화되어 있어서, 자유연애를 통한 결연이 반드시 결합으로 이어진다는 보장이 없고, 결연을 성스럽게 여기지 않는 현대 사회의 단면을 반영할 여지가 많기 때문이다.

고소설에서 보였던 신붓감찾기형과 신랑감고르기형은 현대의 작품에서는 갈등하지 않는다. 왜냐하면 현대의 결연서사에서는 결연서사의 중도에 포기하는 경우가 많으므로 두 유형이 갈등을 일으키는 순간에 남성이 한쪽과의 결연을 포기할 가능성이 크다. 이 포기하는 과정에는 역시 남성의 욕망이 작용할 수 있다. 만약 남성이 신붓감찾기형 결연서사를 고수한다면, 신랑감고르기형의 결연서사는 현대 사회에 있어서는 늑혼과 같은 강한 위력을 발휘하지 못하고 마침내 포기하는 방향을 택하게 된다. 현대사회에서는 절대 권력에 의한 늑혼이란 사실상 불가능하기 때문이다.

현대 작품에서의 결연서사 설정양상은 유형간 갈등 야기 문제 이외에 결합 후의 부부생활의 문제가 중요하게 부각된다. 부부간 갈등으로 인한 이혼이라는 단계가 있을 수 있으며, 불륜으로 지칭되는 혼인 후의 또 다른 결연이 설정되면 기존의 결연은 파경으로 치닫게 된다. 즉 남녀결연서사의 순차구조에서 마지막이 결합단계였는데, 현대의 남녀결연서사를 논의하기 위해서는 결합 이후 상황에 대한 단계설정이 필요할 정도로 현대 작품에서는 결혼 후의 부부갈등에 대해 언급하는 경우가 많을 수 있다.

지금까지 논의한 고소설의 남녀결연서사 유형의 단계별 사건을 현대의 결연서사에서는 어떻게 변화하여 설정할 수 있을까 하는 방안을 모색하여 표로 정리해보면 다음과 같이 된다.

결연유형 \ 구분	고소설에 반영된 내용	현대에 맞는 새로운 예시
(1) 신붓감찾기형	①중매에 의한 주선 ②남성여장의 속임으로 선보기 ③출세한 남성의 중매 청혼 ④여성의 속임에 대한 거부 ⑤여성 부모의 허혼, 약혼 ⑥최고 권력에 의한 혼사장애 ⑦남성의 늑혼 거부로 위기 초래 ⑧늑혼 수용으로 양처와 결합 ⑨가정 갈등 초래	㉠중매에 의하거나 소개받음(남자중심) ㉡맞선, 모임 등에서 여성 탐색 ㉢교제를 통해 감정 교류 ㉣'선본 후 맞지 않으면 거부 ㉤정혼, 약혼 ㉥혼전부정, 혼수문제로 파혼 가능성 ㉦절차에 따라 혼인
(2) 신랑감고르기형	①권력자의 사윗감으로 지목 ②권력자가 사윗감 선보기 ③일방적인 정혼 통보 ④다른 정혼자 때문에 거부 ⑤권력자의 핍박 ⑥양처 인정하고 타협 ⑦처음 정혼자와 양처로 결합 ⑧가정 갈등 초래	㉠전도유망한 남성 사윗감으로 지목 ㉡중매를 통해 소개, 당사자 간 맞선 ㉢교제를 통한 감정 교류 ㉣여성주도로 약혼 ㉤여성주도로 혼인 ㉥부부갈등 초래(데릴사위)
(3) 자유연애형	①남녀간 자유로운 상호 인식 ②시나 연주, 편지로 구애 ③남녀간 감정 교감 또는 동침 ④당사자간 약혼 ⑤부모의 허락을 얻지 못해 고민 ⑥부모의 용납으로 정혼 ⑦행복한 결합	㉠남녀간 자유로운 상호 인식 ㉡직접적인 구애 ㉢연인으로 교제, 동침 ㉣'배신으로 이별 ㉤부모에게 소개하여 허락 받음 ㉥혼인절차에 의해 결합
(4) 애욕추구형	①여성의 미모에 애욕 표출 ②여성에게 접근 시도 ③여성의 침실에 침입하여 동침 ④부모에게 알리지 못하고 고민 ⑤부모의 용납으로 정혼 ⑥결합 불가 또는 결합 후 요절	(야망(물욕)추구형으로 변화) ㉠여성의 배경을 보고 욕망 표출 ㉡여성에게 의도적 접근 ㉢여성의 청혼 ㉣기존 정혼자 배신 ㉤여성주도로 약혼 ㉥배신행위 발각, ㉦결합 파경
(5) 남성출세돕기형	①불우한 남성의 전망 감지 ②직접 구애하거나 위기에서 구출 ③집으로 청하여 결연, 동침 ④남성 출세를 후원 ⑤남성을 기다리며 수절 ⑥권력자에 의해 훼절 위기 ⑦출세한 남성에 의한 구출 ⑧보상으로 신분 상승, 결합	㉠불우한 남성과 연정 교감 ㉡결연을 맺어 정혼 ㉢희생을 통해 경제적 후원 ㉣남성의 출세 ㉤출세한 남성의 배신 ㉥복수심으로 더 나은 남성과 결연 ㉦남성의 배신 폭로, 징치
(6) 여성대외활동형	①남장으로 변복 ②남성과 동문수학, 여성 우위 ③과거 장원, 여성 우위 ④영웅적 전공을 세움, 여성 우위 ⑤음양 이치를 따라 여성임을 자백 ⑥황제의 주선으로 남성과 결합 ⑦가정 주도권 문제로 부부갈등	(결연서사 소거 가능성이 큼) ㉠남성보다 월등한 능력 발휘 ㉡사회활동으로 출세 ㉢남성과 대등하거나 우위의 지위 ㉣대등한 자격으로 남성과 결합 ㉤'독신을 표명 ㉥가정내 역할 수행 문제로 부부갈등

제 6 장 결 론

이 책은 고소설 전반에 걸쳐 나타나는 남녀결연서사의 구조와 유형, 그리고 변이 양상을 분석하여 그 의미를 밝혀보고, 나아가 고소설의 내적 흐름까지를 진단해 보려고 시도하였다. 고소설은 주인공 인물의 일대기 구조로 전개되기 때문에 거의 모든 작품에 남녀결연서사가 구성되어 있는데, 특히 이 연구에서는 남녀결연서사가 큰 비중으로 다루어진 애정소설, 가정소설, 군담소설을 주 대상으로 삼았다. 그 중에 <구운몽>은 이전의 작품들이 한 작품에 주로 한 가지의 남녀결연서사만 구성되던 관행을 깨고, 양소유라는 한 남성에게 여덟 여성이 각자 다른 결연방식으로 결합하고 있는 복합 구성을 하고 있어서, 다수의 남녀결연서사 단위담이 도출될 수가 있었다. 그래서 <구운몽>은 남녀결연서사 유형의 기본형이 될 수 있다고 생각하여 분석 고찰의 중심에 두고 연구를 진행하였다.

다음으로 남녀결연서사의 순차구조와 대립구조를 설정하여 기준이 되는 서사모형을 제시하였다. 순차구조는 현실에서 보편적으로 인정할 수 있는 남녀결연의 진행 과정을 시간순서에 따라 구조화 한 것으로, 인식-구애-결연-기약-장애-극복-결합의 7 단계로 설정하였고, 대립구조는 각 단계의 특징을 부각시킬 수 있는 인물, 사건, 상황, 장면 등을 대립항으로 설정한 것이다.

이렇게 하여, 남녀결연서사의 순차구조 각 단계에서 서로 교차되는 대립구조가 개입되면서 결연서사는 다양한 양상으로 전개되기 때문에, 각 남녀결연서사 단위담들을 이 구조의 틀에 맞추어 분석해 남녀결연서사의 유형을 여섯 가지로 추출할 수 있었다. 이 여섯 유형의 특징적인 요소는 결연의 목적이나 의도, 결연서사에서 부각되는 남녀의 감정, 결연의 의미 등에서 그 특징 요소가 드러났다.

결연서사에서 그 목적이 강하게 부각되는 경우, 즉 사회에서 통용되고 관습화된 부부관계를 잘 맺기 위한 의도가 강한 경우를 사회이념에 충실한 결연서사라고 개념화하고, 남성이 신붓감을 찾을 목적으로 결연을 취하는 신붓감찾기형, 최고 권력의 여성 집안에서 신랑감을 구하는 신랑감고르기형으로 나누었다. 다음에 남녀 간의 애정 욕망이 전면에 드러나는 경우로 개인의 소망에 충실한 결연서사인데, 남녀가 애정을 바탕으로 상호 호응하여 갈등 없이 결연이 성사되는 경우를 자유연애형, 남성이나 여성 일방의 욕망이 강하게 부각되어 결연을 이끄는 경우를 애욕추구형이라고 하였다. 그리고 결연의 의미가 강하게 부각되는 경우로, 남성과 여성이 사회적 이념에 충실하려는 의식과 여성의 개인적 소망이 절충되는 결연서사가 있는데, 여성이 남성을 내조하여 출세하게 하는 남성출세돕기형과 남성의 사회활동을 적극적으로 돕거나 남성과 같이 사회활동을 수행하면서 돕는 여성대외활동형이 여기에 해당한다.

　　이상 여섯 유형을 설정한 다음, 각 유형의 표준형이 될 만한 남녀결연 단위담을 한 가지씩 지정하여 분석하였다. 이 과정에서 신붓감찾기형은 <구운몽>의 양소유와 정경패의 결연서사, 신랑감고르기형은 양소유와 난양공주의 결연서사, 자유연애형은 양소유와 진채봉의 결연서사, 남성출세돕기형은 양소유와 계섬월의 결연서사, 여성대외활동형은 양소유와 심요연의 결연서사로 그 표준형을 삼았다. 그리고 애욕추구형 결연서사는 <구운몽>에 구성된 것이 없기 때문에 그보다 전 시기 작품인 <주생전>에서 주생과 선화의 결연서사를 표준형으로 내세우게 되었다.

　　이어 고소설에서 도출된 이 여섯 유형의 표준형 결연서사는 시대를 거슬러 올라가 우리 민족의 의식 속에 깊이 자리해 있다고 생각되는 고대 설화에서 그 원형을 찾아보려고 노력하였다. 곧 신붓감찾기형은 <동명왕편>의 해모수와 유화의 결연담, 신랑감고르기형은 중국≪후한서≫<송홍전>에 나타나 있는 '조강지처고사', 자유연애형은≪삼국사기≫<김유신전>의 서현과 만명 결연 이야기, 애욕추구형은≪삼국유사≫<도화녀비형랑>의 진지왕과 도화녀 결연 이야기, 남성출세돕기형은≪삼국사기≫<온달열전>의 온달과 평강공주의 결연 이야기, 여성대외활동형은 중국의 <목란사> 등이 그 원형으로 될 수 있음을 입증하였다.

고소설의 남녀결연서사 유형 분류와 원형설화를 추적해본 다음에는 유형의 변화를 고찰하기 위해 각 유형구조와 긴밀한 연관을 가지는 대표적인 특화화소를 한 가지씩 적출해 내었다. 곧 각 유형의 특화화소로는, 신붓감찾기형에서는 '속임을 통한 선보기 화소', 신랑감고르기형에서는 '권력을 이용한 늑혼 화소', 자유연애형에서는 '시를 통한 구애 화소', 애욕추구형에서는 '첫 만남에서의 동침 화소', 남성출세돕기형에서는 '앞날을 위한 지감 화소', 여성대외활동형에서는 '대외활동을 위한 여성남장 화소' 등이 전면으로 떠오른다는 사실을 발견하게 되었다.

그리고 이 특화화소의 변화를 분석해 유형 변화를 분석하고자 하였는데, 이 결과 각 특화화소 변화에 따른 유형 변화의 의미를 다음과 같이 찾을 수 있었다.

첫째, 신붓감찾기형의 특화화소로 설정된 속임을 통한 선보기 화소는 남성이 주체적으로 여성을 선택하려는 의도에서 설정되었는데, 후대로 올수록 속임수에 대한 도덕적 견제로 축소되거나 본질에서 벗어나 희화되는 양상을 보였다. 그리고 현실적인 혼속에 입각하여 소거되는 경우도 있으며, 남성의 부친이 대신 신붓감을 선보는 양상으로 변화하여 극적 효과를 확보하지 못하는 경우가 생기기도 하였다. 이에 대한 반작용으로 자유연애형에서 보이는 상호 인식 화소로 대체되는 양상으로 변화하기도 했다.

둘째, 신랑감고르기형의 특화화소인 늑혼 화소는 대체로 일부가 다처를 거느리는 남성 영웅의 결연담 가운데 하나로 설정되는 경우가 일반적이었다. 이러한 일부다처 결연구조는 조선을 배경으로 한 소설에서는 설정이 불가능하므로 대체로 중국을 배경으로 한 고소설에 주로 설정되어 가정 내의 갈등을 야기하여 가정소설로 전개되기도 하고, 영웅소설의 갈등 요인으로 작용하기도 하였다. 그에 비해 늑혼 화소는 우리나라를 배경으로 한 작품에 삽입되는 경우에는 처처갈등을 다룬 가정소설로 진행될 가능성은 희박하고, 그 자체의 애정결연담으로서 다양한 화소를 수용하여 애정소설의 면모를 갖출 가능성이 있다는 사실을 발견했다.

셋째, 자유연애형의 특화화소인 시를 통한 구애 화소는 남녀 간 자유로운 감정 교류를 위한 장면묘사와 시를 통한 구애라는 로맨틱한 분위기로 설정되는데, 후대로 가면 시는 사라지고 직접적인 구애 방식을 취하고 있어 현실을 반영하기도 하며, 중매를 통한 청혼형식으로 변화하여 사회규범인 중매결연으로 전이되는 양상을 보이기도 했다.

넷째, 애욕추구형의 특화화소인 첫 만남에서의 동침 화소는 남성이 여성에 대한 애욕을 충동적으로 표출하는 데서 시작하였는데, 비윤리적이라는 비난 때문에 혼전동침은 제거되고 애욕을 품은 남성이 여복으로 변장하여 여성의 침실에서 동침을 시도하다가 결국 정서적인 교감만으로 결연을 맺는 것으로 변화하고 있었다. 그런 다음에는 결연과정의 희화 요소로 작용하여 자유연애형 결연서사로 유형을 변화시키는 기미를 보이기도 했다

다섯째, 남성출세돕기형의 특화화소인 앞날을 위한 지감 화소는 여성이 남성의 출세 가능성을 예측하여 결연을 맺는 것에서 시작하는데, 후대로 가면 지감화소는 축소되고 여성이 직접 경제적으로 후원하거나 학문을 독려하는 방식으로 변화하고 있다. 그 결과 기녀신분인 여성은 신분이 상승되고 남성과 대등한 결연을 맺는 보상을 받는다. 여기에서 여성의 지감 요소와 내조 요소가 소거되고 일반 기녀애정소설로 변화하는 양상을 보였다. 조선 후기 일군을 이루며 등장한 기녀애정담은 이와 같은 화소의 변이에서 기인했을 가능성이 높다는 사실을 알 수 있었다.

여섯째, 여성대외활동형의 특화화소인 대외활동을 위한 여성남장 화소는 여성이 사회활동을 하는 남편을 직접 돕는 경우에서 비롯되었는데, 남성의 자존심을 손상할 수 있으므로 여성이 남장하는 화소를 설정하여 남편을 속이며 전쟁에 참전하여 돕는 것으로 변화했다. 후대에는 남성처럼 출세하겠다는 자의식을 가진 여성이 남장을 하여 영웅적인 전공을 세우고, 부하였던 남성과 결합하는 여장군계소설로 발전하고 있다.

그런데 이상의 여섯 유형은 자체적인 변이를 통해 다른 결연서사 유형이나 고소설 유형으로 변화하는 경우도 있지만, 둘 이상의 유형통합을 통한 변화도 감지되었다. 이 같은 유형통합의 결과는 남녀결연에서의 여성 역할을 확대시키고, 일부다

처 남녀결연 구조를 일부일처의 현실적인 방향으로 진행될 수 있도록 기여하고 있다. 즉 가정 내에서 일부다처라는 불합리한 부부구조를 유형통합을 통해 일부일처를 지향하게 하여 고소설의 사실적 경향을 확보하게 만드는 것이었다.

한편 남녀결연서사의 유형통합은 고소설 전체서사의 유형변화에도 작용하고 있었다. <옥루몽> <김희경전> <유문성전> <백학선전>은 처음 결연의 과정에 초점을 맞춰보면 애정소설이라고 할 수 있는데 혼사장애를 겪는 과정에서는 무예를 익히고 전투에 참여하여 군담소설로 볼 수 있게 한다. 그리고 후반부에 극복과정에서 여성남장을 통한 여성의 대외활동이 개입함으로써 여장군계소설로 유형이 변화할 수 있다. <권용선전>이나 <윤지경전> <옥루몽>의 경우는 결연서사 두 유형의 갈등으로 작품의 전체적인 성격이 달라진다. 신붓감찾기형, 자유연애형, 남성출세돕기형의 결연서사가 신랑감고르기형의 특화화소인 늑혼 화소와 갈등을 일으켜 전체 소설의 유형이 애정소설에서 가정소설로 변화할 수 있다.

이러한 여섯 유형은 현대의 작품에도 적용될 수 있어 텔레비전 드라마나 영화, 현대소설에서도 수용이 가능하리라는 생각에서, 오늘날 일반 대중의 관심을 집중시켰던 드라마를 대상으로 하여 고소설의 유형에 대입시키면서 비교분석을 시도해보았다. 그래서 고소설에서의 각 유형 속에 작용하고 있는 결연소재들을 제시하고, 오늘날 변화된 사회구조와 의식에 맞는 요소를 설정하여 현대 작품으로 이용될 수 있는 자료를 마련해보려고 노력하였다. 그 결과 고소설에 바탕을 둔 현대 작품 구성은 무한한 가능성을 가지고 있다는 사실을 발견할 수 있었다.

부 록
－남녀결연서사의 유형별 순차구조－

(1) 신붓감찾기형

【표준형】 〈구운몽〉의 양소유와 정경패 결연담

A. 양소유는 어머니의 명으로 혼처를 찾으러 장안으로 올라와 숙모 두련사에게 정사도의 딸 정경패의 명성을 듣고 선을 보기 원한다.

B. 양소유가 여복으로 변복하여 정경패의 선을 보다가 거문고를 연주하여 음률을 논하면서 봉구황곡을 통해 자신이 남자임을 비친다.

C. 정사도는 과거에 장원한 소유를 불러 보고 사위로 삼기로 약속하나 정경패는 속은 것을 들어 짐짓 거부의 뜻을 보이면서 마지못한 듯 부모의 뜻을 따른다.

D. 정혼이 이루어져 혼례를 기다리며 후원에서 외롭게 거처하는 양소유를 보고 시비 가춘운을 잉첩으로 들인다.

E. 태후가 난양공주와의 혼담을 추진하면서 파경의 위기에 처하자 양소유는 강하게 반발하여 구금된다.

F. 전란을 평정하기 위해 소유는 출정하고 난양공주와 태후의 배려로 정경패는 영양 공주가 된다.

G. 양소유와 성례하여 제1부인이 된다.

【원형】 〈동명왕편〉의 해모수와 유화 결연담

A. 해모수가 웅심연에서 노는 하백의 세 딸을 보고 아들을 낳을 수 있을 듯하여 왕비로 삼으려 한다.

B. 신하들이 궁을 지어 술자리를 마련하여 붙잡으라고 간하자, 말채로 신령을
부려 세 여자를 유인한다.

C. 만취한 세 여자를 가로 막자 두 동생은 도망하고 유화만 잡히게 되었다.

D. 유화만 보내려 하였으나 유화는 정이 들어 혼자는 가지 않으려 한다.

E. 하백이 항의하자 천제자임을 밝히고 청혼하겠다고 한다.

F. 하백과 해모수가 신통력 내기를 하여 해모수가 이긴다.

G. 천제자임을 인정하고 혼례를 치른다.

① 〈김희경전〉의 김희경과 최소저 결연담

A. 김희경이 과거를 보러 경성에 올라오니 외숙 석태부가 혼인을 주선하고, 희
경은 최소저의 집안 배경을 듣고 선을 보기 원한다.

B. 외숙의 꾀로 여복하여 최승상의 잔치에 참석하여 거문고를 연주하다가 기회
를 얻어 최승상의 내당에 들어가서 최소저와 음률문답을 하며 봉구황곡을
연주하여 남자임을 드러낸다.

D. 최소저의 의혹을 듣고 최승상이 희경을 선보고 혼인을 허락한다.

G. 본처로 맞이하였다가 후에 희경의 처음 정혼자 장소저가 나타나 제1부인이
되고, 공주가 제2부인, 최소저는 제3부인이 된다.

② 〈옥루몽〉의 양창곡과 윤소저 결연담

A. 양창곡이 강남홍과 동침 후 신붓감으로 윤자사의 딸 윤소저를 천거하는 것
을 듣고 마음속으로 허락한다.

B. 양창곡이 과거에 장원하여 한림이 되고 황각로와 노균이 구혼하자 윤상서에
게 명첩을 들여 청혼의 뜻을 보인다.

D. 윤상서가 매파를 통해 의혼하고, 이튿날 양창곡의 부친을 만나 허혼을 이룬다.

E. 황각로가 자기의 딸과 정혼하자고 양창곡 부친을 강압한다.

F. 윤소저와 정혼한 사실을 들어 거절한다.

G. 길일을 받아 윤소저를 친영하여 혼인한다.

③ 〈권용선전〉의 권용선과 오소저 결연담

A. 부인과 사별한 권용선에게 오상서가 현몽하여 자신의 딸 오소저가 천정배필임을 알려주고 숙부 권시랑의 집에서 오소저를 보고 그 절색에 감탄하여 연정을 품는다.

B. 서울로 상경한 숙부댁을 자주 왕래하며 오소저를 보며 연정을 드러낸다.

D. 숙부 내외는 두 사람을 약혼시킨다.

E. 황제가 권용선과 영희군주와의 혼사를 강요한다.

F. 황제의 늑혼에 강하게 거부하여 고난을 당한다.

G. 공주와의 혼례 전에 비밀리에 성례를 치른다.

④ 〈유문성전〉의 유문성과 이춘영 결연담

A. 유문성은 과거보러 상경하던 중 우연히 집안에서 추천하는 이춘영을 보고 마음을 빼앗긴다.

B. 유문성은 상사의 일념으로 과거도 포기하고 집으로 돌아와 병이 들어 눕는다.

D. 유승상은 직접 이상서를 찾아 청혼하고 그 자리서 허락을 받아 선을 보게 되며 신물로 옥지환을 건넨다.

E. 혼인할 날이 다가오는데 황제의 후궁 간택으로 혼인이 미뤄지고, 유승상의 내외가 병이 들어 죽으니 어린 유문성은 집안을 건사하지 못하고 유리걸식 하는 처지가 된다. 우승상 달목이 이소저를 며느리로 보고자 청혼하여 거절 당하자 전일 선황제의 후궁 간택을 거부한 사실을 들어 황제를 부추기니, 황 제는 이상서에게 달목의 아들과 정혼하라는 엄명을 내린다.

F. 이상서부부는 하는 수 없이 딸을 달목에게 출가시키기로 한다. 이소저는 강 하게 반발하여 자결을 결심하고 별당에 거처하는 유문성에게 자신의 뜻을 편지로 전하고 떠날 것을 종용한다. 놀란 유문성은 간곡하게 자결을 만류하 는 편지를 남기고 떠난다. 자결하지 못하고 결국 초례를 치룬 이소저는 우귀 례를 행하는 중 가마에서 목을 매서 죽게 된다.

G. 유문성은 산 속에 숨어 지내던 중 꿈에 이소저를 보고 죽은 줄을 알고 산사 를 찾아 스님에게 묻고 무덤 앞에서 곡하자 무덤이 열리면서 이소저가 환생 하게 되어 결합을 이룬다.

⑤ 〈정을선전〉의 정을선과 유추년 결연담

A. 정을선은 부친의 친구 유재상의 회갑에 참석하였다가 유재상의 후원에서 추 년을 한 번 보고 연모의 정을 품는다.

B. 정을선은 집으로 돌아온 후에도 그 사모의 마음을 잊지 못하여 죽을 지경에 처 한다.

D. 사경에 처한 을선이 추년에 대한 연정을 토로하자 정재상은 매파를 보내 유 재상에게 청혼을 하고 유재상은 흔쾌히 허락하여 두 사람의 정혼이 성립되 니 을선의 병은 나아간다.

E. 을선은 과거에 장원급제하고 한림학사가 되니, 추년의 계모 노씨는 음모를 꾸며 추년의 음식에 독약을 넣어 죽이고자 하나 실패한다. 노씨는 다시 자신 의 사촌 오라비를 시켜 신혼 초야에 칼을 들고 들어가 추년의 정부처럼 꾸 며서 협박한다. 을선은 추년을 부정한 여자로 알고 그날로 귀가한다.

F. 을선은 그후 초왕의 딸과 결혼하였고, 첫날 밤 소박을 맞은 추녀은 을선이 결혼하자 자살한다. 정을선은 순무어사(巡撫都御史)가 되어 추녀의 억울한 사정을 모두 밝히고, 아직 죽지 않은 추녀을 보고 선약을 구해 회생시킨다.

G. 을선이 초왕의 딸 조부인, 유부인과 함께 거처하게 하며 유부인을 더 사랑하니, 조부인은 투기하여 을선을 죽이려 한다. 을선은 모든 흉계를 밝히고 황제께 상소하여 조부인을 사사하고 유부인과 화락하게 지낸다.

⑥ 〈백학선전〉의 유백로와 조은하 결연담

A. 유백로와 조은하는 태몽에서 배필을 알려주고, 유백로가 스승을 찾아가던 중 유모와 함께 유자를 따오는 조은하를 보고 마음을 빼앗긴다.

B. 유백로가 유자를 구하며 직접 말을 걸어온다.

C. 조은하는 유모를 통해 유자 두 낱을 건네주며 마음을 전한다.

D. 유백로는 부친으로부터 받은 가보 백학선에 시구 두어 줄을 적어 정혼 신물로 주고 간다.

E. 승상 최국량이 아들의 혼처로 조은하에게 청혼하니 부친에게 유백로와 정혼 사실을 고하고, 퇴혼에 분개한 최국량이 조낭자 집안을 음해하니 조성노는 현령의 도움으로 가솔을 거느리고 유생을 찾아 도망한다.

F. 유백로는 조낭자를 만나기 위해 남경에 침입한 가달을 징벌하겠다고 자원출정하나 최국량의 음모로 군사를 모두 잃고 가달의 포로로 잡힌다. 조낭자는 노중에서 산신에게 검술과 병법을 터득할 수 있는 환약을 얻어 황제께 자원출정을 고하고, 전장에 나가 백학선의 위력을 빌어 가달을 징치하고, 유백로를 구출하여 봉작을 받는다.

G. 서로 부부의 의를 맺는다.

⑦ 〈조생원전〉의 조혜성과 김소저 결연담

A. 혜성이 구경을 나갔다가 누각이 찬란한 곳에 이르러 누상에서 춘경을 구경하는 미인을 보고 돌아와 연모의 정을 품는다.

B. 김소저가 부친의 제사 비용을 마련하기 위해 시비에게 수화(繡畵)를 팔아오게 하니, 시비는 조공자 집에 가서 팔며 김소저의 가정사를 모두 이야기한다.

C. 혜성은 김소저를 연모하여 매파를 보내 구애한다. 부모에게 통고하지도 않고 성례하여 동거하니 운우의 즐거움이 지극하나 부모에게 알리지 않았음을 내심 불안해 한다.

D. 황성의 조생원이 과거를 당하여 혜성을 불러올리니, 혜성은 후일을 기약하고 김부인과 헤어져 상경하여 장원급제한다.

E. 천자는 혜성에게 자신의 외손녀 후주와 결혼을 권고하고, 혜성은 김소저와의 결혼 사실을 부모께 알리지 못하고 연모의 정만 키우다가 득병하여 사경을 헤맨다.

F. 혜성은 누이에게 결혼 사실을 고하자, 조생원 내외도 알게 되어 대로하나, 김소저의 가문과 현숙함 듣고, 또 혜성이 병이 위급하므로 김소저를 친영하기로 하니 혜성의 병은 쾌차하게 된다.

G. 혜성은 천자의 명을 거역할 수 없어 후주와 결혼하니, 결혼 초야만 후주와 잔 후 언제나 김부인의 방에서 자니 후주는 시기심이 발동하여 김부인을 음해한다. 조생원이 돌아와 잘못을 바로잡고 후주도 회개하여 화목하게 지낸다.

⑧ 〈최고운전〉의 최치원과 나운영 결연서사

A. 최치원은 거울을 고치는 장인이 되어 나승상집을 찾아가 승상의 딸 운영이 예쁜 것을 확인하고 일부러 돌 위에 거울을 떨어뜨려 깨고, 거울 값을 물어주기 위해 나승상집 노복이 되어 스스로 파경노(破鏡奴)라고 이르며, 말 기르기 소임을 잘 완수하고 꽃밭 가꾸기 일을 맡아 돌산에 꽃이 만개하게 하였다.

B. 운영이 꽃밭을 지키는 최치원 때문에 꽃밭을 구경하지 못하는 것을 알고 최치

원은 고향에 다녀오겠다고 속여 꽃 속에 숨어 있다가 운영과 시로 화답한다.

C. 중국 천자가 보낸 석함 시험이 나승상에게 맡겨지자 식음을 전폐하고 운영도 또한 고민하는데, 최치원이 꽃을 꺾어 전하며 자신감을 표시한다.

D. 운영이 나승상에게 최치원을 천거하고 최치원은 나승상의 청을 거절하며 사위를 삼아주면 석함에 대한 시를 짓겠다고 한다.

E. 나승상 내외가 노복을 사위 삼을 수 없다고 강하게 반대한다.

F. 운영이 간곡하게 부모를 설득하여 혼인 허락을 얻는다.

G. 모든 친척들이 허락하여 예를 갖추어 혼인을 이룬다.

(2) 신랑감고르기형

【표준형】〈구운몽〉의 양소유와 난양공주 결연담

A. 양소유가 대궐 안에서 숙직을 하던 중 난양공주의 옥퉁소 소리를 듣고 자신도 옥퉁소로 화답한다.

B. 태후와 황제가 부마감으로 양소유를 지목한다.

D. 이소화의 오빠 월왕(越王)을 양소유에게 보내 부마 간택 사실을 전한다.

E. 양소유가 정경패에게 납폐한 사실로 정중히 거절하니 황제가 설득하고 태후가 납폐를 물리도록 조치하자 상소로써 사정을 알리니, 태후가 노하여 투옥시킨다.

F. 변란을 평정하기 위해 나간 양소유가 전공을 세우자 이소화는 정경패와 더불어 부인이 되기를 태후에게 간청하고 상면한다.

G. 정경패를 태후가 수양딸로 들여 영양공주로 봉하니 두 공주가 양소유와 성례하여 영양공주는 제1부인, 난양공주는 제2부인이 된다.

【원형】〈송홍전〉의 송홍과 호양공주 결연담

A. 후한 광무제의 누이 호양공주가 과부가 되어 송홍의 위용과 성품을 보고 마음에 둔다.

B. 광무제가 호양공주를 병풍 뒤에 앉히고, 송홍을 인견하며 시속을 들어 아내를 바꾸라고 권한다.

E. 송홍은 빈천할 때의 벗은 잊을 수 없고 조강지처를 버릴 수 없다고 거부한다.

F. 광무제가 병풍 뒤에 앉은 호양공주에게 혼사가 어렵겠다고 말한다.

   ① 〈옥루몽〉의 양창곡과 황소저 결연담

A. 황각로가 양창곡의 전망을 보고 사위 삼을 뜻을 보인다.

B. 황각로가 직접 양창곡 부친을 찾아와 구혼한다.

D. 윤소저와 정혼을 들어 퇴혼하자 황각로는 부인 위씨의 친척인 태후와 황제에게 간청하고, 황제는 양창곡에게 황소저와의 혼인을 명한다.

E. 양창곡은 부부의 신의를 내세워 늑혼을 거부하고, 하옥되었다가 다시 노균의 모함을 받아 유배를 간다.

F. 다섯 달의 유배생활을 마치고 황제의 명을 순순히 받아들여 황소저와 정혼한다.

G. 황제의 부조로 성대한 혼례를 치르고 부부로 결합한다.

   ② 〈권용선전〉의 권용선과 영희군주 결연담

A. 권용선이 황제와 후원을 소요하는 것을 본 주태후의 손녀 영희군주는 비범함을 보고 흠모한다.

B. 주태후를 통해 황제에게 혼인하려는 뜻을 전한다.

D. 황제가 혼인을 주선한다.

E. 권용선은 오소저와 약혼을 들어 거부하다가 피할 수 없음을 알고 몰래 오소저와 먼저 혼인한다.

F. 황제의 명을 어기지 못하고 하는 수 없이 군주를 받아들이기로 한다.

G. 공주와 혼인하였으나 용선이 홀대하자 분개하여 음모를 꾸며 시가붙이들을 곤궁에 빠뜨리고 결국은 징치된다.

③ 〈윤지경전〉의 윤지경과 연성옹주 결연담

A. 윤지경이 정시에 장원하니 종실 희안군이 구혼하는데 거절하고, 앙심을 품은 희안군이 귀인 박씨의 소생 연성옹주와 혼인을 왕께 주청한다.

D. 최소저와 전안례를 치르던 중 연성옹주와 혼인하라는 왕명을 듣는다.

E. 윤지경이 최소저의 일생을 생각하여 극구 거부한다.

F. 왕은 대로하여 윤지경 부자를 하옥하고 퇴채하게 하니 하는 수 없이 옹주를 받아들인다.

G. 지경은 옹주와 초야부터 동침을 거부하고 별거하여 지내며, 최소저의 침실을 밤중에 매번 왕래하니 옹주는 투기를 하여 윤지경과 최소저를 궁지에 빠뜨리나 후에 개과천선하여 화락을 이룬다.

④ 〈김진옥전〉의 김진옥과 무양공주 결연담

A. 김진옥이 장원급제하니 황제는 무양공주의 부마로 삼고자 한다.

D. 김진옥은 유승상의 딸과 정혼 사실을 고하자 친영이 안 된 상태이므로 퇴혼할 것을 명한다.

E. 김진옥은 유소저와의 정혼을 지키기 위해 강하게 거부하며, 타문에 출가할 수 없는 여자의 입장을 들어 황제를 설득한다.

F. 황제가 김진옥을 하옥하니 유소저는 상사병으로 죽게 되고, 유승상의 부인이 이모인 태후에게 간청하여 진옥을 방면하고 무양공주와의 혼인을 파기한다. 파혼에 앙심을 품은 무양공주는 간신배와 도모하여 유소저 모자를 죽이려 하다가 징치된다.

(3) 자유연애형

【표준형】〈구운몽〉의 양소유와 진채봉 결연담

A. 양소유가 어머니의 명으로 구혼을 하기 위해 장안으로 가던 중 화주 화음현에서 산책하다가 아름다운 풍경을 보고 양류사 노래를 짓는다. 양류사 읊는 소리에 다락 위에서 낮잠 자던 채봉이 깨어나 소유와 상면한다.

B. 진채봉이 양소유를 놓칠까 염려하여 유모를 통해 화답시를 보낸다.

C. 양소유 화답시를 주며 월색을 타고 만나고자 하나 채봉은 남의 이목을 들어 밝은 날 보자고 화답한다.

D. 양소유가 유모 앞에서 장래를 맹세하고 이튿날 결연을 기다리던 중 새벽녘 전란으로 헤어진다.

E. 부친이 반란군에 가담했다고 죽임을 당하자 채봉은 궁녀가 되었다가 황제의 눈에 들어 여중서가 된다.

F. 황궁에서 양소유가 부채에 남긴 글을 보고 화답시를 써 두었다가 황제에게 발각되어 양소유와의 사연을 자백한다.

G. 난양공주가 양소유와 혼인 때 잉첩으로 양소유와 결합해 깊은 정회를 풀어낸다.

【원형】〈김유신열전〉의 서현과 만명부인 결연담

A. 서현이 길에서 만명을 보고 흠모해 눈길을 보낸다.

B. 중매 없이 직접 애정을 표시한다.

C. 처음 만나 바로 결연을 맺는다.

D. 서현이 만노군 태수가 되어 부임하게 된다.

E. 서현을 따라가려던 만명이 부모에 의해 구금당한다.

F. 만명이 별채에 갇히어 있을 때 뇌성벽력이 집 문을 때려 감시하던 사람이 기절한 사이에 탈출한다.

G. 만명이 탈출해 서현과 함께 가서 결합해 한평생 잘 살게 된다.

① 〈이생규장전〉의 이생과 최랑 결연담

A. 개성의 재자 이생은 성균관을 나가던 길에 최낭자의 경치 좋은 정원을 담 너머로 엿보는데 누대 주렴 속에서 수를 놓던 최낭자와 눈길을 주고받으며 연정을 드러낸다.

B. 최낭자가 연애시를 지어 부르니, 이생은 흥분하여 돌아오던 길에 화답시를 적어 던진다. 최낭자는 날이 저물면 그곳으로 오라고 편지를 전한다.

C. 날이 저물어 이생이 담 아래 오자 밧줄에 대바구니를 묶어 이생을 집안으로 끌어 들인다. 두 사람은 다락에서 운우의 정을 나눈다.

D. 사흘간 집을 비운 이생이 부친의 꾸중을 염려하여 돌아간다.

E. 부친은 학문을 게을리 하고 집안의 지체가 맞지 않다고 질책하며 울주 농막으로 보낸다.

F. 이생을 만날 수 없는 최낭자는 상사병으로 식음을 전폐하고 죽을 지경에 처하여 부친에게 그간 사정을 고한다. 매파를 통해 청혼하자 가세가 기우는 것을 이유로 두 번을 거절하다가 세 번째 허락한다.

G. 두 사람을 결혼하여 행복한 나날을 보내고 이생은 과거에도 급제한다.

② 〈김희경전〉의 김희경과 장설빙 결연담

A. 김희경은 부모의 명으로 혼처를 찾아 상경하다가 주점에서 궁벽한 처지가 된 장설빙을 보고 마음을 빼앗긴다.

B. 희경은 시비 영춘에게 설빙의 내력을 듣고, 설빙은 태몽을 들어 천정배필임을 알고 자매(自媒)한다.

C. 희경이 대면할 것을 청하자 장설빙은 야밤을 피하여 낮에 선을 본다.

D. 신물로 반지와 백옥서진을 교환하고 훗날을 기약한다.

E. 부친과 외숙이 모두 죽어 집안이 몰락하자 의탁할 곳이 없어 고난을 당하다가 남복하여 학문을 익혀 과거에 장원급제한다.

F. 김희경은 장설빙의 유서를 보고 죽은 것으로 알고 최소저와 혼인한다. 장설빙과 김희경이 각가가 대원수와 부도독이 되어 반란을 진압하니, 황제가 두 사람에게 두 공주를 하가시키려 하니, 장소저는 황제께 표를 올려 그간의 사정을 모두 주달하고 용서를 구한다.

G. 황제는 희경에게 장소저와 공주를 부인으로 삼으라 명하여 결합한다.

③ 〈최척전〉의 최척과 이옥영 결연담

A. 최 척이 정 상사 집에서 글공부를 하던 중 생질녀 이낭자가 최 척을 보고 마음을 빼앗긴다.

B. 이낭자가 시비를 시켜 연애시로 정을 전한다.

C. 최 척도 이낭자를 흠모하여 아버지에게 청혼해 줄 것을 간청하여 청혼한다.

D. 이낭자 모친은 최 척의 가난함을 이유로 거절하고 이낭자는 눈물로 설득하여 허락을 얻어 정혼한다.

E. 최 척은 의병에 차출되어 출전하게 되고 휴가를 얻지 못해 혼인날을 놓치며, 혼인날을 놓치자 이웃의 부자 양씨가 재물로 이낭자 모친을 충동질하여 파혼하게 한다.

F. 이낭자는 양씨와 혼인날을 잡게 되자 강하게 반발하고 자결을 기도하며, 병이 든 최척은 귀가 조치를 받는다.

G. 옥영과 혼례를 치루고 행복한 생활을 꾸리던 중 임진왜란을 만나 이산을 하여 일본으로 끌려가고 다시 중국 상선에서 고난을 당하던 중 서로 해후한다.

④ 〈윤지경전〉의 윤지경과 최연화 결연담

A. 윤지경은 여역이 돌아 죽은 당고모의 집으로 피접을 가서, 후부인 이씨의 소생 연화를 보고 마음을 빼앗긴다.

B. 모친에게 청혼할 뜻을 보여 지경의 부모가 통혼하니, 이부인이 지경이 청루를 출입한다는 이유로 거절한다.

C. 지경과 연화가 모두 염질을 앓자 양가 사람들은 종들에게 구완을 맡기고 피접을 가니, 지경은 외헌에 있고, 연화는 내당에 있다가 병이 나은 후 서로 왕래하던 중 의기투합하여 사랑을 약속한다.

D. 양가가 흔쾌히 정혼한다.

E. 지경이 과거에 장원하고 종실 희안군이 구혼하여 거절하니, 앙심을 품은 희안군이 귀인 박씨의 소생 연성옹주와 혼인시키도록 왕께 주청한다.

F. 전안례를 치르던 중 연성옹주와 혼인하라는 왕명을 듣자 최소저의 일생을 생각하여 극구 거부한다. 왕은 대로하여 윤지경 부자를 하옥하고 퇴채하게 하니 하는 수 없이 옹주를 받아들인다.

G. 지경은 옹주와 초야부터 동침을 거부하고 최소저를 찾아 동침하니 옹주의 투기한다. 결국 최부인과 결합하고 옹주를 용서하여 행복한 가정을 꾸린다.

⑤ 〈숙향전〉의 이선과 숙향 결연담

A. 숙향은 전란 중 부모와 이산하고 우여곡절 끝에 천태산 마고할미에게 의탁
   하여 지내던 중 꿈속에 본 신선궁을 수로 놓아 장사꾼에게 파니 장사꾼이
   낙양의 이선에게 수화에 글을 받기 위해 보이니 감동하여 사들이고 그 출처
   를 찾아 나선다.

B. 마고할미에게 숙향의 이야기를 듣고 인연을 맺게 해달라고 간청하고, 자신의
   숙모에게 은밀히 잔치 채비를 부탁한다.

C. 이선은 마고할미 집에서 숙향과 인연을 맺는다.

D. 이선의 부모가 허락없이 결연을 맺은 것에 노하여 이선을 불러올리니 훗날
   을 기약하며 헤어진다.

E. 이상서는 둘 사이를 떼놓기 위해 낙양태수에게 명해 처녀를 옥에 가두도록
   하니, 낙양태수로 있는 숙향의 부모와 상봉하나 이상서는 숙향을 죽이라고
   한다.

F. 이선의 숙모가 궁중에서 이 사실을 듣고 자신이 결연을 주선했다고 처형을
   말아달라고 청하자 숙향을 석방하고 이선을 황성으로 불러올린다.

G. 이상서 집에 의탁한 숙향과 이선은 상봉하고, 이성서부부가 숙향의 현숙함
   을 보고 며느리로 인정한다. 이선은 승상의 벼슬에 올라 신선의 약을 구해
   황태후의 병을 낫게 하여 초왕에 봉해지고, 숙향도 정렬부인이 되어 행복한
   일생을 살다 신선세계로 돌아간다.

⑥ 〈숙영낭자전〉의 백선군과 숙영낭자 결연담

A. 선군이 서당에서 독서 중 졸다가 꿈속에 선녀 숙영을 만나 사랑을 속삭이고,
   연모하는 마음이 커서 병들어 죽게 된다.

B. 이에 숙영은 꿈에 나타나 옥련동에서 만나보자고 한다.

C. 선군이 옥련동을 찾아가 숙영을 만나니, 숙영은 천연을 맺을 기약이 3년이

남았다고 돌아가기를 권하나 선군은 그날로 동침하며 운우의 낙을 이룬다. 숙영을 데리고 집으로 돌아와 부부가 되어 슬하에 남매를 두었으나 10년을 신혼초야처럼 지낸다.

D. 숙영은 선군을 권하여 과거에 응시케 하니, 선군은 떠나가다가 숙영을 잊지 못해 밤중에 되돌아 와 사랑을 속삭인다. 숙영은 자신의 화상을 주며 떠나기를 권한다.

E. 시부 백공은 숙영의 방에서 이틀간 남자의 음성을 듣고 숙영의 정절을 의심하여, 시비 매월을 시켜 지키게 하니, 간부와 통정한 것으로 음해한다.

F. 숙영은 억울한 누명을 이기지 못하고 자결하니, 시신을 움직일 수도, 칼을 뽑을 수도 없다. 백공은 선군이 돌아오면 반드시 따라 죽을 것을 염려하여 풍산(楓山)의 임진사의 딸과 약혼을 해둔다.

G. 과거에 장원급제한 선군은 숙영을 만나기 위해 급히 내려오다가 풍산에서 부친을 만나 숙영의 자결 소식을 듣고, 급히 집으로 돌아와 시비 매월을 처형하고 숙영을 선약으로 재생시킨다. 선군은 임소저를 부인으로 맞고, 숙영과 해로하다가 용을 타고 승천하여 선계로 돌아간다.

⑦ 〈양산백전〉의 양산백과 추양대 결연담

A. 양산백은 운향사로 3년 공부를 떠나는데, 남복을 하고 공부를 하러 온 추양대를 도중에 만나 한 방에 기숙하면서 사생결약을 맺는다.

B. 산백이 목욕을 하면서 추양대가 여자임을 눈치 채고 잠자는 추양대의 가슴을 열어보고 확인하니 추양대는 이별시를 남기고 집으로 돌아온다.

C. 상사의 정을 품은 양산백은 추양대 집을 찾아 서로 교감하며 청혼한다.

E. 추양대 부친은 이미 심상서의 아들과 정혼함을 들어 크게 노하니, 두 사람은 애절하게 이별한다. 추양대의 혼인이 다가오자 양산백은 상사병이 깊어 죽으면서 편지 한 장과 추양대의 신행길가에 자신을 묻으라는 유언을 남긴다.

F. 추양대는 신혼초야 신령의 도움으로 동침하지 않고, 꿈속에서 양산백과 동침한다. 신행길에 양산백의 무덤이 갈라져 무덤 속으로 뛰어들고, 신랑이 분이 나서 무덤을 나누어 두니 칡넝쿨이 되어 얽혔다.

G. 두 사람의 혼령이 태을선인을 찾아 미진한 인연을 맺기를 소원하니 재생시켜주어 다시 혼인하여 행복한 나날을 보내던 중, 오랑캐가 침입하니 출장입상하여 공을 세우고 안락을 누린다.

⑧ 〈채봉감병곡〉의 강필성과 김채봉 결연담

A. 채봉은 동산에 꽃구경을 나갔다가 성내에 사는 전 선천부사의 아들 강필성이 자신의 미모에 이끌려 엿보는 것을 안다. 채봉도 필성의 풍채를 보고 마음이 끌렸으나 부끄러워 급히 후원으로 돌아온다.

B. 필성은 채봉의 뒤를 쫓아오다 채봉의 손수건을 주워 거기가 연정 한시를 적어 보낸다. 연시를 받아 본 채봉은 잠시 주저하다가 화답시를 보낸다.

C. 보름날 후원 동산에서 두 사람이 만나서 수작하는데, 채봉의 어머니 이부인이 발각하고 채봉을 질책하니, 채봉은 필성의 존재를 알린다.

D. 필성은 어머니를 설득하여 매파를 보내 통혼하니 이부인은 전날 필성의 비범함을 보았으므로 한양 간 남편을 기다리지 못하고 약혼하기로 한다.

E. 채봉은 아버지는 출세를 위해 딸을 한양 허판서의 소실로 들이기로 한다.

F. 채봉은 필성을 배신할 수 없어 도망하고, 부친을 구하기 위해 기생으로 몸을 팔아 강필성과 화답한 시를 통해 상봉하고 사랑을 나누다가 다시 신임감사의 비서로 팔리니 필성도 이방으로 자원하여 채봉을 만나려 한다.

G. 채봉은 필성을 그리면서 감별곡을 지어 부르니, 감사는 두 사람의 사랑을 가상히 여겨 주혼이 되어 숙연을 성사시켜 준다.

⑨ 〈운영전〉의 김진사와 운영 결연담

A. 안평대군의 궁녀 운영은 시회에서 소년 선비 김진사의 벼루 시중을 들다가 그 재모에 빠져 들고, 김진사 역시 운영에게 미소로 답한다.

B. 김진사를 연모한 운영은 김진사를 다시 만나기를 기다리던 중, 시회에 참석한 김진사에게 접근하지 못하고 문틈으로 연서를 전한다.

C. 김진사는 답서를 지어 무녀를 통해 전하고 노복 특의 도움으로 월장하여 운영과 동침한다.

E. 운영은 자신의 세간을 빼돌리고 김진사와 도망하려 계획하였는데 노복 특의 음모에 휘말려 안평대군에게 발각되어 문책을 받는다.

F. 운영은 안평대군에게 고문을 당하고 그날 밤 목매 자살하니, 김진사도 운영이 죽은 줄을 알고 절에서 명복을 빌고는 며칠을 굶다가 자결한다.

⑩ 〈영영전〉의 김생과 영영 결연담

A. 기남자 김생이 취중에 시를 읊조리다 길가에서 영영을 보고 마음을 빼앗겨 상사병이 든다.

B. 노복 막동의 꾀로 여인이 들어간 집을 빌려 전송연을 한다고 하고 술과 음식을 노파에게 대접하여 여인의 신원을 파악한다.

C. 노파의 주선으로 영영을 만나 사랑을 고백하고 밤을 지새고자 하나 영영은 회산군의 엄명이 두렵다고 하며 거절하며, 회산군이 출타하는 보름 밤에 무너진 담장을 통해 자신의 처소로 오라고 청하여, 약속대로 둘은 만나서 동침한다.

D. 이별시를 나누며 눈물로 이별한다.

E. 회산군의 감시가 심해 다시 만나지 못하고 김생은 과거에 장원한다

F. 김생이 삼일유가 중 일부러 회산군 집 앞에서 낙마하여 회산군 댁에 들어가 차 심부름을 하는 영영을 보았는데, 상사의 편지를 적어 몰래 김생 앞에서

떨어뜨리니 영영의 상사 편지를 보고 김생도 병이 들어 죽게 된다.

G. 김생의 친구가 문병을 와 사연을 듣고, 회산군 부인이 고모가 된다면서 주선하여 영영과 상봉하게 한다.

⑪ 〈열녀춘향수절가〉의 이몽룡과 성춘향 결연담

A. 남원 부사의 아들 이몽룡은 방자와 함께 광한루로 단오 구경을 갔다가 추천하는 춘향을 보고 연정을 품는다.

B. 방자를 시켜 춘향을 직접 불러보고 구애하여 그날 밤 집으로 찾아가겠다 한다.

C. 밤중에 만난 두 사람은 월매가 허락한 가운데 장래를 약속하고 동침한다.

D. 부친이 내직으로 올라가니 반지와 거울로 신물을 삼고 이별한다.

E. 신관 사또 변학도가 춘향의 미색을 탐하여 수청을 강요한다.

F. 춘향은 강하게 거부하며 수절하다가 옥중에서 죽게 되니, 이몽룡은 과거에 급제하여 암행어사 되어 내려와 춘향을 구출한다.

G. 임금은 춘향의 절개를 기리어 정렬부인에 봉하고 두 사람은 결합해 행복하게 산다.

⑫ 〈부용상사곡〉의 김유성과 부용 결연담

A. 한양 안국동에 사는 김유성은 평양을 유람하다가 화려한 누대가 있는 곳을 발견하고 인근 주점에 들려 물으니 명기 부용의 집이라는 말을 듣고 호감을 가진다.

B. 주점 노파에게 부용의 명성을 듣고 흠모하여 시 한수를 적어 노파에게 보낸다.

C. 부용이 승낙하여, 밤에 만난 유성과 부용은 술상을 앞에 두고 시로써 화답하며 밤늦도록 놀다가 백년의 언약을 맺고 운우(雲雨)의 낙을 이룬다.

D. 두 사람은 열흘을 함께 지낸 후 후일을 기약하고 이별한다.

E. 새로 부임한 평양감사가 주색을 좋아하니 부용에게 욕정을 품었던 최만흥은 부용을 천거하여 수청을 들게 한다.

F. 부용은 강압을 이기지 못해 대동강에 투신자살하였는데, 최기남(崔奇男)의 고깃배에 구조되어 생명을 보존하고 의탁하며 애인을 그리며 상사곡을 지어 김유성에게 보낸다.

G. 유성이 급제하여 선천부사로 부임하려는데, 부용의 상사곡을 받아보고 감격하여 답신을 보내고, 모부인과 부용을 데리고 선천으로 부임하여 숙연(宿緣)을 맺었다.

⑬ 〈유록전〉의 정몽세와 유록 결연담

A. 정몽세는 예조좌랑을 지내다 사임하고 전춘연을 열었는데, 그 자리에 동참한 유록이라는 기생과 서로 추파를 보내며 흠모하였으나 연회를 파할 때 아무 언약도 없이 헤어졌다.

B. 연회에서 두 사람의 연정을 확인한 동료 김선전관이 수일 후 유록을 찾아가 연모의 마음이 있음을 알고 정몽세에게 알리고 중매를 서겠다고 자청한다. 이에 정모세가 편지를 써주자 유록에게 전하고 회답을 받아 몽세에게 전한다.

C. 이튿날 저녁에 정몽세가 유록을 찾아가 백년가약을 굳게 맺고, 두 사람의 사랑은 날로 깊어간다.

D. 정몽세가 해주부사가 되어 유록과 후일을 기약하고 이별한다.

E. 병자호란이 일어나 유록은 오랑캐에게 끌려 압록강 가에 도착한다.

F. 강변 석벽에 유서를 남기고 투신자살하였는데 다행히 임진란에 순사한 계월향의 구출을 받고, 몽중 계시에 따라 여승에게 의탁하여 지내다가 다시 위기에 처해 대강에 투신하니, 몽중 계시를 받은 몽세에 의해 구출된다.

G. 정공은 의주부윤이 되고 부임하면서 유록을 데리고 가서 행복한 생활을 하였다.

(4) 애욕추구형

【표준형】〈주생전〉의 주생과 선화 결연담

A. 주생이 연희에 참석한 기녀 배도를 몰래 따라 왔다가 승상의 딸 선화의 미모와 자태를 보고 연모의 정을 품는다.

B. 선화의 남동생 국영의 글 선생이 되어 별당에 거쳐하며 밤마다 기회를 엿보다가 시로써 마음을 전한다.

C. 선화의 방에 몰래 뛰어들어 반강제로 동침하고 사랑을 키워 나간다.

D. 두 사람은 몰래 통정한 것을 두려워하며 신물을 교환하며 사랑을 맹세한다.

E. 두 사람의 관계를 눈치 챈 배도가 주생을 집으로 데려가 만나지 못하게 하다가 국영과 배도가 죽자 의지할 곳이 없는 주생은 유랑의 길에 오르고, 두 사람 모두 상사병이 들어 죽을 위기에 처한다.

F. 주생은 갑부인 외척을 통해 선화에게 청혼하고 허락을 받아 들떠있는 사이 조선에 왜란이 터져 원병을 파병하는데 서기로 차출되어 참전하게 된다.

【원형】〈도화녀비형랑〉의 진지왕과 도화녀 결연담

A. 진지왕이 민간의 부녀자 도화녀가 아름답다는 말을 듣고 불러들인다.

B. 도화녀의 아름다움에 반해 강제로 함께 살 것을 청한다.

D. 도화녀는 유부녀로서 불가함을 말하고 남편 사후에는 가능하다고 허락한다.

E. 진지왕이 왕좌에서 쫓겨나 죽는다.

F. 도화녀의 남편도 죽는다.

G. 진지왕의 혼령이 도화녀와 결합하여 이레를 머물고 그 후 비형랑을 낳는다.

【원형】〈신도도〉의 신도도와 진녀 결연담

A. 신도도가 떠돌며 공부하다가 큰 저택을 발견하고 문 앞에 있는 푸른 옷의 여자에게 저녁밥을 청한다.

B. 여자가 진녀에게 고하자 진녀는 신도도를 불러들여 인사를 나누고 음식을 잘 대접한다.

C. 진녀는 자신은 죽은 지 23년이 된 귀신이라고 말하고 부부가 되어 사흘을 보내자고 청한다.

D. 사흘 후 진녀는 생사가 다름을 말하고 숙연이 사흘이므로 이별하자고 하며 신물로 금침(金枕)을 준다.

E. 신도도가 진나라로 가서 시장에서 금침을 파니 진나라 왕비가 발견하고는 출처를 묻는다.

F. 신도도가 갖추어 이야기하니 매우 슬퍼하면서도 의심하여 사람을 시켜 무덤을 파게 하니, 다른 물건은 그대로 있으나 금침만 보이지 않았고 시신을 풀어보니 남자와 교접한 흔적이 남아 있었다.

G. 왕비는 사실을 확인하고 신도도를 사위로 인정하여 부마도위(駙馬都尉)에 봉하고 많은 보물을 내렸다. 후인들이 이때부터 임금의 사위를 부마라고 불렀다

① 〈위경천전〉의 위경천과 소숙방 결연담

A. 위경천이 친구들과 술을 마시다가 화려한 소상국의 집에 들어가 갇히게 되었다.

B. 몸을 숨겨 날 새기를 기다리다 우연히 그 집 외동딸 소숙방을 보고 욕정을 느낀다.

C. 참지 못해 침실로 뛰어드니, 처음에는 강력히 반항하고 거부하였으나 사정이야기를 듣고 면모를 살핀 소숙방은 위생을 받아들여 동침한다.

D. 서로 사통하였음을 염려하면서도 백년해로를 맹세하며 훗날을 기약한다.

E. 두 사람이 모두 상사병이 들었으나 차마 부모에게 알리지 못하고 다 죽게 된다.

F. 부모가 그간 사정을 듣고 혼약이 맺어준다.

G. 혼례를 치루고 행복한 나날을 보내다가 조선의 원병으로 참전하기 위해 이별하였는데 병으로 위생이 죽자 소숙방도 목을 매 자결하여 함께 묻힌다.

② 〈조웅전〉의 조웅과 장소저 결연담

A. 조웅은 여행 중 사윗감을 찾고 있는 장진사집에 유숙하며 장소저의 거문고 소리에 연정을 품는다.

B. 조웅은 퉁소를 불어 화답하고 연정을 드러낸다.

C. 장소저의 부친이 현몽하여 조웅이 배필임을 알려주고, 조웅은 풍월소리에 끌려 침방으로 뛰어든다. 격식을 원하는 장소저를 설득하고 반강제로 동침한다.

D. 유유히 떠나려는데 장소저가 신물을 요구하여 부채를 주고 간다.

E. 강호자사가 장소저의 미모를 보고 후취코자 청혼하니 정혼 사실을 들어 거절하자 강제로 납폐한다.

F. 자결을 결심하고 부친이 남긴 유서를 보고 강선암으로 조웅 모친을 찾아 은거한다.

G. 조웅은 강호자사를 징치하고 전공을 세워 장소저를 부인으로 맞는다.

③ 〈김진옥전〉의 김진옥과 유소저 결연담

A. 두 사람의 결연이 천정배필임을 태몽에서 언급하고, 김진옥이 부모를 찾아 헤매는 도중에 백수노인이 유승상의 딸과 가연 맺는 방편을 일러준다.

B. 여복을 하여 유소저와 같은 방에서 기거하게 된다.

C. 진옥이 남자임을 밝히자 유소저는 동침을 강하게 거부하고 진옥의 내력을 듣고 매파를 통해 청혼하라고 이른다.

D. 신물로 면경을 주고 훗날을 기약한다.

E. 김진옥이 장원급제하니 황제는 무양공주의 부마로 삼고자 하고, 유승상은 유소저를 박승상의 아들과 정혼한다.

F. 김진옥은 정혼 사실을 들어 황제를 설득하고, 유소저는 부친과 갈등하며 자결을 결심하자 유승상은 박승상 아들과의 혼사를 물린다.

G. 유소저의 상사병이 깊어지자 모부인이 이종인 황태후께 상소하여 진옥을 방송하고 혼인하게 한다.

④ 〈임호은전〉의 임호은과 이정옥 결연담

A. 호은이 영은사를 찾아 구경하다가 마침 불공을 드리러 온 황성 이승상의 딸 정옥을 보고 상사병이 든다.

B. 법사에게 고백하고 법사의 주선으로 여복으로 변장하고 황성으로 가 이승상의 시비가 된다.

C. 호은은 정옥과 같이 자다가 자신의 신분을 밝히고 사랑을 고백하니, 정옥이 처음엔 대노하였으나 천정배필임을 알고 순응하며 그날로 가연을 맺는다.

D. 두 사람은 신물을 교환하고 훗날을 기약하며 호은은 새벽에 영은사로 도망한다.

E. 호은은 과거에 장원급제하고, 이승상은 정옥에게 신방장원을 사위 삼겠다고 약속을 하였으나 차상으로 급제한 조상서의 아들 봉빈의 구혼을 받아들여 약혼시키려 한다.

F. 정옥은 부친의 무신을 원망하며 침식을 전폐하고 죽으려 한다.

G. 호은이 조정의 일을 공명하고 엄격하게 처리하자 이승상은 조상서와의 혼사를 물리고 호은을 사위로 맞이하여 정옥과 숙연을 성취한다.

⑤ 〈정진사전〉의 정창린과 박춘경, 최옥린 결연담

A. 정진사이 쌍둥이 남매는 아주 흡사해 분간하기 어렵고, 정귀봉은 이웃에 사는 박춘경, 최옥련과 격없이 지낸다.

B. 하루는 박소저가 부친이 출타한 틈을 타 즐겨 놀자고 정소저를 부르자 칭병하고 못 간다 하니 창린이 여복하여 놀러간다.

C. 정창린은 병을 가장하여 두 소저와 신체접촉을 하고, 시를 짓는 자리에서 남자임을 밝히니 두 소저는 놀라서 자리를 비킨다.

D. 정창린은 박소저의 옥지환과 최소저의 명월패를 신물이라고 가져와 버린다.

G. 최소저의 외숙이 김참판과 혼사를 의논하자 정창린과의 희롱한 일을 고하니 최승지가 김참판과의 혼사를 물리고, 부모들이 모두 알고 혼사를 상의하여 정창린이 장원급제 후 혼례를 치른다.

⑥ 〈만복사저포기〉의 양생과 처녀귀 결연담

A. 남원의 양생이 부처님과 저포 내기를 하여 배필을 정해주기를 소원하자 밤중에 한 여인이 부처님 앞에 나타나 축원문을 읽으며 배필을 정해달라고 흐느끼고 양생은 아름다움에 반한다.

B. 양생이 처녀에게 다가가 마음을 전한다.

C. 처녀가 승낙하여 그날 밤 만복사 으슥한 방에서 동침한다.

D. 이튿날 개녕동 여자 집으로 가서 며칠을 즐기니, 여자가 인간 세상으로 돌아가라고 말하며 은배 하나를 정표로 준다.

E. 양생은 처녀와 약속한 보련사 앞에서 딸의 대상을 치르러 온 처녀의 아버지를 만나 처녀가 2년 전 왜구에게 죽임을 당한 혼령임을 안다.

F. 양생은 연연한 정을 이기지 못해 기다리니 과연 처녀가 다시 나타나 보련사에서 제사를 받아먹고 절방에서 하룻밤을 지샌다. 부모는 처녀의 현신을 볼수 없으나 밥 먹는 젓가락소리와 속삭이는 소리를 들을 수 있었다.

G. 이튿날 영원히 이별하니, 처녀 부모가 나눠준 재산으로 날마다 재를 올리자, 처녀의 혼이 나타나 자신은 양생의 공덕으로 남자로 환생하였다고 말한다. 양생은 지리산에 들어가 행방을 감춘다.

⑦ 〈하생기우전〉의 하생과 처녀귀 결연담

A. 하생은 불우한 처지와 부패한 조정에 염증을 느껴 점쟁이에게 운명을 점치니 남문 밖에서 좋은 짝을 만날 것이라는 점괘를 얻는다.

B. 날이 저물어 한 곳에서 투숙을 청하니 미인이 종자를 데리고 거처하는 곳이었다.

C. 하생은 칠언시로 미인에게 사랑을 고백하니 여인도 시로써 화답해 그날로 동침한다.

D. 날이 밝자 여인은 자신이 죽은 귀신이며 상제의 명으로 인연을 만나러 적강했다고 고백하고, 신표로 금척을 주며 그것을 인연으로 다시 만날 것이라 이르고 이별한다.

E. 처녀귀의 집안 사람이 금척을 보고 딸의 무덤을 도굴했다고 치죄하니, 그간의 사정을 모두 이야기하자 무덤을 파 관을 여니 죽은 여인이 환생한다. 처녀의 부모는 하생의 미천한 신분을 들어 혼인을 반대한다.

F. 하생은 시로써 자신의 결연의지를 보이니 처녀는 부모에게 간곡하게 청하여 혼인을 허락 받는다.

G. 하생은 택일하여 처녀를 부인으로 맞아하고 행복한 생을 누린다.

(5) 남성출세돕기형

【표준형】〈구운몽〉의 양소유와 계섬월 결연담

A. 양소유는 장안으로 구혼하러 가던 중 낙양 천진교 누각에서 벌어진 공자들과 기생들 술자리에 참석, 계섬월을 보고 그 미색에 빠져들었고, 계섬월도 양소유에게 추파를 던진다.

B. 시회에서 잘된 시를 계섬월이 낭송하면 시침한단 말을 듣고 일필휘지 세 수를 남기고 피한다.

C. 계섬월이 양소유의 시를 노래하고, 양소유가 자리를 피해 나가자 계섬월이 집을 일러주어 찾아오게 한다. 밤중에 계섬월 집을 탐방하여 동침하고, 섬월이 첩되기를 소원한다.

D. 양생이 모친의 허락과 가난함을 들어 거절하나 계섬월은 첩이 되기를 간청하며 장안의 정경패를 배필로 천거하고 훗날을 기약한다.

G. 첩으로 자리한다.

【원형】〈온달열전〉의 온달과 평강공주 결연담

A. 평강공주가 어려서 잘 울자 평강왕이 바보온달에게 시집보내겠다고 놀린다.

B. 공주를 상부 고씨에게 시집보내려 하니 어려서부터 온달에게 시집갈 것을 작정하였다고 거부하고 온달을 찾아나선다.

C. 맹인인 온달의 모친과 온달을 만나서 혼인할 뜻을 전한다.

E. 온달과 그 모친은 귀인과 혼인할 수 없다고 거부한다.

F. 공주가 두 사람을 설득하여 혼인 허락을 얻는다.

G. 두 사람은 혼인을 하고, 공주가 가지고 온 재물을 팔아 전답과 집, 노비를

마련하고 온달에게 말을 사오게 하여 무예를 익히게 하여 국가에 공을 세우게 한다.

① 〈신유복전〉의 신유복과 이경패 결연담

A. 신유복은 고아가 되어 유리걸식하는데, 목사가 유복의 비범함을 알아보고 호장 이섬에게 사위를 삼으라 명한다.

B. 이섬은 유복의 더러운 모습을 보고 거절하였으나 목사의 엄명을 거역 못하고 유복을 집으로 데려와 딸들에게 보이니, 셋째 딸 경패만이 유복의 비범함을 알아보고, 또 부친의 근심을 덜기 위해 결혼하겠다고 한다.

C. E. 온 가족이 걸인과 결혼하겠다는 경패를 미워하여 내쫓으니, 쫓겨난 경패는 유복을 데리고 집을 나와 움막을 짓고 걸식으로 산다.

D. 경패는 남편에게 공부할 것을 권하여, 유복은 7년을 기약하고 뒷절 원광대사를 찾아 문무를 익힌다. 7년 공부를 마치고 하산하여 움집에서 자신을 기다려준 경패와 쌓인 정회를 푼다.

F. 유복은 아내가 마련해준 여비를 가지고 과거를 보러 상경하여, 두 동서를 만나서 수모를 당하나 참고 응시하여 장원으로 급제하고, 동서들은 낙방한다.

G. 수원부사가 된 유복은 자신과 경패를 천대하고 치욕을 준 장인과 처형, 동서들은 징계하고 처벌하려다가 용서하고 행복하게 산다.

② 〈옥단춘전〉의 이혈룡과 옥단춘 결연담

A. 이혈룡이 곤궁한 처지가 되어 평양감사로 있는 친구 김진희에게 수모를 당하는데, 옥단춘이 그 비범함을 알아본다.

B. 이혈룡이 대동강에 수장될 위기에 처하는데, 연회에 수청하던 옥단춘이 사공을 매수하여 혈룡을 구출하게 한다.

C. 사공으로 하여금 자기 집으로 데려다 두라 하고, 밤에 잘 대접하고 동침한다.

D. 서울 노모와 부인에게 돈을 보내 부양하고, 과거를 독려하며 훗날을 기약한다[1].

G. 이혈룡은 장원급제하여 김진희를 징치하고 평양감사가 되니, 옥단춘은 정덕부인이 되어 만년락을 누린다.

③ 〈청년회심곡〉의 김진성과 농월 결연담

A. 김진성은 부친이 빌려 준 돈을 받으러 송도를 갔다가 담장안의 농월을 보고 그 미모와 시재에 빠져 마음을 빼앗긴다.

B. 주막 노파에게 구애시를 주며 중매를 청한다.

C. 농월이 진성의 시재를 높이 평가해 구애를 받아들여 술자리를 함께하나 동침은 거부한다.

D. 진성이 연회에서 만난 경패모녀에게 사기를 당해 가진 돈을 모두 탕진하여 병이 들자 농월이 자신의 집으로 데리고 가 병간호를 하고 고향에 돌아갈 여비를 마련해 주고 재회를 기약한다.

E. 농월이 수절하고 있는데 송도유수 이춘화가 수청을 요구한다.

F. 칭병하고 야반도주하여 산속 암자에 숨는다. 과거에 급제한 진성이 이춘화의 부정을 상소하다 권력에 밀려 추자도에 유배당한다.

G. 5년이 지나 자신의 처지를 비관하는 청년회심곡을 짓고, 해배되어 서울로 돌아와 농월을 만나 해후하고 행복한 만년을 누린다.

---

1) 결연의 순차구조에는 포함되지 않지만 작품 전체의 맥락을 이해하는데 필요한 부분은 다음과 같다.
  · 장원급제한 이혈룡이 평양감사의 학정을 주달하자 봉서 세 장을 주어 나와서 보니 암행어사가 되어 평양감사를 봉고파직하라는 내용이었다.
  · 평양에 돌아와 옥단춘을 만나 집안이 다시 몰락했다고 하니, 옥단춘을 체념하고 반가이 맞아준다.
  · 평양감사가 여는 연광정 연회에 참석하여 이혈룡이 감사의 신의 없음을 비난하니, 옥단춘과 함께 수장하라고 명한다. 어사출도를 외치자 김진희는 하늘에서 치는 벼락을 맞아 죽는다.

④ 〈월하선전〉의 황직경과 월하선 결연담

A. 함경감사의 아들 황직경이 행수기생에게 월하선을 천거받아 불러 본다.

B. 미모에 빠져 인연을 맺자고 한다.

C. 월하선은 장래를 버림받아 독수공방할 것을 염려하여 거절하니, 직경은 정절을 지키려는 월하선을 기특하게 여겨 하늘에 맹세하고 월하선의 집에서 동침하며 지낸다.

D. 3년 후 황감사가 만기가 되어 서울로 올라가자 두 사람은 애절하게 이별한다.

E. 후임으로 온 남감사의 아들 남진사가 월하선의 미색을 보고 동침을 요구한다.

F. 월하선이 황직경과의 인연을 이야기하며 수절하겠다고 하자 모진 매질을 당한다. 황직경은 월하선을 잊지 못해 혼사도 거부하고 월하선을 만나 숨어사는데, 월하선은 수를 놓아 생계를 꾸리며 서책을 구하여 직경의 과거공부를 돕는다.

G. 황직경이 과거에 장원급제하니, 임금이 월하선을 정렬부인에 봉하여 혼인하게 한다.

⑤ 〈옥루몽〉의 양창곡과 강남홍 결연담

A. 양창곡이 여비 마련과 강남홍을 보려고 소주 압강정 시회에 참여하여 강남홍의 경국지색을 보고 감탄하며, 강남홍도 일좌를 압도하는 양창곡의 풍모에 감탄하여 추파를 던진다.

B. 압강정시를 짓는 시회에서 양생이 강남홍에 대한 연정을 담은 세 수를 지어 강남홍의 눈에 띈다.

C. 양생의 시를 강남홍이 노래하며, 시에 자신의 마음과 자기 집을 알리는 내용을 담아 노래하자 양생만 알아듣고 밤중에 강남홍의 집에서 동침한다.

D. 자신을 첩으로 거둘 것을 소망하며 윤소저를 본처로 천거한다. 과거보러 떠나는 양생에게 여비와 종을 붙여주며 훗날을 기약한다.

E. 황자사가 수청을 요구하자 강하게 거부한다.

F. 황자사의 강압을 견디지 못하여 강물에 투신하니 윤소저의 도움으로 구출되어 무예를 익혀 반란을 토벌하는 양창곡을 몰래 돕는다.

G. 양창곡이 가정의 안정을 이루자 결합하여 지낸다.

⑥ 〈이진사전〉의 이진사와 김경패 결연담

A. 이옥린은 노모와 처를 두고 가난하게 지내던 중 외숙에게 도움을 청하러 갔다가 자격지심에 돌아선다. 평양을 지나다 백일장에 참여하여 장원하니, 경패라는 기생이 호감을 가진다.

B. 경패는 부친을 통해 간곡히 청혼한다.

C. 옥린은 고조이후 소실 때문에 집안이 몰락한 것을 한탄하여 소실을 두지 않겠다고 맹세하였으나 현숙함과 재기에 끌려 허락하니, 초례를 치르고 재물을 가지고 와 첩이 된다.

D. 옥린은 액운이 닥칠 것이라는 조상의 계시를 받고 자객을 죽이고 3년간의 방랑길에 오르자, 경패도 여승이 되어 이진사를 찾아 나선다.

E. 경패는 해인사에 이진사가 있다는 것을 현몽하고 찾아 나섰다가 재취를 구하는 합천이방에게 감금된다.

F. 이방 아들의 독선생이 되어 있는 이진사와 연통하여 도망하다가 이방에게 붙잡히자 군수에게 소지를 올리니, 마침 이진사의 외숙이 군수로 재직하고 있어 석방된다.

G. 과거에 급제하여 합천군수, 삼척부사를 거쳐 만년락을 누린다.

⑦ 〈구운몽〉의 양소유와 가춘운 결연담

A. 가춘운은 상전인 정경패가 양소유에게 속은 내력을 듣고 흠모하는 마음을 가진다.

B. 양소유를 혼전에 정사도 후원 별당에 거쳐하게 하니 가춘운은 잉첩의 의지를 시로 남기고, 이를 본 정경패는 잉첩으로 먼저 들이고, 속여서 설치하고자 한다.

C. 정경패의 설치를 위해 여선으로 변장하여 양소유를 유혹하여 동침한다.

E. 양소유가 부마로 낙점되자 정경패와 운명을 같이하기로 하여 장애에 처한다.

F. 정경패가 태후의 수양딸이 되어 장애가 극복된다.

G. 정경패와 양소유의 혼례가 이루어지자 잉첩으로 결합한다.

⑧ 〈임호은전〉의 임호은과 미애 결연담

A. 호은은 황룡사로 구경을 갔다가 천승루에서 수십명의 귀공자가 기생을 데리고 노는 연회에 참석하여, 자신에게 추파를 던지는 기생 미애를 본다.

B. 미애는 호은의 전망을 확신하고 자신의 집을 일러준다.

C. 미애의 집으로 가서 가연을 맺는다.

D. 훗날을 기약하며 이별한다.

G. 이정옥과 성례 후 호은의 편지를 받고 상경한 미애는 정옥과 형제같이 지내며 호은을 섬긴다.

⑨ 〈주생전〉의 주생과 배도 결연담

A. 과거에 번번이 낙방한 주생이 고향 전당으로 흘러와 옛날 알고 지낸 배도라는 기생을 만나니, 배도는 배필을 찾아주겠다며 자신의 집에 머물도록 한다.

B. 주생은 배도의 미모와 시재를 보고 사랑하는 마음이 생긴다.

C. 그날 밤으로 동침하여 부부의 인연을 맺는다.

D. 불망기를 적어주며 평생 잊지 않겠다고 맹세한다.

E. 승상댁 연회에 참석한 배도를 몰래 따라가 선화를 본 주생은 선화의 미모에 혹해 겁탈하고 사랑에 빠진다.

F. 주생이 선화를 그리는 상사병으로 힘들어하는 사이 배도도 병이 들어 죽고 만다.

⑩ 〈구운몽〉의 양소유와 적경홍 결연담

A. 양소유가 연왕의 항복을 받고 돌아오는 길에 남복을 한 적경홍(적백란)을 만나 그 외모에 호감을 보인다.

B. 적생을 곁에 두고 시중들게 한다.

C. 적경홍은 계섬월과 술자리를 하고 잠든 양소유와 동침하고, 아침에 속인 것을 사죄한다.

D. 소유를 흠모하여 남복하고 연왕에게서 탈출한 내력을 듣고 첩으로 인정한다.

⑪ 〈옥루몽〉의 양창곡과 벽성선 결연담

A. 강주로 유배 온 양창곡이 완월하다가 벽성선의 비파소리에 끌려 찾아가 그 미색에 반한다.

B. 비파의 음률을 논하다가 양창곡의 신분을 알고, 양창곡이 강남홍을 위해 지은 제문을 연주하며 결연의지를 비친다.

C. 이튿날 양창곡을 별당으로 청하여 옥저 부는 법을 가르치고, 한 달이 넘게 왕래하여 마음으로 서로 결연을 이루나 동침은 굳이 거부한다.

D. 벽성선이 양창곡의 해배될 몽조를 얻고 탐방하니, 양창곡은 동침을 시도하지만 앵혈을 보이며 훗날을 기약하고 이별한다.

E. 양창곡이 출전한 사이에 양창곡의 집으로 들어온 벽성선은 황씨의 시기를 받아, 자객의 습격을 받고 다시 황씨 모녀의 무함으로 고향으로 쫓겨가던 중 황씨가 매수한 탕아 우격의 습격을 받는다.

F. 벽성선은 우격의 마수에서 벗어나 도망하다가 개선하던 양창곡에게 구출된다.

G. 양창곡을 따라 황성으로 돌아와 첩이 된다.

⑫ 〈동선기〉의 서문적과 설영 결연담
A. 서문적은 양자강에서 봄 구경을 나온 십여 명의 미인을 만나 즐기고 그 중 설영이라는 미인을 만나 그 집에서 유숙한다.

B. 설영의 집에서 옥저를 불어 유혹한다.

C. 설영이 자발적으로 동침을 원한다.

D. 한달 동안 동거한 후 눈물로 재상봉을 기약하고, 설영은 동선과 경경을 경계한다.

G. 동선의 주선으로 서문적의 첩으로 결합한다.

⑬ 〈동선기〉의 서문적과 경경 결연담
A. 서문적은 소주에서 기녀 경경의 집에 유숙하여 경랑의 미모에 반한다.

B. 경경에게 직접 구애한다.

C. 서문적은 경경에게 신의를 맹세하고 동침한다.

D. 한달을 지내니 친구들이 돌아가기를 청하여 재상봉을 기약하고 이별한다.

E. 양주 설영과 서로 위로하며 서문적의 소식을 기다리던 중 소주자사가 경경에게 수청을 요구한다.

F. 수청을 거부하여 형장을 맞고 하옥되는 고난을 당하면서도 수절한다.

G. 동선의 주선으로 서문적의 첩으로 결합한다.

(6) 여성대외활동형

【표준형】 〈구운몽〉의 양소유와 심요연 결연담

A. 심요연은 무예를 익히던 스승에게서 대국의 대장군이 천정배필임을 듣고 상봉을 기다리며 수련한다.

B. 양소유가 토번의 난을 토벌하고 추격하던 중 심요연이 자객으로 막사에 당당히 들어와 사연을 얘기하고 결연 맺기를 청한다.

C. 심요연이 자신을 첩으로 거두어 달라고 청하고 막사에서 동침한다.

D. 심요연에게 빠져 장졸을 돌보지 않자 머물 곳이 아니라고 말하고 앞일을 일러두고 진중을 떠난다.

G. 월왕과의 연회 경쟁 자리에 백능파와 함께 나타나 합류하여 첩이 된다.

① 〈구운몽〉의 양소유와 백능파 결연담

A. 동정용녀 백능파는 태어날 때 부친이 본 사주에서 인간계의 양소유가 배필임을 예언하니 기다린다.

B. 양소유는 심요연이 일러준 대로 반사곡에서 우물을 파서 마시게 하니 군사들이 쓰러지고 적병의 공격을 받는 궁지에 몰리는데, 꿈속에 백능파가 시녀를 보내 용궁으로 청한다.

C. 양소유는 백능파로부터 그간의 사정을 모두 듣고 동침을 강하게 원해 이룬다.

D. 남해 용자를 퇴치하고 동정용왕의 초청을 받아 연회에 참석하고 용궁을 둘러 보고 돌아온다.

G. 월왕과의 연회 경쟁 자리에 백능파는 심요연과 함께 등장하여 합류하고 후에 첩이 된다.

② 〈동선기〉의 서문적과 동선 결연담

A. 서문적이 항주를 여행하다가 죽림간에서 들리는 여자의 가사에 반한다.

B. 옥저로 화답하니 동선의 노모가 동선의 거취를 알려 준다.

C. 동선을 보지 못하자 동선의 거처로 난입하여 감언이설로 동선을 꼬여 대면하고 모두 현몽하여 천정인연임을 알게 되어 동침한다.

D. 동선은 노모와 부인을 염려하여 훗날을 기약하고 속히 돌아갈 것을 청한다.

E. 여진이 장안을 침입하니 서문적은 유세객으로 여진 장수를 만나 설득하여 항복을 받으나 순무사의 부장 안기의 음모로 유배객이 되고, 안기가 동선을 탐하여 수청을 요구하자 강하게 거부하니 안기는 동선을 회유하기 위해 서문적이 죽었다고 음모를 꾸민다.

F. 동선은 안기에게 불려가 수청을 종용받던 중 서문적을 음해한 사실을 알게 되고, 수청을 강하게 거부하여 형장을 맞고 하옥되나 서문적이 살아 있음을 알고 옥바라지를 한다. 동선은 남복하여 황성에 도달하여 승문고를 두드려 황제께 서문적의 사정을 원정하고 충렬부인에 가자된다.

G. 서로 해후하고 첩이 된다.

③ 〈장국진전〉의 장국진과 이계향 결연담

A. 장국진 어머니가 계향의 아름다운 모습을 한번 보고 반드시 며느리를 삼고자 한다.

B. 어머니의 심정을 헤아린 장국진은 여자로 변장하여 계향을 찾아가 거문고를 연주하며, 어느 정도 친숙해졌을 때 흥분하여 봉구황곡을 연주하여 자신이 남자임을 눈치채게 한다.

E. 국진의 집에서 매파를 놓아 청혼하니 계향은 속은 줄을 알고 거절한다.

G. 국진은 과거에 장원급제하여 황제께 계향의 부친인 이창옥의 억울한 옥사와 계향에 대해 모두 이야기하니 황제께서 계향을 불러 혼인하게 한다.

F. 국진이 자객에게 죽을 위기에 처했을 때 짚으로 허수아비를 만들어 위기에서 구출하고, 적진에서 병든 남편을 위해 용궁에서 선약을 구하여 남편을 살리고, 남복하여 부원수가 되어 남편의 전공을 돕는다.

④ 〈홍계월전〉의 여보국과 홍계월 결연담

A. 전란 중 남복상태에서 물에 던져진 계월은 여공에게 구조되어 그 집에서 성장하는데, 여공의 아들 보국과 동갑으로 형제처럼 지내다가 일곱 살이 되어 곽도사에게 맡겨져 수학한다.

· 계월과 보국은 과거에 응시하여 계월은 장원이 되고 보국은 부장원이 되어 선생을 찾아 보러 갔더니 천자가 위태하니 구하라며 신통술이 적힌 비서 한 권을 전한다.

· 서번과 가달이 중원을 침공하니, 천자는 계월을 대원수로 보국을 부원수로 임명한다. 보국이 계월의 말을 듣지 않고 출전하여 대패하고 겨우 살아 돌아오자 계월은 대로하여 처벌하려다가 여러 장수의 만류로 용서한다.

· 계월이 회군 후 득병하여 병세가 중하니 천자는 어의를 보내 진단케 하고, 어의는 황제에게 계월이 여자임을 고한다. 계월은 자신의 신분이 탄로날 것을 염려하여 여복을 입고 상소하여 황제를 속인 죄를 청한다.

D. 황제는 현직을 그대로 두라 하고 중매가 되어 보국과 계월을 약혼시킨다.
· 계월이 마지막으로 군사를 훈련시키는데, 부원수인 보국에게 군령을 내렸으나 부끄러워 칭병하고 불참한다. 계월은 대로하여 엄히 문책하니 보국은 분해하며 결혼 후 두고 보자고 결심한다.

G. 황제의 주선으로 두 사람은 혼인한다.
· 결혼 후 두 사람의 기쁨은 비길 데 없으나, 보국의 마음 한구석에는 아내를

괘씸히 여기는데, 남편의 애첩 영춘이 교만하게 앉아 인사를 않자 계월은 군사를 시켜 엄히 다스리고, 보국은 통분히 여겨 그날 밤부터 방에 들지 않고 외로이 지내게 한다.

· 오왕과 초왕이 반란하여 황성을 치매, 계월은 대원수, 보국은 중군장을 삼고 출전하여 계월이 여러 번 남편 보국을 위기에서 구출해 주니 미안함과 부끄러움을 참지 못하고, 평정 후 금슬을 되찾는다.

⑤ 〈정수정전〉의 장영과 정수정 결연담

A. 정승상의 무남독녀 수정과 장승상의 아들 영은 부친끼리 상의하여 약혼을 해 둔다.

· 정승상은 간신에게 참소되어 유배되었다가 그곳에서 죽으니, 승상부인 양씨는 수정을 이끌고 남편의 시신을 거두러 가다가 수적을 만나 피금되고 수정과 유모만 배위에 남게 된다.

· 양부인은 수적의 두령으로 추대되어 있는 노복에게 구출되어 승상의 묘하에서 지내고, 수정은 모친을 잃고 방황하다 여승의 도움으로 칠보암에서 부친의 원수를 갚기 위해 남복을 하고 도승에게 수학한다.

E. 장영은 과거에 장원하고 결혼을 위해 정승상댁을 찾았으나 몰락한 상황과 수정의 행방불명 소문을 듣고 타문에 구혼하려 한다.

· 수정은 이름을 바꾸고 과거에서 장원급제하고 한림학사가 되어, 천자께 상소하여 부친의 원수 진량을 유배 보낸다.

· 수정과 장영은 조정에서 같이 벼슬을 하나 수정은 장영을 알아보지만 장영은 수정을 알지 못하고, 그 오빠로 알고는 친밀하게 지내며, 위승상의 딸과 결혼한다.

· 호왕이 중원을 침공하자 조정에서는 수정을 대원수로, 장영을 중군장을 삼아 출전시킨다. 수정은 위기에 처한 장영을 여러 번 구출하고, 적군을 격파하여 항복을 받고 장영으로 하여금 군사를 이끌고 황성으로 돌아가게 하고

자신은 부친 묘소를 찾아 모친을 해후하고 부친을 선산으로 이장하고 황성으로 돌아온다.

F. 천자는 기뻐하여 수정을 병부상서로 명하고, 부마를 삼을 뜻을 보인다. 수정은 자기 신원을 밝히는 상소를 올려 천자를 속인 죄를 청하니, 천자는 놀라며 더욱 총애한다.

G. 수정은 황제의 명에 따라 장영과의 숙연을 이루고 남편 장영과 더불어 외적이 침입할 때마다 큰 공을 세운다.

· 호왕이 재침하자 조정은 다시 수정을 대원수로, 장영을 부원수로 삼아 출전시킨다. 수정은 호병을 격파하고 부원수인 남편에게 군량을 운반하라고 명하자 장영은 불쾌하나 군령(軍令)을 어기지 못해 나선다. 장영이 늦게 돌아오자 수정이 늦은 죄를 물으려 하니 제장이 만류하여 용서한다.

· 수정에게 패한 호왕은 남방 가달왕에게 구원을 청하여 가달이 황성을 치니, 수정은 남방으로 가서 가달을 격파하여 항복을 받고, 적국에게 끌려간 모친을 구하여 회군한다.

· 평란 후 수정이 가정으로 돌아오자 장영은 전날 군영에서의 수욕에 대한 분풀이로 수정을 멀리하여 외롭게 지내게 한다.

· 북흉노가 침공하니 천자는 장영을 불러 아내인 수정에게 가서 격퇴시킬 계교를 물으라 명하니 하는 수 없이 아내에게 계교를 묻고, 그 후 금슬이 좋아진다.

⑥ 〈이학사전〉의 장연과 이현경 결연담

A. 여주인공 이현경이 어려서부터 남복을 하여, 조실부모 후 남자로 세상을 살아나간다. 같이 공부하던 장연과 함께 과거에 응시하여 장원을 하고 장연은 부장원을 하여 항상 장연보다 우위를 점하면서 문무겸전한 장부로 출세가도를 달린다.

B. 장연은 남장한 이현경에게 묘한 호감을 느끼고 더불어 열등감도 가지고 있다.

C. 남자로 살아가는 것을 염려한 유모가 장연에서 사실을 알리자 장연은 확인하려 하지만 워낙 강경한 태도에 의구심으로만 남긴다. 나이가 들수록 주변의 강권과 의혹을 떨치지 못해 결국 황제께 표를 올려 사실을 실토하니 황제는 가상히 여겨 벼슬을 그대로 두고 조정에 나오기를 명한다.

G. 이현경이 여자임을 안 장연은 몇 번의 거절에도 불구하고 황제에게 도움을 받아 이현경과 결국 결혼하여 뜻을 꺾고 절도를 갖춘 가정을 꾸린다.

· 장연의 애첩인 운영이 시모 여씨를 부추겨 이현경을 음해한다. 필체를 모방하여 간부의 편지를 위장하여 시모가 추궁하니, 그 시부인 장시랑과 남편 장연이 옹호하지 않음에 화가 나서 결국은 자신의 본가로 돌아온다. 그리고 운영이 자객을 사서 보내자 단칼에 처단하고 그 호패와 머리를 보관하였다가 황제께 주달하여 운영을 징치하고 시부와 남편의 사과를 받아낸다.

· 장연이 몇 번을 찾아와서 시가로 돌아가기를 청하였으나 자신의 벼슬이 높은 것으로 수모를 주어 골탕을 먹이다가 결국 화해하고 함께 돌아간다.

· 우연히 방문한 공한림의 딸이 장연을 보고 상사병이 들자 후실로 맞이하게 되는데, 장연이 박대하자 시샘하여 이현경의 재주를 시험하려 한다. 이에 근엄하게 다스려 굴복시킨다.

⑦ 〈음양삼태성〉의 채공자들과 유소저들 결연담

A. 채공자 삼형제와 유소저 삼자매가 한 날 한 시에 출생하여 유소저 삼자매는 가문을 일으키기 위해 후원에서 무예를 익히다가 부친에게 발각되어 죽을 위기에 처하고, 불효를 면하기 위해 남복을 하고 가출하게 된다.

B. 주막에서 채공자들과 만나서 결의형제를 맺는다.

C. 스승을 쫓아 문무를 익히고 송태조를 도와 무공을 세워 벼슬을 받는데, 황제께서 이미 여자임을 알고 있으며, 연회에서 술을 마신 후 고향 부모를 그리는 시를 지어 채공에게 빌미를 잡힌다.

D. 채공 등이 몰래 숨어 유소저들의 대화를 듣고 여자임을 알고 황제께 고하니, 황제는 태후와 상의하여 서로를 성혼시키기로 한다.

G. 황명에 의해 혼인하였으나 부모의 허락을 받지 못했다고 동침은 거부한다.

참고문헌

〈기본자료〉

《三國史記》
《三國遺事》
《高麗史》
《朝鮮王朝實錄》
《燃藜室記述》
《大東野乘》
《後漢書》
《太平廣記》 臺北, 新興書局 本.
《태평광기언해》 멱남본, 박이정 출판사, 1999.
《搜神記》 (林東錫 譯註), 동문선, 1997.
《列女傳》 (劉向)
《影印 古小說 板刻本 全集》 연세대 인문과학연구소, 1976.
《筆寫本 古典小說 全集》 아세아문화사, 1980.
《舊活字本 古小說 全集》 인천대 민족문화연구소, 1983.
《活字本 古小說 全集》 아세아문화사, 1976.
《筆寫本 韓國古小說全集》 (김광순 소장), 경인문화사, 1994.
《韓國古小說資料叢書》 (박순호 소장), 오성사.
《韓國漢文小說全集》 (林明德 編), 중국문화학원, 1980.
《한국고전문학 100》 (김기동 전규태 편), 서문당, 1984.
《한국구비문학대계》 한국정신문화연구원 편.
《한국문헌설화전집》 (동국대 한국학 연구소 편), 태학사.
《한국 야담사화집성》 (박용식 소재영 편), 태동.
《四禮便覽》 (李縡 편), 보경문화사.

〈저서와 논문〉

구자균, ≪조선평민문학사≫ 대광문화사, 1992.
김기동, ≪이조시대소설론≫ 이우출판사, 1989.
김병국, ≪한국고전문학의 비평적 이해≫ 서울대출판부, 1995.
김열규, ≪한국민속과 문학연구≫ 일조각, 1971.
김장동, ≪고소설의 이론≫ 태학사, 1989.
김태준, ≪증보조선소설사≫ 한길사, 1995.
김현룡, ≪한중소설설화비교연구≫ 일지사, 1976.
_____, ≪한국고설화론≫ 새문사, 1984.
_____, ≪한국문헌설화≫ 전7권, 건국대출판부, 2000.
김현양 외, ≪수이전 일문≫ 박이정출판사, 1996.
민영대, ≪조위한과 최척전≫ 아세아문화사, 1993.
박경휘, ≪조선민족혼인사 연구≫ 한남대 충청문화연구소, 1992.
박용식 외, ≪고전산문의 계보적 연구≫ 국학자료원, 2001.
박일용, ≪조선시대의 애정소설≫ 집문당, 1993.
_____, ≪영웅소설의 소설사적 변주≫ 월인, 2003.
박태상, 설성경, ≪고소설의 구조와 의미≫ 새문사, 1994.
박희병, ≪한국전기소설의 미학≫ 돌베개, 1997.
백 완, ≪애정 고소설의 시간구조≫ 박이정, 2003.
서대석, ≪한국무가의 연구≫ 문학사상사, 1980.
_____, ≪군담소설의 구조와 배경≫ 이화여대출판부, 1985.
_____, ≪조선조 문헌설화집요≫ 전2권, 집문당, 1992.
설성경, ≪춘향전의 계통연구≫ 정음사, 1986.
성현경, ≪한국고소설의 구조와 실상≫ 영남대출판부, 1981.
소재영, ≪기재기이 연구≫ 고려대 민족문화연구소, 1990.
신동흔, ≪세계민담전집-한국편≫ 황금가지, 2003.
여세주, ≪남성훼절소설의 실상≫ 국학자료원, 1995.
오영석, ≪한국고전소설연구≫ 문조사, 1986.
유탁일, ≪한국고소설비평자료집성≫ 아세아문화사, 1994.
이강옥, ≪조선시대 일화연구≫ 태학사, 1998.
이능화, ≪조선여속고≫ 한국학연구소, 1977.

_____, ≪조선해어화사≫ 동문선, 1992.

이상익, ≪한중소설의 비교문학적 연구≫ 삼영사, 1983.

이상택, ≪한국고전소설의 탐구≫ 중앙출판, 1981.

이수웅, ≪중국문학개론≫ 대한교과서주식회사, 1993.

이헌홍, ≪한국송사소설연구≫ 삼지원, 1997.

임종국, ≪한국사회풍속야사≫ 서문당, 1980.

임형택, ≪한국문학사의 시각≫ 창작과 비평사, 1984.

장덕순, ≪한국설화문학연구≫ 박이정출판사, 1995.

정규복, ≪구운몽연구≫ 고려대출판부, 1974.

_____, ≪한중문학비교의 연구≫ 고려대출판부, 1987.

정범진, ≪앵앵전≫ 성균관대출판부, 1995.

정병헌, 이유경,≪한국의 여성영웅소설≫ 태학사, 2000.

정석종, ≪조선후기사회변동연구≫ 일조각, 1995.

정주동, ≪고대소설론≫ 형설출판사, 1992.

정출헌, ≪고전소설사의 구도와 시각≫ 소명출판, 1999.

정하영, ≪춘향전의 탐구≫ 집문당, 2003.

조광국, ≪기녀담 기녀등장소설 연구≫ 월인, 2000.

조남현, ≪한국소설과 갈등≫ 문학과 비평사, 1990.

_____, ≪소설원론≫ 고려원, 1992.

조동일, ≪한국소설의 이론≫ 지식산업사, 1977.

조희웅, ≪조선후기 문헌설화 연구≫ 형설출판사, 1981.

_____, ≪고전소설줄거리집성1,2≫ 집문당, 2002.

한국고소설연구회, ≪한국고소설론≫ 아세아문화사, 1991.

황패강, ≪한국서사문학연구≫ 단국대출판부, 1990.

_____, ≪조선왕조소설연구≫ 단국대출판부, 1991.

강경화, '고소설에 나타난 도술 소재 연구', 건국대 박사논문, 1996.

김경남, '고소설에 나타난 전쟁 소재 연구', 건국대 박사논문, 2002.

김동욱, '고대소설에 나타난 인간상', ≪국어국문학≫ 49,50합집, 국어국문학회, 1970.

_____, '춘향전의 문예적 성격', ≪한국고전소설≫ 계명대출판부, 1987.

김석회, '서포의 문학관과 문학적 취향에 대한 소고' ≪국어교육연구≫55,56집, 한국국
어교육연구회, 1986.

김연호, '영웅소설의 유형과 변모에 관한 연구', 고려대 박사논문, 1993.

김일렬, '敍事文學에 나타난 Eroticism의 展開相', ≪어문학≫ 28, 한국어문학회, 1973.

김종군, '고소설에 나타난 노비의 성격 연구', 건국대 석사논문, 1997.

_____, '문헌설화에 나타난 이인노 연구', ≪건국어문학≫ 23・24합집, 건국대국어국문학 연구회, 1999.

_____, '현대 드라마의 구비문학적 위상', ≪구비문학연구≫ 16집, 한국구비문학회, 2003.

김종철, '춘향전의 근원설화' ≪한국문학사의 쟁점≫ 집문당, 1986.

김현룡, '왕경룡전에 대한 고찰', ≪고려대 어문논집≫ 제19・20 합병호, 1977.

_____, '임란기 문헌설화의 변천 연구', ≪문학한글≫ 제5호, 한글학회, 1991.

_____, '고소설의 傳奇的 내용과 그 의미' ≪學術誌≫ 제39호<1>, 건국대, 1995.

_____, '<최고운전>의 형성시기와 출생담고' ≪고소설연구≫ 제4집, 한국고소설학회, 1998.

박대복, '고대소설의 민간신앙적인 결연양상', ≪月山任東權博士頌壽紀念論文集≫ (민속학회 편), 집문당, 1986.

_____, '고대소설의 結緣危機와 민간신앙적 謀免', ≪어문연구≫51, 한국어문교육 연구회, 1986.

박일용, '조선후기 애정소설의 서술시각과 서사세계', 서울대 박사논문, 1989.

_____, '<창선감의록>의 구성원리와 미학적 특징', ≪한국고소설의 자료와 해석≫(한 국고소설학회 편), 아세아문화사, 2001.

소재영, '동선기 연구', ≪고소설연구≫제2집, 한국고소설학회, 1996.

송성욱, '혼사장애형 대하소설의 서사문법 연구', 서울대 박사논문, 1997.

송효섭, '남녀 결연담의 서사모형과 변이유형-삼국유사에 실린 열편의 이야기를 대상 으로 한 시론-', ≪이정정연찬선생회갑기념논총≫ 동 간행위원회, 1989.

신동익, '격성의전에 관한 한 考察-격성의와 치란공주의 結緣譚을 중심으로-', ≪국어 국문학≫75, 국어국문학회, 1977.

신동일, '喬太守亂點鴛鴦譜(今古奇觀 제28권)에 관하여-古代小說에 나타난 女裝 結緣譚과의 비교-', ≪한국고전산문연구≫(장덕순선생화갑기념), 동화문화사, 1981.

신동흔, '역사인물담의 현실대응방식 연구', 서울대 박사논문, 1993.

_____, '쌍미기봉과 남녀관계의 새로운 양상', ≪양포이상택교수환력기념논총≫ 논총간행

위원회, 1998.

_____, '운영전에 대한 문학적 반론으로서의 영영전', ≪고전산문의 계보적 연구≫(박용식 외 편) 국학자료원, 2001.

신재홍, '몽유양식의 소설사적 전개에 관한 연구', 서울대 박사논문, 1992.

양혜란, '결연매체의 일유형 고찰-천강형 신물작품을 중심으로-', ≪이화어문논집≫10, 한국어문학연구소, 1989.

우쾌제, '조선시대 가정소설의 형성요인 연구', 고려대 박사논문, 1986.

이상택, '고전소설의 사회와 인간', ≪한국고전소설≫ 계명대출판부, 1987.

이승복, '처첩갈등을 통해서 본 가정소설과 가문소설의 관련 양상', 서울대 박사논문, 1995.

이원수, '가정소설 작품성격의 시대적 변모', 경북대 박사논문, 1991.

이정원, '조선조 애정 전기소설의 소설시학 연구', 서강대 박사논문, 2003.

이혜순, '금오신화에 나타난 인귀교구소설의 유형적 고찰', ≪이숭녕고희기념논총≫, 1977.

임갑랑, '조선후기 애정소설 연구', 계명대 박사논문, 1992.

장효현, '몽유록의 역사적 성격', ≪한국고전소설론≫ 새문사, 1990.

정명기, '야담의 변이 양상과 의미연구', 연세대 박사논문, 1988.

정 민, '<주생전>의 작가 기층과 문학적 성격', ≪한양어문연구≫9, 1991.

정운채, '<유생전>의 이본적 특성과 부녀 대립 양상', ≪선청어문≫제24집, 서울대국 어교육과, 1996.

_____, '서동요의 형성과 그 예언적인 힘의 유래', ≪인문과학논총≫제28집, 건국대인 문과학연구소, 1996.

_____, '<하생기우전>의 구조적 특성과 <서동요>의 흔적들', ≪한국시가연구≫제2 집, 한국시가학회, 1997.

정종대, '염정소설 구조연구', 고려대 박사논문, 1989.

조정숙, '고전소설에 나타난 결혼관-그 유형성과 변모과정을 중심으로-', ≪동악어문논 집≫21, 동국대 동악어문학회, 1986.

엘리자베드 라이트 저, 권택영 역, ≪정신분석비평≫ 문예출판사, 1989.

자크 라캉 저, 권택영 외 역, ≪욕망이론≫ 문예출판사, 1994.

S. 프로이트 저, 손정수 역, ≪정신분석입문≫ 배재서관, 1994.

C. G. 융 외 저, 설영환 역, ≪융심리학 해설≫ 선영사, 1986.

M. H. 아브람스 저, 최성규 역, ≪문학용어사전≫ 보성출판사, 1994.

미케 발 저, 한용환·강덕화 역, ≪서사란 무엇인가≫ 문예출판사, 1999.

E. M. 포스터 저, 이성호 역, ≪소설의 이해≫ 문예출판사, 1993.

E. 뮤어 저, 안용철 역, ≪소설의 구조≫ 정음사, 1986.

미하일 바흐찐 저, 전승희 외 역, ≪장편소설과 만중언어≫ 창작과 비평사, 1988.

R. 알렌 편, 김훈순 역, ≪텔레비전과 현대비평≫ 나남, 1992.

 찾아보기

(ㄱ)

(ㄴ)

(ㄷ)

(ㅅ)

(ㅈ)

(ㅊ)

저자약력

김종군(金鍾涒)

경남 하동에서 출생하여,
건국대학교 국어국문학과를 졸업하고,
같은 대학원에서 석사 · 박사학위를 받았다.
현재 건국대, 경기대, 극동대 등에서 강의를 맡고 있다.

「현대 드라마의 구비문학적 위상」,
「통일문학사에서의 소설의 기원 문제」,
「고소설에 나타난 이비고사 수용의 심리적 요인」등 몇 편의 논문이 있다.

남녀 애정결연서사 연구

2005년 1월 15일 초판 1쇄 인쇄
2005년 1월 20일 초판 1쇄 발행

지은이 김종군
펴낸이 박찬익
펴낸곳 도서출판 **박이정**
130-070 서울시 동대문구 용두동 129-162
전화 922-1192~3 팩스 928-4683
홈페이지 http://www.pjbook.com
E-mail : book@pjbook.com
온라인 : 국민 729-21-0137-159
등 록 : 1991년 3월 12일 제1-1182호

ISBN 89-7878-781-9 (93810) 가격 17,000원